Maman - 11 avril 2015 - Grèce

BLANCHE-NEIGE DOIT MOURIR

DU MÊME AUTEUR

Flétrissure, Actes Sud, 2011 ; Babel noir n° 66.
Blanche-Neige doit mourir, Actes Sud, 2012.
Une vie au galop, Actes Sud Junior, 2012.
L'Été au galop, Actes Sud Junior, 2013.
Qui sème le vent, Actes Sud, 2013.

Titre original :
Schneewittchen muss sterben
Éditeur original :
List Taschenbuch Verlag, Berlin

ISBN 978-2-330-01875-7

NELE NEUHAUS

BLANCHE-NEIGE DOIT MOURIR

roman traduit de l'allemand
par Jacqueline Chambon

BABEL NOIR

Ce livre est un roman. Tous les personnages et toutes les situations sont fictifs, des ressemblances avec des personnes décédées ou des événements seraient un pur hasard et non volontaires.

pour Simone

PROLOGUE

L'escalier de fer rouillé était étroit et raide. Il tâta le mur pour trouver l'interrupteur. Une seconde après l'ampoule de vingt-cinq watts éclaira l'endroit d'une lumière chiche. La lourde porte de fer s'ouvrit sans bruit. Il en huilait régulièrement les charnières pour qu'elles ne grincent pas quand il venait la voir. Un air chaud mêlé à une odeur sucrée de fleurs fanées l'accueillit. Il ferma soigneusement la porte derrière lui, éclaira et resta un moment immobile. La grande pièce, environ dix mètres de long et cinq de large, était simplement meublée, mais elle avait l'air de s'y sentir bien. Il alla vers l'appareil stéréo et appuya sur la touche *Play*. La voix rauque de Bryan Adams remplit la pièce. Lui-même n'appréciait pas beaucoup la musique, mais elle aimait le chanteur canadien et il tenait compte de ses goûts. S'il devait la garder cachée, au moins que rien ne lui manque. Comme d'habitude, elle ne dit rien. Elle ne lui parlait pas, ne répondait jamais à ses questions mais cela ne le dérangeait pas. Il poussa de côté le paravent qui partageait discrètement la pièce en deux. Elle était allongée, silencieuse et belle sur le lit étroit, les mains croisées sur la poitrine, la longue chevelure s'élargissant comme un noir éventail autour de sa tête. À côté du lit étaient posées ses chaussures, sur la table de nuit un bouquet de lilas blanc se fanait dans un vase de verre.

— Hello, Blanche-Neige, dit-il à voix basse.

La sueur perlait à son front. La chaleur était à peine supportable, mais elle aimait ça. Même avant elle avait vite froid. Il parcourut du regard les photos qu'il avait accrochées pour elle à côté de son lit. Il voulait lui demander s'il devait en accrocher d'autres. Mais il devait attendre le moment approprié pour que cela ne la blesse pas. Il s'assit prudemment au bord du lit. Le matelas s'inclina sous son poids et un instant il crut qu'elle avait bougé. Mais non. Elle ne bougeait jamais. Il tendit la main et la posa sur sa joue. Sa peau, au cours des années, avait pris une teinte jaune. Au toucher, elle était dure comme du cuir. Comme toujours, elle avait les yeux fermés et si sa peau n'était plus aussi douce et rose, sa bouche était aussi jolie qu'avant, lorsqu'elle lui avait parlé et lui avait souri. Il resta assis un moment à la regarder. Jamais le désir de la protéger n'avait été plus fort.

— Je dois partir, dit-il enfin à regret. J'ai beaucoup à faire.

Il se leva, prit le bouquet fané et s'assura que la bouteille de Coca-Cola sur la table de nuit était pleine.

— Tu me dis si tu as besoin de quelque chose, n'est-ce pas ?

Parfois son rire lui manquait et cela le rendait triste. Naturellement, il savait qu'elle était morte, mais il trouvait plus simple de faire comme s'il ne le savait pas. Il n'avait jamais entièrement abandonné l'espoir d'obtenir un sourire d'elle.

JEUDI 6 NOVEMBRE 2008

Il ne dit pas au revoir. Quand on sort de prison, on ne dit jamais au revoir. Souvent, très souvent, durant ces dix années, il s'était dépeint le jour de sa libération. Mais à présent, il devait constater que ses pensées n'étaient pas allées plus loin que l'instant où il passait la porte qui menait vers la liberté, une liberté qui lui paraissait soudain menaçante. Il n'avait aucun plan pour sa vie. Plus aucun. Même sans les éternelles mises en garde des travailleurs sociaux, il avait conscience depuis longtemps que le monde ne l'attendait pas et que c'est lui qui devrait s'adapter aux vicissitudes et aux déconfitures d'un avenir pas particulièrement rose. La carrière médicale qu'il avait ambitionnée après son bac, il pouvait l'oublier. Ses diplômes et la formation de mécanicien qu'il avait suivie en prison pourraient éventuellement lui servir. En tout cas, le temps était venu d'affronter la vie.

Quand la lourde porte grise blindée du JVA Rockenberg se referma derrière lui dans un bruit métallique, il la vit debout, de l'autre côté de la rue. Bien qu'elle ait été la seule de l'ancienne bande à lui écrire pendant ces dix années, il fut étonné de la voir. Il s'attendait plutôt à voir son père. Elle était appuyée sur l'aile d'un 4×4 argenté, un téléphone mobile contre l'oreille, tirant avidement sur sa cigarette. Il s'arrêta. Quand elle le vit, elle vint vers lui, fourra le téléphone dans la poche de son manteau et jeta son mégot. Il hésita un instant avant de traverser la rue pavée, la petite valise qui contenait tous ses biens à la main gauche, et de s'arrêter devant elle.

— Hello Tobi, dit-elle en souriant nerveusement.

Dix longues années, exactement le nombre d'années qu'ils ne s'étaient pas vus, car il avait refusé qu'elle vienne lui rendre visite en prison.

— Hello Nadja, répondit-il.

C'était bizarre de l'appeler par ce prénom étranger. En réalité, elle était mieux qu'à la télévision. Plus jeune. Ils se faisaient face, se regardant, hésitant. Un vent froid chassait les feuilles bruissantes sur les pavés. Le soleil s'était caché derrière les nuages. Il faisait froid.

— C'est bien que tu sois à nouveau dehors, dit-elle en l'enlaçant et en l'embrassant sur les joues. Je suis si heureuse. Vraiment.

— Je m'en réjouis aussi. Dès qu'il eut prononcé cette phrase toute faite, il se demanda si c'était vrai. La joie n'avait rien à voir avec ce sentiment d'étrangeté, d'insécurité. Elle se détacha de lui, car il ne faisait pas mine de répondre à son étreinte. Plus tôt, elle avait été la fille des voisins, sa meilleure amie, son existence était une évidence dans sa vie. Nadja était la sœur qu'il n'avait pas eue. Mais maintenant tout en elle avait changé, pas seulement son nom. La Nathalie garçon manqué qui avait honte de son appareil dentaire et de sa poitrine avait fait place à Nadja von Bredow, une actrice célèbre et en vue. Elle avait réalisé ses rêves ambitieux, avait laissé loin derrière elle le village dont ils venaient tous les deux et avait grimpé tout en haut de l'échelle sociale. Où lui-même ne pouvait pas poser un pied même sur le barreau le plus bas. Depuis aujourd'hui, il était un ex-taulard qui avait purgé sa peine mais à qui la société n'ouvrait pas vraiment les bras.

— Ton père ne pouvait pas se libérer. Brusquement, elle s'écarta de lui, détourna le regard comme si sa propre gêne s'était communiquée à elle. C'est pour ça que je suis venu te chercher.

— C'est gentil de ta part.

Tobias jeta sa valise sur le siège arrière et s'assit à l'avant. Le cuir clair n'avait pas la moindre éraflure, l'intérieur de la voiture sentait le neuf.

— Ouah, dit-il sincèrement impressionné, en jetant un regard sur le tableau de bord qui ressemblait au cockpit d'un avion. Quelle superbe auto.

Nadja esquissa un sourire, attacha sa ceinture et pressa sur un bouton sans avoir à insérer de clé dans le démarreur. Le moteur fit aussitôt entendre un ronronnement harmonieux. Elle manœuvra habilement l'imposant véhicule pour sortir de l'emplacement étroit. Les yeux de Tobias effleurèrent les puissants châtaigniers qui poussaient près du mur de la prison. Leur vue de la fenêtre de sa cellule avait été pendant dix ans son unique contact avec le monde extérieur. Leur changement saisonnier était la seule référence au dehors, alors que le reste du monde avait disparu dans un brouillard diffus derrière les murs de la prison. Et maintenant, lui, le meurtrier de jeunes filles, ayant purgé sa peine, devait revenir dans ce brouillard. Qu'il le veuille ou non.

— Où je t'amène ? Chez moi ? demanda Nadja quand ils furent sur l'autoroute.

Elle lui avait proposé plusieurs fois dans ses lettres d'habiter chez elle – son appartement de Francfort était assez grand. La pensée de revenir à Altenhain et de devoir affronter le passé l'effrayait, pourtant il avait refusé.

— Plus tard, peut-être, dit-il donc. Je veux d'abord rentrer chez moi.

L'inspecteur Pia Kirchhoff se tenait sous des trombes d'eau sur l'ancien aéroport militaire d'Eschborn. Elle avait posé une casquette de base-ball sur ses cheveux blonds tressés en deux courtes nattes et, les mains profondément enfoncées dans les poches de sa doudoune, elle regardait d'un air inexpressif ses collègues des empreintes déployer une tente au-dessus du trou à leurs pieds. Au cours de la démolition d'un hangar délabré de l'aéroport, un conducteur d'engin avait découvert dans une cuve de carburant vide des ossements et un crâne humain et il avait appelé la police, au grand dam de son chef. À présent, le travail était arrêté depuis deux heures, et Pia devait écouter le chapelet d'injures du chef de chantier exaspéré, dont l'équipe multiethnique s'était brusquement volatilisée à l'apparition de la police. L'homme alluma sa troisième cigarette en l'espace d'un quart d'heure et remonta les épaules comme s'il pouvait empêcher la pluie de couler dans le col de sa veste. Puis il se remit à jurer à jet continu.

— Nous attendons le légiste. Il ne va pas tarder.

Pia ne s'intéressait ni à la présence évidente de travailleurs au noir du chantier, ni aux délais d'exécution de la démolition.

— Vous n'aviez qu'à démolir un autre bâtiment.

— Vous vous croyez drôle, se lamenta l'homme en montrant les pelles mécaniques et les camions qui attendaient. Nous allons prendre du retard, à cause de quelques os, ça va coûter une fortune.

Pia haussa les épaules et se retourna. Une voiture cahotait sur le béton défoncé. Des mauvaises herbes avaient envahi chaque fissure et avaient transformé la piste autrefois lisse en une succession de bosses. Depuis la fermeture de l'aéroport, la nature prouvait de façon impressionnante qu'elle était capable de vaincre à nouveau tous les obstacles créés par l'homme. Pia laissa le chef de chantier à ses lamentations et se dirigea vers la Mercedes argentée qui s'était arrêtée à côté des véhicules de la police.

— Tu en as mis du temps, dit-elle en accueillant fraîchement son ex-mari. Ce sera ta faute si j'ai attrapé un rhume.

Le Dr Henning Kirchhoff, directeur suppléant de l'institut médicolégal de Francfort, ne se laissa pas bousculer. En toute sérénité, il enfila la combinaison de protection obligatoire, échangea ses étincelantes chaussures noires pour des bottes en caoutchouc et rabattit sa capuche.

— Je faisais cours, répondit-il. Ensuite je suis tombé dans un embouteillage près de la Messe*. Excuse-moi. Qu'est-ce qu'on a ?

— Un squelette dans une des anciennes cuves de carburant. L'entreprise de démolition l'a trouvé, il y a environ deux heures.

— Il a été bougé ?

— Je ne crois pas. Ils ont seulement enlevé le béton et la terre, puis ils ont découpé la partie supérieure de la cuve parce qu'il ne pouvait pas la transporter entière.

* Célèbre parc international des expositions de Francfort. *(Toutes les notes sont de la traductrice.)*

— Bon. Kirchhoff salua les policiers des empreintes et se résigna à ramper sous la tente où se trouvait la partie inférieure de la cuve. Il était sans aucun doute l'homme le plus qualifié pour cette tâche. Il était en effet en Allemagne un des rares légistes également anthropologues, et les ossements humains étaient sa spécialité. Le vent charriait la pluie presque horizontalement sur cette surface plane. Pia était gelée jusqu'à la moelle. La pluie s'égouttait de la visière de sa casquette sur son nez, ses pieds s'étaient transformés en deux blocs de glace et elle enviait sacrément les ouvriers désœuvrés qui s'étaient regroupés dans le hangar et buvaient du café chaud tiré de leur thermos. À son habitude, Henning travaillait soigneusement ; dès qu'il se trouvait devant un os, le temps et les contingences extérieures perdaient toute signification. Il s'agenouilla sur le sol du réservoir, se pencha sur le squelette, et examina un os après l'autre. Pia se glissa sous la bâche en se tenant à l'échelle pour ne pas glisser.

— Un squelette complet, cria Henning d'en bas. Féminin.

— Vieille ou jeune ? Depuis combien de temps il est là ?

— Là-dessus, je ne peux rien dire de précis. À première vue, il n'y a plus de restes de tissus, donc depuis plusieurs années.

Henning Kirchhoff se redressa et regrimpa par l'échelle. Les hommes des empreintes commencèrent à dégager soigneusement les os et la terre environnante. Il allait falloir un certain temps avant que le squelette puisse être transporté à l'institut médicolégal, où Henning et ses assistants procéderaient à son examen approfondi. Des os humains étaient continuellement mis à découvert par des travaux de terrassement. Il était important d'avoir une estimation exacte de la durée de leur ensevelissement, un crime de sang n'étant prescrit qu'après trente ans. Ce n'est que lorsque l'âge et la durée d'ensevelissement du squelette étaient établis que la tentative de le confronter à des affaires de disparition avait un sens. L'aéroport n'était plus en service dans les années 1950 et le dernier remplissage de la cuve ne datait pas d'hier. Le squelette pouvait être celui d'une soldate américaine du camp américain voisin, qui était resté ouvert jusqu'en octobre 1991, ou bien celui d'une ancienne pensionnaire de l'asile, situé de l'autre côté des barbelés.

— On va boire un café quelque part ?

Henning enleva ses lunettes, les essuya et s'extirpa de la combinaison de protection trempée.

Pia regarda son ex-mari d'un air étonné. Aller au café pendant les heures de travail n'était pas son genre.

— Il est arrivé quelque chose ? demanda-t-elle soupçonneuse.

Il fit la grimace et poussa un grand soupir.

— Je suis dans les emmerdes, dit-il et j'ai besoin de tes conseils.

Le village était blotti dans la vallée, surplombé par deux hideux immeubles de plusieurs étages des années 1970, époque où toute commune qui se respectait optait pour les grands ensembles. Sur le coteau de droite s'étendait la colline des millionnaires, comme les habitants appelaient les deux rues sur un ton méprisant, et où quelques néoruraux vivaient dans des villas entourées d'un grand jardin. Son cœur s'accéléra quand ils approchèrent de la maison de ses parents.

Onze ans avaient passé depuis la dernière fois qu'il l'avait quittée. À droite, s'élevait la maison à colombages de grand-mère Dombrowski, qui paraissait tenir debout uniquement parce qu'elle était encastrée entre deux autres maisons. Un peu plus loin, à gauche, la cour des Richter avec le magasin. Et en face la brasserie de son père. *Au Coq d'Or*. Tobias dut avaler sa salive quand Nadja s'arrêta devant. Avec des yeux incrédules, il contempla la façade décrépie, les volets roulants baissés, les gouttières arrachées. La mauvaise herbe avait traversé l'asphalte, le portail pendait sur ses gonds. Il eut presque envie de demander à Nadja de repartir – vite, vite, se tirer de là ! Mais il repoussa cette tentation, la remercia brièvement, descendit et attrapa sa valise dans le coffre.

— Si tu as besoin de quelque chose, tu m'appelles, dit Nadja en guise d'adieu, puis elle mit le contact et démarra en trombe.

À quoi s'était-il attendu ? À un joyeux accueil ? Il était seul sur le petit parking asphalté, devant le bâtiment qui avait été autrefois le centre de ce triste bled. L'ancien crépi éclatant de blancheur s'était effrité et était tombé, l'enseigne *Au Coq d'Or* était à peine lisible. Sur la porte d'entrée, derrière une vitre dépolie fêlée pendait un écriteau fané : “Fermeture provisoire.” Son père lui avait dit qu'il avait fermé la brasserie à cause de ses problèmes de dos, mais Tobias pensa que cette difficile décision avait dû être provoquée par autre chose. Les Sartorius étaient aubergistes depuis trois générations, et Hartmut Sartorius avait été un aubergiste dans l'âme, il abattait et cuisinait lui-même, brassait son propre *Apfelwein* et était à son poste malade ou bien portant. Vraisemblablement, c'étaient les clients qui l'avaient abandonné. Personne ne voulait manger ou faire la fête chez les parents d'un meurtrier. Tobias poussa un profond soupir et se dirigea vers le portail de la cour. Il dut faire un effort pour en pousser un battant. L'état de la cour le cloua sur place. Là où, en été, les serveuses s'affairaient autour des tables ombragées par les branches d'un gros châtaignier et sous la vigne vierge d'une pergola, tout était désormais à l'abandon. Le regard de Tobias parcourut un amoncellement d'objets hétéroclites, de meubles cassés et de détritus. La pergola était à moitié effondrée et la vigne vierge, morte. Personne n'avait balayé les feuilles tombées du châtaignier, les poubelles n'avaient apparemment pas été sorties depuis plusieurs semaines, car les sacs plastique s'amoncelaient en un tas puant. Comment ses parents pouvaient-ils vivre comme ça ? Tobias sentit s'évanouir le dernier reste de courage qu'il avait conservé jusqu'ici. Il se fraya lentement un chemin jusqu'aux marches qui conduisaient à la porte d'entrée, leva la main et sonna. Le cœur lui battait jusqu'à la gorge quand la porte s'ouvrit avec hésitation. En voyant son père, Tobias eut les larmes aux yeux, en même temps que la colère montait en lui, une colère contre lui-même et contre les gens qui avaient tourné le dos à ses parents, quand on l'avait mis en prison.

— Tobias !

Un sourire flotta sur le visage hâve de Hartmut Sartorius, qui n'était plus que l'ombre de l'homme énergique et sûr de lui qu'il avait été. Ses épais cheveux bruns étaient devenus gris, son dos voûté trahissait le poids que la vie avait posé sur ses épaules.

— Je… je voulais ranger un peu mais je n'ai pas eu le temps et…

Il s'interrompit, son sourire s'effaça, comme un homme brisé qui avait honte du regard de son fils, car il prenait conscience de ce que celui-ci avait sous les yeux. C'était plus que Tobias ne pouvait en supporter. Il laissa tomber sa valise, ouvrit les bras et étreignit maladroitement cet étranger gris et décharné, dans lequel il avait de la peine à reconnaître son père. Un peu plus tard, ils étaient assis en face l'un de l'autre à la table de la cuisine, remplis de gêne. Il y avait tant à dire et pourtant chaque mot était de trop. Le linoléum vert clair de la table était couvert de miettes, les vitres sales, une plante en pot flétrie, posée sur le rebord de la fenêtre, avait perdu depuis longtemps le combat pour la survie. La cuisine était froide et humide, il y régnait une désagréable odeur de lait aigre et de fumée de cigarette froide. Pas un meuble n'avait bougé, pas un tableau sur le mur n'avait été enlevé depuis ce 16 septembre 1997 où on était venu l'arrêter et où il avait quitté la maison. Mais avant tout était clair, amical, étincelant de propreté, sa mère était une bonne ménagère. Comment pouvait-elle se laisser aller ainsi et supporter cette incurie ?

— Où est maman ? finit par dire Tobias en rompant le silence.

Il vit que cette phrase causait à son père un nouvel embarras.

— Nous… nous ne voulions pas te le dire, car… car nous avons pensé qu'il valait mieux que tu ne l'apprennes pas, répondit finalement Hartmut Sartorius. Depuis un certain temps, ta mère a… déménagé. Mais elle sait que tu arrives aujourd'hui et elle se réjouit de te voir.

Tobias regarda son père sans comprendre.

— Comment ça, elle a déménagé ?

— Ça n'a pas été facile pour nous quand tu es… parti. Les commérages n'arrêtaient pas. Elle n'a pas pu le supporter. Il n'y avait aucun reproche dans sa voix qui était devenue basse et brisée. Il y a quatre ans nous avons divorcé. Elle habite maintenant à Bad Soden.

Tobias avala sa salive avec peine.

— Pourquoi vous ne me l'avez jamais dit ? souffla-t-il.

— Parce que ça n'aurait rien changé. Nous ne voulions pas que tu te fasses du souci.

— Ça veut dire que tu vis tout seul ?

Hartmut Sartorius acquiesça et, poussant les miettes sur la table avec le bord de la main, il les ordonna en dessins symétriques avant de les éparpiller à nouveau.

— Et les cochons ? Les vaches ? Comment tu arrives à faire tout ce travail ?

— Je me suis débarrassé des bêtes depuis plusieurs années, répondit son père. Et j'ai trouvé un bon job de cuisinier à Eschborn.

Tobias serra les poings. Comme il avait été stupide de croire qu'il était le seul à être puni par la vie ! Il ne s'était jamais rendu compte que ses parents avaient souffert eux aussi. De tout ça. Quand ils venaient le voir en prison, ils lui jouaient la fable d'un monde intact, qui en réalité n'avait jamais existé. Comme cela avait dû leur coûter ! Il sentit une colère impuissante lui serrer la gorge, comme si une main l'étranglait. Il se leva, alla à la fenêtre et regarda dehors sans rien voir. Son projet de passer quelques jours chez ses parents, puis de partir loin d'Altenhain pour tenter de prendre un nouveau départ dans la vie, tombait à l'eau. Il devait rester ici. Dans cette maison, dans cette ferme, dans ce bled qui avait fait souffrir ses parents alors qu'ils n'étaient coupables de rien.

La salle lambrissée du *Cheval Noir* était pleine à craquer et le niveau sonore était à l'avenant. Autour des tables et au bar, était rassemblée la moitié d'Altenhain, ce qui était inhabituel pour un jeudi. Amelie Fröhlich apporta en équilibre trois escalopes chasseur aux pommes à la table 9, les servit et souhaita bon appétit. Normalement le maître couvreur Udo Pietsch et ses potes avaient toujours une remarque idiote de prête sur son look inhabituel, mais aujourd'hui Amelie aurait pu servir nue, ils ne l'auraient même pas remarquée. L'atmosphère était aussi tendue que pour une retransmission d'un match de Ligue 1. Amelie tendit une oreille curieuse quand Gerda Pietsch se pencha vers la table voisine où étaient assis les Richter qui possédaient l'épicerie de la Hauptstrasse.

— … je l'ai vu arriver, était en train de dire Margot Richter. C'est une honte qu'il revienne ici comme si de rien n'était !

Amelie retourna à la cuisine, Roswitha attendait le rumsteck de Fritz Unger à la table 4, rosé, avec oignons et beurre persillé.

— C'est quoi cette émeute ce soir ? demanda Amelie à sa collègue plus âgée qui avait sorti le pied droit de sa savate pour masser les varices de son mollet gauche.

Roswitha jeta un coup d'œil sur sa patronne, mais celle-ci était trop occupée avec les innombrables commandes de boissons pour se préoccuper de son personnel.

— Eh ben, le gars de Sartorius est rentré aujourd'hui de taule, dit Roswitha en baissant la voix. Dix années qu'il a fait, tout ça parce que dans le temps il a zigouillé deux filles !

— Vraiment ? dit Amelie en ouvrant de grands yeux.

Elle connaissait vaguement Hartmut Sartorius, qui habitait seul l'immense ferme à l'abandon un peu plus bas que chez elle, mais elle n'avait jamais entendu parler de son fils.

— Ouais.

Roswitha indiqua du menton le bar où le menuisier Manfred Wagner regardait devant lui avec des yeux troubles en levant sa dixième ou onzième bière de la soirée. Normalement, il avait besoin de deux heures pour ce pensum.

— C'est la fille au Manfred, la Laura, qu'il a tuée, le Tobias. Et la petite Schneeberger. Jusqu'au jour d'aujourd'hui, l'a jamais dit ce qu'il en avait fait.

— Un rumsteck, avec beurre persillé et oignon !

Kurt, l'aide-cuisinier, poussa l'assiette à travers le passe-plat. Roswitha renfila sa savate et se faufila adroitement malgré son embonpoint dans la salle surpeuplée vers la table 4. Tobias Sartorius ! Amelie n'avait jamais entendu ce nom. Elle n'était arrivée de Berlin que depuis six mois et pas de gaieté de cœur. Le village et ses habitants l'intéressaient autant que sa première chemise et si elle n'avait pas eu ce job au *Cheval Noir* grâce au patron de son père, elle n'aurait connu personne.

— Trois bières blanches, un Coca light, cria Jenny Jagielski, la jeune patronne qui était responsable des boissons.

Amelie attrapa un plateau, posa les verres dessus et jeta un bref regard sur Manfred Wagner. Sa fille avait été *tuée* par le fils de Hartmut Sartorius ! C'était vraiment passionnant. Dans le village le plus ennuyeux du monde s'ouvraient des perspectives inattendues. Elle apporta les trois bières blanches à la table où était assis Jörg Richter, le frère de Jenny Jagielski, en compagnie de deux hommes. En principe, il aurait dû être derrière le bar à côté de Jenny, mais il faisait rarement ce qu'il était censé faire. Surtout quand le patron, le mari de Jenny, n'était pas là. Le Coca light était pour Mme Unger à la table 4. Un moment de répit à la cuisine. Tous les clients étaient occupés à manger et Roswitha, en faisant le tour de la salle, avait récolté de nouveaux détails qu'elle égrenait, le feu aux pommettes et la poitrine frétillante, devant un auditoire brûlant de curiosité. Tout comme Amelie, Kurt et Achim, les aides-cuisiniers et Wolfgang, le chef cuisinier, étaient tout ouïe. L'épicerie de Margot Richter – à l'étonnement d'Amelie, on disait toujours à Altenhain : on va chez Margot, même si c'était le magasin de son mari – était presque en face de l'ancien *Coq d'Or*, de sorte que Margot et Inge Dombrowski, la coiffeuse, qui causaient justement ensemble, avaient été témoins cet après-midi du retour de *ce type*. Il était descendu d'une voiture de luxe argentée, puis il était entré dans la ferme de ses parents.

— L'est gonflé, s'indigna Roswitha. Les gamines sont mortes et le type se pointe ici, comme si de rien n'était !

— Où c'que tu voudrais qu'il aille ? remarqua Wolfgang indulgent en buvant une gorgée de sa bière.

— Non mais ça va pas la tête… Qu'est-c'que tu dirais si t'avais soudain l'tueur de ta fille devant toi ?

Wolfgang haussa les épaules avec indifférence.

— Et après ? la pressa Achim. Où il est maintenant ?

— C'te question, à sa maison, dit Roswitha. L'a dû être étonné de voir l'état où elle était.

La porte battante s'ouvrit. Jenny Jagielski surgit dans la cuisine et mit les poings sur les hanches. Comme sa mère, Margot Richter, elle était persuadée que son personnel piquait dans la caisse derrière son dos ou disait du mal d'elle. Trois grossesses successives avaient totalement déformé la silhouette déjà costaude de Jenny : elle était ronde comme une barrique.

— Roswitha, cria-t-elle brutalement à la serveuse qui avait trente ans de plus qu'elle. Table 10. L'addition.

Roswitha disparut, obéissante, et Amelie allait la suivre, mais Jenny l'arrêta.

— Combien de fois je t'ai dit d'enlever ce piercing dégoûtant et de te faire une coiffure décente quand tu viens travailler ! dit-elle, avec une réprobation lisible sur sa figure bouffie. Et puis un chemisier conviendrait mieux que ce maillot. Il pourrait te servir comme sous-vêtement ! ici, c'est une auberge honnête et pas une… une de ces boîtes disco berlinoises !

— Mais ça plaît aux hommes, répliqua Amelie pincée.

Les yeux de Jenny Jagielski s'amenuisèrent, des taches rouges pareilles à des inflammations apparurent sur son cou gras.

— Ça m'est égal, siffla-t-elle menaçante. Tu devrais lire les règles d'hygiène !

Amelie avait déjà une réplique cinglante au bord des lèvres, mais elle la retint au dernier moment. Même si tout dans la Jagielski, depuis sa permanente bon marché jusqu'à ses mollets gros comme des saucisses, lui répugnait, elle ne devait pas se la mettre à dos. Elle avait besoin de ce travail au *Cheval Noir*.

— Et vous ? la patronne foudroya les cuisiniers du regard. Vous n'avez rien d'autre à faire ?

Amelie quitta la cuisine. Juste à cet instant Manfred Wagner bascula en entraînant le tabouret.

— Hé, Manni, cria un homme de la table des habitués. L'est pourtant que 10 heures !

Les autres rirent avec servilité. Personne ne s'en formalisa, le spectacle se répétait chaque soir, mais d'habitude c'était seulement vers 23 heures. On se contentait d'appeler sa femme qui arrivait vingt minutes après, payait la casse et remorquait son mari jusqu'à leur maison. Mais ce soir-là, Manfred varia la chorégraphie. Lui d'habitude si pacifique se redressa sans aide étrangère, agrippa sa chope et la jeta par terre. À la table, les conversations cessèrent, quand il se tourna vers des habitués.

— Espèce de salauds, bredouilla-t-il, la langue alourdie par l'alcool. Vous êtes assis sur votre cul à jacter sur des conneries et vous faites que dalle. Peut-être bien que vous vous en fichez ! Wagner s'agrippa à un dossier de chaise et, de ses yeux pochés, parcourut la salle d'un regard féroce. Mais moi, je dois… voir… ce porc, en… pensant que…

Il s'arrêta, et baissa la tête. Jörg Richter s'était levé pour aller lui poser la main sur l'épaule.

— Viens Manni, dit-il. T'inquiète pas. J'appelle Andrea et elle…

— Me touche pas ! hurla Wagner en le repoussa si violemment que le jeune homme perdit l'équilibre et tomba.

Dans sa chute, il se retint à une chaise qui céda en entraînant son occupant. En un clin d'œil, ce fut le chaos.

— Je vais le saigner ce porc ! hurlait Manfred Wagner.

En se débattant, il renversa les verres pleins de la table des habitués, dont le contenu se répandit sur les vêtements des hommes et coula par terre. Fascinée, Amelie contemplait le spectacle depuis la caisse, tandis que ses collègues s'agitaient au milieu de la mêlée.

Une vraie bagarre bien crasse au *Cheval Noir* ! Enfin il se passait quelque chose dans ce trou ! Jenny Jagielski passa devant elle et se précipita à la cuisine.

— Une auberge honnête, murmura Amelie moqueuse, ce qui lui valut un regard furieux.

Quelques secondes après, la patronne jaillissait de la cuisine, suivie par Kurt et Achim. Les deux cuisiniers maîtrisèrent l'ivrogne en un tour de main. Amelie prit un balai et une pelle pour ramasser les débris de verre. Manfred Wagner n'opposa aucune résistance et se laissa emmener vers la sortie, mais arrivé à la porte il se dégagea de la poigne des hommes et se retourna. Il chancelait, les yeux injectés de sang. La salive coulait de sa bouche sur sa barbe hirsute. Une tache sombre s'élargissait sur le devant de son pantalon. Il doit être vraiment bourré, pensa Amelie. Jamais elle ne l'avait vu se pisser dessus. Elle éprouva soudain de la pitié pour cet homme dont jusqu'à présent elle s'était moquée en cachette. Et si le meurtre de sa fille était la raison qui le faisait chaque soir, avec une implacable régularité, se saouler jusqu'au coma ? Dans l'auberge régnait un silence de mort.

— Je l'aurai ce porc ! cria Manfred Wagner. Je le saignerai à mort, ce… ce… cochon d'assassin !

Il baissa la tête. Puis il éclata en sanglots.

Tobias Sartorius sortit de la douche et attrapa la serviette qu'il avait préparée. Il passa ses mains sur le miroir embué et observa son visage dans la lumière chiche que dispensait la seule ampoule, pas encore grillée, de la salle de bains. Le matin du 16 septembre 1997, il s'était regardé dans ce miroir pour la dernière fois, peu avant qu'ils viennent l'arrêter. Il s'était tellement pris pour un adulte cet été-là, après le bac ! Tobias ferma les yeux et posa le front contre la surface froide. Ici, dans cette maison, où chaque coin lui était familier, les dix années de rétention semblaient s'effacer. Il se rappelait chaque détail du jour qui avait précédé son arrestation comme si c'était hier. C'était incroyable comme il avait été naïf. Aujourd'hui encore, il y avait un trou noir dans ses souvenirs, mais le tribunal n'avait pas voulu le croire. Il ouvrit les yeux, fixa le miroir et, pendant une seconde, il fut presque étonné d'y voir le visage anguleux d'un homme de trente ans. De la pointe du doigt, il toucha la cicatrice blanche qui allait de la mâchoire au menton. On lui avait fait cette blessure pendant la première semaine de prison et c'est à cause d'elle que, pendant dix ans, il avait vécu seul dans une cellule et avait eu peu de contacts avec ses codétenus. Dans la sévère hiérarchie de la prison, un meurtrier de jeune fille n'est qu'à deux doigts du pire salaud, le meurtrier d'enfant. La porte de la salle de bains fermait mal, un courant d'air froid frappa sa peau humide et le fit frissonner. D'en bas, des voix montaient vers lui. Son père devait avoir de la visite. Tobias se détourna et enfila un slip, un jean et un T-shirt. Il avait visité ce qui restait de la grande ferme, c'était déprimant, mais il avait constaté que la partie de devant, au contraire de la partie arrière, paraissait moins bordélique. Son vague projet de quitter Altenhain l'avait abandonné. Il lui était impossible de laisser son père dans cette clochardisation. Plus tard, il verrait. Il sortit de la salle de bains, passa devant la porte fermée de son ancienne chambre d'enfant et descendit l'escalier, en évitant par une vieille habitude les marches qui grinçaient. Son père était assis à la table de la cuisine, le visiteur tournait le dos à Tobias. Malgré cela, il le reconnut aussitôt.

Quand Oliver von Bodenstein, commissaire et chef de la brigade criminelle à Hofheim, arriva chez lui vers 21 h 30, le seul être vivant qu'il trouva fut son chien. Son accueil lui parut plus penaud qu'amical – un indice indubitable de mauvaise conscience. Bodenstein en flaira la raison avant de la voir. Il avait derrière lui une journée stressante de quatorze heures avec une réunion inutile au LKA*, la découverte d'un squelette à Eschborn que sa supérieure, la conseillère judiciaire Nicole Engel, avait qualifiée, dans son amour des anglicismes, de *cold case* et, pour couronner le tout, le pot de départ d'un collègue de la K23, qui était nommé à Hambourg. L'estomac de Bodenstein criait famine car, à part un trop-plein d'alcool, il ne l'avait nourri que d'un paquet de chips. Dépité il découvrit en ouvrant le réfrigérateur qu'il ne contenait rien qui aurait pu calmer ses nerfs stomachiques. Cosima aurait au moins pu faire les courses faute de lui préparer à dîner ? Et au fait où était-elle ? Il alla dans le hall d'entrée, ignorant le tas puant et la mare qui, grâce au chauffage par le sol, n'était déjà plus qu'une flaque jaunâtre et collante, puis il monta l'escalier qui conduisait à la chambre de sa plus jeune fille. Le lit de Sophia, comme on pouvait s'y attendre, était vide. Cosima avait dû prendre la petite avec elle. Il ne l'appellerait pas puisqu'elle ne lui avait même pas laissé un mot pour lui dire où elle était ni envoyé un SMS ! Bodenstein s'était déjà déshabillé et s'apprêtait

* *Landkriminalamt* : police criminelle du land.

à passer sous la douche quand le téléphone sonna. Bien entendu l'appareil n'était pas à sa place sur la commode du couloir, mais quelque part dans la maison. Avec un agacement grandissant, il se mit à sa recherche et poussa un juron en butant dans le salon sur un jouet qui traînait. Au moment où il mettait la main dessus, la sonnerie s'arrêta. Au même moment la clé tourna dans la serrure et le chien se mit à aboyer d'excitation. Cosima entra, portant sur un bras l'enfant qui tombait de sommeil et dans l'autre un immense bouquet de fleurs.

— Tu es déjà rentré, dit-elle en guise de salut. Pourquoi tu ne réponds pas au téléphone ?

Aussitôt il se rebiffa.

— Parce que j'ai dû d'abord le trouver. Au fait où étais-tu ?

Elle ne lui répondit, et, sans faire attention à sa nudité, elle passa devant lui et gagna la cuisine. Là, elle posa le bouquet sur la table et lui tendit une Sophia maintenant tout à fait réveillée et mal lunée qui pleurnichait. Bodenstein prit sa fille sur le bras. Il sentit aussitôt que la couche devait être pleine à ras bord.

— J'ai envoyé plusieurs SMS pour que tu ailles chercher Sophia chez Lorenz et Thordis, dit Cosima en retirant son manteau.

Elle paraissait épuisée et à bout de nerfs, mais il ne se sentait pas coupable.

— Je n'ai reçu aucun SMS.

Sophia se retourna sur son bras et se mit à pleurer.

— Parce que ton portable était fermé. Tu sais depuis des semaines que j'avais rendez-vous cet après-midi avec le Filmmuseum pour le vernissage de l'exposition de photos sur la Nouvelle-Guinée, dit-elle d'un ton sec. Tu m'avais promis d'être à la maison ce soir et de t'occuper de Sophia. Mais tu m'as fait faux bond une fois de plus, tu as fermé ton portable et tu n'es pas allé chercher Sophia chez Lorenz.

Bodenstein dut reconnaître qu'il avait effectivement promis à Cosima de rentrer tôt. Il l'avait oublié et cela l'irrita encore plus.

— Elle a sa couche pleine, dit-il en éloignant un instant l'enfant de lui. En plus le chien s'est oublié. Tu aurais pu le faire sortir avant de partir. Et tu aurais pu aussi aller faire les courses, afin que je trouve quelque chose à manger après une longue journée de travail.

Cosima ne répondit pas. Elle se contenta de le considérer en levant les sourcils ce qui le mit en rage, car il se sentit immédiatement irresponsable et mesquin. Elle lui prit la petite en pleurs, et l'emmena en haut pour la changer et la mettre au lit. Bodenstein resta, indécis, dans la cuisine. La fierté et la raison combattaient en lui mais finalement ce fut cette dernière qui l'emporta. Il prit en soupirant un vase dans le placard, le remplit d'eau et mit le bouquet dedans. Puis il alla chercher un seau et un rouleau de sopalin dans la réserve et fit disparaître le legs du chien dans le hall. La dernière chose qu'il souhaitait était une dispute avec Cosima.

— Bonjour, Tobias. Claudius Terlinden sourit amicalement. Il se leva de sa chaise et lui serra la main. C'est bien que tu sois revenu à la maison.

Tobias prit la main tendue, mais resta muet. Le père de Lars, son ancien ami, était venu le voir plusieurs fois en prison. Et il lui avait promis d'aider ses parents. Tobias ne s'était jamais expliqué la raison de cette attitude amicale car, pendant l'enquête, ses propres déclarations l'avaient mis en cause. Mais

Terlinden, semblait-il, ne lui en avait pas tenu rigueur, au contraire, il avait immédiatement engagé pour lui le meilleur avocat de Francfort. Même si cela n'avait pu lui éviter une lourde peine.

— Je ne veux pas vous déranger longtemps, je suis seulement venu pour te faire une proposition, dit Claudius Terlinden en se rasseyant.

Il avait changé durant ces dernières années. Mince, et bronzé même en novembre, il portait à présent les cheveux rejetés en arrière et son visage aux traits acérés était devenu un peu bouffi.

— Si tu t'installes ici et si tu ne trouves pas de job, tu peux venir travailler chez moi. Qu'est-ce que tu en penses ?

Il jeta un regard plein d'attente par-dessus le bord de ses demi-lunettes. Bien qu'il ne fût pas particulièrement impressionnant ni par la taille ni par l'apparence, il émanait de lui l'assurance placide du chef d'entreprise qui a réussi et cette autorité innée qui fait naître la soumission chez autrui. Tobias ne prit pas la chaise libre mais resta debout, appuyé au bord de la table, les bras croisés. Non qu'il y eût beaucoup d'alternatives à l'offre de Terlinden, mais quelque chose éveillait sa méfiance. Dans son coûteux complet taillé sur mesure, son manteau de cachemire noir et ses chaussures étincelantes, Claudius Terlinden paraissait un corps étranger dans cette cuisine misérable. Tobias se sentait sur le point de s'évanouir. Il ne voulait pas être l'obligé de cet homme. Son regard se tourna vers son père qui, la tête rentrée dans les épaules, regardait ses mains croisées sans dire un mot, comme un serf qui aurait la visite du grand propriétaire terrien. Cette image ne plut pas du tout à Tobias. Son père n'avait pas à s'abaisser devant quelqu'un, même pas devant Claudius Terlinden, qui avait fait de la moitié des villageois ses débiteurs avec ses générosités affichées, sans que personne n'ait la possibilité de lui rendre la pareille. Presque tous les jeunes gens d'Altenhain avaient travaillé chez lui ou profité d'une façon ou d'une autre de ses largesses. Claudius Terlinden n'attendait pour cela aucune contrepartie sauf un remerciement. De toute façon, la moitié des Altenhainers travaillaient pour lui et il jouissait d'un statut quasi divin dans le coin. Le silence devenait gênant.

— Bon.

Terlinden se leva et aussitôt Hartmut Sartorius se dressa à son tour.

— Tu sais où me trouver. Fais-moi vite savoir ce que tu auras décidé.

Tobias acquiesça et s'écarta pour le laisser passer. Il resta dans la cuisine pendant que son père raccompagnait le visiteur.

— Il ne veut que ton bien, dit Hartmut Sartorius quand il revint deux minutes plus tard.

— Je n'ai pas besoin de ses faveurs, répondit Tobias violemment. Cette façon d'entrer… comme… comme un roi qui daignerait faire une visite à son valet. Comme s'il était d'essence supérieure !

Hartmut Sartorius soupira. Il remplit la bouilloire et la posa sur le fourneau.

— Il nous a beaucoup aidés, dit-il à voix basse. Nous n'avions pas d'économies, l'argent allait toujours à la ferme et à l'auberge. L'avocat nous a coûté très cher et ensuite les clients sont partis. Un jour ou l'autre je n'aurais pas pu rembourser mon crédit à la banque. Claudius a racheté notre créance.

Tobias regarda son père d'un air incrédule.

— Tu veux dire que toute la ferme *lui* appartient en réalité ?

— À proprement parler, oui. Mais nous avons un contrat. Je peux la lui racheter à tout moment et j'ai le droit d'y rester jusqu'à ma mort.

Tobias dut d'abord digérer cette nouvelle. Il refusa le thé que son père lui proposait.

— Combien d'argent tu lui dois ?

Hartmut Sartorius hésita un instant à répondre. Il connaissait le tempérament emporté de son fils.

— Trois cent cinquante mille euros. J'ai remboursé la banque avec ce montant.

— Le terrain seul vaut au moins le double, dit Tobias d'une voix qu'il essayait de dominer. Il s'est servi de ta détresse pour t'arnaquer.

— Nous ne pouvions pas faire la fine bouche, dit Hartmut Sartorius en haussant les épaules. Il n'y avait pas d'alternative. La banque aurait saisi la ferme et nous aurions été jetés dehors.

Soudain une idée traversa l'esprit de Tobias.

— Qu'est devenu le Schillingsacker ? demanda-t-il.

Son père baissa les yeux et observa la bouilloire.

— Papa !

— Mon Dieu, dit Hartmut Sartorius en relevant la tête. Ce n'était qu'un pré !

Tobias commençait à comprendre. Dans sa tête les détails se mettaient en place. Son père avait vendu le Schillingsacker et c'est pour ça que sa mère l'avait quitté ! Ce n'était pas un simple morceau de terre, mais la dot qu'elle avait apportée à son mariage. Mais le Schillingsacker n'était pas seulement un pré planté de pommiers d'une valeur purement symbolique. Après le changement de la loi d'occupation des sols en 1942, le terrain était devenu le plus précieux de la commune d'Altenhain. En effet ses mille cinq cents mètres carrés étaient situés en plein milieu de la zone industrielle. Terlinden le convoitait depuis des années.

— Qu'est-ce qu'il t'en a donné ? demanda Tobias d'une voix égale.

— Dix mille euros, dit son père en baissant la tête.

Un si grand terrain au milieu d'une zone industrielle valait cinquante fois plus !

— Claudius en avait besoin immédiatement pour une nouvelle construction. Après tout ce qu'il avait fait pour nous, je ne pouvais pas le lui refuser.

Tobias se mordit les lèvres et, saisi d'une colère impuissante, il serra les poings. Il ne pouvait faire aucun reproche à son père, car lui seul était responsable de la situation difficile à laquelle ses parents avaient dû faire face. Soudain il eut l'impression d'étouffer dans cette maison, dans ce fichu village. Malgré cela il allait rester, il resterait jusqu'à ce qu'il découvre ce qui s'était vraiment passé huit ans plus tôt.

Peu avant 23 heures, Amelie quitta le *Cheval Noir* par la porte de derrière. Ce soir-là elle aurait aimé rester plus longtemps pour en apprendre un peu plus sur la nouvelle du jour. Mais Jenny Jagielski respectait très strictement les lois sur le travail des mineurs et ne voulait pas d'ennuis avec les autorités, or Amelie n'avait que dix-sept ans. Amelie, elle, s'en moquait, elle était contente d'avoir trouvé ce travail de serveuse et de gagner un peu de fric. Son père s'était révélé aussi pingre que sa mère le lui avait toujours dit. Il refusait de lui payer un nouveau portable sous prétexte que le vieux faisait toujours l'affaire. Les trois premiers mois dans ce village minable avaient été affreux, mais son séjour imposé à Altenhain ne serait pas éternel et elle avait décidé de supporter ces cinq mois qui la séparaient de son dix-huitième anniversaire. Au plus tard, le 21 avril 2009, elle prendrait le premier train pour Berlin. Personne ne pourrait l'en empêcher. Amelie alluma une cigarette et dans l'obscurité chercha des yeux Thies, qui l'attendait chaque soir pour la raccompagner chez elle. Leur grande amitié nourrissait la curiosité des commères du village. Les bruits les plus insensés couraient sur eux, mais Amelie n'en avait cure. À trente ans, Thies Terlinden vivait toujours chez ses parents, parce qu'il n'avait pas toute sa tête, chuchotait-on dans le village derrière son dos. Amelie enfila son sac à dos et se dirigea vers lui. Thies se tenait sous le réverbère devant l'église, les mains enfoncées dans les poches de son paletot, le regard fixé sur le sol. Il la rejoignit quand elle passa devant lui.

— Ce soir, c'était plutôt animé, dit Amelie et elle raconta à Thies ce qui s'était passé au *Cheval Noir* et ce qu'elle avait appris sur Tobias Sartorius.

Elle s'y était habituée, Thies ne donnait jamais de vraie réponse. S'il restait muet, c'est qu'il ne savait pas parler, l'idiot du village. Mais ce n'était pas vrai. Thies n'était pas idiot, il était, comment dire, différent. Amelie aussi était différente. Son père n'aimait pas qu'elle passe son temps avec Thies, mais il ne pouvait pas l'en empêcher. Il était clair, pensait Amelie avec un amusement cynique, que son radin de père regrettait amèrement d'avoir pris chez lui, sur l'insistance de sa femme, la fille trop voyante qu'il avait eue d'un éphémère premier mariage. À ses yeux, il n'était rien d'autre qu'une tache grise indécise sans angle, sans aspérité et sans colonne vertébrale qui menait prudemment sa vie bien-pensante de comptable, s'efforçant constamment de ne pas se faire remarquer. Il ne pouvait qu'être horrifié par une fille de dix-sept ans, avec un casier judiciaire et qui faisait tout pour se faire remarquer : le visage percé d'une demi-livre de métal, des vêtements exclusivement noirs, un maquillage et une coiffure qui auraient pu servir de modèle à Bill Kaulitz de Tokio Hotel. Arne Fröhlich avait certainement une foule d'objections à l'amitié d'Amelie pour Thies, mais il ne les aurait jamais exprimées. D'ailleurs ça n'aurait servi à rien. Toute sa vie, Amelie s'était moquée des interdits. La véritable raison du silence de son père, c'était que Thies était le fils de son patron. Elle laissa tomber son mégot dans le caniveau et continua son chemin en réfléchissant à haute voix sur Manfred Wagner, Tobias Sartorius, et la fille morte.

Au lieu de suivre la rue principale éclairée, ils avaient emprunté le Hohlweg sombre et étroit qui allait de l'église au cimetière en longeant les jardins des maisons et conduisait en montant au Waldrand. Après dix minutes de marche, ils atteignirent le bois où, sur un vaste terrain qui surplombait le village, ne s'élevaient que trois maisons : au milieu, celle d'Amelie où elle habitait avec son père, sa belle-mère et ses deux petites demi-sœurs ; à droite le pavillon de Lauterbach et à gauche dans un parc, la grande villa patricienne de Terlinden qui donnait directement sur le bois. Éloignée de quelques mètres, après le portail de fer forgé de la propriété de Terlinden, se trouvait l'entrée arrière de la ferme de Sartorius, qui s'étendait sur toute la colline en descendant jusqu'à la route. C'était autrefois une vraie ferme avec des vaches et des cochons. À présent il n'y avait plus sur tout ce terrain qu'une seule porcherie. Une verrue, aimait dire avec réprobation le père d'Amelie. Amelie s'arrêta au pied de l'escalier. Elle et Thies avaient l'habitude de se séparer ici. Il continuait simplement son chemin sans mot dire. Mais ce soir-là, il sortit de son silence au moment où Amelie s'apprêtait à monter l'escalier.

— C'étaient les Schneeberger qui y habitaient avant, dit-il de sa voix sans timbre.

Pour la première fois de la soirée elle regarda son ami dans les yeux mais comme d'habitude il évita son regard.

— Vraiment ? s'exclama-t-elle incrédule. La fille que Tobias a tuée habitait dans *notre* maison ?

Thies acquiesça de la tête sans la regarder.

— Oui. C'est ici qu'habitait Blanche-Neige.

VENDREDI 7 NOVEMBRE 2008

Tobias ouvrit les yeux et pendant quelques secondes il ne sut plus où il était. Au lieu des murs blanchis de sa cellule, Pamela Anderson, sur le poster qui lui faisait face, le contemplait d'un air radieux. Il comprit alors qu'il n'était plus en prison mais dans son ancienne chambre. Il resta un moment sans bouger, écoutant les bruits qui montaient à travers la fenêtre entrouverte. La cloche de l'église sonna six coups, quelque part un chien aboya, un autre lui répondit, puis tous les deux se turent. La chambre était restée la même : le bureau et l'étagère de livres en sapin bon marché, l'armoire avec la porte voilée. L'affiche de l'équipe de Francfort, Pamela Anderson et Damon Hill qui avait été champion du monde sur Williams Renault de formule I en 1996. La petite chaîne stéréo que ses parents lui avaient offerte en mars 1997. Le canapé rouge sur lequel il… Tobias se redressa et secoua la tête. En prison il lui était plus facile de contrôler ses pensées. À présent les réflexions torturantes le rattrapaient : que serait-il arrivé autrefois si Stefanie n'avait pas rompu avec lui ? Vivrait-elle encore ? Il savait ce qu'il avait fait. Ils le lui avaient expliqué des centaines de fois. D'abord la police, puis son avocat, enfin le procureur et la juge. C'était convaincant, il y avait des indices, il y avait des témoins, il y avait le sang dans sa chambre, sur ses vêtements, dans son auto. Mais pourquoi y avait-il un trou de deux heures dans ses souvenirs ? Même aujourd'hui, il n'avait devant lui qu'un trou noir.

Il se souvenait parfaitement de ce 6 septembre 1997. Le défilé prévu pour la kermesse avait été supprimé, par compassion, car à Londres, cet après-midi-là, la princesse Diana était portée en terre. La moitié de la planète était devant la télévision pour voir le cercueil, contenant la rose mortellement accidentée de l'Angleterre, parcourir les rues de la capitale anglaise. Cependant à Altenhain, on n'avait pas voulu supprimer toute la kermesse. Mais, ce soir-là, ils auraient tous mieux fait de rester chez eux !

Tobias soupira et se tourna sur le côté. Le silence était tel qu'il pouvait entendre les battements de son cœur. Un instant, il eut l'impression qu'il avait vingt ans et que rien de tout ça n'avait eu lieu. Sa place à la fac l'attendait à Munich. Avec une moyenne de 18 au bac, il n'avait eu aucun problème pour l'obtenir. Aux souvenirs heureux se mêlaient à nouveau les malheureux. C'était à la fête donnée pour les résultats du bac dans le jardin d'un camarade de classe à Schneidhain qu'il avait embrassé Stefanie pour la première fois. La colère de Laura avait éclaté et elle s'était jetée au cou de Lars pour le rendre jaloux. Mais comment penser à Laura quand il avait Stefanie dans ses bras ! Elle était la première fille qu'il avait dû conquérir. C'était pour lui une expérience nouvelle, d'habitude c'étaient les filles qui lui couraient après, au grand dam de ses copains. Pendant des semaines, il avait poursuivi Stefanie, jusqu'à ce qu'elle finisse par céder. Les quatre semaines suivantes avaient été les plus heureuses de sa vie – jusqu'à la douche froide du

6 septembre. Stefanie était devenue Miss Kermesse, un titre idiot auquel Laura avait été abonnée pendant des années. Cette fois c'est Stefanie qui l'avait décroché. Il travaillait avec Nathalie et quelques autres à servir à boire sous la tente et il avait vu Stefanie flirter avec un autre type, jusqu'à ce que soudain elle disparaisse. Il avait peut-être un peu trop bu. Nathalie avait vu combien il souffrait. Va la chercher, lui avait-elle dit. Il s'était précipité hors de la tente. Il l'avait cherchée longtemps, et quand il l'eut trouvée, la jalousie explosa en lui comme une bombe. Comment avait-elle pu lui faire ça, comment avait-elle pu l'humilier et le blesser devant tout le monde ? Et tout ça pour un rôle minable dans une pièce de théâtre stupide ? Tobias rejeta les couvertures et sauta du lit. Il fallait qu'il fasse quelque chose, qu'il travaille, qu'il se délivre de ses souvenirs torturants.

Amelie marchait en baissant la tête sous la fine bruine. Comme chaque matin, elle avait refusé l'offre de sa belle-mère de la conduire à l'arrêt de bus, mais maintenant elle devait se dépêcher si elle ne voulait pas manquer le bus scolaire. Novembre montrait son visage inamical, brumeux et pluvieux, mais Amelie avait un faible pour la lugubre désolation de ce mois. Elle aimait marcher seule dans le village endormi. Dans les écouteurs de son iPod hurlait à lui déchirer les tympans *Schattenkindern* du Dark-Wave-Gruppen, un de ses groupes favoris. Elle était restée éveillée la moitié de la nuit, en pensant à Tobias Sartorius et aux filles assassinées. Laura Wagner et Stefanie Schneeberger avaient à cette époque dix-sept ans, juste son âge actuel. Et elle habitait précisément dans la maison où une des victimes avait vécu. Il fallait absolument qu'elle en apprenne plus sur cette fille que Thies avait appelée Blanche-Neige. Que s'était-il passé autrefois à Altenhain ?

Une voiture freina à côté d'elle. Sûrement sa belle-mère qui la rendait à moitié folle avec sa gentillesse agaçante. Puis Amelie reconnut Claudius Terlinden, le patron de son père. Il avait baissé la vitre et lui faisait signe d'approcher. Amelie coupa la musique.

— Tu ne veux pas monter ? demanda-t-il. Tu es toute trempée.

La pluie ne dérangeait pas Amelie mais elle n'avait rien contre la proposition de Terlinden. Elle aimait la grosse Mercedes noire aux sièges de cuir clair qui sentait le neuf et elle était fascinée par les raffinements techniques que Terlinden prenait plaisir à lui présenter. Pour des raisons inexplicables, elle aimait bien son voisin, même si, avec ses costumes coûteux, sa grosse voiture et sa villa tape-à-l'œil, il était le prototype du pourri plein de fric qu'elle et ses copains ne portaient pas dans leur cœur. Mais il y avait autre chose. Parfois, Amelie se demandait si elle était tout à fait normale, car ces derniers temps dès qu'un représentant du sexe masculin s'intéressait à elle, elle pensait aussitôt au sexe. Comment réagirait M. Terlinden si elle lui posait la main sur la cuisse et lui faisait une proposition non équivoque ? À cette idée elle se sentit prise d'un fou rire hystérique qu'elle ne retint qu'avec peine.

— Allez viens, cria-t-il avec un geste d'invite. Monte !

Amelie fourra son baladeur dans la poche de sa veste et se laissa tomber sur le siège de cuir. La lourde porte de la luxueuse voiture se referma avec un bruit mat. Terlinden descendit la Waldstrasse et sourit à Amelie.

— Comment ça va ? demanda-t-il. Tu parais préoccupée.

Amelie hésita un instant.

— Je peux vous demander quelque chose ?

— Naturellement. Vas-y.

— Les deux filles qui ont disparu autrefois. Vous les avez connues ?

Claudius Terlinden lui jeta un bref regard. Il ne souriait plus.

— Pourquoi tu veux le savoir ?

— Parce que je suis curieuse. On en reparle beaucoup depuis que cet homme est arrivé. Je trouve ça passionnant.

— Hum. Ça a été une triste affaire. Et ça l'est encore aujourd'hui, répondit Terlinden. Bien entendu, j'ai connu les deux filles. Stefanie était la fille de nos voisins. Et Laura, je la connaissais depuis son enfance. Sa mère était gouvernante chez nous. C'est affreux pour les parents que les filles n'aient pas été retrouvées.

— Hum, dit Amelie pensive. Avaient-elles des surnoms ?

— À qui tu penses ? dit Terlinden qui parut étonné par cette question.

— À Stefanie et à Laura.

— Je ne sais pas. Pourquoi… ah, si. Stefanie avait un surnom. Les autres enfants l'appelaient Blanche-Neige.

— Pourquoi ?

— Peut-être à cause de son patronyme, Schneeberger.

Terlinden fronça les sourcils et ralentit. Devant l'arrêt de bus, le bus scolaire, ses feux de position allumés, attendait les écoliers qu'il devait transporter à Königstein.

— Ah non, se souvint alors Terlinden, c'est à cause de cette pièce de théâtre. Stefanie tenait le rôle principal. Elle aurait dû jouer Blanche-Neige.

— Aurait dû ? demanda Amelie avec curiosité. Elle ne l'a pas jouée ?

— Non. Elle a disparu… oui, elle a disparu avant.

Les tranches de pain jaillirent du toasteur avec un claquement. Pia en tartina deux avec du beurre salé, puis elle étala dessus une couche de Nutella et pressa les deux moitiés ensemble. Elle aimait cette combinaison sucrée salée et savourait chaque bouchée après quoi elle lécha ses doigts pleins de beurre et de Nutella pour ne pas tacher le journal qui était étalé devant elle. Le squelette trouvé hier sur l'ancien aéroport n'avait droit qu'à une notule de cinq lignes. Le onzième jour du procès de Vera Kaltensee occupait quatre colonnes dans les pages locales de la *Frankfurter Neue Presse*. À 9 heures, Pia devait témoigner devant le tribunal régional sur ce qui s'était passé en Pologne, l'été dernier. Involontairement ses pensées la ramenèrent à Henning. La tasse de café s'était transformée en trois tasses. Elle avait plus parlé avec lui que durant leurs seize ans de mariage, mais Pia n'avait trouvé aucune solution à son dilemme. Depuis leur aventure en Pologne, il s'était lié avec Miriam Horowitz, la meilleure amie de Pia. Cependant dans une circonstance sur laquelle il n'aimait pas s'étendre, il s'était laissé séduire par celle qui l'avait précédée, l'ardente Valerie Löblich, procureur de son état. Un écart, avait-il juré, mais aux conséquences fatales. La Löblich était maintenant enceinte. Henning était complètement dépassé par les événements et parlait de s'enfuir aux États-Unis. Depuis des années, l'université du Tennessee lui offrait un poste très lucratif et d'un grand intérêt scientifique. Pendant que Pia réfléchissait au problème de Henning, tout en se demandant si cette première bombe calorique pouvait être suivie d'une seconde, Christoph sortit de la salle de bains et s'assit en face d'elle. Ses cheveux étaient humides et il sentait l'after-shave.

— Tu crois que tu pourras venir ce soir ? demanda-t-il en se servant du café. Annika serait très heureuse.

— Si rien ne se met en travers, il ne devrait pas y avoir de problème. Pia succomba à la tentation et se fit un deuxième toast. Je dois témoigner à 9 heures au tribunal mais, à part ça, je n'ai rien d'urgent.

Christoph regarda d'un air amusé le beurre salé et le Nutella, tout en mordant dans sa raisonnable et saine tranche de pain noir couverte de fromage écrémé. Son regard causait toujours à Pia un picotement dans le ventre. C'étaient ses yeux noirs qui l'avaient tout de suite attirée et aujourd'hui leur pouvoir n'avait pas diminué. Christoph Sander était un homme impressionnant, qui n'avait pas à faire montre de sa force. Il n'avait pas la beauté incontestable de son chef mais il y avait quelque chose dans ses traits qui forçait les autres à le regarder une seconde fois. C'était surtout à cause de son sourire qui s'allumait dans ses yeux puis s'étendait à tout son visage si bien que Pia ne pouvait faire autrement que de se jeter dans ses bras.

Christoph et elle s'étaient connus au cours d'une enquête criminelle qui avait conduit Pia à l'Opel-Zoo de Kronberg. Christoph, qui en était le directeur, lui avait plu d'emblée – le premier homme sur lequel elle avait levé les yeux depuis sa séparation d'avec Henning. L'attirance avait été réciproque. Pour des raisons stupides, Oliver von Bodenstein avait un certain temps soupçonné fortement Christoph. Quand l'affaire avait été résolue et Christoph lavé de tout soupçon, leur relation avait très vite évolué et la passion amoureuse s'était transformée en amour. Depuis deux ans, ils vivaient ensemble. Chacun avait conservé sa propre maison mais pour peu de temps car les trois filles de Christoph, qu'il élevait seul depuis la mort de sa femme, étaient prêtes à quitter le nid : Andrea, l'aînée, travaillait depuis le printemps à Hambourg, Antonia, la plus jeune, vivait plus ou moins avec son ami Lukas et Annika allait partir en Australie retrouver le père de son fils. Elle donnait ce jour même une soirée d'adieu dans la maison de son père, avant de prendre l'avion pour Sydney le lendemain. Pia savait que cela n'enchantait pas Christoph. Il ne faisait pas confiance au jeune homme qui l'avait mise enceinte quatre ans auparavant. À la décharge de celui-ci, on pouvait arguer qu'Annika lui avait caché sa grossesse et avait rompu avec lui. Mais tout s'était arrangé et Jarek Gordon, devenu entre-temps biologiste, travaillait à présent dans un institut de recherches marines sur une île de la Grande Barrière de corail. C'était quasiment un collègue de travail pour Christoph et il avait donné, même si c'était à contrecœur, sa bénédiction à sa fille et à son ami.

Comme il n'était pas question que Pia quitte le Birkenhof, Christoph avait loué sa maison de Bad Soden à partir du 1er janvier. La soirée d'adieu d'Annika était donc aussi les adieux de Christoph à la maison où il avait vécu de longues années. Les cartons étaient déjà faits, l'expédition du mobilier prévue pour le mois suivant. Jusqu'à ce que le service d'urbanisme de Francfort donne le feu vert pour les projets d'agrandissement de la petite maison de Pia. En attendant, les meubles seraient mis dans un garde-meuble. Oui, Pia était satisfaite du tournant qu'avait pris sa vie privée.

Tobias avait relevé tous les volets roulants pour évaluer à la lumière du jour l'état lamentable de la maison. Son père était allé faire des courses et, pour commencer, il s'était attaqué aux vitres. Il était en train de laver celles de la fenêtre de la salle à manger quand son père rentra et gagna la cuisine la tête basse. Tobias descendit de l'escabeau et le suivit.

— Qu'est-ce qui t'arrive ?

Son regard tomba sur le panier à provisions vide.

— Elle n'a pas voulu me servir, répondit Hartmut Sartorius à voix basse. C'est pas grave. J'irai au supermarché de Bad Soden.

— Jusqu'à hier, tu te servais chez les Richter, non ? voulut savoir Tobias.

Son père acquiesça. Sans réfléchir, Tobias mit sa veste, attrapa le panier à provisions qui contenait le porte-monnaie de son père et quitta la maison. Il tremblait intérieurement de colère. Les Richter avaient été des amis de ses parents et aujourd'hui cette carne desséchée jetait son père dehors ! Ah, non, il ne le permettrait pas. Quand il traversa la rue, il perçut du coin de l'œil quelque chose de rouge sur la façade de l'auberge et se retourna. ICI HABITE UN SALAUD D'ASSASSIN s'étalait en lettres rouges sur le mur. Tobias se figea quelques secondes, stupéfait par cette phrase haineuse qui sautait aux yeux de chaque passant. Son cœur se mit à taper dans sa poitrine et il sentit son estomac se nouer. Ces porcs ! Dans quel but faisaient-ils ça ? Le chasser de la maison de ses parents ? La prochaine fois, ils y mettraient peut-être le feu ! Il compta jusqu'à dix, puis il fit demi-tour et fonça sur l'épicerie des Richter. La mafia des commères l'avait vu arriver à travers la vitrine. Quand la sonnette de la porte retentit, elles se tenaient comme sur une scène de théâtre. Margot Richter trônait derrière la caisse, coriace et mauvaise comme la gale, toujours raide comme un balai. Son mari aussi large que haut s'était mis derrière elle, autant pour chercher refuge que pour menacer. Tobias n'accorda pas un regard au reste de l'assemblée. Il les connaissait toutes, c'étaient les mères de ses amis d'enfance. Devant, Inge Dombrowski, coiffeuse et reine indétrônable de la calomnie. Derrière, Gerda Pietsch avec sa figure de bouledogue, deux fois plus grosse qu'avant et la langue sans doute deux fois plus acérée. À ses côtés, Agnes Unger, la mère de Nadja, aigrie et à présent toute grise. Incroyable qu'elle ait pu mettre au monde une fille si belle !

— Bonjour, dit-il.

Un silence glacial lui répondit. Mais personne ne l'empêcha de se diriger vers les étagères. Le ronronnement du comptoir réfrigéré résonnait dans le silence tendu. Tranquillement, Tobias mit dans son panier ce que son père avait noté sur la liste de commissions. Quand il arriva à la caisse, toutes semblaient figées à leur place. Impassible en apparence, Tobias posa ses achats sur le comptoir, mais Margot Richter, les bras croisés sur la poitrine, ne fit pas un geste pour encaisser. La sonnette de la porte du magasin retentit et un livreur, pas au courant, entra en portant un paquet. Il remarqua l'atmosphère tendue et s'arrêta en hésitant. Tobias ne se poussa pas d'un millimètre. C'était une épreuve de force, non seulement avec Margot Richter, mais avec tout Altenhain.

— Encaisse-le.

Lutz Richter avait craqué après quelques minutes. Sa femme obéit en grinçant des dents et tapa les achats de Tobias sur sa caisse enregistreuse.

— Quarante-sept euros deux.

Tobias lui tendit un billet de cinquante euros. Elle lui rendit la monnaie sans une formule de politesse. Son regard aurait suffi à geler les mers du Sud, mais Tobias ne s'en soucia pas. Il avait souvent eu à soutenir des rapports de force en prison et il en était souvent sorti vainqueur.

— J'ai purgé ma peine et je suis revenu. Son regard fit le tour des visages aux yeux baissés. Que ça vous plaise ou non.

Pia arriva vers 11 h 30 au commissariat, après avoir témoigné au procès de Vera Kaltensee. Depuis des semaines, il n'y avait pas grand-chose à faire à la K11, personne n'avait trouvé bon de mourir de façon suspecte. Le squelette déterré à l'aéroport d'Eschborn était actuellement le seul cas. Les résultats de l'autopsie se faisaient toujours attendre, c'est pourquoi l'inspecteur Kai Ostermann examinait sans hâte particulière les avis de disparition des années précédentes. Il n'y avait personne pour l'aider. Son collègue Frank Behnke s'était fait porter pâle pour toute la semaine, une chute de bicyclette lui avait valu blessure au visage et contusions. Qu'Andreas Hasse soit lui aussi malade n'étonnait personne. Cela faisait des années qu'il abusait du congé maladie pendant des semaines et même des mois. On s'était organisé sans lui à la K11 et il ne manquait à personne. Pia croisa sa plus jeune collègue, Kathrin Fachinger, près de la machine à café du couloir, qui bavardait avec la secrétaire de Nicole Engel, la conseillère judiciaire. L'époque où Kathrin portait des blouses à ruchés et des pantalons à carreaux était révolue. Elle avait troqué ses lunettes rondes de chouette pour un modèle moderne anguleux et arborait un jean super étroit, des bottes à hauts talons et un pull collant qui mettait en valeur sa silhouette d'une minceur enviable. Pia ignorait la raison de ce changement et elle se rendit compte, une fois de plus, qu'elle connaissait mal la vie privée de ses collègues. En tout cas le poussin sorti de l'œuf de l'équipe avait pris une claire conscience d'elle-même.

— Pia ! Attends ! cria Kathrin à Pia qui s'arrêta.

— Qu'y a-t-il ?

Kathrin inspecta le couloir comme une conspiratrice.

— J'étais hier avec des amis à Sachsenhausen, dit-elle en baissant la voix. Tu ne croiras pas qui j'ai vu !

— Quand même pas Johnny Depp ? plaisanta Pia.

Tout le monde à la K11 savait que Kathrin était une fervente admiratrice de l'acteur américain.

— Non, j'ai vu Frank, continua Kathrin sans se laisser démonter. Il travaillait derrière le bar à Klapperkahn et il était tout sauf malade.

— Vraiment !

— Oui et maintenant je ne sais pas quoi faire. Tu crois que je dois le dire à la chef ?

Pia fronça les sourcils. Si un membre de la police avait envie d'exercer une activité d'appoint, il devait en faire la demande et obtenir une autorisation. Elle n'aurait certainement pas été accordée pour un job dans un bistrot d'une réputation douteuse. Si Kathrin l'avait réellement vu, Behnke risquait un blâme, une amende ou même une procédure disciplinaire.

— Il remplaçait peut-être un copain.

Pia n'avait pas beaucoup d'estime pour son collègue mais elle mesurait les conséquences qui découleraient d'une dénonciation officielle.

— Pas du tout, dit Kathrin, dès qu'il m'a vue, il a foncé sur moi. Il m'a accusée d'être venue l'espionner. Quelle idiotie ! Et ce salaud m'a dit que je m'en repentirais si je le mouchardais !

Kathrin avait été, c'était compréhensible, profondément blessée et furieuse. Pia ne mit pas une seconde en doute ce qu'elle disait. C'était bien dans la manière de son charmant collègue. Behnke pouvait faire preuve d'autant de diplomatie qu'un pitbull.

— Tu en as déjà parlé à Schneider ?

— Non, dit Kathrin en secouant la tête. Pourtant c'est pas l'envie qui me manque. Ça m'a vraiment mise en boule !

— Je te comprends. Frank a le chic pour vous pousser à bout. Laisse-moi en parler au chef. On pourra peut-être régler cette affaire discrètement.

— Pourquoi ? répondit Kathrin remontée. Pourquoi tout le monde prend la défense de ce fumier ? Il peut tout se permettre, nous imposer sa mauvaise humeur en toute impunité.

Pia pensait la même chose. Pour une raison quelconque, Frank Behnke jouissait de la même liberté qu'un fou du roi. À cet instant, Bodenstein surgit dans le couloir.

Pia regarda Kathrin.

— Tu sais ce que tu fais, dit-elle.

— Oui, dit-elle en allant au-devant de Bodenstein. Je peux vous parler, chef. Entre quatre yeux.

Amelie avait décidé que les recherches sur les meurtres des deux filles étaient plus importantes que l'école, aussi après la troisième heure de cours, elle avait déclaré au professeur qu'elle était malade. Elle était à présent assise à son bureau, devant son portable, en train de taper dans Google le nom du fils de ses voisins. Elle trouva une centaine d'entrées. Avec une fascination grandissante, elle lut les articles qui racontaient les événements de l'été 1997 et les comptes rendus du procès à l'issue duquel Tobias Sartorius avait été condamné à dix ans de prison. L'accusation avait été uniquement fondée sur des indices car les cadavres des jeunes filles n'avaient pas été retrouvés. C'est justement sur ce point qu'avait reposé le réquisitoire : son silence avait lourdement pesé sur le jugement. Amelie contempla la photo d'un jeune homme brun aux traits encore juvéniles sur laquelle on devinait déjà l'homme qu'il allait devenir. Tobias Sartorius devait être plutôt beau. Sur les photos, il avait les menottes mais il ne cachait son visage ni dans le col de sa veste ni derrière un dossier, il regardait droit dans la caméra. C'est pour cela qu'on l'avait traité d'assassin arrogant, insensible et cruel.

"Les parents des jeunes filles assassinées se sont portés partie civile contre Tobias S., le fils de l'aubergiste du petit village du mont Taunus. Mais les supplications désespérées d'Andrea W. et de Beate S. ont laissé froid notre bachelier. À la question : qu'avez-vous fait des cadavres des jeunes filles, S., auquel une expertise psychologique a accordé une intelligence dépassant la moyenne, est resté muet. Tactique ou arrogance ? Même quand la juge S. lui a promis de convertir l'accusation de meurtre contre Stefanie S. en homicide volontaire s'il avouait, le jeune homme

a persisté dans son silence. Cette totale absence d'empathie a étonné même les plus expérimentés des journalistes judiciaires. Pour le ministère public sa culpabilité ne fait aucun doute car la chaîne d'indices et la reconstitution des faits ne montrent pas la moindre faille. S. a essayé de prouver son innocence en chargeant les autres et en invoquant un prétendu trou de mémoire, mais le tribunal ne s'est pas laissé berner. Tobias S. a écouté le verdict sans manifester d'émotion, le tribunal a refusé une révision."

Amelie parcourut d'autres récits qui donnaient le même son de cloche du procès, jusqu'à ce qu'elle tombe sur un article qui remontait en deçà des événements. Laura Wagner et Stefanie Schneeberger avaient disparu dans la nuit du 6 au 7 septembre 1997 sans laisser de traces. C'était jour de kermesse à Altenhain et tout le village était dehors. Tobias Sartorius s'était très vite retrouvé au cœur de l'enquête car les deux filles étaient entrées, ce soir-là, dans la maison de ses parents et n'en étaient plus ressorties. Tobias s'était violemment disputé avec Laura Wagner, son ex-petite amie, jusqu'à en venir aux mains, sur le seuil de la maison. Tous les deux avaient beaucoup bu à la kermesse. Un peu plus tard, Stefanie Schneeberger, l'actuelle petite amie de Tobias, était arrivée. Lui-même a plus tard déclaré que, ce soir-là, elle avait rompu avec lui et que par désespoir il avait bu dans sa chambre une bouteille de vodka presque entière. Le jour suivant, la police avait découvert des traces de sang dans le terrain des Sartorius. Le coffre de la voiture de Tobias était plein de sang, et du sang et des particules de peau des deux jeunes filles avaient été trouvés sur ses vêtements et dans la maison. Des témoins avaient reconnu dans la nuit Tobias au volant de sa voiture, roulant dans la Hauptstrasse. Dans sa chambre, on avait retrouvé le sac à dos de Stefanie Schneeberger et la chaîne de Laura dans la laiterie, sous l'évier. Une histoire d'amour avait précédé les événements : Tobias avait abandonné Laura pour Stefanie, puis Stefanie avait rompu à son tour avec lui. Ce qui avait entraîné le crime. L'abus d'alcool avait pu agir sur Tobias comme un catalyseur. Jusqu'au dernier jour du procès, il avait contesté avoir quelque chose à voir dans la disparition des jeunes filles, mais les jurés n'avaient pas cru à sa prétendue perte de mémoire. Au contraire. Ses amis avaient témoigné devant le tribunal que Tobias était soupe au lait et jaloux et qu'il avait l'habitude que les filles tombent à ses pieds – il était bien possible qu'il ait mal réagi quand Stefanie l'avait envoyé promener. On ne lui avait pas laissé la moindre chance.

La curiosité d'Amelie était d'autant plus vive qu'elle détestait l'injustice, car elle-même avait été plusieurs fois victime d'accusations infondées. Elle pouvait facilement imaginer ce que Tobias avait dû ressentir si ses protestations d'innocence étaient vraies. Elle allait continuer les recherches. Comment, elle ne savait pas encore. Mais d'abord, elle devait faire la connaissance de Tobias.

17 h 20. Il avait encore une demi-heure à passer sur ce quai de gare avant que les autres garçons se pointent et acceptent peut-être qu'il fasse un essai dans le centre sportif. Nico Bender avait sauté le cours de gym uniquement pour ne pas les rater, s'ils arrivaient avec le métro de Schwalbach à 17 h 55. Bien que jouer au football soit toute sa vie, la clique et leur bande étaient importantes pour une autre raison. Avant, ils étaient

ses amis mais depuis que ses parents l'avaient obligé à aller à l'école à Königstein au lieu de Schwalbach, il ne faisait plus partie de leur groupe. Il le méritait pourtant plus que Mark ou Kevin car lui savait jouer de la batterie. Nico soupira et observa l'homme barbu, coiffé d'une casquette de base-ball, qui depuis une demi-heure se tenait immobile à l'autre bout du quai. Malgré la pluie il ne s'était pas réfugié dans la salle d'attente, comme si ça lui était égal de se mouiller. Le métro de Francfort arrivait. Huit wagons de gens qui rentraient du travail. Est-ce qu'il était au point stratégique ? Si les garçons étaient dans les premiers wagons, il allait peut-être les rater. Les portes s'ouvrirent. Les gens descendirent, ouvrirent leur parapluie et s'élancèrent tête basse sur la passerelle piétonne ou dans le passage souterrain. Ses copains n'étaient pas dans le train. Nico se leva et suivit lentement le quai. Il aperçut à nouveau l'homme à la casquette de base-ball. Il suivait une femme qui marchait vers la passerelle puis il lui dit quelque chose. Elle s'arrêta et parut prendre peur car elle laissa tomber son sac à provisions et s'enfuit. L'homme lui courut après, lui saisit le bras, elle se débattit. Nico s'arrêta, ébahi. On se serait cru dans un film. Le quai s'était vidé, les portes du train se refermèrent et il partit. Puis il regarda à nouveau vers la passerelle. Ils avaient l'air de se battre. Et soudain la femme n'était plus là. Nico entendit un crissement de freins puis un bruit sourd suivi d'un choc métallique et d'un bris de verre. La lueur interminable de phares aveuglants jaillit avec le choc, au-delà de la voie ferrée. Abasourdi, Nico comprit qu'il venait d'être le témoin d'un meurtre. L'homme avait poussé la femme par-dessus le garde-fou, sur le carrefour ! Et à présent, il revenait vers lui en courant, la tête baissée, tenant à la main le sac de la femme. Le cœur de Nico battait jusque dans son cou. La peur le saisit. Si le type comprenait qu'il l'avait vu, il n'hésiterait pas. Pris de panique, Nico s'enfuit en courant. Il s'élança dans le passage souterrain, aussi vite que ses jambes le permettaient, jusqu'à sa bicyclette, qu'il avait laissée de l'autre côté des voies. Il était déjà dessus et appuyait sur les pédales quand l'homme arriva en haut de l'escalier et lui cria quelque chose. Nico jeta un coup d'œil par-dessus son épaule et constata avec soulagement que personne ne le suivait. Il fit cependant le trajet jusqu'à Eichwald à une vitesse record et arriva enfin chez lui, en sécurité.

Le croisement devant la gare de Sulzbach-Nord offrait une vision apocalyptique. Sept autos étaient entrées en collision. Les agents de la voirie essayaient avec des chalumeaux et une grosse dépanneuse d'enlever les carcasses et ils versaient du sable sur l'essence qui s'échappait des réservoirs. Plusieurs ambulances étaient arrêtées l'une derrière l'autre et les urgentistes s'occupaient des dernières victimes de l'accident. Malgré le froid et la pluie, les badauds s'étaient agglutinés derrière la bande de protection, regardant avec avidité l'horrible spectacle. Bodenstein se demanda s'il était arrivé le premier sur le lieu du crime, jusqu'à ce que le commissaire de police Hendrik Koch se dresse devant lui.

— J'ai déjà vécu beaucoup de choses mais je n'ai jamais rien vu d'aussi atroce.

Le policier expérimenté portait l'horreur gravée sur son visage. Il décrivit en quelques mots la situation à Pia et à Bodenstein. À 17h26, une femme était tombée de la passerelle piétonne directement sur le pare-brise d'une BMW qui arrivait de Schwalbach. Le conducteur, sans freiner, s'était brusquement déporté sur sa gauche et il était rentré de plein fouet dans la file opposée. Des deux côtés, s'étaient produites plusieurs collisions. Un conducteur qui était arrêté au feu rouge de Sulzbach croyait avoir vu que la femme avait été poussée par-dessus le garde-fou par une autre personne.

— Comment va la femme ? demanda Pia.

— Elle est vivante, répondit le commissaire Koch et il ajouta : encore. L'urgentiste s'occupe d'elle dans une des ambulances.

— Vous nous aviez annoncé un mort.

— Le conducteur de la BMW est mort d'un infarctus. De frayeur. Les tentatives de réanimation ont échoué.

Koch indiqua de la tête le milieu du carrefour. À côté de la BMW, entièrement démolie gisait un corps. Une paire de chaussures émergeait d'une couverture trempée. Près de la bande de protection s'éleva une altercation. Deux agents de police essayaient d'empêcher une femme à cheveux gris de pénétrer dans le domaine sécurisé. Le poste émetteur de Koch grésilla, une voix crachota.

— C'est la femme du conducteur de la BMW, annonça-t-il d'une voix tendue à Bodenstein et à Pia. Excusez-moi.

Il dit quelque chose dans son poste émetteur et entreprit de traverser le champ de bataille. Pia ne lui enviait pas la tâche qui l'attendait. Apprendre à quelqu'un la mort d'un proche était la tâche la plus difficile de leur métier et ni une formation psychologique ni des années d'expérience ne la rendaient plus facile.

— Occupe-toi de la femme, dit Bodenstein, je vais parler avec les témoins.

Pia acquiesça et se dirigea vers l'ambulance où était soignée la femme gravement blessée. La porte arrière s'ouvrit et l'urgentiste descendit. Pia l'avait rencontré au cours d'autres enquêtes.

— Ah, madame Kirchhoff, dit-il. Nous l'avons stabilisée et nous l'amenons à l'hôpital de Bad Soden. Fractures multiples. Blessures au visage et aussi des blessures internes. Elle n'est pas en état de parler.

— Vous en savez plus sur son identité ?

— Elle avait une clé de voiture dans la…

Il s'interrompit et recula car l'ambulance avait démarré et le bruit de la sirène empêchait toute conversation. Pia parla encore un peu avec lui, puis elle le remercia et retourna auprès de ses collègues. Dans la poche de la veste, on avait trouvé une clé de voiture. À part ça, rien. Une femme d'environ cinquante ans qui n'avait pas de sac à main. L'équipe de recherche n'avait retrouvé sur la passerelle qu'un grand sac rempli de provisions. Bodenstein avait interrogé l'automobiliste qui avait vu tomber la femme. Il jurait ses grands dieux que quelqu'un l'avait poussée – un homme, il en était sûr malgré l'obscurité et la pluie.

Bodenstein et Pia montèrent sur la passerelle.

— Elle est tombée d'ici, dit Pia en indiquant un endroit balisé. De combien de mètres, tu penses ?

— Hum, Bodenstein jeta un regard au garde-fou qui lui arrivait aux hanches. Cinq, six mètres. C'est incroyable qu'elle ait survécu. D'autant que la voiture arrivait avec une certaine vitesse.

D'en haut on avait une vue sur le véhicule détruit, et le bleu et l'orange fluorescents des vestes des sauveteurs avaient quelque chose de surréaliste. Que s'était-il passé dans la tête de la femme lorsqu'elle avait perdu l'équilibre et pris conscience qu'elle ne pouvait plus être sauvée ? Ou bien tout était-il allé trop vite pour avoir le temps de penser ?

— Elle avait un ange gardien, dit Pia en frissonnant. Espérons qu'il ne va pas la laisser en plan.

Elle fit demi-tour et descendit de la passerelle, suivie par Bodenstein. Qui était cette femme ? D'où venait-elle et où allait-elle ? Elle avait été assise dans le métro sans se douter que quelques minutes plus tard elle serait allongée dans une ambulance avec les os brisés. Un faux pas, un faux mouvement avec l'homme qu'il ne fallait pas – et plus rien ne serait plus comme avant. Que lui voulait cet homme ? Était-il un voleur ? Il semblait bien, car Bodenstein trouvait curieux que la femme n'ait pas de sac.

— Toutes les femmes ont un sac, renchérit Pia. Elle venait de faire des achats, elle a donc eu besoin d'argent, d'un porte-monnaie. Tu crois vraiment qu'un homme voulait la voler à 5 h 30 du soir sur une passerelle pleine de gens ?

Le regard de Pia suivit les rails à droite puis à gauche.

— Peut-être que l'occasion était propice. Avec ce temps chacun avait hâte de rentrer chez soi. Il a pu la suivre depuis le métro parce qu'il l'avait vue retirer de l'argent d'une caisse automatique.

— Hum. Pia remarqua les caméras au-dessus du quai. Nous devons examiner les bandes. Avec un peu de chance, l'angle de la caméra est assez grand pour couvrir le pont.

Bodenstein acquiesça pensivement. Ce soir deux familles apprendraient une affreuse nouvelle uniquement parce qu'un voleur d'occasion avait voulu voler le sac d'une femme. Cela ne changeait rien à cet événement tragique mais Bodenstein trouvait effroyable que la mort et la mutilation fussent causées par quelque chose de si dérisoire. Deux policiers émergèrent de l'accès souterrain. Ils avaient trouvé sur le parking de la gare une Honda Civic rouge qu'ouvrait la clé trouvée sur la femme. D'après le numéro d'immatriculation, la victime habitait Neuenhain. Son nom était Rita Cramer.

Bodenstein gara habilement sa BMW dans un emplacement devant la vilaine barre du quartier de Bad Soden. Pia mit un moment pour découvrir parmi les cinquante sonnettes celle de Rita Cramer. Personne ne répondit. Pia essaya en vain les sonnettes des autres locataires avant qu'enfin quelqu'un réponde. La maison, bien que très moche à l'extérieur, était à l'intérieur très bien entretenue. Au quatrième étage une dame attendait Pia et Bodenstein. Elle examina leur carte de police avec un mélange de méfiance et de curiosité. Pia jeta un coup d'œil impatient à sa montre. Presque 21 heures ! Elle avait promis à Christoph d'assister à la soirée d'Annika et c'était impossible de savoir combien de temps toute cette affaire allait durer. D'autant qu'elle aurait dû avoir sa soirée de libre. Au fond d'elle-même, elle injuriait Hasse et Behnke.

La voisine était un peu amie avec Rita Cramer et avait la clé de son appartement qu'elle alla chercher volontiers quand Bodenstein et Pia eurent parlé d'un accident. Malheureusement la voisine ne savait pas si Rita Cramer avait des proches. Elle ne recevait jamais de visite. L'appartement était déprimant. Très propre et bien rangé mais spartiatement meublé. Il n'y avait nulle part une marque de la personnalité de Rita Cramer. Pas la moindre photo de famille et aux murs étaient accrochés de ces tableaux qu'on trouve sur les marchés pour quelques euros. Bodenstein et Pia visitèrent tout l'appartement, ouvrirent les placards et les tiroirs, espérant trouver un renseignement sur un proche ou une cause de l'accident. Rien.

— C'est aussi anonyme qu'une chambre d'hôtel, dit Bodenstein. Il n'y a rien du tout.

Pia alla dans la cuisine. Son regard tomba sur le répondeur qui clignotait. Elle appuya sur la touche : répétition. Malheureusement le correspondant n'avait pas laissé de message, mais Pia nota le numéro qui s'inscrivit sur l'écran. Un indicatif de Königstein. Elle sortit son portable et composa le numéro. Après la troisième sonnerie, un répondeur se mit en marche.

— Un cabinet médical, dit-elle. Tout le monde est déjà parti.

— D'autres appels ont été conservés ? demanda Bodenstein.

Pia pressa sur la touche et secoua la tête.

— Comment peut-on vivre de façon aussi étrange ?

Elle reposa le téléphone et examina le calendrier dont aucune page n'avait été arrachée depuis le mois de mai. Il n'y avait pas une seule inscription. Sur le pense-bête de liège était accrochée la publicité d'un service de pizzas et la copie bleu fané d'une contravention pour stationnement interdit datant d'avril. Rien de tout cela n'indiquait une vie active et heureuse.

— Nous appellerons demain ce cabinet médical, décida Bodenstein. Aujourd'hui nous ne pouvons pas faire plus. Je vais passer à l'hôpital pour voir comment va Mme Cramer.

Ils quittèrent l'appartement et rendirent les clés à la voisine.

— Tu peux me déposer chez Christoph avant d'aller à l'hôpital ? Pia ouvrit la porte vitrée à la volée et faillit l'envoyer sur un homme qui, penché, examinait les sonnettes. Excusez-moi, dit-elle. Je ne vous avais pas vu.

Pia l'effleura du regard et sourit pour s'excuser.

— Je vous en prie, dit l'homme, et ils partirent.

— J'aime bien être informé sur mes collaborateurs, dit Bodenstein en levant le col de son manteau. Tu ne l'ignores pas.

Pia se souvint de sa conversation avec Kathrin Fachinger. L'occasion était idéale.

— Alors, tu sais donc que Behnke a un nouveau job pour lequel il n'a certainement pas reçu d'autorisation officielle.

Bodenstein fronça les sourcils et lui jeta un bref regard.

— Non, je ne le savais pas jusqu'à ce matin, dit-il. Et toi ?

— Je suis bien la dernière à qui Behnke raconterait quelque chose, répondit Pia en soufflant avec mépris. Il a toujours fait un secret de sa vie privée comme s'il était au SEK*.

Bodenstein considéra Pia à la faible lumière du réverbère.

— Il a de gros problèmes, dit-il. Sa femme l'a quitté l'année dernière et il ne peut plus faire face au crédit de son appartement, il lui faut trouver de l'argent.

Pia s'arrêta et le regarda un instant sans parler. Cela expliquait l'attitude passée de Behnke, sa susceptibilité, sa mauvaise humeur, son agressivité. Pourtant

* Groupe d'intervention de la police allemande.

elle n'éprouvait aucune compassion, seulement de l'exaspération.

— Une fois de plus tu le protèges, dit-elle. Qu'est-ce qu'il y a entre vous, pour qu'il ait pu tout se permettre.

— Il n'a pas pu tout se permettre, répliqua Bodenstein.

— Et pourquoi pouvait-il faire des erreurs et se montrer négligent sans que cela tire à conséquence ?

— J'espérais qu'il allait reprendre sa vie en main si je ne lui mettais pas la pression. Bodenstein haussa les épaules. Mais s'il a effectivement un boulot d'appoint non autorisé, je ne pourrai rien faire pour lui.

— Tu vas le dire à Engel ?

— Je vais bien y être obligé, dit Bodenstein en soupirant. Mais je veux d'abord en parler à Frank.

SAMEDI 8 NOVEMBRE 2008

— Mon Dieu, s'exclama le Dr Daniela Lauterbach quand Bodenstein lui expliqua comment il avait eu son numéro de téléphone. Rita était une amie. Jusqu'à ce qu'elle divorce, il y a quelques années, nous étions voisines.

— Un témoin prétend qu'on a poussé Mme Cramer par-dessus la rambarde de la passerelle, dit Bodenstein. C'est pourquoi nous orientons notre enquête vers une tentative de meurtre par un inconnu.

— C'est affreux. Pauvre Rita ! Comment va-t-elle ?

— Pas bien. Son état est critique.

Le Dr Lauterbach joignit les mains comme pour une prière et secoua la tête d'un air ému. Bodenstein lui donnait entre quarante et cinquante ans. Elle avait une silhouette très féminine, une sombre chevelure brillante retenue par un simple ruban. Ses yeux marron entourés par de petites rides rayonnaient de sympathie et avaient même quelque chose de maternel. C'était certainement un docteur qui accordait du temps et de l'intérêt à ses patients. Le cabinet était situé dans la zone piétonne de Königstein au-dessus d'une bijouterie : des grandes pièces claires, hautes de plafond et parquetées.

— Allons dans mon bureau, proposa la doctoresse.

Bodenstein la suivit dans une vaste pièce que dominait un imposant bureau ancien. Aux murs, des tableaux expressionnistes de grand format faisaient, par leurs lugubres couleurs, un contraste fascinant avec l'aspect chaleureux du lieu.

— Puis-je vous offrir un café ?

— Volontiers, merci, dit Bodenstein en souriant. Je n'ai pas encore eu l'occasion d'en boire un de la journée.

— Vous êtes matinal.

Daniela Lauterbach mit une tasse sous la machine à expressos qui était posée sur une console à côté de revues médicales et pressa sur le bouton. Une odeur appétissante de café fraîchement moulu envahit la pièce.

— Vous aussi vous êtes matinale, d'autant plus que c'est samedi, répliqua Bodenstein.

La veille au soir, il avait laissé un message sur le répondeur du cabinet et elle l'avait rappelé ce matin vers 7 h 30.

— Le samedi matin je fais mes visites, dit-elle en lui tendant une tasse de café avec du lait et du sucre qu'il refusa en remerciant. Puis il y a les inévitables paperasses à remplir. Toujours plus malheureusement. Je préférerais consacrer ce temps à mes patients.

Elle l'invita à s'asseoir d'un geste et Bodenstein se laissa tomber sur la chaise des visiteurs. Derrière le bureau la fenêtre offrait une vue magnifique au-delà du parc sur le château en ruine de Königstein.

— En quoi puis-je vous aider ? demanda Daniela Lauterbach, après avoir pris une gorgée de café.

— Dans l'appartement de Mme Cramer, nous n'avons trouvé aucune indication sur un proche. Y a-t-il quelqu'un que nous devons avertir de l'accident ?

— Rita a toujours de bons rapports avec son ancien mari. Je suis sûre qu'il s'occupera d'elle. Elle secoua à nouveau la tête. Qui peut avoir fait cela ? dit-elle en regardant pensivement Bodenstein de ses yeux fauves.

— Nous aimerions le savoir. Avait-elle des ennemis ?

— Rita ? Mon Dieu, non ! Elle était si gentille. Et pourtant elle avait dû en endurer dans sa vie. Mais elle n'était pas devenue amère.

— En endurer ? Que voulez-vous dire ?

Bodenstein regarda la doctoresse avec attention. Sa façon calme et sobre de s'exprimer lui était sympathique. Son propre médecin traitait ses patients à la chaîne. Chaque fois que Bodenstein allait le consulter, il en ressortait agacé par sa manière expéditive de l'examiner.

— Son fils a dû faire de la prison, répondit le Dr Lauterbach en soupirant. C'était affreux pour Rita. C'est cela finalement qui a brisé leur couple.

Bodenstein, qui était en train de porter sa tasse à sa bouche, arrêta son geste.

— Le fils de Mme Cramer est en prison ? Pourquoi ?

— Il *était* en prison, il a été libéré il y a deux jours. Il a assassiné deux jeunes filles, il y a dix ans de cela.

Bodenstein se creusa la tête sans pouvoir se rappeler un double meurtrier du nom de Cramer.

— Après son divorce, Rita a repris son nom de jeune fille pour qu'on ne fasse pas immédiatement la relation avec cet affreux événement, expliqua le Dr Lauterbach comme si elle lisait dans les pensées de Bodenstein. Avant, elle s'appelait Sartorius.

Pia n'en croyait pas ses yeux. Elle parcourut incrédule la sèche missive de l'office d'urbanisme écrite sur du papier recyclé grisâtre. Son cœur avait fait un bond de joie quand elle avait trouvé dans sa boîte une lettre de la municipalité de Francfort qu'elle était en train de lire, mais qui ne contenait pas du tout ce qu'elle espérait. Depuis que Christoph et elle avaient décidé de vivre ensemble au Birkenhof, ils avaient projeté d'agrandir la maison qui était trop petite pour deux personnes, sans compter les éventuels invités. Pia avait fait faire un plan par un ami architecte et déposé une demande de permis de construire. Depuis, elle attendait cette autorisation avec impatience car elle aurait voulu commencer tout de suite. Elle lut la lettre une deuxième puis une troisième fois, la reposa, se leva de la table de la cuisine et alla dans la salle de bains. Après une douche rapide, elle noua un drap de bain autour d'elle et s'observa dans le miroir. Il était 3 h 30 quand ils avaient quitté la soirée et elle s'était levée à 7 heures pour faire sortir les chiens et nourrir les bêtes. Après quoi elle avait mis à profit un court répit de la pluie pour faire sortir les deux chevaux et nettoyer leur box. Il était évident qu'elle n'avait plus l'âge des trop longues soirées. À quarante et un ans on ne passe pas une nuit blanche comme à vingt et un. Elle brossa pensivement ses cheveux blonds longs jusqu'aux épaules et se fit deux nattes. Après cette mauvaise nouvelle, il n'était plus question de dormir. Pia alla chercher la lettre dans la cuisine et entra dans la chambre.

— Hé, chérie, murmura Christoph en clignant sous la lumière des yeux ensommeillés. Quelle heure est-il ?

— 9 h 50.

Il se redressa et se massa les tempes en soupirant. Contrairement à son habitude, hier soir il avait pas mal bu.

— À quelle heure est l'avion d'Annika ?

— À 2 heures de l'après-midi. Nous avons une foule de choses à faire.

— Qu'est-ce que c'est ? demanda-t-il en voyant la lettre dans la main de Pia.

— Une catastrophe, répondit-elle d'un air sombre. L'office d'urbanisme a écrit.

— Et ? dit Christoph en s'efforçant de se réveiller.

— Un décret de démolition !

— Comment ça ?

— Le précédent propriétaire a fait sa maison sans autorisation, tu imagines ! Et avec notre demande de permis de construire nous avons réveillé le chien qui dormait. L'autorisation ne mentionne qu'une cabane de jardin et des écuries. Je ne comprends pas. Elle s'assit au bord du lit en secouant la tête. Je suis domiciliée ici depuis des années, la voirie enlève mes poubelles, je paie l'eau et le tout-à-l'égout. Qu'est-ce qu'ils croyaient ? Que je vivais dans une cabane de jardin ?

— Montre.

Christoph lut la lettre en se grattant la tête.

— Nous allons déposer un recours. Ce n'est pas possible. Le voisin construit une véritable cathédrale et, toi, tu ne pourrais pas construire une petite maison !

Le téléphone mobile posé sur la table de nuit sonna. Pia, qui aujourd'hui était de service, le prit sans grand enthousiasme. Elle écouta une minute en silence.

— J'arrive, dit-elle en jetant l'appareil sur le lit. Bon Dieu.

— Il faut que tu partes ?

— Oui, malheureusement. Un jeune s'est présenté au commissariat de Niederhöchstadt. Il prétend avoir vu un homme faire passer la femme par-dessus la rambarde.

Christoph lui entoura les épaules et l'attira contre lui. Pia poussa un profond soupir. Il l'embrassa sur la joue puis sur la bouche. Ce jeune aurait bien pu attendre l'après-midi pour faire sa déclaration. Pia n'avait aucune envie d'aller travailler. C'est Behnke normalement qui aurait dû être de service. Mais il était *malade*. Et Hasse aussi était *malade* ! Qu'ils aillent au diable ces cons ! Pia se laissa tomber en arrière et se frotta au corps chaud de sommeil de Christoph. Il glissa sa main sous la serviette de bain et lui caressa le ventre.

— Ne te fais pas de souci à cause de ce papelard. Nous trouverons une solution. On ne va pas renoncer si vite.

— Toujours des problèmes, murmura Pia et elle décida que le jeune pouvait attendre encore une heure au commissariat de Niederhöchstadt.

Assis dans sa voiture Bodenstein attendait sa collègue devant l'hôpital de Bad Soden. Daniela Lauterbach lui avait donné l'adresse de l'ex-mari de Rita Cramer à Altenhain mais, avant d'aller lui annoncer la mauvaise nouvelle, il avait voulu s'informer de l'état de santé de son ex-femme. Elle avait survécu à la première nuit et, après l'opération, avait été plongée dans un coma artificiel. Il était 11 h 30 quand Pia s'arrêta à côté de lui, descendit de voiture et s'approcha en faisant de grands pas pour éviter les flaques.

— Le jeune a pu fournir une description assez juste de l'homme, dit-elle en se laissant tomber sur le siège passager et en bouclant sa ceinture. Kai pourra extraire une photo du film pris par les caméras de surveillance. Nous pourrons en tirer un portrait-robot pour un avis de recherche.

— Très bien.

Pia démarra. Il avait demandé à Pia de l'accompagner chez le mari de Rita Cramer. Pendant le bref trajet jusqu'à Altenhain, il lui répéta sa conversation avec le Dr Lauterbach. Pia avait de la peine à se concentrer. Elle était beaucoup plus préoccupée par la lettre de l'office d'urbanisme. Un décret de démolition ! Elle avait tout envisagé sauf ça ! Et si la ville prenait l'affaire au sérieux et les obligeait à détruire la maison ? Où iraient-ils Christoph et elle ?

— Tu m'écoutes ? demanda Bodenstein.

— Oui, répondit Pia. Sartorius. La voisine. Altenhain. Excuse-moi nous ne sommes rentrés qu'à 4 heures du matin.

Elle bâilla et ferma les yeux. Elle était morte de fatigue. Malheureusement elle n'avait pas la maîtrise de soi de Bodenstein. Même après une nuit blanche et une enquête éprouvante, il ne se laissait jamais aller. L'avait-elle jamais vu bâiller ?

— L'affaire fait déjà les gros titres, entendit-elle son chef dire. Tobias Sartorius a été condamné pour meurtre et homicide volontaire uniquement sur des indices.

— Ah oui, murmura-t-elle, je me rappelle vaguement. Un double meurtre sans cadavres. Il est toujours à l'ombre ?

— Non. Sartorius est sorti de prison mercredi. Il est retourné à Altenhain, chez son père.

Pia réfléchit quelques secondes sans ouvrir les yeux.

— Tu veux dire qu'il pourrait y avoir un rapport entre sa libération et l'agression contre sa mère ?

Bodenstein lui lança un regard amusé.

— Incroyable, dit-il.

— Quoi ?

— Ta perspicacité ne t'abandonne pas même quand tu somnoles.

— Je suis tout à fait réveillée, assura Pia en retenant de toutes ses forces un nouveau bâillement.

Ils dépassèrent le panneau qui signalait Altenhain et arrivèrent à l'adresse que Daniela Lauterbach avait donnée à Bodenstein. Il se gara sur le parking abandonné de l'ancienne auberge. Un homme était justement en train de recouvrir avec de la peinture blanche un graffiti proclamant – ICI HABITE UN SALAUD D'ASSASSIN. Les lettres rouges continuaient à briller sous la couche de peinture blanche. Sur le trottoir devant l'entrée de la cour se tenaient trois femmes d'âge moyen.

— Espèce d'assassin ! piaillait l'une d'elles quand Bodenstein et Pia descendirent de voiture. Fiche le camp d'ici, espèce d'ordure ! Sinon, tu vas le payer de ta vie !

Elle cracha par terre.

— Qu'est-ce qui se passe ? demanda Bodenstein, mais les trois femmes se contentèrent de déguerpir.

L'homme avait complètement ignoré les injures. Bodenstein le salua poliment et se présenta ainsi que Pia.

— Qu'est-ce que ces femmes vous voulaient ? s'enquit Pia avec curiosité.

— Demandez-le-leur, répondit sèchement l'homme.

Il leur jeta un regard indifférent et continua son travail. Malgré le froid il ne portait qu'un T-shirt gris à manches longues, un jean et des chaussures de travail.

— Nous voudrions parler avec M. Sartorius.

L'homme se retourna et Pia eut l'impression de le reconnaître.

— Vous n'étiez pas hier devant la maison où habite Mme Cramer ? demanda-t-elle.

S'il fut étonné, il n'en laissa rien paraître. Il la regardait sans sourire de ses yeux d'un extraordinaire bleu outremer et involontairement torride.

— Si, dit-il. C'est interdit ?

— Non, bien sûr. Mais que veniez-vous y faire ?

— Voir ma mère. Nous avions rendez-vous et elle n'est pas venue. Je me fais du souci.

— Vous êtes donc Tobias Sartorius ?

Il haussa les sourcils et un sourire moqueur effleura ses lèvres.

— Oui, c'est bien moi. L'assassin de jeunes filles.

Il était beau d'une façon inquiétante. L'étroite cicatrice blanche qui s'étendait de son menton à son oreille gauche, au lieu de l'enlaidir, rendait son visage plus intéressant. Quelque chose dans sa façon de la regarder éveilla chez Pia une impression étrange et elle se demanda d'où cela venait.

— Votre mère a eu hier soir un grave accident, dit Bodenstein. Elle a été opérée la nuit dernière et elle se trouve à présent en réanimation. Son état est critique.

Pia vit les ailes de son nez frémir et il serra les lèvres jusqu'à ce qu'elles ne forment plus qu'un mince trait. Il jeta n'importe où le rouleau à peinture et se dirigea vers la porte d'entrée. Pia et Bodenstein le suivirent. La cour ressemblait à une décharge. Soudain Bodenstein poussa un cri et s'arrêta comme pétrifié. Pia se tourna vers son chef.

— Qu'est-ce qu'il y a ? demanda-t-elle étonnée.

— Un rat ! cria Bodenstein qui était devenu livide. Cette bête est passée entre mes jambes.

— Pas étonnant avec toutes ces ordures.

Pia haussa les épaules et voulut continuer mais Bodenstein restait pétrifié, telle une statue de sel.

— Je ne déteste rien autant que les rats, dit-il d'une voix tremblante.

— Tu es né dans une propriété, il devait bien y avoir un rat de temps en temps.

— C'est pour ça.

Pia secoua la tête, incrédule. Elle n'aurait pas supposé chez son chef ce genre de phobie.

— Viens dit-elle. Ils se sauveront en nous voyant. Les rats d'égout sont froussards. Mon amie avait deux rats domestiques, c'est autre chose. Nous avions avec eux…

— Je ne veux pas le savoir ! dit Bodenstein en respirant profondément. Passe devant !

— Comme tu veux ! dit Pia qui ne put s'empêcher de sourire en voyant Bodenstein marcher sur ses talons.

Méfiant et en même temps prêt à fuir, il ne perdait pas des yeux les deux côtés de l'étroit passage qui conduisait à la maison.

— Brr, ça c'en est un ! Et un bien gras, dit Pia en s'arrêtant brusquement.

Bodenstein lui rentra dans le dos et regarda autour de lui d'un air paniqué. Son flegme habituel était bien loin.

— C'était une plaisanterie, dit Pia, mais Bodenstein ne trouva pas ça drôle.

— Fais ça encore une fois et je repars, menaça-t-il. J'ai failli avoir un infarctus !

Ils continuèrent. Tobias Sartorius avait disparu dans la maison, mais la porte était ouverte. Bodenstein dépassa Pia sur les derniers mètres et gravit les trois marches du perron, comme un promeneur qui après avoir traversé un marécage sent enfin la terre ferme sous ses pieds. Dans l'encadrement de la porte apparut un vieil homme au dos voûté. Il portait de vieux habits avachis, un pantalon gris taché, une veste en tricot élimé qui flottait sur son corps maigre.

— Vous êtes Hartmut Sartorius ? demanda Pia à l'homme qui acquiesça.

Il semblait aussi négligé que sa cour. Son long visage étroit était creusé de rides profondes et l'unique ressemblance avec Tobias était ses yeux du même bleu inhabituel mais qui avaient perdu leur éclat.

— Il s'agit de mon ex-femme, m'a dit mon fils.

Sa voix était tremblante.

— Oui, elle a eu hier un grave accident.

— Entrez.

Il les conduisit par un couloir sombre et étroit dans une cuisine qui aurait pu être accueillante si elle n'avait pas été aussi sale. Tobias se tenait près de la fenêtre les bras croisés.

— Le Dr Lauterbach nous a donné votre adresse, commença Bodenstein qui s'était vite repris. Selon un témoin, votre ex-femme aurait été poussée par-dessus la rambarde de la passerelle piétonne de la gare Sulzbach-Nord sur les voitures en contrebas.

— Mon Dieu. Le maigre visage de l'homme perdit toutes ses couleurs et il s'accrocha au dossier d'une chaise. Mais… mais qui a pu faire ça ?

— Nous le trouverons, répondit Bodenstein. Vous n'avez vraiment aucune idée de celui qui a pu le faire ? Votre femme avait-elle des ennemis ?

— Ma mère pas tellement, intervint Tobias. Mais moi, oui. La totalité de ce foutu bled.

Son ton était amer.

— Soupçonnez-vous quelqu'un en particulier ?

— Non, répondit aussitôt Hartmut Sartorius. Non, je ne vois personne capable de ça.

Le regard de Pia tomba sur Tobias qui était toujours près de la fenêtre. À contre-jour, elle distinguait mal les traits de son visage, mais à sa façon de froncer les sourcils et de serrer les lèvres, on voyait bien qu'il n'était pas de l'avis de son père. Pia pouvait percevoir les vibrations de colère qui semblaient émaner de son corps. Dans ses yeux brillait une fureur refoulée pareille à de petites flammes dangereuses qui n'attendaient qu'une occasion pour se transformer en brasier. Tobias Sartorius était indubitablement une bombe à retardement. Son père au contraire semblait fatigué et épuisé comme un très vieil homme. L'état de la maison et de la cour en témoignait. Le courage de vivre l'avait abandonné, au vrai sens du mot, il s'était barricadé derrière les ruines de sa vie. Être le parent d'un meurtrier était toujours effrayant mais, pour Hartmut Sartorius et sa femme, cela avait dû être pire dans un aussi petit village qu'Altenhain. Comment Mme Sartorius aurait-elle pu supporter de recevoir chaque jour un nouvel opprobre ? Elle avait quitté son mari seul, certainement avec mauvaise conscience. Le bonheur de recommencer sa vie ne lui avait pas été accordé, il suffisait de voir le vide sans espoir de son appartement.

Pia regarda Tobias Sartorius. Il mordait son pouce, perdu dans ses pensées, le regard fixé devant lui. Que mijotait-il derrière ce visage sans expression ? Comment vivait-il ce qu'il avait fait à ses parents ? Bodenstein tendit sa carte à Hartmut Sartorius, qui lui jeta un coup d'œil avant de la mettre dans la poche de son gilet.

— Peut-être devriez-vous avec votre fils aller voir votre ex-femme. Elle ne va vraiment pas bien.

— Bien sûr. Nous allons aller immédiatement à l'hôpital.

— Et si vous soupçonnez qui a pu faire cela, s'il vous plaît, appelez-moi.

Sartorius senior opina de la tête, son fils ne réagit pas. Pia était envahie par un mauvais pressentiment. Il fallait espérer que Tobias n'allait pas chercher par ses propres moyens celui qui avait agressé sa mère.

Hartmut Sartorius gara sa voiture dans le garage. La visite à Rita avait été éprouvante. Le médecin, avec lequel il avait parlé, n'avait pas voulu prendre le risque d'un diagnostic. Elle avait eu de la chance, avait-il dit, que sa colonne vertébrale ne soit pas touchée, mais la moitié des deux cent six os que compte un corps humain étaient cassés, sans compter les blessures internes qu'elle avait subies en tombant sur la voiture en marche. Tobias n'avait pas prononcé un mot sur le chemin du retour, il s'était contenté de regarder devant lui. Ils se dirigèrent vers la maison, mais quand ils furent en bas du perron, Tobias s'arrêta et releva plus haut le col de sa veste.

— Qu'est-ce que tu vas faire ? demanda Sartorius à son fils.

— Je vais prendre un peu l'air.

— Maintenant ? Il est déjà minuit. Et il pleut à verse. Tu vas te tremper.

— Pendant dix ans je n'ai pas connu le mauvais temps, dit Tobias en regardant son père. Ça ne me dérange pas de me mouiller. Et à cette heure, je ne rencontrerai personne.

Hartmut Sartorius hésita mais il posa la main sur le bras de son fils.

— Ne fais pas de sottises, Tobi. S'il te plaît, promets-le-moi.

— Bien sûr que non. Ne t'inquiète pas.

Il esquissa un sourire bien qu'il n'en eût aucune envie et attendit que son père soit rentré dans la maison. Courbant la tête, il s'enfonça dans l'obscurité, passa devant l'étable vide et la grange. Voir sa mère, en réanimation, les os brisés, entourée de tuyaux et d'appareils l'avait plus remué qu'il n'aurait cru. Cette agression avait-elle un rapport avec sa sortie de prison ? Si elle mourait, ce que les médecins ne pouvaient pas exclure, celui qui l'avait poussée sur la passerelle aurait un meurtre sur la conscience.

Tobias fut arrêté par la porte de derrière de la cour. Elle était fermée et envahie par le lierre et les mauvaises herbes. Vraisemblablement elle n'avait pas été ouverte depuis des années. Demain matin, il la dégagerait. Son besoin d'air frais et de travail non imposé était énorme après dix ans. Après à peine trois ans de prison, il avait constaté qu'il deviendrait fou s'il ne faisait pas travailler son esprit. Il n'avait aucune chance d'être relâché dans les années suivantes, son avocat lui avait dit qu'une révision avait été refusée, il s'était donc inscrit à l'université par correspondance de Hagen et avait commencé une formation de mécanicien. Il avait travaillé huit heures par jour et le soir, après une heure de sport, il avait passé la moitié de la nuit sur ses livres pour distraire sa pensée et rendre supportable la monotonie des jours. Il s'était habitué au fil des ans à des règles strictes et la soudaine absence de structure dans sa vie lui faisait peur. Ce n'est pas qu'il regrettât la prison mais il lui fallait un peu de temps pour s'habituer à la liberté. Tobias sauta par-dessus le portail et se mit à l'abri sous le laurier-cerise qui était devenu un arbre imposant. Il obliqua à gauche et passa devant l'entrée de la propriété de Terlinden. Le portail de fer à double battant était fermé, la caméra en haut d'un pilier était nouvelle. Derrière la maison commençait le bois. Cinquante mètres après, Tobias prit l'étroit chemin de terre, que les gens d'ici appelaient le Stichel, et qui serpentait à travers le village jusqu'au cimetière, en passant devant les jardins et les arrière-cours des maisons étroitement serrées les unes contre les autres. Tobias connaissait chaque recoin, chaque escalier et chaque barrière – rien n'avait changé ! Il l'avait si souvent emprunté ce chemin, enfant puis jeune homme, pour aller à l'église, au stade ou chez des amis. Il serra les poings dans les poches de sa veste. À gauche, habitait autrefois la vieille Maria Kettel dans sa minuscule maisonnette. Elle avait été le seul témoin à décharge, disant avoir vu Stefanie plus tard ce soir-là, mais sa déclaration n'avait pas été retenue par le tribunal. Tout le monde savait à Altenhain que la Maria souffrait de démence et, en plus, elle était à moitié aveugle. Elle n'avait alors pas loin de quatre-vingts ans et devait avoir déménagé au cimetière. À côté de son terrain, il y avait celui des Paschke. Il jouxtait celui des Sartorius et était aussi bien entretenu que toujours. Dès qu'une mauvaise herbe apparaissait, le vieux Paschke l'exterminait avec du désherbant. Il avait été employé municipal et avait largement puisé dans l'arsenal des chantiers de construction de la ville tout comme ses voisins, qui travaillaient chez Hoechst AG, avaient sans le moindre scrupule construit et rénové leur maison et leur jardin avec les matériaux de l'entreprise. Les Paschke étaient les parents de Gerda Pietsch, la mère de Felix, l'ami de Tobias. Ici tout le monde était parent avec tout le monde et chacun connaissait les histoires de famille des autres. On savait les secrets les mieux cachés, on cancanait avec délectation sur les fautes, les défaites et les maladies des voisins. Situé dans une vallée étroite, Altenhain avait été épargné par la poussée immobilière. Il y avait peu de nouveaux habitants si bien que la population villageoise était restée plus ou moins la même depuis un siècle.

Tobias avait atteint le cimetière et il poussa d'un coup d'épaule la petite porte de bois qui s'ouvrit en grinçant. Entre les tombes, les branches dénudées des grands arbres s'agitaient dans le vent qui soufflait en tempête. Lentement il parcourut les rangées de tombes. Les cimetières ne l'avaient jamais terrifié. Ils avaient pour lui quelque chose d'apaisant. Tobias approchait de l'église quand le clocher sonna les douze coups annonçant le milieu de la nuit. Il s'arrêta, renversa la tête et regarda un instant la lourde tour de quartz gris. Aurait-il dû accepter l'offre de Nadja et rester chez elle jusqu'à ce qu'il ait retrouvé son équilibre ? À Altenhain, on ne voulait pas de lui, c'était clair. Mais il ne pouvait pas laisser tomber son père ! Il se sentait profondément coupable envers ses parents qui ne s'étaient jamais détournés de lui, le meurtrier de jeunes filles. Tobias fit le tour de l'église et pénétra sous le porche. Il sursauta en percevant un mouvement sur sa droite. À la maigre lumière des réverbères de la rue, il vit une jeune fille brune qui était assise sur le dossier du banc de bois près du portail et fumait une cigarette. Son cœur se mit à battre à grands coups, il n'en croyait pas ses yeux. Il avait devant lui Stefanie Schneeberger.

Amelie fut à peine moins effrayée quand soudain un homme pénétra sous le porche de l'église. Sa veste luisait d'humidité, ses cheveux noirs gouttaient sur son visage. Elle ne l'avait jamais vu, mais elle sut immédiatement qui il était.

— Bonsoir, dit-elle en enlevant l'iPod de ses oreilles.

La voix d'Adrian Hates, le chanteur de Diary of Dreams, son groupe préféré, brailla dans les écouteurs jusqu'à ce qu'elle la coupe. Le silence retomba, on n'entendit plus que le bruissement de la pluie. Dans la rue, en dessous de l'église une voiture passa. L'espace d'une seconde, la lueur des phares balaya le visage de l'homme. Aucun doute, c'était bien Tobias Sartorius ! Amelie avait vu assez de photos de lui sur Internet pour le reconnaître. Au fond, il avait l'air gentil. Assez bon même. En tout cas plus que les types de ce trou merdique. Il n'avait rien d'un meurtrier.

— Salut, répondit-il enfin en la considérant d'un air bizarre. Qu'est-ce que tu peux bien faire ici, si tard ?

— Écouter un peu de musique. En fumer une. Il tombe trop de flotte pour traîner mes guêtres jusqu'à la maison.

— Ha ha !

— Je suis Amelie Fröhlich, dit-elle. Et tu es Tobias Sartorius. Exact ?

— Oui. Pourquoi ?

— J'ai beaucoup entendu parler de toi.

— Difficile d'y couper quand on habite Altenhain.

Son ton était cynique. Il paraissait se demander comment la classer.

— Je n'habite ici que depuis mai, expliqua Amelie. En fait je viens de Berlin. Mais comme je peux pas piffer le nouveau mec de ma mère, elle m'a expédiée chez mon père et ma belle-mère.

— Et ils te laissent courir la nuit comme ça ? dit Tobias s'adossant au mur et lui jetant un regard scrutateur. Avec un meurtrier qui rôde dans le village ?

Amelie ricana.

— Je crois qu'ils ne le savent pas encore. Moi si. Le soir, je travaille là-bas. Elle indiqua du menton l'auberge de l'autre côté de la place près de l'église. Depuis deux jours tu es l'unique sujet de conversation.

— Où ?

— Au *Cheval Noir*.

— Ah oui. Il n'existait pas autrefois.

Amelie se souvint alors qu'au moment des meurtres le père de Tobias possédait la seule auberge d'Altenhain : *Au Coq d'Or*.

— Qu'est-ce que tu fais ici à cette heure ?

Amelie farfouilla dans son sac pour en sortir un paquet de cigarettes et en offrit une à Tobias. Il hésita un instant, puis la prit et lui donna du feu avec son briquet.

— Je faisais simplement un tour. Il appuya une jambe contre le mur derrière lui. Je suis resté dix ans en prison, tu comprends.

Ils fumèrent un moment sans parler. De l'autre côté de la place les derniers clients sortaient du *Cheval Noir*. Des voix arrivèrent jusqu'à eux puis le claquement des portières.

— Tu n'as pas peur le soir dans le noir ?

— Non, dit Amelie en secouant la tête. Je viens de Berlin. Il m'est arrivé de pioncer avec des copains dans des maisons en démolition et parfois on devait se bagarrer avec les clochards qui y vivaient. Ou bien avec les poulets.

Tobias souffla la fumée de sa cigarette par le nez.

— Où tu habites ?

— Dans la maison à côté de Terlinden.

— Ah bon ?

— Oui, je sais. Thies m'a raconté. C'est là qu'habitait autrefois Blanche-Neige.

Tobias Sartorius se figea.

— Tu mens, dit-il au bout d'un moment d'une voix différente.

— Pas du tout.

— Si. Thies ne parle pas. Jamais.

— À moi si. Ça lui arrive. C'est mon ami.

Tobias tira sur sa cigarette. La lueur de la braise éclaira son visage et Amelie vit qu'il fronçait les sourcils.

— Pas un ami comme tu es en train de le penser, dit-elle vivement. Thies est mon meilleur ami. Et le seul…

DIMANCHE 9 NOVEMBRE 2008

La fête pour l'anniversaire de la comtesse Leonora von Bodenstein n'avait pas lieu dans l'élégant château hôtel mais dans les écuries, malgré les véhémentes protestations de Marie-Louise, la belle-sœur de Bodenstein. Mais la comtesse n'aimait pas qu'on fasse des chichis autour de sa personne, comme elle disait. Modeste et proche de la nature comme elle était, elle avait expressément souhaité une simple petite fête dans les écuries ou dans le manège et Marie-Louise avait dû s'incliner. Elle avait donc pris en main l'organisation de l'événement avec son énergie et son professionnalisme habituels et le résultat coupait le souffle.

Bodenstein et Cosima arrivèrent avec Sophia vers 11 heures et ils eurent du mal à trouver une place pour se garer. Dans la cour historique des écuries avec ses pavés et ses bâtiments à colombages soigneusement restaurés, il n'y avait pas le moindre brin de paille. Le grand portail en fer des écuries était largement ouvert.

— Seigneur, dit Cosima amusée. Marie-Louise a dû obliger Quentin à y passer la nuit !

Les hautes et vieilles bâtisses, construites en 1850, formaient l'aile des écuries du château ancestral. Au cours des années, elles avaient acquis une vénérable patine faite de toiles d'araignée, de poussière et de fientes d'hirondelle. Mais tout cela avait disparu. Les box, les murs et le haut plafond étincelaient d'un nouvel éclat, les encadrements de fenêtres avaient été peints en blanc, même les tableaux qui représentaient des scènes de chasse avaient été revernis. Pour cette journée de fête, on avait tressé les crinières des chevaux qui regardaient avec curiosité par-dessus la porte des box l'animation de la grande allée. Sous le porche décoré comme pour une fête des moissons, les garçons du château hôtel offraient le champagne.

Bodenstein eut un sourire moqueur. Quentin, son frère cadet, faisait partie de cette sorte d'hommes qui s'accommode de tout ; il était gentleman-farmer et s'occupait de la propriété et du manège et les outrages du temps ne le dérangeaient pas le moins du monde. Il avait confié le restaurant du château à sa femme et Marie-Louise en avait fait une table étoilée, dont la réputation dépassait les frontières régionales.

Ils trouvèrent l'héroïne du jour et les invités dans le manège lui aussi magnifiquement décoré. Bodenstein était en train de souhaiter un bon anniversaire à sa mère quand le chœur des cors de chasse de la société équestre de Kelkheim ouvrit le programme. C'était une surprise qu'offraient à la comtesse le directeur et les élèves de l'école d'équitation. Bodenstein échangea quelques mots avec son fils Lorenz qui, caméra en main, filmait l'événement. Son amie Thordis avait la responsabilité du quadrille de dressage et de l'entrée en scène du quadrille de voltige avant de prendre part plus tard au quadrille de saut. Dans la foule Bodenstein rencontra sa sœur Theresa qui était venue spécialement pour la fête. Ils ne s'étaient pas vus depuis longtemps et avaient beaucoup de choses à se raconter. Cosima avait pris place avec sa mère, la comtesse Rothkirch, sur la tribune dressée sur toute la longueur du manège et elle suivait le quadrille de dressage.

— Cosima paraît dix ans de moins, dit sa sœur à Bodenstein en buvant une gorgée de champagne, je me sens jalouse.

— Un nouvel enfant et un bon mari accomplissent des miracles, répondit Bodenstein, sur un ton badin.

— Toujours aussi sûr de lui, le petit frère, se moqua Theresa en retour. Comme si la beauté d'une femme dépendait de vous les hommes !

Elle avait deux ans de plus que lui et paraissait toujours aussi énergique. Son visage aux traits réguliers plus sec que beau et les premières mèches grises mêlées à ses cheveux bruns ne l'empêchaient pas de rayonner. Elle avait mérité chaque ride et chaque cheveu blanc, avait-elle dit un jour. Son mari prématurément décédé d'un infarctus lui avait laissé une brûlerie de café à Hambourg, un château de famille qui nécessitait de nombreuses réparations dans le Schleswig-Holstein et plusieurs immeubles de location toujours à Hambourg, en meilleur état mais criblés d'hypothèques. Malgré trois enfants et des perspectives d'avenir plutôt sombres, elle avait énergiquement pris les choses en main et avait affronté avec courage les créanciers et les banques. Après dix ans de dur labeur, elle avait assaini l'entreprise et sauvé son capital immobilier. Elle n'avait pas licencié un seul ouvrier et elle jouissait dans l'entreprise, et auprès de ses partenaires commerciaux, d'une autorité incontestable.

— À propos, dit Quentin en prenant la parole, et les hommes. Ça se passe bien, Esa ? Un petit nouveau ?

Elle sourit.

— Une dame prend son plaisir et se tait.

— Pourquoi tu ne l'as pas amené ?

— Parce que je savais que vous vous précipiteriez sur lui et le mettriez en pièces. Elle montra de la tête ses parents et le reste de la parentèle qui suivaient, captivés, ce qui se passait dans le manège. Tout le clan en tout cas.

— Donc tu en as un, insista Quentin. Parle-nous de lui ?

— Non, dit-elle en lui tendant son verre vide. Occupe-toi plutôt de l'intendance.

— Toujours moi, protesta-t-il, mais il obéit par une vieille habitude et disparut.

— Vous avez un problème, Cosima et toi ? dit Theresa en se tournant vers Bodenstein, qui regarda sa sœur, surpris.

— Non, dit-il. Pourquoi tu demandes ça ?

Elle haussa les épaules sans quitter sa belle-sœur des yeux.

— Ce n'est plus pareil entre vous deux.

Bodenstein connaissait l'intuition infaillible de sa sœur. Il n'avait aucune raison de cacher qu'entre Cosima et lui les choses n'allaient pas très bien.

— Oui, cet été nous avons vécu nos noces d'argent comme une petite crise, admit-il. Cosima avait loué une *finca* à Majorque pour passer trois semaines en famille. Au bout d'une semaine, j'ai dû partir, nous avions une enquête difficile. Elle l'a mal pris.

— Ha ha.

— Elle m'a reproché de la laisser seule avec Sophia, alors que nous en avions décidé autrement. Mais qu'est-ce que je pouvais faire ? Je ne peux quand même pas prendre un congé de paternité et jouer à l'homme au foyer !

— Pourtant trois semaines de vacances, ce n'était pas la mer à boire, répliqua Theresa. Je ne veux pas t'accabler mais tu es fonctionnaire. En ton absence, quelqu'un peut te remplacer, non ?

— Je perçois dans ta voix du mépris pour mon métier !

— Ne sois pas aussi susceptible ! dit-elle, apaisante. Mais je peux comprendre Cosima. Elle a toujours un métier et on ne peut pas dire que le trio enfants-cuisine-église* lui convienne, même si tu aimerais bien, espèce de macho. Tu préférerais sans doute qu'elle ne fasse plus d'expéditions, pour pouvoir la garder tout à toi.

— Pas du tout ! Je l'ai toujours encouragée dans son travail. Je trouve très bien qu'elle le fasse.

Theresa le regarda d'un air moqueur, tandis qu'un large sourire s'élargissait sur ses lèvres.

— Des blagues. Tu peux raconter ça à qui tu veux mais pas à moi. Je te connais depuis longtemps.

Bodenstein se tut, vexé. Son regard se tourna vers Cosima. Sa sœur aînée avait toujours eu le chic de mettre le doigt là où ça fait mal. Et cette fois, elle avait raison. Il était en effet soulagé que Cosima ne parte plus des semaines entières à travers le monde depuis la naissance de Sophia. Mais il n'aimait pas entendre cette vérité dans la bouche de sa sœur.

Quentin revint avec trois flûtes de champagne et la conversation prit un tour plus anodin. Après le spectacle équestre, Marie-Louise ouvrit le buffet que ses employés avaient installé en un clin d'œil. Elle les invita à prendre place à la longue rangée de tables décorées de fleurs automnales et de bancs que des coussins blancs rendaient plus confortables. Bodenstein saluait des parents et de vieilles connaissances qu'il n'avait pas vus depuis des lustres, tout le monde

* *Kinder-Küche-Kirche*, symbole de la femme au foyer.

parlait et riait. L'atmosphère était cordiale. Il vit Cosima en conversation avec Theresa, et espéra que sa sœur, avec son discours féministe, n'allait pas la dresser contre lui. L'année prochaine, Sophia irait au jardin d'enfants et Cosima aurait à nouveau du temps pour elle. Elle travaillait à un nouveau projet de film qu'elle prenait très au sérieux. Dans un accès de bonne volonté, Bodenstein se promit d'être plus souvent à la maison, de se libérer en fin de semaine et de s'occuper plus souvent de l'enfant. Peut-être que leurs relations, qui s'étaient détériorées depuis Majorque, s'amélioreraient.

— Papa.

Rosalie lui tapa sur l'épaule et il se tourna vers sa fille aînée. Elle faisait un apprentissage en cuisine dans le château hôtel auprès de Jean-Yves Saint-Clair, le chef français, responsable du buffet. Elle donnait la main à Sophia qui était barbouillée de haut en bas d'une substance brune qui n'était pas, espérait Bodenstein, ce qu'il croyait.

— Je n'arrive pas à trouver maman, dit Rosalie, énervée. Tu pourrais peut-être changer la petite. Maman a certainement des couches dans l'auto.

— Mais elle en a sur le visage et sur les mains, dit Bodenstein en garant prudemment ses longues jambes sous la table.

— Ne t'inquiète pas, c'est seulement de la mousse au chocolat. Il faut que je retourne travailler.

— Allez, viens, petite cochonne, dit Bodenstein en attrapant sa plus jeune fille et en la prenant sur son bras. Regarde à quoi tu ressembles !

Sophia s'arc-bouta contre sa poitrine et le frappa avec ses petites jambes. Elle ne pouvait pas supporter d'être entravée dans ses mouvements. Avec ses joues couleur cerise, ses doux cheveux noirs et ses yeux de bleuet, elle était à croquer mais c'était trompeur. Elle avait hérité du caractère de Cosima et savait imposer sa volonté. Bodenstein la porta dehors et traversa la cour. Par pur hasard, il regarda à travers la porte ouverte de la forge et, à son étonnement, il aperçut Cosima qui allait et venait son portable à l'oreille. Sa façon de fourrager dans ses cheveux, et de renverser la tête en riant, le surprit. Pourquoi se cachait-elle pour téléphoner ? Il se dépêcha de s'éloigner avant qu'elle ait pu le voir, mais il en garda au fond de lui un léger sentiment de méfiance, pareil à un dard minuscule.

Comme chaque dimanche après la messe, les habituels suspects s'étaient rassemblés au *Cheval Noir*. Les premiers biberonnages étaient une affaire d'hommes, les femmes étaient censées s'occuper du rôti dominical. Pas étonnant si les dimanches à Altenhain étaient pour Amelie le comble de la ringardise. Ce jour-là, le chef était présent en personne. Pendant la semaine, Andreas Jagielski s'occupait de ses deux grands restaurants de Francfort, laissant la gestion du *Cheval Noir* à sa femme et à son beau-frère. Il n'était là que le dimanche. Amelie ne pouvait pas l'encaisser. Jagielski était un homme massif avec des yeux exorbités de crapaud et des lèvres charnues. Après la chute du mur, il avait été le premier Ossi* à s'installer à Altenhain, comme Amelie l'avait appris. Il avait travaillé comme cuisinier au *Coq d'Or*, mais au premier signe de déclin il s'était tiré sans le moindre scrupule

* Mot péjoratif pour désigner un ancien habitant de l'Est.

et s'était établi comme concurrent au *Cheval Noir*. Avec exactement la même carte que celle de Hartmut Sartorius, mais avec des prix plus avantageux et le luxe d'un grand parking, il avait fait boire le bouillon à son ancien patron et l'avait obligé à fermer définitivement. Roswitha était restée jusqu'au bout loyale à Sartorius et n'avait accepté le job qu'à contrecœur.

Amelie s'était enlevé avec soin tous ses piercings, avait tressé ses cheveux en deux nattes et opté pour un maquillage décent. Dans l'armoire de sa belle-mère, elle avait trouvé un chemisier blanc, taille S et, dans ses propres réserves, une courte minijupe très sexy. Des collants noirs opaques et des rangers complétaient sa tenue. Devant le miroir elle avait déboutonné le chemisier trop petit pour elle, aussi bas que possible, si bien qu'on apercevait son soutien-gorge et la naissance de ses seins. Jenny Jagielski n'avait pas réagi à la provocation et s'était contentée de fusiller son mari du regard quand il avait plongé le regard dans le décolleté d'Amelie avec un clin d'œil. Maintenant, il était penché sur la table centrale occupée, entre autres, par Lutz Richter et Claudius Terlinden, un des rares clients du *Cheval Noir* qui soit affable et populaire. Au comptoir les hommes étaient assis au coude à coude, Jenny et son frère Jörg étaient aux manœuvres. Manfred Wagner s'était repris, il devait être allé chez le coiffeur, car sa barbe hirsute avait disparu et il semblait plus ou moins civilisé. Quand Amelie arriva avec une nouvelle tournée de bières à la table centrale, elle entendit le nom de Tobias Sartorius et tendit l'oreille.

— … culotté et prétentieux comme avant, était en train de dire Lutz Richter. C'est une véritable provocation de se repointer ici.

Un murmure d'approbation accueillit ses paroles. Seuls Terlinden et Jagielski ne dirent rien.

— S'il continue comme ça, un jour ou l'autre ça va péter, renchérit un autre.

— Il ne restera pas longtemps ici, dit un troisième. Comptez sur nous.

C'était Udo Pietsch, le couvreur, qui venait de parler. Les autres acquiescèrent dans un murmure approbateur.

— Cher amis, vous n'avez aucune raison de vous inquiéter, intervint Claudius Terlinden. Ce garçon a purgé sa peine et il a le droit d'habiter chez son père aussi longtemps qu'il veut. Il ne vous causera aucun ennui.

Toute la table se tut, personne n'osait contredire Terlinden, mais Amelie vit que certains échangeaient des regards obliques. Claudius Terlinden pouvait clore la discussion, mais il ne pouvait rien contre le refus collectif de la présence de Tobias Sartorius à Altenhain.

— Huit Weize pour ces messieurs, annonça Amelie à qui le plateau commençait de peser.

— Ah, merci Amelie, dit gentiment Terlinden.

Mais soudain l'expression de son visage lui échappa l'espace d'une seconde. Il se reprit aussitôt et sourit. Amelie comprit que la raison de ce flottement était due à l'étonnement. Elle répondit à son sourire, pencha la tête avec coquetterie et soutint son regard comme doit le faire une fière jeune fille, puis elle se mit à débarrasser la table voisine. Elle sentait qu'il suivait chacun de ses mouvements et ne put s'empêcher de remuer un peu le derrière quand elle retourna à la cuisine avec les verres sales. Pourvu que les hommes aient aussi soif que d'habitude : elle brûlait d'apprendre des choses encore plus palpitantes. Jusqu'à présent son intérêt dans cette affaire était venu du fait qu'elle avait découvert un lien entre elle et une des victimes mais depuis elle avait rencontré Tobias Sartorius et désormais elle avait une motivation supplémentaire. Il lui plaisait.

Tobias Sartorius était sans voix. Quand Nadja lui avait dit qu'elle habitait à Karpfenweg dans le Westhafen de Francfort, il avait pensé à un ancien immeuble rénové de la vieille ville, mais ce n'était pas du tout ce qu'il avait devant les yeux. Sur l'immense surface de l'ancienne zone portuaire, à quelques blocs de la Hauptbahnhof s'était élevé un nouveau quartier chic qui comprenait des immeubles de bureaux modernes côté ville et douze blocs d'appartements de sept étages sur l'ancienne môle du port, qui avaient conservé le nom de Karpfenweg. Il avait garé sa voiture dans la Strassenrand et, un bouquet de fleurs sous le bras, il traversait le pont qui franchissait les anciens bassins du port. Sur l'eau noire de l'appontement se balançaient quelques yachts. En fait, Tobias n'avait pas très envie d'aller en ville, mais il devait bien cela à Nadja pour la fidélité indéfectible qu'elle lui avait conservée durant ces dix dernières années. Il s'était donc douché et, à 7 h 30, il était monté dans la voiture de son père sans se douter des transformations qu'il allait rencontrer. Cela avait commencé par un gyroscope flambant neuf au marché de Tengelmann à Bad Soden. Le Main-Taunus-Zentrum s'était agrandi aussi. Quant à Francfort, il ne s'y était même plus retrouvé. Pour un conducteur aussi inexpérimenté que lui, la ville était un véritable cauchemar. Quand il trouva enfin après quelques recherches la maison avec le bon numéro, il avait trois quarts d'heure de retard.

— Prends l'ascenseur jusqu'au septième étage, dit gaiement la voix de Nadja dans l'interphone.

L'ouvre-porte bourdonna et Tobias entra dans le hall de la maison qui était élégamment recouvert de granit et de miroirs. En quelques secondes, l'ascenseur de verre le transporta en haut, où il resta fasciné par la vue, par-delà l'eau, sur Francfort qui avait tellement changé. De nouveaux buildings semblaient avoir poussé durant ces dernières années.

— Enfin te voilà ! dit Nadja rayonnante quand il sortit de l'ascenseur au septième étage.

Il lui tendit gauchement le bouquet entouré de cellophane qu'il avait acheté dans un kiosque.

— Oh, ce n'était pas la peine.

Elle prit le bouquet, lui saisit la main et le tira dans l'appartement, qui le laissa sans voix. Le penthouse était imposant. Par les immenses baies qui descendaient jusqu'au parquet luisant, on avait une vue spectaculaire de tous les côtés. Dans la cheminée crépitait un feu, la voix chaude de Leonard Cohen coulait de haut-parleurs invisibles et l'éclairage raffiné comme les bougies allumées prêtaient encore plus de profondeur à la pièce déjà immense. Un instant, Tobias eut envie de tourner le dos et de s'enfuir. Il n'était pas envieux, mais, en voyant cet appartement de rêve, le sentiment d'être un lamentable raté le submergea plus que jamais et lui serra la gorge. Entre Nadja et lui, il y avait un monde. Qu'est-ce qu'elle lui voulait, bon Dieu ? Elle était célèbre, elle était riche, elle était belle. Elle aurait certainement pu passer la soirée avec des hommes beaux, amusants et spirituels au lieu de la passer avec un ex-taulard amer comme lui.

— Donne-moi ta veste, dit-elle.

Il l'enleva et eut honte aussitôt de ce truc bon marché et râpé. Elle le conduisit fièrement dans la grande cuisine avec son bloc repas central. Le granit et le métal noble dominaient. Les appareils électriques venaient de chez Gaggenau. Une odeur appétissante de viande rôtie fit venir l'eau à la bouche de Tobias. Il avait trimé toute la journée à évacuer des poubelles d'ordure et n'avait pratiquement rien mangé. Nadja sortit une bouteille de Moët & Chandon de l'étincelant réfrigérateur américain en inox et lui dit qu'elle n'utilisait l'appartement que comme pied-à-terre quand elle tournait à Francfort – elle détestait les hôtels – mais qu'elle habitait la plupart du temps dans sa résidence principale. Elle versa le champagne dans deux flûtes de cristal et lui en tendit une.

— Je suis contente que tu sois venu, dit-elle en souriant.

— Et moi, je te remercie de m'avoir invité, répondit Tobias qui s'était remis de son premier choc et pouvait à nouveau sourire.

— À toi, dit Nadja en cognant son verre contre le sien.

— Non, à toi, répondit Tobias gravement. Merci pour tout.

Comme elle était devenue jolie ! Son visage pur presque androgyne, couvert de taches de rousseur, qui bien que régulier paraissait un peu osseux autrefois, s'était adouci. Les yeux clairs brillaient, quelques mèches de ses cheveux blond miel s'étaient échappées du nœud et tombaient sur sa nuque tendre légèrement bronzée. Elle était mince mais pas maigre. Grâce au vilain appareil dentaire de son adolescence, ses dents, entre ses lèvres pleines, étaient blanches et régulières. Ils se sourirent et burent une gorgée mais soudain devant le visage de Nadja s'interposa celui d'une autre femme. Oui, c'est exactement comme ça qu'il aurait aimé vivre avec Stefanie, quand, après ses études de médecine, il gagnerait bien sa vie comme praticien. Il était alors persuadé d'avoir trouvé en elle l'amour de sa vie et il avait rêvé d'un avenir avec elle, avec des enfants…

— Qu'est-ce que tu as ? demanda Nadja.

Tobias rencontra son regard attentif.

— Rien. Pourquoi ?

— Tu as soudain eu un air si malheureux.

— Tu sais depuis combien de temps je n'avais pas bu de champagne ?

Il se forçait à sourire mais le souvenir de Stefanie lui avait porté un coup douloureux. Après toutes ces années, il ne pouvait pas l'oublier. L'illusion d'un bonheur sans nuage n'avait duré que quatre semaines et avait fini en catastrophe. Il chassa ces pensées importunes et s'assit à la table de la cuisine que Nadja avait préparée avec amour. Il y avait des tortellinis garnis d'épinards et de ricotta, un filet de bœuf parfaitement cuit avec une sauce au barolo, une salade de roquette avec des copeaux de parmesan et là-dessus un vieux pomerol de quinze ans. Tobias constata qu'il n'était pas difficile de converser avec Nadja comme il l'avait redouté. Elle parla de son travail, d'incidents drôles et singuliers et de ses rencontres. Et cela d'une façon amusante, sans crâner. Après le troisième verre de vin rouge, Tobias en sentit les effets. Ils quittèrent la cuisine et s'assirent sur le divan de cuir du salon, elle dans un coin, lui dans l'autre. Comme de bons et de vieux amis. Sur la cheminée était accrochée l'affiche encadrée du premier film de Nadja – son premier succès de comédienne.

— C'est vraiment incroyable que tu sois arrivée si haut, dit Tobias pensif, je suis vraiment fier de toi.

— Merci. Elle sourit et ramena ses jambes sous elle. Bah. Qui aurait pu penser que la vilaine Nathalie deviendrait une grande star de cinéma ?

— Tu n'as jamais été laide, protesta Tobias, étonné qu'elle se soit vue ainsi.

— En tout cas tu ne faisais pas attention à moi.

Pour la première fois depuis le début de la soirée, la conversation s'approchait du sujet qu'il avait jusque-là soigneusement évité.

— Tu étais ma meilleure amie, dit Tobias. Toutes les autres filles étaient jalouses parce que j'étais si souvent avec toi.

— Mais tu ne m'as jamais embrassée…

Elle dit cela sur un ton taquin mais soudain Tobias comprit qu'autrefois elle avait dû être blessée. Aucune fille ne souhaitait être la meilleure amie d'un garçon séduisant même si aux yeux de celui-ci c'était un signe d'élection. Tobias essaya de se souvenir. Pourquoi n'avait-il jamais été amoureux de Nadja ? Ils avaient littéralement joué dans le même bac à sable, étaient allés au même jardin d'enfants puis à la même école. Pour lui, son existence était une évidence. Mais à présent quelque chose avait changé. Nadja avait changé. À côté de lui, ce n'était plus Nathalie, la fidèle, honnête et fiable compagne du jardin d'enfants. À côté de lui était assise une femme très belle, extrêmement attirante et qui lui envoyait, il le voyait bien, un signal tout à fait clair. Attendait-elle vraiment de lui plus que de l'amitié ?

— Pourquoi tu ne t'es jamais mariée ? demanda-t-il brusquement d'une voix rauque.

— Parce que je n'ai pas trouvé l'homme idéal, dit Nadja qui haussa les épaules, se pencha et versa du vin dans les verres. Mon job tue toute possibilité d'une liaison. La plupart des hommes ne supportent pas une femme qui a du succès. Et un collègue de travail frivole et narcissique, je n'en veux pas. Ça ne pourrait pas coller. Je me sens très bien comme ça.

— J'ai suivi ta carrière. En prison, on a beaucoup de temps pour lire et regarder la télévision.

— Lequel de mes films tu as préféré ?

— Je ne sais pas. Tobias sourit. Ils sont tous bons.

— Espèce de flagorneur. Elle pencha la tête. Une mèche de cheveux lui tomba sur le front. Finalement tu n'as pas changé.

Elle alluma une cigarette, tira une fois dessus et la mit entre les lèvres de Tobias comme elle l'avait fait si souvent autrefois. Leurs visages étaient très proches. Tobias leva la main et lui caressa la joue. Il sentit son souffle chaud sur son visage, puis ses lèvres sur sa bouche. Ils hésitèrent tous les deux un court instant.

— Ce sera mauvais pour ta réputation, si on apprend que tu fréquentes un ex-taulard, souffla Tobias.

— Si tu savais comme je me fiche de ma réputation, répliqua-t-elle d'une voix rauque.

Elle lui ôta la cigarette des mains et la posa sans regarder derrière elle sur un cendrier. Ses joues brûlaient, ses yeux étincelaient. Il ressentit son invite comme un écho de son propre désir et l'attira à lui. Ses mains glissèrent sur ses cuisses, entourèrent ses hanches. Son cœur se mit à battre, une vague de volupté traversa son corps quand elle lui enfonça la langue dans la bouche. Quelle était la dernière fois où il avait couché avec une femme ? Il n'arrivait pas à s'en souvenir. *Stefanie... le divan rouge...* Son baiser devint passionné. Sans l'interrompre, ils se débarrassèrent de leurs vêtements, firent l'amour avec passion, muets et haletants, et sans cette tendresse qui autrefois leur avait suffi.

LUNDI 10 NOVEMBRE 2008

Claude Terlinden buvait son café debout en regardant de la fenêtre de la cuisine la maison des voisins. S'il se dépêchait, il pourrait à nouveau cueillir la jeune fille à l'arrêt de bus. Lorsque son fondé de pouvoir, Arne Fröhlich, lui avait présenté quelques mois avant sa fille presque adulte, elle lui avait plu immédiatement. Les piercings, la coiffure démente et les insolites vêtements noirs l'avaient irrité comme son visage maussade et son attitude revêche. Mais hier, au *Cheval Noir*, quand elle lui avait souri, ça l'avait frappé comme la foudre. La jeune fille ressemblait à Stefanie Schneeberger d'une façon presque inquiétante. C'était le même visage fin d'une pâleur d'albâtre, la même bouche charnue, les mêmes yeux sombres avertis – simplement incroyable.

— Blanche-Neige, murmura-t-il.

Cette nuit, il avait rêvé d'elle, un rêve singulier, funeste, dans lequel le passé et le présent se mêlaient de façon troublante. Quand il s'était réveillé, en nage, au milieu de la nuit, il lui avait fallu un moment pour comprendre qu'il avait seulement rêvé. Il entendit des pas derrière lui et se retourna. Sa femme apparut sur le seuil de la cuisine, parfaitement coiffée malgré l'heure matinale.

— Déjà levée, dit-il en allant à l'évier et en faisant

couler de l'eau chaude sur sa tasse. Tu as quelque chose de prévu.

— J'ai rendez-vous en ville à 10 heures avec Verena.

— Bien.

La façon dont sa femme passait ses journées ne l'intéressait pas le moins du monde.

— Ça recommence, dit-elle à cet instant. Juste au moment où l'herbe avait un peu repoussé sur tout ça.

— Qu'est-ce que tu veux dire ? dit Terlinden en lui jetant un regard irrité.

— Il aurait vraiment mieux valu que les Sartorius soient partis d'ici.

— Où voulais-tu qu'ils aillent ? Ce genre d'histoire vous rattrape partout.

— Malgré tout. Ça va créer des problèmes. Les villageois affûtent déjà les couteaux.

— C'est ce que je craignais. Claudius Terlinden mit sa tasse dans le lave-vaisselle. À propos, Rita a eu un grave accident vendredi soir. Quelqu'un l'aurait fait tomber d'un pont devant une voiture.

— Quoi ? Christine Terlinden écarquilla les yeux, bouleversée. Comment tu sais ça ?

— J'ai eu un bref entretien avec Tobias hier soir.

— Tu as… quoi ? Pourquoi tu ne me racontes rien ? Elle regarda son mari d'un air incrédule. À cinquante et un ans, Christine Terlinden était toujours une très belle femme. Elle portait ses cheveux naturellement blonds coiffés à la page comme le voulait la mode. Elle était petite et délicate et, même en peignoir, elle restait élégante.

— Parce que je ne t'ai pas vue hier soir.

— Tu parles avec ce garçon, tu vas le voir en prison, tu aides ses parents – tu as oublié qu'autrefois il t'a mis en cause dans cette histoire ?

— Non, je n'ai pas oublié, répondit Claudius Terlinden. Son regard tomba sur la pendule murale. Dans dix minutes, Amelie quitterait la maison. Autrefois Tobias n'a dit à la police que ce qu'il avait entendu. Et finalement c'était aussi bien que si… il s'arrêta. Sois heureuse que tout se soit passé comme ça. Sinon Lars ne serait certainement pas arrivé là où il est. Terlinden posa sur la joue à la peau tendue de sa femme un baiser convenu. Je dois partir. Ça peut attendre ce soir.

Christine Terlinden attendit que la porte d'entrée se soit refermée. Elle prit une tasse, la mit sous la machine à expressos et pressa le bouton sur serré. La tasse à la main, elle alla à la fenêtre et vit la Mercedes noire de son mari rouler lentement vers le portail. Peu après il s'arrêta devant la maison des Fröhlich, les feux rouges brillèrent dans l'obscurité du petit matin. La fille des voisins avait dû l'attendre car à présent elle montait dans la voiture. Christine Terlinden respira profondément et ses doigts se crispèrent sur sa tasse. Elle avait vu venir cela, dès qu'elle avait croisé Amelie. L'inquiétante ressemblance l'avait frappée aussitôt. Ça ne lui plaisait pas que la jeune fille soit amie avec Thies. Il avait été difficile autrefois de tenir son fils handicapé en dehors des événements. Est-ce que tout allait recommencer? Un sentiment presque oublié de désespoir impuissant monta en elle.

— Oh non, mon Dieu, murmura-t-elle. S'il vous plaît, s'il vous plaît, pas une autre fois.

La photo qu'Ostermann avait tirée de la vidéo de surveillance de la gare était en noir et blanc et pas très nette, cependant l'homme à la casquette de baseball était bien reconnaissable. Malheureusement la caméra n'avait pas le bon angle pour enregistrer ce qui se passait sur le pont, mais la déclaration du témoin de quatorze ans, Niklas Bender, était fiable et elle pouvait permettre de retrouver l'homme et de l'appréhender. Bodenstein et Pia étaient venus à Altenhain pour montrer la photo à Hartmut Sartorius et à son fils. Mais malgré plusieurs coups de sonnette, personne n'ouvrit.

— Allons montrer le cliché chez les commerçants du village, proposa Pia. J'ai l'impression que cette agression a vraiment un rapport avec Tobias.

Bodenstein acquiesça. Pia avait souvent, comme sa sœur, de bonnes intuitions et ses suppositions se révélaient souvent justes. Hier il avait pensé toute la soirée à discuter avec Theresa et il avait attendu en vain que Cosima lui dise à qui elle téléphonait dans la grange. Vraisemblablement, essayait-il de se persuader, c'était un appel sans importance que Cosima avait aussitôt oublié. Elle téléphonait beaucoup et était sans cesse appelée par ses collaborateurs, même le dimanche. Ce matin, au petit-déjeuner, il avait décidé de ne pas donner une importance exagérée à cette affaire et Cosima s'était comportée d'une façon tout à fait normale. Gaie et de bonne humeur, elle lui avait décrit son programme pour la journée : travailler sur le film en salle de montage, rencontrer le comédien qui allait faire la voix off, déjeuner avec l'équipe à Mayence. Tout cela était normal. En lui disant au revoir, elle l'avait embrassé comme presque chaque matin depuis vingt-cinq ans. Non, il s'inquiétait inutilement.

La clochette de la petite épicerie retentit quand ils entrèrent. Entre les rayons, quelques femmes, un cabas à la main, s'étaient rassemblées pour commenter les nouveaux ragots du village.

— À toi de jouer, chef, dit Pia à voix basse à Bodenstein qui avec son allure désinvolte et son charme à la Cary Grant avait l'art d'embobiner les gens ; mais aujourd'hui il n'avait pas l'air en forme.

— Tu t'y prendras mieux que moi, répliqua-t-il.

Par une porte ouverte on apercevait la cour où un homme costaud et grisonnant était en train de décharger d'un camion des cageots de fruits et de légumes. Pia haussa les épaules et se dirigea directement vers le groupe de femmes.

— Bonjour. Elle présenta sa carte de police. La Kripo de Hofheim.

Regards méfiants et curieux.

— Vendredi soir, l'ex-femme de Hartmut Sartorius a été victime d'une sauvage agression, dit Pia en choisissant ses mots dans le but de dramatiser un peu. Je suppose que vous connaissez Rita Cramer ?

Acquiescement de tête général.

— Nous avons la photo d'un homme qui l'a poussée d'un pont devant une auto.

L'absence de réactions laissait supposer que la nouvelle de l'accident avait déjà fait le tour du village. Pia sortit la photo et la tendit à la femme qui portait une blouse blanche, apparemment la propriétaire du magasin.

— Reconnaissez-vous cet homme ?

La femme jeta un bref regard à la photo en plissant les yeux, puis elle les leva et secoua la tête.

— Non, dit-elle en simulant un regret. Je suis désolée. Je ne l'ai jamais vu.

Les trois autres secouèrent la tête l'une après l'autre, mais le rapide regard qu'une d'elles avait échangé avec la propriétaire du magasin n'avait pas échappé à Pia.

— Vous en êtes vraiment sûre ? regardez encore une fois. La qualité de l'image n'est pas très bonne.

— Nous ne connaissons pas cet homme.

L'épicière rendit la photo à Pia en la regardant sans ciller. Elle mentait. C'était évident.

— Dommage, dit Pia. Puis-je vous demander votre nom ?

— Richter. Margot Richter.

À ce moment, l'homme de la cour entra dans le magasin en portant trois cageots de fruits et les posa bruyamment.

— Luz, c'est la police criminelle, le prévint sa femme avant que Pia ait eu le temps d'ouvrir la bouche.

L'homme s'approcha. Il était grand et corpulent avec un visage bonasse au nez en patate, rougi par le froid et l'effort. Sa façon de regarder sa femme trahissait que c'était elle qui portait la culotte et qu'il n'avait pas voix au chapitre. Il saisit la photo avec sa grosse paluche mais avant qu'il ait pu la regarder, Margot Richter la lui arracha des mains.

— Mon mari ne connaît pas ce type.

Pia plaignait le mari, il ne devait pas rire tous les jours.

— Vous permettez.

Elle reprit la photo et, avant que sa femme ait le temps de protester, elle la remit sous le nez de l'homme.

— Avez-vous déjà vu cet homme ? Vendredi, il a poussé votre ancienne voisine sur une auto. Rita Cramer est depuis dans le coma à l'hôpital en réanimation et il n'est pas sûr qu'elle survive.

Richter hésita comme s'il soupesait sa réponse. Il n'était pas un bon menteur, mais c'était un mari obéissant. Son regard incertain se posa une seconde sur sa femme.

— Non, dit-il finalement. Je ne le connais pas.

— Très bien. Merci beaucoup, dit Pia en se forçant à sourire. Je vous souhaite une belle journée.

Elle sortit du magasin, suivie de Bodenstein.

— Ils le connaissent tous.

— Oui, c'est certain.

Bodenstein parcourut la rue du regard.

— Il y a là-bas un coiffeur. Essayons chez lui.

Ils suivirent pendant quelques mètres l'étroit trottoir mais, quand ils entrèrent dans le petit salon démodé, la coiffeuse était en train de raccrocher le téléphone avec un air coupable.

— Bonjour, dit Pia en montrant le téléphone de la tête. Mme Richter vous a certainement déjà informée de notre venue. Je peux donc épargner mes questions.

La femme écarquilla les yeux d'un air niais, son regard alla de Pia à Bodenstein et resta suspendu sur celui-ci. Si le chef, ce jour-là, avait été en forme, la coiffeuse aurait craqué à coup sûr.

— Qu'est-ce que tu as ? lui demanda Pia un peu agacée quand ils revinrent trois minutes plus tard dans la rue. Il te suffisait de sourire à la coiffeuse pour la faire fondre et nous faire donner le nom, l'adresse et le numéro de téléphone de notre suspect.

— Excuse-moi, répondit Bodenstein d'une voix atone. Aujourd'hui, j'ai la tête ailleurs.

Une voiture passa bruyamment dans la rue étroite, puis une autre, puis un camion. Ils durent se coller contre le mur pour ne pas être touchés par le rétroviseur.

— En tout cas, à midi je vais me faire monter les vieux dossiers de l'affaire Sartorius, dit Pia. Je jurerais que tout vient de là.

Une visite chez le fleuriste eut aussi peu de résultats qu'au jardin d'enfants et au secrétariat de l'école. Margot Richter avait déjà donné ses instructions. La communauté villageoise se serrait les coudes et pratiquait une omerta toute sicilienne pour protéger un des siens.

Amelie était allongée dans le hamac que Thies avait suspendu spécialement pour elle entre deux palmiers en pot et se balançait doucement. Devant les fenêtres à croisillons la pluie tombait en tambourinant sur le toit de l'orangerie qui, derrière une puissante vigne, se dissimulait dans le grand parc des Terlinden. Il y régnait une agréable chaleur, ça sentait la peinture et la térébenthine car Thies utilisait comme atelier le long édifice où les plantes fragiles du parc passaient l'hiver. Des centaines de toiles peintes s'alignaient sur les murs, rangées selon leur taille. Des pots à confiture vides contenaient des douzaines de pinceaux. Thies était ordonné d'une façon compulsive dans tout ce qu'il faisait. Les caisses des plantes – oliviers, palmiers, lantaniers, citronniers, orangers – étaient alignées comme des soldats de plomb, elles aussi par ordre de grandeur. Rien n'était laissé au hasard. Les outils et les instruments, que Thies utilisait pour jardiner, étaient suspendus au mur où posés dessous en rangs. Parfois Amelie déplaçait quelque chose ou laissait traîner exprès un mégot pour agacer Thies. Il corrigeait immédiatement. Ce désordre lui était insupportable. Et, quand elle intervertissait les plantes, il le remarquait aussitôt.

— Je trouve ça totalement excitant, dit Amelie. J'aimerais en découvrir plus, mais je ne sais pas comment.

Elle n'attendait pas de réponse, mais elle jeta pourtant un bref regard sur Thies. Il se tenait devant son chevalet et peignait d'un air concentré. Ses tableaux étaient en grande partie abstraits, dans des tons lugubres, pas faits pour l'appartement de gens dépressifs, trouvait Amelie. Si ses traits n'avaient pas été aussi rigides, il aurait été assez beau : un visage ovale, un nez fin et une bouche charnue et tendre. La ressemblance avec sa jolie mère ne pouvait être niée. Il avait hérité d'elle ses cheveux blonds et ses grands yeux d'un bleu nordique ombragés par d'épais cils foncés. Mais ce qu'Amelie préférait c'était ses mains. Thies avait les mains fines et sensibles d'un pianiste que le jardinage n'avait pas abîmées. Quand il s'énervait, elles menaient leur propre vie, voletant comme des oiseaux effarouchés dans une cage. Mais en ce moment il était calme, comme presque toujours lorsqu'il peignait.

— Je me demande, continua pensivement Amelie, ce que Tobias a bien pu faire de ces deux filles. Pourquoi il ne l'a jamais avoué ? Il n'aurait peut-être pas fait autant de prison. C'est bizarre. En tout cas il me plaît. Il est différent de tous les types de ce patelin. Elle mit ses mains derrière sa tête, ferma les yeux, et eut un agréable frisson de peur. Il les a peut-être coupées en morceaux et coulées dans le béton quelque part dans sa cour.

Thies continuait à travailler, impassible Il mêla sur sa palette un vert sombre avec un rouge rubis, récusa le résultat après une courte réflexion et ajouta un peu de blanc. Amelie arrêta le hamac.

— Tu me trouverais plus jolie si j'enlevais mes piercings ?

Thies resta muet. Amelie se leva prudemment du hamac oscillant et s'approcha de lui. Elle jeta un coup d'œil par-dessus les épaules de Thies sur la toile. Elle fit claquer ses lèvres quand elle reconnut ce qu'il avait peint dans ces dernières heures.

— Ouah ! dit-elle impressionnée et étonnée en même temps. C'est cool !

Quatorze classeurs fatigués étaient arrivés des archives du commissariat central de la police de Francfort dans des caisses qui étaient à présent posées à côté du bureau de Pia. En 1997, il n'y avait pas encore de section criminelle dans le Main-Taunus-Kreis. En cas de meurtre, de viol ou d'homicide, avant la réforme de la police de la Hesse des années précédentes, c'était la K11 de Francfort qui en était chargée. Mais l'étude des dossiers attendrait, la conseillère judiciaire, Nicole Engel, avait prévu à 16 heures cette inutile réunion de l'équipe qu'elle affectionnait tellement.

Il faisait chaud et étouffant dans la salle de réunion. Il n'y avait rien de très spectaculaire à l'ordre du jour, l'atmosphère était somnolente jusqu'à l'ennui. La pluie dans un ciel chargé de nuages frappait la fenêtre, si bien qu'il faisait déjà sombre.

— La photo de l'inconnu qu'on recherche paraîtra aujourd'hui dans la presse, déclara la conseillère judiciaire. Quelqu'un va bien le reconnaître et nous contacter.

Blême et taciturne, Andreas Hasse, qui avait repris son service ce matin, éternua.

— Pourquoi tu ne restes pas chez toi, au lieu de venir nous contaminer ? lui dit avec agacement Kai Ostermann qui était assis à côté de lui.

Hasse ignora la question.

— Sinon, il y a autre chose ?

Les yeux perçants de Nicole Engel se tournèrent vers ses subordonnés qui évitèrent sagement le contact direct de son regard car ils avaient l'impression qu'elle pouvait lire directement dans leur cerveau. Avec son flair sismographique, elle avait depuis le début remarqué la tension qui était dans l'air et elle cherchait à en percer la cause.

— J'ai fait venir les dossiers sur l'affaire Sartorius, intervint Pia. J'ai l'impression que l'agression de Mme Cramer pourrait avoir un rapport direct avec la libération de Tobias Sartorius. Les gens à Altenhain ont tous reconnu l'homme sur la photo, mais ils l'ont nié. Ils voulaient le protéger.

— Vous le pensez aussi ? dit Nicole Engel en s'adressant à Bodenstein qui regardait devant lui d'un air absent.

— C'est possible, acquiesça-t-il. En tout cas la réaction de ces gens était bizarre.

— Bon. Nicole Engel regarda Pia. Examinez les dossiers. Mais ne perdez pas trop de temps avec ces paperasses. Nous attendons les résultats de l'autopsie du squelette et ça reste prioritaire.

— Tobias Sartorius est détesté à Altenhain, dit Pia. On a tagué des menaces sur la maison de son père et quand nous sommes allés dimanche lui annoncer la nouvelle de l'accident, trois femmes qui étaient de l'autre côté de la rue l'ont insulté.

— J'ai connu le type autrefois, dit Hasse en se raclant la gorge plusieurs fois. Ce Sartorius est un tueur de sang-froid, un poseur arrogant infatué de lui-même qui voulait faire avaler à tout le monde qu'il avait eu un trou de mémoire et ne pouvait se souvenir de rien. Mais les empreintes étaient formelles. Il avait menti et il est allé en taule.

— Mais à présent il a purgé sa peine. Il a le droit de réintégrer la société, répondit Pia. Et le comportement des villageois m'intrigue. Pourquoi mententils ? Qui veulent-ils protéger ?

— Et tu crois que tu pourras trouver la réponse en compulsant de vieux documents ? Le type a tué sa petite amie quand elle a voulu rompre avec lui et parce que son ex-petite amie l'avait vu, elle devait mourir aussi.

Pia s'étonna de cette véhémence inhabituelle chez son très je-m'en-foutiste collègue.

— C'est possible, dit-elle. Certes c'était il y a dix ans. Mais en lisant ces vieux témoignages je tomberai peut-être sur celui qui a poussé Rita Cramer par-dessus le pont.

— Mais qu'est-ce que tu veux… reprit Hasse, mais Nicole Engel mit énergiquement fin à la discussion.

— Mme Kirchhoff examinera les documents jusqu'à ce qu'on ait du nouveau sur le squelette.

Comme il n'y avait plus rien à discuter, la réunion fut levée. Nicole Engel disparut dans son bureau et la K11 se dispersa.

— Il faut que je rentre, dit Bodenstein après un regard à sa montre.

Pia décida aussi de rentrer chez elle en emportant une partie des documents. Il n'y avait rien d'important à faire ici.

— Voulez-vous que je porte la valise dans la maison, monsieur le ministre ? demanda le chauffeur, mais Gregor Lauterbach secoua la tête.

— Je le ferai moi-même, dit-il en souriant. Rentrez chez vous, Forthuber. J'aurai besoin de vous tôt demain, vers 8 heures.

— Entendu. Je vous souhaite une belle soirée, monsieur le ministre.

Lauterbach acquiesça et attrapa la petite valise. Voilà trois jours qu'il n'était pas rentré chez lui. D'abord il y avait eu ce rendez-vous à Berlin puis la conférence du ministre de la Culture à Stralsund où les collègues du Bade-Wurtemberg s'étaient empoignés pour la fixation des lignes directives du budget de l'enseignement. Le téléphone se mit à sonner pendant qu'il refermait la porte d'entrée et débranchait l'alarme. Le répondeur se mit en marche mais celui qui appelait ne prit pas la peine de parler. Gregor Lauterbach posa sa valise devant l'escalier, alluma et alla à la cuisine. Il jeta un regard sur le courrier empilé sur la table que la femme de ménage avait proprement séparé en deux piles. Daniela n'était pas encore rentrée. S'il se souvenait bien, elle donnait ce soir une conférence à un congrès de médecins à Marburg. Lauterbach revint dans le séjour et observa un moment les bouteilles sur la console, avant de se décider pour un scotch Black Bowmore vieux de quarante-deux ans. Un cadeau d'un type quelconque qui avait voulu se faire bien voir de lui. Il dévissa la bouteille et s'en versa deux doigts dans un verre. Depuis qu'il était ministre de la Culture à Wiesbaden, lui et Daniela ne se rencontraient plus que par hasard ou bien en accordant leurs emplois du temps. Ils ne dormaient plus dans le même lit depuis dix ans. Lauterbach possédait un appartement secret à Idstein où il rencontrait une fois par semaine une discrète maîtresse. Il lui avait catégoriquement signifié d'entrée qu'il ne divorcerait jamais d'avec Daniela et ce sujet n'était jamais abordé pendant leurs rendez-vous. Il ne savait pas si Daniela avait une liaison de son côté, et il ne voulait pas le savoir. Il défit sa cravate, ôta sa veste, la jeta négligemment sur le dossier d'un canapé et avala une gorgée de scotch. Le téléphone sonna à nouveau. Trois fois avant que le répondeur ne s'enclenche.

— Gregor. La voix masculine avait un ton insistant. Si tu es là, réponds s'il te plaît. C'est très important.

Lauterbach hésita un instant. Il reconnaissait la voix. Qu'est-ce qui n'était pas important ! Mais il décrocha en soupirant. Son interlocuteur ne s'embarrassa pas de circonvolutions. En l'écoutant, Lauterbach sentit ses poils se hérisser. Il se leva involontairement. Une impression de menace sauta sur lui comme un fauve.

— Merci de m'avoir appelé, dit-il d'une voix rauque et il raccrocha.

Il resta comme pétrifié dans la demi-obscurité. Un squelette à Eschborn. Tobias Sartorius de retour à Altenhain. Sa mère poussée par-dessus un pont par un inconnu. Et une fonctionnaire de police zélée de la K11 de Hofheim qui fouillait dans les vieux dossiers. Le coûteux whisky lui parut soudain amer. Sans y penser, il reposa le verre et monta à sa chambre. Cela ne voulait peut-être rien dire. C'était peut-être un hasard, pensa-t-il pour se rassurer. Mais il n'y parvint pas. Lauterbach s'assit sur son lit, enleva ses chaussures et se laissa tomber en arrière. Un flot d'images indésirables lui traversa l'esprit. Comme pouvait-il se faire qu'une seule et insignifiante mauvaise décision ait pu avoir des conséquences si catastrophiques ? Il ferma les yeux. La fatigue lui tomba dessus. Ses pensées glissèrent du présent vers les sentiers sinueux du monde des rêves et des souvenirs. *Blanche comme la neige, rouge comme le sang, noire comme l'ébène…*

MARDI 11 NOVEMBRE 2008

— Il s'agit du squelette d'une jeune fille qui avait à sa mort entre quinze et dix-huit ans.

Le Dr Kirchhoff était pressé. Il devait prendre un avion pour Londres où on attendait son expertise dans le cadre d'une enquête. Pendant qu'il rangeait la documentation nécessaire dans sa valise, Bodenstein, assis devant le bureau, l'écoutait discourir sur l'état de la suturation de l'artère basilaire, l'os iliaque partiellement fondu et autres indicateurs de l'âge.

— Combien de temps elle est restée dans la cuve ? finit-il par l'interrompre.

— Dix ans, au maximum quinze. Le légiste alla à la visionneuse et fit apparaître une radioscopie. Elle s'était cassé la partie supérieure du bras. On voit clairement la fracture ressoudée.

Bodenstein regarda l'image. Le blanc des os ressortait sur le fond noir.

— Oui, et ce qui est très intéressant…

Kirchhoff appartenait à ce type d'homme qui n'était pas avare de son savoir. Même pressé par le temps il tenait à le rendre captivant. Il feuilleta quelques radios, les posa sur la visionneuse et posa ce qu'il venait de chercher à côté du cliché du bras.

— On lui a retiré les premières molaires des deux côtés de la mâchoire.

— Qu'est-ce que ça signifie ?

— Que nous avons fait le travail de vos hommes. Kirchhoff regarda Bodenstein en fronçant les sourcils. Quand nous avons comparé l'empreinte dentaire dans l'ordinateur avec celles des disparus, nous avons gagné le jackpot. La fille est portée disparue depuis 1997 – et regardez… Il mit un autre cliché dans la visionneuse. Nous avons la brisure quand elle était encore fraîche.

Bodenstein s'exhorta à la patience même s'il commençait à comprendre ce que les ouvriers avaient déterré dans le vieil aéroport d'Eschborn. Ostermann avait dressé la liste de toutes les filles et jeunes femmes qui avaient disparu depuis quinze ans et n'étaient jamais réapparues. Parmi elles se trouvaient les noms des deux filles qui avaient été tuées par Tobias Sartorius.

— Les substances organiques ne sont plus analysables, continua Kirchhoff, un séquençage n'est plus possible, mais nous avons pu extraire l'ADN mitochondrial et deuxième jackpot. Pour la jeune fille de la cuve, il s'agit de…

Il s'interrompit, alla à son bureau et fouilla dans une des nombreuses piles de papiers.

— … de Laura Wagner ou de Stefanie Schneeberger, suggéra Bodenstein.

Kirchhoff le regarda et sourit d'un air vexé.

— Vous êtes un vrai rabat-joie, Bodenstein, dit-il. Puisque vous m'avez fait manquer mon effet avec votre impatience, je devrais vous laisser mijoter jusqu'à mon retour de Londres. Mais si vous êtes assez gentil pour m'emmener au S-Bahn par ce temps de chien, je vous dirai en route de laquelle des deux il s'agit.

Pia, assise à son bureau, ruminait. Hier, jusqu'à tard dans la nuit, elle avait étudié les documents et elle était tombée sur plusieurs incongruités. Au premier regard, les faits dans l'enquête Tobias Sartorius étaient clairs, les preuves contre lui sans équivoques. Mais seulement au premier regard. Déjà en lisant les procès-verbaux des interrogatoires, Pia s'était posé des questions auxquelles elle n'avait pas trouvé de réponse. Tobias Sartorius avait vingt ans quand il avait été condamné pour l'homicide volontaire de Stefanie Schneeberger, dix-sept ans, et le meurtre de Laura Wagner, dix-sept ans elle aussi, à la plus lourde peine prévue par la juridiction des mineurs. Tard, dans la soirée du 6 septembre 1997, un voisin avait vu entrer, en l'espace de vingt minutes, les deux jeunes filles dans la maison de la famille Sartorius. Il y avait déjà eu dans la rue une violente altercation entre Tobias et son ex-petite amie Laura Wagner. Auparavant tous les trois étaient allés à la kermesse et, selon des témoins, avaient consommé une forte dose d'alcool. Le tribunal avait tenu pour acquis que Tobias, sous le coup de l'émotion, avait assassiné son amie Stefanie Schneeberger avec un cric de voiture puis son ex-petite amie Laura, qui avait été témoin des faits. Étant donné la quantité de sang de Laura qu'on avait trouvé partout dans la maison, sur les vêtements de Tobias et dans le coffre de son auto, l'acte avait dû être perpétré avec une extrême brutalité. Les qualifications de cruauté et d'occultation d'un délit avaient donc été retenues. Durant une perquisition, on avait retrouvé le sac à dos de Stefanie dans la chambre de Tobias et la chaîne de cou de Laura sous un évier, dans la laiterie, et enfin l'arme du crime, le cric, dans la fosse à purin, derrière l'étable. L'argumentation de la défense selon laquelle Stefanie aurait oublié son sac à dos dans la chambre de son ami après leur dispute n'avait pas été prise en compte. Des témoins avaient vu Tobias plus tard, peu après 23 heures, quitter Altenhain dans son auto. Mais vers 23 h 45 ses amis Jörg Richter et Felix Pietsch disaient lui avoir parlé devant la porte de sa maison ! Il aurait été couvert de sang et avait refusé de venir grimper au mât de cocagne.

Pia avait achoppé sur ces horaires. Le tribunal avait admis que Tobias avait évacué les cadavres des deux jeunes filles dans le coffre de sa voiture. Mais aurait-il pu le faire dans un laps de temps de trois quarts d'heure ? Pia avala une gorgée de café et appuya pensivement son menton sur son poing. Les collègues d'autrefois avaient enquêté à fond et interrogé presque chaque habitant d'Altenhain. Elle avait pourtant l'impression diffuse que quelque chose avait été omis.

La porte s'ouvrit et son collègue Hasse apparut sur le seuil. Il était blanc comme un linge, seul son nez était d'un rouge luisant pour avoir été trop mouché.

— Alors, dit Pia, ça va mieux ?

Pour toute réponse, Hasse éternua deux fois, puis il reprit son souffle et haussa les épaules.

— Andreas, rentre chez toi, dit Pia en secouant la tête. Mets-toi au lit et soigne-toi. Ici, pour le moment, c'est le calme plat.

— Où tu en es avec ton truc ? dit-il en indiquant d'un air soupçonneux les dossiers qui s'entassaient sur le sol à côté du bureau de Pia. Tu as trouvé quelque chose ?

Elle s'étonna de ce brusque intérêt, mais sans doute n'était-il dicté que par la crainte qu'elle lui demande de l'aider.

— C'est selon, répondit-elle. Au premier regard, tout paraît avoir été soigneusement vérifié. Mais malgré cela quelque chose cloche. Qui a mené l'enquête ?

— Le commissaire Brecht de la K11 de Francfort, dit Hasse. Mais si tu veux lui parler, tu arrives un an trop tard. Il est mort l'hiver dernier. Je suis allé à son enterrement.

— Ah bon.

— Un an après sa retraite. C'est tout bénéfice pour l'État. On bosse jusqu'à soixante-cinq ans et juste après on est bon pour la caisse.

Pia perçut l'habituelle amertume dans sa voix. Pourtant tout au long de sa vie, le collègue Hasse n'avait certes pas risqué de se tuer à la tâche.

Après avoir déposé le Dr Kirchhoff à sa station de métro, Bodenstein prit la direction de Francfort. Les parents de Laura Wagner allaient enfin connaître aujourd'hui le sort de leur fille. Pour eux ce serait sans doute un soulagement d'enterrer après onze ans les restes de la jeune fille et de pouvoir enfin faire leur deuil. Il était tellement plongé dans ses pensées qu'il mit quelques secondes avant de reconnaître le numéro d'immatriculation de la X5 de couleur foncée qui était devant lui. Que faisait Cosima à Francfort ? Pas plus tard que ce matin, ne s'était-elle pas lamentée de devoir passer le reste de la semaine à Mayence parce que le montage du film n'avançait pas ? Bodenstein composa le numéro du téléphone mobile de sa femme. Bien que la vision soit floue à travers la bruine, il distinguait la conductrice en train de téléphoner. Il sourit en entendant la voix familière résonner dans l'appareil. *Regarde dans ton rétroviseur*, s'apprêtait-il à dire, quand une soudaine inspiration l'arrêta. Les paroles de sa sœur résonnaient dans sa tête. Il allait mettre Cosima à l'épreuve pour se persuader que sa méfiance était injustifiée.

— Qu'est-ce que tu es en train de faire ? demanda-t-il donc.

Sa réponse lui coupa le souffle.

— Je suis encore à Mayence, aujourd'hui rien ne va, répondit-elle sur un ton qui normalement n'aurait pas éveillé chez lui le moindre soupçon.

Le mensonge lui causa un tel choc qu'il se mit à trembler. Ses mains se cramponnèrent au volant, il leva le pied, rétrograda et se laissa doubler par une autre voiture. Elle mentait ! Elle continuait à mentir ! Pendant qu'elle mettait son clignotant à droite et tournait sur l'A5, elle lui racontait qu'elle avait dû changer l'enchaînement des scènes et qu'elle serait en retard pour le montage.

— Nous avons la salle de montage à notre disposition jusqu'à minuit, dit-elle.

Le sang bruissait dans ses oreilles. Savoir que Cosima, sa Cosima, lui mentait froidement de la façon la plus éhontée. C'était au-delà de ses forces. Il aurait voulu lui crier, *s'il te plaît, s'il te plaît, je roule derrière toi* ! Mais il n'arrivait pas à parler, il bredouilla quelque chose et interrompit la conversation. Il fit le reste du trajet jusqu'au commissariat dans une sorte de transe. Près du garage où étaient parqués les véhicules de patrouille, il arrêta le moteur et resta assis dans la voiture. La pluie crépitait sur le toit de la BMW, ruisselait sur les vitres. Son monde volait en éclats. Pourquoi, bon Dieu, Cosima lui mentait-elle ? L'unique explication était qu'elle faisait quelque chose qu'il ne devait pas apprendre. C'était comme ça pour les autres, mais pas pour lui ! Il lui fallut un quart d'heure avant de pouvoir descendre de voiture et entrer dans le bâtiment.

Sous une bruine persistante, Tobias chargeait la remorque du tracteur pour tout transporter dans des conteneurs qui avaient été déposés à côté de la fosse à purin vide. Des morceaux de bois, des objets encombrants, des ordures diverses. Le type de l'entreprise de traitement des déchets avait plusieurs fois fait remarquer que ça lui coûterait cher s'il ne triait pas ses ordures. Le ferrailleur était passé à la ferme à midi pour les objets en métal. L'homme avait vu danser les dollars quand il avait compris quelle mine d'or il avait sous les yeux. Il avait tout embarqué avec deux aides, des chaînes rouillées, qui servaient autrefois à attacher les vaches, à presque tout ce que contenaient l'étable et la grange. Le ferrailleur avait donné quatre cent cinquante euros à Tobias et promis de revenir chercher le reste la semaine suivante. Tobias savait que chacun de ses gestes était observé avec les yeux d'Argus par Paschke, son voisin. Le vieux se cachait derrière les rideaux mais jetait de temps en temps un coup d'œil par la fente. Tobias n'en avait cure. Quand son père arriva du travail à 16 h 30, les montagnes d'immondices dans la cour de derrière avaient disparu.

— Mais les chaises, protesta Hartmut Sartorius effaré. Elles pouvaient encore servir. Et les tables. On aurait pu les repeindre aussi…

Tobias poussa son père dans la maison, puis il alluma une cigarette et s'accorda une première pause bien méritée. Il s'assit en haut du perron et regarda avec satisfaction la cour débarrassée au milieu de laquelle ne s'élevait plus qu'un vieux châtaignier. Nadja. Pour la première fois, il s'autorisa à revenir sur la nuit passée. Il avait trente ans mais en ce qui concernait le sexe, il était un bleu. En comparaison de l'amour avec Nadja, ses expériences précédentes lui paraissaient enfantines. Son imagination, par manque de comparaison, les avait grossies en quelque chose de grandiose et d'unique mais à présent il pouvait les ramener à leurs véritables proportions. Des enfantillages, un va-et-vient honteux dans un lit d'adolescent douteux, le jean et le slip aux genoux, l'oreille en éveil, de crainte d'une entrée inopportune des parents, car la porte n'avait pas de serrure.

— Peuh, soupira-t-il pensivement.

Ça paraissait emphatique mais Nadja avait vraiment fait de lui un homme. Après la première étreinte sur le canapé, ils étaient allés au lit et il avait pensé que ça n'irait pas plus loin. Ils s'étaient étreints, caressés, ils avaient parlé et Nadja lui avait avoué qu'autrefois elle l'avait aimé. Elle n'en avait pris conscience que lorsqu'il eut disparu de sa vie. Et toutes ces années, chaque fois qu'elle rencontrait un homme, inconsciemment elle le comparait à lui. Cet aveu, dans la bouche de cette femme superbe où il ne pouvait plus retrouver son amie d'enfance, l'avait agacé et en même temps l'avait rendu profondément heureux. Cela lui avait permis d'atteindre à des performances corporelles mêlées de transpiration dont il ne se serait pas cru capable. Il n'en finissait pas de la respirer, de la goûter, de la sentir. Simplement magnifique. Glorieusement lascif. Tobias était plongé dans ses pensées quand il entendit des pas légers et sursauta en voyant une silhouette inattendue surgir du coin de la maison.

— Thies ? s'exclama-t-il, étonné.

Il se leva mais se garda bien d'aller vers le fils des voisins, encore moins de l'embrasser. Thies Terlinden n'aurait jamais supporté une telle familiarité. D'ailleurs il ne leva même pas les yeux, se contentant de se tenir en silence devant lui, les bras le long du corps. On ne percevait pas plus son handicap qu'autrefois. À présent Lars devait être pareil à lui. Lars, son jumeau plus jeune de deux minutes qui, grâce à la maladie de son frère, était devenu involontairement le prince héritier de la dynastie des Terlinden. Le meilleur ami de Tobias, qu'il n'avait plus jamais revu après cette journée fatale de septembre 1997. Il se rappela alors qu'il n'avait pas parlé de Lars avec Nadja, pourtant ils avaient été tous les trois comme frère et sœur. Ils s'étaient baptisés Kalle, Anders et Eva-Lotte, les Roses blanches, comme dans Astrid Lindgren. Soudain Thies fit un pas vers Tobias, et à son étonnement lui tendit la main, la paume tournée vers le haut. Étonné, Tobias comprit ce que Thies voulait : ils avaient autrefois l'habitude de se saluer avec trois claques. C'était leur signe de reconnaissance secret, plus tard une plaisanterie qu'ils avaient conservée. Un léger sourire apparut sur le joli visage de Thies quand Tobias lui claqua trois fois la paume.

— Hello Tobi, dit-il, de sa voix uniforme sans intonation. Bien que tu sois de nouveau, ici.

Amelie passait une éponge sur le long comptoir. La salle du *Cheval Noir* était encore vide, il était 17 h 30, trop tôt pour la clientèle du soir. À son propre étonnement, il ne lui avait pas été difficile de renoncer ce matin à sa tenue vestimentaire habituelle. Sa mère n'avait-elle pas raison une fois de plus et son

Dasein gothique n'était-il pas une phase post-pubère plutôt qu'une expérience existentielle comme elle le prétendait ? À Berlin, elle se sentait bien dans ses larges vêtements noirs, et la quincaillerie, le maquillage, la coiffure élaborée qui allaient avec. Ses amis s'habillaient comme elle et personne ne se retournait lorsqu'ils s'abattaient en bande dans les rues comme un vol noir de corbeaux, cognaient contre les réverbères avec leurs lourds godillots et à l'occasion jouaient au football avec les poubelles. Ce que pouvaient bien dire les professeurs et les beaufs, elle n'en avait vraiment rien à cirer. Des objets dérangeants qui bougeaient les lèvres et disaient des choses insignifiantes. Mais soudain tout avait changé. Dimanche, les regards appréciateurs des clients sur sa silhouette et son profond décolleté lui avaient plu. Plus que cela. Elle avait marché sur un nuage en comprenant que tous les hommes au *Cheval Noir* regardaient son derrière, y compris Claudius Terlinden et Gregor Lauterbach. Elle en ressentait encore de la fierté. Jenny Jagielski apparut dans la cuisine en se dandinant, ses semelles de crêpe produisaient un bruit jacassant. En voyant Amelie elle écarquilla les yeux.

— De l'épouvantail à la vamp, remarqua-t-elle avec aigreur. Bon, si ça plaît.

Elle examina d'un œil critique le travail d'Amélie, promena un doigt sur les plaques de cuisson et parut satisfaite.

— Tu peux laver les verres, mon frère une fois de plus ne l'a pas fait.

Des douzaines de verres sales du repas de midi étaient posés à côté de l'évier. Amelie accepta sans rechigner. L'essentiel c'était qu'elle touche son fric chaque soir. Jenny se jucha sur un tabouret de bar devant le comptoir et alluma une cigarette malgré l'interdiction de fumer. Elle le faisait souvent quand elle était seule et de bonne humeur comme aujourd'hui. Amelie pensa que c'était le moment rêvé pour l'interroger sur Tobias Sartorius.

— Je le connaissais, bien sûr, répondit Jenny. Le Tobi était pote avec mon frère et il venait souvent chez nous. Elle soupira et secoua la tête. Malgré tout, il aurait mieux valu qu'il ne revienne pas ici.

— Pourquoi ?

— Eh ben, imagine ce que c'est pour Manfred et Andrea de rencontrer l'assassin de leur fille.

Amelie essuyait les verres déjà lavés, les polissant d'un air songeur.

— Qu'est-ce qui s'est passé autrefois ? demanda-t-elle comme en passant, mais cette précaution était inutile, sa patronne était d'humeur bavarde.

— Tobi a été d'abord avec Laura, puis avec Stefanie. Elle était nouvelle à Altenhain. Le jour où elles ont disparu toutes les deux, il y avait la kermesse. Tout le village était sous la tente. J'avais quatorze ans à cette époque et c'était si super que j'y ai passé la journée. Honnêtement je n'ai pas su ce qui s'était passé. Ce n'est que le matin suivant, quand la police s'est pointée avec des chiens, l'hélicoptère et tout le tremblement, que j'ai appris que Laura et Stefanie avaient disparu.

— J'aurais pas pensé qu'un truc aussi excitant ait pu arriver dans ce trou.

— Excitant, oui pour sûr ça l'était, répondit Jenny en regardant d'un air pensif sa cigarette qui se consumait entre ses doigts boudinés. Mais depuis, le village n'est plus ce qu'il était. Avant, tout le monde était ami avec tout le monde. Plus maintenant. Le père de Tobi était le patron du *Coq d'Or* et chaque soir il y avait une sacrée ambiance, bien plus qu'ici. Ils avaient une salle immense et pendant le carnaval tout se passait là-bas. Le *Cheval Noir* n'existait pas. Mon mari était cuisinier au *Coq d'Or*.

Elle était plongée dans ses souvenirs. Amelie poussa vers elle un cendrier.

— Je sais que la police a interrogé Jörg et ses amis pendant des heures, continua enfin Jenny. Personne ne savait rien. Et ensuite, on a dit que Tobi avait assassiné les deux filles. La police avait trouvé du sang de Laura dans la voiture de Tobi et les affaires de Stefanie sous son lit. En plus le cric avec lequel Stefanie avait été tuée était dans la fosse à purin de Sartorius.

— Ça faisait beaucoup. Vous avez connu Laura et Stefanie ?

— La Laura, oui. Elle faisait partie de la même clique que mon frère, Felix, Micha, Tobi, Nathalie, Lars.

— Nathalie ? Lars ?

— Lars Terlinden. Et la Nathalie Unger est devenue une comédienne célèbre. Maintenant elle s'appelle Nadja von Bredow. Tu l'as peut-être vue à la télé, dit Jenny en fixant le vide devant elle. Tous les deux ont fait leur chemin. Lars a un super-job dans une banque. Lequel, au juste, je sais pas. Il a plus jamais remis les pieds à Altenhain. Moi, j'ai toujours rêvé du vaste monde. Mais ça se passe souvent autrement qu'on croyait…

Amelie pouvait difficilement se représenter sa grosse patronne, chroniquement de mauvaise humeur, comme une joyeuse gamine de quatorze ans. Mais si elle était si souvent acariâtre c'était peut-être parce qu'elle était coincée dans ce bled avec trois enfants en bas âge et un mari qui l'appelait Micheline, pour se foutre de sa silhouette devant tout le monde.

— Et Stefanie ? demanda Amelie, en voyant que Jenny menaçait de s'enfoncer dans ses souvenirs. Comment elle était ?

— Hum, dit Jenny les yeux perdus dans le vide. Elle était belle. Blanche comme la neige, rouge comme le sang, noire comme l'ébène.

Son regard s'arrêta sur Amelie. Ses yeux bleus aux cils bonds faisaient penser à ceux d'un cochon.

— Tu lui ressembles un peu.

Ça n'avait pas l'air d'être un compliment.

— Vraiment ? dit Amelie en interrompant son travail.

— Stefanie était d'un autre calibre que les autres filles du village. Elle était pas arrivée avec ses parents que déjà Tobi s'était amouraché d'elle et avait rompu avec Laura. Jenny ricana avec mépris. Mon frère a cru qu'il avait sa chance. Tous les jeunes étaient dingues de Laura. Elle était vraiment jolie. Mais rudement lunatique. Elle a piqué une colère noire quand Stefanie est devenue Miss Kermesse et pas elle.

— Pourquoi les Schneeberger sont-ils partis ?

— Tu resterais dans un village où ton enfant a été sauvagement assassinée ? Ils sont restés encore environ trois mois puis un beau jour ils sont partis.

— Hum. Et Tobi ? Quel genre de type c'était ?

— Oh, toutes les filles étaient amoureuses de lui. Moi aussi. Jenny sourit avec nostalgie en se rappelant cette époque où elle était jeune, mince et remplie de rêves. Il était super et aussi… cool. Pas prétentieux comme les autres jeunes. Quand ils allaient à la piscine, lui était d'accord pour m'emmener. Les autres râlaient à cause de cette petite crampon qui devait rester à la maison. Non, il était gentil. Et intelligent en plus. Tout le monde croyait qu'il deviendrait quelqu'un d'important. Et après ! Mais l'alcool vous change un homme. Quand Tobi était saoul, il n'était plus lui-même…

La porte s'ouvrit, deux hommes entrèrent et Jenny écrasa sa cigarette dans le cendrier. Amelie rangea les verres lavés, puis elle s'approcha des clients et leur tendit le menu. En revenant, elle prit le journal posé sur une table. Son regard tomba sur la première page des informations locales du journal. La police recherchait l'homme qui avait poussé la mère de Tobias par-dessus le pont.

— Merde, murmura Amelie.

La photo était de mauvaise qualité, pourtant elle avait reconnu l'homme immédiatement.

Bodenstein redoutait de se retrouver en face de Cosima. Il était resté au bureau à réfléchir jusqu'au moment où il avait bien fallu y aller. Quand il arriva, elle était en haut, en train de prendre un bain, comme le trahissaient les bruits d'eau. Il s'arrêta dans la cuisine les bras ballants, quand son regard tomba sur le sac suspendu au dossier d'une chaise. Bodenstein n'avait jamais de sa vie fouillé dans le sac de sa femme. Cela ne lui serait pas plus venu à l'esprit que de fureter dans son bureau. Il lui avait toujours fait confiance, et partait du principe qu'elle n'avait rien à lui cacher. À présent tout avait changé. Il combattit un instant avec lui-même puis il attrapa le sac et fouilla pour trouver son téléphone mobile. Le cœur lui battait jusqu'aux lèvres quand il ouvrit l'appareil. Elle ne l'avait pas fermé. Bodenstein savait qu'il commettait le pire abus de confiance mais il ne pouvait pas faire autrement. Dans Menu, il appela la liste des appels et examina les SMS. Hier soir, à 21h48 elle avait eu un court message d'un correspondant inconnu : *Ce matin à 9h30 ? Même endroit ?* Et elle avait répondu une minute plus tard : *Entendu, je me réjouis !!!* Trois points d'exclamation. Il éprouva une sensation de vide dans son estomac. Les craintes qui l'avaient poursuivi toute la journée ne semblaient que trop justifiées. Les trois points d'exclamation excluaient la possibilité d'un innocent rendez-vous chez le médecin ou le coiffeur. Pour ça elle ne se serait pas *réjouie* un lundi soir à 21h50. Bodenstein tendait l'oreille vers le premier étage tout en cherchant d'autres messages compromettants sur le mobile. Mais Cosima devait avoir effacé la mémoire, il ne trouva rien. Il sortit son propre appareil et mémorisa le numéro de téléphone de cet inconnu qui rencontrait son épouse pendant les matinées ouvrables à 9h30 et apparemment de façon habituelle. Bodenstein referma le mobile et le laissa tomber dans le sac. Il se sentait misérable. L'idée que Cosima le trompait, lui mentait, était insupportable. En vingt-cinq ans de mariage, il ne lui avait jamais menti. Ce n'était pas toujours facile d'être toujours droit et honnête, mais les fausses promesses étaient profondément contraires à son caractère et à sa stricte éducation. Devait-il monter et la confronter à ses soupçons, lui demander pourquoi elle avait menti ? Bodenstein passa ses doigts dans son épaisse chevelure sombre et prit une profonde aspiration. Non ! Il décida de ne rien lui dire. De conserver encore un moment l'apparence et l'illusion d'une relation intacte. Cela pouvait paraître lâche, mais il ne se sentait pas capable de ficher sa vie en l'air. Il subsistait encore un minuscule espoir que les choses ne soient pas ce qu'elles paraissaient être.

Ils arrivèrent à deux ou en petits groupes et furent introduits dans l'église par la porte de derrière, après avoir dit le mot de passe. L'invitation avait été orale, le mot de passe était indispensable, car il voulait être sûr qu'ils seraient entre eux. Onze ans s'étaient écoulés depuis qu'il avait convoqué une telle assemblée secrète, et évité de la sorte un grand malheur. Maintenant il était temps de reprendre les choses en main avant que la situation ne dégénère. Il se tenait debout à côté de l'orgue sur la galerie, caché derrière une poutre et, avec une nervosité grandissante, il observa si les rangées de chaises se remplissaient. La lueur des rares cierges sur l'autel projetait des ombres grotesques au plafond et sur les voûtes de la nef. La lumière électrique aurait peut-être attiré l'attention car même l'épais brouillard qui régnait dehors n'aurait pas caché les vitraux illuminés. Il toussota, frotta ses mains l'une contre l'autre. Un coup d'œil sur sa montre lui apprit qu'il était temps. Ils étaient tous là. Il descendit lentement l'escalier à vis. Les marches craquaient sous son poids. Quand, sortant de l'obscurité, il émergea dans la faible lumière des bougies, les conversations à voix basse cessèrent. La cloche de l'église frappa trois coups. Une chorégraphie parfaite. Il s'arrêta dans l'allée centrale devant le premier banc, regardant les visages familiers. Ce qu'il vit lui redonna du courage. Tous les yeux étaient levés vers lui et il lisait en eux la même détermination qu'autrefois. Tous avaient compris pourquoi ils étaient là.

— Merci d'être venus ce soir, dit-il en commençant le discours qu'il avait depuis longtemps peaufiné dans sa tête.

Bien qu'il parlât doucement, sa voix résonnait jusqu'au moindre coin de la grande nef. L'acoustique de l'église était parfaite, les répétitions du chœur le lui avaient appris.

— La situation est devenue ingérable, depuis qu'*il* est revenu et je vous ai rassemblés ici pour décider de la suite à donner à cette affaire.

Il n'était pas un orateur expérimenté et il tremblait à l'intérieur de lui comme chaque fois qu'il devait prendre la parole. Cependant il réussit à résumer en peu de mots sa préoccupation et celle du village. Il n'était pas nécessaire d'expliquer aux personnes présentes de quoi il s'agissait ce soir et personne ne broncha quand il leur fit part de sa décision. Pendant un instant régna un silence de mort. Quelqu'un fit entendre une toux réprimée. Il sentit la sueur lui couler dans le dos. Même s'il était persuadé de la nécessité absolue de sa proposition, il avait aussi conscience qu'il était dans une église et qu'il lançait un appel au meurtre. Son regard glissa sur les visages des trente-quatre hommes et femmes assis devant lui. Il connaissait chacun d'eux depuis qu'il pouvait penser. Aucun ne laisserait filtrer un mot de ce qu'il venait de dire. Autrefois, il y avait onze ans, ça n'avait pas été différent. Il attendit, tendu.

— Je suis d'accord, lança une voix au troisième rang.

Un silence suivit. Il manquait encore un bénévole. Ils devaient au moins être trois.

— Moi aussi, finit par dire quelqu'un.

Un soupir parcourut l'assemblée.

— Bien.

Il était soulagé. Un instant, il avait eu peur qu'ils ne fassent marche arrière.

— Ce sera un avertissement. S'il refuse de s'en aller, nous passerons aux choses sérieuses.

MERCREDI 12 NOVEMBRE 2008

La conseillère judiciaire Nicole Engel observait avec mécontentement sa K11 décimée. Ils n'étaient que quatre à la réunion matinale, en plus de Behnke, Kathrin Fachinger manquait elle aussi. Pendant qu'Ostermann disait les résultats peu satisfaisants de l'appel à témoins, Bodenstein remuait son café d'un air absent. Pia lui trouva la mine défaite comme s'il n'avait pas dormi de la nuit. Qu'est-ce qu'il lui arrivait ? Depuis quelques jours il avait l'air de marcher à côté de ses pompes. Elle subodorait des problèmes familiaux. L'année passée, en mai il avait eu le même air bizarre ; il se faisait alors du souci pour la santé de Cosima, souci qui s'était révélé infondé : il ignorait qu'elle était enceinte.

— Donc.

Comme Bodenstein ne le faisait pas, Nicole Engel prit la parole.

— Le squelette de l'aéroport est bien celui de Laura Wagner d'Altenhain, disparue depuis septembre 1997. L'ADN correspond, la fracture guérie du bras gauche quand on la compare à une radio *ante mortem* correspond aussi.

Pia et Ostermann connaissaient le contenu du rapport d'autopsie, mais ils attendaient patiemment que leur super-chef ait fini son laïus. Le job de la conseillère judiciaire l'ennuyait-il au point de la faire s'immiscer dans le travail de la K11 ? Son prédécesseur, Nierhoff, ne se pointait que tous les trente-six du mois, à moins qu'il n'y ait une affaire spectaculaire à résoudre.

— Je me demande, dit Pia quand Nicole Engel eut fini, comment Tobias Sartorius a pu aller en trois quarts d'heure d'Altenhain à Eschborn, pénétrer dans un terrain militaire interdit d'accès et jeter le cadavre dans une ancienne cuve de carburant.

Le silence se fit autour de la table. Tous, même Bodenstein, tournèrent les yeux vers elle.

— Sartorius a soi-disant tué les deux filles dans la maison de ses parents, reprit Pia. Il a été vu par le voisin d'abord lorsqu'il est entré avec Laura Wagner dans la maison et ensuite quand il a ouvert la porte à Stefanie Schneeberger. La fois d'après, il a été vu par ses amis vers minuit quand ceux-ci sont venus le chercher.

— Que voulez-vous dire ? demanda le Dr Engel.

— Qu'il est possible que Tobias Sartorius ne soit pas l'assassin.

— Bien sûr qu'il l'est, la contredit aussitôt Hasse. Tu as oublié qu'il a été condamné.

— D'après des indices seulement. En étudiant le dossier, je suis tombée sur des incohérences. Le voisin a vu Stefanie Schneeberger pénétrer dans la maison de Tobias Sartorius à 10 h 45 et une demi-heure plus tard la voiture de celui-ci a été aperçue par deux témoins dans Altenhain.

— Oui, dit Hasse. Il a tué les filles, est monté dans sa voiture et a fait disparaître les deux cadavres. Tout ça concorde.

— Oui, lorsqu'on croyait que les cadavres avaient été cachés à proximité. Mais à présent nous savons que ce n'était pas le cas. Et comment a-t-il réussi à pénétrer sur le terrain militaire interdit d'accès ?

— Les jeunes ont toujours fait la fête là-bas, ils connaissaient une entrée secrète.

— C'est stupide. Pia secoua la tête. Comme un homme ivre pourrait arriver tout seul à faire une telle chose ? Et qu'a-t-il fait du second cadavre ? Nous ne l'avons pas trouvé dans la fosse ! Je vous le dis, le créneau horaire est beaucoup trop court !

— Madame Kirchhoff, lui rappela la conseillère judiciaire. Nous n'enquêtons pas sur ce cas. Le coupable a été pris, arrêté et condamné et il a accompli sa peine. Allez chez les parents de la jeune fille, dites-leur que des restes humains de leur fille ont été retrouvés et basta.

— Et basta ! dit Pia en singeant sa chef. Je ne pense pas qu'on doive laisser tomber l'affaire. Il est évident qu'autrefois l'enquête a été bâclée et que les conclusions ne sont absolument pas correctes. Et je me demande pourquoi ?

Bodenstein, qui lui avait laissé le volant, ne répondit pas. Il avait casé ses longues jambes dans l'étroitesse inconfortable de l'Opel de service, fermé les yeux et n'avait pas ouvert la bouche de tout le trajet.

— Tu vas enfin me dire ce qui ne va pas, Oliver ? demanda Pia agacée. Je n'ai pas envie de passer toute la journée avec un zombie !

Bodenstein ouvrit les yeux et soupira.

— Cosima m'a menti hier.

Bon. Un problème de couple. Comme on pouvait s'y attendre.

— Et alors ? Qui n'a pas menti un jour ou l'autre.

— Moi, dit Bodenstein en ouvrant les yeux pour la deuxième fois. Je n'ai jamais menti à Cosima. Même la nuit avec la Kaltensee, je la lui ai avouée.

Il se racla la gorge, puis il raconta à Pia ce qu'il s'était passé la veille. Elle l'écouta avec une gêne croissante. Ça avait l'air d'être vraiment sérieux. Qui plus est, son aristocratique sens de l'honneur lui donnait mauvaise conscience d'avoir cherché une preuve sur le mobile de sa femme à son insu.

— Il peut toujours y avoir une explication innocente, répondit Pia sans y croire vraiment.

Cosima von Bodenstein était une belle femme pleine de tempérament, qui était indépendante par son job de productrice et financièrement. Ces derniers temps, Pia avait compris qu'il y avait eu entre elle et Bodenstein pas mal de causes de friction, mais son chef ne paraissait pas en avoir fait grand cas. Ce n'était pas étonnant qu'il soit comme assommé. Il vivait dans une tour d'ivoire. Et c'était d'autant plus incroyable, quand on pensait qu'il était fasciné par les abîmes des relations humaines auxquels il était confronté chaque jour. Contrairement à Pia, il se laissait rarement émouvoir par un cas, il gardait une distance intérieure qu'elle prenait pour une sorte de morgue. Croyait-il que cela ne pouvait pas lui arriver, qu'il était au-dessus d'une chose aussi vulgaire qu'un problème de couple ? Croyait-il vraiment que Cosima était heureuse de rester à l'attendre à la maison avec un bébé ? Elle était habituée à un autre genre de vie.

— Si elle rencontre quelqu'un et me raconte qu'elle est allée autre part, objecta-t-il, ça ne peut pas être innocent. Qu'est-ce que je dois faire ?

Pia ne répondit pas tout de suite. Dans la même situation, elle aurait tout fait pour connaître la vérité.

Elle aurait immédiatement interrogé son partenaire avec des cris, des larmes et des reproches. Incapable de faire comme si de rien n'était.

— Demande-le-lui simplement, proposa-t-elle. Elle n'osera pas te mentir en te regardant dans les yeux.

— Non, répondit-il, d'un air décidé.

Pia soupira. Oliver von Bodenstein fonctionnait autrement que les gens normaux. Peut-être que pour sauver les apparences et protéger sa famille, il accepterait un rival éventuel et souffrirait en silence. En "maîtrise de soi" il méritait un vingt sur vingt avec les félicitations du jury.

— Tu as noté le numéro du mobile ?

— Oui.

— Donne-le-moi. Je vais l'appeler. Avec un numéro caché.

— Non, je ne préfère pas.

— Tu ne veux pas savoir la vérité ?

Bodenstein hésita.

— Arrête. Ça te ronge de ne pas savoir où tu en es.

— Bon Dieu ! Je voudrais ne pas l'avoir vue ! Je voudrais ne pas l'avoir appelée !

— Mais tu l'as fait. Et elle a menti.

Bodenstein poussa un profond soupir et se passa la main dans les cheveux. Pia avait rarement vu son chef aussi désemparé, pas même quand il avait appris que la fille de Vera Kaltensee l'avait drogué pour l'inciter à avoir des relations sexuelles puis l'avait fait chanter. Cette affaire le touchait encore plus à vif.

— Qu'est-ce que je ferai, si je découvre… qu'elle… m'a trompé ?

— Il t'est déjà arrivé de tirer une conclusion erronée de son comportement, dit Pia pour le calmer.

— Cette fois c'est différent. Tu aurais envie de connaître la vérité si tu avais le soupçon d'être trompée ?

— À cent pour cent.

— Et si… il s'interrompit.

Pia ne dit rien. Ils étaient arrivés à la menuiserie de Manfred Wagner dans la zone industrielle d'Altenhain. Les hommes, pensa-t-elle, sont tous pareils. Aucun problème quand il s'agit de prendre une décision dans le travail. Mais dès qu'il s'agit d'une relation et que les sentiments sont en jeu, ce sont de foutus pleutres.

Amelie attendit que sa belle-mère ait quitté la maison. Elle n'eut aucune peine à faire croire à Barbara que la première heure de cours était supprimée. Amelie ricana intérieurement. Cette femme était si crédule que c'était même pas marrant de lui mentir. Bien différente de sa méfiante de mère. Qui par principe croyait, Amelie s'y était habituée, qu'elle mentait. Elle gobait souvent un mensonge mieux qu'une vérité.

Amelie attendit que Barbara ait embarqué en râlant les petites dans sa Mini rouge, puis elle se précipita hors de la maison et courut à la ferme des Sartorius. Il faisait encore sombre et il n'y avait personne dans la rue. Même Thies était invisible. Son cœur battit quand elle se glissa dans la cour sombre, passa devant la grange et la longue étable où ne vivait plus aucune vache. Elle rasa le mur, tourna le coin et faillit avoir un infarctus quand deux hommes coiffés de cagoules surgirent devant elle. Avant qu'elle ait le temps de crier, un l'attrapa et lui colla la main sur la bouche. Il lui tordit brutalement le bras dans le dos et la poussa contre le mur. La douleur fut si forte qu'elle en eut le souffle coupé. Qu'est-ce qui lui prenait à ce type de lui faire si mal ? Et qu'est-ce qu'ils faisaient là tous les deux à 7 h 30 du matin ? Amelie avait déjà affronté des situations dangereuses dans sa vie, aussi, le premier choc passé, elle ressentit plus de colère que de peur. Elle se débattit avec acharnement contre la poigne de fer de son agresseur, se dégagea et essaya de lui arracher sa cagoule. Avec la force du désespoir elle réussit à libérer sa bouche. Elle aperçut un morceau de peau devant ses yeux, juste un espace entre le gant et la manche de la veste, et mordit dedans aussi fort qu'elle put. L'homme étouffa un cri de douleur et jeta Amelie sur le sol. Ni lui ni son complice n'avaient prévu une résistance si acharnée, ils haletaient sous l'effort et la colère. Finalement le deuxième homme donna à Amelie un coup de pied dans les côtes qui lui coupa le souffle. Puis il lui flanqua un coup de poing dans la figure. Amelie vit trente-six chandelles et son instinct lui intima de ne pas bouger et de tenir sa langue. Des pas s'éloignèrent rapidement, puis tout se tut sauf son propre souffle.

— Merde, jura-t-elle en essayant péniblement de se relever.

Ses vêtements étaient trempés et salis. Du sang chaud coulait sur son menton et gouttait sur ses mains. Ces salauds lui avaient vraiment fait mal.

La menuiserie Wagner et la maison attenante donnaient l'impression que l'argent avait manqué au milieu de sa construction. Les murs n'étaient pas crépis, la cour moitié dallée moitié asphaltée, pleine de trous. L'endroit était tout aussi déprimant que la ferme de Sartorius. Partout étaient entassés des planches et des madriers. Beaucoup étaient déjà couverts de mousse comme s'ils n'avaient pas bougé depuis des années. Des portes emballées dans du plastique étaient appuyées contre le mur de l'atelier. Tout était sale.

Pia sonna à la porte de la maison, puis à la porte portant l'indication "Bureau", mais rien ne bougea. À l'intérieur de l'atelier brûlait de la lumière, aussi elle poussa la porte de fer et entra. Bodenstein la suivit. Ça sentait le bois vert.

— Il y a quelqu'un ? cria-t-elle.

Ils traversèrent l'atelier en désordre et, derrière un tas de planches, ils découvrirent un jeune homme qui avait des écouteurs aux oreilles et remuait la tête en mesure. Il était en train de laquer quelque chose d'une main pendant que de l'autre il portait une cigarette à sa bouche. Quand Bodenstein lui tapa sur l'épaule, il tressaillit. Il enleva un écouteur d'une oreille d'un air coupable.

— Éteignez votre cigarette, dit Pia et il obéit aussitôt. Nous cherchons M. ou Mme Wagner.

— Dans le bureau, dit le jeune homme. Enfin, je crois.

— Merci.

Pia s'épargna la remarque sur le règlement contre les risques d'incendie et se mit à la recherche du patron qui paraissait se ficher de tout. Elle trouva Manfred Wagner dans un minuscule bureau sans fenêtre, qui était si encombré qu'on pouvait à peine y tenir à trois. L'homme avait posé l'écouteur à côté du téléphone et lisait le *Bild-Zeitung*. Visiblement ici, on ne faisait pas beaucoup d'efforts pour la clientèle. Quand Bodenstein frappa à la porte, pour s'annoncer, Wagner leva les yeux de sa lecture avec un air indigné.

— Oui ?

Il avait la cinquantaine et malgré l'heure matinale il sentait l'alcool. Sa combinaison de travail marron paraissait ne pas avoir vu la machine à laver depuis des semaines.

— Monsieur Wagner? commença Pia. Nous sommes de la Kripo de Hofheim et nous aimerions vous parler à vous et à votre femme.

Il pâlit, la regarda de ses yeux aqueux bordés de rouge comme le lapin regarde un serpent. Au même moment, une voiture arriva, une portière claqua.

— Ma… c'est… ma femme qui arrive, bégaya Wagner.

Andrea Wagner entra dans l'atelier, ses talons claquèrent sur le sol de béton. Elle avait des cheveux blonds, coupés court et elle était très mince. Elle avait dû être une jolie femme mais à présent elle paraissait rongée par le chagrin. Les soucis, l'amertume, et l'incertitude sur le destin de sa fille avaient gravé de profondes rides sur son visage.

— Nous sommes venus vous annoncer que les restes de votre fille Laura ont été retrouvés, dit Bodenstein après s'être présenté à Mme Wagner.

Il y eut un silence. Manfred Wagner éclata en sanglots. Une larme courut sur sa joue mal rasée et il se cacha le visage dans les mains. Sa femme resta impassible.

— Où? demanda-t-elle.

— Sur le terrain du vieil aéroport militaire d'Eschborn.

Andrea Wagner poussa un profond soupir.

— Enfin.

Il y avait dans ce mot plus de soulagement que dans dix phrases. Combien de jours et de nuits de vains espoirs et de craintes désespérées avaient dû passer ces deux-là ? Comment c'était de vivre poursuivis par les fantômes du passé ? Les parents de l'autre fille étaient partis mais les Wagner n'avaient pas pu quitter leur entreprise, leur raison d'être. Il avait fallu qu'ils restent, pendant que l'espoir d'un retour de leur fille s'amenuisait de jour en jour. Onze années d'incertitude, cela avait dû être un enfer. Peut-être qu'enterrer leur fille et pouvoir lui dire adieu les aideraient.

— Non, laisse, se défendit Amelie. Ce n'est pas si grave. Ce sont des bleus, pas plus.

Elle n'était pas très chaude pour se déshabiller et montrer à Tobias l'endroit où ce taré lui avait donné un coup de pied. C'était bien assez d'être assise devant lui si sale et si moche.

— Mais il vaudrait mieux que la plaie soit recousue.

— Pas grave. Ça guérira tout seul.

Tobias l'avait regardée comme un fantôme quand elle était apparue sur le pas de la porte, un peu après 7 h 30, ensanglantée et sale, et lui avait raconté qu'elle s'était fait attaquer par deux hommes masqués, là-dehors, dans sa cour ! Il l'avait fait asseoir sur une chaise de cuisine et avait délicatement enlevé le sang de son visage avec une compresse. Le nez avait cessé de saigner mais la coupure au-dessus du sourcil, dont il n'avait pu que rapprocher les bords avec deux pansements, s'était rouverte.

— Tu fais ça très bien, dit Amelie sarcastique en tirant sur sa cigarette.

Elle était toute tremblante, son cœur battait, et ça n'avait rien à voir avec l'accident mais avec la proximité de Tobias. Vu de près et à la lumière du jour, il était beaucoup mieux qu'elle n'avait cru d'abord. Le contact de sa main l'électrisait et comme il ne cessait de la regarder d'un air soucieux et pensif, avec ses yeux d'un bleu incroyable – c'était presque trop pour ses nerfs. Pas étonnant qu'autrefois toutes les filles d'Altenhain l'aient poursuivi !

— Je me demande ce qu'ils faisaient ici, dit-elle pendant que Tobias s'occupait de la machine à café.

Elle regarda autour d'elle avec curiosité. Dans cette maison avaient été tuées deux filles, Blanche-Neige et Laura.

— C'est sans doute moi qu'ils attendaient et tu as contrarié leur projet, répondit-il. Il posa deux tasses sur la table, puis un sucrier et alla chercher du lait dans le réfrigérateur.

— Tu dis ça comme si ça allait de soi, tu n'as pas peur ?

Tobias s'appuya contre le plan de travail en croisant les bras. La tête penchée, il la regardait.

— Qu'est-ce que je peux faire ? Me cacher ? Déguerpir ? Je ne leur ferai pas ce plaisir.

— Tu sais donc qui ça pourrait être ?

— Pas exactement. Mais je peux l'imaginer.

Amelie se sentait électrisée par son regard. Qu'est-ce qui se passait ? Ça ne lui était encore jamais arrivé ! Elle osait à peine le regarder dans les yeux, de peur qu'il ne s'aperçoive du chaos de sentiments qu'il faisait naître en elle. La machine à café émettait des borborygmes malsains et laissait échapper des nappes de vapeur.

— Elle doit être entartrée, affirma-t-elle.

Un brusque sourire éclaira le visage sombre de Tobias, le transformant d'une façon incroyable. Amelie le regarda fixement. Brusquement elle sentit le besoin insensé de le protéger, de l'aider.

— La machine à café ne fait pas exactement partie de mes priorités, dit-il en riant. Je dois d'abord nettoyer dehors.

À cet instant retentit la sonnette de la porte d'entrée. Tobias alla à la fenêtre. Son sourire disparut.

— De nouveau les flics, dit-il brusquement tendu. Tu ferais mieux de disparaître. Je ne veux pas qu'ils te trouvent ici.

Elle acquiesça et se leva. Il lui fit traverser le vestibule et ouvrit une porte.

— Tu traverses la laiterie, ça aboutit à l'étable. Tu peux y aller toute seule ?

— Bien sûr. J'ai pas peur. Maintenant il fait jour, les types ne doivent pas traîner dehors, répondit-elle avec plus de sang-froid qu'elle n'en avait en réalité.

Ils se regardèrent, Amelie baissa les yeux.

— Merci, dit Tobias doucement. Tu es une fille courageuse.

Amelie fit un geste d'adieu et se retourna pour partir. Tobias parut alors se souvenir de quelque chose.

— Attends, dit-il.

— Oui ?

— À propos qu'est-ce que tu faisais dans la cour ?

— J'ai reconnu sur le journal l'homme qui a poussé ta mère sur le pont, répondit-elle après une courte hésitation. C'est Manfred Wagner. Le père de Laura.

— Encore vous, dit Tobias sans cacher à la police qu'elle n'était pas précisément la bienvenue. Je n'ai pas beaucoup de temps. Qu'est-ce qu'il y a encore ?

Pia renifla. Une odeur de café frais flottait dans l'air.

— Vous aviez de la visite ? demanda-t-elle.

Bodenstein avait cru apercevoir quelqu'un d'autre à travers la fenêtre de la cuisine, une femme brune.

— Non, dit Tobias qui resta planté sur le seuil les bras croisés sans les inviter à entrer, bien qu'il commençât à pleuvoir.

— Vous avez dû travailler comme un fou, dit Pia en souriant amicalement. Ça se voit.

Sa tentative de rapprochement n'eut aucun effet. Tobias Sartorius resta de marbre, son corps exprimant le rejet par tous ses pores.

— Nous voulions vous apprendre que nous avons retrouvé les restes de Laura Wagner, dit Bodenstein.

— Où ?

— Vous devriez le savoir mieux que nous, répliqua froidement Bodenstein. N'avez-vous pas transporté là-bas le cadavre de Laura le 6 septembre 1997 dans le coffre de votre voiture ?

— Non, dit Tobias en fronçant les sourcils, mais sa voix resta calme. Je n'ai pas revu Laura après qu'elle s'est enfuie. Mais j'ai certainement répété ça plus de cent fois, non ?

— Le cadavre de Laura a été trouvé au cours d'un chantier sur l'aéroport militaire d'Eschborn, dit Pia. Dans une ancienne cuve de carburant.

Tobias la regarda et avala sa salive. On lisait dans ses yeux une totale incompréhension.

— Sur l'aéroport, dit-il à voix basse comme pour lui-même. Je n'y suis jamais allé.

Toute son hostilité était tombée, il paraissait interdit, vraiment bouleversé. Pia eut conscience qu'il avait eu onze années pour se préparer à cet instant de confrontation avec son crime. Il avait dû se dire qu'un jour on trouverait les cadavres des jeunes filles. Peut-être avait-il étudié sa réaction, peut-être avait-il pensé comment jouer l'étonnement de façon convaincante. D'un autre côté – pourquoi l'aurait-il fait ? Il avait purgé sa peine, qu'est-ce que ça pouvait lui faire qu'on retrouve ce cadavre. Elle se rappela comme Hasse avait qualifié l'homme : arrogant, insensible, glacial. Vraiment ?

— Nous aimerions savoir si Laura était morte quand on l'a jetée dans la cuve, dit Bodenstein.

Pia observa Tobias. Il avait pâli et se mordait les lèvres comme s'il voulait retenir ses larmes.

— Sur ce point, je ne peux pas vous répondre, fit-il d'une voix sans timbre.

— Qui alors ? demanda Pia.

— Cette question m'obsède depuis onze ans presque jour et nuit. Une résignation lasse résonnait dans sa voix. Ça m'est égal qu'on me croie ou pas. Je me suis habitué depuis longtemps à être considéré comme le méchant.

— Votre mère serait à présent en meilleur état si vous aviez avoué autrefois ce que vous aviez fait de la jeune fille, remarqua Bodenstein.

Tobias mit ses mains dans les poches de son jean.

— Est-ce que ça signifie que vous avez trouvé le porc qui a poussé ma mère au-dessus du pont ?

— Non, nous ne l'avons pas trouvé, reconnut Bodenstein. Mais nous partons du principe que c'est quelqu'un du village.

Tobias se mit à rire. Un bref rire sans joie.

— Mes félicitations pour cette incroyable perspicacité, dit-il moqueur. Je pourrais vous aider car je sais qui c'est. Mais pourquoi je le ferais ?

— Parce qu'il a commis un délit, répondit Bodenstein. Vous devez nous dire ce que vous savez.

— Je dois que dalle, dit Tobias en secouant la tête. Espérons que vous serez meilleurs que vos anciens collègues. Ma mère, mon père et moi serions maintenant *en meilleur état* si autrefois la police avait bien fait son travail et trouvé le véritable coupable.

Pia voulut répliquer par des propos apaisants mais Bodenstein la prit de vitesse.

— Naturellement, dit-il sur un ton sarcastique. Bien entendu, vous êtes innocent. Nous connaissons cela. Nos prisons sont pleines d'innocents.

Tobias le considéra avec un visage de marbre. Ses yeux brillaient d'une colère difficilement contenue.

— Vous les flics, vous êtes tous les mêmes – arrogants, sûrs de vous, siffla-t-il avec mépris. Vous n'avez pas la moindre idée de ce qui se passe ici. Et maintenant fichez le camp ! Fichez-moi la paix !

Avant que Pia ou Bodenstein aient pu dire la moindre chose, il leur avait claqué la porte au nez.

— Tu n'aurais pas dû lui dire ça, reprocha Pia à Bodenstein, pendant qu'ils revenaient à l'auto. Maintenant tu l'as braqué contre nous, et nous ne savons toujours rien.

— Mais j'ai raison ! dit Bodenstein en s'arrêtant. Tu as vu ses yeux ? Ce type est capable de tout et s'il sait vraiment qui a poussé sa mère sur le pont, il est lui-même en danger.

— Tu es de parti pris. Il revient chez lui après avoir passé onze ans en prison, peut-être injustement, et il constate qu'ici rien n'a changé. Sa mère a été agressée, elle est gravement blessée, des villageois inconnus cochonnent la maison de ses parents. Tu trouves étonnant qu'il soit furieux ?

— Je t'en prie Pia ! Tu ne penses pas sérieusement que ce type a été condamné pour homicide à tort !

— Je ne crois rien. Mais dans le vieux dossier, je suis tombée sur des faits qui ne collent pas et ça a éveillé mes doutes.

— Cet homme est glacial. Je peux comprendre la réaction des villageois.

— Tu ne vas pas me dire que tu approuves qu'on écrive des injures sur les murs et qu'on couvre un délinquant ! dit Pia en secouant la tête d'un air incrédule.

— Je n'ai pas dit ça, répliqua Bodenstein.

Ils s'étaient arrêtés sous le portail et se chamaillaient comme un vieux couple. Ils ne virent pas Tobias sortir de chez lui et disparaître par la cour de derrière.

Andrea Wagner ne pouvait pas dormir. On avait trouvé le cadavre de Laura, ou du moins ce qu'il en restait. Enfin, enfin l'incertitude était terminée. Il y avait longtemps qu'elle n'espérait plus un miracle. D'abord elle n'avait éprouvé qu'un infini soulagement, mais ensuite le chagrin était venu. Pendant onze ans, elle s'était interdit les larmes et le chagrin, elle s'était montrée forte et avait aidé son mari, qui s'était abandonné sans retenue à la douleur d'avoir perdu son enfant. Elle-même n'avait pas pu se permettre de s'effondrer. Il y avait l'entreprise qui devait continuer pour pouvoir rembourser la banque. Et il y avait ses enfants plus petits qui avaient le droit d'avoir une mère. Rien n'était plus comme avant. Manfred avait perdu l'énergie et la joie de vivre, il était devenu un boulet avec son larmoyant apitoiement sur lui-même et son ivrognerie. Il lui arrivait de le mépriser. Sa haine de la famille de Tobias avait bon dos.

Andrea Wagner ouvrit la porte de la chambre de Laura, où depuis onze ans rien n'avait changé.

Manfred l'exigeait et elle l'avait accepté. Elle alluma, prit la photo de Laura sur le bureau et s'assit sur le lit. Elle attendit en vain les larmes. Ses pensées revenaient à cet instant onze ans en arrière, lorsque la police était venue lui annoncer que, d'après les résultats des indices, on tenait Tobias Sartorius pour le meurtrier de sa fille.

Pourquoi Tobias ? avait-elle pensé, déconcertée. À première vue, il y en avait dix autres qui avaient plus de raisons de se venger de Laura que Tobias. Andrea Wagner savait qu'au village on parlait de sa fille derrière son dos. On disait qu'elle était une coureuse, une traînée calculatrice qui visait haut. Alors que Manfred portait à sa fille aînée une adoration aveugle et trouvait toujours des excuses à ses écarts de conduite, Andrea, qui connaissait les faiblesses de Laura, avait espéré qu'elle s'amenderait avec les années. Mais la jeune fille n'en avait pas eu l'occasion. C'était étrange finalement qu'en pensant à Laura elle ait de la peine à se souvenir de moments heureux. Les souvenirs étaient bien plus vifs pour les choses désagréables qui n'avaient pas manqué. Laura avait jugé son géniteur et avait honte de lui. Elle aurait préféré avoir un père comme Claudius Terlinden, qui avait des manières et du pouvoir, et elle l'envoyait à la figure de Manfred à la moindre occasion. Manfred encaissait cet affront sans broncher et son amour pour sa jolie fille n'en souffrait pas. Andrea, choquée, avait compris qu'elle connaissait mal sa fille et que l'éducation qu'elle lui avait donnée avait été un échec. En même temps elle avait peur. Est-ce que Laura avait découvert qu'elle avait une relation avec Claudius, avec son patron ?

Elle ne dormit pas de la nuit, se creusant la tête sur sa fille. Au cours des années, elle avait eu de plus en plus de raisons de se faire du souci. Laura en effet rendait fous tous les jeunes du village, jusqu'à ce qu'elle jette son dévolu sur Tobias. Soudain elle avait changé, était devenue heureuse et gaie. Tobias lui faisait du bien. Il est vrai qu'il était exceptionnel, il était gentil, c'était un élève et un sportif brillant, les autres jeunes lui obéissaient. Il était exactement ce que Laura avait toujours cherché et son éclat rejaillissait sur elle, son amie. Pendant six mois tout était bien allé – jusqu'à ce que Stefanie Schneeberger vienne habiter à Altenhain. Laura avait immédiatement flairé une rivale et s'en était fait une amie, mais en vain. Tobias s'était amouraché de Stefanie et avait rompu avec Laura. Elle n'avait pas supporté cette humiliation. De ce qui s'était joué au juste cet été-là entre les adolescents, Andrea ignorait tout, sauf que Laura avait joué avec le feu en montant ses amis contre Stefanie. Elle avait trouvé Laura près de la photocopieuse du bureau faisant tout un tas de copies. Laura les lui avait arrachées des mains quand elle avait voulu y jeter un coup d'œil. Elles s'étaient violemment disputées et dans son énervement Laura avait oublié l'original dans la photocopieuse. Il n'y avait qu'une seule phrase sur la page blanche : BLANCHE-NEIGE DOIT MOURIR. Andrea avait froissé la feuille et l'avait détruite sans la montrer ni à son mari ni à la police. L'idée que *son* enfant puisse souhaiter la mort de quelqu'un lui était insupportable. Laura avait-elle été la victime de sa propre intrigue ? Andrea avait tenu sa langue et laissé les choses suivre leur cours, en écoutant soir après soir Manfred faire l'éloge de sa fille.

— Laura, murmura-t-elle en caressant la photo du doigt. Qu'est-ce que tu as fait ?

Soudain une larme roula sur ses joues puis une autre. Elle cilla et se passa la main sur le visage. Ce n'était pas le chagrin qui lui faisait venir les larmes aux yeux mais la mauvaise conscience de n'avoir pas aimé sa fille.

Il était 1 h 30 quand il arriva chez lui. Il avait roulé sans but dans la campagne pendant trois heures. Tant de choses s'étaient passées ce jour-là qu'il ne pouvait pas tenir en place. D'abord Amelie, qui se tenait devant lui ensanglantée. Le choc à sa vue. Ce n'était pas le sang sur son visage qui avait fait grimper son adrénaline mais son incroyable ressemblance avec Stefanie. Et pourtant elle était bien différente. Ce n'était pas une coquette petite reine de beauté qui l'avait enjôlé, séduit et embobiné pour, ensuite, le rejeter froidement. Amelie était une fille impressionnante. Et surtout elle ne paraissait pas avoir peur de lui.

Puis les flics s'étaient pointés. On avait retrouvé le cadavre de Laura. Il avait trop plu pour pouvoir continuer à débarrasser la cour et il avait passé sa colère en nettoyant le fouillis de sa chambre. Il avait arraché des murs les posters idiots, fourré dans la poubelle bleue après une courte hésitation le contenu de l'armoire et des tiroirs. En finir avec tout ce bazar ! Soudain un CD lui était tombé sous la main. *Time to Say Goodbye* de Sarah Brightman et Andrea Bocelli. C'est Stefanie qui le lui avait offert parce qu'ils s'étaient embrassés pour la première fois au son de ce morceau, en juin, à la soirée du bac. Il avait mis le CD, sans prévoir ce sentiment de vide qui l'avait assailli au premier accord et qui ne l'avait plus quitté depuis. Jamais il ne s'était senti si seul, si abandonné, même en prison. Là-bas il pouvait espérer des jours meilleurs, mais ils n'étaient pas venus. Sa vie était fichue.

Il fallut un moment pour que Nadja le fasse entrer. Il avait eu peur qu'elle ne soit pas chez elle. Il n'était pas venu pour coucher avec elle, il n'y avait même pas pensé, mais quand elle fut devant lui, mal réveillée dans la lumière du jour, ses cheveux blonds ébouriffés sur ses épaules, si mignonne et si chaude, l'éclair du désir le foudroya avec une violence qu'il n'aurait pas crue possible.

— Qu'est-ce… commença-t-elle.

Tobias étouffa le reste de la phrase sous un baiser, l'attira à lui, et s'attendant presque à ce qu'elle le repousse. Mais ce fut le contraire. Elle fit glisser sa veste de cuir de ses épaules, déboutonna sa chemise et fit passer son T-shirt par-dessus sa tête. Un instant après ils étaient par terre et il la pénétrait fougueusement, sentait sa langue dans sa bouche et ses mains sur ses fesses qui le pressaient et le poussaient de plus en plus fort et de plus en plus vite. Il fut bientôt emporté par une lame de fond pendant que l'ardeur le faisait transpirer par tous ses pores. Puis le flot céda, si magnifique, si soulageant qu'il gémit, un gémissement qui devint un cri étouffé. Le cœur battant à se rompre, il resta quelques secondes sur elle, pouvant à peine croire ce qu'il avait fait. Il se laissa tomber sur le côté, allongé sur le dos les yeux fermés, cherchant son souffle comme un poisson hors de l'eau. Un rire léger lui fit ouvrir les yeux.

— Qu'est-ce qu'il y a ? dit-il, déconcerté.

— Je crois que nous devrions faire un peu d'exercice, répondit-elle.

Avec un gracieux mouvement, elle se remit sur ses pieds et lui tendit la main. Il l'attrapa, se leva en ahanant, la suivit dans la chambre à coucher, après s'être débarrassé de son jean et de ses chaussures. Les fantômes du passé avaient disparu. Du moins pour le moment.

JEUDI 13 NOVEMBRE 2008

— La police est venue chez moi hier, dit Tobias en soufflant sur le café brûlant que Nadja lui avait servi. Hier, il n'avait pas voulu aborder le sujet mais à présent il devait le lui dire. Ils ont trouvé le cadavre de Laura sur le vieil aéroport d'Eschborn. Dans une cuve de carburant vide.

— Quoi ?

Nadja, qui était en train de porter la tasse à ses lèvres, s'arrêta au milieu de son geste. Ils étaient assis à la table de granit vert de la cuisine sur laquelle ils avaient dîné la veille. Il était un peu plus de 7 heures et, devant la baie, une profonde obscurité régnait encore. Nadja devait prendre à 8 heures un avion pour Hambourg afin de tourner les extérieurs d'une nouvelle série dans laquelle elle jouait un rôle de commissaire.

— Quand… dit-elle en reposant la tasse. Je veux dire comment ils savent que c'était Laura ?

— Aucune idée, dit Tobias en secouant la tête. Ils ne m'en ont pas dit plus. D'abord ils ne voulaient pas me dire où ils avaient trouvé le squelette. Le superflic pensait que je le savais.

— Mon Dieu, dit Nadja sous le choc.

— Nadja, dit-il en se penchant et en posant la main sur elle. Dis-le-moi, si tu veux que je disparaisse.

— Mais pourquoi je devrais vouloir ça ?
— Je vois bien que tu as peur de moi.
— C'est idiot.
Il la laissa, se leva, lui tourna le dos, lutta un instant contre lui-même. Il était resté éveillé la moitié de la nuit à écouter sa respiration régulière, en se demandant quand elle en aurait assez de lui. Il avait peur du jour où elle le renverrait avec des paroles embarrassées ou lui ferait dire qu'elle n'était pas là. Ce jour viendrait. Il n'était pas l'homme qu'il lui fallait. Il n'appartiendrait jamais à son univers.
— Ce n'est pas facile d'éviter le sujet, dit-il finalement d'une voix sourde. J'ai été condamné pour meurtre et j'ai passé dix ans en prison. Nous ne pouvons pas faire comme si rien ne s'était passé et que nous avions encore vingt ans. Il se retourna. Qui a tué Laura et Stefanie, je n'en ai pas la moindre idée. Je ne peux pas exclure que ce soit moi mais alors je devrais m'en souvenir ! Et jusqu'à présent je n'y arrive pas. Il n'y a que ce… ce trou noir. La psychologue du tribunal m'a expliqué que le cerveau humain soumis à un choc réagit parfois par une sorte d'amnésie. Mais tu ne crois pas que je devrais au moins me rappeler quelque chose ? Comment j'ai mis Laura dans le coffre et l'ai emmenée quelque part. Je l'ignore totalement. La dernière chose que je me rappelle c'est quand Stefanie m'a dit qu'elle… qu'elle… ne m'aimait plus. Puis à un certain moment Felix et Jörg étaient devant la porte et j'avais bu beaucoup trop de vodka mais je me sentais encore plus mal. Et brusquement les flics sont arrivés en affirmant que j'avais tué Laura et Stefanie.
Nadja était assise et le regardait de ses grands yeux couleur de jade.

— Tu comprends, Nadja ?

Sa voix devint suppliante. La douleur était à nouveau en lui, plus puissante que jamais. Trop de choses étaient en jeu. Il ne voulait pas s'engager dans une relation avec Nadja, alors qu'il savait que cela finirait par une autre déception.

— Ça me torture de ne pas savoir ce qui s'est réellement passé autrefois. Est-ce que je suis un meurtrier ? Ou bien non ?

— Tobi, dit Nadja à voix basse. Je t'aime depuis toujours. Ce que tu as pu faire m'est indifférent.

Le visage de Tobias se crispa de désespoir. Elle ne voulait pas comprendre.

— J'ai perdu dix ans de ma vie. Je n'ai plus d'avenir. Quelqu'un l'a détruit. Et je ne peux pas faire comme si rien ne s'était passé.

— Qu'est-ce que tu veux faire alors ?

— Je veux savoir la vérité. Au risque d'apprendre ce que j'ai vraiment fait.

Nadja repoussa la chaise. Puis elle vint à lui d'un pas léger, l'enlaça et le regarda.

— Je te crois, dit-elle. Et si tu veux, je t'aiderai dans tout ce que tu entreprendras. Mais ne retourne pas à Altenhain. Je t'en prie.

— Où je pourrais aller ?

— Reste ici. Ou dans ma maison du Tessin. Ou bien à Hambourg, sourit-elle, émoustillée à cette idée. C'est ça ! Viens avec moi ! La maison va te plaire. Elle donne directement sur l'eau.

Tobias hésita.

— Je ne peux pas laisser mon père seul. Et ma mère a aussi besoin de moi. Quand elle ira mieux, peut-être.

— D'ici, en auto, tu es à un quart d'heure de chez ton père.

Les grands yeux verts de Nadja étaient plongés dans les siens. Il sentait le parfum de sa peau, l'odeur de son shampoing. La moitié des mâles d'Allemagne auraient rêvé que Nadja les supplie de venir habiter chez elle. Qu'est-ce qui l'en empêchait ?

— Tobi, je t'en prie ! dit-elle en posant les paumes de ses mains sur ses joues. J'ai peur pour toi, je ne veux pas qu'il t'arrive quelque chose. Quand je pense que si ces types t'avaient chopé à la place de cette fille…

Amelie ! Il n'avait plus pensé à elle ! Elle était à Altenhain, là où se dissimulait la vérité des terribles événements.

— Je ferai attention à moi, lui assura-t-il. Ne t'inquiète pas.

— Je t'aime Tobi.

— Je t'aime aussi, répondit-il en l'attirant à lui.

— Chef ?

Kai Ostermann était sur le seuil de son bureau, deux feuilles de papier à la main.

Bodenstein s'arrêta :

— Qu'est-ce que c'est ?

— C'est arrivé par fax, dit Ostermann en lui tendant les feuilles, tout en jetant un regard interrogateur sur le visage de Bodenstein, mais celui-ci ne dit rien et Ostermann ne se permit aucun commentaire.

— Merci, dit Bodenstein qui gagna son bureau pendant que son pouls s'accélérait.

Il tenait la liste des appels du mobile de Cosima durant les quatorze derniers jours qu'il avait demandée l'avant-veille aux Télécoms. C'était la première fois qu'il utilisait les avantages de sa profession à des fins privées. Le besoin d'avoir une certitude avait été plus fort que la mauvaise conscience d'user d'un procédé où un fonctionnaire malintentionné pourrait voir un abus de pouvoir. Il s'assit à son bureau et s'arma de courage. Ce qu'il lut lui enleva toute illusion. Elle était allée en effet deux jours à Mayence mais n'y était restée chaque fois qu'une heure. Depuis huit jours, elle passait tous ses après-midi à Francfort. Bodenstein mit ses coudes sur le bureau, posa son menton sur ses mains et réfléchit un instant. Puis il prit son téléphone et fit le numéro du bureau de Cosima. Kira Gasthuber, l'assistante de Cosima, décrocha après la deuxième sonnerie. Cosima n'était pas là pour l'instant. Pourquoi il ne l'appelait pas sur son mobile.

Pour qu'elle ne me mente pas, espèce de bécasse, pensa Bodenstein. Il allait raccrocher quand il entendit la voix fraîche de sa plus jeune fille en arrière-fond. Aussitôt toutes les alarmes se mirent à sonner dans sa tête. Cosima emmenait Sophia toujours et partout avec elle. Pourquoi aujourd'hui l'avait-elle laissée au bureau ? À cette question, Kira riposta que Cosima ne devait pas s'absenter longtemps et que Sophia s'amusait mieux avec elle et René. Après avoir raccroché, Bodenstein resta un long moment assis à son bureau. Ses pensées tournaient en rond. Le téléphone de Cosima avait été localisé cinq fois au nord de Francfort entre la Glauburgstrasse, l'Oeder Weg et l'Eckenheimer Landstrasse et l'Eschersheimer Anlage. Sur le plan de la ville ça paraissait petit mais le périmètre comprenait des centaines de maisons et des milliers d'appartements. Où pouvait-elle être ? Et avec qui ? Comment réagirait-il s'il avérait qu'elle le trompait ? C'est vrai, leur vie sexuelle n'était pas aussi ardente qu'avant la naissance de Sophia mais la présence d'un bébé y était pour quelque chose. Mais ce n'était pas au point que Cosima soit en manque. Ou si ? À sa grande honte, il n'arrivait pas à se rappeler la dernière fois qu'il avait couché avec sa femme. Il réfléchit et essaya de calculer. Ah oui ! C'était le soir où elle était légèrement éméchée et qu'ils revenaient d'humeur joyeuse de la fête d'anniversaire d'un ami. Bodenstein chercha son semainier pour le consulter. Une impression singulière l'envahit à mesure qu'il le feuilletait. Avait-il oublié de noter l'anniversaire de Bernhard ? Mais non. Bernhard avait fêté ses cinquante ans le 20 septembre au château Johannisberg à Rheingau. Ce n'était pas possible ! Il calcula et s'aperçut, honteux, qu'il n'avait pas couché avec Cosima depuis huit semaines. N'était-ce pas finalement sa faute si elle le faisait cocu ? On frappa à la porte, Nicole Engel entra.

— Qu'est-ce que tu veux ? demanda-t-il.

— Quand avais-tu l'intention de m'apprendre, dit-elle sur un ton glacial, que le commissaire Behnke avait pris un job d'appoint non autorisé dans un bistrot de Sachsenhausen ?

Bon Dieu ! Ses problèmes privés le lui avaient fait totalement oublier. Il ne lui demanda pas de qui elle tenait le renseignement et ne chercha pas à se justifier.

— Je voulais d'abord lui en parler, répondit-il. Mais je n'en ai pas encore eu l'occasion.

— Ce soir à 18 h 30 tu l'auras. Je veux Behnke ici, malade ou pas. On verra comment tu t'en tires.

Son mobile sonnait déjà quand il passa le poste de contrôle et se dirigea vers la sortie. Lars Terlinden fit passer sa valise dans l'autre main et prit l'appel. Toute la journée, il s'était fait traiter plus bas que terre par le comité directeur à Zurich alors que, quelques mois plus tôt, il avait été accueilli comme un sauveur pour ce même deal, pour lequel ils le clouaient aujourd'hui au pilori. Bon Dieu, il n'était pas un devin ! Comment aurait-il pu savoir que le Dr Markus Schönhausen, qui s'appelait en réalité Matthias Mutzler, et ne venait pas de Potsdam mais d'un village du Jura souabe, était un escroc de la pire espèce ! Finalement ce n'était pas son problème si le service juridique de sa banque n'avait pas fait son boulot. Des têtes avaient déjà roulé et la sienne aurait été la prochaine s'il ne s'était pas souvenu qu'il pouvait compenser la perte à hauteur de trois cents millions.

— Je serai au bureau dans vingt minutes, dit-il à sa secrétaire quand la porte vitrée s'ouvrit devant lui.

Il était épuisé, claqué, à bout de nerfs. Et cela à trente ans à peine. Il ne pouvait dormir qu'avec des somnifères, n'arrivait pas à manger, boire ça allait encore. Lars Terlinden savait qu'il était sur la voie de l'alcoolisme mais il s'occuperait de ce problème plus tard, s'il surmontait ce drame. Même s'il n'en voyait pas la fin. L'économie mondiale était ébranlée, les grandes banques américaines couraient à la banqueroute. Lehman Brothers n'était qu'un début. Son propre employeur, une des plus grandes banques suisses, avait déjà licencié cinq mille collaborateurs dans tous les pays, au cours de la dernière année. Dans les bureaux et dans les couloirs régnait la pure angoisse de survivre. Le téléphone sonna à nouveau, il le mit dans sa poche sans répondre. Il y avait six semaines, la nouvelle de la faillite de l'empire immobilier de Schönhauser l'avait complètement pris de court. Deux jours avant il déjeunait avec Schönhauser à l'hôtel *Adlon* à Berlin. L'homme connaissait depuis longtemps son insolvabilité imminente, mais ce salopard, glissant comme une anguille, recherché depuis par Interpol, s'était fait la belle. Dans un coup de reins, Lars Terlinden avait du moins réussi à titriser une grande partie du crédit du portefeuille et à les vendre à des investisseurs mais trois cent cinquante millions d'euros étaient partis en fumée.

Une femme s'élança au-devant de lui, il voulut l'éviter car il était pressé mais elle lui barra le passage. Il se rendit compte alors que c'était sa mère, qu'il n'avait pas vue depuis huit ans.

— Lars ! répéta-t-elle suppliante. Lars, s'il te plaît !

Elle était toujours la même. Fine et soignée, ses cheveux dorés, coupés à la page, impeccables. Maquillé avec discrétion, le collier de perles sur son décolleté bronzé. Elle lui sourit avec coquetterie et cela le braqua immédiatement.

— Qu'est-ce que tu veux ? demanda-t-il revêche. C'est ton mari qui t'a envoyée ?

Le mot père n'avait pu franchir ses lèvres.

— Non, Lars. Arrête-toi, je t'en prie.

Il détourna les yeux et obéit. Enfant, il avait vénéré sa mère. Elle lui manquait affreusement quand elle s'absentait quelques jours ou partait en voyage et les confiait, lui et Thies, à la gouvernante. Il lui avait tout pardonné pour obtenir son amour, mais il n'en avait jamais récolté qu'un sourire, quelques gentilles paroles et des promesses. Il n'avait compris que beaucoup plus tard qu'elle ne pouvait pas lui donner plus, parce qu'elle n'avait rien de plus à donner. Christine Terlinden était un vase vide, une beauté dépourvue d'esprit, sans aucune personnalité, dont la seule ambition était d'être l'épouse parfaitement représentative du grand homme d'affaire Claudius Terlinden.

— Tu as bonne mine, mon garçon, peut-être un peu maigre.

Elle était toujours égale à elle-même. Après tout ce temps sans l'avoir vu, tout ce qu'elle trouvait à dire c'était une formule toute faite. Lars Terlinden avait commencé à mépriser sa mère quand il avait pris conscience qu'elle l'avait trompé toute sa vie.

— Que veux-tu, mère ? dit-il avec impatience.

— Tobias est sorti de prison, dit-elle en baissant la voix. Et la police a trouvé le squelette de Laura. Sur le vieil aéroport d'Eschborn.

Il serra les dents. Sa vie fit soudain un bond vers le passé. En plein milieu de l'aéroport de Francfort, il eut l'impression horrible de redevenir l'adolescent boutonneux de dix-neuf ans, fou de terreur. Laura ! Il n'avait jamais oublié son visage, son rire et son insouciante joie de vivre qui avait pris fin si brutalement. Il n'avait même pas eu le temps de parler à Tobias, tant son père avait été rapide à prendre toutes les décisions pour lui. Sans perdre une minute, il l'avait expédié dans la propriété d'une de ses relations au fin fond de l'Oxfordshire. *Pense à ton avenir, mon garçon ! Ne t'en mêle pas, tiens ta langue. Et il ne t'arrivera rien.* Il avait bien sûr obéi à son père. Ne s'en était pas mêlé et s'était tu. Quand il avait appris la condamnation de Tobias, il était trop tard. Pendant onze ans il avait tout fait pour ne plus penser à cette soirée horrible, à son épouvante, à sa peur. Pendant onze ans, il avait travaillé presque vingt-quatre heures sur vingt-quatre, pour oublier. Et maintenant sa mère trottinait vers lui dans son petit manteau de fourrure et rouvrait la vieille blessure avec un sourire mutin.

— Ça ne m'intéresse plus, mère, dit-il sèchement. Je n'en ai rien à faire.

— Mais… commença-t-elle, car il ne la laissait pas parler.

— Fiche-moi la paix ! siffla-t-il. Tu as compris ? Je ne veux pas que tu m'approches ! Tiens-toi loin de moi, comme tu l'as fait toute ta vie !

Il fit demi-tour, la planta là, et se dirigea vers l'escalator qui conduisait à la S-Bahnhof.

Ils étaient dans le garage en train de boire de la bière directement à la bouteille, tout à fait comme avant. Tobias se sentait mal à l'aise et les autres paraissaient l'être tout autant. Pourquoi était-il venu ici ? Son vieil ami Jörg l'avait appelé dans l'après-midi, à son étonnement, pour l'inviter à boire une bière avec Felix et quelques copains. Ils étaient souvent venus dans le vaste garage qui appartenait à l'oncle de Jörg. Ils y avaient trafiqué d'abord leur motocyclette, plus tard leur moto enfin leur auto. Jörg était un mécanicien doué qui rêvait de devenir coureur automobile. Comme dans le souvenir de Tobias, le garage sentait l'huile de moteur, la peinture, le cuir et le vernis. Ils étaient assis autour du même vieil établi couvert de caisses de bières et de pneus. Rien n'avait changé. Tobias ne participait pas à la conversation qui, à cause de sa présence, s'efforçait d'être gaie. Chacun l'avait salué avec une poignée de main mais la joie de se revoir se limitait à cela. Après un moment, Tobias, Jörg et Felix se rapprochèrent. Felix était couvreur dans l'entreprise de son père. Déjà adolescent, il était costaud et, avec le travail de force et la consommation assidue de bière, il était devenu un colosse. Ses yeux aimables disparaissaient presque dans la graisse quand il riait. Il faisait penser à Tobias à une brioche aux raisins secs. Jörg était presque resté le même sauf que la naissance de ses cheveux avait reculé.

— Et Lars, qu'est-ce qu'il est devenu ? demanda Tobias.

— Pas ce que son vieux espérait, dit Felix en ricanant méchamment. Les riches aussi ont des problèmes avec leurs enfants. L'un est un idiot et l'autre l'a envoyé chier.

— Lars a fait une carrière vraiment juteuse, expliqua Jörg. C'est ma mère qui me l'a dit, elle le tient de la sienne. Un paquet d'argent. Marié, deux enfants et il s'est payé une immense piaule tout en verre, quand il est revenu d'Angleterre.

— J'ai toujours cru qu'il voulait étudier la théologie et devenir prêtre, remarqua Tobias.

À son étonnement, la pensée de son meilleur ami qui, brusquement, sans un adieu, avait disparu de sa vie, lui était douloureuse.

— Je voulais pas non plus devenir couvreur, dit Felix en ouvrant une nouvelle bouteille de bière avec son briquet. Mais l'État ne voulait pas de moi et la police non plus, et j'ai foiré l'apprentissage de boulanger après… bon… vous connaissez la suite…

Il baissa les yeux, embarrassé.

— Et moi, après mon accident, je pouvais plus compter sur une carrière de coureur, enchaîna rapidement Jörg pour ne pas laisser un silence pénible s'installer. Aussi au lieu d'atterrir en formule I, j'ai atterri au *Cheval Noir*. Tu sais que ma sœur s'est mariée avec Jagielski, non ?

Tobias fit oui de la tête.

— Mon père me l'a dit.

— Bah, dit Jörg en avalant une gorgée de bière. Il semble qu'aucun de nous n'est arrivé à réaliser son rêve.

— Sauf Nathalie, objecta Felix. Les gars, ce qu'on pouvait se marrer quand elle disait qu'elle voulait devenir une actrice célèbre !

— Elle a toujours été déterminée, dit Jörg. Ce qu'elle a pu nous mener à la baguette ! Mais qu'elle devienne une célébrité, je ne l'aurais jamais cru.

— Eh oui, dit Tobias avec un petit ricanement. Et moi je n'aurais jamais cru faire un apprentissage de mécanicien et des études d'économie en prison.

Ses amis hésitèrent un moment, gênés, puis ils éclatèrent de rire. L'alcool détendait l'atmosphère. Après la cinquième bouteille, Felix devint prolixe.

— Je me reproche encore aujourd'hui d'avoir dit aux flics que nous étions venus chez toi, vieux, dit-il à Tobias en lui posant lourdement la main sur l'épaule.

— Vous n'avez dit que la vérité, dit Tobias avec un haussement d'épaules. Personne pouvait prévoir où tout ça mènerait. Mais maintenant ça n'a plus d'importance. Je suis revenu et je suis très heureux que vous ne me tourniez pas le dos comme les autres gens du village.

— Des conneries, dit Jörg en lui frappant l'autre épaule. On est amis, vieux ! Tu te rappelles comment nous avons fichu en l'air l'Opel que mon oncle avait mis des années à restaurer ? C'était du sport !

Tobias se souvenait, Felix aussi. Et déjà ils étaient plongés dans les *"tu te rappelles"*. La fête chez les Terlinden où les filles s'étaient déshabillées et avaient couru dans toute la maison, vêtues du manteau en fourrure de la mère Terlinden. L'anniversaire de Micha où les flics avaient débarqué. Les bizutages dans le cimetière. Le voyage en Italie avec le Cercle de la jeunesse. Le feu aux déménagements Martin, qui était devenu incontrôlable parce que Felix avait utilisé un jerricane d'essence pour le faire prendre. Ils n'en pouvaient plus de se souvenir et de rire. Jörg essuya les larmes sur ses joues.

— Les gars, vous vous rappelez quand ma sœur a fauché les clés de l'aéroport à mon père et qu'on est allés dans le vieux hangar à avions ? Les gars, c'était chaud !

Amelie était assise à son bureau et surfait sur Internet quand on sonna à la porte. Elle referma son portable et sauta sur ses pieds. 10 h 45 ! Bon Dieu ! Les vieux avaient-ils oublié leur clé ? En marchant sur ses bas, elle descendit l'escalier à toute vitesse avant qu'on sonne une deuxième fois et que ça réveille les petites qu'elle avait eu tant de mal à mettre au lit une heure avant. Elle jeta un regard sur le petit écran qui était lié aux deux caméras encadrant la porte d'entrée. L'image floue en noir et blanc montrait un homme aux cheveux clairs. Amelie ouvrit la porte et fut éberluée de voir Thies. Depuis qu'elle le connaissait, il n'était jamais venu jusqu'à sa porte et avait encore moins sonné. Son étonnement se changea en inquiétude quand elle vit dans quel état était son ami. Elle n'avait jamais vu Thies si nerveux. Ses mains voletaient sans arrêt, ses yeux vacillaient, il tremblait de tout son corps.

— Qu'est-ce que tu as ? demanda doucement Amelie. Il est arrivé quelque chose ?

Au lieu de répondre, Thies lui tendit un rouleau enveloppé de papier qui était soigneusement entouré d'une large bande. Amelie dansait d'un pied sur l'autre sur l'escalier glacé, mais elle se faisait du souci pour son ami.

— Tu ne veux pas entrer ?

Thies secoua énergiquement la tête, se retournant sans arrêt comme s'il craignait d'être suivi.

— Personne ne doit voir les tableaux, dit-il soudain de sa voix qui paraissait comme toujours enrouée. Il faut que tu les caches.

— Bien sûr, dit-elle. Je le ferai.

Les phares d'une voiture percèrent la brume et les éclairèrent un instant quand le véhicule tourna dans l'entrée des Lauterbach. Le garage ne se trouvait qu'à cinq mètres de l'escalier où se tenait Amelie – seule comme elle s'en aperçut soudain. Thies avait été comme aspiré sous terre. Daniela Lauterbach arrêta le moteur et descendit.

— Bonsoir Amelie ! cria-t-elle gentiment.

— Bonsoir docteur Lauterbach, répondit Amelie.

— Qu'est-ce que tu fais devant la porte ? Tu t'es enfermée dehors ?

— J'arrive juste de mon travail, dit rapidement Amelie sans savoir pourquoi elle mentait à la voisine.

— Bon. Salue tes parents. Bonne nuit !

Le Dr Lauterbach lui fit au revoir de la main et actionna à distance la porte du double garage. Elle entra et la porte se referma derrière elle.

— Thies ? chuchota Amelie. Où tu es ?

Elle sursauta quand il émergea du grand if qui s'élevait à côté de la porte d'entrée.

— Qu'est-ce que tu as ? murmura-t-elle. Pourquoi… ?

Mais ses mots s'arrêtèrent dans sa gorge en voyant le visage de Thies. Dans ses yeux se lisait une peur panique. De quoi avait-il peur ? Alarmée, elle avança la main et lui toucha le bras pour le calmer. Il recula en tressaillant.

— Il faut que tu fasses bien attention aux tableaux, dit-il d'une voix hachée, les yeux brillants de fièvre. Personne ne doit les voir. Même pas toi ! Tu me le promets ?

— Oui, oui. Je te le promets. Mais qu'…

Avant qu'elle ait pu finir sa question Thies s'était évanoui dans l'obscurité brumeuse. Amelie secoua la tête. Elle ne comprenait rien à l'attitude de son ami. Mais il fallait prendre Thies comme il était.

Cosima était profondément endormie sur le canapé du salon, le chien roulé en boule au creux de ses genoux. Celui-ci leva la tête, mais se contenta de remuer paresseusement la queue quand Bodenstein entra. Il s'arrêta devant l'image paisible qui s'offrait à lui. Cosima ronflait légèrement, ses lunettes avaient glissé de son nez, le livre qu'elle lisait était posé sur sa poitrine. En temps normal, il l'aurait réveillée d'un baiser, doucement, pour ne pas l'effrayer. Mais le mur invisible qui s'était soudain dressé entre eux l'arrêta. Le sentiment tendre qu'il ressentait dès qu'il voyait sa femme avait, à son étonnement, disparu. Le temps était venu pour une franche explication, sinon la méfiance allait empoisonner leur couple. Il devait poser la main sur son épaule, la secouer et lui demander pourquoi elle avait menti. Mais un lâche besoin d'harmonie et la peur d'une vérité qui lui était insupportable l'arrêtèrent. Il fit demi-tour et gagna la cuisine. Le chien affamé, pris d'espoir, sauta du canapé pour le suivre et réveilla Cosima. Elle apparut à la porte de la cuisine, l'air endormi alors qu'il sortait un yaourt du frigo.

— Bonsoir, dit-il.

— Je me suis endormie, répondit-elle.

Il se mit à manger son yaourt tout en l'observant. Il remarqua des rides sur son visage qui ne l'avaient jamais frappé. La peau du cou devenait flasque et elle avait des poches sous ses yeux fatigués. Elle ressemblait brusquement à une femme de quarante-cinq ans. Avec la confiance, l'attendrissement que lui inspirait son affection avait-il disparu ?

— Pourquoi tu m'as appelée au bureau et pas sur mon mobile ? demanda-t-elle négligemment en inspectant l'intérieur du frigo.

— Je ne sais plus, mentit-il tout en grattant le fond de son yaourt. J'ai fait par erreur le mauvais numéro et ensuite je n'y ai pas fait attention. C'est important ?

— Non. J'étais seulement allée faire quelques achats au Main-Taunus-Zentrum, dit Cosima qui referma le frigo en bâillant. Kira m'a gardé Sophia. Sans elle, je vais plus vite.

— Naturellement.

Il tendit au chien le pot de yaourt vide. Il se demanda un instant s'il allait lui demander ce qu'elle avait acheté, car il n'en croyait pas un mot. Et soudain il comprit qu'il ne la croirait plus jamais.

Amelie avait caché le rouleau de toiles dans son armoire et s'était remise devant son portable. Mais elle n'arrivait plus à se concentrer. Il lui semblait que les tableaux lui criaient : *Regarde-nous ! Vas-y ! Sors-nous de là !*

Elle se tourna sur sa chaise et regarda l'armoire en luttant avec sa conscience. En bas des portières de voiture claquèrent, la porte d'entrée fut ouverte.

— Nous sommes rentrés, cria son père.

Amelie descendit brièvement saluer les gens chez qui elle habitait. Bien que sa belle-mère et les petites casse-pieds l'aient accueillie gentiment, elle ne pensait ni ne disait jamais : ma famille. Puis elle remonta dans sa chambre et s'allongea sur le lit pour réfléchir.

À côté retentissait la chasse des toilettes. Qu'y avait-il donc sur ces tableaux? Thies peignait toujours des trucs abstraits excepté ce portrait lubrique d'elle qu'elle avait vu avant-hier. Pourquoi voulait-il cacher ceux-là? Ça devait être rudement important à ses yeux pour qu'il sonne chez elle et lui donne quelque chose qu'il ne montrait à personne.

Amelie attendit que le silence retombe dans la maison et sortit le rouleau. Il était assez lourd, il devait y avoir plus de deux ou trois tableaux. Et ça ne sentait pas la peinture comme pour les toiles qu'on vient de peindre. Prudemment elle défit les innombrables bandes avec lesquelles Thies avait entouré le rouleau. Il y avait huit tableaux d'un assez petit format. Et ils ne ressemblaient pas à ceux que Thies avait l'habitude de peindre. Ils étaient figuratifs et fidèles à la réalité avec des gens qui... Amelie se figea et observa en détail le premier tableau. Elle sentit les poils de sa nuque se hérisser et son cœur se mit à battre. Devant une grande grange aux portes largement ouvertes, deux garçons se penchaient sur une fille blonde allongée sur le sol, dont la tête gisait dans une mare de sang. Un autre jeune avec des cheveux noirs bouclés était debout à côté, un quatrième, avec une figure où se lisait la panique, courait droit sur le spectateur. Et ce quatrième c'était... Thies! Elle parcourut fiévreusement les autres tableaux.

— Mon Dieu! murmura-t-elle.

La grange dont la porte était ouverte, à côté l'étable un peu basse, les mêmes personnes. Thies était assis à côté de la grange, le garçon aux boucles sombres se tenait devant la porte ouverte de l'étable et observait les autres à l'intérieur. Un des garçons violait la fille blonde, l'autre garçon la tenait. Amelie avala sa salive et prit un autre tableau. À nouveau la grange, une autre fille avec de longs cheveux noirs et une étroite robe bleu clair embrassait un homme. Il avait une main sur ses seins et une jambe autour de ses cuisses. La scène paraissait incroyablement réaliste. À l'arrière-plan de la grange obscure on reconnaissait sur un autre tableau le garçon aux boucles brunes. Les tableaux ressemblaient à des photographies. Thies avait reproduit chaque détail, la couleur des vêtements, la chaîne de cou de la fille, l'inscription sur un T-shirt. Incroyable ! Ces tableaux montraient sans aucun doute la cour de la famille Sartorius. Et ils représentaient les événements de septembre 1997. Amelie déroula le dernier tableau et se figea. La maison était tellement silencieuse qu'elle entendait son pouls battre dans ses oreilles. L'image montrait l'homme qui embrassait la fille brune, de face. Elle le connaissait. Elle le connaissait bien.

VENDREDI 14 NOVEMBRE 2008

— Bonjour.

Gregor Lauterbach fit un signe de main à son assistante Ines Schürmann-Liedtke et entra dans son grand bureau du ministère de l'Éducation, situé sur la Luisenplatz de Wiesbaden. Il avait aujourd'hui un emploi du temps chargé. À 8 heures il avait un entretien avec son secrétaire d'État, à 10 heures un discours au plénum dans lequel il devait présenter le budget de l'année prochaine. À midi, il avait réservé une heure pour un court déjeuner avec le représentant de la délégation de l'éducation du Wisconsin, partenaire américain de la Hesse. Le courrier était déjà posé sur son bureau, rangé selon son importance dans des chemises de différentes couleurs. Tout en haut, la chemise des lettres qu'il devait signer. Lauterbach déboutonna sa veste et s'assit à sa table pour liquider le plus important. 7h40. Le secrétaire d'État serait ponctuel. Il l'était toujours.

— Votre café, monsieur le ministre. Ines Schürmann-Liedtke entra et posa devant lui une tasse de café fumante.

— Merci, dit-il en souriant. Cette femme n'était pas seulement intelligente et compétente, elle était aussi agréable à voir : potelée, brune, de grands yeux noirs et une peau laiteuse. Elle lui rappelait un peu sa femme, Daniela. Il lui arrivait de se laisser aller à une rêverie érotique où elle jouait le rôle principal mais, dans la réalité, il se conduisait avec elle de façon irréprochable. Il y avait deux ans, quand il avait pris sa fonction, il aurait eu le droit de renouveler le personnel de son bureau, mais Ines lui avait plu d'emblée et elle le remerciait de lui avoir conservé son poste par une absolue loyauté et un incroyable zèle.

— Vous êtes radieuse, Ines, dit-il en savourant son café. Le vert vous va bien.

— Merci.

Elle sourit, flattée, mais elle redevint vite professionnelle et lui lut rapidement la liste des correspondants qui avaient prié qu'on les rappelle. Lauterbach écoutait d'une oreille distraite tout en signant les lettres qu'Ines avait écrites, approuvant ou refusant de la tête. Quand elle eut fini, il lui tendit les lettres signées. Elle quitta le bureau et il se mit à lire le courrier qu'Ines avait déjà trié. Quatre lettres portant la mention "personnel" n'avaient pas été décachetées. Il les ouvrit toutes les quatre avec son coupe-papier, en parcourut deux avant de les reposer. Quand il ouvrit la troisième lettre, il eut le souffle coupé.

Si tu continues à tenir ton clapet il ne t'arrivera rien. Sinon, je montrerai à la police ce que tu as perdu autrefois dans la grange quand tu as violé une écolière mineure. Blanche-Neige te salue.

Il avala sa salive. Observa la deuxième feuille qui montrait la photo d'un trousseau de clés. Une peur glacée le parcourut en même temps qu'il se mettait à transpirer. Ce n'était pas une plaisanterie, c'était tout à fait sérieux. Ses pensées s'affolèrent. Qui avait pu écrire ça ? Qui connaissait son écart avec la jeune fille ?

Et pourquoi, bon Dieu, cette lettre arrivait-elle juste maintenant ? Gregor Lauterbach eut l'impression que son cœur éclatait. Pendant onze ans, il avait réussi à refouler ce qui s'était passé autrefois. Et soudain tout était là, comme si c'était arrivé hier. Il se leva, alla à la fenêtre, contempla la Luisenplatz vide sous la lumière de ce jour nuageux de novembre, qui s'éclaircissait peu à peu. Il respira lentement. Surtout ne pas perdre son sang-froid ! Dans le tiroir de son bureau se trouvait le carnet dans lequel il notait depuis des années les numéros de téléphone. Quand il décrocha, il remarqua avec agacement que sa main tremblait.

Le vieux chêne noueux se trouvait dans la partie avant du grand parc, à cinq mètres à peine du mur d'enceinte. Elle n'avait jamais remarqué la cabane dans les branches peut-être parce que, en été, la masse du feuillage la dissimulait. Ce n'était pas facile de grimper en minijupe et en collant les marches branlantes de l'échelle pourrie que la pluie de ces derniers jours avait rendues glissantes. Il fallait espérer que Thies n'aurait pas l'idée de quitter son atelier juste maintenant. Il saurait aussitôt ce qu'elle faisait là. Elle atteignit enfin la cabane et y entra à quatre pattes. C'était une cage de bois vacillante, semblable à tous les affûts perchés dans le bois. Amelie y pénétra prudemment en regardant autour d'elle, s'assit sur le banc et regarda en bas par l'ouverture avant. En plein dans le mille ! Elle tira son iPod de sa poche et fit apparaître les tableaux qu'elle avait photographiés hier. Le point de vue était le même à cent pour cent. D'ici on avait une vue grandiose sur la moitié du village. La partie supérieure de la cour de Sartorius, avec la grange et l'étable, était directement à ses pieds. On distinguait chaque détail même à l'œil nu. Et même en considérant que le laurier-cerise était, onze ans avant, un arbuste, celui qui avait fait ces images avait dû observer les événements de cet endroit. Amelie alluma une cigarette et appuya ses pieds contre la paroi de bois. Qui ça pouvait être ? Ce ne pouvait pas être Thies puisqu'il apparaissait dans trois des tableaux. Quelqu'un avait-il pris d'ici des photos que Thies avait trouvées et peintes ? Encore plus intéressante était la question de savoir qui étaient les autres personnages sur les tableaux. Pour Laura Wagner et Stefanie "Blanche-Neige" c'était clair. Et l'homme qui faisait l'amour avec Blanche-Neige aussi. Mais qui étaient les trois jeunes ? En tirant pensivement sur sa cigarette, Amelie se demandait ce qu'elle devait faire de ce qu'elle avait appris. La police ? C'était exclu. Elle n'avait eu que de mauvaises expériences avec les flics. Et d'abord c'était à cause d'eux qu'elle avait été envoyée chez son géniteur, alors qu'elle n'avait pas entendu parler de lui pendant douze ans, excepté à Noël et au Jour de l'an. Autre alternative, ses parents, mais ils se précipiteraient chez les flics, donc c'était absurde. Un mouvement dans la cour de Sartorius éveilla son attention. Tobias entra dans la grange et peu après le moteur du vieux tracteur rouge pétarada. Apparemment, il profitait de cette journée presque sans pluie pour continuer à déblayer la cour. Que se passerait-il si elle *lui* montrait les tableaux ?

Même si la conseillère judiciaire avait prévenu qu'il n'y aurait pas de nouvelle enquête sur des meurtres vieux de onze ans, Pia se plongea dans les seize dossiers de l'enquête. Sans réussir pour autant à écarter de son esprit la menace contenue dans les phrases lapidaires du service d'urbanisme. En pensée, elle avait déjà meublé la nouvelle maison du Birkenhof pour en faire le foyer plein de goût et de convivialité dont elle avait toujours rêvé. Beaucoup de meubles de Christoph comblaient sa conception de la décoration d'intérieur : l'ancienne table de réfectoire fendillée, autour de laquelle douze personnes au moins pouvaient prendre place, le canapé de cuir froissé de son jardin d'hiver, le vieux bonheur-du-jour, l'élégante méridienne Récamier… Pia soupira. Peut-être que tout ça finirait bien et que le service d'urbanisme leur donnerait l'autorisation de démarrer les travaux. Elle se concentra de nouveau sur les dossiers qui étaient devant elle, parcourut un compte rendu et nota deux noms. Sa dernière rencontre avec Tobias Sartorius lui avait laissé un sentiment étrange. Et s'il avait dit la vérité toutes ces années, et si en effet il n'était pas le meurtrier des deux jeunes filles ? Outre que le véritable assassin était toujours en liberté, sa condamnation lui avait volé dix ans de sa vie et avait détruit son père. À côté de ses notes, elle fit un croquis du village d'Altenhain. Qui habitait où ? Qui était ami avec qui ? À première vue, Tobias et ses parents avaient été autrefois des gens respectables et appréciés. L'envie se lisait clairement dans les témoignages des personnes interrogées. Tobias Sartorius était un garçon particulièrement beau, intelligent, sportif, généreux. Il paraissait présenter toutes les conditions requises pour un grand avenir. Pas un n'aurait osé dire du mal du premier de la classe, de l'as du sport, de la coqueluche des filles. Pia examina les photos. En se comparant à lui, qu'avaient ressenti ses amis falots, avec leurs visages boutonneux ? Comment avaient-ils supporté d'être toujours dans son ombre, d'être toujours le deuxième choix des plus jolies filles ? L'envie et la jalousie n'allaient-elles pas de soi ? Et voilà que s'offrait une occasion de se venger de toutes les petites humiliations : … *Oui. Tobias pouvait être assez coléreux*, avait dit un de ses meilleurs amis. *Surtout quand il avait bu. Alors il pouvait flipper grave.*

Un très bon élève, ambitieux, qui n'avait pas à faire d'efforts et qui pourtant étudiait avec une incroyable discipline. Un porte-parole, conscient de sa valeur jusqu'à la morgue, parfois soupe au lait, plutôt mûr pour son âge. Un enfant unique qui était adulé par ses parents. Mais quelqu'un aussi qui supportait mal la concurrence et l'humiliation. Zut, où avait-elle lu ça ? Pia feuilleta le dossier, farfouilla sur son bureau pour retrouver son carnet où elle avait pris les notes, la semaine dernière. Puis compara les noms relevés avec la liste qu'elle venait d'établir.

— C'est bizarre, dit-elle.

— Quoi ? dit Ostermann entre deux bouchées, levant à regret les yeux de son ordinateur.

— Dans le dossier il manque les dépositions de Gregor Lauterbach pour l'affaire Stefanie Schneeberger et Tobias Sartorius. Comment ça se fait ?

— Elles doivent être dans un autre dossier, dit Ostermann.

Et il retourna à son travail et à son donut. Il aurait donné sa vie pour ces anneaux bourrés de graisse et Pia s'étonnait depuis des années qu'il ne soit pas plus gros et plus gras. Ostermann devait avoir un fantastique métabolisme pour brûler les milliers de calories qu'il ingurgitait chaque jour. À sa place, elle aurait été un petit tonneau.

— Non, dit Pia en secouant la tête. Elles ne sont nulle part !

— Pia, dit Ostermann sur un ton patient. Nous sommes à la *police*. Ici, personne ne viendrait voler des dépositions dans un vieux dossier.

— Je le sais. N'empêche qu'elles n'y sont plus. Pourtant je les ai lues la semaine dernière.

Pia fronça les sourcils. Qui pouvait s'intéresser à cette vieille enquête ? Il n'y avait aucune raison de faucher des comptes rendus d'interrogatoires sans valeur. Le téléphone sonna sur son bureau. Elle décrocha et écouta. À Wallau, un camion était sorti de la route et avait pris feu après avoir fait plusieurs tonneaux. Le conducteur était gravement blessé, mais dans les décombres du véhicule les pompiers avaient trouvé au moins deux personnes carbonisées jusqu'à présent inconnues. Avec un soupir elle referma le dossier et rangea ses notes dans un tiroir. L'idée de crapahuter dans un champ dévasté n'était pas particulièrement réjouissante.

Le vent hurlait dans la grange, sifflait à travers les fentes du toit et secouait la porte pour entrer. Tobias avait téléphoné à un agent immobilier et pris rendez-vous avec lui pour une visite des lieux, mercredi en huit. D'ici là, la cour, la grange et la vieille étable devaient être impeccables. Avec entrain, il jetait un vieux pneu après l'autre sur la remorque. Ils s'entassaient par douzaines dans un coin de la grange. Son père s'en était servi pour lester les ballots de paille et de foin dans les champs. À présent il n'y avait plus ni paille ni foin, les pneus n'étaient plus que des déchets.

Toute la journée, l'ombre d'un souvenir fugace l'avait poursuivi, et ne pas comprendre de quoi il s'agissait rendait Tobias presque fou. Hier dans le garage, un de ses amis avait dit quelque chose qui avait déclenché chez lui une association d'idées mais le souvenir était trop profondément enfoncé dans sa conscience et refusait de remonter à la surface. Il s'arrêta hors d'haleine, essuya la sueur de son front avec son avant-bras. Un courant d'air froid l'effleura et il se retourna en percevant un mouvement du coin de l'œil. Effrayé, il sursauta. Trois silhouettes vêtues de sombre, aux menaçants visages cagoulés, avaient pénétré dans la grange. Une d'elles poussa le lourd verrou de fer de l'intérieur. Les trois s'arrêtèrent le fixant à travers la fente de leur passe-montagne. Les battes de base-ball dans leurs mains annonçaient clairement leur intention. Une poussée d'adrénaline parcourut le corps de Tobias. Il était persuadé que deux de ces hommes étaient ceux qui avaient agressé Amélie. Ils étaient revenus choper celui qui était dans leur collimateur : c'est-à-dire lui. Il recula, en se demandant fiévreusement comment échapper à trois hommes. La grange n'avait pas de fenêtre, par de porte à l'arrière. Mais une échelle menait au grenier à foin vide ! Il évita de regarder dans cette direction pour ne pas trahir son plan. Bien que gagné par la panique, il s'efforçait de rester calme. Il fallait qu'il atteigne l'échelle avant qu'ils soient sur lui. Il fut à l'échelle en une seconde et y grimpa aussi rapidement qu'il put. Un coup de batte de base-ball, asséné de plein fouet, frappa son mollet. Il ne sentit pas de douleur mais sa jambe devint immédiatement insensible. Il continua de grimper en serrant les dents mais un des poursuivants ne fut pas moins rapide que lui et lui attrapa un pied. Tobias se cramponna à un échelon et le frappa avec son autre pied. Il entendit un cri de douleur contenu et sentit la prise de l'homme sur sa cheville se desserrer. L'échelle oscilla, soudain il ne saisissait plus que le vide et faillit perdre tout appui. Trois échelons manquaient ! Il jeta un regard en bas, avec l'impression d'être un chat sur un tronc dénudé poursuivi par trois rottweillers avides de sang. Il réussit à atteindre le prochain échelon et se propulsa vers le haut de toutes ses forces, il avait des fourmillements dans sa jambe engourdie qui ne lui obéissait plus. Il atteignit enfin la plate-forme du grenier à foin. Deux des types grimpèrent derrière lui, le troisième avait disparu. Tobias regarda fébrilement le sol autour de lui dans la demi-obscurité. L'échelle était fixée au madrier, impossible de la détacher. Il clopina aussi vite qu'il put vers la partie la plus basse de la plateforme, et poussa sur les tuiles avec les mains. L'une d'elles se détacha, puis une deuxième. Il regardait sans cesse derrière lui. La tête du premier poursuivant apparut au bord de la plateforme. Bon Dieu ! Le trou était encore trop petit pour pouvoir s'y glisser. Quand il vit que sa tentative était désespérée, il courut vers la lucarne, la remorque avec les pneus n'était qu'à quelques mètres. Avec le courage du désespoir il sauta. Un des poursuivants retourna sur l'échelle et la descendit à toute vitesse comme une grosse araignée noire. Tobias se laissa glisser à terre et se blottit dans l'ombre noire de la remorque. Il explorait le sol à tâtons, maudissant sa manie de rangement. Il ne restait plus rien qui aurait pu lui servir d'arme ! Son cœur battait contre ses côtes, il s'obstina un bref instant puis, jouant sa dernière carte, il se mit à courir.

Ils l'atteignirent au moment où il posait la main sur le verrou. Les coups s'abattirent sur ses épaules, ses bras, ses reins. Il tomba à genoux, se roula sur lui-même, protégeant sa tête avec ses bras. Ils le rouèrent de coups de batte et de coups de pied, sans un bruit.

Pour finir, ils attrapèrent ses bras, les écartèrent avec brutalité et firent passer son pull et son T-shirt par-dessus sa tête. Tobias serrait les dents pour ne pas gémir et supplier qu'on lui laisse la vie. Il vit un des hommes faire avec une corde à linge un nœud coulant. Bien qu'il se débattît, ils étaient supérieurs en force, et lui lièrent les pieds et les mains derrière le dos puis lui mirent le nœud coulant autour du cou. Aussi impuissant qu'un paquet ficelé, il dut supporter d'être traîné, torse nu, sur le sol rugueux et glacial jusqu'au mur du fond, d'être bâillonné avec un chiffon puant et d'avoir les yeux bandés. Pantelant, il gisait sur le sol, le cœur battant à se rompre. La corde à linge lui coupait le souffle dès qu'il bougeait d'un millimètre. Tobias épiait les bruits, mais il n'entendait que l'orage qui grondait avec rage autour de la grange. Les trois hommes se contenteraient-ils de cela ? N'avaient-ils pas prévu de le tuer ? Étaient-ils partis ? Sa tension se relâcha un peu, ses muscles se détendirent. Mais le soulagement fut de courte durée. Il entendit un chuintement, sentit une odeur de laque. Au même instant, il reçut un coup en pleine figure. L'os de son nez se brisa dans un claquement qui résonna dans sa tête comme un coup de feu. Ses larmes jaillirent, le sang lui obstrua le nez. Il pouvait à peine respirer à travers son bâillon. La panique le reprit de plus belle car il ne pouvait pas voir ses agresseurs. Les coups de pied et les coups plurent sur lui et, dans ces secondes qui devinrent des heures, des jours et des semaines, grandit en lui la certitude qu'ils allaient le tuer.

Il n'y avait pas beaucoup de monde au *Cheval Noir*. Les joueurs de skat à la table des habitués n'étaient pas au complet. Même Jörg Richter manquait, ce qui n'améliorait pas l'humeur de sa sœur. Normalement Jenny Jagielski aurait dû assister à la réunion des parents au jardin d'enfants mais en l'absence de son frère, elle ne voulait pas abandonner le *Cheval Noir* à ses employés. En plus Roswitha s'était fait porter malade et Jenny assumait seule le service avec Amelie. Il était 21 h 30 quand Jörg Richter et son copain Felix Pietsch surgirent. Ils enlevèrent leurs vestes trempées et s'assirent à une table. Peu après, arrivèrent deux autres hommes qu'Amelie avait souvent vus avec le frère de sa patronne. Tel l'ange de la vengeance, Jenny se dirigea d'un pas lourd vers son frère, mais il l'expédia avec quelques mots. Elle revint derrière le bar en pinçant les lèvres, le cou marqué de taches rouges par la colère.

— Apporte-nous quatre bières et quatre Willis ! cria Jörg Richter à Amelie.

— Pas question, siffla Jenny furieuse. Ce sac de merde.

— Mais les autres sont des clients, fit remarquer Amelie ingénument.

— Tu les as déjà vus payer ? coupa Jenny et comme Amelie secouait la tête, elle dit : Ça, des clients. Des pique-assiettes, oui !

Il ne fallut que deux secondes pour que Jörg Richter aille lui-même au bar et tire quatre bières. Il était d'aussi mauvaise humeur que sa sœur et il en résulta un échange musclé à voix basse. Amelie se demanda ce qui s'était passé. Une agressivité larvée chargeait l'air d'électricité. Le gros Felix Pietsch avait la face écarlate et les deux autres arboraient des mines sombres. Amelie fut tirée de ses réflexions quand les trois joueurs de skat absents entrèrent. Avant même de s'asseoir à leur table, ils lui commandèrent des escalopes avec des pommes de terre sautées, un rumsteck et des bières. Ils enlevèrent leurs vestes et leurs manteaux trempés et s'assirent. L'un d'eux, Lutz Richter, se mit tout de suite à raconter quelque chose. Les hommes hochaient la tête de concert en écoutant attentivement. Richter se tut quand Amelie arriva avec les boissons et attendit qu'elle soit hors de portée de voix. Amelie, sans y prêter attention, retourna en pensée aux tableaux de Thies. Peut-être valait-il mieux pour l'instant garder le silence, comme Thies le lui avait demandé.

Il entra et enleva sa veste trempée et ses chaussures sales dans l'entrée. Dans le miroir près du portemanteau il rencontra son regard et baissa involontairement la tête. Ce n'était pas bien ce qu'ils avaient fait. Absolument pas correct. Si Terlinden l'apprenait, il serait cuit – et les deux autres aussi. Il alla à la cuisine, trouva une bière dans le frigo. Ses muscles étaient douloureux et demain il aurait des bleus aux bras et aux jambes, tellement l'homme s'était défendu. Pour rien. À trois ils étaient les plus forts. Des pas s'approchèrent.

— Alors ? dit derrière lui la voix de sa femme, curieuse. Comment ça s'est passé ?

— Comme prévu.

Il ne se tourna pas vers elle, attrapa un ouvre-bouteille dans le tiroir et s'assit. Avec un sifflement et un léger ploc le bouchon sauta. Il frissonna. Ça avait fait le même bruit quand l'os du nez de Tobias s'était brisé sous son poing.

— Il est… ?

Elle laissa volontairement sa question en suspens, alors il se retourna et la dévisagea.

— Vraisemblablement, répondit-il.

La chaise de cuisine branlante craqua sous son poids quand il s'assit. Il but une gorgée de bière. Elle lui parut fade. Les autres l'auraient laissé s'étouffer mais il avait rapidement retiré le bâillon à l'homme évanoui sans se faire voir.

— Nous lui avons en tout cas donné une bonne leçon.

Sa femme fronça les sourcils et il détourna les yeux.

— Une bonne leçon. Formidable, dit-elle, méprisante.

Il revit le regard de Tobias, où se lisait une angoisse mortelle. C'est seulement quand ils lui eurent bandé les yeux, qu'il avait pu lui aussi le frapper et lui donner des coups de pied. Furieux de sa faiblesse, il y avait mis toute sa force. À présent, il en avait honte. Non, ce qu'ils avaient fait n'était pas bien du tout !

— Femmelette, éructa sa femme au même moment.

Il contint avec peine la colère qui l'envahissait. Qu'est-ce qu'elle attendait de lui ? Qu'il tue un voisin ? La dernière chose dont ils avaient besoin c'était que les flics viennent fouiner partout dans le village en interrogeant tout le monde ! Il y avait trop de secrets à préserver.

Il était presque minuit quand Hartmut Sartorius se réveilla. La télévision marchait toujours – un brutal film d'horreur où une ado, les yeux élargis d'effroi, fuyait devant un psychopathe masqué qui finissait par l'abattre à coups de hache et de tronçonneuse. Abruti, Sartorius chercha à tâtons le levier de commande et éteignit le poste. Ses genoux lui firent mal quand il se leva. La cuisine était éclairée, la poêle avec l'escalope et les pommes sautées, intacte sur le gaz. Un coup d'œil à la pendule de cuisine lui apprit qu'il était tard. La veste de Tobias n'était pas au portemanteau, mais les clés de la voiture étaient posées dans le vide-poches, donc il n'était pas sorti. Ce garçon exagérait vraiment avec son déblayage. Il avait l'ambition de pouvoir présenter à l'agent immobilier une cour absolument impeccable. Hartmut Sartorius avait approuvé cette décision de Tobias, tout en sachant qu'il devait absolument parler à Claudius des propositions de l'agent immobilier. Après tout, même si ça ne plaisait pas à Tobias, toute la propriété lui appartenait. Sartorius alla pisser puis il fuma une cigarette dans la cuisine. Il était maintenant 0 h 40. Avec un soupir, il se leva et alla dans l'entrée. Il mit son vieux gilet, avant d'ouvrir la porte et de sortir sous la froide pluie nocturne. À son étonnement, le projecteur au coin de la maison ne s'alluma pas, alors que Tobias avait installé un déclencheur automatique trois jours avant. Il gagna la cour et vit que la grange et l'étable étaient elles aussi obscures. Mais la voiture et le tracteur étaient là. Tobias était-il allé chez ses amis ? Il fut pris d'une sensation étrange quand il appuya sur l'interrupteur près de la porte de l'étable. Il y eut un déclic mais rien ne s'alluma. Pourvu qu'il ne soit rien arrivé à Tobias pendant qu'il dormait confortablement devant la télé ! Il alla dans la laiterie. C'est ici que se trouvait le compteur qui commandait toute la maison. Trois manettes étaient baissées. Il les releva et aussitôt la lumière des projecteurs jaillit au-dessus de la porte de l'étable et de la grange. Sartorius traversa la cour et retint un juron quand il marcha avec ses pantoufles dans une flaque d'eau.

— Tobias ?

Il s'arrêta, écouta. Rien. L'étable était vide, aucune trace de son fils. Il continua. Le vent balayait ses cheveux et pénétrait à travers les mailles de son gilet. Il avait froid. L'orage avait déchiré l'épaisse couverture nuageuse, des lambeaux de nuages passaient rapidement devant une demi-lune. Dans cette lumière livide, les trois gros conteneurs posés côte à côte dans la cour ressemblaient à des tanks ennemis. Le sentiment que quelque chose n'allait pas s'accrut quand il vit qu'un battant de la porte de la grange battait dans le vent. Il essaya de l'arrêter mais il lui échappa, pris par une nouvelle rafale comme s'il avait une vie propre. Avec toute sa force, Hartmut Sartorius le ferma derrière lui. Le projecteur s'éteignit une seconde plus tard, mais il connaissait sa cour même dans l'obscurité et il trouva aussitôt l'interrupteur.

— Tobias !

Les tubes de néon grésillèrent et clignotèrent et au même moment il vit les lettres rouges sur le mur : CELUI QUI VEUT PAS COMPRENDRE LE SENTIRA PASSÉ ! La faute d'orthographe le frappa, et il ne vit qu'après la forme recroquevillée sur le sol. La frayeur se propagea si fortement dans ses membres qu'il se mit à trembler. Il traversa la grange en trébuchant, tomba à genoux et comprit avec épouvante ce qui s'était passé. Les larmes lui montèrent aux yeux. Tobias avait les mains et les pieds ligotés, une corde lui entourait le cou si étroitement qu'elle avait profondément entaillé la chair. Ses yeux étaient bandés, son visage et son torse nu montraient clairement des traces de cruels sévices. Il devait être là depuis des heures, le sang était presque coagulé.

— Mon Dieu, mon Dieu, Tobi !

Avec des doigts tremblants, Hartmut Sartorius s'efforça de dénouer les cordes. Au feutre rouge on avait écrit dans son dos : ASSASSIN ! Il toucha l'épaule de son fils et fut épouvanté. La peau de Tobias était glacée.

SAMEDI 15 NOVEMBRE 2008

Gregor Lauterbach marchait de long en large dans son salon. Il avait déjà bu trois verres de whisky. L'alcool cette fois ne lui apportait aucune détente. Il avait pu refouler la menace contenue dans la lettre anonyme dans la journée mais une fois à la maison l'angoisse l'avait assailli. Daniela était déjà couchée, il n'avait pas voulu la déranger. L'idée de téléphoner à sa maîtresse et d'aller la voir l'avait effleuré puis il l'avait rejetée. Cette fois il fallait qu'il s'en sorte seul. Il avait avalé un somnifère et s'était mis au lit. Mais la sonnerie du téléphone l'avait arraché au sommeil vers 1 heure. Un appel à cette heure ne présageait jamais rien de bon. Il était allongé dans son lit tout tremblant, baigné de sueur et fou d'angoisse. Daniela avait pris l'appel de sa chambre et un peu plus tard elle avait suivi le couloir en faisant attention de ne pas le réveiller. Ce n'est que lorsque la porte d'entrée s'était refermée qu'il s'était levé et était descendu. Il arrivait qu'elle soit appelée la nuit auprès d'un patient. Il n'avait pas la date de ses gardes en tête. À présent, il était un peu plus de 3 heures et il n'était pas loin de la crise de nerfs. Qui pouvait lui avoir envoyé cette lettre ? Qui pouvait être au courant pour Blanche-Neige et lui, et le trousseau de clés perdu. Bonté divine ! Sa carrière était en jeu, sa réputation, toute sa vie ! Si cette lettre, ou une lettre semblable, tombait dans de mauvaises mains, il était fichu. La presse n'attendait que ce genre de scandale ! Gregor Lauterbach essuya ses doigts humides de sueur à son peignoir de bain. Il se resservit un whisky, un triple cette fois et s'assit sur le canapé. Seul, le hall d'entrée était éclairé, le salon restait dans l'obscurité. Il ne pouvait pas parler de la lettre à Daniela. Déjà autrefois il aurait mieux fait de tenir sa langue. C'était elle qui avait fait construire la maison et qui l'avait payée. Avec son modeste salaire de fonctionnaire, il n'aurait jamais pu se payer une villa pareille. Ça n'avait été qu'un jeu pour elle de prendre sous son aile le petit professeur de lycée et de l'introduire dans la bonne société et dans les milieux politiques. Daniela était un très bon médecin et elle s'était fait à Königstein et dans ses environs une clientèle privée de patients riches et influents qui reconnurent et encouragèrent le talent politique de son mari. Gregor Lauterbach devait tout à sa femme. Il l'avait douloureusement compris quand elle avait été à un cheveu de lui retirer ses faveurs et son soutien. Son soulagement lorsqu'elle lui avait pardonné avait été immense. À cinquante-huit ans, elle était encore resplendissante – ce qui était pour lui un sujet d'inquiétude. Même si depuis ce jour, ils n'avaient plus couché ensemble, il aimait profondément Daniela. Toutes les autres femmes qui passaient dans sa vie et dans son lit étaient sans importance, des relations purement physiques. Il ne voulait pas perdre Daniela. Non, il ne *devait* pas la perdre ! À aucun prix. Elle en savait trop sur lui, elle connaissait ses faiblesses, son complexe d'infériorité et ses crises d'angoisse panique. Lauterbach tressaillit en entendant la clé tourner dans la serrure. Il se leva et se traîna dans le hall.

— Tu es déjà levé, dit sa femme, étonnée.

Elle était calme et sereine comme d'habitude et il eut l'impression d'être un marin sur une mer déchaînée qui aperçoit au loin le phare salvateur. Elle l'observa attentivement en fronçant le nez.

— Tu as bu. Qu'est-ce qui se passe ?

Comme elle le connaissait bien ! Il n'avait jamais pu lui en conter. Il s'assit sur la dernière marche de l'escalier.

— Je ne peux pas dormir, répondit-il seulement, pour éviter les explications et les excuses.

Soudain, avec une force qui l'effrayait il avait besoin de son amour maternel, de ses bras, de sa consolation.

— Je vais te donner un Lorazepam, dit-elle.

— Non ! Il se leva en vacillant et tendit la main vers elle. Je ne veux pas de comprimé. Je veux.

Il s'interrompit en voyant son regard étonné. Il se sentit minable et petit.

— Qu'est-ce que tu veux ? demanda-t-elle à voix basse.

— Je veux coucher avec toi, Dani, murmura-t-il d'une voix chargée. S'il te plaît.

Pia observait la femme assise en face d'elle dans la cuisine. Elle venait d'apprendre à Andrea Wagner que le médecin légiste avait authentifié les restes humains comme étant ceux de sa fille Laura. Comme la mère de la jeune fille morte restait impassible, Pia lui posa quelques questions sur Laura et sur Tobias Sartorius.

— Pourquoi vous voulez le savoir ? demanda Mme Wagner d'un air soupçonneux.

— J'ai parcouru ces derniers jours les anciens procès-verbaux, répondit Pia. Et j'ai eu le sentiment qu'autrefois les choses avaient été bâclées. Quand j'ai annoncé à Tobias Sartorius qu'on avait retrouvé Laura, j'ai eu l'impression qu'il était vraiment ignorant. Comprenez-moi bien, je ne veux pas dire que je le tiens pour innocent.

Andrea Wagner la regarda d'un air morne. Pendant un moment, elle ne dit rien.

— J'ai arrêté de penser à tout ça. C'est déjà assez difficile de continuer à vivre sous les yeux de tout un village. Mes deux autres enfants ont dû grandir à l'ombre de leur sœur morte, ils n'ont pas eu une enfance normale. Ce n'est pas facile avec un père qui, chaque soir, se saoule au *Cheval Noir* jusqu'à tomber par terre, parce qu'il refuse d'accepter ce qui s'est passé. Le ton n'était pas amer, c'était juste une constatation. Je ne laisse même plus ce sujet m'effleurer sinon tout ici serait depuis longtemps fichu. Elle montra de la main un tas de papiers sur la table. Des factures impayées, des mises en demeure. Je travaille au supermarché à Bad Soden pour que la maison et la menuiserie ne soient pas mises sous séquestre et pour que nous ne retrouvions pas dans la situation des Sartorius. Je ne peux pas me permettre de vivre dans le passé comme mon mari.

Pia ne dit rien. Pour la première fois, elle voyait à quel point un événement terrible pouvait bouleverser toute une famille et la détruire. Où une femme comme Andrea Wagner trouvait-elle le courage de se lever chaque matin et de continuer sans l'espoir que ça s'arrange ? Y avait-il dans sa vie un autre sujet de satisfaction ?

— Je connais Tobias depuis sa naissance, continua Andrea. Nous étions des amis de la famille comme tous les habitants du village. Mon mari était le chef des sapeurs-pompiers et l'entraîneur de l'association sportive, Tobias était son meilleur attaquant. Manfred était très fier de lui. Un sourire effleura son pâle visage consumé par le chagrin. Elle soupira. Personne ne l'aurait soupçonné, surtout pas moi. Mais comment lire dans l'âme de quelqu'un, n'est-ce pas ?

— Oui, vous avez raison, acquiesça Pia.

La famille Wagner avait assez souffert, elle ne voulait pas remuer le couteau dans la plaie. D'ailleurs elle n'avait aucune raison de poser des questions sur une affaire qui avait été élucidée depuis longtemps. Il n'y avait que cet obscur pressentiment.

Elle prit congé de Mme Wagner et regagna sa voiture en traversant la cour à l'abandon. À l'intérieur de l'atelier le bruit aigu d'une scie frappa son oreille. Pia s'arrêta, fit demi-tour et entra dans la menuiserie. Ce serait peut-être correct d'apprendre à Manfred Wagner qu'il allait pouvoir bientôt enterrer sa fille et tirer un trait sur un chapitre atroce. Peut-être que cela lui permettrait de recommencer à vivre. Il lui tournait le dos, debout devant un établi, poussant une planche sous la scie. Quand il arrêta la machine, Pia se manifesta. L'homme ne portait pas de protège-oreilles, seulement une casquette de base-ball sale et il avait au coin de sa bouche un cigarillo éteint. Il lui jeta un regard hostile et se pencha sur une nouvelle planche, faisant bâiller son pantalon tire-bouchonné et présentant à Pia la naissance de ses fesses poilues.

— Qu'est-ce que vous voulez ? grogna-t-il. J'ai à faire.

Il ne s'était pas plus rasé qu'à leur dernière rencontre et de ses vêtements montait une odeur âcre de vieille sueur.

Pia frissonna et fit involontairement un pas en arrière. Comment faisait-on pour vivre jour après jour avec un mari si négligé ? Sa pitié pour Andrea Wagner s'accrut.

— Monsieur Wagner, je sors de chez votre femme mais je voulais aussi vous le dire personnellement, commença Pia.

Wagner se releva et se tourna vers elle.

— Le légiste a… la voix de Pia s'éteignit.

La casquette de base-ball ! La barbe ! Il n'y avait aucun doute. Elle avait devant elle l'homme qu'ils cherchaient d'après les photos prises par les caméras de surveillance.

— Quoi ? Il la regarda avec un mélange d'agressivité et d'indifférence, puis il pâlit comme s'il lisait dans les yeux de Pia. Il battit en retraire, la mauvaise conscience inscrite sur son visage. Ce… c'était un accident, bredouilla-t-il en levant gauchement les mains. Je vous le jure, je ne voulais pas. Je… je voulais seulement lui parler, vraiment !

Pia respira à fond. Ainsi son pressentiment était bon, il pouvait y avoir un rapport entre l'agression de Rita Cramer et les événements de l'été 1997.

— Mais… mais… quand j'ai appris que cet assassin était sorti de taule et qu'il était de nouveau à Altenhain… alors… alors tout m'est revenu. J'ai pensé à Rita que je connaissais bien. Nous étions amis avant. Je voulais seulement lui parler, qu'elle se débrouille pour que ce type disparaisse d'ici… Mais elle est partie en courant… et elle m'a frappé et donné des coups de pied… et j'étais… j'étais tellement hors de moi…

Il s'interrompit.

— Votre femme le savait ? voulut savoir Pia.

Wagner secoua la tête. Il plia les épaules.

— D'abord non. Après elle a vu la photo.

Bien sûr Andrea avait reconnu son mari, comme tout le monde à Altenhain. Ils s'étaient tus pour le protéger. Il était un des leurs, un homme qui avait perdu sa fille d'une façon cruelle. Peut-être considéraient-ils même le malheur qui avait frappé la famille Sartorius comme une justice compensatrice.

— Pensiez-vous vous en tirer juste parce que tout le village vous couvrait ? dit Pia qui n'éprouvait plus la moindre pitié pour Manfred Wagner.

— Non, souffla-t-il. Je... je voulais aller à la police. Soudain le chagrin et la colère le reprirent. Il laissa tomber son poing sur son établi. Ce salaud de meurtrier a purgé sa peine mais ma Laura, elle est morte pour toujours ! Quand Rita a refusé de m'écouter, j'ai vu rouge. Et la rambarde était si basse.

Andrea Wagner se tenait dans la cour, les bras croisés, l'air inexpressif quand deux policiers emmenèrent son mari. Le regard qu'elle lui jeta était éloquent. Il n'y avait plus entre eux la moindre affection et encore moins de l'amour. Ce qui les avait fait tenir ensemble c'étaient sans doute les enfants, les soucis quotidiens ou l'absence de perspective d'une séparation. Mais pas plus. Andrea Wagner méprisait son mari de noyer ses soucis et ses peines dans l'alcool au lieu de se confier à elle. Pia éprouvait une vraie pitié pour le chagrin de cette femme. L'avenir de la famille Wagner ne paraissait pas plus rose que son passé. Elle attendit jusqu'à ce que la voiture de police quitte la cour. Bodenstein était déjà informé et interrogerait Wagner plus tard au commissariat.

Pia monta dans son auto, boucla la ceinture et fit demi-tour. Elle traversa la petite zone industrielle presque tout entière occupée par l'entreprise Terlinden. Derrière une haute clôture de grands ateliers s'élevaient entre des zones de pelouses soignées et des parkings. Pour arriver au bâtiment principal, un grand hémicycle de verre, on devait franchir des barrières et un poste de garde. Plusieurs camions attendaient devant une des barrières de pouvoir entrer, de l'autre côté un camion était contrôlé par un agent de sécurité. Le camion, derrière elle, klaxonna. Pia avait déjà mis son clignotant à gauche pour tourner sur la B519 en direction de Hofheim. Mais soudain elle décida de faire une petite visite à la famille Sartorius et tourna à droite.

La brume matinale s'était dissipée pour faire place à une journée ensoleillée, un soupçon d'été indien en plein mois de novembre. Altenhain paraissait mort, les seuls êtres vivants que Pia rencontra furent une jeune femme qui promenait deux chiens et un vieil homme qui se tenait à l'entrée de sa cour, les bras posés sur la partie basse du portail, en conversation avec une vieille femme. Elle passa devant le *Cheval Noir* avec son parking vide, puis devant l'église, prit le raide virage à droite et dut freiner parce qu'un gros chat gris traversait sans se presser la rue étroite. Devant l'ancienne auberge des Sartorius était arrêtée une Porsche Cayenne argentée, immatriculée à Francfort. Pia gara sa voiture à côté et entra dans la cour par le portail largement ouvert. Il n'y avait plus aucune montagne de saletés ni aucun tas de ferraille. Même les rats s'étaient retirés dans un coin plus prometteur. Elle monta les trois marches du perron et sonna. Hartmut Sartorius ouvrit. À ses côtés se tenait une femme blonde. Pia n'en crut pas ses yeux quand elle reconnut Nadja von Bredow. Son visage, grâce au rôle de la commissaire Stein, n'était pas seulement connu à Hambourg, où se déroulait le film où elle jouait, mais dans toute l'Allemagne. Que faisait cette femme ici ?

— Je le trouverai bien, était-elle en train de dire à Hartmut Sartorius qui, à côté de l'élégante apparition, paraissait encore plus minable.

Pia la suivit du regard puis se tourna vers le père de Tobias.

— Nathalie était la fille de nos voisins, expliqua celui-ci en voyant l'étonnement de Pia. Elle et Tobias ont joué ensemble dans le bac à sable et elle a gardé le contact avec lui pendant toutes ses années de prison. La seule à l'avoir fait.

— Ah ! acquiesça Pia.

Il fallait bien qu'une actrice célèbre ait grandi quelque part, pourquoi pas à Altenhain ?

— Qu'est-ce que je peux faire pour vous ?

— Votre fils est là ?

— Non. Il est allé se promener. Mais entrez.

Pia le suivit dans la maison et de nouveau dans la cuisine qui paraissait elle aussi beaucoup plus en ordre qu'à sa première visite. Pourquoi les gens recevaient-ils toujours la police dans leur cuisine ?

Plongée dans ses pensées, Amelie suivait la lisière du bois, les mains dans les poches de sa veste. Aux fortes pluies de la nuit passée avait succédé une journée calme et douce. Un voile nuageux s'étendait sur le verger, et le soleil perçait la couverture de nuages gris, allumant dans le bois les couleurs de l'automne. Le rouge, le jaune et le brun brillaient sur les branches des feuillus et on respirait l'odeur des glands et de la terre humide et aussi celle d'un feu que quelqu'un avait allumé dans un pré. Amelie, enfant de la ville, laissait couler profondément l'air frais dans ses poumons. Elle se sentait vivante comme jamais et devait reconnaître que la vie à la campagne avait ses bons côtés. En dessous, dans la vallée, s'étalait le village. Comme il paraissait paisible de loin ! Une auto, pareille à une coccinelle rouge, grimpait sur la route puis elle disparut dans l'enchevêtrement des maisons serrées les unes contre les autres. Sur le banc de bois, près de l'ancienne bifurcation, un homme était assis. Quand Amelie fut plus près, elle eut la surprise de reconnaître Tobias.

— Hello, dit-elle en s'arrêtant devant lui.

Il leva la tête. L'étonnement d'Amelie se changea en effroi quand elle vit son visage. Des ecchymoses violettes s'étendaient sur toute la partie gauche, il avait un œil au beurre noir, son nez était de la taille d'une pomme de terre. Un pansement couvrait une blessure à l'arcade sourcilière.

— Hello, répéta-t-il.

Ils se regardèrent un moment. Ses beaux yeux bleus étaient vitreux, il souffrait, c'était visible.

— Ils m'ont coincé, hier soir, dans la grange.

— Ah oui, super !

Amelie s'assit à côté de lui. Ils restèrent un moment sans parler.

— Tu devrais aller voir les flics, dit-elle en hésitant et sans conviction.

Il renifla avec dédain.

— Jamais tant que je vivrai. Tu n'as pas une cigarette ?

Amelie fouilla dans son sac à dos et en sortit un paquet ouvert et un briquet. Elle alluma deux cigarettes et lui en tendit une.

— Hier soir, le frère de Jenny Jagielski et son copain, le gros Felix, sont arrivés assez tard au *Cheval Noir*. Ils se sont assis dans un coin avec deux autres types et ils étaient bizarres. Et trois des joueurs de skat manquaient à la table des habitués, le vieux Pietsch, le Richter de l'épicerie et le croque-mort Dombrowski. Ils ne se sont pointés qu'à 9h45.

— Hum, dit seulement Tobias en tirant sur sa cigarette.

— Ils avaient peut-être quelque chose à y voir.

— Plus que probable, répondit Tobias avec indifférence.

— Oui, mais… si tu sais qui ça pouvait être…

Amelie tourna la tête et rencontra son regard. Elle le détourna aussitôt. C'était nettement plus facile de parler avec lui sans le regarder dans les yeux.

— Pourquoi tu es de mon côté ? demanda-t-il brusquement. J'ai fait dix ans de taule pour avoir tué deux filles.

Son ton n'était pas amer, mais las et résigné.

— J'ai fait trois semaines de maison de correction, parce que j'avais menti pour un ami en affirmant que la dope que les flics avaient trouvée était à moi, répondit Amelie.

— Qu'est-ce que tu veux dire ?

— Que je ne crois pas que tu as assassiné deux filles.

— C'est gentil, dit Tobias en se penchant et en faisant la grimace. Je dois te rappeler qu'il y a eu un procès avec un tas de preuves qui m'accablaient.

— Je sais, dit Amelie en haussant les épaules.

Elle tira encore une fois sur sa cigarette puis lança le mégot dans la prairie qui s'étendait de l'autre côté du chemin. Il fallait qu'elle lui parle des tableaux ! Comment commencer ? Elle décida de prendre un détour.

— Les Lauterbach habitaient bien ici autrefois ? demanda-t-elle.

— Oui, répondit Tobias, étonné. Pourquoi tu demandes ça ?

— Il existe un tableau, dit Amelie. Et même plusieurs. Je les ai vus et je pense que Lauterbach est sur trois d'entre eux.

Tobias la regarda avec attention mais sans comprendre.

— Donc, je pense que quelqu'un a observé autrefois ce qui s'est réellement passé, continua Amelie après une courte pause. Thies m'a donné les tableaux et…

Elle s'arrêta. Une voiture arrivait à grande vitesse sur l'étroit sentier, un 4×4 argenté. Le gravier crissa sous les larges pneus quand la Porsche Cayenne s'arrêta devant eux. Une jolie blonde en descendit. Amelie sauta sur ses pieds et mit son sac sur son dos.

— Attends ! dit Tobias en tendant la main vers elle et en se levant avec une grimace de douleur. Quels tableaux ! Quel rapport avec Thies ? Nadja est ma meilleure amie. Tu peux tout dire devant elle.

— Non, je préfère pas, dit Amelie en regardant la jeune femme d'un air sceptique.

Elle était mince et paraissait très élégante avec son jean étroit, son col roulé et sa veste beige matelassée qui portait la marque d'un couturier célèbre. Elle avait noué ses cheveux blonds. Une expression soucieuse se lisait sur son visage régulier.

— Hello, cria la femme en s'approchant.

Elle examina Amelie d'un air méfiant, puis reporta son intérêt exclusivement sur Tobias.

— Mon Dieu, mon trésor ! elle lui caressa doucement la joue.

Amelie ressentit ce geste familier comme un coup de poing et elle éprouva immédiatement une aversion pour cette Nadja.

— Nous nous verrons plus tard, dit-elle rapidement et elle les laissa seuls.

C'était la deuxième fois que Pia était assise ce jour-là à une table de cuisine, et elle refusa poliment un café après qu'elle eut appris à Hartmut Sartorius les aveux et l'arrestation de Manfred Wagner.

— Comment va votre ex-femme ? demanda-t-elle.

— Toujours pareil, répondit Sartorius. Les médecins tournent autour du pot sans se compromettre.

Pia observa le visage décharné et las du père de Tobias. L'homme n'avait pas moins souffert que les Wagner. Au contraire ! Alors que les parents de la victime rencontraient la pitié et la solidarité, on avait rejeté les parents du meurtrier et on les avait condamnés pour le crime de leur fils. Le silence devint gênant. Pia ne savait pas pourquoi elle était venue. Qu'est-ce qu'elle cherchait ici finalement ?

— Est-ce qu'on vous laisse enfin en paix vous et votre fils ? demanda-t-elle.

Sartorius eut un bref rire amer. Il ouvrit un tiroir et en sortit un papier froissé qu'il tendit à Pia.

— C'était aujourd'hui dans la boîte aux lettres. Tobias l'avait jeté mais je l'ai retiré de la poubelle.

Assassin, lut Pia. *Disparais d'ici, avant qu'il t'arrive encore malheur*.

— Une lettre de menace, dit Pia. Anonyme, non ?

— Bien sûr, dit Sartorius en haussant les épaules et en se rasseyant. Ils sont tombés sur Tobias dans la grange et ils l'ont démoli.

La voix lui manqua, il fit un effort pour se dominer mais il eut soudain les larmes aux yeux.

— Qui ? voulut savoir Pia.

— Eux tous, dit Sartorius avec un geste d'impuissance. Ils portaient des masques et avaient des battes de base-ball. Quand j'ai… quand j'ai trouvé Tobias dans la grange, j'ai… oui… j'ai cru… qu'il était mort.

Il se mordit les lèvres et baissa les yeux.

— Pourquoi vous n'avez pas appelé la police ?

— À quoi bon. Ça ne finira jamais, dit l'homme en secouant la tête avec un mélange de résignation et de désespoir. Tobias essaie de nettoyer la cour de nouveau en espérant que nous trouverons un acheteur.

— Monsieur Sartorius, dit Pia qui tenait toujours la lettre de menace. Je connais le dossier de votre fils et j'ai été frappée par des incohérences. Je suis étonnée que l'avocat de Tobias n'ait pas demandé autrefois une révision.

— Il le voulait mais le tribunal a refusé. Les indices, les témoignages – tout paraissait sans équivoque.

Sartorius se frotta le visage. Tout en lui clamait le découragement.

— Mais maintenant le cadavre de Laura a été retrouvé, objecta Pia. Et je me demande comment votre fils a pu en trois quarts d'heure mettre la fille morte dans le coffre de son auto, l'amener à Eschborn sur le terrain clôturé d'un ancien aéroport militaire et la jeter dans une cuve de carburant.

Sartorius leva la tête et la regarda. Dans ses yeux bleus aux paupières gonflées brillait une minuscule lueur d'espoir, mais elle s'éteignit aussitôt.

— Ça ne sert à rien. Il n'y a pas de nouvelles preuves. Et même s'il y en avait, pour les gens d'ici il est un meurtrier et il le sera toujours.

— Votre fils devrait peut-être quitter Altenhain pour quelque temps, conseilla Pia. Au moins jusqu'à l'enterrement de la jeune fille, jusqu'à ce que les esprits se soient un peu calmés.

— Et où il irait ? Nous n'avons pas d'argent. Tobias ne trouvera pas un job si facilement. Qui donc emploiera un taulard, même s'il a obtenu son diplôme ?

— Il pourrait en attendant loger dans l'appartement de sa mère, proposa Pia, mais Sartorius secoua la tête.

— Tobias a trente ans, dit-il. Votre intention est bonne, mais je ne peux pas lui dicter sa conduite.

— Quand je vous ai vus tous les deux sur le banc, j'ai eu une impression de déjà-vu, dit Nadja en secouant la tête.

Tobias s'était rassis et se palpait prudemment le nez. Le souvenir de l'angoisse mortelle qu'il avait ressentie la nuit dernière jetait une ombre funeste sur la journée ensoleillée. Quand les hommes avaient cessé de le frapper et avaient disparu, il était sur le point de mourir. Si l'un d'eux n'était pas revenu pour enlever le bâillon, il se serait étouffé. C'est ce qu'ils avaient vraiment voulu. Tobias frissonnait à l'idée d'être passé si près de la mort. Les blessures infligées étaient douloureuses certes et spectaculaires mais elles ne menaçaient pas sa vie. Son père avait appelé le Dr Lauterbach et elle était immédiatement venue. Elle avait cousu la plaie à l'arcade sourcilière et lui avait donné des comprimés contre la douleur. Elle ne semblait pas lui garder rancune d'avoir autrefois impliqué son mari dans le procès.

— Tu ne trouves pas ? la voix de Nadja atteignit sa conscience.

— Quoi ?

Elle était si jolie et si inquiète.

Son tournage l'attendait à Hambourg mais apparemment ça lui importait peu. Elle devait être partie immédiatement après son appel. Ça, c'était une véritable amie !

— Que la petite ressemble tellement à Stefanie. Incroyable ! dit Nadja en lui prenant la main.

Elle caressa sa paume avec son pouce, un contact tendre qui dans d'autres circonstances lui aurait peut-être plu. Mais en ce moment ça le dérangeait.

— Oui, Amelie est vraiment incroyable, répondit-il d'un air pensif. Incroyablement courageuse, elle n'a peur de rien.

Il repensa à la façon dont elle avait réagi à l'agression dans la cour. N'importe quelle autre fille aurait couru en larmes chez elle ou à la police, pas Amelie. Qu'avait-elle voulu lui dire ? Que lui avait raconté Thies ?

— Elle te plaît ? demanda Nadja.

S'il n'avait pas été plongé dans ses pensées, il aurait fait une réponse plus diplomatique.

— Oui. Je l'aime bien. Elle est si… différente.

— Différente de qui ? De moi ?

Tobias la regarda enfin. Il rencontra son regard consterné, essaya de sourire mais son sourire se transforma en grimace.

— Différente des gens d'ici, je voulais dire. Il lui pressa la main. Amelie a tout juste dix-sept ans. Elle est comme ma petite sœur.

— Alors fais attention que tes yeux bleus ne tournent pas la tête de ta petite sœur, dit Nadja en repoussant sa main et en croisant les jambes. Elle le regarda en penchant la tête. Je pense que tu n'as pas la moindre idée de l'effet que tu as sur les femmes.

Ses paroles le ramenèrent vers le passé. Pourquoi ne s'était-il jamais aperçu que les remarques acerbes de Nadja sur les autres filles cachaient une part de jalousie ?

— Arrête, dit-il en balayant sa remarque d'un geste. Amelie travaille au *Cheval Noir* et me rapporte ce qu'elle entend. Elle a reconnu Manfred Wagner sur la photo témoin. C'est lui qui a poussé ma mère sur le pont.

— Quoi ?

— Oui. Et elle pense que c'est Pietsch, Richter et Dombrowski qui m'ont démoli hier soir. Ils sont arrivés inhabituellement tard pour leur partie de skat.

Nadja le regarda d'un air incrédule.

— Tu es sérieux ?

— Oui. En outre, Amelie est persuadée que quelqu'un a vu autrefois quelque chose qui pourrait m'innocenter. Au moment où tu es arrivée, elle était en train de me raconter quelque chose que Thies lui aurait dit sur Lauterbach et sur des tableaux.

— Ce serait… ce serait monstrueux !

Nadja sauta sur ses pieds et fit quelques pas vers son auto. Elle se retourna et regarda Tobias d'un air coléreux.

— Mais alors pourquoi il n'a jamais rien dit ?

— Si je le savais.

Tobias se pencha lentement en arrière et étendit les jambes. Malgré les comprimés, il avait mal chaque fois qu'il faisait un mouvement.

— En tout cas, Amelie doit avoir déterré quelque chose. Stefanie m'avait dit qu'elle avait une aventure avec Lauterbach. Tu te souviens de lui ?

— Bien sûr, dit Nadja en opinant vigoureusement de la tête et en le regardant fixement.

— J'ai pensé d'abord qu'elle cherchait à se rendre intéressante, mais je les ai vus tous les deux derrière la tente à la kermesse. C'est pour ça que je suis rentré chez moi si vite. J'étais…

Il s'interrompit, cherchant les mots pour décrire le sentiment de révolte qui bouillonnait en lui ce soir-là. Ils avaient été tellement unis, qu'on n'aurait pas pu glisser entre eux une feuille de papier et à présent Lauterbach lui mettait la main aux fesses. L'idée que Stefanie allait avec d'autres hommes s'était engouffrée en lui comme un tourbillon dans un trou profond.

— … en colère, compléta Nadja.

— Non, dit Tobias. Je n'étais pas *en colère*. J'étais… blessé et triste. J'aimais vraiment Stefanie !

— Tu imagines ce que ça donnerait ? dit Nadja avec un rire méchant. Je vois d'ici les titres des journaux : le ministre de l'Éducation violeur d'enfant.

— Tu crois qu'ils couchaient ensemble ?

Nadja cessa de rire. Il y avait dans ses yeux une expression qu'il ne pouvait pas déchiffrer. Elle haussa les épaules.

— En tout cas, je l'en crois capable. Il était vraiment cinglé de sa Blanche-Neige, il était toujours derrière elle et il lui avait donné le rôle principal, alors qu'elle n'avait pas le moindre talent ! Dès qu'elle arrivait, il se mettait à tirer la langue.

Soudain ils étaient en plein dans le sujet qu'ils avaient jusqu'ici soigneusement évité. Tobias n'avait pas été étonné que Stefanie ait décroché le premier rôle dans la pièce pour Noël. Elle avait le physique idéal pour Blanche-Neige. Il se souvenait comme si c'était hier du jour où cela l'avait frappé. Stefanie était montée dans son auto, vêtue d'une robe d'été blanche, les lèvres peintes d'un rouge écarlate, ses cheveux noirs volant dans le vent. *Blanche comme la neige, rouge comme le sang, noire comme l'ébène* – avait-elle dit elle-même en riant. Où étaient-ils allés ce soir-là ? À la même seconde, un souvenir le frappa comme la foudre. C'était cette idée qui depuis des jours tournait dans sa tête !... *vous vous rappelez quand ma sœur a fauché les clés de l'aéroport à mon père et quand on est allés dans le vieux hangar à avions ?* C'est ce que Jörg avait dit jeudi dans le garage. Bien sûr, il se rappelait ! C'était aussi ce soir-là que Stefanie l'avait forcé à démarrer rapidement pour qu'ils soient seuls dans l'auto. Manfred Richter, le père de Jörg, était employé aux Télécoms et, dans les années 1970 et 1980, il avait travaillé sur le terrain de l'ancien aéroport militaire ! Quand ils étaient enfants, Jörg, lui et les autres l'accompagnaient parfois et ils jouaient sur ce terrain désert pendant qu'il travaillait. Plus tard, quand ils étaient devenus plus grands, ils avaient organisé des courses d'autos et des fêtes. Et maintenant le squelette de Laura avait été retrouvé là-bas. Ça ne pouvait pas être un hasard !

Comme jailli du sol, il se tenait devant elle, juste au moment où elle se retournait pour jeter un dernier regard sur Tobias et sur cette pétasse blonde et sa tire de luxe.

— Thies ! cria-t-elle, effrayée, en essuyant furtivement ses larmes. Bon Dieu, tu veux me faire mourir de peur ?

Elle trouvait parfois inquiétante cette façon qu'avait Thies de surgir et de disparaître sans bruit. C'est alors qu'elle remarqua qu'il paraissait malade. Ses yeux étaient profondément enfoncés dans ses orbites et brûlaient de fièvre. Il tremblait de tout son corps et serrait ses bras autour de lui. La pensée la traversa qu'il paraissait vraiment fou. Mais aussitôt elle en eut honte.

— Qu'est-ce qui t'arrive ? Ça va pas ? demanda-t-elle.

Il ne réagit pas, regardant nerveusement autour de lui. Sa respiration était rapide et saccadée comme s'il avait couru. Soudain il détacha les bras de son buste et au grand étonnement d'Amelie il lui prit la main. Il ne l'avait jamais fait. Il détestait les contacts physiques, elle le savait.

— J'ai pas pu protéger Blanche-Neige, dit-il d'une voix rauque et tendue. Mais sur toi, je veillerai mieux.

Il jetait des regards inquiets autour de lui, fixant sans arrêt le haut de la lisière du bois comme s'il redoutait qu'un danger surgisse de là. Amelie frissonna. Les pièces du puzzle se plaçaient comme d'elles-mêmes dans son esprit.

— Tu as vu ce qui s'est passé, pas vrai ? chuchota-t-elle.

Thies se retourna brusquement en l'entraînant, sa main toujours agrippée à la sienne. Amelie le suivit en trébuchant à travers les trous boueux et les épaisses broussailles. Quand ils furent à l'abri dans le bois, Thies ralentit son allure, mais c'était encore trop rapide pour Amelie qui fumait trop et ne faisait pas assez de sport. Il tenait sa main d'une poigne de fer et, quand elle trébuchait et tombait, il la relevait immédiatement. La pente était rude. Des branches sèches craquaient sous leurs pieds, des pies criaillaient sur la cime des sapins. Soudain il s'arrêta. Haletante, Amelie regarda autour d'elle et reconnut à travers les arbres le toit de tuiles rouges de la villa Terlinden. La sueur coulait sur son visage et elle se mit à tousser. Pourquoi Thies lui avait-il fait faire un tel détour ? Le chemin qui traversait le parc aurait été moins pénible. Il lui lâcha la main et s'affaira sur une étroite porte rouillée qui s'ouvrit avec un grincement hargneux. Amelie le suivit et vit qu'ils se trouvaient derrière l'orangerie. Thies voulait reprendre sa main mais elle la retira.

— Pourquoi tu cours partout comme un cinglé ?

Elle essaya de refouler le malaise qui la gagnait soudain, mais Thies n'était pas dans son état normal. Le calme presque léthargique qu'il montrait habituellement avait disparu et quand il la regarda franchement sans baisser les yeux, elle fut effrayée par l'expression de son visage.

— Si tu le dis à personne, dit-il à voix basse, je vais te montrer mon secret. Viens !

Il ouvrit la porte de l'orangerie avec une clé cachée sous le paillasson. Un instant elle se demanda si elle ne devait pas tout simplement s'enfuir. Mais Thies était son ami, il avait confiance en elle. Elle décida donc de lui faire confiance elle aussi et le suivit dans la pièce qu'elle connaissait déjà. Il ferma soigneusement la porte de l'intérieur et regarda autour de lui.

— Tu vas me dire ce qui t'arrive ? demanda Amelie. Il s'est passé quelque chose ?

Thies ne répondit pas. Il poussa un palmier qui se trouvait au fond de la pièce et appuya contre le mur la planche sur laquelle il était posé. Amelie s'approcha avec curiosité et, à son étonnement, elle aperçut une trappe enchâssée dans le sol. Thies la souleva et se tourna vers elle.

— Viens, lui dit-il.

Amelie descendit l'étroit escalier de fer rouillé et raide qui conduisait dans l'obscurité. Thies referma la trappe sur eux et quelques secondes plus tard une faible ampoule s'alluma. Il passa devant elle et ouvrit une massive porte métallique. Un flot de lumière plus sec et plus chaud les enveloppa. Amelie ne put retenir un cri de surprise en pénétrant dans la grande cave. Une moquette claire, des murs gaiement peints en orange. Une étagère pleine de livres contre une paroi, un canapé d'apparence confortable contre l'autre. Le fond de la pièce était séparé par une sorte de paravent. Amelie sentit son pouls s'accélérer. Thies ne lui avait jamais montré qu'il avait des vues sur elle et il était idiot de penser qu'il allait se jeter sur elle et la violer. D'ailleurs elle n'avait que quelques pas à faire pour gagner l'escalier et le parc.

— Viens, répéta Thies.

Il poussa le paravent sur le côté et Amelie aperçut un lit démodé avec une haute tête en bois. Au mur étaient accrochées des photographies impeccablement alignées selon la manière de Thies.

— Viens. Je t'ai déjà parlé de Blanche-Neige.

Elle s'approcha et retint son souffle. Avec un mélange d'horreur et de fascination, elle vit devant elle le visage d'une momie.

— Qu'est-ce que tu as?

Nadja s'agenouilla devant lui et posa prudemment les mains sur ses cuisses, mais il la repoussa avec impatience et se leva. Il fit quelques mètres en clopinant et s'arrêta. Le soupçon était monstrueux.

— Le cadavre de Laura était dans un réservoir de l'ancien aéroport militaire à Eschborn, dit Tobias avec une voix sourde. Tu te souviens certainement que nous avons souvent fait la fête là-bas. Le père de Jörg avait gardé les clés du portail.

— Qu'est-ce que tu veux dire ? dit Nadja en s'approchant et en le regardant sans comprendre.

— *Je* n'ai pas jeté Laura dans le réservoir, répondit Tobias en serrant tellement les dents qu'elles grincèrent. Bon Dieu, bon Dieu, bon Dieu, répéta-t-il en serrant les poings. Je veux savoir ce qui s'est réellement passé. Mes parents ont été ruinés, j'ai fait plus de dix ans de taule et en plus le père de Laura jette ma mère d'un pont ! Je ne peux plus supporter tout ça ! cria-t-il, devant Nadja muette.

— Viens avec moi, Tobi. Je t'en prie.

— Non ! Tu ne comprends pas ? C'est exactement ce qu'ils veulent ces enfoirés !

— Hier ils t'ont seulement démoli. Qu'est-ce que ce sera s'ils reviennent et le font sérieusement ?

— Ils me tueront, tu veux dire ?

Tobias regarda Nadja. Ses lèvres tremblaient, ses grands yeux verts étaient remplis de larmes. Elle ne méritait pas qu'il s'en prenne à elle. Elle était la seule qui l'avait soutenu sans faiblir. Elle serait même venue le voir en prison, mais il avait toujours refusé. Soudain sa colère fléchit et il eut mauvaise conscience.

— Excuse-moi s'il te plaît, dit-il doucement en ouvrant les bras. Je ne voulais pas m'en prendre à toi. Viens.

Elle se blottit contre lui, enfonçant son visage dans sa poitrine et il la serra dans ses bras.

— Tu as sans doute raison, chuchota-t-il dans ses cheveux. Il n'est pas si facile de revenir en arrière.

Elle leva la tête et le regarda. Une grande inquiétude se lisait dans ses yeux.

— J'ai peur pour toi, Tobi, dit-elle d'une voix un peu tremblante. Je ne veux pas te perdre une autre fois, maintenant que je t'ai retrouvé !

Tobias fit la grimace. Il ferma les yeux et posa la joue contre la sienne. Si seulement il avait été sûr que ça collerait entre eux. Il ne voulait plus être déçu. Il préférait encore vivre seul jusqu'à sa mort.

Manfred Wagner était affalé, comme un misérable tas, devant la table de la salle d'interrogatoire. Il leva une tête lasse quand Bodenstein et Pia entrèrent.

— Vous vous êtes rendu coupable de plusieurs délits graves, commença Bodenstein après avoir mis le magnétophone en marche et récité les formules protocolaires. Blessures corporelles, responsabilité dans un accident de la route et – d'après le rapport du procureur – homicide involontaire voire meurtre.

Manfred Wagner pâlit encore un peu plus. Son regard alla de Pia à Bodenstein puis revint à celui-ci. Il avala sa salive.

— Mais… mais… Rita vit encore, bredouilla-t-il.

— C'est vrai, dit Bodenstein. Mais l'homme sur le pare-brise duquel elle est tombée a été victime d'un infarctus. Sur le lieu de l'accident. Sans compter les dégâts matériels des véhicules impliqués dans l'accident. Cette affaire peut avoir pour vous des conséquences graves, de plus il est fâcheux que vous ne vous soyez pas présenté à la police.

— Je voulais le faire, assura Wagner d'une voix pleurnicharde. Mais… mais tous me l'ont déconseillé.

— Que voulez-vous dire ? demanda Pia.

Elle n'éprouvait plus pour lui aucune pitié. Certes, il avait subi une perte terrible mais cela n'excusait en rien son agression de la mère de Tobias.

Wagner haussa les épaules sans la regarder.

— Ah oui ? Et vous faites toujours ce que *tous* disent ?

Son ton était plus tranchant qu'elle n'aurait voulu, mais ce fut efficace.

— Vous ne vous rendez pas compte ! dit Wagner. Ma Laura était quelqu'un d'exceptionnel. Elle aurait fait son chemin. Elle était si jolie. Parfois je n'arrivais pas à croire que c'était mon enfant. Et il a fallu qu'elle meure. Qu'elle soit jetée comme une simple immondice. Nous étions une famille heureuse, je venais juste de m'installer dans la nouvelle zone industrielle et la menuiserie marchait bien. Nous formions une communauté soudée, chacun était ami avec chacun. Et puis… Laura et son amie ont disparu. Tobias les a tuées, ce salaud froid comme la glace ! Je l'ai supplié de me dire pourquoi il les avait tuées et ce qu'il avait fait des cadavres. Mais il ne l'a jamais dit.

Il se recroquevilla sur lui-même et se mit à sangloter.

Bodenstein allait stopper le magnétophone mais Pia l'arrêta d'un geste. Wagner pleurait-il sur sa fille ou sur lui-même ?

— Arrêtez votre cinéma, cria-t-elle.

Manfred Wagner releva la tête et la regarda d'un air ébahi comme si elle avait lu dans son cerveau.

— J'ai perdu mon enfant, commença-t-il d'une voix tremblotante.

— Je le sais, le coupa Pia. Et pour cela vous avez toute ma compassion ; mais vous avez deux autres enfants et une femme qui ont besoin de vous. Avez-vous réfléchi à ce que ça signifierait pour votre famille d'attaquer Rita Cramer.

Wagner resta sans voix, soudain son visage se convulsa.

— Vous ignorez ce que j'ai supporté pendant les onze dernières années, cria-t-il avec colère.

— Je sais en tout cas ce que votre femme a supporté, répliqua froidement Pia. Elle n'a pas seulement perdu son enfant, elle a aussi perdu un mari, qui se saoulait chaque soir en se vautrant dans l'autocompassion, et qui l'a laissée se débrouiller toute seule ! Votre femme s'est battue pour survivre. Et vous qu'avez-vous fait ?

Les yeux de Wagner étincelèrent de colère. Pia avait apparemment touché un point sensible.

— Ça vous regarde, nom de Dieu ?

— Qui vous a conseillé de ne pas aller à la police ?

— Mes amis.

— Ces mêmes amis qui vous regardent vous saouler tous les soirs au *Cheval Noir*, et foutre votre vie en l'air, sans bouger le petit doigt ?

Wagner ouvrit la bouche pour répondre mais n'en fit rien. Son regard haineux devint plus incertain et glissa vers Bodenstein.

— Je ne vais pas me laisser faire, dit-il d'une voix qui chavira. Je ne dirai plus rien sans un avocat.

Il se croisa les bras et pressa son menton sur la poitrine comme un enfant têtu. Pia regarda son chef en levant les yeux au ciel. Bodenstein arrêta le magnétophone.

— Vous pouvez rentrer chez vous, dit-il.

— Vous… vous ne m'arrêtez pas ? croassa Wagner étonné.

— Non, dit Bodenstein en se levant. Nous savons où vous trouver. Le procureur va signer une mise en examen. Effectivement vous aurez besoin d'un avocat.

Il ouvrit la porte. Wagner passa devant lui, suivi par l'agent qui avait assisté à l'interrogatoire. Bodenstein le suivit du regard.

— Il ferait presque pitié avec ses jérémiades, dit Pia. Mais seulement presque.

— Pourquoi tu as été si dure avec lui ? demanda Bodenstein.

— Parce que j'ai le sentiment que tout ça cache beaucoup de choses que nous ne soupçonnons pas. Il s'en passe dans ce patelin. Et depuis longtemps. J'en suis absolument persuadée.

DIMANCHE 16 NOVEMBRE 2008

Bodenstein n'était pas d'humeur à célébrer une autre fête de famille, mais celle-ci se passerait chez lui, en petit cercle. Il se résigna et fit le sommelier. Lorenz avait vingt-cinq ans. Il les avait fêtés la veille avec ses innombrables amis dans une boîte disco dont il connaissait le propriétaire depuis sa période DJ. Mais ce dimanche après-midi il voulait le passer tranquillement en famille. La mère de Cosima qui était venue de Bad Homburg, les parents de Bodenstein, Quentin et ses trois filles – Marie-Louise ne pouvait pas quitter le restaurant du château –, la mère de Thordis, l'amie de Lorenz, et la vétérinaire Inka Hansen étaient assis autour de la table couverte d'une nappe blanche et joliment décorée aux couleurs de l'automne. Maître Saint-Clair avait donné congé à sa meilleure collaboratrice et Rosalie, les joues rouges et au bord de la crise de nerfs, s'activait depuis l'aube dans la cuisine qu'elle avait décrétée zone interdite. Le résultat était à la hauteur. Au foie gras poêlé servi avec une crème d'amande au citron, succéda un potage au cresson avec des œufs de caille marinés dans un coulis. Pour le plat principal Rosalie s'était dépassée : le filet de chevreuil servi avec un mélange de petits pois, de cannelloni farcis et de carottes au gingembre aurait été loué même par le grand chef Saint-Clair. La cuisinière eut droit à des applaudissements enthousiastes et Bodenstein serra dans ses bras sa fille aînée, épuisée par le poids de sa responsabilité.

— Je pense que nous allons te garder, plaisanta-t-il en l'embrassant sur le front. C'était vraiment formidable, ma grande.

— Merci, papa, répondit-elle sobrement. Je crois que j'ai bien mérité un schnaps !

— Pour fêter cette journée, tu y as droit. Qui en veut un aussi…

— Nous préférons du champagne, intervint Lorenz en faisant un clin d'œil à sa sœur. Elle se rappela alors leur petit complot et disparut avec lui et Thordis dans la cuisine. Bodenstein se rassit et échangea un regard avec Cosima. Il l'avait discrètement observée toute la matinée. Rosalie les avait jetés vers 10 heures à la porte et ils étaient allés se promener dans le Taunus autour du Glaskopf, pour profiter de cet été de la Saint-Martin étonnamment doux. Cosima s'était comportée d'une façon absolument normale pendant la promenade, elle lui avait même pris la main. Ses soupçons étaient de plus en plus forts mais il n'était pas allé jusqu'à en parler avec elle.

Rosalie, Lorenz et Thordis revinrent dans la salle à manger en portant un plateau de coupes de champagne. Ils servirent chaque invité et même les trois nièces adolescentes qui gloussèrent d'excitation. Comme leur sévère mère n'était pas là, Quentin ferma les yeux.

— Chers parents, dit Lorenz avec solennité. Thordis et moi voulons profiter de la réunion de toute la famille pour vous annoncer que nous allons nous marier !

Il posa le bras sur l'épaule de Thordis et tous les deux sourirent de bonheur.

— Ne te fais pas de souci, papa, dit Lorenz en se tournant vers son père : Nous ne *devons* pas nous marier, nous voulons nous marier.

Les chaises furent repoussées, et tous se levèrent pour les féliciter. Même Bodenstein embrassa son fils et sa future belle-fille. L'annonce du mariage ne l'étonnait pas. Ce qui l'étonnait c'était que Lorenz en ait si bien gardé le secret. Il croisa le regard de Cosima et alla la rejoindre. Elle essuyait une larme d'émotion.

— Tu vois, dit-elle en souriant, même notre aîné devient petit-bourgeois et se marie.

— Il nous a fait faire assez de soucis avec sa vie de patachon, répondit Bodenstein.

Après le bac, pendant une période qui avait paru d'une longueur inquiétante, Lorenz avait gagné sa vie comme DJ et en faisant des petits boulots à la radio et à la télévision. Bodenstein aurait voulu le secouer mais Cosima avait gardé son calme, persuadée que Lorenz trouverait un jour sa véritable vocation. Maintenant son fils présentait des cérémonies, des machts et autres événements nationaux dans une émission quotidienne de trois heures d'une grande radio privée.

On se rassit. L'ambiance était joyeuse et détendue. Même Rosalie avait abandonné sa cuisine et buvait du champagne.

— Oliver.

Bodenstein se pencha sur sa mère.

— Tu n'aurais pas un verre d'eau pour moi ?

— Oui, bien sûr. Il repoussa sa chaise et traversa la cuisine que sa gentille fille avait déjà en partie rangée, pour aller chercher deux bouteilles d'eau minérale dans le cellier. Juste à cet instant un mobile sonna dans une des vestes qui étaient suspendues près de la porte du garage. Bodenstein connaissait cet indicatif.

C'était le mobile de Cosima ! Il combattit un moment avec lui-même mais cette fois sa méfiance l'emporta. Il mit rapidement ses bouteilles sous le même bras et, de l'autre main, fouilla dans la veste qu'elle portait ce jour-là. Il trouva le mobile dans la poche intérieure, le saisit et appuya sur le symbole lettre. *Mon cœur, j'ai pensé à toi toute la journée ! Demain à déjeuner ! Même heure, même endroit ? Je me réjouis !* Les lettres sur l'écran se brouillèrent devant ses yeux, il sentit une faiblesse dans les genoux. La déception lui donna un coup dans l'estomac. Comment pouvait-elle à ce point jouer la comédie en faisant le tour du Glaskopf avec lui, main dans la main ? Cosima allait s'apercevoir que quelqu'un avait lu le SMS, car le symbole lettre était à présent éteint. Il souhaitait presque qu'elle aborde le sujet. Il remit le téléphone dans la veste, attendit que son cœur se remette à battre normalement et revint dans la salle à manger. Cosima, Sophia sur ses genoux, riait et plaisantait comme si de rien n'était. Il avait envie de prendre la parole devant tout le monde et de lui annoncer qu'un message de son bien-aimé l'attendait sur son mobile, mais son regard tomba sur Lorenz, Thordis et Rosalie. Il serait égoïste et irresponsable de leur gâcher cette belle journée sur la base d'un simple soupçon. Il ne lui restait plus qu'à faire contre mauvaise fortune bon cœur.

Tobias ouvrit péniblement les yeux et gémit. Il avait des bourdonnements dans les oreilles et il avait mal dès qu'il remuait. Il se pencha sur le bord du lit et vomit dans le seau placé à côté du lit. Le vomi sentait affreusement la bile. Il se rallongea et essuya sa bouche. Sa langue était râpeuse et le carrousel dans sa tête ne voulait pas s'interrompre. Qu'est-ce qui s'était passé ? Comme était-il rentré chez lui ? Des images traversaient son cerveau embrumé. Il se souvenait de Jörg et Felix et des autres copains dans le garage, de la vodka mélangée avec du Red Bull. Il y avait aussi des filles, elles lui avaient jeté des regards de moins en moins discrets, en riant et en pouffant entre elles. Il s'était senti comme un animal de zoo. C'était quand ? Quelle heure il était maintenant ?

Avec beaucoup d'efforts il se redressa et projeta les jambes hors du lit. La chambre tangua devant ses yeux. Amelie était là aussi – ou bien il déraillait ? Tobias se mit sur ses jambes, s'appuya à la pente du toit, alla vers la porte d'un pas chancelant, l'ouvrit et suivit le couloir à tâtons. Il n'avait jamais eu une telle gueule de bois. Dans la salle de bains, il dut s'asseoir pour uriner sinon il serait tombé. Son T-shirt sentait la fumée de cigarette, la sueur, le vomi. Dégoûtant. Il se leva du cabinet et fut effrayé en voyant sa tête dans le miroir. Les hématomes autour des yeux s'étaient étendus et dessinaient des taches jaune et violet sur ses joues blêmes et mal rasées. Il ressemblait à un zombie, et il se sentait comme un zombie. Des pas dans le couloir, on frappait à la porte.

— Tobias.

C'était son père.

— Oui, entre.

Il ouvrit le robinet, fit couler l'eau dans le creux de sa main et en but un peu. Elle était dégueulasse. La porte s'ouvrit. Son père le regarda d'un air inquiet.

— Comment tu vas ?

Tobias s'assit sur la cuvette du cabinet. Merde. Il dut faire un effort démesuré pour lever sa tête tant elle était lourde. Il s'efforça de regarder son père mais son regard dérapait immédiatement. D'abord tout était très près, ensuite très loin.

— Quelle heure il est ?

— 15 h 30. Dimanche après-midi.

— Seigneur. Tobias se gratta la tête. Je ne supporte plus rien.

Le souvenir revenait, du moins en partie : Nadja l'avait ramené chez lui, car elle devait absolument prendre son avion. Mais qu'est-ce qu'il avait fait ensuite ? Jörg. Felix. Le garage. Beaucoup d'alcool. Beaucoup de filles. Pourquoi était-il allé là-bas ?

— Le père d'Amelie Fröhlich a appelé, était en train de dire son père.

Amelie ! À un moment il avait été avec elle. Ah oui ! Elle lui avait raconté quelque chose d'important, puis Nadja s'était pointée et Amelie s'était enfuie.

— Elle n'est pas rentrée chez elle hier. Il y avait une insistance cachée dans la voix de son père. Ses parents se font du souci et veulent appeler la police.

Tobias fixa son père, il lui fallut un moment pour comprendre. Amelie n'était pas rentrée chez elle. Il avait bu de l'alcool, beaucoup trop. Exactement comme dans le passé. Son cœur se serra.

— Tu… tu ne crois tout de même pas que j'y suis pour quelque chose.

Il s'interrompit et avala sa salive.

— Le Dr Lauterbach t'a trouvé hier devant l'église, à l'arrêt de bus, en rentrant d'une urgence. Il était 1 h 30. Elle t'a ramené à la maison. Nous avons eu toutes les peines du monde à te sortir de la voiture et à te monter dans ta chambre. Et tu n'as pas cessé de parler d'Amelie…

Tobias ferma les yeux et se cacha la figure dans les mains. Il essayait désespérément de se souvenir, mais non – rien. Les amis dans le garage, les rires et les chuchotements des filles. Amelie était-elle là ? Non. Non, pitié. Non, surtout pas.

LUNDI 17 NOVEMBRE 2008

La K11 au complet était assemblée autour de la grande table de la salle de réunion. Hasse était présent et même Behnke, encore plus grognon que d'habitude.

— Excusez-moi, dit Pia en se précipitant sur la dernière chaise vide.

Elle enleva sa veste. Nicole Engel jeta un regard éloquent à sa montre.

— Il est 8 h 20, remarqua-t-elle d'un ton acide. Nous ne sommes pas dans *Rosenheim-Cops**, arrangez-vous à l'avenir pour que vos travaux champêtres ne coïncident pas avec vos heures de service !

Pia se sentit rougir. Quelle peau de vache !

— J'étais à la pharmacie, j'ai pris froid, répondit-elle sur un ton tout aussi acide. Vous auriez préféré que je me fasse porter malade ?

Les deux femmes se mesurèrent du regard.

— Bon, tout le monde est là maintenant, dit la conseillère judiciaire sans s'excuser pour sa sortie injuste. Nous avons une jeune fille qui a disparu. Les collègues d'Eschborn nous ont avertis aujourd'hui.

Les yeux de Pia firent le tour de la table. Behnke était assis sur sa chaise, les jambes écartées, mâchant énergiquement son chewing-gum. Il fixait Kathrin

* Série policière à la télévision allemande.

d'un air provocant et elle répondit à son regard en serrant les lèvres avec hostilité. Pia se rappela que Bodenstein avait eu une conversation sur Behnke avec Nicole Engel la semaine précédente. Qu'en était-il sorti ? En tout cas, Behnke paraissait savoir que Kathrin avait rapporté au chef leur rencontre dans le bistrot de Sachsenhäuser. La tension entre les deux était évidente. Assis au bout de la table, Bodenstein regardait fixement devant lui. Son visage ne trahissait rien mais les ombres sous ses yeux et le pli entre ses sourcils indiquaient que quelque chose ne tournait pas rond. Ostermann avait lui aussi un air morose. Il était assis entre deux chaises. Behnke était un vieux copain qu'il avait toujours protégé en camouflant ses erreurs mais il était de plus en plus furieux que son collègue profite toujours plus de sa complaisance. Il s'entendait bien avec Kathrin – de quel côté était-il ?

— L'affaire de Wallau est-elle élucidée ? demanda Nicole Engel.

Pia mit un moment à comprendre que la question s'adressait à elle.

— Oui, répondit-elle et elle sourit au souvenir de la recherche grand-guignolesque des empreintes sur le lieu de crime et de la tête du médecin légiste. Il y avait deux cadavres mais nous n'avons pas eu grand-chose à faire.

— Pourquoi ?

— Il s'agissait de deux cochons grillés qui devaient être livrés pour une fête, expliqua Pia. Le camion a entièrement brûlé dans l'accident, parce que les employés du traiteur avaient chargé quelques bouteilles de gaz qui ont explosé dans l'incendie.

La conseillère judiciaire ne sourcilla pas.

— Tant mieux. Et l'enquête sur Rita Cramer est l'affaire du procureur.

Elle se tourna vers Bodenstein.

— Vous vous occuperez donc de l'enquête sur la fille disparue. Elle va sans doute bientôt réapparaître. 98 % des affaires de jeunes disparus sont résolues en quelques heures ou en quelques jours.

Bodenstein se racla la gorge.

— Mais 2 % non, dit-il.

— Interrogez les parents et les amis de la fille, dit la chef. À présent j'ai un rendez-vous au BKA*. Tenez-moi au courant.

Elle se leva, fit un signe de tête à la ronde et quitta la pièce.

— Qu'est-ce que nous avons ? demanda Bodenstein une fois que la porte se fut refermée sur elle.

— Amelie Fröhlich, dix-sept ans, originaire de Bad Soden. Ses parents ont signalé sa disparition hier. La dernière fois qu'ils l'ont vue, c'était samedi matin. Comme elle a déjà fugué dans le passé, ils ont d'abord attendu.

— Bien, approuva Bodenstein. Pia et moi, nous irons voir les parents. Frank, vous et Mme Fachinger vous irez…

— Non, dit Kathrin en interrompant son chef qui leva des yeux surpris. Je n'irai nulle part avec Behnke.

— Je peux aller avec Frank, se dépêcha de proposer Ostermann.

Un silence tomba. Behnke mâchait son chewing-gum en ricanant d'un air ravi.

— Est-ce que je dois maintenant composer avec la sensibilité de chacun ? demanda Bodenstein.

* Bundeskriminalamt : Office fédéral de la police criminelle.

La ride entre ses sourcils s'était creusée, il était vraiment furieux, ce qui lui arrivait rarement. Kathrin avançait la lèvre inférieure d'un air têtu. C'était un véritable refus d'obtempérer.

— Écoutez-moi bien tous. Le calme de la voix de Bodenstein était lourd de menaces. Peu m'importe de savoir qui a un problème avec qui. Nous avons du travail et j'exige que vous exécutiez mes ordres. J'ai peut-être été un peu trop complaisant dans le passé mais je ne suis pas votre pantin ! Madame Fachinger et monsieur Behnke, vous irez à l'école de la jeune fille et vous interrogerez ses professeurs et ses camarades. Si cela ne donne rien, voyez les voisins. C'est clair ?

Il n'obtint pour toute réponse qu'un silence buté. Et soudain Bodenstein fit quelque chose qu'il n'avait jamais fait. Il frappa du poing sur la table.

— EST-CE QUE C'EST CLAIR ? hurla-t-il.

— Oui, répondit Kathrin Fachinger d'un air glacial.

Elle se leva, attrapa sa veste et sa serviette. Behnke se leva à son tour. Ils disparurent puis Ostermann décampa à son tour dans son bureau.

Bodenstein respira profondément et regarda Pia.

— Seigneur. Il respira un bon coup et fit un sourire en coin. Ça fait du bien.

— Altenhain ? demanda Pia étonnée. Ostermann a bien parlé de Bad Soden.

— Walstrasse 22.

Bodenstein rentra l'adresse dans le GPS de sa BMW auquel il se fiait aveuglément, même si la machine l'avait parfois induit en erreur.

— C'est à Altenhain. Elle est née à Bad Soden.

Pia eut un mauvais pressentiment. Altenhain. Tobias Sartorius. Elle n'avouerait jamais qu'elle avait de la sympathie pour ce jeune homme. Une fille avait de nouveau disparu et la seule chose qu'elle pouvait espérer, c'est qu'il n'ait rien à voir avec ça. Elle ne doutait pas une seconde que les villageois le condamneraient, qu'il ait un alibi ou pas. Sa mauvaise impression se renforça quand ils arrivèrent à l'adresse d'Arne et Barbara Fröhlich. La maison n'était qu'à quelques mètres de l'entrée arrière de la ferme Sartorius. C'était une jolie villa au toit à colombages, avec plusieurs lucarnes. Les parents les attendaient déjà. Arne Fröhlich était malgré son nom un homme grave d'environ quarante-cinq ans, au front dégarni, aux cheveux filasse clairsemés et aux lunettes à monture d'acier. Son visage était caractérisé par une absence de traits marquants. Il n'était ni gros ni maigre, de taille moyenne et semblait si ordinaire que ça en devenait exceptionnel. Sa femme à peine trentenaire était son contraire, elle était vraiment séduisante. Une chevelure châtain brillante, les yeux expressifs, des traits réguliers, la bouche large, le nez un peu retroussé. Qu'est-ce qu'elle pouvait bien trouver à son mari ?

Ils étaient préoccupés mais gardaient leur sang-froid. Aucune trace de l'hystérie habituelle chez les parents d'enfants disparus. Barbara Fröhlich donna une photo à Pia. Amelie ne devait pas passer inaperçue, même si ce n'était pas de la même façon que sa mère : les grands yeux noirs étaient lourdement soulignés avec du khôl et de l'eye-liner, elle avait plusieurs piercings aux sourcils, à la lèvre inférieure et dans la fossette du menton. Elle avait relevé et laqué ses cheveux en un toupet imposant qui se dressait comme une crête sur sa tête. Et malgré cette mascarade, Amelie était jolie.

— Elle s'est souvent sauvée, répondit son père à la question de Bodenstein, c'est pour ça que nous vous avons prévenus relativement tard de sa disparition. Amelie est née d'un premier mariage et elle est… un peu… difficile. Nous l'avons prise chez nous, il y a six mois. Avant elle vivait chez mon ex-femme à Berlin et elle a eu de graves problèmes avec… la police.

— De quelle sorte ?

Visiblement il était pénible à Arne Fröhlich de répondre.

— Vol à l'étalage, drogue, violation de domicile et vagabondage. Elle disparaissait parfois pendant des semaines. Mon ex-femme était complètement dépassée et elle m'a demandé de prendre Amelie. C'est pour cela que nous avons téléphoné un peu partout et attendu.

— Mais ensuite, j'ai vu qu'elle n'avait pas pris de vêtements, dit Barbara Fröhlich. Pas même l'argent qu'elle avait gagné comme serveuse. J'ai trouvé ça bizarre. Et elle a aussi laissé ses papiers.

— Amelie s'est-elle disputée avec quelqu'un ? Avait-elle des problèmes à l'école ou avec des amis ?

Bodenstein posait les questions habituelles.

— Non, au contraire, répondit sa belle-mère. J'avais même l'impression que depuis quelque temps elle avait changé. Elle ne se coiffait plus en punk et m'empruntait même des vêtements. Normalement elle était toujours habillée en noir mais cette fois elle portait une jupe et un chemisier… Elle se tut.

— Il y avait peut-être un garçon derrière ce changement ? risqua Pia. Est-ce qu'elle a pu rencontrer quelqu'un sur Internet et le rejoindre ?

Arne et Barbara Fröhlich échangèrent un regard perplexe et haussèrent les épaules.

— Nous lui laissons beaucoup de liberté, se contenta de dire son père. Amelie, ces derniers temps, était devenue très sérieuse. Mon patron, M. Terlinden, lui avait trouvé un job de serveuse au *Cheval Noir*, car elle voulait gagner son propre argent.

— Des problèmes scolaires ?

— Elle n'a pas beaucoup d'amies, répondit Barbara Fröhlich. Elle aime être seule. Elle ne parle pas souvent de l'école, elle n'y va que depuis septembre. Le seul avec qui elle est en contact c'est Thies Terlinden, le fils du voisin.

À ces mots, Arne Fröhlich serra les lèvres. Il était clair qu'il ne voyait pas cette amitié d'un bon œil.

— Que voulez-vous dire, insista Pia. Ils sortent ensemble ?

— Oh non, dit Barbara Fröhlich en secouant la tête. Thies est… un peu… disons différent. Il est autiste. Il vit chez ses parents et s'occupe du jardin.

À la demande de Bodenstein, elle les conduisit dans la chambre d'Amelie. Elle était grande et accueillante avec deux fenêtres qui donnaient sur la rue. Les murs étaient nus, aucun signe de ces posters de stars qu'aiment les filles de l'âge d'Amelie. Barbara Fröhlich expliqua qu'Amelie se sentait seulement de passage.

— Dès qu'elle aura dix-huit ans elle veut retourner à Berlin, dit-elle avec un accent de regret.

— Quels étaient vos rapports avec votre belle-fille ? dit Pia tout en ouvrant les tiroirs du bureau.

— Nous nous entendons bien. Je suis souple sur la discipline. Amelie réagit à la sévérité plutôt par un repli sur soi qu'avec de grandes protestations. Je crois qu'elle me fait confiance. Elle est souvent brusque avec ses demi-sœurs mais toutes les deux lui sont très attachées. Quand je ne suis pas là, elle joue pendant des heures avec leurs Playmobil ou leur fait la lecture.

Pia acquiesça.

— Nos collègues vont emporter son ordinateur, dit-elle. Amelie tenait-elle un journal ?

Elle souleva le portable et aperçut quelque chose qui renforça ses pires craintes. Sur le plateau du bureau était dessiné un cœur. Et à l'intérieur était écrit en lettres ornementées un prénom : Tobias.

— Je me faisais du souci pour Thies, répondit Christine Terlinden, en réponse à l'irritation de son mari qui lui demandait s'il était vraiment indispensable de le faire revenir alors qu'il était en réunion. Il est… très perturbé.

Claudius Terlinden secoua la tête et descendit l'escalier du souterrain. Quand il ouvrit la porte de la chambre de Thies, il reconnut aussitôt que le mot que sa femme avait employé était vraiment en dessous de la réalité. Thies était agenouillé, complètement nu, le regard fixe au milieu d'un cercle parfait de jouets d'enfant et il se donnait régulièrement des coups de poing dans la figure. Du sang coulait de son nez sur son menton et il dégageait une forte odeur d'urine. Cette vision lui causa un choc et le ramena douloureusement dans le passé. Il avait longtemps refusé d'admettre que son fils aîné était psychiquement malade. Refusé d'admettre le diagnostic d'autiste. Le comportement stéréotypé du garçon était pire que cette dégoûtante habitude de tout détruire et de se barbouiller d'urine et de merde. Christine et lui avaient été entièrement désemparés devant ce problème et n'avaient trouvé d'autres solutions que de l'enfermer et de le tenir éloigné des autres enfants – et en premier lieu de Lars, son frère jumeau. Mais en grandissant, Thies était devenu de plus en plus forcené et agressif et ils n'avaient pas pu se voiler la face plus longtemps. À contrecœur, Claudius Terlinden s'était renseigné sur la maladie de son fils et avait appris des médecins et des thérapeutes qu'il n'y avait aucun espoir de guérison. Daniela Lauterbach, sa voisine, lui avait expliqué comment Thies pouvait vivre avec sa maladie. L'important était un environnement familier dans lequel jamais rien ne devait changer et où l'imprévu devait être banni. L'important était de laisser Thies dans son propre univers, strictement ritualisé, dans lequel il pouvait se retirer. Jusqu'au douzième anniversaire des deux garçons tout alla bien. Mais ce jour-là, il se passa quelque chose qui bouleversa Thies. Il eut un tel accès de rage qu'il faillit tuer son frère et se blesser gravement. C'en était trop pour Claudius et le garçon écumant et criant fut transporté dans une clinique psychiatrique où il resta trois ans. On le soigna avec des tranquillisants et son état s'améliora. Des tests avaient montré qu'il était supérieurement intelligent. Mais malheureusement il ne pouvait pas se servir de cette intelligence car il vivait emprisonné dans son propre univers, entièrement isolé de son environnement et des autres hommes.

Quand il revint à la maison pour une visite après ces trois années, il était calme et paisible mais tout à fait insensible. Dès son arrivée, il était descendu dans le souterrain et immédiatement s'était mis à poser ses anciens jouets côte à côte. Il faisait cela pendant des heures, le regard perdu. Grâce aux médicaments, il n'avait plus de crise. Il s'ouvrait même un peu. Il aidait le jardinier puis il se mit à peindre. À table il utilisait toujours les couverts du ménage de son ours, mais il mangeait, buvait et se comportait presque normalement. Satisfaits de ces progrès, les médecins conseillèrent aux parents de le garder chez eux. Depuis plus de quinze ans il n'avait pas eu une seule crise. Thies se déplaçait librement dans le village et passait presque tout son temps dans le jardin qu'il avait transformé sans l'aide de personne en un parc symétriquement dessiné, avec des bosquets de buissons, des plates-bandes de fleurs et une foule de plantes méditerranéennes. Et il peignait aussi, parfois jusqu'à l'épuisement. Ses tableaux de grands formats étaient impressionnants : des messages entêtés, dérangeants et oppressants des profondeurs cachées de sa vie d'autiste. Thies n'avait pas vu d'objection à ce que ses tableaux soient exposés. Il avait accompagné deux fois ses parents au vernissage, et n'avait pas paru contrarié de devoir se séparer de ses œuvres comme Terlinden le craignait. Thies peignait donc, jardinait et tout allait bien. Il acceptait même les contacts extérieurs sans piquer de crise. Il lui arrivait aussi de dire quelques mots. Il paraissait sur la bonne voie d'ouvrir une minuscule brèche dans la porte de sa vie intérieure. Et à présent. Quel coup du sort ! En silence et profondément inquiet, Claudius Terlinden observait son fils. Cette vue lui brisait le cœur.

— Thies ! dit-il d'une voix douce puis un peu plus dure. Thies !

— Il n'a pas pris ses médicaments, murmura Christine Terlinden derrière lui. Imelda les a trouvés dans les toilettes.

Claudius Terlinden traversa la chambre et s'agenouilla à l'extérieur du cercle.

— Thies, dit-il à voix basse, qu'est-ce que tu as ?

— Qu'estcequetuas, répéta Thies d'une voix blanche et en se frappant le visage avec la régularité d'un métronome. Qu'estcequetuas... qu'estcequetuas... qu'estcequetuas...

Terlinden vit qu'il tenait quelque chose dans son poing. Quand il voulut attraper le bras de son fils, Thies sauta sur ses pieds, se jeta sur son père, le frappant et se frappant alternativement. Claudius fut surpris par cette attaque. Il se défendit instinctivement mais Thies n'était pas un petit garçon, c'était un homme adulte avec des muscles de jardinier. Il avait un regard fou. De la bave et du sang coulaient sur son menton. Haletant, Claudius Terlinden se défendait contre son fils, percevant comme à travers une brume les cris hystériques de sa femme. Il réussit enfin à ouvrir le poing de Thies et à prendre ce qu'il serrait. Il marcha à quatre pattes vers la porte. Thies ne le suivit pas, il poussa un hurlement épouvantable et se recroquevilla sur le sol.

— Amelie, bredouillait-il. Amelie Amelie Amelie Amelie. Qu'estcequetuas... Qu'estcequetuas... Qu'estcequetuas... Papa... papa... Papa...

Terlinden se remit sur ses jambes, hors d'haleine. Il tremblait de tout son corps. Sa femme le fixait, pressant une main sur sa bouche, les yeux pleins de larmes. Terlinden défroissa le papier et il chancela sous le choc. Sur la photo froissée, Stefanie Schneeberger souriait.

Le samedi après-midi, Arne et Barbara Fröhlich étaient allés avec leurs enfants chez des amis dans le Rheingau et ils étaient rentrés tard. Amelie avait travaillé dans la soirée au *Cheval Noir*. Comme elle n'était pas là à minuit, son père avait appelé sa patronne qui lui avait dit qu'Amelie était partie un peu après 22 heures, et pourtant ce n'était pas le travail qui manquait. Les Fröhlich avaient appelé les camarades de classe et les connaissances de leur fille dont ils avaient pu trouver le numéro. En vain. Personne n'avait vu Amelie ni ne lui avait parlé.

Bodenstein et Pia interrogèrent Jenny Jagielski, la patronne du *Cheval Noir*, qui leur confirma ce qu'Arne Fröhlich leur avait dit. Amelie avait paru bizarrement absente toute la soirée et avait constamment essayé de téléphoner de la cuisine. Vers 22 heures, elle avait reçu un appel et elle était tout simplement partie. Et le dimanche elle n'était pas venue pour l'apéritif comme d'habitude. Non elle ne savait pas de qui venait l'appel qui avait amené Amelie à quitter son travail et le reste du personnel non plus. Ce soir-là dans la salle d'auberge, ça avait été l'enfer.

— Arrêtons-nous à l'épicerie, dit Pia à Bodenstein. Ça peut pas faire de mal d'écouter les cancans.

Ils comprirent qu'ils étaient arrivés au bon moment. La petite épicerie de Margot Richter était à cette heure de la matinée le point de rencontre de toute la gent féminine d'Altenhain. Cette fois, ces dames se montrèrent beaucoup plus loquaces qu'à leur dernière visite.

— Ça recommence exactement comme autrefois, disait Inge Dombrowski, la coiffeuse, et toute l'assistance d'acquiescer. Je ne peux rien affirmer, mais Paschke Willi m'a raconté qu'il avait vu Amelie dans la cour de Sartorius.

— J'ai vu aussi l'autre jour qu'elle entrait chez eux, dans la maison, dit une autre femme en expliquant qu'elle habitait juste en face et qu'elle pouvait voir la cour.

— En plus elle est cul et chemise avec l'idiot du village.

— Oui, c'est vrai, renchérirent trois ou quatre autres avec ardeur.

— Avec qui ? demanda Pia.

— Avec le Thies Terlinden, expliqua la coiffeuse. Il a une case en moins, il traîne la nuit dans le village et dans le bois. Ça m'étonnerait pas qu'il ait fait quelque chose à la fille.

Les autres femmes opinèrent de concert. Apparemment on allait vite en besogne avec la suspicion à Altenhain. Ni Bodenstein ni Pia n'intervenaient, ils laissaient les femmes parler et leurs langues s'aiguisaient avec tant de plaisir et d'envie de sensationnel qu'elles oubliaient la présence des policiers.

— Les Terlinden auraient dû depuis longtemps fourrer leur fils dans un asile, s'emporta une femme. Mais ici personne ne se risquerait à en parler au vieux.

— Bien sûr, tous ont trop peur de perdre leur job ! Le dernier qui a dit quelque chose contre Terlinden c'est Albert Schneeberger. Et après sa fille a disparu et il a pas mis longtemps à foutre le camp.

— C'est déjà curieux que Terlinden ait aidé Sartorius. Peut-être que ses deux garçons avaient quelque chose à voir avec l'affaire.

— Le Lars en tout cas est parti bien vite d'Altenhain.

— Et maintenant, j'ai entendu dire que Terlinden a proposé un job à l'assassin ! C'est incroyable ! Au lieu de tout faire pour qu'il disparaisse d'ici !

Le silence régna un moment dans le magasin comme si chacune pesait la signification de ces paroles. Puis soudain elles se remirent à caqueter toutes ensemble. Pia décida de faire comme si elle ignorait tout.

— Excusez-moi ! cria-t-elle en essayant de se faire entendre. Qui est ce Terlinden dont vous parlez ?

Ces dames prirent soudain conscience qu'elles n'étaient pas entre elles. L'une après l'autre, elles vidèrent les lieux sous différents prétextes, la plupart avec leur panier vide. Margot Richter retourna derrière la caisse. Jusque-là, elle n'avait pas participé à la conversation. En bonne épicière, elle s'était contentée de pointer l'oreille tout en gardant une attitude neutre.

— Nous ne voulions pas provoquer ça, dit Pia pour s'excuser mais l'épicière répondit avec placidité.

— Elles reviendront. Claudius Terlinden est le patron de l'entreprise Terlinden, là-haut, dans la zone industrielle. La famille et l'entreprise sont à Altenhain depuis plus de cent ans. Et sans eux plus rien ne marcherait.

— Que voulez-vous dire ?

— Les Terlinden sont très généreux. Ils subventionnent les associations, l'église, l'école primaire, la bibliothèque. C'est une tradition familiale. Et la moitié du village travaille dans l'entreprise. Thies, le fils cadet que Christa appelle l'idiot du village, est un garçon très tranquille. Il ne ferait pas de mal à une mouche. Je ne peux pas croire qu'il se soit attaqué à cette fille.

— À propos, vous connaissez Amelie Fröhlich ?

— Naturellement, dit-elle avec un sourire entendu. C'est difficile de ne pas la remarquer étant donné sa façon de s'habiller ! D'ailleurs elle travaille chez ma fille, au *Cheval Noir*.

Pia acquiesça et nota quelque chose. À nouveau son chef la laissait tomber, il restait à ses côtés, l'air absent, sans ouvrir la bouche.

— Que croyez-vous qu'il soit arrivé à la jeune fille ?

Margot Richter hésita mais son regard glissa à droite et Pia comprit qui elle soupçonnait car, de la caisse, Mme Richter avait une vue parfaite sur le *Coq d'Or*. Les commérages sur le fils Terlinden ne servaient qu'à faire diversion, en réalité tout le monde soupçonnait Tobias Sartorius, puisqu'il avait déjà tué.

— Tobias Sartorius est en grand danger d'être lynché, dit Pia sérieusement inquiète quand ils furent de retour à la K11. Vendredi soir, il a été agressé et passé à tabac dans sa grange. En plus, son père continue à recevoir des lettres de menace, sans parler des insultes sur le mur de la maison.

Ostermann s'était déjà penché sur le portable et sur le journal d'Amelie, écrit en grande partie dans une écriture codée qu'il n'arrivait pas à déchiffrer. Kathrin Fachinger et Frank Behnke étaient arrivés en même temps que Bodenstein et Pia et n'avaient rien découvert de bien utile. Amelie n'avait pas d'amie intime, elle restait à l'écart, tout juste parlait-elle dans le bus avec deux camarades de classe qui habitaient à Altenhain. C'est vrai, avait dit l'une d'elles, qu'Amelie, ces derniers temps, s'intéressait beaucoup à Tobias Sartorius et posait sans arrêt des questions sur les événements tragiques survenus onze ans plus tôt. Oui, elle a bien parlé avec *le type* plusieurs fois.

Ostermann entra dans la salle de réunion un fax à la main.

— La liste des appels du mobile d'Amelie est arrivée. Le dernier appel date de samedi soir à 22 h 11. Elle a appelé un numéro fixe à Altenhain, que j'ai déjà trouvé.

— Sartorius, je suppose, dit Bodenstein.

— Exact. La liaison a duré sept secondes, apparemment sans que personne n'ait parlé. Auparavant, elle a fait ce numéro douze fois en raccrochant chaque fois aussitôt. Après 22 h 11 le mobile a été éteint. On ne peut pas établir un profil de ses mouvements car l'appareil est connecté à un seul réseau à Altenhain et ça fait un rayon d'environ cinq kilomètres.

— Les appels entrants n'ont pas été enregistrés alors ? demanda Bodenstein à Ostermann qui secoua négativement la tête.

— Et concernant l'ordinateur ?

— Je n'ai pas encore cracké le mot de passe, dit Ostermann dépité. Mais j'ai feuilleté le journal, du moins les endroits que je pouvais déchiffrer. Il y est fréquemment fait mention d'un Tobias Sartorius, d'un Thies et d'un Claudius.

— En quelles occasions ?

— Elle paraît s'intéresser à Sartorius et à ce Claudius. Pourquoi, je n'en sais rien.

— Bon, dit Bodenstein en jetant un regard à la ronde. Son ancienne détermination était revenue. La jeune fille a disparu depuis quarante heures. Je veux le grand jeu : au moins deux unités, des chiens, un hélicoptère avec caméra à infrarouge. Behnke, vous organiserez une SoKo*, je veux un officier responsable des interrogatoires de tous les habitants du village. Madame Fachinger, vous vérifierez les lignes de bus et la centrale des taxis dans un créneau horaire entre 10 heures du soir samedi et 2 heures du matin dimanche. Des questions ?

— Nous devons interroger Thies et son père, dit Pia. Et Tobias Sartorius.

* *Sonderkommission* : commission spéciale.

— Oui. Nous allons le faire tous les deux immédiatement. Ah, Ostermann, la presse, la radio, la télévision et Internet pour l'habituel avis de recherche des personnes disparues. Nous nous retrouvons ici à 18 heures.

Une heure plus tard, Altenhain grouillait de policiers. Une équipe de chiens entraînés au dépistage avait été spécialement formée, des chiens qui pouvaient lever et suivre des traces vieilles de quatre semaines. Une unité de police d'intervention quadrillait systématiquement tout un périmètre de prairies et de clairières autour du village. Un hélicoptère muni d'une caméra à infrarouge volait au-dessus des cimes des arbres et les policiers de la SoKo "Amelie" sonnaient à chaque porte. Tous les participants étaient motivés et pleins d'espoir, la jeune fille devait être retrouvée vite et saine et sauve, mais chacun était conscient que la rapidité serait décisive. Le téléphone de Bodenstein sonnait sans discontinuer. Il avait laissé le volant à Pia et, avec une parfaite concentration, coordonnait l'intervention. Des barrières devaient être placées devant la maison des Fröhlich pour protéger les parents de la presse et des curieux. Les maîtres-chiens devaient commencer leurs recherches à l'endroit où Amelie avait été vue pour la dernière fois, donc au *Cheval Noir*. Oui, une amie devait aller réconforter les Fröhlich et le curé aussi. Oui, le film de la caméra de surveillance du parking devait être examiné. Non, des civils ne pouvaient pas aider. Juste au moment où ils arrivaient devant le *Coq d'Or*, la conseillère judiciaire appela pour demander où en étaient les recherches.

— Dès que j'ai quelque chose à vous communiquer, vous serez bien sûr la première à être informée, dit brièvement Bodenstein, et il ferma son mobile.

Hartmut Sartorius ouvrit la porte, mais sans enlever la chaîne de sécurité.

— Nous devons parler avec votre fils, monsieur Sartorius, dit Bodenstein. S'il vous plaît, laissez-nous entrer.

— Vous allez le suspecter chaque fois qu'une jeune fille ne rentrera pas chez elle ? dit-il sur un ton grossier presque agressif.

— Vous êtes déjà au courant ?

— Naturellement. Les nouvelles vont vite ici.

— Nous ne suspectons pas Tobias, dit Bodenstein qui garda son calme en voyant la nervosité de Hartmut Sartorius. Mais le soir où elle a disparu, Amelie a appelé treize fois votre numéro.

La porte s'ouvrit en grand, après le cliquetis de la chaîne de sécurité. Hartmut Sartorius redressa les épaules, dans un effort de faire preuve d'autorité. Pour son fils en revanche ça n'avait pas l'air d'aller. Il était assis, replié sur lui-même sur le canapé du salon, défiguré par les ecchymoses et il se contenta d'un salut de la tête quand Pia et Bodenstein entrèrent.

— Où étiez-vous samedi entre 22 h 11 et dimanche matin ? demanda Bodenstein.

— Ça suffit ! s'écria son père. Mon fils est resté toute la soirée à la maison. Le soir d'avant on l'a agressé chez nous dans la grange et on l'a presque laissé pour mort.

Bodenstein ne se laissa pas démonter.

— Amelie a fait votre numéro de téléphone à 22 h 11. L'appel a été pris mais il a été si bref que rien n'a été dit. Avant cela elle avait appelé plusieurs fois.

— Nous avons un répondeur qui coupe immédiatement la communication, expliqua Sartorius. À cause de tous les appels anonymes et injurieux.

Pia observait Tobias. Il regardait fixement devant lui sans paraître suivre la conversation. Il se doutait certainement de ce qui se préparait dehors contre lui.

— Quelle raison avait Amelie de vous appeler ? lui demanda-t-elle.

Il haussa les épaules.

— Monsieur Sartorius, dit-elle sur un ton pressant. Une jeune fille du voisinage qui a eu des contacts avec vous a disparu. Que vous le vouliez ou pas, il doit y avoir un rapport. Nous voulons vous aider.

— Bien sûr, lança Hartmut Sartorius, amer. C'est exactement ce que vos collègues ont dit autrefois. Nous voulons seulement t'aider, mon garçon. Dis-nous où est cachée la jeune fille ! Et ensuite personne n'a cru mon fils ! Allez-vous-en. Tobias a passé la soirée de samedi à la maison !

— Ça va, papa, interrompit soudain Tobias. Il fit une grimace quand il se redressa prudemment. Je sais que tu le fais pour mon bien. Il regarda Pia. Ses yeux étaient rougis. J'ai rencontré Amelie samedi après-midi par hasard, en haut, dans le bois. Elle voulait absolument me parler. Apparemment elle avait découvert quelque chose sur l'affaire d'autrefois. Mais ensuite Nadja est arrivée et Amelie est partie. C'est sans doute pour ça qu'elle a essayé de me joindre. Je n'ai pas de mobile, c'est pour ça qu'elle a appelé sur le fixe.

Pia se souvint de sa rencontre avec Nadja von Bredow, samedi, dans la Cayenne argentée. Ça pouvait coller.

— Qu'est-ce qu'elle vous a dit ? demanda Bodenstein.

— Malheureusement pas grand-chose. Elle m'a dit qu'il y avait quelqu'un qui avait autrefois tout vu, elle a fait allusion à Thies et à des tableaux sur lesquels on voyait Lauterbach.

— Qui ?

— Gregor Lauterbach.

— Le ministre de l'Éducation ?

— Oui, tout à fait. Il habite tout près de la maison du père d'Amelie. Il a été le professeur de Laura et de Stefanie.

— Et aussi le vôtre, non ?

Pia se souvint du rapport qu'elle avait lu et qui avait ensuite disparu du dossier.

— Oui, acquiesça Tobias. C'était mon professeur d'allemand en terminale.

— Qu'est-ce qu'Amelie a trouvé sur lui ?

— Aucune idée. Nadja est arrivée et Amelie a seulement dit qu'elle m'en parlerait plus tard.

— Qu'est-ce que vous avez fait quand Amelie est partie ?

— J'ai parlé un moment avec Nadja puis on est venus ici et on est restés environ une demi-heure dans la cuisine. Jusqu'à ce qu'elle soit obligée de partir parce qu'elle avait un avion à prendre pour Hambourg. Tobias fit une grimace et se passa la main dans les cheveux. Ensuite je suis allé chez un ami. Nous avons bu avec d'autres copains. Trop. Il leva les yeux. Son visage était sans expression. Malheureusement je n'arrive pas à me rappeler quand et comment je suis revenu à la maison. Il manque vingt-quatre heures dans mon souvenir.

Hartmut Sartorius secoua la tête d'un air désespéré. Il semblait sur le point d'éclater en sanglots. Le bourdonnement du mobile de Bodenstein rompit soudain le silence. Il répondit, écouta et remercia brièvement. Son regard chercha celui de Pia.

— Quand votre fils est-il rentré, monsieur Sartorius ? dit-il en se tournant vers le père de Tobias.

Celui-ci hésita.

— Dis-leur la vérité, papa, lâcha Tobias d'une voix lasse.

— Vers 1 h 30 du matin, finit-il par dire. Mme Lauterbach, notre médecin, l'a ramené. Elle l'a trouvé en revenant d'une urgence.

— Où ?

— À l'arrêt du bus devant l'église.

— Vous aviez pris votre voiture ? demanda Bodenstein à Tobias.

— Non, j'étais à pied.

— Comment s'appellent les amis avec qui vous étiez ? dit Pia en sortant son stylo et en notant les noms que Tobias lui dictait.

— Nous allons les interroger, dit Bodenstein d'un air grave. Mais je dois vous demander de rester à notre disposition.

Le commandant de l'équipe de recherche prévint Bodenstein et Pia que le sac à dos d'Amelie avait été retrouvé. Il était caché dans un buisson entre le parking du *Cheval Noir* et l'église – pas loin de l'arrêt de bus où le Dr Lauterbach avait découvert Tobias Sartorius.

— Exactement comme autrefois, dit Pia pensive pendant qu'ils faisaient en voiture les quelques mètres qui les séparaient de l'endroit. Tobias avait trop bu et perdu la mémoire. Mais le procureur et le juge ne l'ont pas cru.

— Et toi, tu le crois ? demanda Bodenstein.

Pia réfléchit. Tobias Sartorius paraissait avoir dit la vérité. Il aimait la fille des voisins. Mais n'avait-il pas aimé aussi les deux filles qu'il avait tuées onze ans plus tôt ? Autrefois la jalousie était en jeu, la vanité blessée – dans le cas d'Amelie, ça ne jouait aucun rôle. La jeune fille avait-elle réellement trouvé quelque chose qui avait un rapport direct avec les anciens crimes, ou bien Tobias Sartorius l'imaginait-il seulement ?

— Je ne peux pas me prononcer pour le passé, dit-elle. Mais aujourd'hui, je crois que Tobias ne nous a pas menti. Il ne se souvient vraiment de rien.

Bodenstein ne fit aucun commentaire. Il avait appris à ne pas sous-estimer l'intuition de sa collègue. Elle s'était souvent révélée juste alors que la sienne l'avait souvent trompé. Et pourtant il ne pensait pas que Tobias Sartorius était innocent des deux anciens meurtres comme Pia semblait le faire.

Le sac à dos contenait le porte-monnaie d'Amelie, son iPod, ses produits de maquillage et différentes broutilles mais pas son mobile. Une chose était sûre, elle ne s'était pas enfuie de chez elle. Il lui était arrivé quelque chose. Un chien policier avait perdu la trace sur le parking et attendait, en haletant d'impatience, la poursuite de cette recherche qui était pour lui un jeu excitant. Pia, qui, grâce au plan du village, avait son tracé devant les yeux, interrogea les policiers qui s'étaient peu à peu rassemblés sur le parking. Le porte à porte n'avait rien donné.

— Le chien a trouvé des traces à l'orée du bois, partout dans la rue où la fille habite, près de la maison des voisins, près de la serre, lui dit le commandant de l'équipe.

— Comment s'appellent les voisins ?

— Terlinden. La femme nous a dit qu'Amelie venait souvent voir son fils. D'ailleurs ce n'est pas une trace chaude.

Il paraissait déçu. Rien n'est plus désagréable qu'une recherche sans résultat.

Kai Ostermann était arrivé à cracker le mot de passe de l'ordinateur d'Amelie. Il avait parcouru les pages qu'Amelie avait visitées sur Internet ces derniers temps. Contre toute attente, elle avait rarement activé les réseaux habituels comme Schülervz, Facebook, Myspace ou wer-kennt-wen ; pourtant elle avait partout un profil, mais elle ne l'actualisait pas et elle avait peu de contacts. En revanche elle avait souvent fait des recherches sur l'ancienne enquête concernant les meurtres de 1997 et la condamnation de Tobias Sartorius. Elle s'était intéressée aussi aux habitants d'Altenhain, avait rentré les noms dans différents programmes de recherche. La famille Terlinden avait particulièrement retenu son attention. Ostermann était déçu. Il avait espéré tomber sur un partenaire de chat ou sur un correspondant suspect, ce qui aurait facilité l'enquête. Les entretiens menés par Bodenstein durant lesquels vingt-cinq personnes avaient envahi la K11 étaient aussi peu concluants. Les recherches avaient été interrompues à la nuit sans avoir apporté de résultats. La caméra à infrarouge de l'hélicoptère avait permis de découvrir un couple d'amoureux dans une voiture et un chevreuil à l'agonie touché par le tir d'un chasseur, mais d'Amelie aucune trace. On avait interrogé le conducteur du bus 803 de la ligne Bad Soden-Königstein qui s'était arrêté à 22 h 16 devant l'église d'Altenhain, de même que son collègue qui faisait le parcours inverse peu après. Aucun des deux hommes n'avait remarqué une jeune fille brune. De même, à la centrale de taxis, aucune jeune fille n'avait pris un taxi dans ce créneau horaire. Un collègue de la K23 avait découvert un homme qui avait vu samedi soir, au cours d'une promenade tardive, un homme assis sur le banc de l'arrêt de bus, aux environs de minuit trente.

— Nous devrions perquisitionner la maison et le terrain des Sartorius, proposa Behnke.

— Pourquoi ?

— Il n'y a aucune raison, objecta aussitôt Pia tout en sachant que ce n'était pas tout à fait exact. Les faits parlaient malheureusement contre Tobias Sartorius. Ses amis avaient affirmé qu'il était arrivé au garage vers 19 heures. Jörg Richter l'avait appelé dans l'après-midi pour l'inviter. Tobias avait beaucoup bu, mais pas assez pour perdre la mémoire. Vers 22 heures, il avait quitté le garage, très brusquement. Ils avaient d'abord cru qu'il était allé uriner mais il n'était pas revenu.

— Les gars, une fille de dix-sept ans qui avait des contacts évidents avec un meurtrier de jeunes filles a disparu. J'ai une fille de cet âge, je peux comprendre ce que les parents ressentent !

— Tu crois qu'on a besoin d'avoir des enfants pour se mettre à la place des parents ? répliqua Pia. Et puisque tu en es déjà à demander un mandat de perquisition, pourquoi tu ne perquisitionnes pas aussi la maison des Terlinden ? Les chiens y ont trouvé quantité de traces !

— C'est vrai, intervint Bodenstein pour éviter une dispute devant toute l'équipe, mais la belle-mère d'Amelie a déclaré qu'elle était très souvent chez les voisins. Aussi il est peu probable que ces traces aient une signification quelconque.

Pia se tut. Tobias avait demandé à son père de dire la vérité, alors qu'il savait que cela le chargerait. Il aurait pu se taire ou utiliser son père comme alibi, celui-ci était prêt à le faire. Y avait-il renoncé parce que déjà une fois ça n'avait pas marché ?

— Je crois qu'Amelie est tombée sur quelque chose qui a un rapport direct avec l'autre enquête, finit-elle par dire. Et je pense que beaucoup de gens ont tout intérêt à ce que les secrets restent secrets.

— Balivernes, dit Behnke en secouant la tête. Ce type perd toute espèce de contrôle quand il est saoul. Il revient de la soirée, Amelie croise son chemin et il la zigouille.

Pia haussa les sourcils. Behnke, comme toujours, réduisait tout au même dénominateur.

— Et qu'est-ce qu'il a fait du cadavre ? Il n'avait pas d'auto.

— C'est ce qu'il prétend, dit Behnke en montrant le tableau de la tête. Regardez la fille.

Automatiquement toutes les têtes se tournèrent vers la photo d'Amelie qui était accrochée sur le tableau.

— Elle ressemble à la petite qui a été tuée autrefois. Ce type est un malade.

— Bon, décida Bodenstein. Madame Fachinger, demandez un mandat de perquisition pour la maison, la voiture et le terrain des Sartorius. Kai, vous continuez à travailler sur le journal. Tous les autres restent à ma disposition. Demain, dès 8 heures, nous reprendrons les recherches en élargissant le périmètre.

Dans un bruit de chaises, l'équipe se dispersa. L'humeur était encore à l'optimisme. La plupart étaient de l'avis de Behnke et pensaient que la perquisition chez Sartorius donnerait un résultat. Pia attendit que ses collègues aient quitté la salle de réunion mais avant qu'elle ait eu le temps de faire part de ses réticences à son chef, la conseillère judiciaire entra, suivie de deux messieurs en costume-cravate.

— Un moment, dit-elle à Behnke qui était sur le point de partir.

Pia croisa le regard de Kathrin Fachinger et elles quittèrent la pièce ensemble.

— Madame Fachinger, attendez un moment dehors, s'il vous plaît, dit Nicole Engel en fermant la porte derrière elle.

— Bon, dit Kathrin Fachinger. Je suis plutôt tendue.

— Qui c'est ? demanda Pia, étonnée.

— La police des polices, dit Kathrin avec satisfaction. Espérons qu'ils vont lui botter les fesses, à ce salaud.

Ce n'est qu'alors que Pia se souvint du travail clandestin de Behnke dans le bistrot et du refus de Kathrin, rejeté par Bodenstein, de faire équipe avec Behnke.

— Comment il s'est comporté avec toi aujourd'hui ? demanda-t-elle.

Kathrin fronça les sourcils.

— Je devrais rien te raconter à toi, dit-elle Il a été absolument odieux. Il m'a rabaissée devant tout le monde comme une stupide gamine. Je lui ai tenu tête. Mais je te le dis : s'il s'en tire de nouveau sans dommage, je demande ma mutation. Je peux plus supporter ce type.

Pia acquiesça. Elle comprenait sa collègue. Mais elle sentait que cette fois Behnke ne s'en sortirait pas si facilement. Nicole Engel avait en effet avec lui un sérieux contentieux qui remontait à l'époque où ils appartenaient tous les deux à la K11 de Francfort. L'avenir semblait sombre pour leur salaud de collègue et elle n'éprouvait pour lui aucune pitié.

MARDI 18 NOVEMBRE 2008

Le *Tageszeitung* était ouvert devant lui sur le bureau. De nouveau une jeune fille avait disparu à Altenhain, et cela peu de temps après qu'on avait retrouvé le squelette de Laura Wagner. Lars Terlinden était conscient qu'on pouvait l'observer à travers les parois vitrées de son bureau. C'est pourquoi il refrénait l'envie de se mettre la tête dans les mains. Il n'aurait jamais dû revenir en Allemagne ! Dans son désir de gagner toujours plus d'argent, il avait, deux ans auparavant, échangé son job très bien payé d'opérateur sur les marchés dérivés à Londres pour la direction d'une grosse banque suisse à Francfort. Dans le milieu, ça avait fait sensation car il n'avait que vingt-huit ans. Mais au "Prodige allemand", comme le nommait le *Wall Street Journal*, tout paraissait réussir – et il avait l'illusion d'être le plus grand et le meilleur. Maintenant qu'il était revenu à la réalité, il devait regarder son passé dans les yeux et reconnaître qu'autrefois il avait agi par lâcheté. Lars Terlinden poussa un profond soupir. Sa funeste décision, lourde de conséquences, avait été de les suivre en secret quand ils avaient quitté la kermesse, poussé par le besoin fou d'avouer son amour à Laura. Comment avait-il pu laisser faire cela ! Comment avait-il seulement… Il secoua la tête, froissa le journal et le jeta dans la corbeille à papier. Il ne devait pas revenir sur le passé. Il avait besoin de toute sa concentration pour les problèmes auxquels il devait se confronter en ce moment. Trop de choses étaient en jeu. Il avait une famille, et une foule de soucis pécuniaires auxquels il avait, en ces temps de crise, beaucoup de peine à faire face : l'immense villa à Taunus n'était pas finie de payer, la *finca* à Majorque non plus et, chaque mois, les leasings pour sa Ferrari et le 4×4 de sa femme tombaient. Oui, il était de nouveau pris dans la même spirale qu'autrefois. Et cette spirale qui l'entraînait vers le bas s'accélérait de plus en plus, à une vitesse à couper le souffle. Au diable Altenhain !

Depuis trois heures il était assis devant la maison du Karpfenweg, le regard fixé sur l'eau du port. Il était indifférent au froid désagréable et aux regards soupçonneux des habitants de la maison qui s'attardaient sur son visage meurtri. Il ne supportait plus de rester chez lui et à part Nadja il n'avait personne à qui parler. Et il avait besoin de parler sinon il allait craquer. Amelie avait disparu, à Altenhain, la police retournait chaque pierre, exactement comme autrefois. Il se sentait – exactement comme autrefois – innocent, mais le doute le rongeait de ses dents acérées. Ce fichu alcool ! Il n'en boirait plus jamais une goutte. Des talons claquèrent derrière lui. Tobias leva la tête et reconnut la femme qui approchait à pas rapides, le mobile collé à l'oreille. Nadja. Soudain il se demanda s'il allait être le bienvenu. Son regard renforça l'oppressant sentiment d'infériorité qu'il éprouvait devant elle. Il eut l'impression d'être un clochard avec sa minable veste de cuir râpée et son visage amoché. Il ferait peut-être mieux de disparaître d'ici et de ne plus jamais revenir.

— Tobi ! Nadja rempocha son téléphone et courut vers lui d'un air affolé. Qu'est-ce que tu fais ici dans le froid ?

— Amelie a disparu, la police est déjà chez moi.

Il se leva avec peine. Ses jambes étaient comme deux morceaux de glace, son dos lui faisait mal.

— Pourquoi ?

Il se frotta les mains en soufflant dessus.

— Meurtrier de jeunes filles une fois, meurtrier de jeunes filles toujours. À part ça, je n'ai pas d'alibi pour le laps de temps où Amelie a disparu.

Nadja le dévisagea.

— D'abord entre, dit-elle en sortant les clés de la maison et en ouvrant la porte.

Il la suivit les jambes raides.

— Où tu étais ? demanda-t-il pendant qu'ils montaient vers son penthouse dans l'ascenseur de verre. Je t'attends depuis des heures.

— J'étais à Hambourg, tu le sais bien, dit-elle en secouant la tête d'un air inquiet, et en posant une main sur la sienne. Tu devrais vraiment acheter un mobile.

Il se rappela alors que Nadja était partie samedi à Hambourg pour son tournage. Elle l'aida à retirer sa veste et le poussa vers la cuisine.

— Assieds-toi, dit-elle. Je te fais un café pour te réchauffer. Bonté divine !

Elle jeta son manteau sur le dossier de sa chaise. Le portable fit entendre une sonnerie polyphonique, mais elle n'y prêta pas attention et se mit à préparer un expresso.

— Je me fais vraiment du souci pour Amelie, dit Tobias. Je n'ai aucune idée de ce qu'elle sait sur les événements d'autrefois, même à qui elle en a parlé. S'il lui est arrivé quelque chose uniquement parce qu'elle voulait m'aider, c'est moi le responsable.

— Tu ne l'as jamais forcée à fureter dans le passé, répliqua Nadja.

Elle posa deux tasses sur la table, prit du lait dans le réfrigérateur et s'assit en face de lui. Pas maquillée, les yeux cernés, elle avait l'air fatiguée.

— Bon ! dit-elle en posant la main sur la sienne. Bois ton café. Ensuite tu files te décongeler dans la baignoire.

Pourquoi ne comprenait-elle pas ce qui se passait en lui ? Il n'avait ni envie de boire un foutu café ni de prendre un foutu bain ! Il voulait entendre de sa bouche qu'elle croyait à son innocence et qu'elle réfléchisse avec lui sur ce qui avait pu arriver à Amelie. Au lieu de quoi elle lui parlait de café et de se réchauffer, comme si c'était important !

Le mobile de Nadja sonna et peu après la ligne fixe. Avec un soupir, elle se leva et décrocha. Tobias regardait fixement devant lui. Bien que le flic en chef ne l'ait apparemment pas cru, il se faisait plus de souci pour Amelie que pour lui-même. Nadja revint, se pencha derrière lui et lui jeta les bras autour du cou. Elle l'embrassa sur l'oreille et sur ses joues mal rasées. Tobias dut se dominer pour ne pas la repousser violemment. Il n'avait pas la tête à ça. Ne le voyait-elle pas ? Il eut la chair de poule quand elle suivit du doigt la marque que la corde lui avait laissée autour du cou. Pour la faire cesser, il recula sa chaise et l'attira sur ses genoux.

— J'étais samedi soir dans le garage de l'oncle de Jörg avec lui, Felix et deux ou trois autres types, se dépêcha-t-il de dire. On a bu d'abord quelques bières puis des Red Bull avec de la vodka. Ça m'a complètement assommé. Quand je me suis réveillé le dimanche après-midi, j'avais une gueule de bois géante et un trou de mémoire absolu.

Les yeux plongés dans les siens, elle l'observait attentivement.

— Hum ! se contenta-t-elle de dire.

Il crut comprendre ce qu'elle pensait.

— Tu doutes de moi, jeta-t-il en se dégageant. Tu penses que j'ai… tué Amelie comme autrefois Laura et Stefanie ! C'est ça ?

— Non, non, pas du tout, assura Nadja. Pourquoi tu aurais fait du mal à Amelie ? Elle voulait t'aider !

— Oui, justement. Ça non plus, je ne le comprends pas. Il se leva, s'appuya contre le réfrigérateur et se passa la main dans les cheveux. Le fait est que je ne peux plus me souvenir de ce que j'ai fait entre 10 heures du soir et 4 heures du matin. En principe, j'aurais pu le faire et c'est ce que les flics pensent. En plus Amelie a essayé de me téléphoner *x* fois. Et mon père dit que la Lauterbach m'a ramené chez moi vers 1 h 30 du matin. Elle m'a trouvé saoul à l'arrêt de bus, devant l'église.

— Merde, dit Nadja en s'asseyant.

— Comme tu dis. Tobias se détendit un peu, attrapa une cigarette dans le paquet posé sur la table et l'alluma. Les flics m'ont dit que je devais rester à leur disposition.

— Mais pourquoi ?

— Parce qu'ils me suspectent, tout simplement.

— Mais… mais ils ne peuvent pas faire ça, commença Nadja.

— Si, ils le peuvent, ils l'ont déjà fait. Ça m'a coûté dix ans.

Il inhala la fumée et regarda, par-dessus la tête de Nadja, l'obscurité grise et nuageuse. La courte période de beau temps était finie, novembre montrait sa face maussade. Une pluie dense, tombant de lourds nuages noirs, frappait les grandes baies. Le Friedensbrücke n'était plus qu'une vague silhouette.

— Ça doit être quelqu'un qui connaît la vérité, dit Tobias songeur en saisissant la tasse de café.

— De quoi tu parles ?

Nadja l'observait en penchant la tête. Tobias leva les yeux. Il était agacé de la voir si calme et si maîtresse d'elle-même.

— D'Amelie, répondit-il et il la vit hausser brièvement les sourcils. Je suis sûr qu'elle est tombée sur quelque chose de dangereux. Elle a vu un ou plusieurs tableaux de Thies mais ce qu'ils représentaient au juste, elle ne me l'a pas dit. Je pense que quelqu'un se sent menacé.

Le portail aux hautes pointes dorées de la propriété des Terlinden était fermé, et même après plusieurs coups de sonnette, personne n'ouvrit. Seul l'œil rouge de la petite caméra suivait chacun de leurs mouvements. Avec un haussement d'épaules, Pia signala à son chef, qui téléphonait assis dans l'auto, l'insuccès de ses tentatives. Ils avaient d'abord essayé en vain de rencontrer Claudius Terlinden dans son entreprise. Il n'était pas venu au bureau à cause de problèmes privés, avait dit sa secrétaire sur un ton de regret.

— Allons chez Sartorius, dit Bodenstein en faisant marche arrière. Terlinden ne peut pas être loin…

Ils passèrent en revenant devant la ferme de Sartorius qui grouillait de policiers. Le mandat de perquisition avait été obtenu sans délais. Kathrin Fachinger avait appelé Pia tard dans la soirée pour le lui dire. Mais c'était surtout pour lui raconter où en était l'enquête interne. L'indulgence dont Behnke avait joui jusque-là était terminée, et la tentative d'intervention de Bodenstein n'y avait rien changé. Behnke n'ayant pas d'autorisation pour un deuxième job, il allait faire l'objet d'une procédure disciplinaire, d'un blâme et vraisemblablement d'une rétrogradation. D'ailleurs la conseillère judiciaire lui avait dit entre quatre yeux que, s'il se conduisait mal avec Kathrin Fachinger ou s'il la menaçait, il serait immédiatement suspendu. Pia n'aurait jamais fait une déclaration officielle contre lui. Est-ce que c'était un signe de lâcheté ou de loyauté envers ses collègues ? Elle admirait la jeune femme pour son courage à en référer à la hiérarchie. Apparemment, ils avaient tous sous-estimé Kathrin.

Le parking habituellement vide devant le *Coq d'Or* était rempli de voitures de police. Sur le trottoir d'en face, des curieux se massaient malgré la pluie. Six ou sept retraités qui n'avaient rien de mieux à faire. Bodenstein et Pia descendirent de voiture. Hartmut Sartorius était en train d'effacer sur la façade une nouvelle inscription avec une brosse de chiendent. Une entreprise sans espoir. ATTENTION, était-il écrit, ICI HABITE UN ASSASSIN DE JEUNES FILLES !

— Pourquoi vous ne l'enlevez pas avec de la lessive ? dit Bodenstein.

L'homme se retourna. Il avait les larmes aux yeux et, avec ses cheveux trempés et sa blouse bleue pendante, il offrait l'image de la désolation.

— Pourquoi ils ne nous laissent pas tranquilles ? demanda-t-il avec désespoir. Avant nous avions de bons voisins. Nos enfants jouaient ensemble. Et maintenant il n'y a plus que de la haine !

— Entrons, proposa Pia doucement. Nous vous enverrons quelqu'un pour enlever ça.

Sartorius laissa tomber la brosse dans le seau.

— Vos gens mettent la maison et la cour sens dessus dessous, dit-il d'une voix plaintive. Tout le village a recommencé à parler à cause de ça. Qu'est-ce que vous voulez à mon fils ?

— Il est là ?

— Non, dit-il en haussant les épaules. Je ne sais pas où il est allé. Je ne sais plus rien.

Son regard passa sur Pia et Bodenstein. Soudain et avec un courage qui les étonna, il attrapa le seau et courut vers le parking. Il eut soudain l'air de grandir sous leurs yeux, de redevenir pour un instant l'homme qu'il avait dû être.

— Barrez-vous, espèce de salauds ! hurla-t-il en lançant le contenu savonneux du seau vers les gens assemblés de l'autre côté de la rue. Allez vous faire foutre ! Laissez-nous tranquilles !

Sa voix chavira. Il était à deux doigts de se jeter sur les badauds quand Bodenstein le prit par le bras. Ce sursaut d'énergie s'éteignit aussi vite qu'il était né. Sous le poing ferme de Bodenstein, Sartorius se dégonfla comme un ballon dont l'air s'échappe.

— Excusez-moi, dit-il à voix basse, avec un sourire tremblant, mais j'aurais dû le faire depuis longtemps.

Comme la maison était passée au crible par le service des empreintes, Hartmut Sartorius ouvrit la porte de derrière, qui menait à l'auberge et conduisit Pia et Bodenstein dans la grande salle rustique qui semblait seulement fermée pour la nuit. Les chaises étaient posées sur les tables, il n'y avait pas un brin de poussière par terre et les menus dans leurs reliures en skaï formaient une pile impeccable près de la caisse. Le comptoir astiqué brillait, la fontaine à bière reluisait, les tabourets étaient en rang. Pia regarda autour d'elle et frissonna. Ici, le temps paraissait s'être arrêté.

— J'y viens chaque jour, expliqua Sartorius. Mes parents et mes grands-parents s'occupaient de la ferme et de l'auberge. Je ne prendrai pas sur moi de détruire tout ça. Il descendit les chaises posées sur une table ronde près du comptoir et pria Pia et Bodenstein de s'installer. Voulez-vous prendre quelque chose. Un café peut-être ?

— Oui, ce serait gentil, dit Bodenstein en souriant.

Sartorius alla derrière le comptoir, prit des tasses dans le placard et remplit la machine de café. Ces gestes familiers, mille fois accomplis, le rassuraient. Ce faisant il parlait du passé, quand il était encore boucher, cuisinier, et qu'il produisait son propre *Apfelwein*.

— Les gens venaient de Francfort, dit-il avec une fierté perceptible dans la voix. Uniquement à cause de notre *Ebbelwoi**. Qui ne venait pas ! En haut, dans la grande salle, il y avait une réception toutes les semaines. Du temps de mes parents, on faisait du cinéma et des combats de boxe. Autrefois les gens n'avaient pas d'autos, ils n'allaient pas Dieu sait où pour manger.

Pia et Bodenstein échangèrent un regard muet. Ici, dans son royaume, Hartmut Sartorius était à nouveau le chef qui avait à cœur le bien-être de ses hôtes et qui se mettait en colère contre les graffitis sur la façade, et non l'ombre courbée et découragée à quoi les circonstances

* Cidre.

l'avaient réduit. Pia comprit alors l'ampleur de la perte que cet homme avait subie et elle éprouva une profonde pitié. Avant, elle avait eu envie de lui demander pourquoi il n'avait pas quitté Altenhain mais à présent la question était inutile. Sartorius était aussi enraciné dans ce village, où sa famille avait vécu depuis des générations, que le châtaignier dehors dans la cour.

— Vous avez débarrassé la cour, dit Bodenstein pour changer de conversation. Ça a dû être beaucoup de travail.

— C'est Tobias qui l'a fait. Il voulait que je vende tout. Il a raison, nous ne ferons plus jamais fortune ici. Mais le problème c'est que la ferme ne m'appartient pas.

— Elle appartient à qui ?

— Il fallait trouver de l'argent pour payer l'avocat de Tobias, raconta de bon gré Sartorius. Or nous nous étions endettés pour la nouvelle cuisine de l'auberge, un tracteur et différentes choses et cela dépassait nos possibilités. J'ai pu faire face à mes échéances pendant trois ans mais ensuite les habitués m'ont quitté. J'ai dû fermer. S'il n'y avait pas eu Claudius Terlinden nous nous serions retrouvés à la rue.

— Claudius Terlinden ? demanda Pia en sortant son bloc-notes.

Soudain elle comprit la remarque d'Andrea Wagner. Elle ne voulait pas se retrouver dans la même situation que Sartorius. Elle préférait travailler plutôt que de dépendre de lui.

— Oui, Terlinden a été le seul à nous soutenir. Il s'est occupé de trouver un avocat pour Tobias et plus tard il est allé régulièrement le voir en prison.

— Ah oui !

— La famille Terlinden vit depuis aussi longtemps à Altenhain que la nôtre. L'arrière-grand-père de Claudius était le forgeron du village, jusqu'à ce qu'il fasse une découverte technique qui lui a permis d'ouvrir une serrurerie. Le grand-père de Claudius a fondé l'entreprise et construit la villa en haut dans le bois. Les Terlinden ont toujours eu une position sociale et ils ont fait beaucoup pour le village, leurs ouvriers et les familles de ceux-ci. Aujourd'hui ce n'est plus nécessaire mais Claudius prête toujours une oreille attentive à chacun. Il aide ceux qui font faillite. Sans son soutien, les associations du village n'existeraient pas. Il y a quelques années il a offert aux pompiers un nouveau canon à eau, il est président du club de foot et sponsorise l'équipe de première et deuxième division. On lui doit même la pelouse artificielle.

Il resta un moment le regard perdu devant lui mais Pia et Bodenstein se gardèrent bien d'interrompre ses réflexions. Quelques minutes après, il reprit.

— Claudius a offert une place à Tobias dans son entreprise. Jusqu'à ce qu'il trouve autre chose. Lars était autrefois le meilleur ami de Tobias. Pour nous, il était comme un second fils et Tobias était sans arrêt chez les Terlinden.

— Lars, remarqua Pia. Il est handicapé mental, non ?

— Non, pas Lars, dit Sartorius en secouant la tête. C'est Thies, l'aîné. Et d'ailleurs il n'est pas handicapé mental. Il est autiste.

— Si je me souviens bien, dit Bodenstein qui s'était renseigné avec l'aide de Pia sur l'ancienne enquête, dans le temps, Claudius Terlinden a été suspecté. Votre fils n'avait-il pas affirmé que Claudius Terlinden avait une relation avec Laura ? Et lui n'avait pas particulièrement défendu Tobias.

— Je ne crois pas qu'il y ait eu quelque chose entre Claudius et Laura, répondit Sartorius après un instant de réflexion. La petite était jolie et assez délurée. Sa mère était gouvernante là-haut dans la villa, c'est pour ça que Laura y allait souvent. Elle a raconté à Tobias que Claudius lui courait après pour le rendre jaloux. Elle était très vexée qu'il ait rompu avec elle. Mais Tobias était follement amoureux de Stefanie et Laura n'avait plus aucune chance. Hum, c'était un autre calibre, la Stefanie. Déjà une vraie femme, très belle et très consciente de sa beauté.

— Blanche-Neige, dit Pia.

— Oui, on l'a appelée comme ça quand elle a obtenu le rôle.

— Quel rôle ?

— Oh, une pièce de théâtre à l'école. Les autres filles crevaient d'envie. Stefanie était la nouvelle et malgré ça elle a obtenu ce premier rôle si convoité.

— Mais Laura et Stefanie étaient amies, non ? demanda Pia.

— Toutes les deux étaient dans la même classe avec Nathalie. Elles s'entendaient bien et faisaient partie de la même bande.

Les pensées de Sartorius s'attardaient sur un paisible passé.

— Quelle bande ?

— Celle de Laura, de Nathalie, et des garçons : Tobias, Jörg, Felix, Michael. Quand Stefanie est arrivé à Altenhain elle en a fait partie aussitôt.

— Et Tobias a rompu avec Laura à cause d'elle.

— Oui.

— Mais ensuite Stefanie a rompu avec *lui*. Pourquoi ?

— Je l'ignore, dit Sartorius en haussant les épaules. Allez savoir avec les jeunes ? Il semblerait qu'elle se soit amourachée de son professeur.

— De Gregor Lauterbach ?

— Oui. Sa mine s'assombrit. Au procès ils y ont vu un mobile. Tobias aurait été jaloux de son professeur et c'est pour ça qu'il aurait… tué Stefanie. C'est absurde.

— Qui a eu le rôle dans la pièce quand Stefanie n'a pas pu le jouer ?

— Si je me souviens bien c'est Nathalie.

Pia jeta un regard à Bodenstein.

— Nathalie – donc Nadja, dit-elle, est toujours restée fidèle à votre fils. Même aujourd'hui. Pourquoi ?

— Les Unger étaient nos plus proches voisins. Nathalie était pour Tobias comme une petite sœur. Plus tard elle est devenue sa meilleure amie. C'était… son pote. Nature et pas compliquée. Un garçon manqué. Tobias et ses amis la traitaient comme un des leurs car elle faisait tout comme eux. Elle faisait de la moto, grimpait aux arbres, et même elle se bagarrait avec eux quand elle était plus jeune.

— Pour en revenir à Claudius Terlinden, commença Bodenstein.

Mais à cet instant Behnke surgit dans la salle, suivi par deux policiers. Le matin, Bodenstein lui avait confié la direction de la perquisition. Il se planta devant la table, flanqué de ses deux collègues, qui semblaient l'escorter.

— Nous avons trouvé quelque chose d'intéressant dans la chambre de votre fils, monsieur Sartorius.

Pia remarqua l'éclair de triomphe dans les yeux de Behnke. Il jouissait de la situation comme quelqu'un qui profite de la supériorité que lui accorde sa fonction. Un trait de caractère qui dégoûtait profondément Pia.

Comme touché par une baguette magique, Sartorius revint à lui.

— C'était caché dans la poche revolver du jean de votre fils, annonça Behnke sans quitter Sartorius des yeux, en dilatant les ailes du nez en signe de victoire. Est-ce que ça appartient à votre fils ? Hum ? Eh bien ! Ici, sur le dos il y a des initiales au marqueur, regardez !

Bodenstein se racla la gorge et lui fit signe avec l'index de lui remettre l'objet.

Pia aurait voulu embrasser son chef, elle eut toutes les peines du monde à ne pas éclater de rire. Sans grands mots il remettait Behnke à sa place – et cela devant son escorte. On pouvait presque l'entendre grincer des dents mais il tendit à contrecœur à son chef la pochette de plastique qui contenait son butin.

— Merci, dit Bodenstein sans lui accorder un regard. Vous pouvez disposer.

Le maigre visage de Behnke blêmit puis rougit de colère. Il bouscula le pauvre bougre qui se trouvait sur son chemin comme si c'était sa faute ! Son regard effleura celui de Pia qui réussit à conserver un air indifférent. Pendant ce temps, Bodenstein examina le contenu de la pochette de plastique et fronça les sourcils.

— Cela semble être le mobile d'Amelie Fröhlich, dit-il d'un air grave lorsque Behnke et les deux autres policiers eurent disparu. Comment a-t-il pu atterrir dans la poche de votre fils ?

Hartmut Sartorius était devenu blême et secouait la tête avec désarroi.

— Je… je n'en ai aucune idée, souffla-t-il. Vraiment aucune.

Le mobile de Nadja sonnait et vibrait mais elle ne jeta qu'un rapide coup d'œil sur l'écran et le repoussa.

— Prends-le, dit Tobias à qui la musique portait sur les nerfs. Il ne nous laissera pas tranquilles.

Elle prit l'appareil et répondit.

— Bonjour Hartmut, dit-elle en regardant Tobias.

Celui-ci se redressa involontairement. Que voulait son père à Nadja ?

— Ah ?... Ah... Oui, je comprends. Elle écoutait sans le quitter des yeux. Non... désolée. Il n'est pas ici... Non, je ne sais pas où il peut être. Je viens juste de rentrer de Hambourg... oui, oui, bien sûr. S'il m'appelle, je vous préviendrai.

Elle raccrocha. Le silence régna un instant.

— Tu as menti, dit Tobias. Pourquoi ?

Nadja ne répondit pas aussitôt. Elle baissa les yeux en soupirant. Quand elle le regarda à nouveau, elle luttait contre les larmes.

— La police perquisitionne votre maison, dit-elle d'une voix oppressée. Ils veulent te parler.

Une perquisition ? Pourquoi ? Tobias se leva brusquement. Impossible de laisser son père affronter seul cette situation. La mesure de ce qu'il pouvait supporter était depuis longtemps dépassée.

— S'il te plaît, Tobi, supplia Nadja. N'y va pas ! Je... je... ne supporterais pas que tu ailles de nouveau en prison !

— Qui te dit qu'ils veulent m'arrêter, répondit Tobias étonné. Ils ont sans doute des questions à me poser.

— Non !

Elle se leva d'un bond, la chaise racla le sol de granit. Elle avait l'air désespérée, les larmes jaillissaient de ses yeux.

— Mais qu'est-ce que tu as ?

Elle lui jeta les bras autour du cou, se pressa contre lui. Il ne comprenait rien à sa conduite. Il lui caressa le dos et la serra dans ses bras.

— Ils ont trouvé le mobile d'Amelie dans ton jean.

Sa voix était étouffée dans son cou. Ses mots avalés. Bouleversé, il se détacha de l'étreinte de Nadja. Il devait s'agir d'une erreur. Comment le mobile d'Amelie avait-il pu atterrir dans son jean ?

— N'y va pas, supplia Nadja. Allons-nous-en ! Très loin, jusqu'à ce que tout soit éclairci !

Tobias regardait fixement devant lui, essayant en vain de surmonter sa stupeur. Il serrait les poings et les ouvrait alternativement. Que s'était-il passé durant les heures dont il ne gardait aucun souvenir ?

— Ils vont te jeter en prison ! dit Nadja en réussissant à se dominer et en essuyant ses larmes. Tu le sais aussi bien que moi ! Et après tu n'auras plus aucune chance.

Elle avait raison, il le savait. Les événements se répétaient exactement de la même sinistre façon. Autrefois, c'était la chaîne de Laura trouvée dans la laiterie qui avait prouvé sa culpabilité. Il sentit des ondes de panique le parcourir et se laissa tomber sur une chaise. Aucun doute, il était le meurtrier idéal. Puisque le mobile d'Amelie était caché dans sa poche, on lui mettrait tout sur le dos dès qu'il apparaîtrait. Soudain ressurgit l'ancien tourment qui fit couler le doute en lui, comme un pus empoisonné, dans ses veines, son corps, chaque circonvolution de son cerveau. *Meurtrier, meurtrier, meurtrier !* Ils le lui avaient répété jusqu'à ce que lui-même soit persuadé qu'il en était un. Il regarda Nadja.

— OK, souffla-t-il. Je n'irai pas. Mais… et si je l'avais vraiment fait ?

— Pas un mot à la presse ou à quiconque sur le mobile ! ordonna Bodenstein.

Tous les policiers qui avaient participé à la perquisition étaient rassemblés près du portail. Il pleuvait à verse. Durant les dernières vingt-quatre heures la température avait chuté de dix degrés. À la pluie se mêlait la première neige.

— Mais pourquoi ? objecta Behnke. Le type risque de se faire la belle et nous serons refaits !

— Je ne veux à aucun prix déclencher ici une chasse aux sorcières, répondit Bodenstein. Le village est assez remonté comme ça. J'exige que toute information soit absolument verrouillée jusqu'à ce que j'aie parlé avec Tobias Sartorius. C'est clair.

Les hommes et les femmes acquiescèrent, seul Behnke croisa les bras et secoua la tête d'un air entêté. L'humiliation de tout à l'heure couvait en lui comme une mèche rougeoyante, Bodenstein le savait. Behnke avait très bien compris ce que signifiait pour lui de diriger la perquisition. Cette dégradation était une sanction. Bodenstein lui avait dit entre quatre yeux qu'il avait été amèrement déçu par son abus de confiance. Depuis douze ans, Bodenstein avait réparé les problèmes toujours plus graves que le tempérament explosif de Behnke créait régulièrement. Mais à présent il lui avait clairement dit que c'était terminé. Cette entorse au règlement n'était pas excusable, même en tenant compte de ses problèmes familiaux. Il espérait que Behnke respecterait ses consignes car, dans le cas inverse, il ne serait plus possible de lui éviter la suspension qui le menaçait.

Bodenstein se retourna et suivit Pia d'un pas rapide vers l'auto.

— Envoyez un avis de recherche contre Tobias Sartorius, dit-il en laissant tourner le moteur sans démarrer. Bon Dieu, j'étais sûr que nous trouverions une trace de la fille !

— Tu crois que c'est lui, c'est ça ?

Pia attrapa son téléphone et appela Ostermann. L'essuie-glace raclait le pare-brise, le chauffage soufflait l'air chaud à plein régime. Bodenstein se mordait les lèvres d'un air pensif. Pour être honnête, il ne s'en apercevait même pas. Chaque fois qu'il essayait de se concentrer sur l'enquête, il avait devant les yeux l'image d'une Cosima nue en train de se vautrer dans les draps avec un inconnu. Avait-elle de nouveau rencontré le type hier ? Quand il était rentré chez lui, elle était déjà couchée et dormait. Il en avait profité pour contrôler son mobile et constaté que tous les appels et tous les SMS avaient été effacés. Cette fois il n'avait ressenti aucune mauvaise conscience même quand il avait fouillé dans les poches de son manteau. Il était presque sur le point d'oublier ses soupçons, quand il avait découvert deux préservatifs dans son portefeuille, entre les cartes de crédit.

— Oliver ! Pia le tira de ses pensées. Kai est tombé dans le journal d'Amelie sur un endroit où elle écrit que son voisin l'attend chaque matin pour pouvoir la prendre à l'arrêt de bus.

— Oui, et alors ?

— Ce voisin, c'est Claudius Terlinden.

Bodenstein ne comprenait pas ce que Pia voulait dire. Il était incapable de réfléchir. Il n'avait pas l'esprit assez libre pour diriger cette enquête.

— Nous devons lui parler, dit Pia avec un soupçon d'impatience dans la voix. Nous savons trop peu de chose sur l'entourage de la fille pour pouvoir considérer Tobias Sartorius comme l'unique meurtrier possible.

— Oui, tu as raison.

Il passa la marche arrière et s'engagea dans la rue.

— Attention ! Le bus ! cria Pia mais il était trop tard.

Les freins crissèrent, le métal éclata contre le métal et la voiture fut secouée par un grand choc. La tête de Bodenstein frappa rudement la vitre latérale.

— Super !

Pia défit sa ceinture de sécurité et descendit. Sonné, Bodenstein regarda par-dessus son épaule et aperçut derrière la vitre ruisselante le contour d'un grand véhicule. Quelque chose de chaud courait sur son visage, il se toucha la joue et vit, abasourdi, du sang sur sa main. Ce n'est qu'alors qu'il réalisa ce qui s'était passé. L'idée de sortir sous la pluie pour parlementer au milieu de la rue avec un chauffeur de bus l'excédait. Tout le dégoûtait. La portière s'ouvrit.

— Mon Dieu, tu saignes !

La voix de Pia fut d'abord effrayée puis elle éclata de rire. Derrière eux, sous la pluie la rue n'était que chaos. Presque tous les collègues qui avaient participé à la perquisition voulaient expertiser les dégâts de la BMW et du bus.

— Qu'est-ce qui te fait rire ? demanda Bodenstein vexé.

— Excuse-moi. La tension des dernières heures se déchargeait en un fou rire presque hystérique. Mais j'étais persuadée que tu avais du sang bleu.

Il faisait presque nuit quand Pia fit franchir à la BMW, pas mal bosselée mais encore capable de rouler, le portail de la propriété des Terlinden qui cette fois était ouvert. Ça avait été un pur hasard de trouver le Dr Lauterbach dans ce qu'elle appelait son annexe. Normalement elle ne consultait dans ce cabinet situé dans l'ancienne mairie d'Altenhain que le mercredi après-midi, mais elle était venue chercher le dossier d'un patient quand l'accident s'était produit. Elle avait soigné la blessure à la tête de Bodenstein avec rapidité et compétence et lui avait conseillé de rester allongé le reste de la journée. Une commotion cérébrale n'était pas à exclure. Mais il avait fermement refusé d'obtempérer. Pia, qui après son accès d'hilarité avait retrouvé son sang-froid, soupçonnait ce qui préoccupait son chef.

Ils roulèrent dans l'allée éclairée qui traversait un parc planté de magnifiques vieux arbres, de buissons de buis et de bordures de fleurs hivernales. Après une courbe, la maison apparut dans le crépuscule nébuleux de la tombée de la nuit, une grande villa ancienne à colombages avec des encorbellements, des tours, des toits à pignon et d'accueillantes fenêtres illuminées. Elle roula jusqu'à la cour intérieure et s'arrêta devant les trois marches du perron. Sous l'auvent qui supportait la massive porte de bois, un arrangement de citrouilles de Halloween grimaçait. Pia pressa sur la sonnette et aussitôt un chœur d'aboiements s'éleva à l'intérieur de la maison. À travers la vitre dépolie démodée de la porte d'entrée, elle aperçut toute une meute de chiens qui sautaient contre la porte en aboyant : celui qui sautait le plus haut était un Jack Russell terrier haut sur pattes qui glapissait comme un fou. Un vent froid poussait sous l'auvent une pluie froide qui se transformait peu à peu en cristaux de neige. Pia sonna à nouveau, faisant atteindre aux aboiements un crescendo assourdissant.

— Ils vont bientôt finir par se bouger, râla-t-elle en relevant le col de veste en jean.

— Tôt ou tard quelqu'un ouvrira, dit Bodenstein imperturbable en s'appuyant nonchalamment sur le panneau de bois.

Pia lui jeta un regard mauvais. Son stoïcisme la faisait parfois bouillir. Enfin des pas s'approchèrent, les chiens se turent et disparurent comme des spectres. La porte s'ouvrit et dans l'encadrement apparut une blonde d'une gracilité juvénile, habillée d'une veste bordée de fourrure sur un pull à col roulé, d'une courte jupe écossaise et de hautes bottes à la mode. Au premier regard, Pia lui aurait donné dans les vingt-cinq ans. Elle avait un visage lisse, sans âge et de grands yeux bleus de poupée, qui se posèrent avec une retenue polie sur Pia puis sur Bodenstein.

— Madame Terlinden, dit Pia en cherchant son insigne dans les poches de sa doudoune puis dans celles de sa veste en jean, pendant que Bodenstein restait muet comme une carpe. La femme acquiesça. Mon nom est Kirchhoff, et voici mon collègue Bodenstein. Nous sommes de la K11 de Hofheim. Votre mari est-il là ?

— Non, désolée.

Avec un sourire amical, Mme Terlinden tendit une main qui trahissait son âge. Elle devait avoir dépassé la cinquantaine depuis pas mal d'années. Son apparence juvénile parut soudain un déguisement.

— En quoi puis-je vous aider ?

Elle ne faisait pas mine de les faire entrer. À travers la porte ouverte, Pia jeta un regard à l'intérieur et aperçut un large escalier dont les marches étaient recouvertes d'un tapis bordeaux, un hall pavé d'un damier de marbre et des murs tapissés en jaune safran sur lesquels étaient accrochés des tableaux de couleur sombre.

— Vous savez certainement que la fille de vos voisins a disparu depuis samedi, commença Pia. Les chiens renifleurs ont aboyé sans arrêt près de votre maison et nous aimerions savoir pourquoi.

— Ça n'a rien d'étonnant. Amelie était souvent chez nous, dit Mme Terlinden d'une voix haut perchée, tandis que son regard allait de Pia à Bodenstein et retour. Elle est amie avec notre fils Thies.

D'un geste machinal elle passa une main prudente sur son impeccable coiffure de page en regardant avec un peu d'irritation Bodenstein qui restait à l'arrière-plan. Le pansement de son front ressortait très blanc dans le crépuscule.

— Amie ? Amelie est l'amie de votre fils ?

— Non, non, pas dans ce sens. Tous les deux s'entendaient bien, rectifia Mme Terlinden. Elle n'a pas peur de le toucher et elle ne lui fait pas sentir qu'il est… différent.

Bien que ce soit Pia qui conduisît la conversation, le regard de Mme Terlinden revenait toujours sur Bodenstein, comme si elle espérait qu'il intervienne. Pia connaissait ce type de femmes, ce mélange habilement étudié de fragilité et de coquetterie qui éveillait chez presque tous les hommes un instinct de protection. Quelques-unes étaient vraiment ainsi par nature mais la plupart y avaient découvert au fil du temps un efficace moyen de manipulation.

— Nous aimerions parler avec votre fils, dit Pia. Il pourrait peut-être nous apprendre des choses sur Amelie.

— Je regrette, c'est impossible, dit Christine Terlinden en serrant le col en fourrure de sa veste et en caressant à nouveau son casque blond. Thies ne va pas bien. Il a eu une crise hier, nous avons dû appeler le médecin.

— Quelle sorte de crise ? insista Pia.

Si Mme Terlinden avait espéré que la police se contenterait d'une vague excuse, elle voyait à présent qu'elle s'était trompée. La question de Pia parut l'affecter désagréablement.

— Eh bien. Thies est très labile. Les plus légers changements dans son environnement le déstabilisent complètement.

Elle semblait réciter une leçon. L'absence d'émotion dans ses paroles était manifeste. Visiblement, ce qui était arrivé à la fille des voisins intéressait peu Mme Terlinden. Elle n'avait pas posé de questions même par politesse. C'était bizarre. Pia se souvint des suppositions des femmes dans l'épicerie du village qui tenaient pour possible que Thies ait pu faire quelque chose à la jeune fille, quand il traînait la nuit dans les rues.

— Que fait votre fils toute la journée? demanda Pia. Il travaille?

— Non. Des étrangers exigeraient trop de lui. Il s'occupe de notre jardin et du jardin de quelques voisins. C'est un très bon jardinier.

Involontairement Pia se souvint de la vieille chanson que Reinhard Mey avait écrite pour parodier le film d'Edgar Wallace : *L'assassin est toujours le jardinier*. Est-ce que c'était si simple? Les Terlinden savaient-ils des choses et cachaient-ils leur fils handicapé pour le protéger?

La pluie s'était finalement transformée en neige. Une fine pellicule couvrait l'asphalte de la route et Pia eut toutes les peines à conduire la lourde BMW qui avait toujours des pneus d'été jusqu'au portail de l'entreprise de Terlinden.

— Tu devrais faire changer tes pneus, dit-elle à son chef. Des pneus d'hiver de 0/0RO.

— Quoi ?

Bodenstein fronça les sourcils d'un air irrité. Il était quelque part, perdu dans ses pensées mais sûrement très loin de l'enquête. Son mobile sonna.

— Oui, madame Engel… dit-il après un coup d'œil sur l'écran.

— D'octobre à Pâques, murmura Pia en baissant la vitre pour montrer son insigne de police au portier. M. Terlinden nous attend.

Ce n'était pas tout à fait exact, mais l'homme se contenta de faire un signe de tête avant de rentrer dans sa maisonnette bien chaude et de relever la barrière. Pia démarra prudemment pour ne pas déraper et roula jusqu'à une place de parking vide près de la façade de verre du bâtiment principal. Devant la porte d'entrée était stationnée une Mercedes Classe S noire. Pia s'arrêta derrière et descendit. Bodenstein n'aurait-il pas pu abréger sa conversation avec Nicole Engel ? Ses pieds étaient deux blocs de glace. Durant le court trajet depuis Altenhain, le chauffage de la voiture n'avait pas eu le temps de se mettre en route. La neige tombait plus dru. Comment allait-elle faire pour conduire la BMW jusqu'à Hofheim sans se retrouver dans le fossé ? Son regard tomba sur une vilaine bosse sur l'aile arrière gauche de la Mercedes et elle alla la voir de plus près. L'accident n'était pas très vieux, sinon la bosse serait déjà rouillée.

Elle entendit une portière de voiture se refermer derrière elle et se retourna. Bodenstein lui tint la porte et ils pénétrèrent dans le hall. Un jeune homme était assis derrière un comptoir en noyer. Le nom de TERLINDEN resplendissait en lettres dorées sur le mur blanc. Sobre et cependant imposant. Pia lui exposa la raison de leur venue et, après un bref coup de téléphone, il les accompagna jusqu'à l'ascenseur situé dans la partie arrière du hall. En silence, ils atteignirent le quatrième étage où les attendait une femme soignée, d'âge mûr. Elle était sur le point de partir et portait déjà manteau, écharpe et sac à l'épaule, mais consciente de son devoir elle les conduisit au bureau du chef.

Après tout ce que Pia avait entendu sur Claudius Terlinden, elle s'attendait à un patriarche jovial et fut d'abord un peu déçue en voyant un homme d'apparence banale, en costume-cravate, assis derrière un bureau encombré. Il se leva quand ils entrèrent, boutonna sa veste et vint vers eux.

— Bonsoir, monsieur Terlinden. Bodenstein était sorti de sa tétanie. Excusez-nous de venir si tard, mais nous avons essayé plusieurs fois de vous joindre dans la journée.

— Bonsoir, répondit Terlinden en souriant. Ma secrétaire m'a laissé votre message. Je pensais vous appeler demain matin.

Il avait dans les cinquante-cinq ans et son épaisse chevelure brune grisonnait sur les tempes. Vu de près il était tout sauf banal. Terlinden n'était pas beau, son nez était trop grand, son menton trop carré, sa bouche trop pleine pour un homme, mais il émanait de lui quelque chose qui fascinait.

— Seigneur, vous avez les mains gelées ! dit-il plein d'attention, en lui retenant brièvement la main dans la sienne agréablement chaude.

Pia sursauta comme si elle avait reçu une décharge électrique. Une expression d'étonnement effleura le visage de Terlinden.

— Puis-je vous offrir un café ou un chocolat chaud pour vous réchauffer un peu ?

— Non, non, merci, répondit Pia, embarrassée par l'intensité de son regard qui la fit rougir malgré elle.

Ils se regardèrent un peu plus longtemps que nécessaire. Que se passait-il ? S'agissait-il d'une pure attirance physique ou bien d'autre chose ?

Avant qu'elle ou Bodenstein aient eu le temps de poser la moindre question, Terlinden demanda des nouvelles d'Amelie.

— Je me fais beaucoup de souci, dit-il gravement. Amelie est la fille de mon fondé de pouvoir, je la connais bien.

Pia se rappela qu'elle avait projeté de lui demander carrément s'il tournait autour de la jeune fille. Mais cette résolution était soudain comme balayée.

— Nous n'avons hélas aucun nouvel élément, dit Bodenstein, en entrant sans plus de préliminaires dans le vif du sujet. On nous a dit que vous êtes allé plusieurs fois voir Tobias Sartorius en prison. Pour quelles raisons ? Et pourquoi avez-vous endossé les dettes de ses parents ?

Pia enfonça les mains dans les poches de sa veste et essaya de se rappeler ce qu'elle devait absolument demander à Terlinden. Mais son cerveau était soudain aussi vide qu'un disque dur nouvellement formaté.

— Après ces terribles événements, les gens du village ont traité Hartmut et Rita comme des lépreux, répondit Claudius Terlinden. Je ne les considérais pas comme responsables. Quoi que leur fils ait pu faire, ils n'y étaient pour rien.

— Et pourtant, Tobias vous a accusé d'avoir trempé dans la disparition d'une des jeunes filles, autrefois ? Cette affirmation a dû vous créer pas mal de difficultés.

Terlinden acquiesça. Il mit les mains dans les poches de son pantalon et pencha la tête. Bodenstein le dépassait d'une tête et il devait lever les yeux pour lui parler mais son assurance ne paraissait pas en souffrir.

— Je n'en ai pas voulu à Tobias. Il avait à supporter une pression énorme et essayait de se défendre par tous les moyens. Et effectivement Laura m'avait mis deux fois dans une situation extrêmement désagréable. Elle était la fille de notre gouvernante. Elle était donc souvent chez nous et elle s'est imaginé que j'étais amoureux d'elle.

— Quel genre de situations ? demanda Bodenstein.

— Une fois elle s'est couchée dans mon lit pendant que j'étais à la salle de bains, dit Terlinden d'une voix neutre. La deuxième fois elle s'est mise nue devant moi dans le salon. Ma femme était en voyage et Laura le savait. Elle m'a dit très clairement qu'elle voulait coucher avec moi.

Pour une raison inexplicable, ces mots firent vibrer les nerfs de Pia. Elle évita de le regarder et détourna son regard sur la décoration du bureau. La massive table de bois avec des sculptures imposantes reposait sur quatre gigantesques pieds de lion, à côté d'un globe terrestre ancien. De sombres tableaux expressionnistes étaient accrochés aux murs, dans de simples cadres dorés, semblables à ceux qu'elle avait aperçus dans la villa par-dessus les épaules de Mme Terlinden.

— Et qu'est-il arrivé ensuite ? demanda Bodenstein.

— Quand je l'ai repoussée, elle a éclaté en sanglots et elle est sortie de la pièce en courant. Juste au moment où mon fils entrait.

Pia se racla la gorge. Elle avait retrouvé son sang-froid.

— Vous avez souvent pris Amelie Fröhlich en auto, dit-elle. Elle l'a écrit dans son journal. Elle avait l'impression que vous l'attendiez.

— Je ne l'attendais pas, dit Terlinden en souriant, mais je l'ai prise quelquefois quand elle attendait le bus ou bien je la remontais quand je la rencontrais par hasard au village.

Il parlait calmement, avec désinvolture, et ne donnait pas l'impression d'avoir quelque chose sur la conscience.

— Vous lui avez procuré son job de serveuse au *Cheval Noir*. Pourquoi ?

— Amelie voulait gagner de l'argent et l'aubergiste du *Cheval Noir* cherchait une serveuse, dit-il en haussant les épaules. Je connais tout le monde dans le village et quand je peux aider, je le fais volontiers.

Pia observait l'homme.

Son regard scrutateur rencontrait le sien et elle le soutenait. Elle posait des questions et il répondait. En même temps, quelque chose d'entièrement différent passait entre eux, mais quoi ? D'où venait l'attirance que cet homme exerçait sur elle ? Étaient-ce ses yeux sombres ? Le timbre agréable de sa voix ? L'aura d'assurance décontractée qu'il dégageait ? Pas étonnant qu'une jeune fille comme Amelie ait été impressionnée, s'il envoûtait ainsi une femme adulte.

— Quand avez-vous vu Amelie pour la dernière fois ? demanda Bodenstein.

— Je ne sais pas au juste.

— Mais vous savez où vous étiez samedi soir ? C'est le laps de temps entre 22 heures et 2 heures du matin qui nous intéresse.

Claudius Terlinden enleva les mains de ses poches et croisa les bras. L'égratignure sanglante qu'il avait sur le dos de la main gauche semblait récente.

— Je suis allé dîner avec ma femme à Francfort, répondit-il après une courte réflexion. Comme Christine avait mal à la tête, je l'ai ramenée à la maison puis je suis venu ici pour ranger les bijoux dans le coffre.

— Quand êtes-vous revenus de Francfort ?

— Vers 22 h 30.

— Vous êtes donc passé deux fois devant le *Cheval Noir*, remarqua Pia.

— Oui.

Tout en répondant presque incidemment aux questions de Bodenstein, Terlinden l'observait avec la concentration d'un candidat dans un show télévisé au moment de la question décisive. Cette façon de se tenir sur ses gardes agaça Pia, et Bodenstein parut le remarquer aussi.

— Et rien ne vous a frappé ? demanda-t-il. Avez-vous vu quelqu'un dans la rue ? Un passant tardif, peut-être ?

— Non, rien, dit Terlinden d'un air pensif. Mais je fais ce chemin plusieurs fois par jour et je ne le vois même plus.

— D'où vient l'égratignure à votre main ? demanda Pia.

Le visage de Terlinden s'assombrit. Il ne souriait plus.

— J'ai eu une altercation avec mon fils.

Thies – bien sûr ! Pia avait presque oublié ce qui les avait conduits ici !

Bodenstein également mais il enchaîna élégamment.

— Oui. Votre femme nous a dit que votre fils Thies avait eu une crise hier soir.

Claudius Terlinden hésita un instant puis il acquiesça.

— De quelle sorte de crise s'agit-il ? Il est épileptique ?

— Non. Thies est autiste. Il vit dans son monde à lui et ressent tout changement dans son environnement habituel comme une menace. C'est pourquoi il réagit par un comportement agressif, dit Terlinden en soupirant. Je crains que la disparition d'Amelie n'ait été le déclencheur de sa crise.

— Dans le village, le bruit court qu'il n'y serait pas étranger, dit Pia.

— C'est stupide, dit Terlinden sans s'énerver, plutôt avec indifférence, comme s'il connaissait déjà ce racontar. Thies aimait parler avec la jeune fille. Mais dans le village, il y a des gens qui pensent qu'il devrait être interné. Bien entendu ils ne me le disent pas ouvertement, mais je le sais.

— Nous aimerions lui parler.

— Pour l'instant c'est malheureusement impossible, dit Terlinden en secouant la tête d'un air de regret. Nous devons le laisser en psychiatrie.

— Qu'est-ce qu'on lui fait là-bas ? demanda Pia qui eut aussitôt l'affreuse vision de gens enchaînés à qui on infligeait des électrochocs.

— On essaie de le calmer.

— Combien de temps faudra-t-il avant que nous puissions lui parler ?

Claudius Terlinden haussa les épaules.

— Je ne sais pas. Il y a plusieurs années que Thies n'avait pas eu de crise aussi grave. Je crains que les progrès qu'il avait faits ne soient remis en cause par cet événement. Ce serait une catastrophe pour nous et pour lui.

Il promit d'informer Pia et Bodenstein dès que le médecin donnerait son feu vert pour une conversation avec Thies. Quand il les raccompagna à l'ascenseur et leur serra la main, son sourire était revenu.

— J'ai été ravi de faire votre connaissance, dit-il.

Cette fois son contact ne provoqua chez Pia aucun choc électrique, mais elle se sentit soulagée quand la porte de l'ascenseur se referma derrière eux. Pendant la descente elle s'efforça de dominer son trouble.

— Eh bien, il t'a fait de l'effet, remarqua Bodenstein, et tu lui en as fait toi aussi. Une légère moquerie s'entendait dans sa voix.

— Ridicule, répondit Pia en redressant les revers de sa veste jusqu'à son menton. J'ai seulement essayé de le cerner.

— Et ? Tu es arrivée à quelles conclusions ?

— Je crois qu'il est sincère.

— Ah oui. Et moi je crois le contraire.

— Pourquoi ? Il a répondu sans hésiter à toutes nos questions, même aux désagréables. Par exemple, il n'a pas hésité à nous raconter que Laura l'avait mis deux fois dans une situation pénible.

— C'est exactement ce que je tiens pour une astuce, répondit Bodenstein. N'est-ce pas un curieux hasard que le fils Terlinden soit effacé du paysage juste au moment où la fille disparaît ?

L'ascenseur arriva au rez-de-chaussée. Les portes s'ouvrirent.

— Nous ne sommes pas beaucoup plus avancés, admit Pia en revenant soudain à la réalité. Personne ne veut avoir vu la fille.

— C'est peut-être que personne ne veut nous le dire.

Ils traversèrent le hall, firent un signe de tête au jeune homme de l'accueil et sortirent. Un vent glacial les accueillit. Pia pressa la télécommande et les portes de la BMW se débloquèrent.

— Nous devrons aller revoir Mme Terlinden, dit Bodenstein en s'arrêtant près de la portière et en regardant Pia par-dessus le toit de l'auto.

— Tu suspectes donc Thies et son père.

— Thies a fait quelque chose à la fille que son père essaie de dissimuler et il cache son fils en psychiatrie.

Ils montèrent, Pia démarra et quitta prudemment l'avant-toit qui protégeait le véhicule. Aussitôt le pare-brise se couvrit de neige, et l'essuie-glace se mit automatiquement en mouvement.

— Je veux savoir quelle sorte de médecin s'occupe de Thies, dit Bodenstein. Et si Terlinden est vraiment allé dîner à Francfort samedi soir.

Pia acquiesça. La rencontre avec Claudius Terlinden lui laissait une impression contradictoire. En général elle ne se laissait pas si facilement aveugler mais cet homme l'avait profondément impressionnée et elle voulait comprendre pourquoi.

Il n'y avait plus que les policiers de garde lorsque Pia pénétra dans le bâtiment de la K11, vers 21 h 30. En haut de Kelkheim la neige s'était à nouveau changée en pluie et, malgré ses maux de tête, Bodenstein s'était déclaré en mesure de conduire sa voiture jusque chez lui. Pia avait elle aussi envie de rentrer, Christoph l'attendait certainement, mais la rencontre avec Claudius Terlinden continuait à la travailler. Et Christoph comprendrait si elle devait travailler tard.

À travers les couloirs et les escaliers vides, elle gagna son bureau, alluma la lumière et s'assit à sa table de travail. Christine Terlinden avait mentionné le nom de la doctoresse qui s'occupait de Thies depuis des années. Ce n'était pas surprenant qu'il s'agisse du Dr Daniela Lauterbach puisqu'elle était leur voisine et pouvait intervenir immédiatement en cas de crise.

Elle tapa son mot de passe. Depuis qu'elle avait quitté le bureau de Terlinden, elle tournait et retournait leur entretien dans sa tête en essayant de se rappeler chaque mot, chaque formulation, le moindre sous-entendu. Pourquoi Bodenstein était-il persuadé que Terlinden était impliqué dans la disparition d'Amelie et elle pas ? La séduction qu'il avait exercée sur elle lui avait-elle ôté son objectivité ?

Quand elle entra le nom de Terlinden dans un programme de recherche, elle récolta des milliers d'occurrences. Dans la demi-heure suivante elle apprit beaucoup de choses sur son entreprise, sa famille et sur les innombrables engagements sociaux ou caritatifs de Claudius Terlinden lui-même. Il était dans les conseils de surveillance de multiples associations et organisations, avait remis des bourses pour des jeunes gens doués issus de familles modestes. Il faisait beaucoup pour les jeunes gens. Pourquoi ? Sa déclaration officielle mentionnait qu'il entendait restituer une part de ce qu'il avait reçu, en tant que membre favorisé de la société. Une noble motivation à laquelle il n'y avait rien à redire. Mais cela cachait-il quelque chose ? Il avait affirmé avoir résisté deux fois aux avances que Laura lui avait faites. Était-ce vrai ? Pia cliqua sur les photos qu'elle avait trouvées dans l'ordinateur et observa l'homme qui lui avait fait si forte impression. Sa femme s'habillait-elle de façon si juvénile parce que son mari appréciait les filles jeunes ? Avait-il fait quelque chose à Amelie parce qu'elle avait repoussé ses avances ? Pia se mordillait les lèvres. Elle n'arrivait pas à le croire. Finalement elle quitta Internet et entra son nom dans POLAS, le système de recherche informatique. Rien. Il n'avait jamais été arrêté ni n'avait violé la loi. Soudain son regard tomba sur un lien qui était inséré à droite. Elle cliqua dessus. Le dimanche 16 novembre 2008, quelqu'un avait porté plainte contre Claudius Terlinden. Son cœur se mit à battre pendant qu'elle lisait.

— Non, ce n'est pas vrai, murmura-t-elle.

MERCREDI 19 NOVEMBRE 2008

Le réveil sonna comme chaque matin à 6 h 30, mais il eut aussi peu besoin de ce signal que les jours précédents. Gregor Lauterbach était réveillé depuis longtemps. La peur devant les questions de Daniela l'avait empêché de se rendormir. Il se redressa et jeta ses jambes en bas du lit. Il était tout transpirant et se sentait vanné. Et l'idée des innombrables rendez-vous qui l'attendaient l'accablait. Comment se concentrer quand sous son crâne tictaquait cette menace pareille à une bombe à retardement ? Hier, il avait reçu une nouvelle lettre anonyme dont le contenu était encore plus angoissant que celui de la première :

Et si tes empreintes étaient encore sur le cric que tu as jeté dans la fosse ? La police découvrira la vérité et tu seras foutu !

Qui connaissait ce détail ? Qui lui écrivait ces lettres. Et pourquoi maintenant, onze ans après ? Gregor Lauterbach se leva et se traîna dans la salle de bains. S'appuyant d'une main sur le lavabo, il contempla dans le miroir son visage défait. Devait-il se faire porter malade et se mettre aux abonnés absents jusqu'à ce que l'orage soit passé ? Non, impossible. Il devait continuer à vivre comme avant et en aucun cas se laisser déstabiliser. Sa carrière politique ne devait pas se limiter au ministère de l'Éducation. Il pouvait arriver bien plus haut, à condition de ne pas se laisser effaroucher par les ombres du passé. Il ne devait pas laisser un écart, vieux de onze ans, détruire sa vie. Lauterbach se redressa et jeta au miroir un regard décidé. Dans sa position, il disposait de moyens et d'opportunités dont il n'aurait même pas rêvé autrefois. Et il allait s'en servir.

Il faisait encore nuit quand Pia sonna au portail de la propriété des Terlinden. Malgré l'heure matinale, il ne fallut pas longtemps pour que la voix de Mme Terlinden résonne dans l'interphone. Bientôt une des ailes du portail s'ouvrit comme poussée par une main fantomatique. Pia se rassit à côté de Bodenstein qui conduisait la voiture de fonction. Suivis par une voiture de police et une dépanneuse, ils longèrent l'allée couverte d'une neige vierge. Christine Terlinden les attendait à la porte de la maison avec un sourire amical aussi déplacé, dans ces circonstances, que les politesses habituelles que Pia s'épargna. Un bon jour ! En tout cas pas pour M. Terlinden.

— Nous voudrions parler à votre mari.

— Je l'ai déjà prévenu. Il arrive. Entrez.

Pia fit un signe de tête et Bodenstein resta muet lui aussi. Elle l'avait appelé hier puis avait téléphoné pendant une demi-heure au procureur qui avait refusé un mandat d'arrêt mais délivré un mandat de perquisition pour la voiture de Terlinden et une convocation au tribunal. Ils étaient debout dans l'imposant hall d'entrée et attendaient. La maîtresse de maison avait disparu. Quelque part dans une aile lointaine, un chien aboyait.

— Bonjour !

Bodenstein et Pia levèrent les yeux quand Claudius Terlinden descendit du premier étage, impeccablement habillé, en costume-cravate. Cette fois sa vue laissa Pia de marbre.

— Vous êtes venus tôt.

Il se tenait devant eux en souriant sans leur tendre la main.

— D'où vient la bosse sur l'aile de votre Mercedes ? demanda Pia sans préambule.

— Pardon ? dit-il en fronçant les sourcils d'un air étonné. Je ne comprends pas ce que vous voulez dire.

— Alors je vais vous mettre sur la voie, dit Pia sans le quitter des yeux. Dimanche, un habitant de la Feldstrasse a déposé une plainte pour délit de fuite parce que quelqu'un avait embouti sa voiture dans la nuit. Il l'avait garée devant sa maison vers 22 heures et se trouvait par hasard sur son balcon à 0 h 33 en train de fumer une cigarette quand il a entendu un choc. Il a pu voir la voiture responsable de l'accident et a relevé son numéro : MTK – T 801.

Terlinden resta muet. Son sourire disparut. Une rougeur qui montait du cou s'élargit sur son visage.

— Le matin suivant l'homme a reçu un appel, dit Pia qui devait reconnaître qu'elle l'avait rencontré et secoué sans pitié. De vous. Vous lui demandiez de régler l'affaire sans paperasse et, effectivement, l'homme a retiré sa plainte. Malheureusement elle n'a pas été effacée de l'ordinateur de la police.

Claudius regarda Pia d'un air inexpressif.

— Que voulez-vous de moi ? demanda-t-il en se dominant avec peine.

— Vous nous avez menti hier, répondit-elle avec un sourire aimable. Je n'ai pas à vous apprendre où se trouve la Feldstrasse. Je vous le demande encore une fois : Reveniez-vous de votre entreprise et vous dirigiez-vous vers le *Cheval Noir* ou avez-vous pris le Schleichweg à travers les champs puis la Feldstrasse ?

— Qu'est-ce que cela signifie ? dit Terlinden se tournant vers Bodenstein qui se taisait. Que me reprochez-vous ?

— Amelie Fröhlich a disparu cette nuit-là, répondit Pia à la place de Bodenstein. Elle a été vue pour la dernière fois au *Cheval Noir* à peu près au moment où vous passiez devant en revenant de votre entreprise, vers 23 heures. Vous n'êtes revenu à Altenhain qu'environ deux heures plus tard, vers minuit et demi, et en venant d'une autre direction que celle que vous affirmez.

Il avança la lèvre et la considéra avec des yeux rétrécis.

— Et vous en concluez que j'ai guetté la fille d'un collaborateur, que je l'ai fait monter dans ma voiture et que je l'ai tuée ?

— C'est un aveu ? demanda Pia froidement.

À son agacement, Terlinden eut un sourire presque amusé.

— Aucunement, répliqua-t-il.

— Alors dites-nous ce que vous avez fait entre 22 h 30 et minuit trente. Ou était-ce 22 h 15 ?

— 22 h 30. J'étais à mon bureau.

— Vous avez eu besoin de deux heures pour ranger les bijoux de votre femme dans le coffre ? dit Pia en secouant la tête. Vous nous prenez pour des idiots ?

La situation avait viré à cent quatre-vingts degrés. Claudius Terlinden était en mauvaise posture et il le savait. Pourtant il ne perdait pas la face.

— Avec qui avez-vous dîné ? Et où ?

Silence. Pia se souvint alors des caméras de surveillance qu'elle avait vues à l'entrée de l'entreprise quand elle était passée devant l'autre jour en revenant de chez les Wagner.

— Nous pouvons donc examiner les bandes des caméras de surveillance à la porte de votre entreprise, conclut-elle. Nous aurons ainsi la preuve que vous avez dit la vérité sur l'heure alléguée.

— Vous êtes intelligente, reconnut Terlinden. Ça me plaît. Malheureusement les caméras sont en panne depuis quatre semaines.

— Et les caméras près de votre porte, en dessous de l'entrée ?

— Elles n'enregistrent pas.

— C'est bien dommage, dit Pia en secouant la tête d'un air de regret. Vous n'avez donc aucun alibi pour l'heure à laquelle Amelie a disparu. Et vos mains sont égratignées comme si vous vous étiez battu avec quelqu'un.

Claudius Terlinden fronça les sourcils sans perdre son calme.

— Vous allez m'arrêter parce que j'ai pris un autre chemin pour rentrer chez moi ?

Pia soutint son regard provocant sans ciller. C'était un menteur, peut-être un assassin, mais il savait que leurs présomptions étaient beaucoup trop vagues pour lui valoir une arrestation.

— Vous n'êtes pas en état d'arrestation, seulement en garde à vue, dit-elle, ce qui lui valut un sourire. Et ce n'est pas parce que vous avez pris un autre chemin mais parce que vous avez menti. Dès que vous nous aurez fourni un alibi plausible pour le laps de temps qui fait problème, vous serez libre.

— Bien, dit Terlinden en haussant les épaules. Mais s'il vous plaît, pas de menottes. Je suis allergique au nickel.

— Je suppose que vous n'allez pas vous enfuir, répondit Pia sèchement. Et pour votre gouverne, nos menottes sont en acier inoxydable.

Le téléphone sonna juste au moment où il allait quitter son bureau. Avant de paraître devant le tribunal du directoire, Lars Terlinden attendait un coup de fil urgent du courtier du Crédit suisse avec l'aide duquel il avait arraché une grande partie du portefeuille d'actions à cet aigrefin de Mutzler. Il posa son attaché-case et décrocha.

— Lars, c'est moi, dit la voix de sa mère.

Il eut envie de raccrocher immédiatement.

— Je t'en prie, mère. Fiche-moi la paix. Je n'ai pas le temps.

— La police a arrêté ton père ce matin.

Lars se sentit devenir glacé puis brûlant.

— Mieux vaut tard que jamais, répondit-il amer. Il n'est pas Dieu le père pour faire tout ce qui lui plaît à Altenhain, uniquement parce qu'il a plus d'argent que tous les autres réunis. Il joue depuis bien trop longtemps à ce petit jeu en toute impunité.

Il fit le tour de son bureau et s'assit dans son fauteuil.

— Mais Lars ! Ton père a toujours voulu le meilleur pour toi.

— C'est faux, répondit-il froidement. Il a toujours voulu le meilleur pour lui et pour son entreprise. Et autrefois il a profité de la situation de la même façon qu'il tourne toute situation à son avantage et il m'a forcé à faire un job dont je ne voulais pas. Mère, crois-moi, je me fiche complètement de ce qui peut lui arriver.

Soudain tout était à nouveau très proche. Son père recommençait à lui pourrir la vie, juste au moment où il avait besoin de toutes ses forces et de toute sa concentration pour sauver son job et son avenir ! La colère le submergea. Pourquoi ne pouvaient-ils pas lui ficher la paix ? Les images qu'il croyait oubliées depuis longtemps l'envahirent inexorablement. Il savait qu'autrefois, quand sa mère n'était pas là, son père baisait régulièrement la mère de Laura qui travaillait comme gouvernante à la villa, dans une chambre d'amis sous les toits. Mais ça ne lui avait pas suffi. Il avait fallu qu'il fourre dans son lit la fille de son esclave, car c'est ainsi que lui et tout le village la considéraient – *ius primae noctis*, comme un seigneur féodal du Moyen Âge !

Pendant que sa mère jacassait de sa voix plaintive, Lars pensait à ce soir-là. Il était rentré de son cours de management et dans le couloir il avait presque heurté Laura qui était passée en courant devant lui, le visage couvert de larmes. Ce jour-là, il n'avait rien compris quand son père était sorti du salon en remettant sa chemise dans son pantalon, le visage écarlate et les cheveux en bataille. Le porc ! Laura avait à peine quatorze ans. Ce n'est que des années plus tard qu'il avait reproché à son père d'avoir couché avec Laura, mais celui-ci avait tout nié. La fille s'était amourachée de lui et il avait essayé de la repousser. Lars l'avait cru. Quel garçon de seize ans a envie de penser du mal de son père ? Ce n'est que plus tard qu'il avait mis en doute ses protestations d'innocence. Il lui avait trop souvent menti.

— Lars ? demanda sa mère. Tu es toujours là ?

— J'aurais dû dire la vérité à la police autrefois, répondit-il en essayant de dominer sa voix. Mais mon propre père m'a forcé à mentir, pour que son nom ne soit pas déshonoré ! Qu'est-ce qui s'est passé cette fois ? Il a embarqué la fille qui a disparu ?

— Comment peux-tu dire de telles horreurs ? répondit sa mère. Christine Terlinden était passée maîtresse dans l'art de se tromper soi-même. Ce qu'elle ne voulait pas voir ni entendre, elle ne l'entendait et ne le voyait simplement pas.

— Ouvre donc enfin les yeux, mère ! dit Lars durement. Je pourrais en dire beaucoup plus mais je ne le ferai pas. Pour moi, ce chapitre est clos, tu comprends ? C'est fini. Je dois raccrocher. Ne m'appelle plus, s'il te plaît.

La veille au soir, Mme Terlinden avait dit à Pia que le restaurant où ils avaient dîné le samedi soir, était situé Guiolettstrasse, en face des tours jumelles en verre de la Deutsche Bank.

— Je vais descendre, rejoins-moi quand tu auras trouvé à te garer, décida Bodenstein comme Pia entamait le troisième tour de la Taunusanlage à la Guiolettstrasse.

Il était impossible de se garer devant le prestigieux *Ebony Club*, aussi, dès qu'un client arrivait, les voituriers en uniforme de chauffeur anglais allaient garer sa limousine dans le garage souterrain. Pia s'arrêta, Bodenstein descendit et courut vers la porte d'entrée, en baissant la tête sous les trombes d'eau. Il ne s'arrêta pas en passant devant le panneau *Please wait to be seated.* Le maître d'hôtel et la moitié des garçons se mettaient en quatre autour d'une célébrité et de sa cour qui n'avaient pas de réservation. C'était midi et le restaurant était plein. Malgré la crise, les managers des banques voisines n'avaient manifestement pas perdu le goût des déjeuners chics. Bodenstein regarda autour de lui. Il avait déjà entendu parler de l'*Ebony Club*. Ce restaurant indien était parmi les plus chers et les plus réputés de la ville. Son regard tomba sur un couple assis à une table dans une galerie du fond. Il en eut le souffle coupé. Cosima. Elle était suspendue aux lèvres d'un homme d'une beauté écœurante qui semblait expliquer quelque chose avec de grands gestes enthousiastes. La façon dont Cosima se tenait, légèrement courbée, le menton sur les mains, fit retentir une alarme dans son cerveau. Elle rejeta une mèche de cheveux en arrière, rit à quelque chose que lui disait le type et posa la main sur la sienne. Bodenstein était pétrifié au milieu des va-et-vient des garçons qui passaient devant lui comme s'il était invisible. Ce matin, Cosima lui avait dit qu'elle passerait toute la journée à Mayence dans la salle de montage. Avait-elle brusquement changé ses plans ou bien lui avait-elle à nouveau menti ? Comment aurait-elle pu supposer que son enquête le mènerait justement à midi dans ce restaurant parmi les milliers que comptait Francfort ?

— Puis-je vous aider ?

Une jeune femme potelée se tenait devant lui avec un sourire teinté d'impatience. Son cœur battait avec la violence d'un marteau de forgeron. Il tremblait de tous ses membres et sentait la nausée monter en lui.

— Non, répondit-il sans quitter des yeux Cosima et son compagnon.

L'hôtesse lui jeta un regard étonné mais ce qu'elle pensait lui était parfaitement indifférent. À moins de vingt mètres, sa femme était assise avec l'homme qu'elle se réjouissait de voir avec trois points d'exclamation. Bodenstein se concentra sur sa respiration, d'abord inspirer puis expirer. Il aurait voulu être capable d'aller vers cette table et de gifler l'homme sans avertissement. Mais on lui avait inculqué dans son enfance une féroce domination de soi et des manières policées, et il n'en fit rien. Presque automatiquement, l'observateur exercé qu'il était décelait une intimité manifeste dans la proximité des corps et l'échange des regards. Du coin de l'œil, Bodenstein vit que la jeune hôtesse le désignait au maître d'hôtel, qui avait enfin réussi à caser la célébrité. Soit il allait vers Cosima et le type soit il disparaissait. Comme il ne se sentait pas capable de jouer la joyeuse surprise, il tourna les talons et sortit du restaurant. Quand il fut dehors, il s'appuya un instant de l'autre côté de la rue sur une barrière de chantier puis il se mit à longer la Guiolettstrasse, comme assommé. Son pouls battait follement et il avait envie de vomir. La vue de Cosima avec ce type s'était imprimée sur sa rétine de façon ineffaçable. Ce qu'il redoutait était à présent confirmé : Cosima le trompait.

Soudain quelqu'un lui coupa la route. Il voulut se dégager mais la femme au parapluie fit un pas de côté pour l'empêcher de passer.

— Tu as déjà fini ? La voix de Pia Kirchhoff perça la brume qui l'entourait comme un mur et le ramena brutalement à la réalité. Terlinden était là samedi ?

Terlinden ! Il l'avait complètement oublié.

— Je… je n'ai pas demandé, avoua-t-il.

— Ça va ? demanda Pia en l'examinant. On croirait que tu viens de voir un fantôme.

— Cosima est là, répondit-il d'une voix atone. Avec un autre homme. Alors que ce matin elle m'a dit…

Il ne put continuer, sa gorge était comme desséchée. Les jambes molles, il s'appuya sur la maison qu'il longeait et s'assit sur le perron sans même s'apercevoir qu'il était trempé. Pia l'observait, muette et, lui sembla-t-il, avec pitié. Il baissa les yeux.

— Donne-moi une cigarette, dit-il d'une voix enrouée.

Pia fouilla dans la poche de sa veste et lui tendit sans un mot son paquet et le briquet. Il y avait quinze ans qu'il n'avait pas fumé mais à présent il constatait que le besoin de nicotine était toujours en lui.

— La voiture est sur Kettenhofweg, au coin de Brentanostrasse, dit Pia en lui tendant les clés. Va t'y asseoir avant d'attraper la mort.

Il ne prit pas les clés et ne lui répondit pas.

Ça lui était bien égal d'être trempé ou de se donner en spectacle aux passants. Tout lui était égal. Bien qu'au fond de lui il l'ait su depuis longtemps, il avait malgré tout espéré une explication aux SMS et aux mensonges de Cosima, et il n'était pas préparé le moins du monde à la voir en compagnie d'un autre homme. Il tirait avidement sur sa cigarette, inhalait la fumée aussi profondément qu'il le pouvait. Ce qui le rendit aussi flageolant que s'il avait fumé un joint. Peu à peu le carrousel infernal de ses pensées ralentit puis cessa. Dans sa tête ne régna plus qu'un profond silence. Il était assis sur un escalier dans le centre de Francfort, perdu dans un abîme de solitude.

Après avoir reposé le combiné, Lars Terlinden resta assis quelques minutes sans bouger. Le conseil d'administration l'attendait. Ces messieurs étaient venus exprès de Zurich pour l'entendre expliquer comment il comptait récupérer les trois cent cinquante millions qu'il avait jetés à la mer. Il n'avait malheureusement aucune solution à proposer. Ils l'écouteraient puis prendraient congé avec un sourire faussement amical, ces enfoirés arrogants qui, un an plus tôt, à l'occasion de ce gigantesque deal, lui tapaient sur l'épaule. Le téléphone sonna à nouveau, cette fois la ligne intérieure. Lars Terlinden l'ignora. Il ouvrit le tiroir de son bureau, prit un bloc de papier à lettres et son stylo Mont-Blanc, un cadeau que lui avait fait son chef dans des temps plus fastes et qu'il n'utilisait que pour signer des contrats. Pendant une minute, il fixa la page vide couleur crème puis il se mit à écrire. Sans se relire, il plia la page et la mit dans une enveloppe doublée. Il écrivit l'adresse, se leva, prit son attaché-case et sortit du bureau.

— Il faut que ça parte aujourd'hui, dit-il à sa secrétaire en laissant tomber la lettre devant elle.

— Entendu, répondit-elle d'un air pincé.

Elle avait été la secrétaire du patron et trouvait au-dessous d'elle d'être la secrétaire d'un simple directeur.

— Vous pensez à votre rendez-vous ?

— Naturellement, dit-il en s'éloignant sans lui accorder un regard.

— Vous avez déjà sept minutes de retard !

Il sortit dans le couloir. Vingt-quatre pas jusqu'à l'ascenseur grand ouvert qui paraissait l'attendre avec impatience. En haut, au douzième étage, le conseil d'administration au complet siégeait depuis sept minutes. Son avenir était en jeu, sa réputation, toute sa vie. Derrière lui, deux collègues du back-office se glissèrent dans l'ascenseur. Il les connaissait de vue et leur fit un signe de tête d'un air absent. Elles lui rendirent son salut en pouffant de rire et en chuchotant. La porte se referma sans bruit. Il fut effrayé de voir dans le miroir un homme au visage défait qui le regardait avec des yeux vides et las. Il était fatigué, infiniment fatigué.

— Vous montez ou vous descendez? demanda la brune au col roulé.

Ses doigts aux longs ongles vernis avec soin attendaient au-dessus du tableau digital. Lars Terlinden n'arrivait pas à détacher ses yeux du visage dans le miroir.

— Je descends, répondit-il. Tout en bas.

Pia Kirchhoff entra dans l'*Ebony Club* et adressa un signe de remerciement au portier qui s'était empressé de lui ouvrir la porte. Peu de temps avant, elle avait dîné ici avec Christoph, Henning et Miriam. Henning avait payé une addition de cinq cents euros, largement exagérée selon elle. Pia n'était pas habituée aux endroits chics, aux cartes cryptées et aux bouteilles de vin dont le prix atteignait quatre chiffres. Elle ne jugeait pas le vin à son étiquette et un bardolino ou un chianti de la pizzeria du coin lui suffisait pour une soirée détendue.

Le maître d'hôtel sauta de son tabouret et vogua vers elle avec un sourire radieux. Sans un mot, Pia lui mit sa carte de police sous le nez. Aussitôt son sourire se refroidit de plusieurs degrés. Une cliente potentielle pour le menu Maharadscha se transformait en une couleuvre que personne n'avait envie d'avaler. La police criminelle n'est nulle part la bienvenue, encore moins dans un restaurant chic à l'heure du déjeuner.

— Puis-je savoir de quoi il s'agit? murmura le maître d'hôtel.

— Non, répondit Pia sèchement. Vous ne pouvez pas. Où est le directeur ?

Son sourire s'évanouit tout à fait. Et avec lui sa politesse compassée.

— Attendez ici.

L'homme s'éloigna et Pia regarda discrètement autour d'elle. Cosima von Bodenstein était bien assise à une table, en tête à tête galant avec un homme qui avait clairement dix ans de moins qu'elle. Il portait un costume froissé et une chemise ouverte sans cravate. Son attitude désinvolte transpirait une conscience de soi triomphante. Il avait des cheveux longs blond foncé et pas coiffés, un visage osseux au menton agressif, une barbe de cinq jours et un nez busqué, tanné par le vent et les intempéries – à moins que ce ne soit par l'alcool, pensa Pia méchamment. Cosima lui parlait avec fougue et il l'observait en souriant avec une apparente fascination. Ce n'était pas un repas de travail ni une rencontre entre vieilles connaissances – les vibrations érotiques entre eux n'auraient pas échappé même à un observateur distrait. Soit ils venaient de sortir du lit, soit ils retardaient le moment d'y aller pour faire durer l'attente du plaisir. Pia était sincèrement désolée pour son chef mais elle comprenait aussi que Cosima, après trente ans de routine conjugale, ait besoin de s'offrir une aventure.

L'apparition du directeur mit fin aux réflexions de Pia. Il devait avoir au plus la trentaine mais paraissait plus vieux à cause de son front dégarni, de ses cheveux filasse et de son visage bouffi.

— Je ne vais pas vous retenir longtemps, commença Pia en toisant l'homme massif, qui n'eut même pas la politesse de lui tendre la main.

— Jagielski, dit-il de toute sa hauteur en renvoyant son maître d'hôtel sur son tabouret d'un revers de main. Qu'est-ce qu'il y a ? Nous sommes en plein coup de feu.

Jagielski. Ce nom éveilla en Pia une vague réminiscence.

— Ah oui ! C'est vous qui cuisinez ? répliqua-t-elle ironiquement.

— Non.

Il pinça les lèvres tout en parcourant la salle d'un œil irrité. Soudain il se retourna, arrêta une jeune serveuse et la fit rougir en lui soufflant une remarque.

— Ce n'est pas facile d'avoir du personnel qualifié. Ces jeunes personnes sont des catastrophes. Elles n'ont simplement aucune formation.

De nouveaux clients entraient, à qui ils barraient le chemin. Soudain, Pia se rappela où elle avait entendu le nom de Jagielski. La patronne du *Cheval Noir* à Altenhain s'appelait comme ça. La réponse à son interrogation lui confirma que ce n'était pas un hasard. Le *Cheval Noir* appartenait à Andreas Jagielski tout comme l'*Ebony Club* et un autre bistrot à Francfort.

— Bon, que voulez-vous ? demanda-t-il.

La politesse n'était pas son fort. La discrétion non plus. Ils étaient toujours au milieu de l'entrée.

— Je voudrais savoir si M. Claudius Terlinden est venu dîner samedi dernier avec sa femme.

Il fronça les sourcils.

— Pourquoi la police veut-elle le savoir ?

— Parce que ça l'intéresse.

Sa morgue condescendante commençait à agacer Pia.

— Alors ?

Une minuscule hésitation puis un bref acquiescement.

— Oui, il était ici.
— Seulement avec sa femme ?
— Je ne sais plus au juste.
— Peut-être le maître d'hôtel s'en souviendra-t-il. Vous avez sûrement un livre où sont inscrites les réservations.
À contrecœur, Jagielski rappela le maître d'hôtel qu'il avait chassé et lui demanda d'apporter le livre des réservations. La main déjà tendue, il attendit en silence que le maître d'hôtel saute de son tabouret et rapplique ventre à terre. Le directeur se lécha le doigt et feuilleta lentement le registre relié en cuir.
— Ah, c'est ici, finit-il par dire, ils étaient quatre. Je m'en souviens maintenant.
— Les noms ? le pressa Pia.
Un groupe de clients fit irruption. Jagielski conduisit enfin Pia près du bar.
— Je ne vois pas en quoi ça vous regarde, dit-il d'une voix étouffée.
— Écoutez, dit Pia. J'enquête sur la disparition d'Amelie, votre serveuse qui a été vue pour la dernière fois au *Cheval Noir*.
Jagielski la considéra, réfléchit un instant et se convainquit que lui donner les noms était anodin.
— C'était les époux Lauterbach, lâcha-t-il.
Pia fut étonnée. Pourquoi Terlinden lui avait-il caché avoir dîné avec ses voisins ? Dans son bureau, hier soir, il n'avait mentionné que sa femme.
Le compagnon de Cosima Bodenstein était en train de régler l'addition. La serveuse rayonnait, visiblement le pourboire était important. Il se leva et fit le tour de la table pour tenir la chaise de Cosima. Même si, physiquement, il était tout le contraire de Bodenstein, il partageait du moins avec lui les bonnes manières.

— Vous connaissez l'homme qui accompagne la dame rousse là-bas ? demanda Pia à Jagielski.

Celui-ci n'eut pas besoin de lever la tête pour savoir de qui Pia parlait. Elle se tourna pour que Cosima ne la reconnaisse pas en sortant.

— Oui, bien sûr.

Il y avait dans sa voix une sorte d'incrédulité comme s'il ne pouvait pas croire que quelqu'un ne connaisse pas cet homme.

— C'est Alexandre Gavrilow. Il a quelque chose à voir avec votre enquête ?

— Possible, répondit Pia en souriant. Merci pour votre aide.

Bodenstein était toujours assis sur la marche d'escalier en train de fumer. À ses pieds gisaient quatre mégots. Pia resta un moment devant son chef sans rien dire pour s'habituer à cette vision inhabituelle.

— Alors ? dit-il en levant les yeux.

Il était blême.

— Imagine ça : Les Terlinden ont mangé avec les Lauterbach, lui apprit Pia. Et le directeur de l'*Ebony Club* est aussi le propriétaire du *Cheval Noir* à Altenhain. Faut-il y voir un hasard ?

— Ce n'est pas de ça que je parlais.

— De quoi alors ?

— Tu l'as... vue ?

— Oui, dit-elle en se penchant vers le paquet de cigarettes qu'il avait posé sur l'escalier et en prenant une. Viens. J'ai pas envie de me geler les fesses.

Bodenstein se leva, tira encore une fois sur sa cigarette et jeta le mégot dans la rue ruisselante de pluie. Tout en marchant, Pia lui jeta un rapide regard.

Espérait-il encore trouver une explication innocente au tête à tête de son épouse avec le séduisant étranger ?

— Alexandre Gavrilow, dit-elle en marquant le pas. L'explorateur polaire et alpiniste.

— Quoi ? dit Bodenstein en la regardant, éberlué.

— C'est l'homme avec qui était Cosima, expliqua Pia, et elle ajouta en pensée : *... et avec qui elle baise.*

Bodenstein se passa la main sur le visage.

— Bien sûr. Il se parlait plus à lui-même qu'à Pia. Je savais que je connaissais ce type. Cosima me l'a présenté, je crois, à la première d'un film. Ils avaient, il y a quelques années, un projet commun dont j'ignore tout.

— C'est peut-être uniquement professionnel, dit Pia contre sa propre conviction. Ils parlent peut-être d'un projet dont tu ne dois rien savoir pour que tu ne te fasses pas trop de souci.

Bodenstein regarda Pia les sourcils froncés. Dans son regard brilla un instant une étincelle de moquerie qui s'éteignit aussitôt.

— Je ne suis pas aveugle, dit-il. Et je sais ce que j'ai vu. Ma femme couche avec ce type depuis Dieu sait quand. C'est peut-être aussi bien que je ne me fasse plus d'illusions.

Il se mit à marcher d'un pas décidé et Pia dut courir pour rester à sa hauteur.

Thies sait tout et la police est très curieuse. Tu devrais t'efforcer de contrôler la situation. Car tu as tout à perdre.

Les lettres sur l'écran se brouillaient devant ses yeux. L'e-mail était arrivé à son adresse officielle au ministère ! Seigneur, et si sa secrétaire l'avait lu !

D'habitude, elle imprimait chaque matin ses messages et les posait devant lui. C'était un hasard si ce matin il était arrivé plus tôt au bureau. Gregor Lauterbach cliqua sur l'expéditeur tout en se mordant les lèvres : blancheneige1997@hotmail.com. Qui se cachait derrière ? Qui ? Depuis la première lettre, cette question le hantait nuit et jour et il lui était presque impossible de penser à autre chose. Il eut un frisson d'épouvante.

On frappa, la porte s'ouvrit. Il se leva d'un bond comme si on l'avait aspergé d'eau bouillante. En le voyant, le bonjour souriant d'Ines Schürmann-Liedtke lui resta dans la gorge.

— Ça ne va pas, monsieur ?

— Non, croassa Lauterbach en se laissant retomber sur son siège. Je crois que j'ai attrapé la grippe.

— Voulez-vous que je décommande vos rendez-vous ?

— Il y a quelque chose d'important ?

— Non, rien de vraiment urgent. J'appelle Forthuber, il vous ramènera chez vous.

— Merci, Ines, dit Lauterbach en toussant un peu.

Elle sortit. Il fixa le message. Blanche-Neige. Ses pensées s'arrêtèrent. Puis il ferma l'e-mail et le renvoya comme si le destinataire était introuvable.

Barbara Fröhlich était assise à la table de la cuisine et essayait en vain de se concentrer sur une grille de mots croisés. Après trois jours et trois nuits d'incertitude, ses nerfs la lâchaient. Dimanche, elle avait conduit ses deux enfants chez sa mère à Hofheim, et Arne était allé travailler, bien que son patron lui ait proposé de rester chez lui. Mais qu'aurait-il fait à la maison ? Les jours s'étiraient en longueur d'une façon insupportable. Amelie avait toujours bel et bien disparu et ne donnait aucun signe de vie. Sa mère avait appelé trois fois de

Berlin, plus par devoir que par inquiétude. Les deux premiers jours, les femmes du village étaient venues la voir pour la consoler et la soutenir, mais elle les connaissait à peine et elles avaient surtout encombré sa cuisine en s'échinant à trouver un sujet de conversation. La veille au soir, elle s'était violemment disputée avec Arne pour la première fois depuis qu'ils se connaissaient. Elle lui avait reproché son indifférence envers sa fille aînée et, dans sa colère, lui avait lancé qu'au fond il ne serait pas mécontent si elle ne revenait plus. À vrai dire, on ne pouvait pas vraiment parler d'une dispute car Arne l'avait regardée sans répondre. Comme d'habitude.

— La police la trouvera, avait-il dit et il avait disparu dans la salle de bains.

Elle était revenue dans la cuisine, désemparée. Et brusquement elle avait vu son mari avec d'autres yeux. Lâchement, il se réfugiait dans la routine quotidienne. Se serait-il comporté autrement si, au lieu d'Amelie, Tim ou Jana avaient disparu ? Son seul souci était de ne pas se faire remarquer. Ils n'avaient plus échangé un seul mot et s'étaient couchés sans ouvrir la bouche. Dix minutes plus tard, elle avait entendu son ronflement calme et régulier, comme si tout allait pour le mieux. Jamais, elle ne s'était sentie abandonnée comme cette effroyable nuit.

On sonna à la porte. Barbara sursauta et se leva. C'était sans doute une de ces villageoises qui s'obstinaient à l'envahir, soi-disant par pitié, mais en fait pour abreuver l'épicerie de nouvelles fraîches. Elle ouvrit. Une inconnue se tenait devant elle.

— Bonjour, madame Fröhlich, dit la femme.

Elle avait des cheveux bruns coupés court, un visage grave aux yeux cernés de mauve et des lunettes rectangulaires.

— Commissaire principale, Maren König de la K11 de Hofheim. Elle lui tendit sa carte de police. Puis-je entrer ?

— Bien sûr. Je vous en prie.

Le cœur de Barbara se mit à battre d'angoisse. La femme paraissait si grave, elle devait apporter de mauvaises nouvelles.

— Vous savez quelque chose sur Amelie ?

— Non, malheureusement. Mais mes collègues ont découvert que son ami Thies lui avait remis des toiles. Or ils n'ont rien trouvé dans sa chambre.

— Je n'ai jamais entendu parler de toiles, dit Barbara en secouant la tête, déçue que la policière n'ait rien de nouveau à lui apprendre.

— Nous pourrions peut-être regarder encore une fois dans la chambre d'Amelie, proposa Maren König. Ces toiles, si elles existent, pourraient se révéler importantes.

— Oui, naturellement. Venez.

Barbara Fröhlich la précéda dans l'escalier et ouvrit la porte de la chambre d'Amelie. Elle resta sur le seuil et regarda la commissaire fouiller les placards puis se mettre à genoux pour regarder sous le lit et le bureau. Pour finir, elle repoussa la commode Biedermeier du mur.

— Une porte dérobée, constata la commissaire, puis en se tournant vers Barbara : Je peux l'ouvrir ?

— Bien sûr. Je ne savais pas qu'il y avait une porte à cet endroit.

— Dans les vieilles maisons au toit pentu les soupentes sont utilisées pour le rangement, expliqua la policière en souriant pour la première fois, surtout quand il n'y a pas de grenier.

Elle se mit à quatre pattes et se glissa dans un endroit étroit entre le mur et l'isolation du toit. Un souffle d'air frais pénétra dans la pièce. Quand elle revint quelques minutes plus tard, elle tenait un rouleau enveloppé dans du papier soigneusement fermé avec du papier collant rouge.

— Mon Dieu, dit Barbara. Vous avez vraiment trouvé quelque chose.

Maren König se releva et secoua la poussière de son pantalon.

— J'emporte ces toiles. Si vous voulez, je peux vous établir un reçu.

— Non, non, ce n'est pas nécessaire. Si elles peuvent vous aider à retrouver Amelie, prenez-les.

— Merci, dit la policière en posant la main sur le bras de Barbara. Ne vous inquiétez pas. Nous ferons vraiment tout notre possible pour retrouver Amelie. Je vous le promets.

Il y avait une telle pitié dans sa voix que Barbara dut lutter pour ne pas se mettre à pleurer. Elle acquiesça, muette et reconnaissante. Elle se demanda un instant si elle devait appeler Arne pour lui parler des toiles. Mais elle était encore trop blessée par son attitude, et elle ne le fit pas. Ce n'est qu'après, tandis qu'elle se faisait du thé, qu'elle se rendit compte qu'elle avait complètement oublié de les regarder.

Tobias arpentait avec impatience le salon de Nadja. La grande télévision murale était allumée sans le son. La police le recherchait dans le cadre de la disparition d'Amelie F., une jeune fille de dix-sept ans, avait-il lu sur le télétexte. Nadja et lui avaient discuté la moitié de la nuit pour savoir s'il devait se livrer. Elle avait eu l'idée d'aller chercher les toiles. Vers minuit, elle s'était endormie mais lui était resté éveillé, fouillant désespérément dans sa mémoire. Une chose était sûre, s'il se rendait à la police il serait arrêté. Il n'avait aucune explication sur le fait que le mobile d'Amelie ait atterri dans son pantalon ni le moindre souvenir de la nuit de samedi à dimanche.

Amelie devait avoir découvert des choses sur les événements de 1997 à Altenhain qui pouvaient mettre quelqu'un en danger. Ses pensées revenaient sans cesse à Claudius Terlinden. Pendant onze ans il avait vu en lui son unique défenseur. En prison il avait été heureux de ses visites, de leurs longues conversations. Quel idiot il avait été ! Terlinden ne voyait que son intérêt. Tobias n'allait pas jusqu'à le rendre responsable de la disparition de Laura et de Stefanie mais il avait profité de la détresse de ses parents pour obtenir ce qu'il voulait : le Schillingsacker sur lequel il avait construit les bâtiments de son entreprise.

Tobias alluma une cigarette. Le cendrier posé sur la table basse était sur le point de déborder. Il alla à la fenêtre et contempla l'eau noire du Main. Les minutes passaient, lentes, torturantes. Depuis combien de temps Nadja était-elle partie ? Trois heures ? Quatre ? Pourvu qu'elle ait réussi ! Son plan était la dernière branche à laquelle il pouvait se raccrocher. Si ces toiles, dont Amelie lui avait parlé samedi, existaient vraiment, elles pourraient peut-être prouver son innocence et en même temps indiquer qui avait enlevé Amelie. Si elle vivait encore. Si… Tobias secoua involontairement la tête, mais les pensées ne se laissaient pas balayer. Et si les psychologues, les experts et le tribunal avaient raison ? Si, sous l'influence de l'alcool, il devenait bien un monstre, comme la presse l'avait nommé avec délectation ? Quand il était jeune, il était agressif, il supportait mal les échecs. Il trouvait normal d'obtenir ce qu'il voulait : les bonnes notes, les filles, les victoires sportives. Il avait rarement pris des gants et pourtant il avait été aimé, lui, le centre rayonnant de la bande. Ou bien l'avait-il seulement cru, tant son narcissisme sans limites le rendait aveugle ?

Les retrouvailles avec Jörg, Felix et les autres avaient réveillé en lui de vagues souvenirs, des événements depuis longtemps oubliés qu'il avait considérés comme sans importance. Il avait autrefois fauché Laura à Michael sans éprouver la moindre mauvaise conscience envers son copain. Les filles étaient de simples trophées pour sa vanité. Combien de sentiments avait-il blessés, sans y penser, combien de colères ou de chagrins avait-il suscités ? Il ne l'avait compris qu'au moment où Stefanie avait rompu. Il ne l'avait pas accepté, il s'était mis à ses genoux et l'avait suppliée mais elle s'était contentée de rire. Qu'avait-il fait ensuite ? Qu'avait-il fait à Amelie ? Comment son téléphone s'était-il retrouvé dans la poche de son pantalon ?

Tobias se laissa aller sur le divan, pressa ses mains contre ses tempes et essaya désespérément de replacer les bribes de souvenirs dans une suite logique. Mais plus il s'y efforçait, moins il y arrivait. C'était à devenir fou.

Bien que la salle d'attente soit pleine, le Dr Daniela Lauterbach ne fit pas attendre longtemps Bodenstein et Pia.

— Comment va votre tête ? demanda-t-elle aimablement.

— Ça va, dit Bodenstein en touchant le pansement sur son front comme par réflexe. Un léger mal au crâne, pas plus.

— Si vous voulez, je peux vous examiner.

— Ce n'est pas nécessaire. Nous ne voulons pas vous retenir longtemps.

— Comme vous voulez. Vous savez où me trouver.

Bodenstein acquiesça en souriant. Peut-être devrait-il vraiment changer de médecin traitant. Daniela Lauterbach signa rapidement deux ordonnances que son assistante avait posées sur le comptoir de l'accueil, puis elle conduisit Bodenstein et Pia dans son bureau. Le parquet craquait sous ses pas. Elle leur indiqua de prendre place d'un geste de la main.

— Il s'agit de Thies Terlinden, dit Bodenstein en s'asseyant, tandis que Pia restait debout.

Daniela Lauterbach s'assit à son bureau et le regarda avec attention.

— Que voulez-vous savoir ?

— Sa mère nous a dit qu'il avait eu une crise et qu'il était à présent en psychiatrie.

— C'est vrai, confirma le Dr Lauterbach. Je ne peux pas vous en dire beaucoup plus. Vous comprenez, n'est-ce pas, le secret professionnel. Thies est mon patient.

— On nous a raconté que Thies poursuivait Amelie, intervint Pia.

— Il ne la poursuivait pas, il l'accompagnait, corrigea la doctoresse. Thies aime beaucoup Amelie et c'est sa façon de montrer son affection. Amelie a eu de la sympathie pour lui dès le début. C'est une jeune fille très sensible, malgré son allure excentrique. Une vraie chance pour Thies.

— Le père de Thies a eu une altercation avec son fils et a les mains tout écorchées, dit Pia. Thies a-t-il des tendances violentes ?

Daniela Lauterbach sourit un peu tristement.

— Cela aussi fait partie de ce que je ne peux pas vous dire, répliqua-t-elle. Mais je suppose que vous soupçonnez Thies d'avoir fait du mal à Amelie. Je l'exclus. Thies est autiste et il ne se comporte pas comme une personne normale. Il est incapable de montrer ou même d'exprimer ses sentiments. De temps en temps il est victime de ces… débordements mais c'est très rare. Ses parents s'occupent merveilleusement bien de lui, et il supporte parfaitement les médicaments qu'il prend depuis des années.

— Diriez-vous de Thies qu'il est attardé ?

— En aucun cas ! dit Daniela Lauterbach en secouant violemment la tête. Thies est très intelligent et il est exceptionnellement doué pour la peinture.

Elle montra les grands tableaux abstraits qui ressemblaient à ceux accrochés dans le bureau et la maison de Terlinden.

— C'est Thies qui les a peints ?

Pia regarda les tableaux, étonnée. Au premier regard elle n'avait rien distingué mais à présent elle reconnaissait ce qu'elle voyait. Elle frissonna devant ces figures humaines convulsées, désespérées, au regard tourmenté, angoissé et rempli d'épouvante. La violence de ces tableaux était éprouvante. Comment pouvait-on supporter ces visages toute la journée ?

— L'été dernier, mon mari lui a organisé une exposition, à Wiesbaden. Elle a eu un grand succès, les quarante-trois toiles ont été vendues.

Elle dit cela avec fierté. Daniela Lauterbach aimait le fils de ses voisins mais elle semblait avoir assez de distance professionnelle pour juger son comportement avec objectivité.

— Claudius Terlinden a beaucoup soutenu la famille Sartorius après la condamnation de leur fils, intervint

Bodenstein. Il a procuré un avocat à Tobias et un très bon. Croyez-vous qu'il ait pu faire cela par mauvaise conscience ?

— Quelle mauvaise conscience ? demanda Daniela Lauterbach en cessant de sourire.

— Peut-être savait-il que Thies avait eu quelque chose à voir avec la disparition des jeunes filles.

Pendant un moment un silence total régna, les incessants appels téléphoniques ne parvenaient qu'étouffés à travers les portes fermées. Le Dr Lauterbach fronça les sourcils.

— Je n'ai jamais songé à cela, concéda-t-elle. Le fait est que Thies était fou de Stefanie Schneeberger. Il passait beaucoup de temps avec elle comme il le fait maintenant avec Amelie… Elle s'interrompit quand elle comprit à quoi Bodenstein voulait l'amener. Seigneur ! dit-elle, consternée. Non, non, je ne peux pas le croire !

— Nous devons impérativement parler avec Thies, dit Pia d'une voix énergique. Il est une des pistes qui peuvent nous conduire à Amelie.

— Je comprends. Mais c'est difficile. J'ai eu peur que dans son état, il ne soit dangereux pour lui-même, je n'avais donc pas d'autre solution que de le transférer en psychiatrie fermée. Elle pressa ses mains l'une contre l'autre et les porta à ses lèvres d'un air pensif. Je ne suis pas en mesure de vous accorder une entrevue avec Thies.

— Mais si Thies a Amelie en son pouvoir, elle est en grand danger ! objecta Pia. Il l'a peut-être enfermée dans un endroit où elle est prisonnière.

Le Dr Lauterbach regarda Pia. Ses yeux étaient obscurcis par l'inquiétude.

— Vous avez raison, dit-elle avec décision. J'appelle le médecin-chef de psychiatrie à Bad Soden.

— Ah, autre chose, ajouta Pia comme si la chose lui revenait à l'esprit. D'après Tobias Sartorius, Amelie a dit que votre mari avait un rapport avec les événements de 1997. Le bruit a couru autrefois qu'il avait donné le rôle principal à Stefanie Schneeberger parce qu'il avait un faible pour elle.

Daniela Lauterbach, qui tendait déjà la main vers le téléphone, se laissa retomber en arrière.

— C'est Tobias qui l'a accusé de cela, répliqua-t-elle. Il voulait sauver sa tête, ce qui se comprend. Mais tous les soupçons ont été abandonnés au cours de l'enquête. Il est exact que mon mari s'était enthousiasmé pour le talent de Stefanie. Elle avait simplement le profil idéal pour Blanche-Neige.

Elle posa à nouveau la main sur le téléphone.

— À quelle heure avez-vous quitté l'*Ebony Club* samedi ? demanda Bodenstein. Vous vous en souvenez ?

Le visage du Dr Lauterbach montra une sorte de désarroi.

— Oui, je m'en souviens très bien. Il était 21 h 30.

— Et vous êtes rentrée avec Claudius Terlinden à Altenhain.

— Non. Comme j'étais de garde, j'avais ma voiture. J'ai été appelée à 21 h 30 pour une urgence à Königstein.

— Ah, ah ! Et les Terlinden et votre mari ? Quand sont-ils partis ?

— Christine est partie avec moi. Elle se faisait du souci pour Thies, il était au lit avec une méchante grippe. Je l'ai déposée à l'arrêt de bus et je suis partie pour Königstein. Quand je suis rentrée chez moi à 2 heures du matin, mon mari dormait.

Bodenstein et Pia échangèrent un rapide regard. Claudius Terlinden avait donc menti sur le déroulement de la soirée du samedi. Pourquoi ?

— En revenant de votre visite, vous n'êtes pas rentrée chez vous directement, n'est-ce pas ? demanda Bodenstein.

La question ne surprit pas Daniela Lauterbach.

— Non. Je suis revenu de Königstein peu après 1 heure, dit-elle en soupirant. J'ai aperçu un homme allongé sur le banc de l'arrêt de bus et je me suis arrêtée. Ce n'est qu'alors que j'ai vu de qui il s'agissait. Elle secoua lentement la tête. Ses yeux sombres étaient pleins de compassion. Tobias était ivre mort et déjà en hypothermie. Il avait vomi et il était inconscient. J'ai mis dix minutes à le traîner dans l'auto. Hartmut et moi, nous l'avons monté dans sa chambre et mis au lit.

— Est-ce qu'il vous a dit quelque chose ?

— Non. Il était incapable de parler. J'ai d'abord pensé à appeler une ambulance pour l'amener aux urgences mais je savais qu'il n'aurait pas voulu.

— Pourquoi ?

— Je l'avais soigné quelques jours avant quand on l'a attaqué dans la grange et assommé, dit-elle en se penchant en avant et en regardant Bodenstein si intensément qu'il en fut troublé. Je le plains sincèrement, peu importe ce qu'il a fait. Les autres disent que dix ans de prison ce n'est pas cher payé. Mais moi je pense qu'il est puni pour le reste de sa vie.

— Il y a des indications qui tendraient à prouver qu'il est impliqué dans la disparition d'Amelie, dit Bodenstein. Vous le connaissez mieux que moi. Croyez-vous que ce soit possible ?

Daniela Lauterbach se renversa sur le dos de son fauteuil et resta une minute entière sans tourner les yeux vers Bodenstein.

— J'aimerais en être assez persuadée pour vous dire : non. Mais je ne le suis pas.

Elle arracha la perruque et la jeta par terre sans y prêter attention. Ses doigts tremblaient tellement qu'elle n'arrivait pas à décoller la bande qui fermait le rouleau. Aussi elle prit des ciseaux et la fendit avec impatience. Le cœur battant, elle déroula les toiles sur son bureau. Il y en avait huit, et elle eut le souffle coupé quand elle vit ce qu'elles représentaient. Ce misérable avait peint les événements du 6 septembre 1997 avec une précision photographique. Il ne manquait pas un seul détail. Même l'inscription débile et le cochon étaient clairement reconnaissables sur le T-shirt vert foncé ! Elle se mordit les lèvres, le sang bruissait dans ses oreilles. Brusquement le souvenir revint. L'humiliant sentiment d'échec en même temps que la suave satisfaction de voir Laura récolter enfin ce qu'elle avait mérité, cette sale coureuse arrogante ! Elle déroula les autres toiles, les aplatit de la main. Elle fut comme autrefois prise de panique. D'incrédulité, de stupeur puis d'une colère froide. Elle se leva et se força à respirer profondément. Trois fois, quatre. Garder son calme. Réfléchir. Ce qu'elle avait devant les yeux n'était pas une catastrophe, c'était une explosion nucléaire ! Ça pouvait détruire tous ses plans si soigneusement élaborés, et elle ne pouvait le tolérer ! Elle alluma une cigarette avec des doigts tremblants. Elle se sentait mal. Que devait-elle faire ? Toutes les toiles étaient-elles là ou bien Thies en avait-il peint d'autres ? Elle ne devait pas prendre de risque, trop de choses étaient en jeu. Avidement, elle fuma la cigarette jusqu'au filtre, puis elle sut ce qu'elle devait faire. Elle avait toujours dû prendre ses décisions toute seule. Avec une détermination furieuse elle prit les ciseaux et découpa chaque toile en petits morceaux. Puis elle les introduisit dans le broyeur et sortit le sac contenant les rognures. Il suffisait maintenant de ne pas perdre son sang-froid et tout irait bien.

L'inspecteur principal Kai Ostermann était obligé de reconnaître que l'écriture secrète dans le journal d'Amelie restait pour lui une énigme insoluble. Il avait d'abord pensé déchiffrer facilement les hiéroglyphes, mais à présent il était sur le point de renoncer. Il ne trouvait simplement pas le système. Apparemment, elle avait utilisé des symboles différents pour les mêmes lettres. Behnke entra.

— Alors ? demanda Ostermann.

Bodenstein avait chargé Behnke d'interroger Claudius Terlinden qui, depuis ce matin, croupissait dans une cellule.

— Il refuse de l'ouvrir, ce salaud, dit Behnke en se laissant tomber sur sa chaise de bureau et en croisant les bras derrière la tête. Le chef a beau dire ! Je dois coincer le type – oui mais avec quoi ? J'ai essayé, je l'ai provoqué, j'ai fait ami-ami, je l'ai menacé – il se contente de sourire ! Si au moins je pouvais lui casser la gueule.

— Il ne manquerait plus que ça, dit Ostermann en lui jetant un regard rapide. Ce qui mit aussitôt Behnke en rage.

— Inutile de me rappeler que je suis dans la merde ! aboya-t-il en frappant du poing sur le bureau avec une telle force que le clavier fit un bond. Je finirai par croire que le vieux veut me faire sortir de mes gonds pour que je parte de moi-même !

— Des conneries. D'ailleurs il ne t'a pas dit de le coincer, il t'a dit de le démoraliser.

— Exact. Jusqu'à ce qu'il rentre de promenade avec sa princesse, et qu'il n'ait plus qu'à tirer les marrons du feu ! dit Behnke, rouge de colère. Moi je ne suis là que pour faire le sale boulot.

Ostermann avait presque pitié de Behnke. Il le connaissait depuis l'école de police, ils avaient patrouillé ensemble et étaient passés par les SEK, les commandos d'intervention, jusqu'au jour où Ostermann avait perdu une jambe durant un assaut. Behnke était resté au SEK encore quelques années puis il était entré dans la Kripo de Francfort et avait été muté à la K11 de Königstein. C'était un bon policier. Mais depuis que rien n'allait plus dans sa vie privée, son travail en souffrait. Behnke mit sa tête dans ses mains et se plongea dans ses ruminations.

La porte s'ouvrit à la volée. Kathrin Fachinger entra, les joues brûlantes de colère.

— Dis, t'as perdu la boule ? cria-t-elle à son collègue. Tu me laisses seule avec le type et tu te tires ! Qu'est-ce qui te prend !

— Tu sais tout faire mieux que moi ! répondit Behnke d'un ton sarcastique.

Le regard d'Ostermann allait d'un coq de combat à l'autre.

— Nous avions une stratégie, rappela Kathrin à son collègue. Et toi tu te tires. Mais figure-toi qu'il m'a parlé à moi.

Le triomphe s'entendait dans sa voix.

— Formidable ! Cours donc le raconter au chef, espèce de connasse.

— Qu'est-ce que tu as dit ?

Kathrin se planta devant lui et mit les mains sur ses hanches.

— J'ai dit : connasse ! et pour être plus clair : tu n'es qu'une petite conne égoïste et un faux cul ! Tu m'as balancé et ça, je ne l'oublierai pas !

— Frank ! cria Ostermann en se levant.

— Tu me menaces ? Kathrin ne se laissa pas intimider. Elle eut un rire méprisant. Tu ne me fais pas peur, espèce de… grande gueule ! Tout ce que tu sais faire, c'est dire des conneries et laisser le travail aux autres ! Pas étonnant que ta femme soit allée voir ailleurs. Qui supporterait un mec comme toi ?

Behnke devint écarlate. Il serra les poings.

— Arrêtez, les supplia Ostermann, inquiet. Du calme !

C'était trop tard. La colère longtemps contenue de Behnke explosa. Il bondit en renversant sa chaise et envoya valser Kathrin. Elle s'écrasa contre le placard, ses lunettes volèrent sur le sol. Behnke mit le pied dessus et les écrasa avec le talon de sa chaussure en faisant crisser les éclats de verre. Kathrin se remit debout d'un bond.

— Très bien, dit-elle avec un sourire froid. Maintenant, ton compte est bon, cher collègue.

Cela acheva de mettre Behnke hors de lui. Ostermann ne put le retenir, il marcha sur Kathrin et lui envoya un coup de poing dans la figure. Par réflexe elle leva la jambe et lui donna un coup de genou dans les testicules. Behnke tomba par terre avec un cri de douleur. À cet instant la porte s'ouvrit et Bodenstein apparut sur le seuil. Son regard alla de Kathrin Fachinger à Behnke.

— Vous pouvez m'expliquer ce qui se passe ici ? demanda-t-il en essayant de maîtriser sa voix.

— Il m'a agressée en m'arrachant les lunettes du nez, répondit Kathrin en montrant les débris de verre. Je n'ai fait que me défendre.

— C'est vrai ? dit Bodenstein en regardant Ostermann qui leva les mains en signe d'impuissance et, après un coup d'œil à son collègue au sol, acquiesça de la tête. OK, dit Bodenstein. J'en ai assez de ces enfantillages. Behnke, relevez-vous.

Frank Behnke obéit. Son visage était convulsé par la douleur et la haine. Il ouvrit la bouche mais Bodenstein ne lui laissa pas dire un mot.

— Je pensais que vous aviez compris ce que Mme Engel et moi-même vous avions dit, lança-t-il d'un ton glacial. Vous êtes suspendu de ce service avec un effet immédiat !

Behnke regarda devant lui sans rien dire, alla à son bureau et attrapa sa veste pendue au dossier de sa chaise.

— Votre arme et votre insigne, vous les laissez ici, ordonna Bodenstein.

Behnke sortit son arme et la jeta avec son insigne sur le bureau.

— Allez tous vous faire enculer, éructa-t-il, puis il disparut, bousculant Bodenstein au passage.

— Qu'a donné l'interrogatoire de Terlinden ? demanda Bodenstein en se tournant vers Kathrin Fachinger comme s'il ne s'était rien passé.

— L'*Ebony Club* lui appartient. De même que le *Cheval Noir* et les autres restaurants dont Andreas Jagielski n'est que gérant.

— Et quoi encore ?

— On n'a pas pu en tirer davantage. Mais je trouve que ça explique pas mal de choses.

— Oui, quoi ?

— Claudius Terlinden n'aurait pas secouru financièrement Hartmut Sartorius s'il n'avait pas détruit sa vie en ouvrant le *Cheval Noir*. À mon avis, il n'a rien du bon Samaritain. Il a d'abord ruiné Sartorius et ensuite il a fait en sorte qu'il ne perde pas sa ferme ni n'abandonne Altenhain. Dans le village il a encore bien d'autres gens sous sa coupe, à commencer par ce Jagielski qu'il a fait gérant de ses restaurants. Il me fait un peu penser à la mafia : il protège et grâce à ça il muselle.

Bodenstein regarda sa jeune collaboratrice en plissant le front. Puis il acquiesça.

— Bon travail, dit-il. Très bon.

Tobias sauta du divan, comme électrisé, quand la porte s'ouvrit. Nadja entra, tenant un sac plastique d'une main et de l'autre essayant d'enlever son manteau.

— Alors ? dit Tobias en l'aidant à l'ôter puis en le suspendant dans la penderie. Tu as trouvé quelque chose ?

Après des heures d'attente et de tension, il ne pouvait plus contenir sa curiosité. Nadja alla à la cuisine, posa le sac sur la table et s'assit.

— Rien, dit-elle en secouant la tête. Elle défit sa queue de cheval et se passa la main dans les cheveux pour les libérer. J'ai fouillé toute cette foutue maison. Je finis par croire que ces tableaux étaient une invention d'Amelie.

Tobias la regarda atterré. Sa déception était immense.

— C'est pas possible ! objecta-t-il avec virulence. Pourquoi elle serait allée imaginer ça ?

— Aucune idée. Peut-être qu'elle voulait se rendre intéressante, répondit Nadja en haussant les épaules.

Elle avait l'air épuisée. Des cernes sombres s'étendaient sous ses yeux. La situation paraissait l'ébranler autant que Tobias.

— Mangeons d'abord, dit-elle en ouvrant le sac. J'ai rapporté des trucs du chinois.

Bien que Tobias n'ait rien mangé de toute la journée, l'odeur appétissante qui s'échappait des barquettes ne lui ouvrit pas l'appétit. Comment aurait-il pu penser à se nourrir en ce moment ? Amelie n'avait pas inventé ces tableaux – jamais de la vie ! Ce n'était pas le genre de fille qui cherche à se rendre intéressante. Nadja se trompait. Muet, il la regarda ouvrir une barquette, séparer les bâtonnets de bois et commencer à manger.

— La police me recherche, dit-il.

— Je sais, répondit-elle la bouche pleine. Je fais tout ce que je peux pour t'aider.

Tobias se mordit les lèvres. Bon Dieu, il ne pouvait rien reprocher à Nadja. Mais il lui paraissait insensé d'être condamné à l'impuissance. Il aurait préféré partir d'ici et chercher lui-même Amelie. Mais on le coffrerait dès qu'il mettrait un pied dehors. Il ne pouvait que s'exhorter à la patience et faire confiance à Nadja.

Bodenstein se gara contre le trottoir d'en face, arrêta le moteur et resta assis derrière le volant. D'où il était, il pouvait observer Cosima s'affairer dans la cuisine éclairée. Il avait eu une conversation avec sa supérieure à propos de Behnke. L'incident s'était naturellement répandu comme une traînée de poudre dans tout le commissariat. Nicole Engel avait approuvé la suspension de Behnke mais à présent Bodenstein avait un sérieux problème d'effectifs. En plus de Behnke, Hasse manquait aussi.

En revenant chez lui, Bodenstein avait réfléchi sur la conduite à adopter avec Cosima. Faire ses valises en silence et disparaître ? Non, il voulait entendre la vérité de sa bouche. Il n'éprouvait pas de colère. Plutôt une immense déception. Après quelques minutes d'hésitation, il descendit et traversa lentement la rue luisante de pluie. La maison, qu'il avait construite avec Cosima, qu'il avait habitée pendant vingt ans, où il avait été heureux et dont il connaissait chaque coin, lui paraissait soudain étrangère. Chaque soir il était rentré chez lui avec plaisir. Content de retrouver Cosima, les enfants, le chien et même de jardiner un peu en été. À présent, ouvrir la porte d'entrée lui faisait horreur. Depuis combien de nuits Cosima, en le caressant, en l'embrassant et en faisant l'amour avec lui, s'imaginait-elle être en secret avec un autre ? N'avait-il pas vu Cosima avec ce type aujourd'hui ? Et à présent tout son être criait : Pourquoi ? Depuis quand ? Où ?

Il n'aurait jamais pensé se retrouver dans cette situation. Ils avaient formé un bon couple, jusqu'à… oui, jusqu'à la naissance de Sophia. Ensuite Cosima avait changé. Elle avait toujours eu la bougeotte et ses expéditions dans les pays lointains avaient été pour elle un exutoire à sa soif de liberté et d'aventures. C'est ce qui lui permettait de supporter la vie de tous les jours, pendant le reste de l'année. Il l'avait toujours su et avait accepté ses voyages sans se plaindre, bien qu'il ait toujours détesté ces longues séparations. Depuis la naissance de Sophia, c'est-à-dire depuis deux ans, Cosima était restée à la maison. Elle ne lui avait jamais avoué son insatisfaction. Mais rétrospectivement, il percevait les changements. Avant, ils ne se disputaient jamais. À présent ils le faisaient couramment. C'était toujours à propos de choses insignifiantes. Ils se faisaient des reproches, critiquaient leurs manies réciproques. Brusquement, alors qu'il se tenait devant la porte, les clés à la main, sa colère éclata. Pendant des semaines, elle lui avait caché sa grossesse. *Elle* avait pris toute seule la décision de garder l'enfant et l'avait mis devant le fait accompli. Pourtant, elle savait qu'avoir un enfant mettrait un terme à sa vie aventureuse pendant un certain temps.

Il ouvrit la porte. Le chien sauta de sa corbeille et l'accueillit tout joyeux. Lorsque Cosima apparut à la porte de la cuisine, Bodenstein sentit les battements de son cœur s'accélérer.

— Hello, dit-elle en souriant. Tu rentres tard. Tu veux manger quelque chose ?

Elle se tenait devant lui dans le même pull de cachemire vert céladon qu'elle portait à midi à l'*Ebony Club*, et elle avait son air habituel.

— Non, répondit-il, je n'ai pas faim.

— Sinon, j'ai encore des boulettes et de la salade de pâtes au frigidaire.

Elle se retourna pour aller dans la cuisine.

— Tu n'es pas allée à Mayence aujourd'hui, dit-il.

Cosima s'arrêta et fit volte-face. Il ne voulait pas qu'elle mente, il continua donc avant qu'elle ait le temps de répondre.

— Je t'ai vue à l'*Ebony Club* à midi. Avec Alexandre Gavrilow.

Elle croisa les bras et le regarda. Il y eut un silence, le chien sentit la tension dans l'air et disparut dans sa corbeille.

— Tu n'es jamais allée à Mayence la semaine dernière, dit-il. Il y a quelques jours, en sortant de l'institut médicolégal, je t'ai vue par hasard en voiture devant moi. Je t'ai appelée et tu m'as affirmé que tu étais à Mayence.

Il se tut. Il espérait encore dans un coin de son cœur qu'une explication tout à fait inoffensive était possible.

Mais elle ne riait pas, ne niait rien. Restait là, les bras croisés, sans une trace de culpabilité.

— Sois honnête avec moi, Cosima. Le ton plaintif de sa voix résonna dans ses oreilles. As-tu… as-tu… une liaison avec Gavrilow ?

— Oui, répondit-elle tranquillement.

Le monde se déroba sous lui, mais Bodenstein s'efforça de rester extérieurement aussi calme qu'elle.

— Pourquoi ? demanda-t-il avec masochisme.

— Mais Oliver. Que veux-tu que je te dise ?

— De préférence la vérité.

— Je l'ai rencontré cet été à un vernissage à Wiesbaden. Il a un bureau à Francfort, prépare un nouveau projet et cherche des sponsors. Nous nous sommes téléphoné quelques fois. Il pensait que je pourrais filmer son expédition. Je savais que ça ne te plairait pas et j'ai préféré d'abord entendre ce qu'il me proposait. C'est pour ça que je ne t'ai pas dit que je devais le rencontrer. Oui. Et tout simplement… c'est arrivé. J'ai cru que ce serait un feu de paille mais ensuite…

Elle s'interrompit et secoua la tête.

Incompréhensible qu'elle ait rencontré un autre homme, qu'elle ait pu commencer une relation avec lui sans qu'il se doute de quelque chose. Avait-il été trop stupide, trop confiant ou bien trop replié sur lui-même ? Il lui revint une chanson que Rosalie, dans le pire moment de sa puberté, faisait inlassablement retentir dans toute la maison. *Qu'est-ce qu'il a que je n'ai pas ? Dis-le-moi franchement. Maintenant il est trop tard, mais le regrettes-tu ?* Une chanson si niaise – et à présent elle semblait si vraie. Abandonnant Cosima, Bodenstein monta dans la chambre. Une minute de plus et il aurait explosé, il lui aurait crié à la figure ce qu'il pensait d'un aventurier comme ce

Gavrilow qui avait une liaison avec la mère d'un jeune enfant. Vraisemblablement il avait dû clamer sa passion au monde entier, cet écervelé ! Il ouvrit l'armoire, descendit une valise de l'étagère du haut et la bourra au hasard de sous-vêtements, de chemises, de cravates puis jeta deux costumes par-dessus. Ensuite, il alla dans la salle de bains et mit ses affaires personnelles dans une trousse de toilette. Dix minutes plus tard, il descendit l'escalier en traînant sa valise. Cosima était toujours à la même place.

— Où tu vas ? demanda-t-elle.

— Je m'en vais, répondit-il sans la regarder, puis il ouvrit la porte et sortit dans la nuit.

VENDREDI 21 NOVEMBRE 2008

À 6 h 15, Bodenstein fut tiré de son profond sommeil par son mobile. Hébété, il tendit le bras vers l'interrupteur puis il se rappela qu'il n'était pas dans son lit. Il avait mal dormi et avait rêvé de choses confuses. Le matelas était trop mou, la couette trop chaude, et il avait passé son temps à transpirer ou à se geler. Le mobile sonnait avec opiniâtreté. Il s'arrêta un instant puis reprit de plus belle. Bodenstein se tira du lit, s'orienta en tâtonnant dans l'obscurité de cette chambre inconnue et grommela un juron quand son gros orteil heurta le pied du lit. Il trouva finalement l'interrupteur, puis son mobile dans la poche de sa veste qu'il avait hier soir jetée sur une chaise.

Un garde forestier avait découvert un cadavre dans une voiture sur une aire de stationnement entre Ruppertshain et Königstein. Le service des empreintes était déjà en chemin, s'il voulait bien venir et se rendre compte sur place. Naturellement il arrivait – avait-il le choix ? Avec un visage convulsé de douleur, il revint vers le lit et se laissa tomber au bord. Les événements d'hier lui paraissaient un mauvais rêve. Pendant presque une heure, il avait roulé sans but jusqu'à ce qu'il passe par hasard devant l'entrée de la propriété. Ni son père ni sa mère n'avaient posé de questions quand il avait sonné peu avant minuit et leur avait demandé l'asile pour la nuit. Sans demander d'explication, sa mère lui avait préparé un lit dans une chambre d'amis sous les toits. Elle avait certainement lu sur son visage qu'il n'était pas venu chez eux par plaisir. Il lui était reconnaissant de cette discrétion. Il lui aurait été impossible de parler de Cosima et de ce type.

Il se leva en soupirant, sortit ses affaires de toilettes et suivit le couloir vers la salle de bains. Minuscule et glaciale, elle lui rappela désagréablement son enfance et son adolescence. Ses parents faisaient des économies là où ils pouvaient car ils étaient toujours à court d'argent. Dans le château où il avait grandi, on ne chauffait en hiver que deux pièces, les autres étaient seulement "tiédies" comme disait sa mère, c'est-à-dire maintenues en dessous de dix-huit degrés. Bodenstein renifla son T-shirt et fronça le nez. Il ne pouvait couper à une douche. Il pensa avec nostalgie au chauffage par le sol de sa maison et aux draps de bain moelleux qui sentaient bon. Il se doucha à une vitesse record, se sécha en utilisant une serviette rêche et effrangée puis se rasa avec des doigts tremblants, à la pâle lueur d'une armoire à pharmacie Allibert. Il trouva son père en bas, dans la cuisine, qui buvait un café sur la table de bois éraflée en lisant le *Frankfurter Allgemeine Zeitung*.

— Bonjour, dit-il en levant les yeux et en regardant affectueusement son fils. Tu veux du café ?

— Bonjour. Oui, volontiers.

Bodenstein s'assit. Son père se leva, alla chercher une tasse dans le placard et la remplit. Jamais il ne se serait permis de demander à son fils pourquoi il était arrivé au milieu de la nuit et avait dormi dans une chambre d'amis. Même s'agissant de paroles, ses parents avaient toujours été parcimonieux. Et lui-même n'avait aucune envie de parler de ses problèmes de couple à 6h45. Aussi le père et le fils burent-ils leur café en silence. De tout temps, on mangeait et buvait, même les jours ordinaires, dans de la vaisselle de Meissen – par économie. Le service en porcelaine était un héritage de famille et il n'y avait aucune raison de ne pas l'utiliser ou d'en acheter un nouveau. Il aurait été d'une valeur inestimable si chaque pièce n'avait pas été plusieurs fois recollée. Ainsi la tasse de Bodenstein avait une fêlure et une anse était recollée. Finalement il se leva, mit la tasse dans l'évier et prit congé. Son père lui fit un signe de tête et retourna à son journal qu'il avait poliment mis de côté.

— Prends une clé de la porte d'entrée, dit-il incidemment. Celle qui est accrochée au tableau avec un porte-clés rouge.

— Merci, dit Bodenstein en prenant la clé. À plus tard.

Il était clair pour son père qu'il ne rentrerait pas avant le soir.

Les projecteurs et les gyrophares bleus éclairaient le sombre matin de novembre quand Bodenstein tourna sur l'aire de stationnement de Nepomuk-Kurve. Il arrêta sa voiture à côté d'une voiture de patrouille et fit le reste du trajet à pied. L'odeur automnale de la terre humide et des feuilles pourrissantes lui rappela un petit poème qu'il connaissait par cœur. *Celui qui est seul maintenant le restera longtemps, il ira et viendra impatiemment dans l'allée jusqu'à ce que les feuilles poussent.* Le sentiment d'abandon l'assaillit comme un chien hargneux et il dut faire appel à tout son courage pour continuer à faire son travail alors qu'il aurait aimé se terrer dans un coin.

— Bonjour, dit-il à Christian Kröger qui dirigeait l'équipe de recherche scientifique et était en train de déballer sa caméra. Qu'est-ce qu'il y a là-haut ?

— Ça a été diffusé sur la radio de la police, répondit Kröger qui secouait la tête en ricanant. Comme pour la petite jeune !

— Qu'est-ce qui a été diffusé ?

Bodenstein ne comprenait toujours pas et était étonné par le nombre d'agents. Malgré l'heure matinale, il y avait cinq voitures de patrouille sur l'aire de stationnement et une sixième était en train d'arriver. Bodenstein entendait déjà de loin un brouhaha. Tous les policiers en uniforme ou en civil étaient dans une grande excitation.

— Une Ferrari ! lui dit un policier en uniforme avec des yeux brillants. Une 599 GTB Fiorano ! Je n'en avais vu qu'à la télé !

Bodenstein franchit les rangs de ses collègues. Effectivement ! Tout au fond du parking, une Ferrari rouge brillait sous la lumière des projecteurs, entourée par une quinzaine de policiers qui semblaient plus intéressés par la cylindrée, le nombre de chevaux, les pneus, les jantes, l'allumage et l'accélération de la noble voiture de sport que par le mort assis au volant. Un tuyau partait du pot d'échappement chromé de la grosseur d'un bras jusqu'à la fenêtre qui avait été soigneusement colmatée avec du papier collant argenté.

— Ce truc coûte deux cent cinquante mille euros, était en train de déclarer un jeune policier. C'est fou, non ?

— Ça n'a pas dû être un grand avantage cette nuit, répondit sèchement Bodenstein.

— Pourquoi ?

— Ça vous a peut-être échappé, mais il y a un cadavre au volant. Bodenstein n'appartenait pas à ce type d'hommes qui ont la tête tournée en voyant une voiture de sport rouge. Quelqu'un a-t-il vérifié l'immatriculation ?

— Oui, dit une jeune policière en émergeant de l'arrière-plan. Visiblement elle ne partageait pas l'enthousiasme de ses collègues masculins. La voiture est immatriculée dans une banque de Francfort.

— Hum, dit Bodenstein en regardant Kröger faire ses photos puis ouvrir enfin la portière de l'auto avec un collègue.

— La crise économique a fait sa première victime, plaisanta quelqu'un.

Puis une nouvelle discussion éclata pour tenter de déterminer combien d'argent il fallait gagner par mois pour pouvoir rembourser le leasing d'une Ferrari Fiorano. Bodenstein vit une nouvelle voiture de police arriver sur l'aire de stationnement suivie par deux véhicules civils.

— Faites boucler toute la surface du parking, ordonna-t-il à la jeune policière. Et faites évacuer vos collègues qui n'ont rien à faire ici.

La jeune femme acquiesça et partit d'un pas énergique pour faire exécuter les ordres. Quelques minutes plus tard, le parking était bouclé.

Bodenstein s'accroupit à côté de la portière ouverte et observa le cadavre. L'homme blond était encore jeune, le milieu de la trentaine. Il était en costume-cravate et avait au poignet une montre coûteuse. Sa tête était appuyée sur le côté et, au premier regard, il paraissait dormir.

— Bonjour Bodenstein, dit une voix familière derrière lui.

Bodenstein regarda par-dessus son épaule.

— Bonjour, docteur Kirchhoff.

Il se releva et salua de la tête le médecin légiste.

— Pia n'est pas là ?

— Non, aujourd'hui je me débrouille tout seul, répondit Bodenstein sur un ton ironique.

Kirchhoff eut un sourire las et ne releva pas le sarcasme. Il ne paraissait pas d'humeur à plaisanter. Ses yeux, derrière les verres des lunettes, étaient rougis, et il semblait ne pas avoir dormi de la nuit. Bodenstein laissa sa place au légiste et se dirigea vers Kröger. Celui-ci était en train d'examiner le contenu de l'attaché-case qui se trouvait sur le siège passager de la Ferrari.

— Alors ? demanda-t-il.

Kröger lui tendit le portefeuille du mort. Bodenstein tira sa carte d'identité et se figea. Il lut le nom une seconde fois. Cela pouvait-il être un hasard ?

La psychiatre en chef avait informé Pia sur l'état de Thies Terlinden autant que le lui permettait le secret professionnel. Pia était d'autant plus pressée de le voir. Elle savait qu'elle ne devait pas attendre trop longtemps. Vraisemblablement, l'avait prévenue la psychiatre, Thies ne répondrait pas à ses questions. Pendant un long moment, Pia observa le patient à travers le judas de la porte. Thies Terlinden était un bel homme à l'épaisse chevelure blonde et à la bouche sensible, et l'on n'aurait pas cru qu'il avait à combattre de tels démons. Seules ses toiles trahissaient ses tortures intérieures. Il était assis à une table dans une pièce claire et gaie et peignait avec concentration. Bien qu'il fût sous l'influence de tranquillisants, on ne lui donnait pas d'objets pointus comme des crayons et des pinceaux, il devait donc se contenter de craies de couleur, ce qui d'ailleurs ne semblait pas le déranger. Il ne leva pas les yeux lorsque Pia entra en compagnie de la psychiatre et d'un infirmier. La psychiatre présenta Pia et lui expliqua pourquoi elle désirait lui parler. Thies se pencha un peu plus sur son dessin puis il se redressa et posa les craies sur le bureau. Il ne se contenta pas de les reposer, il les aligna soigneusement comme des soldats à l'appel. Pia s'assit sur une chaise en face de lui et le regarda.

— Je n'ai rien fait à Amelie, dit-il d'une voix bizarrement monocorde, avant que Pia n'ait ouvert la bouche. Je le jure. Je n'ai rien fait à Amelie. Rien fait.

— Personne ne dit ça, répondit Pia gentiment.

Les mains de Thies voltigeaient de façon incontrôlée, il balançait son corps d'avant en arrière et son regard restait fixé sur le dessin posé devant lui.

— Vous aimiez Amelie et elle venait souvent chez vous, n'est-ce pas ?

Il acquiesça vigoureusement.

— Je veille sur elle. Veille sur elle.

Pia échangea un regard avec la psychiatre qui était assise un peu à l'écart. Thies attrapa à nouveau une craie, se pencha sur sa feuille et se remit à dessiner. Le silence tomba. Pia se demandait quelle question elle pouvait bien poser. La psychiatre lui avait conseillé de parler à Thies d'une façon tout à fait normale, pas comme à un petit enfant. Mais ce n'était pas facile.

— Quand avez-vous vu Amelie pour la dernière fois ?

Il ne réagit pas, il peignait comme un possédé et changeait de craie de couleur.

— Où vous êtes-vous parlé, Amelie et vous ?

C'était entièrement différent d'un interrogatoire normal. Le visage de Thies ne montrait rien, il était aussi immobile qu'une figure de marbre. Il ne répondait à aucune question et Pia n'en posa plus. Les minutes passèrent. Le temps ne signifie rien pour les autistes, avait expliqué la psychiatre, ils vivent dans leur propre monde. La patience était requise. Mais à 11 heures avait lieu, à Altenhain, l'enterrement de Laura Wagner, où elle devait retrouver Bodenstein. Alors que, déçue, elle était sur le point de se lever pour s'en aller, Thies Terlinden reprit brusquement la parole.

— Je l'ai vue dans la soirée, elle sortait d'Adlerhorst. Il s'exprimait avec clarté et formait correctement ses phrases. Il ne manquait que l'intonation, c'était comme si un robot parlait. Elle se tenait dans la cour près de la grange. J'ai voulu l'appeler mais ensuite est arrivé… l'homme. Ils ont parlé et rigolé puis ils sont allés dans la grange, aussi personne voit ce qu'ils font. Mais je l'ai vu.

Pia, interloquée, regarda la psychiatre qui se contenta de hausser les épaules. La grange ? Adlerhorst ? Et quel homme Thies avait-il vu ?

— Je dois pas en parler, continua-t-il, sinon je vais dans un foyer. Et je reste jusqu'à ce que je meure.

Soudain il leva la tête et la regarda de ses yeux bleu clair, avec un air aussi désespéré que ses personnages sur les tableaux accrochés dans le cabinet du Dr Lauterbach.

— Je dois pas en parler, répéta-t-il. Pas en parler. Sinon je vais dans un foyer. Il poussa vers Pia l'image qu'il avait peinte. Pas parler. Pas parler.

Elle regarda l'image et frissonna. Une fille avec de longs cheveux noirs. Un homme qui partait en courant. Un autre homme qui tapait avec une croix sur la tête de la fille brune.

— Ce n'est pas Amelie, n'est-ce pas ? demanda Pia à voix basse.

— Dois pas parler, souffla-t-il. Pas parler. Seulement peindre.

Le cœur de Pia se mit à battre lorsqu'elle comprit ce que Thies essayait de lui expliquer. Quelqu'un lui avait interdit de parler de ce qu'il avait vu. Il ne parlait pas d'Amelie. Et ce n'était pas elle que l'image montrait. C'était Stefanie Schneeberger et son meurtrier.

Thies s'était à nouveau détourné, il avait repris ses craies et peignait avec passion une autre image. Il paraissait complètement retiré en lui-même, les traits de son visage étaient toujours tendus mais il avait cessé de se balancer. Lentement, Pia comprenait ce qu'on infligeait à cet homme depuis des années. On l'avait fait chanter et menacé pour qu'il ne raconte à personne ce dont il avait été témoin onze années plus tôt. Mais qui avait pu faire cela ? Soudain elle comprit quel danger Thies courait si cette personne apprenait qu'il avait parlé à la police.

Elle devait le protéger et faire comme si tout cela était sans importance devant la psychiatre et l'infirmier.

— Bon, dit-elle. Merci en tout cas.

Elle se leva, les deux autres également.

— Blanche-Neige doit mourir, ils avaient dit, prononça Thies à cet instant. Mais personne ne peut plus rien lui faire. Je veille sur elle.

La pluie et le brouillard n'avaient dissuadé personne à Altenhain d'escorter la dépouille mortelle de Laura Wagner à sa dernière demeure. Le parking devant le *Cheval Noir* ne pouvait contenir toutes les voitures. Pia se gara simplement au bord de la rue, descendit et marcha à pas rapides en direction du glas que sonnaient les cloches de l'église. Bodenstein l'attendait sous le porche.

— Thies a tout vu à l'époque, dit-elle, ne pouvant retenir ce qu'elle venait d'apprendre. Il a bien peint des images, comme Amelie l'a dit à Tobias. Quelqu'un l'a fait chanter. Il ira dans un foyer s'il raconte ce qu'il a vu.

— Qu'est-ce qu'il a dit sur Amelie ?

Bodenstein était impatient de trouver un indice qui le mène à quelque chose d'important.

— Rien. Il a seulement dit qu'il ne lui avait rien fait. Mais il a peint quelque chose.

Pia tira la feuille froissée de sa poche et la tendit à Bodenstein. Il y jeta un coup d'œil et fronça les sourcils, puis il montra la croix.

— C'est le cric. L'arme du crime.

Pia acquiesça, excitée.

— Qui l'a menacé ? Son père peut-être ?

— Possible. Ça ne devait pas lui plaire que son propre fils soit mêlé à un tel meurtre.

— Thies n'y a pas participé, protesta Pia. Il l'a seulement observé.

— Je ne parle pas de Thies, répondit Bodenstein. La cloche se tut. Ce matin j'ai été appelé pour un suicide. Un homme s'est tué dans son auto sur l'aire de stationnement près de la Nepomuk-Kurve. Et cet homme était le frère de Thies, Lars Terlinden.

— Quoi ? dit Pia stupéfaite.

— Oui, dit Bodenstein. Est-ce que Lars était le meurtrier de Stefanie et est-ce que son frère l'a vu ?

— Lars Terlinden est parti faire des études en Angleterre aussitôt après la disparition des deux filles, dit Pia en essayant de se rappeler la chronologie des événements de septembre 1997. Le nom du frère de Thies n'apparaît pas dans l'ancien dossier.

— Peut-être que Claudius Terlinden a écarté de cette façon son fils de l'enquête. Et il a fait chanter son autre fils pour qu'il tienne sa langue.

— Mais qu'est-ce que Thies veut dire quand il dit que personne ne peut plus rien faire à Blanche-Neige parce qu'il veille sur elle ?

Bodenstein haussa les épaules. L'affaire ne s'éclaircissait pas, elle ne faisait que s'embrouiller davantage. Ils firent le tour de l'église en direction du cimetière. Abritée sous des parapluies, l'assistance se pressait autour de la fosse où juste à ce moment le cercueil blanc, orné d'un bouquet d'œillets blancs, était descendu. Les employés des pompes funèbres reculèrent, le prêtre commença son homélie.

Manfred Wagner, qui était sorti de prison pour assister à l'enterrement de sa fille aînée, était au premier rang, à côté de sa femme et de deux adolescents. Les policiers qui l'accompagnaient attendaient un peu plus loin. Juchée sur des talons aiguilles, une jeune femme passa rapidement devant Bodenstein et Pia sans les voir. Ses cheveux blonds et brillants étaient attachés par un mince nœud, elle portait un tailleur noir collant et, malgré le sombre ciel nuageux, de grandes lunettes de soleil foncées.

— Nadja von Bredow, chuchota Pia à son chef. Elle est née à Altenhain. Elle était amie avec Laura.

— Ah oui, dit Bodenstein qui était plongé dans de tout autres pensées. J'ai obtenu de Mme Engel qu'elle se charge de Gregor Lauterbach. Ministre de l'Éducation ou pas, il était avec Terlinden samedi, quand Amelie a disparu.

Le mobile de Pia sonna. Elle réussit à mettre la main dessus et disparut au coin de l'église, avant que des regards indignés se tournent vers elle.

— Pia, c'est moi, dit la voix d'Ostermann. Tu m'as bien dit l'autre jour que dans le vieux dossier, il manquait les comptes rendus des interrogatoires.

— Oui.

— Écoute. J'ai de la peine à l'admettre mais il m'est venu à l'esprit qu'Andreas s'est pas mal intéressé au dossier. Un soir, il est resté tard au bureau, alors qu'il était en arrêt maladie et je…

Le reste de la phrase se perdit dans le hurlement de la sirène qui se trouvait sur le toit du *Cheval Noir*. Pia se boucha l'autre oreille et demanda à son interlocuteur de parler plus fort. Quand la sirène avait retenti, trois hommes avaient quitté la cérémonie et s'étaient précipités vers le parking.

— … me suis étonné… l'ordonnance… était dans notre bureau… pas eu l'idée… lui demander… ?

— La sirène. Pia serrait son mobile sur l'oreille. Ça brûle quelque part. Bon. Qu'est-ce que c'est que cette histoire avec Andreas ?

Ostermann répéta ce qu'il venait de dire. Pia écoutait, incrédule.

— Ça c'est le comble, dit-elle. Merci. À plus tard.

Elle rangea son mobile dans sa poche et revint, pensive, vers Bodenstein.

Tobias Sartorius passa devant la grange et entra dans l'ancienne étable. Tout Altenhain était au cimetière, personne ne pouvait donc le voir, pas même leur voisin Paschke, ce vieux sémaphore. Nadja l'avait laissé en haut près du portail de derrière, puis elle était allée à l'enterrement de Laura. Tobias ferma la porte de la laiterie et entra dans la maison. C'était atroce d'avoir à se cacher. Comme il s'apprêtait à monter l'escalier, son père apparut comme une ombre à la porte de la cuisine.

— Tobias ! Dieu soit loué ! s'exclama-t-il. Je me suis fait tellement de souci ! Où tu étais ?

— Papa, dit-il en étreignant son père. J'étais chez Nadja. Les flics ne m'auraient jamais cru, ils m'auraient coffré immédiatement.

Hartmut Sartorius acquiesça.

— Je suis venu chercher quelques fringues. Nadja est allée à l'enterrement, elle viendra me chercher après.

C'est alors qu'il réalisa que son père était à la maison et non au travail.

— Ils m'ont licencié, dit Hartmut Sartorius en haussant les épaules. Ils ont trouvé un prétexte cousu de fil blanc. Mon chef est maintenant le gendre de Dombrowski.

Tobias comprit. Il eut la gorge serrée. C'était encore sa faute si on avait licencié son père !

— De toute façon je voulais démissionner, dit son père sur un ton léger. Je veux faire de la vraie cuisine, j'en ai assez de réchauffer des surgelés et de les pelleter sur les assiettes. Soudain il se rappela : Il y a une lettre pour toi au courrier aujourd'hui.

Il se tourna et rentra dans la cuisine. Tobias le suivit. L'expéditeur n'était pas mentionné. Il eut envie de la jeter tout de suite à la poubelle. C'était vraisemblablement une nouvelle lettre d'injures. Il s'assit à la table de la cuisine, déchira l'enveloppe et feuilleta les luxueuses pages ivoire. Il considéra sans comprendre l'en-tête d'une banque suisse avant de lire le texte manuscrit. Dès les premières lignes, il reçut un coup dans l'estomac.

— Elle est de qui ? demanda son père.

Dehors, un camion de pompiers passa dans un tonnerre de lumière bleue et un hurlement de sirène. Tobias avala sa salive. Il leva les yeux.

— De Lars, croassa-t-il d'une voix enrouée. De Lars Terlinden.

Le portail de la propriété des Terlinden était grand ouvert. L'odeur de l'incendie pénétrait même à travers les vitres fermées de la voiture. Les camions des pompiers avaient laissé de profondes ornières sur le gazon détrempé. Ce n'était pas la villa qui était en flammes mais un bâtiment situé derrière au fond du vaste parc. Pia gara la voiture devant la maison et Bodenstein et elle s'approchèrent à pied de l'incendie. L'épaisse fumée les fit larmoyer. Les pompiers paraissaient sur le point de maîtriser le feu. On ne voyait plus de flammes. Seul un épais nuage noir sortait des fenêtres. Christine Terlinden était entièrement vêtue de noir, elle était sans doute allée à l'enterrement et venait de rentrer. Elle paraissait choquée par le spectacle, le fouillis de tuyaux, les pompiers qui piétinaient les plates-bandes et le gazon. À ses côtés se tenait sa voisine, Daniela Lauterbach, et en la voyant Bodenstein se souvint involontairement de son rêve absurde de la nuit dernière. Elle se retourna comme si elle avait entendu ses pensées et s'approcha de lui et de Pia.

— Bonjour, dit-elle froidement et sans trace de sourire.

Ses yeux noisette avaient aujourd'hui la couleur d'un chocolat figé.

— Votre visite à Thies a-t-elle été fructueuse ?

— Non, répondit Pia. Qu'est-ce qui se passe ? C'est quoi le bâtiment qui brûle ?

— C'est l'orangerie, l'atelier de Thies. Christine se fait beaucoup de souci. Comment Thies va-t-il réagir quand il apprendra que tous ses tableaux ont brûlé ?

— Nous devons malheureusement annoncer à Mme Terlinden une nouvelle bien pire, dit Bodenstein.

Daniela Lauterbach leva ses sourcils bien dessinés.

— Ça peut difficilement être pire, répondit-elle avec une aigreur visible. J'ai appris que vous détenez toujours Claudius. Pourquoi ?

Bodenstein était sur le point de le lui expliquer pour se justifier. Mais Pia fut plus rapide.

— Nous avons nos raisons, dit-elle. Nous devons malheureusement apprendre à Mme Terlinden que son fils s'est suicidé.

— Quoi ? Thies est mort ? dit le Dr Lauterbach en regardant Pia.

Ce fut du soulagement qui traversa brièvement son regard avant que la consternation ne s'inscrive sur son visage.

— Non, non, pas Thies, répondit Pia. Lars.

Bodenstein laissait Pia mener la conversation. Il était irrité d'éprouver une telle bienveillance à l'égard de Daniela Lauterbach. Était-ce à cause de la chaleur pleine de compréhension qu'elle lui avait témoignée, et que, dans son désarroi actuel, il avait mal interprétée ? Il ne pouvait pas détourner les yeux de son visage et, c'était ridicule, mais il aurait aimé qu'elle lui sourie.

— Il s'est asphyxié dans sa voiture avec les gaz d'échappement, était en train de dire Pia. Nous avons découvert son cadavre ce matin.

— Lars ? Mon Dieu.

Quand Daniela réalisa l'affreuse nouvelle qu'allait encore recevoir son amie Christine, la glace fondit dans son regard. Elle parut déconcertée mais elle redressa vite les épaules.

— Je vais le lui dire, dit-elle d'un air décidé. Il vaut mieux que ce soit moi. Je m'occuperai d'elle. Appelez-moi plus tard.

Elle se détourna et se dirigea vers son amie, qui ne quittait pas des yeux le bâtiment incendié. Daniela Lauterbach lui posa les bras sur les épaules et lui parla doucement. Christine Terlinden poussa un cri contenu et vacilla, mais Daniela la soutint.

— Partons, dit Pia. Elles s'en sortiront.

Bodenstein détacha son regard des deux femmes et suivit Pia à travers le parc dévasté. Comme ils arrivaient à leur auto, une femme les aborda, qu'il ne reconnut pas immédiatement.

— Bonjour, madame Fröhlich, dit Pia à la belle-mère d'Amelie. Comment allez-vous ?

— Pas bien, dit la femme. Elle était très pâle mais paraissait impassible. Je venais demander à Mme Terlinden ce qui s'était passé, mais j'ai vu votre voiture. Y a-t-il du nouveau ? Votre collègue a-t-elle pu tirer parti des tableaux ?

— Quels tableaux ? demanda Pia étonnée.

Le regard décontenancé de Barbara Fröhlich alla de Pia à Bodenstein.

— M… mais hier, votre collègue qui est venue chez moi, bégaya-t-elle. Elle… elle a dit que vous l'aviez envoyée. À cause des toiles que Thies avait données à Amelie.

Pia et Bodenstein échangèrent un regard rapide.

— Nous n'avons envoyé personne, répondit Pia en

fronçant les sourcils. Toute cette histoire devient de plus en plus curieuse.

— Mais la femme a dit… commença Barbara Fröhlich avant de s'interrompre, désemparée.

— Vous avez vu les toiles ? demanda Bodenstein.

— Non… Elle a cherché dans toute la chambre et elle a découvert une porte condamnée. Et derrière, il y avait vraiment un rouleau de toiles. Amelie avait dû les cacher là… mais ce qu'il y avait sur les toiles, je ne l'ai pas vu. La femme les a emportées, elle voulait même me donner un reçu.

— À quoi elle ressemblait cette soi-disant collègue ? demanda Pia.

Barbara Fröhlich parut comprendre son erreur. Elle baissa la tête et s'appuya contre le pare-chocs de la voiture, un poing serré contre la bouche. Pia alla vers elle et posa le bras sur ses épaules.

— Elle… elle avait un insigne de police, souffla la belle-mère d'Amelie en luttant contre les larmes. Elle était si… compréhensive et si aimable. Elle… elle… disait qu'elle trouverait Amelie grâce à ces images et qu'il n'y avait que ça qui comptait.

— Ne vous inquiétez pas, dit Pia pour la consoler. Vous vous rappelez à quoi cette femme ressemblait ?

— Des cheveux très foncés. Des lunettes. Mince… dit Barbara avec un haussement d'épaules, mais l'angoisse se lisait dans ses yeux. Vous croyez qu'Amelie est encore en vie ?

— Certainement, répondit Pia contre ses propres convictions. Nous la retrouverons. Ne vous faites pas de souci.

— Les tableaux de Thies montraient le vrai meurtrier, j'en suis persuadée, dit Pia à son chef quand ils reprirent leur voiture en direction de Neuenhain. Il les a donnés à Amelie pour les protéger. Mais Amelie a commis l'erreur d'en parler à quelqu'un.

— Exact, acquiesça Bodenstein d'un air sombre. À Tobias Sartorius. Et il a envoyé quelqu'un chez les Fröhlich pour aller chercher les toiles. Il les a sûrement détruites depuis longtemps.

— Qu'est-ce que ça peut faire à Tobias qu'on voie ces toiles. Il a purgé sa peine. Qu'est-ce qu'on pourrait bien lui faire ? Non, non, il doit y avoir quelqu'un d'autre qui a un grand intérêt à ce que les tableaux ne refassent pas surface.

— Et qui ?

Il était difficile à Pia d'avouer ses soupçons. Elle comprenait que la première impression que lui avait faite Claudius Terlinden ne pouvait pas être plus fausse.

— Le père de Thies.

— Possible, reconnut Bodenstein. Mais ça peut aussi être quelqu'un dont nous ne nous doutons pas parce que nous ne le connaissons pas. Il faut que tu tournes à droite.

— Où va-t-on d'ailleurs ? dit Pia en mettant son clignotant avant de tourner.

— Chez Hasse, répondit Bodenstein. Il habite la dernière maison à gauche, à l'orée du bois.

Son chef n'avait pas réagi quand Pia lui avait répété ce qu'Ostermann lui avait dit au téléphone, cependant il semblait vouloir tirer les choses au clair. Peu après, elle se gara devant la petite maison précédée d'un minuscule jardinet qu'Andreas, elle le savait, n'aurait fini de payer qu'au moment de sa retraite. Il en parlait régulièrement, plein de rancœur devant le misérable salaire qu'à son avis on touchait dans le service public. Ils descendirent et se dirigèrent vers la porte d'entrée. Bodenstein pressa sur la sonnette. Hasse ouvrit lui-même. Il devint aussitôt pâle comme un mort et baissa la tête avec accablement. Ostermann avait donc fait mouche avec ses suppositions. Incroyable.

— Nous pouvons entrer? demanda Bodenstein.

Ils pénétrèrent dans un couloir sombre recouvert d'un linoléum usé. Une odeur de nourriture mêlée à la fumée de cigarette flottait dans l'air. La radio passait de la mauvaise musique. Hasse ferma la porte de la cuisine. Il essaya de nier mais très vite il déballa tout.

— Un ami m'a demandé ce service, dit-il, embarrassé. Je ne pensais pas que c'était si grave.

— Andi, tu es devenu fou? dit Pia, hors d'elle. Tu fais disparaître des procès-verbaux d'un dossier?

— Je ne pouvais pas savoir que ces vieilles paperasses avaient encore une importance quelconque. J'ai pensé que tout ça remontait au déluge et que toute l'affaire était depuis longtemps réglée...

Il se tut en se rendant compte de ce qu'il disait.

— Vous savez ce que ça signifie, dit Bodenstein avec gravité. Je vais vous suspendre de votre service et une procédure disciplinaire va être diligentée contre vous. Où sont les documents?

Hasse fit un geste d'impuissance.

— Je les ai détruits.

— Et pourquoi? Pia n'arrivait pas à croire ce qu'elle entendait. Tu as vraiment cru que personne ne s'en apercevrait?

— Pia, ce Sartorius avait tué deux filles et tout le monde l'accusait – même ses amis et ses professeurs. J'ai connu le type autrefois, j'ai participé à l'enquête dès le début ! Un salaud glacial – et maintenant il voudrait remettre sur le feu toute l'affaire et se…

— Arrête ! dit Pia en lui coupant la parole. Tu me permettras d'en douter. Tobias Sartorius n'a rien à voir avec ça.

— Comment s'appelle l'ami qui vous a demandé ce service douteux ? demanda Bodenstein.

Hasse hésita encore un peu.

— Gregor Lauterbach, finit-il par dire en baissant la tête.

Le *Cheval Noir* n'avait plus une table de libre. Tout le pays s'y était rassemblé après l'enterrement, mais entre le café et les petits pains, on parlait moins de Laura que de l'incendie chez les Terlinden, et les spéculations allaient bon train. Michael Dombrowski était le chef des pompiers bénévoles d'Altenhain et c'est lui qui avait commandé l'intervention. En regagnant la caserne des pompiers il s'était fait déposer au *Cheval Noir*, les vêtements et les cheveux encore imprégnés de l'odeur et de la fumée de l'incendie.

— La Kripo pense que c'est criminel, racontait-il à ses amis Felix Pietsch et Jörg Richter qui étaient assis, la mine sombre autour de la table d'angle. Je me demande pourquoi quelqu'un irait mettre le feu à une serre. Il s'aperçut alors de l'ambiance oppressante autour de la table. Qu'est-ce que vous avez ?

— Nous devons retrouver Tobi, répondit Jörg. Et que toute cette histoire finisse une bonne fois pour toutes.

Felix opina du bonnet.

— Qu'est-ce que tu veux dire ? demanda Michael sans comprendre.

— Tu ne vois pas ce qui est en train de se déclencher ? Exactement comme autrefois, dit Jörg Richter en posant sa tartine au fromage sur l'assiette et en secouant vigoureusement la tête. Je supporterai pas ça une deuxième fois.

— Moi non plus, renchérit Felix. Il ne nous reste plus qu'une chose à faire.

— Vous êtes sûrs ? dit Michael en les regardant l'un après l'autre d'un air préoccupé. Vous savez ce que ça signifie pour chacun de nous ?

Felix et Jörg firent oui de la tête. Ils étaient conscients de la portée de leur projet.

— Que dit Nadja ?

— Qu'on ne peut plus reculer, dit Jörg en respirant profondément. On ne peut pas attendre plus longtemps. Sinon il y aura un malheur de plus.

— Il vaut mieux une fin effroyable qu'une terreur sans fin, renchérit Felix.

— Merde, dit Michael en se frottant la figure. Je ne peux pas ! Je… veux dire… tout ça va trop loin. On ne pourrait pas simplement en rester là ?

Jörg le regarda fixement. Puis il secoua la tête avec détermination.

— Pas moi. Nadja a dit au cimetière que Tobi était chez elle. Je vais y aller et en finir avec tout ça.

— Je viens avec toi, dit Felix.

Michael hésitait, cherchant désespérément un prétexte pour se dérober.

— Je dois retourner voir l'incendie, dit-il finalement.

— D'accord. À plus tard, dit Jörg. Ça durera pas longtemps. Vas-y et reviens.

Les bras croisés sur la poitrine, Daniela Lauterbach regardait son mari avec un mélange d'incrédulité et de mépris. Quand elle était rentrée de chez la voisine, elle l'avait vu assis à la table de la cuisine, le visage gris, vieilli de plusieurs années. Avant même qu'elle ait ôté sa veste, il avait commencé à lui parler des lettres de menace anonymes, des e-mails et des photos. Les mots s'échappaient de ses lèvres en cascade, amers, désespérés, dégoulinant d'autocompassion et de peur. Muette, le visage impassible, elle l'avait écouté sans l'interrompre. Sa dernière prière l'avait laissée sans voix. Pendant un long moment le silence régna dans la grande cuisine.

— Qu'est-ce que tu attends de moi ? demanda-t-elle froidement. Je t'ai plus qu'assez aidé autrefois.

— Je préférerais que tu ne l'aies pas fait, répondit-il d'une voix étouffée.

À ces mots elle fut submergée par la colère, une colère brûlante et féroce qui, pendant toutes ces années, avait sommeillé au plus profond d'elle-même. Que n'avait-elle pas fait pour lui, ce mollasson sans personnalité, ce bluffeur qui ne savait rien faire à part jouer les grands hommes et faire de beaux discours ! Qui, à la moindre difficulté, venait se pendre en geignant à ses jupes. Avant elle avait été flattée qu'il écoute ses conseils et demande son aide quand il se sentait acculé. Il avait été son joli apprenti sorcier, sa fontaine de jouvence, son œuvre. Dès leur première rencontre, il y avait plus de vingt ans, elle avait immédiatement perçu les talents de ce garçon de vingt et un ans. Elle était déjà un médecin connu, de vingt ans plus âgée que lui et très à l'aise, grâce à un héritage important. Elle n'avait d'abord vu en lui qu'un amant contractuel, puis elle avait financé les études de ce fils d'ouvrier démuni, l'avait initié à l'art, à la culture et à la politique. Elle lui avait procuré grâce à ses relations un job de professeur de gymnastique, lui avait tracé la voie vers la politique. Le poste de ministre de l'Éducation en avait été le couronnement. Mais après l'affaire d'il y avait onze ans, elle aurait dû le chasser. Il n'en était pas digne. Un mollasson ingrat qui jusqu'à aujourd'hui n'avait pas su estimer ses efforts et ses investissements.

— Si tu m'avais écoutée et si tu avais enterré le cric dans le bois au lieu de le jeter avec tes mains nues dans la fosse à purin de Sartorius, on n'en serait pas là, dit-elle. Mais tu te croyais malin. À cause de toi Tobias est allé en prison. À cause de toi, pas de moi !

Il se courbait sous ses mots comme sous des coups de fouet.

— J'ai fait une erreur, Dani ! J'étais tellement affolé, mon Dieu !

— Tu as couché avec une élève mineure, lui rappela-t-elle sur un ton glacial. Et maintenant tu viens me demander d'écarter un témoin qui est mon patient et le fils de nos voisins ! Quel homme es-tu donc ?

— Je n'exige pas cela de toi, souffla Gregor Lauterbach. Je veux seulement parler avec Thies. Rien de plus. Il doit juste tenir sa langue. Tu es son médecin traitant, ils te laisseront faire.

— Non, dit Daniela Lauterbach en secouant la tête d'un air décidé. Laisse ce garçon en paix, c'est déjà assez dur pour lui. Il vaudrait mieux que tu disparaisses quelque temps. Va dans la maison de Deauville, jusqu'à ce que les choses se soient calmées.

— La police a arrêté Claudius ! protesta Gregor Lauterbach.

— Je sais. Et je me demande bien pourquoi. Qu'est-ce que vous avez fait tous les deux, samedi soir ?

— Je t'en prie, Dani, dit-il en glissant de sa chaise et en se mettant à genoux devant elle. Laisse-moi parler à Thies.

— Il ne te répondra pas.

— Peut-être que si. Si tu es là.

— Pas question.

Elle regarda par-dessus la tête de son mari qui était agenouillé devant elle comme un petit garçon apeuré. Il avait toujours menti, l'avait toujours trompée. Ses amis l'avaient prophétisé déjà avant leur mariage. Gregor avait vingt ans de moins, il était brillant, éloquent et il avait du charisme. Les jeunes filles et les femmes le portaient au pinacle parce qu'elles voyaient en lui un homme qu'il n'était pas. Elle seule savait combien il était faible en réalité. C'est de cela, de cette dépendance qu'elle tirait son pouvoir. Elle lui avait pardonné, à condition qu'une chose de ce genre soit exclue. Tout rapport avec une lycéenne était proscrit. Ses maîtresses changeantes l'indifféraient, elle s'en amusait plutôt. Elle seule connaissait son secret, son angoisse et ses complexes, elle le connaissait mieux qu'il ne se connaissait lui-même.

— Je t'en prie, supplia-t-il à nouveau en la regardant avec de grands yeux. Aide-moi, Dani. Ne me laisse pas tomber ! Tu sais ce qui est en jeu pour moi !

Daniela Lauterbach poussa un profond soupir. Sa résolution de ne pas l'aider cette fois fondait comme neige au soleil. Comme toujours. Elle ne pouvait jamais être longtemps en colère contre lui. Et cette fois l'enjeu était de taille, il avait raison. Elle se pencha vers lui, lui tapota la tête et enfonça ses doigts dans ses cheveux épais et souples.

— Bon, dit-elle. Je vais voir ce que je peux faire. Mais tu fais tout de suite ta valise et tu vas passer quelques jours en France jusqu'à ce que tout soit réglé, d'accord ?

Il leva les yeux vers elle, lui prit la main et la baisa.

— Merci, murmura-t-il. Merci, Dani. Je ne sais pas ce que je deviendrais sans toi.

Elle sourit. Sa colère s'était envolée. Elle sentit une joie profonde et sereine monter en elle. Ils conjureraient sans peine les menaces venant de l'extérieur – aussi longtemps que Gregor saurait reconnaître ce qu'elle faisait pour lui.

— Le ministre de l'Éducation ? Pia attendait une réponse tout autre de son collègue et elle était bouche bée. D'où tu le connais ?

— Ma femme est une cousine de sa femme, expliqua Hasse. Nous nous voyons régulièrement aux fêtes de famille. Par ailleurs nous étions tous les deux dans la chorale d'Altenhain.

— Ah bon ! Formidable ! dit Bodenstein. Je ne saurais dire à quel point vous me décevez, Hasse.

Andreas Hasse le regarda et jeta le menton en avant.

— Vraiment ? répondit-il d'une voix tremblante. Je n'aurais pas cru pouvoir vous décevoir, vous vous intéressez si peu à ma personne.

— Comment ? dit Bodenstein en fronçant les sourcils.

Alors les mots jaillirent de Hasse, maintenant qu'il savait que ses jours dans la K11 étaient comptés.

— Vous ne m'avez jamais dit trois phrases. J'aurais dû devenir chef de la K11 mais vous êtes arrivé de Francfort, arrogant et orgueilleux, et vous avez tout chamboulé comme si tout ce que nous faisions avant, nous, les péquenauds de la police de campagne, ce n'était que de la merde. Vous vous fichiez bien de chacun de nous. Monsieur le commissaire von Bodenstein se sentait à des lieues de nous ! aboya Hasse. On verra ce que vous récolterez. À force de scier la branche sur laquelle vous êtes assis.

Bodenstein regarda Hasse comme s'il lui avait craché au visage. Pia recouvra la première la parole.

— Tu débloques ou quoi ? dit-elle à son collègue.

Celui-ci éclata d'un rire fielleux.

— Tu devrais faire gaffe, toi aussi. Au commissariat, tout le monde sait que vous fricotez tous les deux en secret ! C'est une infraction au règlement au moins aussi grave que le travail d'appoint de Frank, qui avait échappé à M. le commissaire !

— Ferme-la ! dit Pia sèchement.

Hasse fit une grimace salace.

— J'ai su dès le début ce qui se passait. Les autres ne l'ont compris que quand vous vous êtes mis à vous tutoyer.

Bodenstein se détourna sans saluer et sortit. Pia décocha encore à Hasse quelques amabilités et suivit son chef. Il n'était pas dans la voiture. Elle descendit la rue et le trouva à la lisière du bois, assis sur un banc, le visage plongé dans les mains. Pia hésita un instant puis elle alla vers lui et s'assit sans rien dire sur le banc humide.

— Ne fais pas attention aux bêtises de ce minable, dit-elle. Bodenstein ne répondit pas.

— Est-ce que je suis encore capable de quelque chose ? murmura-t-il en sortant de son silence. Hasse intrigue avec le ministre de l'Éducation et pique des documents du dossier, Behnke travaille en secret dans un bistrot sans que je le sache, ma femme me trompe depuis des mois.

Il leva la tête et Pia avala sa salive en voyant sur son visage un profond désespoir.

— Pourquoi je ne vois rien de tout ça ? Est-ce que je suis vraiment si présomptueux ? Et comment je pourrais faire mon travail alors que je ne suis même pas capable de mettre de l'ordre dans ma vie privée ?

Pia observa son profil aquilin et elle éprouva une sincère pitié. Ce que Hasse ou d'autres prenaient pour de l'arrogance et de l'outrecuidance n'était que la nature de Bodenstein. Il ne s'immisçait pas, ne faisait jamais acte d'autorité. Et, malgré une curiosité très vive, il ne posait jamais de questions indiscrètes à ses collaborateurs. Ce n'était pas de l'indifférence, c'était de la retenue.

— Moi non plus je ne savais rien du job de Behnke, dit Pia à voix basse. Et j'ai été sidérée que Hasse ait volé des documents. Elle esquissa un sourire. Quant à notre liaison, je ne l'avais pas même soupçonnée.

Bodenstein émit un son inarticulé entre le rire et le désespoir. Puis il secoua la tête, accablé.

— J'ai l'impression que toute ma vie a implosé, dit-il en regardant fixement devant lui. Je suis incapable de penser à autre chose : Cosima m'a trompé avec un autre type. Pourquoi ? Qu'est-ce qui lui manquait ? Quelle erreur ai-je faite ?

Il se pencha en avant et croisa ses mains derrière sa nuque. Pia se mordit les lèvres. Que pouvait-elle lui dire ? Y avait-il dans cette situation une consolation quelconque ? Après une courte hésitation, elle mit sa main sur son bras et le pressa doucement.

— Tu as peut-être commis une erreur, dit-elle. Mais quand il y a un problème dans un couple, la faute n'incombe jamais à un seul. Au lieu de chercher une explication, tu ferais mieux de te demander ce que tu vas faire à présent.

Bodenstein se frotta la nuque et se leva.

— Il a fallu que je consulte un calendrier pour me rappeler la dernière fois où nous avons couché ensemble, dit-il avec une soudaine amertume. Mais ce n'est pas très facile, avec un petit enfant qui, à tout propos, arrive en courant.

Pia se sentit gênée. Même si leurs relations étaient devenues plus confiantes qu'avant, il lui était toujours difficile d'aborder les sujets intimes avec son chef. Elle sortit un paquet de cigarettes de sa veste et le lui tendit. Il prit une cigarette, l'alluma et tira quelques bouffées avant de reprendre.

— Ça dure depuis combien de temps ? Pendant combien de nuits j'ai dormi à côté d'elle sans me douter de rien, alors qu'elle pensait à un autre type ? Cette idée me rend malade !

Bon, son désespoir se changeait en colère. Ça valait mieux ! Pia s'alluma elle aussi une cigarette.

— Tu n'as qu'à le lui demander, conseilla-t-elle. Et le plus tôt sera le mieux. Tu ne dois pas continuer à te torturer.

— Et ensuite ? Si elle me dit la vérité ? Ah, merde ! Ça me donne envie moi aussi de la… il s'interrompit et écrasa sa cigarette.

— Fais-le. Peut-être que ça ira mieux.

— Tu me donnes de drôles de conseils, dit Bodenstein en jetant à Pia un regard surpris, tandis qu'une esquisse de sourire relevait les coins de sa bouche.

— Qui sinon moi pourrait te les donner ? répliqua-t-elle. Au lycée j'avais un ami qui m'a plaquée. J'avais envie de me tuer tellement j'étais malheureuse. Mon amie Miriam m'a obligée à l'accompagner à une fête et m'a jeté un type dans les bras. Il m'a juste baratinée. Mais après, ça allait mieux. La terre est pleine de beaux garçons. Ou de belles filles.

Le mobile de Bodenstein sonna. D'abord il ne réagit pas. Puis il le tira de sa poche en soupirant et l'ouvrit.

— C'était Fachinger, dit-il à Pia. Hartmut Sartorius a appelé. Tobias est revenu chez lui. Il se leva du banc. Espérons que nous l'épinglerons. Il y a déjà deux heures que Sartorius a appelé, mais le poste de police n'a prévenu Fachinger que maintenant.

Le portail de Sartorius était largement ouvert. Ils traversèrent la cour et sonnèrent à la porte mais rien ne bougea.

— La porte n'est pas fermée, dit Pia en poussant dessus. Monsieur Sartorius? cria-t-elle.

Elle fit quelques pas dans le couloir avant d'appeler à nouveau.

— Il a encore décampé, annonça-t-elle d'un air déçu à Bodenstein qui l'attendait dans la cour. Et son père n'est pas là non plus. Quelle merde!

— Allons voir derrière la maison, dit Bodenstein en sortant son mobile. J'appelle du renfort.

Pia fit le tour de la maison. Tobias Sartorius était revenu à Altenhain le jour de l'enterrement de Laura Wagner. Bien entendu, il ne s'était pas montré au cimetière et, pendant l'inhumation, il était allé à l'atelier de Thies et y avait mis le feu – en s'aidant d'un accélérateur de flamme comme l'avaient dit les pompiers et les collègues du coin.

— Sans sirène, entendit-elle Bodenstein dire.

Elle attendit qu'il ait fini.

— Tobias savait que tout le village serait à l'enterrement et qu'il pourrait mettre le feu sans être vu, dit-elle, exprimant ce qu'il supposait. Je ne comprends pas pourquoi son père nous a appelés.

— Moi non plus, admit Bodenstein.

Il regarda la cour autour de lui. Les autres fois, le portail et la porte avaient toujours été soigneusement fermés, ce qui se comprenait après toutes les menaces et l'accident de Tobias. Pourquoi étaient-ils grands ouverts ? Au moment où ils contournaient la maison, ils surprirent un mouvement. Deux hommes disparurent par la porte du haut. Peu après, des portières claquèrent et un moteur démarra en trombe.

— Ce n'était pas Tobias et son père. Elle sortit son arme. Il y a quelque chose qui ne va pas ici.

Prudemment, elle ouvrit la porte de l'étable et écouta.

Puis ils se dirigèrent vers la vieille étable. Tobias Sartorius était assis sur un tabouret dans un coin. Il avait les yeux fermés et la tête appuyée contre le mur.

— Merde, dit Pia. Je crois qu'on arrive trop tard.

Huit pas de la porte jusqu'au mur. Quatre pas du mur jusqu'au mur d'en face. Ses yeux s'étaient depuis longtemps habitués à l'obscurité, son nez à l'odeur de moisi et de pourri. Durant la journée, un peu de lumière tombait par une minuscule fente de l'étroite fenêtre de la cave, qu'on avait obturée de l'extérieur. Du moins elle savait si c'était le jour ou la nuit. Les deux bougies étaient depuis longtemps consumées, mais elle avait vu qu'il y en avait une caisse sur une étagère. Il lui restait encore quatre bouteilles d'eau, elle devait l'économiser. Les biscuits seraient bientôt finis de même que la boîte de saucisses et les chocolats. Il n'y avait rien d'autre. Elle allait perdre quelques kilos, ce serait toujours ça.

La plupart du temps, elle était fatiguée, si fatiguée qu'elle dormait, elle ne pouvait pas résister. Quand elle était éveillée elle sombrait parfois dans un profond désespoir, elle martelait la porte de ses poings, pleurait et criait à l'aide. Ensuite elle retombait dans une indifférence mélancolique, allongée pendant des heures sur le matelas puant, essayant d'imaginer la vie au-dehors, les visages de Tobias et de Thies. Elle se récitait les poèmes dont elle se souvenait, faisait des pompes ou des exercices de taï-chi-chuan. Parfois elle chantait à tue-tête toutes les chansons qu'elle connaissait, uniquement pour ne pas devenir folle dans ce cachot humide. Un jour ou l'autre quelqu'un finirait bien par venir la tirer de là. C'était sûr. Elle y croyait fermement. Il n'était pas possible que le bon Dieu la laisse mourir avant l'anniversaire de ses dix-huit ans. Amelie se roula en boule sur le matelas en fixant l'obscurité. Un des derniers morceaux de chocolat fondait sur sa langue. Mâcher et l'avaler aurait été un sacrilège. Une fatigue de plomb l'envahissait, un trou noir où sombraient ses souvenirs et ses pensées. Sans cesse son esprit revenait à ce qui s'était passé. Comment avait-elle atterri dans cet endroit effroyable ? La dernière chose qu'elle se rappelait c'est qu'elle avait désespérément essayé de joindre Tobias. Mais pourquoi, elle ne le savait plus.

Pia sursauta d'effroi quand Tobias ouvrit les yeux. Il ne bougeait pas, se contentant de la regarder en silence. Les hématomes de son visage avaient pâli mais il paraissait malade et épuisé.

— Qu'est-ce qui s'est passé ? demanda Pia en rangeant son arme. Où étiez-vous pendant tout ce temps ?

Tobias ne répondit pas. De larges cernes s'étendaient sous ses yeux, il avait beaucoup maigri depuis la dernière fois qu'elle l'avait vu. Péniblement, comme s'il rassemblait toutes ses forces, il leva un bras et lui tendit une feuille de papier pliée.

— Qu'est-ce que c'est?

Comme il ne répondait pas, elle lui prit la feuille des mains et la déplia. Bodenstein se rapprocha et ils lurent ensemble les lignes manuscrites.

Tobi, tu es certainement étonné que je ne t'ai pas écrit depuis longtemps. En onze ans, il ne s'est pas passé un jour sans que je pense à toi et que je me sente coupable. Tu as purgé ma peine et j'ai permis cela. Je suis devenu la caricature d'un homme que je méprise profondément. Je ne sers pas Dieu comme je l'ai toujours voulu, je suis devenu esclave d'une idole. Pendant onze ans j'ai fui, je me suis forcé à ne pas tourner la tête vers Sodome et Gomorrhe. Mais à présent je regarde en arrière. Ma fuite est terminée. Je suis un raté. J'ai trahi tout ce qui auparavant signifiait quelque chose pour moi, j'ai fait un pacte avec le diable quand j'ai menti la première fois sur les conseils de mon père. Je t'ai trahi et vendu, toi mon meilleur ami. Le prix en a été un tourment permanent. Chaque fois que j'apercevais ma figure dans un miroir, c'est toi que je voyais. Quel lâche j'ai été! J'ai tué Laura. Pas intentionnellement, c'était un accident stupide, mais elle est morte. J'ai écouté mon père et je me suis tu, même quand il est devenu évident que tu allais être condamné. J'ai pris un mauvais chemin qui m'a conduit en enfer. Depuis, je n'ai jamais plus été heureux. Pardonne-moi, Tobi, si tu peux. Moi, je ne peux pas me le pardonner. Puisse Dieu me guider.

Lars

Pia laissa retomber la lettre. Lars Terlinden avait daté sa lettre d'adieu du jour d'avant et utilisé le papier à lettres de la banque où il travaillait. Mais quel avait été le déclic de cette confession et de son suicide ?

— Lars Terlinden s'est donné la mort hier, dit Bodenstein et il se racla la gorge. Nous avons trouvé son cadavre ce matin.

Tobias Sartorius ne réagit pas, il regardait fixement devant lui en silence.

— Bon, dit Bodenstein en prenant la lettre à Pia. Maintenant nous savons pourquoi Claudius Terlinden a payé les dettes de vos parents et vous a envoyé en prison.

— Venez, dit Pia en touchant le bras de Tobias.

Il ne portait qu'un T-shirt et un jean et sa peau était froide.

— Vous allez attraper la mort. Nous allons vous conduire à l'intérieur.

— Ils ont violé Laura quand elle a quitté notre maison, dit-il soudain d'une voix sans timbre. Juste ici, dans l'étable.

Bodenstein et Pia lui jetèrent un regard étonné.

— Qui ? demanda Bodenstein.

— Felix, Jörg et Michael. *Mes* amis. Ils étaient ivres. Laura les avait excités toute la journée. La situation devenait incontrôlable. Puis Laura est partie en courant, et s'est heurtée à Lars. Elle a trébuché, est tombée et elle est morte.

Il dit cela sans manifester d'émotion, presque avec indifférence.

— Comment vous le savez ?

— Ils étaient à l'instant ici et ils me l'ont dit.

— Onze ans trop tard, remarqua Pia.

Tobias poussa un soupir.

— Ils ont chargé Laura dans le coffre de ma voiture et sont allés la jeter dans l'ancienne cuve à carburant. Lars est parti en courant. Je ne l'ai plus jamais revu, mon meilleur ami. Et aujourd'hui, cette lettre…

Ses yeux bleus se dirigèrent sur Pia. Elle comprit alors que son intuition, qui lui disait contre toute raison que Tobias était innocent, avait été juste.

— Et qu'est-ce qui s'est passé avec Stefanie, demanda Bodenstein. Et où est Amelie ?

Tobias respira profondément et secoua la tête.

— Je ne sais pas. Je n'en ai absolument aucune idée.

Quelqu'un entra dans l'étable, Bodenstein et Pia se retournèrent. C'était Hartmut Sartorius. Il était blême et avait de la peine à dominer son inquiétude.

— Lars est mort, dit Tobias à voix basse.

Hartmut alla vers son fils et le serra maladroitement dans ses bras. Tobias ferma les yeux et s'appuya sur son père. Pia fut émue par cette vision. Le chemin de croix de ces deux-là aurait-il un jour une fin ? La sonnerie du mobile de Bodenstein rompit le silence. Il prit l'appel et alla dans la cour.

— Vous allez… vous allez arrêter Tobias ? demanda Hartmut Sartorius d'une voix incertaine en regardant Pia.

— Nous avons quelques questions à lui poser, répondit-elle avec regret. Malheureusement, Tobias est toujours soupçonné dans la disparition d'Amelie Fröhlich. Et tant que ce soupçon ne sera pas levé…

— Pia ! cria Bodenstein de la cour.

Elle se retourna et sortit. À ce moment, la voiture de patrouille qu'ils avaient appelée arriva, deux policiers en descendirent et s'approchèrent.

— C'était Ostermann, lui apprit Bodenstein tout en tapant un numéro sur son mobile. Il a déchiffré l'écriture secrète du journal d'Amelie. Dans son dernier écrit, elle dit que Thies lui a montré dans la cave sous l'atelier la momie de Blanche-Neige… oui… ici Bodenstein… Kröger, j'ai besoin de vous et de vos hommes à la propriété des Terlinden. Oui, là où il y a eu un incendie aujourd'hui. Oui, immédiatement.

Il regarda Pia et elle comprit ce qu'il avait en tête.

— Tu crois qu'Amelie pourrait y être.

Il acquiesça d'un air tendu, puis il se caressa le menton et fronça les sourcils.

— Appelle Behnke et dis-lui de prendre quelques hommes et d'emmener les trois types au commissariat. Une voiture de police doit aller chez Lauterbach, chez lui et à son bureau à Wiesbaden. Je veux lui parler aujourd'hui. Je veux aussi parler avec Terlinden, il ne sait pas encore que son fils s'est suicidé. Et au cas où nous trouverions cette cave, nous avons besoin d'un médecin légiste.

— Tu as suspendu Behnke, lui rappela Pia. Mais tu peux prendre Kathrin. Et qu'est-ce qu'on fait avec Tobias ?

— Je vais dire aux collègues qu'ils l'emmènent à Hofheim. Il doit nous attendre là-bas.

Pia acquiesça et attrapa son téléphone pour transmettre les ordres. Elle dicta à Kathrin les noms de Felix Pietsch, de Michael Dombrowski et de Jörg Richter, puis elle retourna dans l'étable. Elle vit Tobias se mettre péniblement sur ses jambes en s'appuyant sur son père.

— Mes collègues vont vous conduire à Hofheim, dit-elle à Tobias. Ils vous attendent dans la cour.

Tobias se contenta de hocher la tête.

— Pia ! cria Bodenstein avec impatience.

Pia fit un signe de tête aux deux hommes et sortit.

Une voiture de patrouille s'arrêtait devant la villa des Lauterbach au moment où Bodenstein et Pia passaient devant. Ils tournèrent quelques mètres plus loin dans la propriété des Terlinden, descendirent de voiture et traversèrent le gazon jusqu'aux ruines fumantes de l'orangerie.

Les deux murs noircis étaient encore debout mais le toit était à moitié effondré.

— Nous devons entrer, dit Bodenstein à un des pompiers qui étaient revenus pour surveiller le lieu de l'incendie.

— Absolument impossible, dit le pompier en secouant la tête. Les murs peuvent s'effondrer à tout moment, le toit est instable. Personne ne peut entrer.

— Si, affirma Bodenstein. Nous avons reçu l'information qu'il y a en dessous une cave, et dans cette cave se trouve probablement la jeune fille disparue.

Cela changeait entièrement la situation. Le pompier se concerta avec ses collègues, puis il prit son téléphone. Tout en téléphonant lui aussi, Bodenstein allait et venait autour du bâtiment incendié. Il ne pouvait pas tenir tranquille. Cette fichue attente ! Les techniciens des empreintes arrivèrent, et peu après une voiture, puis un camion bleu marine d'assistance technique. Pia apprit des policiers en uniforme qu'il n'y avait personne chez les Lauterbach. Elle obtint par Ostermann le numéro du secrétariat du ministre à Wiesbaden, et se vit répondre que M. le ministre était malade depuis trois jours et n'était pas venu au bureau. Où est-il donc ? Elle s'appuya contre le pare-chocs, alluma une cigarette et attendit que Bodenstein ait fini de donner ses instructions. Pendant ce temps, les hommes du feu et les techniciens commencèrent à examiner le reste de toit et les murs de l'orangerie.

Avec une grosse pelle mécanique, ils poussèrent prudemment les décombres calcinés de côté et allumèrent des projecteurs, car le jour tombait.

Kathrin Fachinger appela et annonça que sa mission était accomplie : Pietsch, Richter et Dombrowski étaient au commissariat. Aucun d'eux n'avait opposé de résistance. Mais elle avait une autre nouvelle qui plongea Pia dans une agitation extrême. Dans les cinq cents photos de l'iPod d'Amelie, ils avaient trouvé les clichés des toiles qui pourraient être celles que Thies lui avait remises. Pia se mit à la recherche de Bodenstein sur le gazon détrempé que les pneus des camions avaient transformé en marécage. Son chef, l'air impassible, grillait une cigarette devant l'orangerie. Au moment où elle s'approchait de lui pour lui parler des photos de l'iPod, les hommes à l'intérieur du bâtiment l'appelèrent et leur firent signe de venir. Tiré de sa sidération, Bodenstein jeta sa cigarette et pénétra à l'intérieur. Il faisait encore très chaud.

— Nous avons trouvé quelque chose ! annonça le pompier qui avait pris la tête de l'expédition. Une trappe. On peut encore l'ouvrir !

La route était sèche, le bouchon sur l'A5 s'était dissipé après la Frankfurter Kreuz. Nadja mit les gaz dès que la limitation de vitesse fut levée et accéléra jusqu'à deux cents kilomètres à l'heure. Tobias était assis sur le siège passager. Il avait fermé les yeux et n'avait pas prononcé une parole depuis qu'ils étaient partis. Tout cela était trop pour lui. Ses pensées tournaient autour de ce qu'il avait appris cet après-midi. Felix, Micha et Jörg. Il avait cru qu'ils étaient ses amis ! Et Lars, qui avait été pour lui comme un frère ! Ils avaient tué

Laura et caché son cadavre dans la cuve de l'ancien aéroport et ne l'avaient jamais avoué. Oui, ils l'avaient laissé aller en enfer et s'étaient tus pendant onze ans. Pourquoi s'étaient-ils brusquement décidés à être honnêtes ? Et pourquoi maintenant ? Sa déception était sans limites, abyssale. Quelques jours avant, ils avaient bu avec lui, échangé des souvenirs du passé et, pendant tout ce temps, ils savaient ce qu'ils avaient fait, ce qu'ils *lui* avaient fait ! Il poussa un profond soupir. Nadja lui prit la main et la pressa. Tobias ouvrit les yeux.

— Je n'arrive pas à croire que Lars est mort, souffla-t-il.

Il se gratta la gorge plusieurs fois pour s'éclaircir la voix.

— Tout ça est totalement incroyable, reconnut-elle. Mais j'ai toujours cru que tu étais innocent.

Il s'arracha un sourire. Sous toutes les déceptions, l'amertume et la colère pointait un minuscule germe d'espoir. Peut-être que tout irait bien entre Nadja et lui. Peut-être qu'ils auraient une chance, quand les ombres du passé se seraient dissipées et que toute la vérité serait faite.

— Je vais avoir des problèmes avec les flics, dit-il.

— Et alors ? dit-elle en lui faisant un clin d'œil. Tu seras de retour dans quelques jours. Et ton père a mon numéro de mobile, au cas où. Tout le monde comprendra que tu avais besoin de prendre un peu de distance.

— Je suis si heureux que tu sois là. Vraiment. Tu es simplement fantastique.

Elle sourit à nouveau, mais ne leva pas les yeux de la route.

— Nous sommes faits l'un pour l'autre, toi et moi, répondit-elle. Je l'ai toujours su.

Tobias porta sa main à ses lèvres et l'embrassa tendrement. Ils avaient devant eux quelques journées de paix. Nadja avait décommandé tous ses rendez-vous. Personne ne les dérangerait. Il n'avait plus personne à craindre. La musique en sourdine, la chaleur agréable, les sièges de cuir moelleux. Il sentait la fatigue le gagner. Il poussa un soupir, et ferma les yeux. Peu après, il dormait profondément.

L'escalier de fer rouillé était étroit et raide. Il tâta le mur pour trouver l'interrupteur. Quelques secondes plus tard, l'ampoule de vingt-cinq watts éclaira l'endroit d'une lumière chiche. Bodenstein sentit son cœur s'accélérer. Il avait fallu des heures jusqu'à ce que le bâtiment en ruine soit sécurisé. L'excavatrice avait repoussé les décombres sur le côté et les hommes avaient ouvert la trappe en unissant leurs forces. Un des hommes, vêtu d'une combinaison protectrice, était descendu le premier pour s'assurer que tout était en ordre. La cave n'avait pas été endommagée.

Bodenstein attendit que Pia, Kröger et Henning Kirchhoff aient descendu l'escalier abrupt et l'aient rejoint. Il posa la main sur la serrure de la lourde porte métallique. Elle s'ouvrit sans bruit. Un air chaud et une odeur douceâtre de fleurs fanées les frappèrent.

— Amelie ? appela Bodenstein.

Une lampe de poche s'alluma derrière lui, éclairant une pièce rectangulaire d'une dimension étonnante.

— Un ancien bunker, dit Kröger.

Il y eut un déclic et quand il abaissa l'interrupteur, un tube de néon s'alluma en bourdonnant.

— L'installation électrique est indépendante, dit-il, en cas de dommage du bâtiment le courant n'est pas coupé dans la cave.

L'endroit était simplement meublé : un canapé, une étagère avec une stéréo. La partie arrière était séparée par un paravent démodé. D'Amelie, aucune trace. Arrivaient-ils trop tard ?

— Pfou ! murmura Kröger, quelle chaleur ici.

Bodenstein traversa la pièce. Des gouttes de transpiration coulaient sur son visage.

— Amelie ?

Il repoussa le paravent ; son regard tomba sur un étroit lit de fer. Il avala sa salive. La jeune fille qui était allongée dessus était morte. Ses longs cheveux noirs se déployaient en éventail sur l'oreiller blanc. Elle était vêtue d'une robe blanche, les mains jointes sur la poitrine. Le rouge à lèvres écarlate faisait un effet grotesque sur ses lèvres desséchées de momie. Une paire de souliers était posée à côté du lit. Dans un vase posé sur la table de nuit, des fleurs fanées, à côté une bouteille de Coca-Cola. Il leur fallut plusieurs secondes pour comprendre que la jeune fille qui était allongée sur le lit n'était pas Amelie.

— Blanche-Neige, dit Pia à voix basse. Te voilà enfin.

Il était plus de 21 heures quand ils revinrent au commissariat. Devant la porte du poste de garde, trois collègues essayaient de maîtriser un homme ivre mort, sous les insultes de sa compagne tout aussi imbibée. Pia alla se chercher un Coca-Cola light au distributeur automatique avant de gagner la salle de réunion au premier étage. Penché sur sa table, Bodenstein regardait les photos des toiles que Kathrin avait imprimées. Ostermann et Kathrin étaient assis en face de lui. Bodenstein leva les yeux quand Pia entra. Elle vit son visage ravagé par l'épuisement, mais elle savait qu'il ne s'accorderait aucune pause. Pas si près du but et pas quand il pouvait oublier ses ennuis privés par une activité incessante.

— Nous allons nous y mettre tous ensemble, décida Bodenstein en jetant un regard à sa montre. Nous devons aussi interroger Terlinden. Et Tobias Sartorius.

— Où est-il ? demanda Kathrin étonnée.

— En bas, je pense, dans une cellule.

— Je ne suis pas au courant.

— Moi non plus, dit Ostermann.

Bodenstein regarda Pia. Elle haussa les sourcils.

— Tu n'as pas dit au jeune agent de police de l'amener ici ? dit-elle.

— Non. Je lui ai dit d'aller chez Lauterbach, répondit Bodenstein. J'ai pensé que tu appellerais un autre agent.

— Et moi j'ai cru que tu l'avais fait, dit Pia.

— Ostermann, appelez chez Sartorius, ordonna Bodenstein. Tobias doit venir ici séance tenante.

Il embarqua les photos et quitta la pièce. Pia leva les yeux au ciel et le suivit.

— Je peux voir les photos avant que nous y allions ? demanda-t-elle.

Il les lui tendit en silence sans ralentir le pas. Il était furieux d'avoir fait une faute. Un quiproquo comme on en fait quand les événements se précipitent. Dans la salle de réunion, il n'y avait plus personne. Bodenstein, qui l'avait quittée précipitamment, y revint peu après.

— Tout va de travers ici, grogna-t-il, furieux.

Pia ne répondit pas. Elle pensait à Thies Terlinden qui pendant onze ans avait veillé sur le cadavre de Stefanie Schneeberger. Pourquoi avait-il fait cela ? Son père le lui avait-il commandé ? Pourquoi Lars avait-il envoyé juste maintenant cette lettre à Tobias et s'était-il suicidé ? Pourquoi l'atelier de Thies avait-il été incendié ? Quelqu'un connaissait-il les toiles de Thies et était-ce la cause de l'incendie ? Et ce quelqu'un était-il la personne qui avait envoyé la fausse policière à Barbara Fröhlich ? Et où était Amelie ? Thies lui avait montré la momie de Blanche-Neige et l'avait laissée partir, sinon elle n'aurait pas pu le noter dans son journal. Qu'est-ce qu'elle avait raconté à Tobias ? Pourquoi elle avait disparu ? Sa disparition était-elle complètement étrangère aux anciens meurtres ?

Des milliers de pensées affluaient dans son esprit et elle ne parvenait pas à mettre de l'ordre dans toutes ces informations. Bodenstein téléphonait à nouveau, cette fois apparemment à leur supérieure, la conseillère judiciaire. Il écoutait l'air furieux, répondant seulement par des "oui" ou des "non" excédés. Pia soupira. Cette affaire se transformait de plus en plus en cauchemar et c'était moins l'enquête qui était en cause que ses conditions. Elle sentit le regard de Bodenstein sur elle et leva la tête.

— Quand nous aurons terminé l'enquête, elle prendra des mesures, elle a dit. Ou plutôt elle a menacé. Il renversa la tête et soudain il sourit mais sans joie. Elle a reçu aujourd'hui un coup de fil anonyme.

— Ah oui.

Pia s'en moquait. Ce qui l'intéressait, c'était d'interroger Claudius Terlinden, de découvrir ce qu'il savait. Chaque information supplémentaire qu'elle recevait complexifiait l'enquête.

— Quelqu'un lui a raconté que nous avions une relation, continua Bodenstein en se passant la main dans les cheveux. On nous aurait vus ensemble.

— Ça, c'est pas un scoop, répliqua Pia. On crapahute toute la journée ensemble.

Des coups frappés à la porte mirent fin à la conversation. Les trois amis de Tobias entrèrent. Ils s'assirent devant le bureau où Pia prit place. Bodenstein resta debout, observant les trois hommes en rang d'oignons. Pourquoi avaient-ils attendu onze ans avant d'être saisis de remords ? Il laissa à Pia le soin de conduire l'interrogatoire. Puis il posa huit photos sur la table. Felix Pietsch, Michael Dombrowski et Jörg Richter regardèrent les images et blêmirent.

— Vous connaissiez ces images ?

Négation de la tête.

— Mais vous reconnaissez ce qu'elles représentent.

Hochements de tête affirmatifs.

Bodenstein croisa les bras. Il paraissait décontracté et calme comme toujours. Pia ne pouvait s'empêcher d'admirer son self-control. Jamais quelqu'un qui ne le connaissait pas n'aurait pu deviner ce qu'il éprouvait vraiment.

— Pouvez-vous nous dire qui est sur ces images et ce qui s'y passe ?

Les trois hommes se turent un moment, puis Jörg Richter prit la parole et énuméra : Laura, Felix, Michael, Lars et lui-même.

— Et qui est l'homme avec un T-shirt vert? demanda Pia.

Les trois hommes hésitèrent et se regardèrent.

— C'est pas un homme, dit finalement Richter. C'est Nathalie. Nadja. Avant, elle avait les cheveux courts.

Pia sortit quatre photos qui montraient le meurtre de Stefanie Schneeberger.

— Et ça qui c'est?

Elle montra du doigt la personne qui enlaçait Stefanie. Jörg Richter hésita.

— Ça pourrait être Lauterbach. Peut-être qu'il était derrière Stefanie.

— Qu'est-ce qui s'est passé au juste ce soir-là ?

— C'était la kermesse à Altenhain, commença Richter. Nous y avons traîné toute la journée et nous avons pas mal bu. Laura était jalouse de Stefanie parce qu'elle avait été élue Miss Kermesse. Elle voulait rendre Tobias jaloux et flirtait avec nous comme une enragée. Non, c'est plus juste de dire qu'elle nous chauffait. Tobi travaillait au bar sous la tente avec Nadja. À un moment il est parti, lui et Stefanie s'étaient disputés. Laura l'a suivi et, nous, on a suivi Laura. Il fit une pause. On est montés en prenant par la Waldstrasse pas par la Hauptstrasse. Et on s'est retrouvés dans la cour des Sartorius. Tout d'un coup Laura est arrivée de l'étable en traversant la laiterie. Elle gueulait et avait le nez en sang. On l'a un peu asticotée et elle s'est mise en colère et en a collé une à Felix. Et alors, je ne sais pas vraiment… pourquoi… la situation a dégénéré.

— Vous avez violé Laura, dit Pia sur un ton objectif.

— Elle nous avait allumés toute la journée.

— Est-ce que les rapports sexuels avec elle étaient consentis ?

— Eh ben, dit Richter en se mordant les lèvres. Peut-être pas entièrement.

— Qui a eu des rapports avec Laura ?

— Moi et… et Felix.

— Et ensuite ?

— Laura s'est relevée en se débattant puis elle est partie en courant. Je l'ai suivie. Et soudain j'ai vu Lars, Laura était allongée par terre et il y avait du sang partout. Elle avait cru qu'il voulait lui faire la même chose. Elle était tombée, la tête sur la pierre qui servait à fermer le portail. Lars était absolument terrifié, il a bredouillé quelque chose puis il est parti en courant. Nous… on était paniqués, on voulait s'enfuir mais Nadja qui était cool comme toujours a dit qu'il suffisait de faire disparaître Laura et qu'ensuite il n'y aurait aucune trace.

— Quand est arrivée Nadja ?

— Elle… elle avait été là tout le temps.

— Nadja vous a regardés violer Laura ?

— Oui.

— Mais pourquoi faire disparaître le cadavre de Laura ? Sa mort était bien un accident.

— Ben, on l'avait quand même… violée. Et après elle était allongée par terre. Avec tout ce sang. Je ne sais pas pourquoi nous avons fait ça.

— Qu'est-ce que vous avez fait au juste ?

— La Golf de Tobi était là, la clé dessus comme toujours. Felix a mis Laura dans le coffre et j'ai eu l'idée de l'amener sur l'ancien aéroport d'Eschborn. J'avais la clé sur moi, parce qu'on était allés y courir quelques jours avant. On l'a jetée dans le trou et on est rentrés. Nadja nous a attendus. À la kermesse, personne n'avait remarqué qu'on était pas là. Ils étaient tous plutôt pompettes. Plus tard on est retournés chez Tobi et on lui a demandé s'il voulait venir aux fléchettes. Mais il n'a pas voulu.

— Et qu'est-ce qui s'est passé avec Stefanie Schneeberger ?

— Ça, on sait pas. Sur les images, on dirait que Nadja a tué Stefanie avec le cric.

— Nadja haïssait Stefanie comme la peste, dit alors Felix Pietsch. Depuis qu'elle était arrivée, on ne pouvait plus rien tirer de Tobi tellement il en était toqué. Et en plus elle avait chipé le rôle principal à Nadja.

— Le soir, à la kermesse, Stefanie a flirté avec Lauterbach, se souvint Jörg Richter. Il était absolument fou d'elle, tout le monde pouvait le voir, il en bavait. Tobi les a surpris en train de se bécoter devant la tente. C'est pour ça qu'il est parti. C'est la dernière fois que j'ai vu Stefanie, avec Lauterbach, devant la tente.

Felix Pietsch acquiesça. Michael Dombrowski ne réagit pas. Il n'avait pas encore dit un mot, se contentant de regarder droit devant lui, pâle comme un mort.

— Nadja connaît-elle l'existence de ces images? demanda Pia.

— C'est bien possible. Tobi nous a dit samedi soir ce qu'Amelie avait trouvé. Il a parlé des images et a dit qu'on y voyait Lauterbach dessus. Tobi l'a certainement raconté à Nadja.

Le mobile de Pia sonna. Elle reconnut le numéro d'Ostermann et prit la communication.

— Excuse-moi de te déranger, mais je crois que nous avons un problème. Tobias Sartorius a disparu.

Bodenstein interrompit l'interrogatoire et sortit. Pia rassembla les photos, les remit dans la pochette transparente et le suivit. Il l'attendait dans le couloir, appuyé contre le mur, les yeux fermés.

— Nadja devait savoir ce qu'il y avait sur les images, dit-il. Elle était ce matin à l'enterrement de Laura, au moment où l'atelier a été incendié.

— Elle doit être la femme qui s'est fait passer pour une policière chez Barbara Fröhlich, je présume.

— Je le crois aussi, dit Bodenstein en ouvrant les yeux. Et pour être sûre qu'un autre tableau n'allait pas resurgir, elle a mis le feu à l'orangerie, pendant que tout Altenhain était au cimetière.

Il s'arracha du mur, suivit le couloir et prit l'escalier.

— Ça ne devait pas du tout lui plaire qu'Amelie ait découvert la vérité sur la disparition des deux filles, dit Pia. Amelie la connaissait et elle n'avait aucune raison de se méfier d'elle. Elle a pu sous un prétexte quelconque l'attendre au *Cheval Noir* et l'attirer dans sa voiture.

Bodenstein acquiesça pensivement. La possibilité que Nadja von Bredow soit la meurtrière de Stefanie Schneeberger et qu'elle ait enlevé et peut-être tué Amelie pour empêcher qu'on ne découvre son meurtre onze ans après, était plus que vraisemblable. Ostermann était assis à son bureau, le téléphone à la main.

— J'ai parlé avec le père et en même temps j'ai envoyé une voiture de police. Tobias Sartorius est parti cette après-midi avec son amie, elle a dit au vieux Sartorius qu'elle amenait Tobias chez nous. Mais ils n'y sont toujours pas arrivés et je pense qu'ils sont allés ailleurs.

Bodenstein fronça les sourcils, Pia réagit plus promptement.

— Avec *son amie* ? répéta-t-elle.

Ostermann acquiesça.

— Tu as le numéro de Sartorius ?

— Oui.

En proie à un mauvais pressentiment, Pia alla à son bureau et attrapa le téléphone. Elle pressa le bouton du haut-parleur. Hartmut Sartorius répondit à la troisième sonnerie. Elle ne le laissa même pas parler.

— Qui est l'amie de Tobias ? demanda-t-elle même si elle s'en doutait déjà.

— Nadja. Mais… mais elle voulait…

— Avez-vous son numéro de mobile ? Le numéro d'immatriculation de sa voiture ?

— Oui, naturellement. Mais qu'est-ce qui…

— S'il vous plaît, monsieur Sartorius. Donnez-moi le numéro du mobile.

Son regard croisa celui de Bodenstein. Tobias Sartorius était avec Nadja et il n'avait sans doute pas la moindre idée de ce qu'elle avait fait ni de ce qu'elle pouvait projeter encore. Dès qu'elle eut noté le numéro, Pia raccrocha et fit le numéro de Nadja von Bredow.

Le correspondant que vous essayez de joindre est momentanément indisponible…

— Et maintenant ?

Elle ne reprocha pas à Bodenstein d'avoir envoyé la voiture de police chez Lauterbach. C'était fait, il n'y avait pas à revenir dessus.

— Nous allons immédiatement nous mettre à leur recherche, dit Bodenstein. Et le mobile doit être localisé aussi vite que possible. Où habite cette femme ?

— Je m'en occupe, dit Ostermann qui fit rouler sa chaise vers son bureau et se mit à téléphoner.

— Et Claudius Terlinden ?

— Qu'il attende, dit Bodenstein qui alla à la machine à café, secoua la cafetière qui apparemment était pleine et se versa une tasse. Puis il s'assit sur la chaise vide de Behnke. Lauterbach est beaucoup plus important.

Gregor Lauterbach avait passé la soirée du 6 septembre avec Stefanie, la fille de sa voisine, il l'avait embrassée à la kermesse et plus tard était allé avec elle dans la grange de Sartorius. L'une des images ne montrait pas Nadja se battant avec Stefanie mais, plus probablement, Lauterbach faisant l'amour avec cette dernière. Nadja avait-elle assisté à la scène et plus tard, quand une occasion s'était présentée, avait-elle tué sa rivale haïe ? Thies Terlinden avait surpris ce qui s'était passé. En revanche qui savait qu'il avait été témoin des deux meurtres ? Le mobile de Pia sonna. C'était Henning qui était déjà prêt à faire l'autopsie du cadavre momifié de Stefanie.

— J'ai besoin de l'arme du crime, dit-il d'une voix lasse et tendue.

Le regard de Pia tomba sur la pendule murale. Il était 23 heures et Henning était toujours à l'institut médicolégal. Avait-il entre-temps annoncé à Miriam son épineux problème ?

— Tu l'auras, répliqua-t-elle. Tu crois que tu peux trouver l'ADN de quelqu'un sur la momie ? La fille a pu avoir un rapport sexuel avant sa mort.

— Je peux essayer. Le cadavre est très bien conservé. Je suppose qu'il a été gardé toutes ces années dans cette pièce à cette température, il ne présente presque aucun signe de putréfaction.

— Nous sommes pressés d'avoir des résultats. Nous sommes plutôt sous pression. C'était le moins qu'on puisse dire. Non seulement on recherchait avec un grand déploiement de moyens Amelie mais ils devaient en plus résoudre deux meurtres vieux de plus de onze ans. Et tout ça seulement à quatre.

— Quand est-ce que vous ne l'êtes pas ? répondit Henning. Je me dépêche.

Bodenstein avait fini son café.

— Viens, dit-il à Pia. Continuons.

Quand il fut sur le parking de la propriété de ses parents, Bodenstein resta un instant assis derrière son volant. Il était un peu plus de minuit et il était épuisé mais en même temps trop énervé pour penser à dormir. Il allait renvoyer chez eux Felix Pietsch, Jörg Richter et Michael Dombrowski après leur interrogatoire, quand la question la plus importante lui était venue à l'esprit : Laura était-elle déjà morte quand ils l'avaient jetée dans la cuve ? Les trois hommes étaient restés muets pendant de longues minutes. Ils prenaient soudain conscience qu'il ne s'agissait plus d'un viol ou d'une non-assistance à personne en danger mais de quelque chose de bien pire. Pia avait clairement formulé le délit dont ils s'étaient rendus coupables : consentement à la mort d'un homme pour cacher un grave délit. À ces mots, Michael Dombrowski avait fondu en larmes. Ces aveux avaient suffi à Bodenstein pour faire délivrer trois mandats d'arrêt. Ce que les trois hommes avaient raconté était plus que révélateur. Pendant des années, Nadja von Bredow ne s'était plus occupée de ses amis d'enfance. Mais peu de temps après la sortie de prison de Tobias, elle avait surgi à Altenhain et leur avait mis la pression pour qu'ils tiennent leur langue. Aucun d'eux n'avait intérêt à ce que la vérité surgisse onze années après leur crime et ils auraient sans doute gardé le silence si une autre fille n'avait disparu. La responsabilité de la condamnation de leur ami avait pesé lourd sur leur conscience. Mais même quand la chasse à l'homme avait commencé à Altenhain, la lâcheté et la crainte de conséquences inévitables avaient été trop grandes pour qu'ils se présentent d'eux-mêmes à la police. Jörg Richter n'avait pas téléphoné à Tobias samedi dernier par amitié. C'est Nadja qui lui avait demandé de l'inviter et de le faire boire. Et cela renforçait les appréhensions de Bodenstein. Ce qui lui avait donné le plus à penser, c'était la réponse de Jörg Richter quand il leur avait demandé pourquoi trois hommes adultes obéissaient à Nadja von Bredow au doigt et à l'œil :

— Même autrefois elle avait quelque chose qui faisait peur.

Les autres avaient approuvé en silence.

— Elle n'est pas arrivée là où elle est sans raison. Quand elle veut quelque chose, elle l'obtient. Peu importent les conséquences.

Nadja avait vu en Amélie une menace et tenait la jeune fille candide en son pouvoir. Et le fait qu'elle ne reculait pas devant un meurtre n'augurait rien de bon.

Plongé dans ses pensées, Bodenstein était toujours assis dans sa voiture. Quelle journée ! D'abord le cadavre de Lars Terlinden, ensuite l'incendie de l'atelier de Thies, l'incroyable calomnie de Hasse, la rencontre avec Daniela Lauterbach… Il se souvint qu'il aurait dû l'appeler après qu'elle avait annoncé l'affreuse nouvelle du suicide de son fils à Christine Terlinden. Il tira son mobile et fouilla dans ses poches jusqu'à ce qu'il trouve la carte de visite de la doctoresse. Bodenstein attendait d'entendre sa voix, le cœur battant. Mais en vain. La boîte vocale démarra. Il parla après le bip en priant qu'on le rappelle à n'importe quelle heure. Il serait peut-être resté dans sa voiture si le café n'avait pas autant pressé sur sa vessie. De toute façon il était temps de rentrer chez lui. Du coin de l'œil il perçut un mouvement et faillit défaillir de peur quand quelqu'un frappa à la vitre.

— Papa ?

C'était Rosalie, sa fille aînée.

— Rosi ! dit-il en descendant de voiture. Qu'est-ce que tu fais là ?

— C'est ma soirée de congé, répondit-elle. Qu'est-ce que tu fabriques ? Pourquoi tu n'es pas à la maison ?

Bodenstein soupira et s'appuya à la voiture. Il était épuisé et n'avait aucune envie de parler de ses problèmes avec sa fille. Toute la journée il avait réussi à écarter la pensée de Cosima mais, à présent, un insupportable sentiment d'échec l'assaillait.

— Grand-mère m'a dit que tu avais déjà dormi ici la nuit dernière. Qu'est-ce qui se passe ?

Rosalie le regardait d'un air préoccupé. Dans cette lumière blafarde, il paraissait aussi pâle qu'un fantôme. Pourquoi ne pas lui dire la vérité ? Elle avait l'âge de comprendre ce qui arrivait et de toute façon elle l'apprendrait un jour ou l'autre.

— Hier, ta mère m'a appris qu'elle avait une liaison avec un autre homme. J'ai donc préféré dormir ailleurs pendant quelques jours.

— Quoi ?

L'incrédulité se lisait sur le visage de Rosalie.

— Mais c'est… non, je ne peux pas le croire.

Sa stupeur était authentique et Bodenstein fut soulagé que sa fille ne soit pas secrètement complice de sa mère.

— Bah, dit-il en haussant les épaules. D'abord je ne pouvais pas le croire moi non plus. Mais ça dure depuis un moment.

Rosalie renâcla et secoua la tête. Mais elle abandonna d'un coup cette attitude d'adulte, et redevint une petite fille, complètement dépassée par une vérité incompréhensible pour elle. Bodenstein ne voulait pas la bercer d'illusions en lui disant que tout rentrerait bientôt dans l'ordre.

Entre lui et Cosima rien ne serait plus comme avant. La blessure qu'elle lui avait infligée était trop profonde.

— Et maintenant ? Je veux dire… comment… comment…

Rosalie s'interrompit. Désemparée. Perdue. Soudain son visage fut inondé de larmes. Bodenstein prit dans ses bras sa fille qui sanglotait et pressa sa bouche dans ses cheveux. Il ferma les yeux en soupirant. Comme il aurait aimé pouvoir pleurer ainsi sur Cosima, sur lui, sur toute leur vie !

— Nous trouverons bien une solution, murmura-t-il en lui caressant la tête. Il faut d'abord que je le digère.

— Mais pourquoi elle a fait ça ? sanglota Rosalie. Je ne comprends pas !

Ils restèrent ainsi un moment puis Bodenstein prit son visage baigné de larmes dans ses mains.

— Rentre à la maison, mon trésor, dit-il à voix basse. Ne te fais pas de souci. Ta mère et moi finirons bien par régler ça.

— Mais je ne peux pas te laisser seul comme ça, papa ! Et puis… c'est bientôt Noël et si tu n'es pas là, alors nous ne serons plus une famille !

Elle paraissait sincèrement désespérée. Déjà enfant, elle s'était sentie responsable de tout ce qui arrivait dans la famille et dans le cercle des amis – et elle s'était plus d'une fois impliquée au-delà de ses forces.

— Il reste encore quelques semaines avant Noël. Et je ne suis pas seul, dit-il pour la rassurer. Grand-père et grand-mère sont là, et Quentin et Marie-Louise. Ce n'est pas si terrible.

— Mais tu dois être triste.

Il n'avait rien à opposer à cette logique.

— En ce moment, j'ai beaucoup de travail et je n'ai pas le temps d'être triste.

— C'est vrai ? dit-elle avec des lèvres tremblantes. Je ne peux pas supporter que tu sois seul et triste, papa.

— Ne t'inquiète pas. Tu peux m'appeler à tout moment ou m'envoyer un SMS. Mais à présent tu dois aller te coucher et moi aussi. Nous en reparlerons demain, d'accord ?

Rosalie acquiesça en reniflant d'un air malheureux. Puis elle lui donna un baiser humide sur la joue, le serra contre elle encore une fois, monta dans sa voiture et démarra. Il resta debout sur le parking regardant les feux rouges de sa voiture jusqu'à ce qu'ils disparaissent dans le bois. Avec un soupir il se retourna et se mit en marche. Savoir qu'il lui resterait toujours l'affection de son enfant même si son couple devait se briser le soulageait et le consolait.

SAMEDI 22 NOVEMBRE 2008

Elle sursauta. Son cœur s'accéléra elle regarda autour d'elle avec des yeux agrandis, mais il faisait toujours aussi noir. Qu'est-ce qui l'avait réveillé ? Elle avait entendu un bruit ou bien était-ce dans son rêve ? Amélie scruta l'obscurité et tendit l'oreille. Rien. Elle l'avait seulement imaginé. Avec un soupir, elle se redressa sur son matelas moisi, attrapa ses chevilles et massa ses pieds froids. Même si elle se répétait qu'on la trouverait, qu'elle survivrait à ce cauchemar, elle avait en secret abandonné tout espoir. Celui qui l'avait enfermée ici avait prévu qu'elle n'en ressortirait jamais. Jusqu'ici, elle avait réussi à combattre les accès de panique qui revenaient régulièrement. Mais, à présent, elle perdait de plus en plus courage et ne faisait plus qu'attendre la mort. Dans ses moments de colère elle avait si souvent crié à sa mère *Je préférerais être morte !* et elle ne comprenait que maintenant combien elle avait été écervelée. Elle regrettait amèrement ce qu'elle avait fait subir à sa mère par bravade et par indifférence. Si elle sortait d'ici vivante, elle se conduirait tout à fait, oui, tout à fait autrement. Mieux. Elle ne répliquerait plus méchamment, ne fuguerait plus et ne serait plus ingrate.

Il y aurait une happy end. Il y en avait toujours une. La plupart du temps en tout cas. Elle frissonna en pensant à tous ces articles de journaux et à toutes ces informations à la télé qui n'annonçaient pas une conclusion heureuse. Des filles mortes, enterrées dans un bois, violées, torturées à mort. Merde. Merde. Merde. Elle ne voulait pas mourir seule, pas dans ce trou à rats, pas dans cette obscurité. Elle ne mourrait pas tout de suite de faim mais peut-être de soif. Il n'y avait plus grand-chose à boire, elle rationnait l'eau en gorgées.

Soudain elle sursauta. Il y avait des bruits ! Ce n'était pas son imagination ! Des pas dehors devant la porte ! Ils approchèrent, s'arrêtèrent. Puis une clé tourna en grinçant. Amelie voulut se lever mais son corps était engourdi par le froid et l'humidité qui après des jours et des nuits s'étaient infiltrés dans ses os. Un trait de lumière crue tomba dans la pièce, l'illumina quelques secondes en l'aveuglant. Amelie plissa les yeux mais elle ne put rien voir. Déjà la porte se refermait, la clé tournait en grinçant et les pas s'éloignaient. La déception tomba sur elle, lui coupant le souffle. Pas d'eau fraîche ! Mais elle entendit soudain une respiration. Y avait-il quelqu'un dans la pièce ? Ses poils se dressèrent sur sa nuque et son cœur se mit à battre à se rompre. Qui était-ce ? Un homme ? Un animal ? L'angoisse la prit à la gorge. Elle se pressa contre la paroi humide et rassembla tout son courage.

— Qui est là ? dit-elle à voix basse.

— Amelie !

L'étonnement lui coupa le souffle. Son cœur bondit de joie.

— Thies ? chuchota-t-elle en s'appuyant au mur pour se lever.

Ce n'était pas facile de garder l'équilibre dans l'obscurité, même si elle connaissait chaque millimètre carré de la pièce. Elle fit deux pas, les bras tendus et sursauta quand elle sentit un corps tiède. Elle entendit la respiration courte, toucha le bras de Thies. Au lieu de repousser sa main, il l'attrapa et la serra.

— Oh Thies. Amelie ne put retenir ses larmes. Qu'est-ce que tu fais ici ? Oh Thies, Thies, je suis si heureuse ! Si heureuse !

Elle se pressa contre lui, l'enlaça et laissa couler ses larmes. Ses genoux faiblirent si grand était son soulagement. Enfin, enfin, elle n'était plus seule. Thies se laissa étreindre. Et pas seulement. Elle sentit qu'il l'étreignait lui aussi. Prudemment et maladroitement. Il la serra contre lui et posa sa joue dans ses cheveux. Alors, d'un seul coup, son angoisse disparut.

À nouveau son mobile le réveilla. Cette fois c'était Pia, cette impitoyable lève-tôt, qui lui apprenait à 6 h 20 que, dans la nuit, Thies Terlinden avait disparu de la clinique psychiatrique.

— La médecin-chef m'a appelée, expliqua Pia. Je suis déjà sur place et j'ai parlé avec l'interne et l'infirmière de nuit. Elle l'a vu à 23 h 27 au cours de sa dernière ronde qui dormait dans son lit. Quand elle est repassée à 5 h 12, il avait disparu.

— Ils ont une explication ? dit Bodenstein qui avait peine à se sortir du lit.

Après trois heures de sommeil tout au plus, il avait l'impression d'être passé sous un camion. D'abord Lorenz l'avait appelé alors qu'il venait à peine de s'endormir. Puis Rosalie, qu'il avait dû dissuader de prendre son auto et de venir. Avec un soupir contenu, il se mit à la verticale et se leva. Cette fois il atteignit l'interrupteur à la porte sans se cogner à quelque chose.

— Aucune. Ils ont cherché partout, il n'est nulle part. La porte de sa chambre était fermée à clé. À croire qu'il s'est évaporé dans l'air comme tous les autres. C'est à gerber.

On n'avait encore retrouvé ni Lauterbach, ni Nadja von Bredow, ni Tobias Sartorius, malgré les appels à témoins dans les journaux, à la radio et à la télévision.

Bodenstein se traîna dans la salle de bains. La veille il avait eu la prudence d'ouvrir le chauffage et de fermer la fenêtre. Son visage dans le miroir n'offrait pas une vision réjouissante. Tout en écoutant Pia, les pensées tourbillonnaient dans sa tête. Il avait cru un peu légèrement que Thies était en sûreté dans un service psychiatrique fermé, sans se rendre compte des dangers qu'il courait. Il aurait dû le mettre sous protection ! C'était sa deuxième gaffe en vingt-quatre heures. S'il continuait, il serait le prochain à encourir une suspension ! Il finit la conversation, quitta son T-shirt humide de transpiration et son caleçon et passa sous la douche. Le temps s'enfuyait. L'enquête menaçait de lui échapper. Qu'est-ce qui importait le plus ? Par quoi devait-il commencer ? Nadja von Bredow et Gregor Lauterbach semblaient être les figures principales de cette tragédie. Il fallait les trouver.

Claudius Terlinden apprit le suicide de son fils Lars sans émotion apparente. Après quatre jours et trois nuits de garde à vue, sa courtoisie désinvolte s'était changée en silence obstiné. Son avocat avait protesté dès le jeudi mais Ostermann avait persuadé le juge d'un danger de dissimulation de preuves. Ils ne pourraient pourtant pas le retenir plus longtemps s'ils n'apportaient pas une preuve décisive. Le fait que

Terlinden n'avait pas d'alibi au moment de la disparition d'Amelie ne suffisait pas.

— Ce garçon aura été un faible toute sa vie, se contenta de dire Terlinden.

Avec son col de chemise ouvert, sa barbe piquante et ses cheveux gras, il avait autant de charisme qu'un épouvantail. Pia essayait en vain de se rappeler ce qui l'avait fascinée en lui.

— Alors que vous, dit-elle sur un ton sarcastique, vous êtes un dur, n'est-ce pas ? Vous êtes si dur que les conséquences de vos mensonges et de vos magouilles vous importent peu. Lars s'est suicidé parce qu'il ne pouvait plus supporter sa mauvaise conscience, vous avez volé dix ans de sa vie à Tobias Sartorius et vous avez tellement terrorisé Thies qu'il a veillé onze ans sur un cadavre.

— Je n'ai jamais terrorisé Thies, dit Terlinden en regardant Pia pour la première fois. Son attention s'était réveillée dans ses yeux rougis. Et de quel cadavre vous parlez ?

— Allons ! dit Pia en secouant la tête. Vous ne voudriez pas me faire croire que vous ne saviez pas ce qui se passait dans la cave sous l'orangerie de votre propriété.

— Je n'y suis pas entré depuis vingt ans.

Pia tira une chaise et s'assit en face de lui.

— Dans une cave, sous l'atelier de Thies, nous avons trouvé le cadavre momifié de Stefanie Schneeberger.

— Quoi ?

Une incertitude se lisait pour la première fois dans ses yeux. Dans la façade de son sang-froid s'ouvrait une légère fissure.

— Thies a vu qui a tué les deux filles, continua Pia en regardant Terlinden droit dans les yeux. Quelqu'un l'a appris et a menacé Thies de l'envoyer dans un foyer si jamais il en parlait. Je suis presque sûre que c'est vous.

Claudius Terlinden secoua la tête.

— Cette nuit, Thies a disparu de la clinique psychiatrique après m'avoir avoué ce qui s'était passé autrefois.

— Vous mentez, répondit Terlinden. Thies ne vous a rien dit.

— C'est vrai. Il ne l'a pas verbalisé. Mais il a peint des tableaux qui représentent les faits de façon aussi réaliste que des photos.

Claudius Terlinden eut enfin une réaction. Ses pupilles vacillèrent et la crispation de ses mains trahit sa nervosité. Pia eut un mouvement de triomphe intérieur. Cette conversation produirait-elle enfin la fêlure dont ils avaient si impérativement besoin ?

— Où est Amelie Fröhlich ?

— Qui ?

— Je vous en prie ! Vous êtes ici parce que la fille de votre voisin et collaborateur a disparu.

— Ah oui, bien sûr. Je l'avais oublié. Je ne sais pas où est cette jeune fille. Quel intérêt pourrait-elle avoir pour moi ?

— Thies a montré la momie de Stefanie à Amelie. Il lui a donné les tableaux qu'il a peints du meurtre. La jeune fille était sur le point de découvrir tous les sombres secrets d'Altenhain. Il est évident que cela ne pouvait pas vous plaire.

— Je ne comprends pas de quoi vous parlez. Des sombres secrets ! dit-il avec un rire moqueur. Vous regardez vraiment trop de feuilletons à la télé ! Du reste vous allez être obligés de me laisser sortir. À moins que vous n'ayez quelque chose de concret contre moi, ce que je ne crois pas.

Pia ne se laissa pas impressionner.

— Vous avez conseillé autrefois à votre fils, Lars, de ne pas avouer le rôle qu'il avait joué dans la mort de Laura Wagner, alors qu'il s'agissait vraisemblablement d'un accident. Nous sommes en train d'examiner si cela justifie une prolongation de votre garde à vue.

— Parce que je voulais protéger mon fils ?

— Non. Pour obstruction à la justice. Pour faux témoignage. Choisissez.

— Mais c'est prescrit depuis longtemps, dit Claudius Terlinden en la regardant froidement.

C'était un dur à cuire. L'assurance de Pia fléchissait.

— Où êtes-vous allés, vous et Gregor Lauterbach, après avoir quitté l'*Ebony Club* ?

— Ça ne vous regarde pas. Nous n'avons pas vu la jeune fille.

— Où étiez-vous ? Pourquoi ce délit de fuite ? La voix de Pia devint plus dure. Étiez-vous persuadé que personne n'oserait vous accuser ?

Claudius Terlinden ne répondit pas. Les provocations ne lui arrachaient aucune réponse irréfléchie. Ou bien était-il vraiment innocent ? Dans sa voiture, la police scientifique n'avait retrouvé aucune trace de la présence d'Amelie. Un accident avec délit de fuite n'était pas une raison de le retenir plus longtemps et il avait malheureusement raison quant à la prescription des anciens délits. Merde.

Il suivit la Hauptstrasse qui lui était devenue familière et passa devant l'épicerie des Richter et le *Coq d'Or*. Arrivé à l'aire de jeux, il tourna dans la Waldstrasse. Les réverbères étaient allumés, c'était une de ces journées où il ne fait pas vraiment clair. De si bon matin, Bodenstein espérait trouver Lauterbach chez lui. Pourquoi avait-il demandé à Hasse de détruire les vieux dossiers ? Quel rôle avait-il joué en septembre 1997 ? Il se rangea devant la maison des Lauterbach et constata avec énervement qu'à l'encontre de ses ordres il n'y avait aucune voiture de patrouille ni aucune voiture de policiers en civil devant la porte. Avant qu'il ait eu le temps de téléphoner à la centrale pour exprimer son mécontentement, la porte du garage s'ouvrit et les feux arrière d'une voiture s'allumèrent. Bodenstein descendit et se dirigea vers elle. Son cœur fit un bond quand il reconnut Daniela Lauterbach au volant de la Mercedes gris foncé. Elle s'arrêta à côté de lui et descendit. On lisait sur son visage qu'elle n'avait pas dû beaucoup dormir la nuit précédente.

— Bonjour ? Qu'est-ce que vous faites si tôt chez moi ?

— Je voulais vous demander comment va Mme Terlinden. J'ai pensé à vous toute la nuit.

C'était un mensonge poli mais cet intérêt pour sa voisine amadouerait certainement Daniela Lauterbach. Il ne s'était pas trompé. Ses yeux marron brillèrent, un sourire éclaira son visage fatigué.

— Elle ne va pas bien. Perdre un fils de cette façon est affreux. Et cela ajouté à l'incendie dans l'atelier de Thies, au cadavre dans la cave de l'orangerie – c'est trop pour elle. Elle secoua la tête tristement. Je suis restée à ses côtés jusqu'à ce que sa sœur arrive pour s'occuper d'elle.

— J'admire vraiment votre sollicitude envers vos amis et vos patients. Les gens comme vous sont rares.

Son compliment parut lui faire plaisir. Son sourire revint, ce sourire chaleureux, maternel qui provoquait un besoin presque irrésistible de se jeter dans ses bras pour se faire consoler.

— Je m'intéresse au sort des autres parfois un peu trop pour ma tranquillité. Elle soupira. Je ne peux pas m'en empêcher. Quand je vois quelqu'un souffrir, il faut que je l'aide.

Bodenstein frissonnait dans l'air glacial du petit matin. Elle le remarqua aussitôt.

— Vous avez froid. Entrons dans la maison si vous avez des questions à me poser.

Il la suivit à travers le garage et l'escalier qui conduisait dans un grand hall d'entrée, relique exemplaire, dans sa solennité superflue, des années 1980.

— Votre mari est-il là ? demanda-t-il incidemment en regardant autour de lui.

— Non, dit-elle en hésitant l'espace d'une seconde, mon mari est absent pour des raisons professionnelles.

Même si c'était un mensonge, Bodenstein l'accepta pour l'instant. Peut-être ignorait-elle le rôle qu'avait joué son mari.

— Je dois absolument lui parler, dit-il. Nous avons découvert qu'il avait eu autrefois une aventure avec Stefanie.

L'amabilité disparut d'un coup de son visage. Elle se tourna vers lui.

— Je le sais, admit-elle. Gregor me l'a avoué autrefois, du moins après la disparition de la fille.

Il lui était visiblement pénible de parler de l'infidélité de son époux.

— Il craignait qu'on ne l'ait vu durant son... rendez-vous galant dans la grange des Sartorius et qu'on ne puisse le soupçonner.

Sa voix était remplie d'amertume. Son regard sombre. La blessure était toujours ouverte et, involontairement,

Bodenstein pensa à sa propre situation. Daniela Lauterbach pouvait avoir pardonné à son mari après onze ans mais elle n'avait certainement pas oublié l'humiliation.

— Mais quelle importance ça peut avoir ? demanda-t-elle, troublée.

— Amelie Fröhlich s'est intéressée aux événements du passé et elle a dû découvrir quelque chose. Si votre mari l'a appris, il a pu voir en Amelie une menace.

Daniela Lauterbach regarda Bodenstein d'un air incrédule.

— Vous ne soupçonnez pas mon mari d'être impliqué dans la disparition d'Amelie ?

— Non, la rassura Bodenstein. Mais nous devons absolument lui parler. Il pourrait encourir des poursuites judiciaires.

— Puis-je savoir pour quel motif ?

— Votre mari a demandé à un de mes collaborateurs de subtiliser des documents d'un dossier d'interrogatoires datant de 1997.

Cette nouvelle sembla l'ébranler. Elle devint livide.

— Non, dit-elle en secouant vigoureusement la tête. Non, je ne peux pas le croire. Pourquoi aurait-il fait ça ?

— C'est ce que j'aimerais savoir. Où puis-je le trouver ? S'il ne nous contacte pas incessamment, nous devrons lui envoyer une convocation officielle. Et dans sa position je voudrais lui éviter cela.

Daniela Lauterbach acquiesça. Elle prit une profonde inspiration et parvint à garder le contrôle de ses émotions avec une volonté farouche. Quand elle regarda à nouveau Bodenstein, l'expression de son regard avait changé. Était-ce la peur, la colère, ou les deux ?

— Je vais l'appeler et lui dire de vous contacter, dit-elle d'un air tendu mais en s'efforçant de garder un ton impassible. Il doit s'agir d'un malentendu.

— Je le crois aussi, dit Bodenstein rassurant. Mais plus vite nous l'aurons levé, mieux ce sera.

Il y avait longtemps qu'il n'avait pas dormi aussi bien et sans rêves. Tobias se mit sur le dos et se redressa en bâillant. Il lui fallut un moment pour se rappeler où il était. Hier, ils n'étaient arrivés que très tard. Nadja avait quitté l'autoroute malgré la chute de neige à Interlaken. Ils avaient dû s'arrêter pour mettre des chaînes avant de continuer à gravir la route en lacet, plus haut, toujours plus haut. Il était arrivé dans un tel état de fatigue et d'épuisement qu'il avait à peine entrevu l'intérieur du chalet. Il n'avait même pas faim. Il avait grimpé une échelle derrière elle et s'était jeté sur le lit qui occupait toute la place de la mezzanine. Sa tête n'avait pas touché l'oreiller qu'il dormait déjà. Pas de doute, ce profond sommeil lui avait fait du bien.

— Nadja ?

Pas de réponse. Tobias s'agenouilla et regarda par la minuscule fenêtre au-dessus du lit. Il eut le souffle coupé en voyant le ciel d'un bleu profond, la neige et en arrière-plan l'impressionnant panorama des Alpes. Il n'était jamais venu à la montagne. Dans son enfance il avait aussi peu passé de vacances au ski qu'à la mer. Il ne pouvait plus attendre, il fallait qu'il touche la neige. Il dévala l'échelle. Le chalet était petit et confortable avec ses murs et son plafond en bois et sa table d'angle, où était dressé le petit-déjeuner. Ça sentait le café et dans la cheminée un feu de bois crépitait. Tobias sourit. Il enfila jean, pull, veste et souliers, poussa la porte et sortit. Il s'immobilisa un instant, aveuglé par la luminosité. Il respira profondément cet air pur et glacé. Une boule de neige le frappa au visage.

— Bonjour ! dit Nadja en riant.

Elle était à quelques mètres de l'escalier, rivalisant de splendeur avec la neige et le soleil. Il sourit, sauta en bas des marches et s'enfonça dans la neige poudreuse jusqu'aux genoux. Elle vint vers lui, ses joues étaient rouges et son visage plus beau que jamais sous la fourrure de son capuchon.

— Ouah ! C'est magnifique ici ! cria-t-il enthousiasmé.

— Ça te plaît ?

— Oh oui ! Je ne l'avais vu qu'à la télé.

Il fit le tour du chalet accroché avec son toit pentu à la pente raide. La neige profonde d'un mètre crissait sous ses chaussures. Nadja lui prit la main.

— Regarde, dit-elle. Ce sont les plus célèbres sommets des Alpes bernoises : la Vierge, l'Ogre et le Moine. Ah, j'aime cette vue.

Puis elle lui montra la vallée, tout en bas. On reconnaissait à peine les maisons pressées les unes contre les autres et sous le bleu étincelant du ciel un morceau de lac allongé sous le soleil.

— À quelle hauteur nous sommes ici ? demanda-t-il.

— Mille huit cents mètres. Seuls Gletscher et Gemsem sont plus haut.

Elle rit, lui mit les bras autour du cou et l'embrassa avec des lèvres froides et douces. Il la serra contre lui et lui rendit ses baisers. Il se sentait léger et libre, comme s'il avait laissé les soucis de toutes ces années tout en bas, dans la vallée.

L'enquête l'absorbait tellement qu'il n'avait plus le temps de ressasser ses propres déboires. Il en était heureux. Depuis des années que Bodenstein était quotidiennement confronté aux abîmes de l'âme humaine, c'était la première fois qu'il y voyait un parallèle avec lui-même, ce qu'il aurait refusé d'admettre auparavant. Daniela Lauterbach paraissait en savoir aussi peu sur son mari que lui sur Cosima. C'était effrayant de penser qu'on peut vivre pendant vingt-cinq ans avec un être, dormir dans le même lit, avoir des enfants ensemble, sans réellement le connaître. Il avait souvent rencontré des cas où des proches avaient vécu pendant des années avec un meurtrier, un pédophile, un violeur et qui tombaient des nues lorsqu'ils apprenaient la terrible vérité.

Bodenstein passa devant la maison des Fröhlich, puis derrière la ferme de Sartorius, continua jusqu'au Wenderhammer, au bout de la Waldstrasse, et tourna dans l'allée des Terlinden. Une femme lui ouvrit la porte. Ce devait être la sœur de Christine Terlinden même si elle n'avait aucune ressemblance avec elle. Elle était grande et mince, le genre de femme, jugea-t-il, qui est consciente de sa valeur.

— Oui ?

Le regard des yeux verts était direct et scrutateur. Bodenstein se présenta et exprima le souhait de parler avec Christine Terlinden.

— Je vais la chercher, dit la femme. Je suis Heidi Brückner, la sœur de Christine.

Elle devait avoir au moins dix ans de moins et à l'inverse de sa sœur elle semblait absolument naturelle. Ses cheveux d'un brun brillant étaient rassemblés en une tresse, son visage lisse aux hautes pommettes, pas maquillé. Elle le fit entrer en fermant la porte derrière lui.

— Attendez ici, je vous prie.

Elle le laissa et resta absente un long moment. Bodenstein contempla les tableaux sur les murs, peints sans doute possible par Thies. Dans leurs grises ténèbres apocalyptiques, ils ressemblaient à ceux qui étaient accrochés dans le cabinet de Daniela Lauterbach : des faces déformées, des bouches hurlantes, des mains enchaînées, des yeux remplis d'angoisse et d'effroi. Des pas approchaient, il se retourna. Christine Terlinden était exactement comme dans son souvenir : ses cheveux blonds parfaitement coiffés, un sourire indifférent sur son visage sans rides.

— Toutes mes condoléances, dit Bodenstein en lui tendant la main.

— Merci. C'est très aimable à vous.

Elle ne paraissait pas lui en vouloir de retenir son mari depuis des jours. Ni le suicide de son fils, ni l'incendie de l'atelier ni la découverte de la momie de Stefanie Schneeberger ne paraissaient avoir laissé de traces sur elle. Incroyable. Ou bien elle était la championne du refoulement, ou bien elle était sous l'influence d'un tranquillisant si puissant qu'elle n'avait pas encore réalisé.

— On ne retrouve plus Thies depuis ce matin à la clinique. Ne serait-il pas chez vous par hasard ?

— Non.

Le ton était inquiet mais pas particulièrement alarmé. On ne l'avait donc pas encore prévenue. Bodenstein trouva cela bizarre. Il lui demanda de lui en dire plus sur Thies et se fit conduire dans sa chambre en sous-sol. Heidi Brückner les suivait à quelque distance, silencieuse et attentive.

La chambre de Thies était amicale et claire. La maison était construite sur la pente de la colline et, des grandes fenêtres, on avait une belle vue sur le village. Il y avait des étagères de livres, et des animaux en peluche étaient posés sur un divan. Le lit était fait, rien ne traînait. C'était la chambre d'un enfant de dix ans, pas celle d'un homme de trente. La seule chose inhabituelle, c'était les tableaux sur les murs. Thies avait portraituré sa famille. Et on comprenait quel grand artiste il était. Dans ces portraits, il n'avait pas seulement saisi les visages mais, de façon subtile, la personnalité de chacun. Claudius Terlinden souriait, amicalement au premier regard, mais quelque chose de menaçant se dégageait de son attitude, de l'expression de son regard et des couleurs de l'arrière-plan. Sa mère était peinte en rose clair en deux dimensions. Une image sans profondeur pour une femme sans véritable personnalité. Quant au troisième tableau, Bodenstein crut d'abord qu'il s'agissait d'un autoportrait, jusqu'à ce qu'il se rappelle que Lars était le jumeau de Thies. Il était peint tout autrement, presque flou, et montrait un jeune homme au visage sans maturité et aux yeux inquiets.

— Il est sans défense, répondit Christine Terlinden à Bodenstein qui lui demandait comment était Thies. Il ne peut s'assumer et il n'a jamais d'argent sur lui. À cause de sa maladie, il n'a pas de permis de conduire et c'est mieux ainsi. Il est incapable d'évaluer le danger.

— Et les hommes ? dit Bodenstein en regardant Christine Terlinden.

— Que voulez-vous dire ? dit-elle avec un sourire troublé.

— Est-il capable d'évaluer les hommes ? Sait-il qui lui veut du bien et qui ne lui veut pas de bien ?

— Je… je ne saurais le dire. Thies ne parle pas. Il évite le contact avec autrui.

— Il sait tout à fait si quelqu'un a de bonnes intentions envers lui ou pas, intervint Heidi Brückner de la porte. Thies n'est pas arriéré. Finalement tu ne sais pas au juste ce qu'il est vraiment.

Bodenstein était étonné. Christine Terlinden ne protesta pas. Elle regardait le trouble et gris jour de novembre par la fenêtre.

— L'autisme, continua sa sœur, est un vaste domaine. Vous avez simplement renoncé à le faire progresser. Au lieu de cela vous l'avez abruti avec des médicaments pour qu'il se tienne tranquille et ne pose pas de problème.

Christine Terlinden se retourna. Son visage était figé.

— Excusez-moi, dit-elle à Bodenstein, je dois sortir les chiens. Il est déjà 8 h 30.

Elle quitta la pièce. Ses talons claquèrent dans l'escalier.

— Elle se réfugie dans son quotidien, dit Heidi Brückner avec un soupçon de résignation dans la voix. Elle a toujours été comme ça. Elle ne changera plus.

Bodenstein la regarda. La sœur ne semblait pas avoir beaucoup d'affection pour elle. Dans ce cas pourquoi était-elle ici ?

— Venez, dit-elle. Je vais vous montrer quelque chose.

Il remonta avec elle dans le hall. Elle s'arrêta un instant pour s'assurer que sa sœur n'était pas dans les parages puis elle se dirigea à grands pas vers la penderie et s'empara d'un sac qui pendait à un crochet.

— J'ai d'abord pensé la confier à un pharmacien de mes amis, expliqua-t-elle à voix basse. Mais étant donné les circonstances, je crois que c'est mieux de la remettre à la police.

— Qu'est-ce que c'est ? demanda Bodenstein avec curiosité.

— Une ordonnance, dit-elle en lui tendant une feuille froissée. Ce que Thies prend depuis des années.

Assise à son bureau, Pia tapait avec mauvaise humeur les interrogatoires de Pietsch, Dombrowski et Richter sur son ordinateur. Elle était furieuse parce qu'elle n'avait pas eu suffisamment de preuves pour prolonger la garde à vue de Claudius Terlinden. Son avocat s'était à nouveau manifesté et avait exigé que son client soit libéré immédiatement. Après avoir consulté sa supérieure, elle avait dû le laisser partir. Le téléphone sonna.

— Le crâne de la fille a bien été frappé avec ce cric, dit Henning d'une voix d'outre-tombe et sans même dire bonjour. Et nous avons trouvé une trace d'ADN étranger dans le vagin. Mais il faudra un certain temps pour pouvoir la déterminer avec précision.

— Super, répondit Pia. Et qu'est-ce que vous avez sur le cric ? Vous avez pu trouver des empreintes ?

— Je me demande parfois si on se rend compte de notre labeur. Il fit une courte pause. Pia…

— Oui ?

— Miriam t'a appelée ?

— Non. Pourquoi ?

— Parce que cette peau de vache lui a téléphoné hier pour lui dire qu'elle était enceinte de moi.

— Merde. Et maintenant ?

Henning poussa un soupir.

— Miriam est restée très calme. Elle m'a demandé si c'était possible. Et quand j'ai été forcé d'avouer, elle n'a rien dit, elle a pris son sac et elle est partie.

Pia évita de lui faire un sermon sur la confiance et l'infidélité. Il ne donnait pas l'impression de pouvoir le supporter en ce moment. Même si elle ne sentait pas concernée, son ex-mari lui faisait pitié.

— Tu t'es demandé si la Löblich n'était pas en train de te rouler ? demanda-t-elle. À ta place, je ferais quelques recherches. Est-elle vraiment enceinte ? Et si c'est le cas, ne pourrait-il pas s'agir d'un autre homme ?

— Là n'est pas la question ?

— Elle est où alors ?

Henning hésita avant de répondre.

— J'ai trompé Miriam comme un idiot. Et elle ne me le pardonnera pas.

Bodenstein prit l'ordonnance rédigée par le Dr Lauterbach et parcourut les médicaments prescrits : Rita-line, Dropéridol, Fluphénazine, Fentanyl, Lorazepam. Même s'il était un béotien en la matière, il savait que l'autisme n'était pas une maladie qu'on peut soigner avec des psychotropes et des tranquillisants.

— Il est plus facile de résoudre le problème avec la massue de la chimie que d'entreprendre une thérapie longue et laborieuse.

Heidi Brückner parlait d'une voix étouffée mais la colère était perceptible dans ses paroles.

— Toute sa vie, ma sœur a choisi la voie de la facilité. Quand les jumeaux étaient petits, elle préférait suivre son mari plutôt que de s'occuper des enfants. Thies et Lars ont connu dans leur petite enfance un extrême abandon. Des bonnes qui ne parlaient pas un mot d'allemand ne pouvaient pas remplacer une mère.

— Que voulez-vous dire ?

Les ailes du nez de Heidi Brückner frémirent.

— Que le problème de Thies ne vient pas que de lui. Il est devenu très vite évident qu'il avait des difficultés. Il était agressif, avait des accès de colère et n'obéissait pas. Il n'a pas parlé avant quatre ou cinq ans. Avec qui aurait-il parlé d'ailleurs ? Ses parents n'étaient jamais là. Claudius et Christine n'ont jamais essayé de l'aider grâce à une thérapie, ils se sont toujours reposés sur les médicaments. Pendant des semaines, Thies se tenait tranquille, il restait assis, indifférent. Dès qu'on supprimait les médicaments, il pétait les plombs. Ils le faisaient alors entrer en psychiatrie et l'y laissaient pendant des années. Un drame. C'est un garçon sensible et très doué et il a dû vivre au milieu d'arriérés mentaux !

— Pourquoi personne ne s'est jamais interposé ? demanda Bodenstein.

— Qui ? dit-elle d'un ton sarcastique. Thies n'a jamais eu de contact avec des gens normaux ou des professeurs qui auraient pu comprendre ce qu'on pouvait attendre de lui.

— Vous voulez dire qu'il n'est pas autiste ?

— Si, il l'est. Mais l'autisme n'est pas une maladie bien définie. Elle va de l'arriéré profond aux manifestations légères du syndrome d'Asperger où les malades sont en mesure de mener une vie autonome même si elle est limitée. Elle secoua la tête. Thies est une victime de l'égoïsme de ses parents. Et Lars en est devenu une aussi.

— Vraiment ?

— Lars était un enfant et un adolescent très timide. Il ouvrait à peine la bouche. En plus, il était très croyant et voulait devenir prêtre, expliqua Heidi Brückner sobrement. Comme Thies ne pouvait pas reprendre l'usine, Claudius a mis tous ses espoirs en Lars. Il lui a interdit d'étudier la théologie, et l'a envoyé en Angleterre pour lui faire étudier le management. Lars n'a jamais été heureux. Et maintenant il est mort.

— Pourquoi n'êtes-vous pas intervenue, puisque vous saviez tout cela ? demanda Bodenstein surpris.

— J'ai essayé, il y a des années, dit-elle avec un haussement d'épaules. Comme il n'était pas possible de parler avec ma sœur, j'ai essayé avec Claudius. C'était en 1994, je m'en souviens, je revenais d'Asie du Sud-Est où je travaillais dans l'aide au développement. Ici, tout avait beaucoup changé. Wilhelm, le frère aîné de mon beau-frère, était mort quelques années avant. Claudius avait repris l'usine et emménagé dans cette grande baraque. Je pensais rester quelque temps pour donner un coup de main à Christine. Elle souffla avec mépris. Claudius n'était pas d'accord. Il n'a jamais pu me souffrir car il n'arrivait ni à m'impressionner ni à me dominer. Je suis restée deux semaines et je me suis rendu compte du drame. Ma sœur passait son temps sur les terrains de golf, laissant le soin de ses enfants à une bonne du village et à Daniela. Un jour, j'ai eu une violente dispute avec Claudius. Christine était à Majorque comme souvent. Pour installer la maison. Heidi Brückner eut un rire méprisant. La maison était plus importante que ses fils. J'étais allée me promener et je suis revenue sans qu'on me remarque par le sous-sol. Je n'en ai pas cru mes yeux quand j'ai surpris mon beau-frère dans le salon avec la fille de la bonne. Elle avait tout au plus quatorze ou quinze ans…

Elle s'interrompit et secoua la tête en se rappelant l'événement. Bodenstein écoutait attentivement. Ce qu'elle disait recoupait ce que Claudius Terlinden lui avait lui-même raconté – jusqu'à un certain point.

— Il était furieux quand je suis entrée et que je l'ai engueulé. La fille est partie en courant. Claudius se tenait devant moi, le pantalon baissé, le visage écarlate. Nier était impossible. Et brusquement Lars est entré. Vous imaginez bien que depuis ce jour-là je n'étais plus la bienvenue. Christine n'a jamais eu le cran de se révolter contre son mari. Elle ne m'a même pas crue lorsque je lui ai raconté au téléphone ce que j'avais vu. J'étais une envieuse, une menteuse, a-t-elle dit. Nous nous sommes revues pour la première fois depuis quatorze ans. Et honnêtement : je ne vais pas rester longtemps. Elle poussa un soupir. J'ai toujours excusé ma sœur, dit-elle après quelques minutes. Peut-être pour soulager ma mauvaise conscience. J'ai toujours redouté au fond de moi qu'il arrive un jour une catastrophe, mais je ne m'attendais pas à cela.

— Et maintenant ?

Heidi Brückner comprit ce que Bodenstein voulait dire.

— J'ai compris ce matin qu'être de la famille ne suffisait pas pour défendre un de ses membres. Ma sœur abandonne tout à cette Daniela comme avant. Qu'est-ce que je fais ici ?

— Vous n'aimez pas le Dr Lauterbach ? demanda Bodenstein.

— Non. J'ai toujours pensé que quelque chose clochait chez elle. Cette sollicitude exagérée pour tout le monde. Et cette façon de materner son mari – je trouve ça bizarre, presque maladif.

Heidi Brückner repoussa une mèche de cheveux indiscrète de son visage. Bodenstein aperçut une alliance à sa main gauche. Il éprouva pendant un court instant de la déception et, à la même seconde, s'étonna de ce sentiment absurde. Il ne connaissait pas cette femme et ne la reverrait sans doute jamais, une fois l'enquête bouclée.

— Depuis que j'ai vu les médicaments, je lui fais encore moins confiance qu'avant, continua Heidi Brückner. Je ne suis pas pharmacienne mais je me suis intéressée à l'occasion à la maladie de Thies. Cette femme ne peut pas m'en conter.

— Vous l'avez vue ce matin ?

— Elle est venue brièvement voir Christine.

— Quand êtes-vous arrivée ?

— Hier soir vers minuit et demi. Je suis partie dès que Christine m'a appelée pour me dire ce qui s'était passé. De Schotten, il ne m'a fallu qu'une heure.

— Ce qui signifie que le Dr Lauterbach n'a pas passé toute la nuit ici ? demanda Bodenstein étonné.

— Non. Elle est arrivée vers 19h30, a pris une tasse de café puis elle est repartie. Pourquoi ?

Elle le regardait avec de grands yeux verts interrogateurs mais Bodenstein évita de lui répondre.

Comme d'eux-mêmes, les fragments d'information isolés se mettaient en place. Daniela Lauterbach lui avait menti. Et ce n'était certainement pas la première fois.

— Voici mon numéro, dit-il en lui tendant sa carte de visite. Et merci pour votre franchise. Vous m'avez beaucoup aidé.

— Tant mieux, dit Heidi Brückner en hochant la tête et en lui tendant la main.

Sa poignée de main était chaude et ferme. Bodenstein hésita.

— Encore une chose. Comment puis-je vous joindre ?

Un minuscule sourire effleura son visage grave. Elle tira son portefeuille, en sortit une carte de visite et la tendit à Bodenstein.

— Je ne vais pas rester ici très longtemps. Dès que mon beau-frère rentrera il me priera de déguerpir.

Après le petit-déjeuner, ils allèrent marcher quelques heures dans la neige profonde et jouirent de la vue magnifique sur les Alpes. Mais le temps avait rapidement changé, comme souvent en haute montagne. Au radieux ciel bleu avait succédé une épaisse chute de neige. Main dans la main, ils revinrent en courant vers le chalet, hors d'haleine, se débarrassèrent de leurs vêtements trempés et grimpèrent, nus, l'échelle de la mezzanine. La chaleur du poêle s'était réfugiée sous le toit. Ils gisaient étroitement enlacés sur le lit pendant que le vent hurlait autour du chalet et secouait les fenêtres. Ils se regardèrent. Les yeux de Nadja étaient plongés dans les siens, il sentait son souffle. Tobias lui repoussa les cheveux du visage et ferma les yeux quand elle descendit lentement sur son sexe, léchant sa peau et le taquinant avec la langue. Il transpirait de tous ses pores, il haletait, les muscles tendus à craquer. Avec un gémissement il l'attira à lui, contemplant son visage déformé par le désir. Dans son ivresse, elle se mouvait toujours plus vite, faisant pleuvoir sur lui des gouttes de sueur. Une vague de bonheur fou le terrassa avec une force inattendue et il lui sembla que les murs oscillaient et que le sol tremblait sous lui. Ils restèrent un moment allongés côte à côte, épuisés et heureux, attendant que s'apaisent les battements de leurs cœurs. Tobias prit le visage de Nadja entre ses mains et l'embrassa longuement et tendrement sur la bouche.

— C'était merveilleux, dit-il à voix basse.

— Oui. Il faut que ça le reste toujours, éternellement, murmura Nadja d'une voix rauque. Seulement toi et moi.

Ses lèvres lui effleurèrent les épaules. Elle se blottit contre lui plus étroitement. Il tira la couverture sur eux et ferma les yeux. Oui, ça devait rester ainsi. Ses muscles se détendirent, il était fatigué.

Soudain il eut devant ses yeux le visage d'Amelie. Cela le frappa comme un coup de poing, le réveillant brutalement. Comment pouvait-il se balader ici alors qu'elle avait disparu et se battait peut-être en ce moment pour rester en vie ?

— Qu'est-ce que tu as ? murmura Nadja d'une voix ensommeillée.

Cela ne se faisait pas de parler au lit d'une autre femme, mais Nadja se faisait aussi du souci pour Amelie.

— J'étais en train de penser à Amelie, répondit-il avec sincérité. Où peut-elle bien être ? Espérons qu'il ne lui est rien arrivé.

Il ne s'attendait pas à la réaction de Nadja. Elle se raidit dans ses bras, se redressa et le repoussa violemment. Son visage était convulsé par la colère.

— Je crois que tu es fou, cria-t-elle, hors d'elle. Tu me baises puis tu viens bavasser sur une autre femme ! Je ne te suffis pas !

Elle ferma les poings et lui frappa la poitrine avec une force qu'il ne lui soupçonnait pas. Tobias avait de la peine à se défendre. Il la regarda, le souffle coupé, atterré de cet éclat.

— Espèce de salaud ! cria Nadja pendant que des larmes jaillissaient de ses yeux comme de fontaines. Pourquoi tu penses toujours à d'autres femmes ? Déjà autrefois, je devais toujours t'écouter parler d'une bimbo ou d'une autre et de ce que tu avais fait avec elle ! L'idée ne t'est jamais venue que ça pouvait me blesser ? Et à présent tu es couché près de moi et tu fais tout un cirque sur cette… cette petite pute !

L'épais nuage pluvieux s'éclaircit et se dissipa tout à fait en haut du Taunus. Quand ils sortirent du bois sur la B8 derrière Glashütten, un clair rayon de soleil les salua. Bodenstein baissa le pare-soleil pour ne pas être aveuglé.

— Lauterbach refera surface, dit-il à Pia. C'est un homme politique et il doit prendre soin de sa réputation. Sa femme l'a certainement appelé depuis longtemps.

— Espérons.

Pia ne partageait pas vraiment l'optimisme de son chef. En tout cas Claudius Terlinden était surveillé. Les lignes téléphoniques entre la K11, le procureur et le tribunal avaient chauffé depuis que Jörg Richter avait avoué que Laura était encore vivante, quand lui et ses amis l'avaient jetée dans la cuve de carburant. Elle les avait suppliés, avait crié et pleuré jusqu'à ce qu'ils roulent le couvercle sur la fosse. Il était évident que l'enquête sur le meurtre de Laura Wagner serait rouverte et que Tobias Sartorius serait réhabilité. S'il refaisait surface. Jusqu'à présent on n'avait aucune trace de lui.

Bodenstein tourna à gauche et traversa le village de Kröftel en direction de Heftrich. La ferme que les parents de Stefanie Schneeberger avaient achetée dix ans avant se trouvait à l'entrée de Heftrich. Un grand panneau annonçait un magasin où l'on ne vendait que des produits bio venant de leurs propres cultures et de leur propre élevage. Bodenstein s'arrêta dans la cour étincelante de propreté. Ils descendirent et regardèrent autour d'eux. Il ne restait pas grand-chose de la fonctionnalité sobre de l'ancienne ferme des rapatriés, qui y avaient battu la semelle dans les années 1960. On l'avait aménagée et mise en culture. Sous le nouvel auvent du bâtiment où s'ouvrait le magasin, des compositions automnales attendaient l'acheteur. Le toit était couvert de panneaux solaires et photovoltaïques. Deux chats se prélassaient sur le perron, profitant des rares rayons de soleil. Il était midi, le magasin était fermé et il n'y avait personne dans la maison. Bodenstein et Pia pénétrèrent dans l'étable claire où de grosses vaches, avec leurs veaux à côté d'elles, debout ou couchées dans la paille, étaient en train de ruminer paisiblement. Quelle vision en comparaison de l'habituel bétail serré devant une étroite mangeoire sur un sol en béton ! Dans la cour de derrière deux fillettes de huit ou neuf ans bouchonnaient un cheval qui se prêtait avec patience à ces soins affectueux.

— Bonjour ! dit Pia en saluant les deux fillettes.

Elles se ressemblaient comme deux gouttes d'eau et elles étaient apparemment les jeunes sœurs de Stefanie. Les mêmes cheveux noirs, les mêmes grands yeux marron.

— Vos parents sont-ils à la maison ?

— Maman est là-bas dans l'écurie, répondit l'une en montrant un long bâtiment derrière l'étable. Papa est allé charrier le fumier avec le tracteur.

— Merci.

Beate Schneeberger était en train de balayer l'allée de l'écurie quand Bodenstein et Pia y pénétrèrent. Elle ne les aperçut que lorsque le Jack Russell terrier, qui cherchait des souris dans un box vide, se mit à aboyer.

— Bonjour ! cria Bodenstein en s'arrêtant, à demi rassuré.

Le terrier était petit mais il ne fallait sans doute pas le sous-estimer.

— Approchez, dit la femme en souriant sans interrompre son travail. Bobby fait seulement de l'esbroufe. Que puis-je faire pour vous ?

Bodenstein se présenta puis il présenta Pia. Beate Schneeberger s'arrêta. Le sourire disparut de son visage. C'était une belle femme même si le chagrin et les soucis avaient laissé des traces sur son visage aux traits réguliers.

— Nous sommes venus pour vous annoncer que le corps de votre fille Stefanie a été retrouvé, dit Bodenstein.

Mme Schneeberger le regarda de ses grands yeux sombres et hocha la tête. Elle réagissait avec le même calme et la même impassibilité que la mère de Laura.

— Rentrons dans la maison, dit-elle. Je vais appeler mon mari. Il sera là dans quelques minutes.

Elle appuya son balai contre la porte d'un box et sortit un mobile de la poche de sa veste matelassée.

— Albert, dit-elle. Tu peux venir. La police est ici. On a retrouvé Stefanie.

Amelie se réveilla. Elle avait cru entendre en rêve un léger clapotis. Elle avait soif. Une soif affreuse, torturante. Sa langue collait à son palais, sa bouche était aussi sèche que du papier. Quelques heures plus tôt, elle avait mangé avec Thies les deux derniers biscuits et bu le reste de l'eau. Désormais ils n'avaient plus rien.

Amelie avait entendu dire que des hommes avaient pu éviter de mourir de soif en buvant leur urine. L'étroit rayon de lumière sous le plafond indiquait qu'à l'extérieur de leur prison il faisait jour. Elle reconnut les contours des étagères de l'autre côté de la cave. Thies était roulé sur lui-même à côté d'elle sur le matelas, la tête posée sur ses genoux, et il dormait profondément. Comment était-il arrivé ici ? Qui les avait enfermés tous les deux ? Et surtout, où étaient-ils ? Le désespoir d'Amelie s'accentua. Elle avait envie de pleurer mais elle ne voulait pas réveiller Thies, même si sa jambe, sous le poids de sa tête, était devenue entièrement insensible. Elle passa sa langue sèche sur ses lèvres desséchées. Là ! À nouveau le clapotis ! Comme si quelque part un robinet coulait. Si elle sortait d'ici, elle jurait de plus jamais gaspiller l'eau. Elle avait jeté des bouteilles de Coca-Cola à demi pleines uniquement parce qu'il était éventé. Qu'est-ce qu'elle ne donnerait pas pour une gorgée de Coca même chaud et sans bulles !

Son regard fit le tour de la pièce, s'arrêta sur la porte. Elle n'en crut pas ses yeux lorsqu'elle vit qu'en effet de l'eau s'infiltrait par-dessous. Elle repoussa Thies et jura parce que sa jambe endormie ne lui obéissait plus. Elle atterrit sur le sol à quatre pattes, il était mouillé. Comme un chien elle se mit à lécher l'eau avec avidité, s'aspergeant le visage en riant. Dieu avait entendu sa prière. Il ne la laisserait pas mourir de soif ! L'eau coulait toujours plus fort sous la porte, elle clapotait en descendant les trois marches en une jolie petite cascade. Amelie cessa de rire et se redressa.

— Ça suffit avec l'eau, Seigneur, souffla-t-elle mais Dieu ne l'entendit pas.

L'eau continuait à couler, dessinant une grosse flaque sur le sol en béton. Amelie se mit à trembler de peur. Elle avait souhaité de l'eau de toutes ses forces mais à présent ce souhait était rempli au-delà de ses espérances ! Thies s'était réveillé. Il était assis sur le matelas, les bras autour des genoux, balançant le corps d'avant en arrière. Elle réfléchit fiévreusement, monta sur la première étagère et la secoua. Elle était certes rouillée mais elle paraissait assez solide. Celui qui les avait enfermés ici devait avoir ouvert l'eau. Cet endroit était plus bas que le reste de la cave. Il n'y avait aucun écoulement au sol et l'étroit vasistas était juste sous le plafond. Si l'eau continuait à couler, la pièce serait rapidement sous l'eau. Ils seraient noyés comme des rats ! Amelie regarda avec affolement autour d'elle ! Elle avait trop longtemps survécu à la panique, à la faim et à la soif pour se laisser noyer comme ça ! Elle se pencha sur Thies et le secoua énergiquement par le bras.

— Lève-toi, dit-elle rudement. Allez Thies ! Aide-moi à mettre le matelas sur l'étagère.

À son étonnement, il cessa de se balancer et se leva. Ensemble ils réussirent à hisser le lourd matelas sur la première étagère. Peut-être que l'eau ne monterait pas si haut et qu'ils seraient en sécurité. Et à chaque heure, la chance qu'on les trouve grandissait. Quelqu'un allait bien se rendre compte de l'inondation – un voisin, la régie des eaux, quelqu'un ! Amelie grimpa sur l'étagère prudemment pour ne pas la décrocher. Arrivée en haut, elle tendit la main à Thies. En espérant que ce vieux machin rouillé les supporterait tous les deux ! Peu après, il était assis à côté d'elle sur le matelas. L'eau recouvrait à présent le sol de la cave, jaillissant avec une égale vitesse de dessous la porte. Il ne leur restait plus qu'à attendre. Amelie équilibra son poids et s'allongea prudemment sur le matelas.

— Bon, dit-elle en se laissant aller à l'humour noir. On a toujours ce qu'on souhaite ! Enfant, j'ai toujours voulu avoir un lit en hauteur. Eh bien je l'ai finalement.

Beate Schneeberger conduisit Bodenstein et Pia dans la salle à manger et les pria de s'asseoir autour de la table imposante, juste à côté d'un massif poêle en faïence qui dégageait une agréable chaleur. Des nombreuses petites pièces de l'ancienne ferme, ils avaient tiré un grand espace en ne gardant que la structure de poutres. Le résultat était moderne et en même temps étonnamment chaleureux.

— En attendant mon mari, je vais vous faire du thé, dit Mme Schneeberger.

Elle alla à la cuisine qui était ouverte sur tous les côtés. Bodenstein et Pia échangèrent un regard. Au contraire des Wagner, que la disparition de leur fille avait brisés, le couple Schneeberger paraissait avoir surmonté leur blessure et commencé une nouvelle vie. Les jumelles avaient dû naître après.

À peine cinq minutes plus tard, un homme grand et maigre, aux cheveux blancs, entra. Il était vêtu d'une chemise à carreaux et d'un bleu de travail. Albert Schneeberger tendit d'abord la main à Pia puis à Bodenstein. Lui aussi était grave et faisait preuve de maîtrise de soi. Bodenstein leur donna tous les détails. Albert Schneeberger était resté debout derrière la chaise de sa femme, les mains posées sur ses épaules. Leur tristesse était compréhensible mais il s'y mêlait le soulagement de connaître enfin le sort de leur enfant.

— Vous savez qui a fait cela ? demanda Beate Schneeberger.

— Non, pas encore avec certitude, répondit Bodenstein. Nous savons seulement que ce ne peut pas être Tobias Sartorius.

— Il a donc été condamné injustement ?

— Oui. Il semblerait.

Ils restèrent un instant silencieux. Albert Schneeberger regardait pensivement à travers les grandes fenêtres ses deux filles qui bouchonnaient ensemble le cheval suivant.

— Je n'aurais jamais dû me laisser convaincre par Terlinden de venir à Altenhain, dit-il soudain. Nous avions un appartement à Francfort, mais nous cherchions une maison à la campagne pour empêcher Stefanie de fréquenter des gens douteux en ville.

— Comment avez-vous connu Claudius Terlinden ?

— En fait c'est Wilhelm, son frère aîné, que je connaissais. Nous avons fait nos études ensemble puis nous sommes devenus des partenaires commerciaux. Après sa mort j'ai rencontré Claudius. Mon entreprise fournissait la sienne. Entre nous s'est développé quelque chose que j'ai cru être de l'amitié. Terlinden nous louait la maison à côté de chez lui, elle lui appartenait.

Albert Schneeberger poussa un profond soupir et s'assit près de sa femme.

— Je savais qu'il s'intéressait beaucoup à mon entreprise. Nos savoir-faire et nos brevets s'accordaient parfaitement à ses projets et ils étaient importants pour lui. Il était en train de transformer son entreprise en société anonyme pour l'introduire en Bourse. Il m'a donc fait une offre. Il y avait d'autres repreneurs. La concurrence pour Terlinden était à l'époque assez grande. Il fit une pause, avala une gorgée de thé. Puis notre fille a disparu.

Sa voix resta neutre mais on voyait combien ça lui était difficile de revenir sur cet affreux événement.

— Terlinden et sa femme nous ont témoigné beaucoup de compassion et de compréhension. Une vraie amitié comme nous le pensions alors. J'étais à peine capable de m'occuper de mon affaire. Nous cherchions Stefanie par tous les moyens, en recourant à différentes organisations, en participant à des émissions à la radio et à la télévision. Quand Terlinden a fait une nouvelle offre, je l'ai acceptée. Mon entreprise m'importait peu, je ne pensais qu'à Stefanie. J'avais encore l'espoir qu'on la retrouve.

Il se racla la gorge pour dissimuler son émotion. Sa femme posa la main sur la sienne et la pressa légèrement.

— J'avais stipulé que Terlinden ne transformerait pas la structure de l'entreprise et garderait tous les salariés, continua Schneeberger après quelques minutes. Mais c'est exactement le contraire qui s'est produit. Terlinden a trouvé un point faible dans le contrat. Il s'est introduit en Bourse, a démantelé mon entreprise, a vendu tout ce dont il n'avait pas besoin et n'a finalement gardé que quatre-vingts salariés sur cent trente. Je n'étais plus en état de me défendre. C'était… épouvantable. Tous ces gens que je connaissais depuis longtemps étaient soudain sans travail. Ça ne se serait pas passé comme ça si j'avais eu ma liberté d'esprit. Il se passa la main sur le visage. Beate et moi avons décidé de quitter Altenhain. Il m'aurait été impossible d'habiter à côté de cet… homme et d'être directement témoin de son hypocrisie. Cette façon qu'il avait de mettre la pression et de manipuler les salariés de son entreprise et les gens du village, et tout ça sous couvert de générosité.

— Croyez-vous que Terlinden ait pu s'en prendre à votre fille pour obtenir votre entreprise ? demanda Pia.

— Dès lors que vous avez trouvé le… cadavre de Stefanie sur sa propriété, ce n'est peut-être pas exclu. La voix de Schneeberger vacilla, il serra les lèvres avec décision. Pour être honnête, ni ma femme ni moi n'arrivions à croire que Tobias Sartorius avait tué notre fille. Mais il y avait tous ces indices, les témoignages. Nous ne savions plus quoi penser. D'abord nous avions soupçonné Thies. Il suivait Stefanie comme son ombre… Il haussa les épaules pour montrer son impuissance. Je ne sais pas si Terlinden serait allé si loin, dit-il. Mais il s'est servi de la situation sans la moindre hésitation. L'homme est un spéculateur et un menteur sans scrupules. Il marcherait sur les cadavres pour arriver à ses fins.

Le mobile de Bodenstein sonna. Il avait laissé le volant à Pia et il prit l'appel sans regarder l'écran. Quand il entendit la voix de Cosima, la surprise le fit sursauter.

— Il faut que nous parlions, dit Cosima. Raisonnablement.

— Je n'ai pas le temps pour l'instant, répondit Bodenstein. Nous sommes au beau milieu d'une enquête. Je t'appellerai plus tard.

Puis il raccrocha sans même dire au revoir. Il ne l'avait jamais fait.

Ils quittèrent la vallée. Le coucher de soleil fut comme tranché net et la grisaille les enveloppa à nouveau. En silence, ils traversèrent Glashütten.

— Qu'est-ce que tu ferais à ma place ? demanda soudain Bodenstein.

Pia hésita. Elle se souvenait de sa déception quand elle avait appris la liaison de Henning avec Valerie Löblich. Et pourtant ils étaient séparés depuis plus d'un an. Mais Henning avait toujours nié jusqu'à ce qu'ils se fassent prendre en flagrant délit. Si leur couple n'avait pas déjà été brisé, cela y aurait mis le point final. À la place de Bodenstein, elle ne pourrait plus jamais faire confiance à Cosima, elle lui avait trop menti. Une liaison était différente d'un simple écart, qui est excusable dans certaines circonstances.

— Tu dois parler avec elle, dit-elle à son chef. Vous avez un jeune enfant. Et l'on ne met pas au panier vingt-cinq années de mariage comme ça.

— Un super-conseil, répondit Bodenstein moqueusement. Merci beaucoup. Et qu'est-ce que tu penses vraiment ?

— Tu veux vraiment le savoir ?

— Bien sûr. Sinon je ne te l'aurais pas demandé.

Pia respira profondément.

— Quand quelque chose est cassé, c'est cassé. Et même si on le recolle, ce ne sera plus jamais comme avant. C'est mon avis. Pardon, si tu t'attendais à autre chose.

— Je ne m'attendais à rien d'autre.

À son étonnement, Bodenstein souriait, même si son sourire était tout sauf heureux.

— Ce que j'apprécie le plus en toi, c'est ton honnêteté.

Son mobile sonna à nouveau. Cette fois il regarda l'écran pour s'épargner une autre surprise.

— C'est Ostermann, dit-il.

Il écouta quelques secondes et acquiesça.

— Appelle Nicole Engel. Elle doit être là quand nous l'interrogerons.

— Tobias ?

— Non, dit Bodenstein en respirant profondément. Le ministre de l'Éducation a refait surface et nous attend avec son avocat.

Ils se concertèrent devant la porte de la salle d'interrogatoire dans laquelle Bodenstein avait fait entrer Gregor Lauterbach et son avocat. Il ne voulait pas d'une atmosphère amicale et détendue. Il devait être clair pour Lauterbach qu'il s'agissait d'un interrogatoire.

— Comment vous comptez opérer ? demanda la conseillère judiciaire Engel.

— Je vais lui mettre le maximum de pression, répondit Bodenstein. Nous n'avons pas de temps à perdre. Amelie a disparu depuis une semaine. Si nous voulons la retrouver vivante, nous ne pouvons plus prendre de gants avec personne.

Nicole Engel acquiesça. Ils pénétrèrent dans la pièce sévère où un miroir opaque occupait tout un mur. Au milieu, une table autour de laquelle étaient assis le ministre de l'Éducation et son avocat, que Bodenstein et Pia connaissaient et pour lequel ils n'avaient pas une grande sympathie. Maître Anders défendait uniquement les gens importants qui étaient impliqués dans une histoire de meurtre ou d'homicide. Ça ne le dérangeait pas de perdre un procès pourvu que son nom fasse la une des médias et que l'enquête passe devant la Cour suprême.

Si Gregor Lauterbach l'avait pris, c'est qu'il savait la gravité de son cas. Pâle et visiblement abattu, il raconta à voix basse ce qui s'était passé le 6 septembre 1997. Ce soir-là, il avait donné rendez-vous à son élève Stefanie Schneeberger dans la grange des

Sartorius pour lui signifier qu'il ne voulait pas avoir une liaison avec une élève. Puis il était rentré chez lui.

— Le lendemain, j'ai appris que Stefanie et Laura Wagner avaient disparu, dit Lauterbach. Quelqu'un nous a téléphoné et nous a dit que la police soupçonnait l'ami de Stefanie, Tobias Sartorius, d'avoir tué les deux jeunes filles. Ma femme a trouvé dans notre poubelle un cric ensanglanté. Je lui ai dit que j'avais eu une conversation avec Stefanie parce que toute la soirée elle m'avait poursuivi à la kermesse en essayant de me séduire. Pour nous, il était évident que Tobias avait dû jeter le cric dans notre poubelle après avoir tué Stefanie sous le coup de la colère. Daniela m'a empêché d'aller à la police. Elle m'a dit que je ferais mieux d'enterrer le cric quelque part. Je ne sais pas pourquoi j'ai fait ça – j'ai dû péter les plombs – mais j'ai jeté le cric dans la fosse à purin de Sartorius.

Bodenstein, Pia et Nicole Engel écoutaient en silence. Maître Anders ne disait rien non plus. Les bras croisés et la lèvre dédaigneuse, il contemplait le mur miroir d'en face comme s'il n'était pas concerné.

— Je… j'étais persuadé que Tobias avait tué Stefanie, continua Lauterbach. Il nous avait vus ensemble et ensuite elle avait rompu avec lui. S'il avait jeté le cric dans notre poubelle, c'est qu'il voulait me faire accuser. Par vengeance.

Bodenstein le regarda durement.

— Vous mentez.

— Non, je ne mens pas, dit Lauterbach en déglutissant nerveusement. Son regard glissa vers son avocat, mais celui-ci était toujours plongé dans la contemplation de son image.

— Nous savons que Tobias Sartorius n'a rien à voir avec le meurtre de Laura Wagner, dit Bodenstein d'un ton plus agressif que d'habitude. Nous avons trouvé le cadavre momifié de Stefanie. Et nous avons aussi ressorti le cric des objets placés sous scellés et l'avons fait porter au laboratoire. On peut encore y trouver des empreintes. Par ailleurs le médecin légiste a retrouvé des traces d'un ADN étranger dans le vagin de la victime. S'il s'avérait qu'il s'agissait du vôtre alors vous seriez dans de sales draps, monsieur Lauterbach.

Gregor Lauterbach s'agita sur sa chaise et s'humecta nerveusement les lèvres avec la pointe de sa langue.

— Quel âge avait Stefanie ?

— Seize ans.

— Et quel âge vous aviez ?

— Vingt-sept ans, dit Lauterbach en chuchotant presque.

Ses joues pâles devinrent écarlates, il baissa la tête.

— Avez-vous couché oui ou non avec Stefanie le 6 septembre 1997 ?

Lauterbach en fut comme pétrifié.

— Vous bluffez. Son avocat allait-il enfin voler à son secours ? La fille a pu coucher avec Dieu sait qui.

— Quels vêtements portait-elle ce soir du 6 septembre 1997 ?

Bodenstein ne se laissa pas intimider et ne détourna pas son regard de Lauterbach. Celui-ci le regarda d'un air déconcerté et haussa les épaules.

— Je vous l'ai dit. Elle portait un jean, une chemise bleu clair et dessous un T-shirt vert avec le logo de la kermesse et des chaussures marron clair.

— Qu'est-ce que cela peut faire à présent ? demanda l'avocat.

— Regardez, dit Bodenstein sans faire attention à lui. Il sortit les reproductions des tableaux de Thies du dossier et les tendit à Lauterbach l'un après l'autre.

C'est Thies qui a peint ces tableaux. Il a été témoin des deux meurtres et ceci est sa façon de le faire savoir. Il tapa avec l'index sur un des personnages. Qui cela peut-il être ? demanda-t-il.

Lauterbach regarda les photos, tétanisé, puis il haussa les épaules.

— C'est vous, monsieur Lauterbach. Vous avez embrassé Stefanie devant la grange puis vous avez couché avec elle.

— Non, murmura Gregor Lauterbach, le visage livide. Non, non, ce n'est pas vrai, il faut me croire !

— Vous étiez son professeur, continua Bodenstein imperturbable. Stefanie était dans un rapport de dépendance par rapport à vous. Ce que vous avez fait est un délit. Vous en avez pris soudain conscience. Vous avez dû avoir peur que Stefanie bavarde. Un professeur qui couche avec son élève mineure est fichu.

Gregor Lauterbach secoua la tête.

— Vous avez tué Stefanie, jeté le cric dans la fosse à purin puis vous êtes rentré chez vous. Là, vous avez tout avoué à votre femme et elle vous a conseillé de vous taire. Votre calcul était juste. La police a en effet arrêté le meurtrier, il a été jugé et condamné. Il y avait pourtant un petit problème : le cadavre de Stefanie avait disparu. Quelqu'un devait vous avoir observés, vous et Stefanie.

Lauterbach continuait à secouer la tête.

— Vous avez soupçonné Thies Terlinden. Pour qu'il tienne sa langue, votre femme – qui était son médecin – a maintenu le garçon dans un état d'abrutissement avec des doses massives de drogues. Ça a bien fonctionné. Jusqu'à ce que Tobias Sartorius sorte de prison. Vous avez appris par Andreas Hasse, un de nos collaborateurs, que nous nous intéressions à l'ancienne enquête et que nous avions récupéré l'ancien dossier. Et vous avez incité Hasse à subtiliser les procès-verbaux des interrogatoires.

— Ce n'est pas vrai, souffla Lauterbach d'une voix enrouée. Des gouttes de transpiration brillaient sur son front.

— Si, dit Pia. Hasse a déjà avoué et il a été suspendu du service. Si vous n'aviez pas fait cela, vous ne seriez pas assis ici.

— De quoi on parle ? intervint maître Anders. Même si mon client avait autrefois couché avec son élève, les faits sont prescrits depuis longtemps.

— Mais pas le meurtre.

— Je n'ai pas tué Stefanie !

— Pourquoi avez-vous persuadé Hasse de détruire les procès-verbaux ?

— Parce... que... je... je pensais qu'il serait préférable que mon nom ne soit pas mêlé à tout ça. Il transpirait tellement que la sueur coulait sur ses joues. Je peux avoir quelque chose à boire ?

Nicole Engel se leva sans un mot, sortit et revint peu de temps après avec une bouteille d'eau et un verre. Elle posa les deux sur la table devant Lauterbach et se rassit. Lauterbach attrapa la bouteille, se versa un verre d'eau et le but d'un trait.

— Où est Amelie Fröhlich ? demanda Pia. Et où est Thies Terlinden ?

— Comment voulez-vous que je le sache ?

— Vous saviez que Thies avait tout vu, répliqua Pia. Par ailleurs vous avez appris qu'Amelie s'intéressait aux événements de 1997. Ces deux éléments représentaient un danger pour vous. De là à penser que vous avez quelque chose à voir avec son enlèvement... De plus, vous et Terlinden étiez à l'endroit où

Amelie a été aperçue pour la dernière fois à l'heure où elle a disparu.

Sous la lumière blafarde du néon, Gregor Lauterbach ressemblait à un zombie. Son visage brillait de transpiration et il se frottait nerveusement les mains sur les cuisses jusqu'à ce que son avocat lui touche le bras.

— Monsieur Lauterbach. En se levant, Bodenstein, appuya ses mains sur la table et se pencha vers lui. Son ton s'était fait menaçant : Nous allons comparer votre ADN à celui qui a été trouvé dans le vagin de Stefanie Schneeberger. S'ils sont semblables vous aurez à répondre d'abus sexuel sur une de vos élèves mineures et peu importe si votre avocat raconte que les faits sont prescrits. En raison de cette accusation, votre poste de ministre de l'Éducation ne sera plus qu'un souvenir. Je ferai tout pour vous traîner devant un tribunal, je vous le promets. Je n'ai pas à vous dire ce que la presse fera de vous quand elle apprendra qu'à cause de votre silence un jeune homme innocent, qui avait été un de vos anciens élèves, a passé onze ans en prison.

Il se tut, laissant ses paroles faire leur effet. Gregor Lauterbach tremblait de tout son corps. Qu'est-ce qui l'angoissait le plus – le châtiment escompté ou une possible exécution publique par la presse ?

— Je vous donne encore une chance, dit Bodenstein d'une voix plus calme. Je renoncerai à déposer une plainte devant le tribunal si vous nous aidez à retrouver Amelie et Thies. Réfléchissez bien et consultez votre avocat. Nous allons faire une pause. Dix minutes.

— Quel porc, dit Pia en observant Lauterbach derrière la vitre. C'est lui. Il a tué Stefanie. Et maintenant il a kidnappé Amelie, j'en suis sûre.

Ils ne pouvaient pas entendre ce que Lauterbach disait à son avocat car maître Anders avait exigé que les micros soient débranchés.

— Avec Terlinden, dit Bodenstein en fronçant le front tout en avalant un verre d'eau. Mais comment a-t-il appris qu'Amelie savait quelque chose ?

— Aucune idée, dit Pia en haussant les épaules. Peut-être qu'Amelie a parlé des tableaux à Terlinden ? Mais non, je ne crois pas.

— Moi non plus. Il manque une pièce du puzzle. Quelque chose a dû faire peur à Lauterbach.

— Hasse ? proposa Nicole Engel derrière eux.

— Non, il ne savait rien de ces tableaux. Quand on les a trouvés, il n'était plus dans l'équipe.

— Euh ! Il manque en effet un lien.

— Attends, dit Bodenstein. Quel rôle joue Nadja von Bredow ? Elle était là quand les jeunes filles ont été violées. Et elle figure aussi dans un des tableaux avec Stefanie et Lauterbach en arrière-plan.

Nicole Engel et Pia se regardèrent d'un air interrogateur.

— Et si elle avait été tout le temps à la ferme ? Elle n'est pas partie avec les garçons pour cacher Laura. Et Nadja connaissait l'existence des tableaux. Tobias lui en a lui-même parlé.

Le Dr Engel et Pia comprirent tout de suite où Bodenstein voulait en venir. Nadja avait-elle fait chanter Lauterbach et l'avait-elle forcé à agir ?

— Rentrons, dit Bodenstein en jetant son gobelet dans la poubelle. Reprenons.

L'eau montait. Centimètre par centimètre. Dans la dernière lueur du soir, Amelie avait vu qu'elle arrivait à la troisième marche.

Ses tentatives d'empêcher l'eau de s'infiltrer avec une grosse couverture n'avaient pas réussi longtemps, la pression de l'eau avait vite repoussé la couverture. À présent il faisait nuit noire, mais elle entendait le bruit de l'eau dans les tuyaux. Elle essayait vainement de calculer combien de temps il faudrait pour que l'eau atteigne la plus haute étagère. Thies était allongé tout contre elle, elle pouvait sentir sa poitrine se soulever et s'abaisser. De temps en temps il avait une toux convulsive. Sa peau était fiévreuse, l'humidité de ce trou finirait par l'achever. Amelie se souvenait qu'il avait l'air déjà malade en arrivant. Comment pourrait-il survivre à tout ça ? Il était si sensible ! Elle avait plusieurs fois essayé de parler avec lui mais il n'avait pas répondu.

— Thies, chuchota-t-elle, ce qui lui était difficile, car ses dents claquaient si fort qu'elle pouvait à peine ouvrir la bouche. Thies, dis quelque chose !

Rien. Le courage finissait par l'abandonner. Le sang-froid d'airain qu'elle avait réussi à conserver tous ces jours et toutes ces nuits s'évanouissait peu à peu dans l'obscurité. Les larmes lui vinrent aux yeux. Il n'y avait plus d'espoir. Elle allait mourir ici, lamentablement noyée ! Blanche-Neige n'avait jamais été trouvée. Pourquoi aurait-elle plus de chance ? L'angoisse la submergeait. Elle sentit qu'on la touchait dans le dos. Thies mit son bras autour d'elle, entoura sa jambe avec la sienne et la serra étroitement contre lui. La chaleur qui émanait de son cœur la réchauffa.

— Pas pleurer Amelie, lui murmura-t-il à l'oreille. Pas pleurer. Je suis là.

— Comment avez-vous appris l'existence de ces tableaux ?

Bodenstein ne s'embarrassa pas de préliminaires. D'un seul coup d'œil, il évalua l'état de Gregor Lauterbach. M. le ministre n'était pas un homme particulièrement solide et la pression agissait sur lui. Après les événements démoralisants de ces derniers jours, il ne tiendrait pas longtemps.

— J'ai reçu des lettres anonymes et des e-mails, répondit Lauterbach en faisant taire d'un mouvement de main son avocat quand celui-ci voulut protester. Ce soir-là dans la grange j'avais perdu mon trousseau de clés et, dans une des lettres, il y avait sa photo. Il était évident que quelqu'un nous avait observés Stefanie et moi.

— Observés à quoi faire ?

— Vous le savez déjà.

Lauterbach leva les yeux et Bodenstein ne vit dans son regard que de l'apitoiement sur soi.

— Stefanie n'arrêtait pas de me provoquer. Je... je ne voulais pas... coucher avec elle, mais elle a été si insistante que... je n'ai pas pu résister.

Bodenstein attendit sans un mot, jusqu'à ce que Lauterbach reprenne d'une voix geignarde.

— Quand je... quand je me suis aperçu que j'avais perdu mon trousseau de clés, j'ai voulu aller le chercher. Ma femme m'aurait arraché les yeux, il y avait aussi la clé du cabinet sur le trousseau !

Il leva les yeux, mendiant la compréhension de ses interlocuteurs. Bodenstein dut s'efforcer de cacher son mépris derrière un air impassible.

— Stefanie m'a dit qu'il valait mieux que je disparaisse. Elle chercherait les clés et me les apporterait plus tard.

— Et c'est ce que vous avez fait ?
— Oui, je suis rentré chez moi.
Bodenstein laissa pour l'instant ce point en suspens.
— Vous avez donc reçu des lettres et des e-mails, dit-il. Qu'est-ce qu'il y avait dedans ?
— Que Thies savait tout. Et que la police ne saurait rien si je continuais à fermer ma gueule.
— Sur quoi vous deviez fermer votre gueule ?
Lauterbach haussa les épaules et secoua la tête.
— Qui a écrit ces lettres, d'après vous ?
De nouveau un haussement d'épaules embarrassé.
— Vous devez bien avoir un soupçon, monsieur Lauterbach ! dit Bodenstein en se penchant vers lui. Vous taire est vraiment la plus mauvaise des solutions.
— Mais je n'en ai aucune idée, répondit Lauterbach avec un désespoir qui ne paraissait pas feint.
Placé devant le fait accompli et poussé dans ses retranchements, il montrait sa vraie nature : Gregor Lauterbach était un faible qui, privé de la protection de sa femme, devenait un pauvre type sans personnalité.
— Je ne sais rien de plus ! Ma femme m'a dit qu'il devait s'agir des tableaux, mais Thies ne pouvait pas avoir écrit des e-mails et des lettres.
— Quand vous a-t-elle dit cela ?
— Un jour. Lauterbach se mit la figure dans les mains et secoua la tête. Je ne sais plus exactement.
— Essayez de vous souvenir, insista Bodenstein. Était-ce avant ou après qu'Amelie eut disparu ? Et comment votre femme le savait-elle ? Qui le lui avait dit ?
— Mon Dieu, je ne sais pas ! gémit Lauterbach. Je ne sais vraiment pas !
— Réfléchissez, dit Bodenstein en se redressant. Le samedi soir où Amelie a disparu, vous étiez allé dîner

avec votre femme et le couple Terlinden à l'*Ebony Club* à Francfort. Votre femme et Christine Terlinden sont rentrées vers 21 h 30 et vous êtes revenu avec Claudius Terlinden. Qu'avez-vous fait après avoir quitté l'*Ebony Club* ?

Gregor Lauterbach réfléchit intensément et parut comprendre que la police savait beaucoup plus de choses qu'il n'avait supposé.

— Oui, je crois que ma femme m'a raconté en allant à Francfort que Thies avait donné à la fille des voisins des tableaux sur lesquels j'étais prétendument représenté, dit-il à contrecœur. Elle l'avait appris dans l'après-midi par une correspondante anonyme. Nous n'avons plus eu ensuite l'occasion d'en parler. Daniela et Christine sont parties à 21 h 30. J'ai interrogé Andreas Jagielski sur Amelie, je savais qu'elle travaillait au *Cheval Noir*. Jagielski a appelé sa femme et elle lui a confirmé qu'Amelie était en train de travailler. Claudius et moi sommes partis à Altenhain et nous avons attendu la fille dans le parking du *Cheval Noir*. Mais elle n'est pas venue.

— Que vouliez-vous apprendre d'Amelie ?

— Si c'était elle qui m'avait écrit ces e-mails et ces lettres.

— Et ? C'était elle ?

— Je n'ai pas eu l'occasion de le lui demander. Nous attendions dans l'auto, il était environ 23 heures, 23 h 30 quand Nathalie est arrivée. Je veux dire Nadja. Elle s'appelle maintenant Nadja von Bredow.

Bodenstein échangea un regard avec Pia.

— Elle a fait le tour du parking, continua Lauterbach, en regardant dans les buissons puis elle est allée vers l'arrêt de bus. Ce n'est qu'alors que nous avons vu qu'il y avait un homme dessous. Nadja a essayé de réveiller l'homme mais en vain. Finalement elle est partie. Claudius a appelé le *Cheval Noir* sur son mobile et a demandé Amelie, mais Mme Jagielski a dit qu'elle était partie depuis longtemps. Après cela, Claudius et moi sommes allés à son bureau. Il avait peur que la police vienne fureter d'ici peu. Il n'avait pas besoin d'une perquisition et il voulait mettre à l'abri quelques documents explosifs.

— Quels documents ? demanda Bodenstein.

Gregor Lauterbach renâcla un peu mais pas longtemps.

— Au fil des années, Claudius Terlinden a pratiqué la corruption à grande échelle. Il a toujours été riche mais il n'a vraiment gagné de l'argent que depuis la fin des années 1990, quand son entreprise a pris de l'expansion et qu'il l'a introduite en Bourse. Il a acquis ainsi une grande influence sur l'économie et la politique. Les meilleures affaires, il les a faites avec les pays contre lesquels il y avait officiellement un embargo, comme l'Iran ou la Corée du Nord. Ces documents, il voulait les faire disparaître dans la soirée, conclut Lauterbach. À présent qu'il n'était plus directement question de lui, il reprenait de l'assurance. Mais il ne voulait pas les détruire, nous les avons apportés dans mon appartement d'Idstein.

— Ah ah !

— Je n'ai rien à voir avec la disparition d'Amelie et de Thies, affirma Lauterbach. Et je n'ai jamais tué personne.

— On verra, dit Bodenstein en rassemblant les photos et en les remettant dans le dossier. Vous pouvez rentrer chez vous. Mais vous restez sous surveillance policière et votre téléphone sera placé sur écoute. Par ailleurs je vous demande de vous tenir à notre disposition. Vous devez me prévenir de toute façon avant de quitter votre maison.

Lauterbach acquiesça humblement.

— Pouvez-vous au moins faire en sorte que mon nom ne soit pas livré en pâture à la presse ?

— Avec la meilleure volonté du monde, je ne peux pas vous le promettre, dit Bodenstein en tendant la main. Les clés de votre appartement d'Idstein, s'il vous plaît.

DIMANCHE 23 NOVEMBRE 2008

Pia n'avait pas dormi de la nuit et elle était déjà sur ses jambes quand, à 5 h 15, arriva l'appel de l'équipe en planque devant l'appartement de Nadja von Bredow à Francfort : elle était revenue.

— J'arrive, dit Pia. Attendez-moi.

Elle jeta la botte de foin qu'elle avait coincée sous le bras par-dessus la porte du box et ferma son mobile. Ce n'était pas seulement l'enquête qui l'avait tenue éveillée. Le lendemain, à 15 h 30, elle avait rendez-vous avec le service d'urbanisme au sujet du Birkenhof. Si l'ordre de démolition n'était pas retiré, Christoph, elle et les bêtes se retrouveraient sans toit.

Ces derniers jours, Christoph avait remué ciel et terre et son optimisme du début s'était envolé. Ceux qui avaient vendu le Birkenhof à Pia lui avaient caché que le terrain sur lequel était bâtie la maison était inconstructible à cause des lignes à haute tension de MKV*. Le père du vendeur avait construit un cabanon après la guerre, puis l'avait agrandi au fil des années. Pendant soixante ans personne n'avait rien remarqué jusqu'à ce que, sans savoir qu'elle était dans l'illégalité, elle dépose une demande de permis

* MKV Metall : groupe industriel qui construit entre autres les lignes électriques haute tension.

de construire. Pia nourrit rapidement la volaille puis elle appela Bodenstein. Comme il ne répondait pas, elle lui envoya un SMS, puis elle revint vers la maison qui lui parut soudain étrangère. Elle se glissa sur la pointe des pieds dans la chambre.

— Tu dois y aller ? demanda Christoph.

— Oui. Je t'ai réveillé ?

Elle alluma la lumière.

— Non. Je ne pouvais pas dormir. Il l'observait la tête appuyée sur la main. J'ai passé la moitié de la nuit à réfléchir à ce que nous devrons faire si ça devient sérieux.

— Moi aussi, dit Pia en s'asseyant sur le bord du lit. En tout cas je porterais plainte contre ces salauds qui m'ont vendu la ferme. Ils m'ont sournoisement dupée, c'est clair !

— Il nous faudra le prouver, objecta Christoph. Je dois rencontrer aujourd'hui un ami qui s'y connaît dans ce genre de choses. Ne faisons rien avant.

Pia poussa un soupir.

— Je suis si heureuse que tu sois là, dit-elle doucement. Je ne sais pas ce que je ferais toute seule.

— Si je n'avais pas débarqué dans ta vie, tu n'aurais pas déposé une demande de permis de construire et il ne se serait rien passé, dit Christoph avec un sourire moqueur. Ne t'inquiète pas. Fais ton job et laisse-moi m'occuper de tout ça, OK ?

— OK. Pia réussit à sourire. Elle se pencha sur Christoph et lui donna un baiser. Je ne sais pas à quelle heure je vais rentrer.

— Ne te préoccupe pas de moi, dit Christoph en lui souriant en retour. Je suis de service au zoo.

Il reconnut la silhouette familière de loin. Elle se tenait sous la lumière du réverbère, devant sa voiture à lui, et ses cheveux roux étaient l'unique tache de couleur dans cette obscurité. Bodenstein eut un moment d'hésitation avant de se diriger vers elle. Cosima n'était pas le genre de femme qui se laissait raccrocher au nez. Il aurait dû savoir qu'elle arriverait à le joindre tôt ou tard, même si l'enquête l'accaparait. Cependant il ne s'y était pas préparé et se sentait à son désavantage.

— Qu'est-ce que tu veux ? demanda-t-il sans aménité. Je n'ai pas le temps.

— Tu ne m'as pas rappelée. Je dois te parler.

— Ah, pour une fois !

Il était devant elle, observant son visage pâle, maître de soi. Son cœur battait à se rompre et il avait de la peine à garder son calme.

— Pendant des semaines tu n'en as pas éprouvé le besoin. Va retrouver ton Russe, si tu as besoin de parler.

Il sortit ses clés d'auto mais elle ne s'écarta pas.

— Je veux t'expliquer, commença-t-elle.

Bodenstein ne la laissa pas continuer. Il avait peu dormi et devait absolument se tirer de là, pensa-t-il, il n'y avait pas d'endroit pire que celui-ci pour avoir une vraie conversation.

— Et moi je ne veux pas t'écouter, l'interrompit-il, et je n'ai vraiment pas le temps.

— Oliver, crois-moi, je t'en prie, je ne voulais pas te faire du mal. Cosima tendit la main vers lui puis la laissa retomber en le voyant reculer. Son souffle formait un nuage blanc dans la lumière froide de l'aube. Je ne voulais pas aller si loin mais…

— Arrête, cria-t-il brusquement. Tu m'*as* fait du mal ! Plus de mal que personne ne m'a jamais fait !

Je n'accepte pas tes excuses et tes justifications, ce que tu dis n'y changera rien. Tu as tout détruit ! Tout !

Cosima se tut.

— Qui sait combien de fois tu m'as fait cocu, aussi routinièrement que tu m'as trompé et menti, continua-t-il en serrant les dents. Qu'est-ce que tu as fait pendant tous ces voyages ? Dans combien de lits tu t'es vautrée, pendant que ton petit-bourgeois de mari couillon et crédule t'attendait à la maison avec les enfants ? Ça t'a sans doute amusée de me voir si bêtement fidèle.

Comme de la lave empoisonnée, ces paroles jaillissaient de son être intérieur offensé. Enfin la frustration accumulée se déchargeait. Cosima laissa passer l'orage sans faire mine de s'excuser.

— Vraisemblablement Sophia n'est pas ma fille mais celle d'un de ces types louches dont tu aimes tellement t'entourer !

Il s'arrêta comme s'il prenait conscience de l'énormité de son reproche. Mais à présent qu'il le lui avait dit, il ne pouvait plus revenir en arrière.

— Je me serais jeté dans le feu pour notre couple, dit-il d'une voix étouffée. Mais tu m'as menti et trompé. Je ne pourrai plus jamais avoir confiance en toi.

Cosima se raidit.

— Je n'aurais jamais cru que tu réagirais ainsi, répliqua-t-elle froidement. Infatué de toi-même et intransigeant. Tu vois tout de ton point de vue égoïste.

— Et de quel point de vue je pourrais le faire ? De celui de ton amant russe ? dit-il en écumant. L'égoïste de nous deux, c'est toi ! Pendant vingt ans, tu ne t'es jamais préoccupée de moi quand tu partais pendant des semaines. Cela ne me plaisait pas, mais je l'ai accepté parce que ton travail était une partie de toi. Puis tu t'es retrouvée enceinte. Tu ne m'as pas demandé si je voulais un autre enfant, tu as décidé toute seule et tu m'as mis devant le fait accompli. Et tu savais très bien que tu ne pourrais plus courir le monde avec un enfant en bas âge. Par ennui tu t'es jetée dans une aventure – et à présent tu viens me dire que je suis un égoïste ? Si ce n'était pas si triste, ce serait comique !

— Quand Lorenz et Rosi étaient petits, ça ne m'a pas empêchée de travailler. Tu en assumais toi aussi la responsabilité, répliqua Cosima. Mais je ne veux pas discuter avec toi. C'est arrivé. Je suis très coupable mais je ne vais pas me couvrir la tête de cendres jusqu'à ce que tu consentes à me pardonner.

— Pourquoi tu es venue alors ?

Le mobile dans la poche de son manteau se mit à vibrer mais il n'y prit pas garde.

— Après Noël, je vais accompagner l'expédition de Gavrilow à travers le passage du Nord-Est, dit Cosima. Tu devras t'occuper de Sophia pendant ce temps.

Bodenstein regarda sa femme, sans voix, comme si elle l'avait giflé. Cosima n'était pas venue pour s'excuser, elle avait décidé de son avenir depuis longtemps. Un avenir où, apparemment, elle n'avait prévu pour lui qu'un job de garde d'enfants. Ses genoux devinrent mous comme du beurre.

— Ce n'est pas sérieux, souffla-t-il.

— Si. J'ai déjà signé le contrat il y a quelques semaines. Il était évident que ça ne te plairait pas, dit-elle en haussant les épaules. Je regrette que ça se soit passé comme ça, honnêtement. Mais j'ai beaucoup réfléchi pendant ces derniers mois. J'aurais regretté toute ma vie de n'avoir pas fait ce film…

Elle continua à parler mais ses paroles ne l'atteignaient plus. Le plus important, il l'avait compris : au fond d'elle-même elle l'avait abandonné depuis longtemps, l'avait expulsé de sa vie. Finalement il n'avait jamais été entièrement sûr d'elle. Toutes ces années, il avait cru que la totale opposition de leurs caractères formait la particularité de leur relation, le sel dans la soupe, mais maintenant il comprenait qu'ils n'avaient simplement rien en commun. Son cœur se serra douloureusement.

Et, à présent, elle agissait comme elle l'avait fait tant de fois : elle avait pris une décision, et il devait l'accepter. C'était elle qui commandait. C'est avec son argent qu'ils avaient acheté le terrain à Kelkheim et construit leur maison. Il n'aurait jamais pu se payer tout ça. C'était douloureux, mais pour la première fois, dans ce petit matin couvert de novembre, il ne voyait plus en Cosima la compagne de sa vie, belle, séduisante et sûre d'elle-même, mais une femme qui imposait ses projets et sa volonté sans le moindre scrupule. Comment avait-il pu être stupide et aveugle si longtemps !

Le sang bruissait dans ses oreilles. Elle avait cessé de parler et elle le regardait impassible, attendant sa réponse. Il cligna des yeux. Le visage de Cosima, la voiture, le parking – tout disparut devant ses yeux. Elle n'allait pas partir avec un autre homme. Elle n'allait pas vivre sa vie, une vie où il n'y avait plus de place pour lui. Soudain la jalousie et la haine le submergèrent. Il fit un pas vers elle, lui attrapa le poignet. Effrayée, elle voulut reculer mais il lui serrait la main comme dans un étau. Sa froide supériorité avait disparu, elle écarquilla les yeux, prise de peur et ouvrit la bouche pour crier.

À 6h30, Pia avait décidé de se rendre seule chez Nadja von Bredow. Bodenstein n'ouvrait pas son mobile et n'avait pas réagi à son SMS. Comme elle allait presser sur la sonnette, la porte s'ouvrit et un homme sortit. Pia et les deux collègues en civil, qui avaient surveillé l'appartement, l'ignorèrent.

— Stop ! dit l'homme. Un quinquagénaire déjà grisonnant, aux lunettes rondes en écaille, leur barra la route. On n'entre pas ici comme dans un moulin ! Qui demandez-vous ?

— Ça ne vous regarde pas, répondit Pia sèchement.

— Comment ça ?

L'homme se planta devant l'ascenseur, croisa les bras et les considéra avec hauteur.

— Je suis le président des copropriétaires de cet immeuble. Ici personne ne peut entrer comme ça.

— Nous sommes de la Kripo.

— Ah oui, vous avez votre insigne ?

Pia commençait à bouillir de colère. Elle sortit son insigne et le brandit devant le nez de l'homme. Puis, sans un mot, elle prit la direction de l'escalier.

— Tu attends en bas, dit-elle à l'un de ses collègues. Toi, tu montes avec moi.

Ils étaient à peine arrivés devant le penthouse que celui-ci s'ouvrit. Nadja von Bredow parut étonnée.

— Je vous avais dit d'attendre en bas, dit-elle d'un ton peu aimable. Mais puisque vous êtes là, je peux vous offrir un café.

— Vous partez en voyage ? dit Pia en comprenant que Nadja von Bredow la prenait pour le chauffeur de taxi ; ils étaient arrivés à temps.

— Ça vous regarde ? répondit celle-ci avec agacement.

— Beaucoup, je crois.

Et Pia tendit sa carte de police.

— Pia Kirchhoff, Kripo de Hofheim.

Nadja la considéra en serrant les lèvres. Elle portait une veste Wellensteyn avec un col de fourrure, un jean et des bottes. Elle avait attaché ses cheveux blonds avec un simple ruban, mais son maquillage appuyé ne pouvait pas cacher les cernes sous ses yeux rougis.

— Vous tombez mal. J'ai un avion à prendre.

— Vous devrez ajourner votre vol. J'ai quelques questions à vous poser.

— Je n'ai pas le temps, dit-elle en fermant les pressions de sa veste.

— Où partez-vous ?

— En voyage.

— Ah oui. Et où est Tobias Sartorius ?

Nadja von Bredow regarda Pia avec des yeux verts étonnés.

— Pourquoi le saurais-je ?

Son étonnement semblait sincère mais elle était aussi l'actrice la mieux payée d'Allemagne.

— Parce que vous l'avez emmené après l'enterrement de Laura Wagner alors qu'il devait venir chez nous pour y être interrogé.

— Qui affirme cela ?

— Le père de Tobias. Alors ?

L'ascenseur arrivait, la porte coulissa. Nadja se tourna vers Pia et sourit d'un air moqueur.

— J'espère que vous ne croyez pas tout ce qu'il raconte. “La police, ton ami et ton secours”, dit-elle en regardant le collègue de Pia. Vous m'aiderez bien à porter ma valise jusqu'à l'ascenseur ?

Comme celui-ci s'apprêtait en effet à attraper la valise, Pia le retint par le col de sa veste.

— Où est Amelie ? Qu'est-ce que vous en avez fait ?

— Moi ? dit Nadja von Bredow en ouvrant de grands yeux. Mais rien ! Pourquoi j'aurais dû lui faire quelque chose ?

— Parce que Thies a donné des tableaux à Amelie qui prouvent clairement que vous étiez présente quand votre amie Laura s'est fait violer, de même que vous avez été témoin quand Gregor Lauterbach a fait l'amour dans la grange avec Stefanie. Après quoi vous avez frappé Stefanie à coups de cric.

À son étonnement, Nadja von Bredow se mit à rire.

— Qui vous a raconté ces idioties ?

Pia parvint à se contenir avec peine. Elle avait envie d'attraper cette femme et de la gifler.

— Vos amis, Jörg, Felix et Michael ont fait des aveux complets, dit-elle. Laura vivait encore quand vous leur avez ordonné de l'enlever de là. Vous avez dû craindre qu'Amelie et Thies et ses images révèlent la vérité. Il était donc dans votre intérêt de la faire disparaître.

— Mon Dieu, dit Nadja sans montrer la moindre inquiétude. Même un scénariste n'inventerait pas une niaiserie aussi inouïe. J'ai vu Amelie une seule fois et j'ignore où elle est.

— Vous mentez. Vous étiez samedi sur le parking du *Cheval Noir* et vous avez jeté le sac à dos d'Amelie dans un buisson.

— Vraiment ?

Nadja regarda Pia en fronçant les sourcils comme si celle-ci l'exaspérait.

— Qui affirme cela ?

— On vous a vue.

— Je suis capable de beaucoup de choses, répondit-elle sur un ton sarcastique, mais je ne peux pas me trouver à deux endroits en même temps. Samedi, j'étais à Hambourg, il y a des témoins.

— Qui ?

— Je peux vous donner leurs noms et leurs numéros de téléphone.

— Qu'est-ce que vous faisiez à Hambourg ?

— Je travaillais.

— Ce n'est pas vrai. Votre manager nous a dit que ce soir-là vous n'aviez aucun tournage.

Nadja von Bredow regarda sa coûteuse montre et fit la moue pour bien montrer qu'elle en avait assez de cette perte de temps.

— J'étais à Hambourg et j'ai présenté un gala avec mon collègue Torsten Gottwall devant à peu près quatre cents personnes, gala qui a été diffusé sur NDR. Je ne peux pas vous donner le numéro de téléphone de tous les gens qui étaient présents mais celui du régisseur, de Torsten et de quelques autres. Ça devrait suffire pour prouver que je ne pouvais pas être en même temps sur un parking à Altenhain, non ?

— Épargnez-nous vos sarcasmes, répliqua sèchement Pia. Prenez une de vos valises, mon collègue se fera un plaisir de la porter dans notre voiture.

— C'est dingue. La police se convertit en société de taxis.

— Avec le plus grand plaisir, répondit froidement Pia. Surtout si c'est pour vous conduire directement en cellule.

— Mais c'est ridicule !

Nadja von Bredow paraissait peu à peu comprendre qu'elle était sérieusement dans le pétrin. Une profonde ride apparut entre ses sourcils soigneusement épilés.

— J'ai vraiment un rendez-vous important à Hambourg.

— Plus maintenant. Vous êtes en état d'arrestation.

— Et pourquoi, si je peux me permettre ?

— Pour avoir accepté de dissimuler la mort de votre camarade de classe Laura Wagner, dit Pia avec un sourire satisfait. Vous savez certainement par vos téléfilms qu'on appelle aussi cela : complicité de meurtre.

Quand les deux collègues furent partis en direction de Hofheim avec Nadja von Bredow sur le siège arrière, Pia essaya de nouveau de joindre Bodenstein. Finalement il répondit.

— Où tu étais passé ? demanda Pia furieuse, en calant le mobile entre son menton et son épaule pour boucler la ceinture de sécurité. J'essaie de te joindre depuis une demi-heure ! Tu peux t'épargner de venir à Francfort. J'ai arrêté Nadja von Bredow et je l'ai fait conduire au commissariat.

Bodenstein répondit mais il parlait d'une voix si indistincte qu'elle ne comprit pas ce qu'il disait.

— Je ne t'entends pas, dit-elle, agacée. Qu'est-ce qui se passe ?

— ... eu un accident... attends la dépanneuse... sortie de la Messe... station-service...

— Encore ! Attends-moi là-bas. Je viens te chercher.

Pia mit fin à la conversation en jurant et démarra. Elle avait l'impression d'être toute seule justement à un moment où ils ne pouvaient se permettre aucune erreur et devaient conserver une vue d'ensemble. La moindre inattention et l'enquête était fichue ! Elle accéléra. À cette heure matinale et un dimanche qui plus est, les rues étaient vides. Pour aller de Gutleutviertel à Hauptbahnhof et de là à la Messe, elle mit à peine dix minutes là où, en semaine, il lui aurait fallu une demi-heure. À la radio passait une chanson d'Amy Macdonald que Pia avait aimée au début, mais qu'elle ne pouvait plus souffrir depuis qu'elle passait en boucle sur les ondes. Il était presque 8 heures quand elle aperçut, sur la voie opposée, dans la grisaille du matin en train de se lever, les clignotants orange de la dépanneuse qui enlevait les restes de la BMW de Bodenstein. Elle fit demi-tour au croisement suivant. Quelques minutes plus tard elle se rangeait devant la dépanneuse et une voiture de patrouille. Bodenstein, le visage livide, était assis sur la glissière de sécurité, les coudes sur les genoux, le regard vide.

— Qu'est-ce qui s'est passé ? demanda Pia à un collègue en uniforme, après s'être présentée et avoir jeté un coup d'œil à son chef.

— C'est sans doute en voulant éviter un animal, répondit l'agent. La voiture est bonne pour la casse. Il refuse qu'on le conduise à l'hôpital.

— Je m'en occupe. Merci beaucoup.

Elle se retourna. La dépanneuse s'ébranla, mais Bodenstein ne leva pas la tête.

— Eh ! dit Pia en se plaçant devant lui.

Qu'est-ce qu'elle pouvait lui dire ? De rentrer chez lui ? À supposer que ce soit encore possible, il refuserait. Bodenstein poussa un profond soupir. Il avait l'air perdu.

— Elle part quatre semaines avec lui faire un tour du monde, juste après Noël, dit-il d'une voix sans timbre. Son travail est plus important que moi et les enfants. Elle avait déjà signé le contrat en septembre.

Pia hésita. Une simple banalité comme : ça va aller ou courage, aurait été déplacée. Il lui faisait vraiment pitié mais le temps pressait. Au commissariat ne les attendait pas seulement Nadja von Bredow mais tous les membres disponibles de la RKI.

— Viens Oliver. Elle avait envie de le prendre par le bras et de le traîner dans l'auto, mais elle se força à la patience. Nous ne pouvons pas rester ici sur l'accotement.

Bodenstein ferma les yeux et se frotta la racine du nez entre le pouce et l'index.

— Je me consacre depuis vingt-six ans aux meurtriers et aux assassins, dit-il d'une voix rauque. Et je n'arrivais pas à imaginer comment un homme pouvait en tuer un autre. Mais ce matin pour la première fois, j'ai compris. Je crois que j'aurais pu l'étrangler sur le parking, si mon père et mon frère n'étaient pas intervenus.

Il serrait les bras autour de son buste comme s'il avait froid et regarda Pia avec des yeux gonflés.

— Jamais, de toute ma vie, je ne me suis senti aussi floué.

La salle d'interrogatoire pouvait à peine contenir tous les policiers de l'Inspection judiciaire régionale qu'Ostermann avait rameutés. Comme, après son accident, Bodenstein paraissait hors d'état de prendre la direction de l'intervention, Pia prit la parole. Elle demanda le silence, fit un topo sur la situation, énuméra les faits et rappela aux collègues que la priorité des priorités était de retrouver Amelie Fröhlich et Thies Terlinden. Behnke étant absent, personne ne mit l'autorité de Pia en question et tous l'écoutèrent attentivement. Le regard de Pia tomba sur Bodenstein qui se tenait en retrait, appuyé contre le mur, à côté de Nicole Engel. Elle était allée lui chercher un café à la station-service et avait vidé dedans une mignonnette de cognac. Il avait bu sans protester et avait paru aller un peu mieux. Mais il était toujours sous le choc.

— Les principaux suspects sont Gregor Lauterbach, Claudius Terlinden et Nadja von Bredow, dit Pia en s'approchant de l'écran sur lequel Ostermann avait projeté la carte d'Altenhain et de sa région. Ces trois-là ont tout à perdre si quelque chose de ce qui s'est passé autrefois à Altenhain refait surface. Le soir de la disparition d'Amelie, Terlinden et Lauterbach venaient de cette direction. Elle montra la Feldstrasse. Avant, ils étaient allés à Idstein mais la maison a été fouillée. Vous devez maintenant vous concentrer sur le *Cheval Noir*. Le propriétaire et sa femme sont de mèche avec Terlinden, il est donc possible qu'ils lui aient rendu un service. Il est aussi possible qu'Amelie n'ait pas quitté le *Cheval Noir* ce soir-là. En outre, chaque habitant autour du parking doit être interrogé encore une fois. Kai, les mandats d'arrêt sont arrivés ?

Ostermann acquiesça de la tête.

— Bon. Jörg Richter, Felix Pietsch et Michael Dombrowski seront conduits ici par Kathrin et les collègues de la police municipale. Deux équipes de deux personnes interrogeront pendant ce temps Claudius Terlinden et Gregor Lauterbach. Nous avons des mandats d'arrêt pour les deux.

— Qui va chez Lauterbach et Terlinden ? demanda quelqu'un.

— Le commissaire Bodenstein et la conseillère judiciaire Engel entreprendront Lauterbach. Moi j'irai chez Terlinden.

— Avec qui ?

Bonne question. Behnke et Hasse n'étaient plus là. Pia parcourut la rangée de visages avant de se décider.

— Sven viendra avec moi.

Le collègue de la SB21 interpellé ouvrit de grands yeux. Pris de doute, il se désigna lui-même du doigt. Pia acquiesça.

— D'autres questions ?

Il n'y en avait pas. L'assemblée se dispersa dans un brouhaha de voix et un bruit de chaises. Pia se faufila vers Bodenstein et Nicole Engel.

— Vous êtes d'accord ? demanda-t-elle.

— Oui, naturellement, dit Nicole Engel, puis elle prit Pia à part.

— Pourquoi vous vous êtes décidée pour Jansen ?

— Une inspiration soudaine, dit Pia en haussant les épaules. J'ai souvent entendu dire par son chef qu'il était content de Sven.

Nicole Engel acquiesça. Dans d'autres circonstances, l'expression énigmatique de son regard aurait fait douter Pia de sa décision mais à présent elle n'avait pas le temps. L'inspecteur Sven Jansen approchait. Pendant qu'ils descendaient, Pia lui expliqua brièvement ce qu'elle attendait de l'interrogatoire concomitant des deux suspects et comment elle pensait procéder. Sur le parking, les deux groupes se séparèrent. Bodenstein retint Pia un instant.

— Bon travail, dit-il simplement. Et merci.

Bodenstein et Nicole Engel attendirent en silence dans la voiture devant la maison de Lauterbach jusqu'à ce que Pia les appelle pour leur dire qu'elle et Jansen étaient arrivés chez Terlinden. Ils descendirent alors et sonnèrent à la même seconde chez Lauterbach. Celui-ci mit un moment avant d'ouvrir la porte. Il portait un peignoir en éponge sur lequel était imprimé le logo d'une chaîne d'hôtels internationale.

— Que voulez-vous ? demanda-t-il en les toisant avec des yeux bouffis. Je vous ai tout dit.

— Nous aimons poser les questions plusieurs fois, répondit poliment Bodenstein. Votre femme est-elle là ?

— Non. Elle est à un congrès à Munich. Pourquoi vous voulez le savoir ?

— Comme ça, dit Bodenstein.

Nicole Engel, qui avait son mobile à l'oreille, fit un signe à Bodenstein. Pia et Sven étaient en ce moment dans la villa de Terlinden. Obéissant à ce qui avait été convenu, Bodenstein posa la première question au ministre de l'Éducation.

— Monsieur Lauterbach, commença-t-il. Revenons sur cette soirée où vous avez attendu Amelie sur le parking du *Cheval Noir* avec votre voisin.

Lauterbach acquiesça d'un air inquiet. Son regard se tourna vers Nicole Engel. Il paraissait irrité qu'elle téléphone.

— Vous avez vu Nadja von Bredow.

Lauterbach acquiesça à nouveau.

— Vous en êtes vraiment sûr ?

— Oui.

— À quoi avez-vous reconnu Mme von Bredow ?

— Je… je ne sais pas. Je la connais bien.

Il déglutit nerveusement quand Nicole Engel tendit son téléphone à Bodenstein. Bodenstein parcourut le SMS que Sven Jansen leur avait envoyé. Claudius Terlinden – au contraire de Lauterbach – disait ne pas avoir vu quelqu'un de particulier sur le parking ce samedi soir. Plusieurs personnes étaient entrées dans l'auberge, d'autres en étaient sorties. En outre il avait vu une silhouette assise sous l'arrêt de bus mais il n'avait pas reconnu qui c'était.

— Bon, dit Bodenstein en respirant profondément. Vous et M. Terlinden vous auriez dû un peu mieux vous concerter. Au contraire de vous, M. Terlinden n'a en effet reconnu personne.

Lauterbach rougit. Il bafouilla un instant, mais soutint cependant qu'il avait bien vu Nadja von Bredow. Il était même prêt à le jurer.

— Elle était à Hambourg ce soir-là, dit Bodenstein en lui coupant la parole.

Gregor Lauterbach était pour quelque chose dans la disparition d'Amelie, il en était maintenant presque certain. Mais instantanément un doute lui vint. Et si Nadja von Bredow mentait ? Et s'ils s'étaient débarrassés d'un danger potentiel ensemble ? Ou bien était-ce Claudius Terlinden qui mentait ? Les pensées tournaient dans la tête de Bodenstein et soudain il fut envahi par une certitude bouleversante : il avait laissé passer quelque chose d'extrêmement important. Il croisa le regard interrogateur de Nicole Engel. Comme si elle avait senti son incertitude, c'est elle qui prit la parole.

— Vous mentez, monsieur Lauterbach, dit-elle froidement. Pourquoi ? Qu'est-ce qui vous a fait penser que Nadja von Bredow était sur le parking ?

— Je ne dirai plus rien sans mon avocat.

Lauterbach était à bout de nerfs, il passait alternativement du blanc au rouge.

— C'est votre droit, acquiesça-t-elle. Convoquez-le à Hofheim. Nous allons vous y conduire.

— Vous ne pouvez pas m'arrêter, protesta Lauterbach, je suis protégé par mon immunité.

Le mobile de Bodenstein sonna. C'était Kathrin Fachinger. Elle paraissait proche de la crise d'hystérie.

— … sais pas ce que je dois faire ! Il a eu soudain une arme à la main et il s'est tiré une balle dans la tête ! Merde, merde, merde ! Ici c'est la panique !

— Kathrin, calmez-vous ! dit Bodenstein en se tournant vers Nicole Engel qui était en train de montrer le mandat d'amener à Lauterbach. Où êtes-vous ?

On entendait des cris et du tumulte en arrière-fond.

— Nous voulions appréhender Jörg.

La voix de Kathrin Fachinger tremblait. Elle était dépassée par la situation qui apparemment était en train de dégénérer.

— Ses parents sont arrivés et nous leur avons montré le mandat d'arrêt. Alors le père a ouvert un tiroir, il a sorti un pistolet, l'a mis sur sa tempe et il a tiré ! Et maintenant la mère a le pistolet dans la main et elle veut nous empêcher d'emmener son fils ! Qu'est-ce que je dois faire !

La panique dans la voix de sa jeune collègue tira Bodenstein de sa propre hébétude. Son cerveau se remit à fonctionner.

— Ne faites rien, Kathrin. Je serai là dans quelques minutes.

La Hauptstrasse d'Altenhain était bloquée. Devant le magasin des Richter, deux ambulances avec leurs clignotants et plusieurs voitures de patrouille barraient le passage. Des curieux se pressaient derrière les rubans de protection. Bodenstein trouva Kathrin Fachinger dans la cour. Elle était assise sur l'escalier qui conduisait à la porte à l'arrière du magasin, le visage blanc comme neige et incapable de retrouver son calme. Il lui posa brièvement la main sur l'épaule et vit qu'elle n'était pas blessée. Dans la maison régnaient le chaos et le désespoir. Un médecin et un urgentiste s'affairaient autour de Lutz Richter qui gisait dans une flaque de sang sur le carrelage du couloir, un autre médecin s'occupait de la femme.

— Qu'est-ce qui s'est passé ? demanda Bodenstein. Où est l'arme ?

— Ici, dit un agent en uniforme en lui tendant un sachet en plastique. L'homme vit encore, la femme est sous le choc.

— Où est Jörg Richter ?

— En route pour Hofheim.

Bodenstein regarda autour de lui. À travers une porte vitrée fermée, il aperçut confusément l'orange et le blanc de l'uniforme d'un urgentiste. Il ouvrit la porte et se figea à la vue du salon. Les murs étaient recouverts jusqu'au plafond de trophées de chasse et d'objets militaires : des sabres, des armes de collection, des casques, des armes. Sur le buffet, dans une armoire ouverte, sur plusieurs tables d'appoint et sur le sol s'entassaient des piles de vaisselle d'étain, des gobelets de cidre et tant de camelote qu'on en avait le souffle coupé. Dans un des fauteuils de peluche était assise Margot Richter, un goutte-à-goutte fixé au bras. À côté d'elle l'urgentiste tenait la poche de perfusion.

— On peut l'interroger ? demanda Bodenstein.

Le médecin acquiesça.

— Madame Richter, dit Bodenstein en s'accroupissant devant la femme, ce qui n'était pas facile au milieu de tout ce fourbi. Qu'est-ce qui s'est passé ? Pourquoi votre mari a-t-il fait ça ?

— Vous ne devez pas arrêter mon garçon, murmura Mme Richter.

Toute énergie et toute méchanceté semblaient avoir abandonné son corps maigre. Ses yeux étaient profondément enfoncés dans ses orbites.

— Il n'a rien fait.

— Qui c'était alors ?

— Mon mari est coupable de tout. Son regard erra çà et là, effleura Bodenstein et redevint lointain. Jörg voulait aller rechercher la fille mais mon mari a dit qu'il valait mieux la laisser. Puis il est allé là-bas, a posé une dalle sur la cuve et a entassé de la terre dessus.

— Pourquoi il a fait ça ?

— Pour avoir enfin la paix. La Laura aurait gâché la vie de notre garçon, alors que finalement il ne s'était pas passé grand-chose. C'était rien qu'une plaisanterie.

Bodenstein n'en croyait pas ses oreilles.

— Cette petite garce voulait aller dénoncer ses amis à la police. Alors que c'était elle la première coupable. Elle avait aguiché les jeunes toute la soirée. Brusquement elle revint au présent. Tout était réglé et voilà que le Jörg se met à raconter ce qui s'était passé autrefois ! Quelle andouille !

— Votre fils a une conscience, laissa échapper Bodenstein froidement et il se releva. Il avait perdu toute compassion pour cette femme. Rien n'était réglé – au contraire ! Ce que votre fils a fait n'était pas une peccadille. Viol et non-assistance à personne en danger sont des crimes majeurs.

— Pfeu ! dit amèrement Margot Richter en rejetant cela d'un revers de main et d'un hochement de tête. Personne ne parlait plus de cette vieille histoire. Et puis ils ont eu la trouille parce que Tobias a refait surface. Rien ne serait ressorti, s'ils l'avaient fermée, ces… ces dégonflés.

Nadja von Bredow acquiesça avec indifférence quand Pia lui annonça que son alibi de la soirée du samedi avait été vérifié et qu'il était confirmé.

— Très bien, dit-elle en jetant un coup d'œil à sa montre. Alors je peux m'en aller maintenant.

— Non, pas encore. Nous avons encore quelques questions.

— Bon. Allez-y.

Nadja regarda Pia avec de grands yeux ennuyés comme si elle avait de la peine à retenir un bâillement. Elle ne montrait pas la moindre nervosité et Pia ne pouvait pas se défaire de l'impression qu'elle jouait un rôle. Comment était donc la vraie Nathalie qui se cachait derrière la belle façade immaculée du personnage de Nadja von Bredow ?

— Pourquoi avez-vous demandé à Jörg d'inviter Tobias ce soir-là, en lui demandant de le retenir jusqu'à une heure avancée ?

— C'est sur Tobias que j'ai veillé, répondit Nadja sans ambages. Il n'avait pas vraiment pris au sérieux l'agression de la grange. Je voulais simplement le savoir en sécurité.

— Vraiment ? Pia feuilleta le dossier jusqu'à ce qu'elle trouve la traduction d'Ostermann du journal d'Amelie. Voulez-vous savoir ce qu'Amelie dit sur vous à la dernière page de son journal ?

— De toute façon vous me le lirez, dit Nadja en levant les yeux au ciel et en croisant ses longues jambes.

— Bien. Pia sourit… *Comment cette blonde s'est jetée sur Tobias, je trouve ça comique. Et comment elle m'a regardée ! Totalement jalouse, comme si elle aurait aimé me bouffer. Thies a été complètement paniqué quand j'ai prononcé ce nom : Nadja. C'est ça qui*… Pia leva les yeux. Ça ne vous plaisait pas qu'Amelie soit si familière avec Tobias, dit-elle. Vous avez utilisé Jörg Richter comme mouchard et vous avez fait en sorte qu'Amelie disparaisse.

— Ridicule !

Le sourire indifférent avait disparu du visage de Nadja. Soudain ses yeux lancèrent des éclairs. Pia se souvint de la remarque de Jörg Richter : jeune fille, elle avait en elle quelque chose qui faisait peur. Il avait dit qu'elle était violente.

— Vous étiez jalouse. Tobias vous a sans doute raconté qu'Amelie allait parfois chez lui. Je pense que vous avez eu peur que ça puisse marcher entre Amelie et Tobias. Franchement, madame von Bredow, Amelie ressemblait à Stefanie Schneeberger. Et Stefanie avait été son grand amour.

Nadja von Bredow se pencha un peu en avant.

— Qu'est-ce que vous savez du grand amour ? souffla-t-elle d'une voix dramatique, les yeux élargis, comme si elle avait reçu une consigne de la régie. J'aime Tobias depuis que nous nous connaissons. Je l'ai attendu pendant dix ans. Il a besoin de mon aide et de mon amour s'il ne veut pas retourner en prison.

— Cela doit vous faire de la peine que votre amour ne soit pas partagé, dit Pia pour l'asticoter, et elle vit avec satisfaction que le trait avait porté. Que vous ne puissiez même pas lui faire confiance vingt-quatre heures.

Nadja serra les lèvres. Son joli visage se contracta une fraction de seconde.

— Ce qu'il y a entre Tobias et moi ne vous regarde pas ! répondit-elle farouchement. Qu'est-ce que c'est que ces questions merdiques sur la soirée de samedi ?

Je n'étais pas là et je ne sais pas où était cette fille. Point final.

— Où est donc votre grand amour en ce moment ? insista Pia.

— Aucune idée, dit-elle. Ses yeux verts étincelants la fixaient sans ciller. Je l'aime mais je ne suis pas sa nounou. Bon, je peux m'en aller ?

Pia sentait monter la frustration. Elle ne pouvait pas prouver qu'elle avait quelque chose à voir avec la disparition d'Amelie.

— Vous vous êtes présentée chez Mme Fröhlich comme policière, intervint Bodenstein du fond de la pièce. On appelle cela une usurpation d'identité. Vous avez volé les tableaux que Thies avait donnés à Amelie. Et plus tard vous avez mis le feu à l'orangerie pour être sûre qu'il n'existait plus de toiles.

Nadja von Bredow ne tourna pas la tête vers Bodenstein.

— J'admets que j'ai utilisé une perruque et un insigne de police du magasin des accessoires pour trouver les tableaux dans la chambre d'Amelie. Mais je n'ai pas mis le feu.

— Qu'avez-vous fait de ces tableaux ?

— Je les ai découpés en petits morceaux et je les ai fait passer dans un déchiqueteur.

— Bien sûr. Puisque les images vous auraient démasquée comme meurtrière.

Pia tira les clichés des tableaux du dossier et les posa sur la table.

— Au contraire, dit Nadja en se renversant en arrière avec un sourire. Les toiles prouvaient mon innocence. Thies est vraiment un formidable observateur. À l'inverse de vous.

— Pourquoi ?

— Un vert pour vous est pareil à un vert. Et des cheveux courts à des cheveux courts. Regardez mieux la personne qui tue Stefanie. Comparez-la avec la personne qui regarde Laura se faire violer. Elle se pencha en avant, regarda brièvement les images et tapa du doigt sur une des figures. Ici, vous voyez ? La personne qui tue Stefanie a des cheveux foncés et si vous examinez cette image avec Laura – les cheveux sont beaucoup plus clairs et bouclés. Je dois vous expliquer que ce soir-là presque tout le monde à Altenhain portait un T-shirt vert avec le logo de la kermesse. C'était tiré d'un dicton si je me souviens bien.

Bodenstein compara les deux images.

— Vous avez raison, admit-il. Mais alors qui est l'autre personne ?

— Lauterbach, affirma Nadja von Bredow, confirmant ce que Bodenstein pensait déjà. J'étais dans la cour derrière la grange et j'attendais Stefanie. Je devais absolument lui parler du rôle de Blanche-Neige. Le rôle, elle s'en fichait, elle l'avait seulement accepté pour pouvoir passer officiellement plus de temps avec Lauterbach.

— Attendez, l'interrompit Bodenstein. M. Lauterbach nous a dit qu'il n'avait eu des rapports sexuels avec Stefanie qu'une seule fois. Justement ce soir-là.

— Il a menti, dit Nadja. Ils ont eu une liaison pendant tout l'été, alors qu'elle était officiellement avec Tobi. Lauterbach était fou d'elle et elle adorait ça. J'étais donc près de la grange lorsque Stefanie est sortie de la maison des Sartorius. Au moment où j'allais lui parler, Lauterbach a surgi. Je me suis cachée dans la grange et je n'en ai pas cru mes yeux quand je les ai vus se coucher dans le foin à quelques mètres de ma cachette. Il m'était impossible de m'éclipser et j'ai dû contempler ça pendant une demi-heure bien sonnée. Et les entendre casser du sucre sur mon dos.

— Et ça vous a mise tellement en colère que vous avez ensuite tué Stefanie.

— Oh non. Je n'ai pas pipé mot. Soudain Lauterbach s'est aperçu qu'en baisant il avait perdu son porte-clés. Il est devenu hystérique et s'est mis à retourner le foin à quatre pattes. Il en aurait presque chialé. Stefanie s'est moquée de lui. Ça l'a rendu fou de rage. Nadja eut un rire haineux. Il avait une peur panique de sa femme, c'est elle qui avait le fric et la maison aussi était à elle. Lui n'était qu'un minable petit professeur lubrique qui jouait le grand homme devant ses élèves. À la maison il faisait profil bas.

Bodenstein avala sa salive. Tout ça lui rappelait quelque chose. Cosima avait l'argent et lui n'avait pas voix au chapitre. Et ce matin, quand il en avait pris conscience, il avait eu envie de la tuer.

— À un moment Stefanie s'est fâchée. Elle s'était représenté tout cela de façon romantique et elle comprenait que son superbe bien-aimé n'était en réalité qu'un petit-bourgeois mort de frousse. Elle lui a proposé d'aller chercher sa femme pour qu'elle l'aide à chercher. Ce n'était qu'une plaisanterie, mais Lauterbach n'avait plus aucun humour. Stefanie a cru qu'elle avait la situation bien en main. Elle a continué de le taquiner en le menaçant de raconter leur liaison, jusqu'à ce qu'il finisse par péter les plombs. Quand elle a voulu quitter la grange, il l'a retenue. Ils se sont mis à se battre, elle lui a craché à la figure et il l'a giflée. Alors Stefanie est devenue mauvaise et lui a envoyé qu'elle en était parfaitement capable et qu'elle irait trouver sa femme. Il a attrapé le premier objet qui lui est tombé sous la main et il l'a frappée. Trois fois.

Pia acquiesça. La momie de Stefanie avait trois fractures au crâne. Cependant cela ne prouvait pas l'innocence de Nadja car il pouvait s'agir d'un fait que seul un malfaiteur peut connaître.

— Puis il est parti en courant, comme piqué par une tarentule. Au demeurant en T-shirt vert. La chemise en jean, il l'avait enlevée pour baiser. J'ai retrouvé les clés. Quand je suis sortie de la grange, Thies était agenouillé à côté de Stefanie. Veille bien sur ta jolie Blanche-Neige, je lui ai dit puis je suis partie. J'ai jeté le cric dans la poubelle des Lauterbach. Ça s'est passé comme ça et pas autrement.

— Vous avez donc toujours su que Tobias n'avait tué ni Laura ni Stefanie, constata Pia. Comment avez-vous pu supporter qu'il aille en prison si vous l'aimiez tellement ?

Nadja von Bredow ne répondit pas immédiatement. Elle était assise, raide comme un bâton. Ses doigts jouaient avec une des photos.

— J'étais en rogne contre lui, finit-elle par dire à voix basse. Pendant des années j'avais dû écouter ce qu'il racontait et faisait à l'une ou à l'autre, à quel point il était amoureux ou ne l'était plus. Il me demandait conseil, comment devait-il s'y prendre pour amener sa greluche dans son lit ou bien la larguer. J'étais sa *meilleure amie*... Elle eut un rire amer. En tant que femme, je ne l'intéressais pas. J'étais une évidence pour lui. Ensuite il est sorti avec Laura et elle ne voulait pas que je vienne avec eux quand ils allaient au cinéma ou à la piscine ou à une fête. J'étais la cinquième roue du carrosse, et Tobi ne remarquait rien !

Elle serra les lèvres, ses yeux se remplirent de larmes. Soudain elle était redevenue la jeune fille blessée et jalouse, le bouche-trou, la confidente du garçon le plus cool du village mais qui n'avait aucune chance de l'avoir pour elle. Malgré tous les succès qu'elle avait obtenus depuis, ces déceptions avaient laissé à jamais des cicatrices dans son âme.

— Et brusquement cette tarée de Stefanie est arrivée.

Sa voix était égale mais ses doigts qui déchiraient à présent la photo en petits morceaux montraient à quoi ressemblait le fond de son âme.

— Elle s'est jetée sur notre bande et a emballé Tobi. Brusquement tout avait changé. Puis elle a tourné la tête à Lauterbach et a obtenu le rôle de Blanche-Neige qu'il m'avait promis. On ne pouvait plus parler à Tobi. Plus personne ne l'intéressait. Pour lui il n'y avait plus que Stefanie, Stefanie, Stefanie ! Le visage de Nadja se révulsa de haine, elle secoua la tête. Aucun de nous ne pouvait croire que la police serait si nulle et qu'on allait vraiment le condamner. Je me suis dit que quelques semaines de tôle, il les avait bien méritées. Quand j'ai compris qu'il allait y avoir un procès, il était trop tard depuis longtemps pour dire quelque chose. Nous avions déjà trop menti et tu trop de choses. Mais je ne l'ai jamais laissé tomber. Je lui ai écrit régulièrement et je l'ai attendu. Je voulais tout racheter, oui, je voulais tout faire pour lui. Je voulais l'empêcher de retourner à Altenhain, mais il est si têtu !

— Vous ne *vouliez* pas l'empêcher, rectifia Bodenstein, vous *deviez* l'empêcher. Il aurait pu apprendre quel rôle vous aviez joué dans cette triste tragédie. Et il ne fallait pas que cela arrive. Vous avez joué l'amie fidèle.

Nadja eut un sourire glacial et ne répondit pas.

— Mais Tobias est retourné chez son père, continua Bodenstein, il ne pouvait pas s'en empêcher. Et ensuite est apparue Amelie Fröhlich qui ressemblait tant à Stefanie.

— Cette petite conne stupide a fourré son nez partout et elle a foutu la merde, dit Nadja les mâchoires serrées. Tobi et moi aurions recommencé, quelque part dans le monde, une nouvelle vie. J'avais assez d'argent. Altenhain n'aurait plus été qu'un mauvais souvenir.

— Et vous ne lui auriez jamais dit la vérité, dit Pia en secouant la tête. Une bonne base pour une liaison.

Nadja ne daigna pas la regarder.

— Vous avez vu une menace en Amelie, dit Bodenstein. Vous avez donc envoyé des lettres anonymes et des e-mails à Lauterbach. Vous saviez qu'il ferait quelque chose pour se protéger.

Nadja von Bredow haussa les épaules.

— En faisant cela, vous avez déclenché quelque chose de terrible.

— Je voulais empêcher que Tobias soit à nouveau blessé, affirma-t-elle. Il a assez souffert et moi…

— Foutaises ! dit Bodenstein en lui coupant la parole. Il s'approcha de la table et s'assit en face d'elle pour qu'elle soit obligée de le regarder. Vous vouliez empêcher qu'il découvre ce que vous aviez fait autrefois – plus exactement : ce que vous n'avez pas fait ! Vous auriez pu lui éviter le procès et la prison mais vous ne l'avez pas fait. Par vanité maladive, par jalousie enfantine. Vous avez vu comment sa famille a été rejetée et détruite par tout le village et par pur égoïsme vous avez volé dix ans de sa vie à votre grand amour, uniquement pour qu'un jour il soit totalement à vous. C'est le mobile le plus vulgaire qu'il m'a été donné de rencontrer !

— Vous ne comprenez pas, répliqua Nadja avec une soudaine amertume. Vous ne savez pas ce que c'est d'être constamment repoussée !

— Et maintenant il vous a à nouveau repoussée, n'est-ce pas ? dit Bodenstein en scrutant son visage pour enregistrer ses mimiques qui allaient de la haine à l'agressivité en passant par l'autocompassion. Il vous était profondément reconnaissant mais ça ne suffisait pas. Il vous aimait aujourd'hui aussi peu qu'autrefois. Et vous ne pouviez pas chaque fois espérer que quelqu'un éloignerait vos concurrentes de votre chemin.

Nadja von Bredow lui jeta un regard haineux. Un silence absolu régna un instant dans la salle d'interrogatoire.

— Qu'avez-vous fait de Tobias Sartorius ? demanda Bodenstein.

— Il n'a eu que ce qu'il méritait, répondit-elle. Si je ne peux pas l'avoir, aucune autre ne l'aura.

— Elle est totalement givrée, dit Pia quand Nadja fut sortie, emmenée par plusieurs policiers.

Elle avait fulminé et crié quand elle avait compris qu'on ne la laisserait pas partir. Bodenstein avait justifié le mandat d'arrêt sur la possibilité d'un délit de fuite, car Nadja von Bredow possédait des maisons et des appartements à l'étranger.

— Une psychopathe, constata-t-il. Aucun doute. Quand elle a compris que Tobias Sartorius ne l'aimait toujours pas, malgré tout ce qu'elle avait fait pour lui, elle l'a tué.

— Tu crois qu'il est mort ?

— J'en ai bien peur.

Bodenstein se leva de sa chaise quand Gregor Lauterbach entra, conduit par un policier. Son avocat apparut une seconde plus tard.

— Je voudrais m'entretenir avec mon client, demanda maître Anders.

— Vous le ferez plus tard, répliqua Bodenstein en toisant Lauterbach assis comme un misérable tas sur la chaise en plastique. Bon, nous allons crever l'abcès. Nadja von Bredow vous a lourdement chargé. Vous avez tué Stefanie Schneeberger avec un cric, le soir du 6 septembre 1997, devant la grange des Sartorius, parce que vous aviez peur qu'elle aille raconter votre liaison à votre femme. Stefanie vous en avait en effet menacé. Qu'avez-vous à répondre à cela ?

— Il n'a rien à répondre, répondit l'avocat à la place de Lauterbach.

— Vous avez soupçonné Thies d'avoir été un témoin oculaire et vous avez fait pression sur lui pour qu'il se taise.

Le mobile de Pia se manifesta. Elle jeta un coup d'œil sur l'écran et s'éloigna de la table. C'était Henning. Il avait analysé les médicaments que le Dr Lauterbach avait prescrits depuis des années.

— J'en ai parlé à un collègue de cardiologie psychiatrique, dit Henning. C'est un spécialiste de l'autisme et il a été choqué quand je lui ai faxé l'ordonnance. Ces médicaments sont absolument contre-productifs dans le traitement du syndrome d'Asperger.

— Dans quelle mesure ? demanda Pia en se bouchant l'autre oreille, car son chef avait élevé la voix et tempêtait contre Lauterbach et son avocat, lequel se contentait de répondre : sans commentaire ! comme s'il se trouvait déjà au milieu des médias devant le palais de justice.

— Quand on combine la benzodiazépine avec des neuroleptiques ou des sédatifs, leurs effets se renforcent mutuellement. Ces neuroleptiques que vous avez trouvés sont administrés en général dans des troubles psychotiques aigus avec obsessions et hallucinations ; les sédatifs pour calmer et la benzodiazépine pour supprimer l'angoisse. Mais ces derniers ont un autre effet qui pourrait être intéressant pour vous : ils rendent amnésique. Ça signifie que le patient n'a plus de souvenirs pendant la durée de l'effet. Dans notre cas, le médecin qui a prescrit ces médicaments à un autiste sur une longue période peut être rayé de l'ordre. Il s'agit au minimum de dommages corporels graves.

— Ton collègue peut rédiger une expertise.

— Oui, certainement.

Le cœur de Pia s'accéléra quand elle comprit ce que cela signifiait. Pendant onze ans, le Dr Lauterbach avait bourré Thies de drogues qui modifient la conscience pour le tenir sous contrôle. Ses parents croyaient que les médicaments prescrits étaient bénéfiques à leur fils. Pour quelle raison Daniela Lauterbach avait-elle fait ça ? C'était clair comme de l'eau de roche. Elle voulait protéger son mari. Mais soudain Amelie était arrivée et Thies avait arrêté de prendre ses médicaments.

Bodenstein venait d'ouvrir la porte. Lauterbach avait mis sa tête dans ses mains et sanglotait comme un enfant, pendant que l'avocat rangeait ses papiers dans son attaché-case. Un policier entra et emmena Gregor Lauterbach qui sanglotait.

— Il a avoué, dit Bodenstein d'un air extrêmement satisfait. Il a tué Stefanie. Que ce soit avec ou sans préméditation, ça n'a plus d'importance. Tobias est innocenté de ce meurtre.

— Je le savais depuis longtemps, dit Pia.

— Mais nous ne savons toujours pas où sont Amelie et Thies. Qui les a fait disparaître ? Pour moi, en tout cas, c'est clair. Nous étions sur de fausses pistes.

Il faisait froid, très froid. Le vent glacé hurlait et rugissait, les flocons de neige lui frappaient le visage comme de minuscules aiguilles. Il ne voyait plus rien, tout autour de lui était blanc, et ses yeux coulaient tellement qu'il était comme aveuglé. Ses pieds, son nez, ses doigts, il ne les sentait plus, il titubait à travers la tempête de neige d'une borne signalétique à l'autre pour ne pas perdre entièrement le sens de l'orientation. Le sentiment du temps, il l'avait perdu depuis longtemps et il ne plaçait plus son espoir que dans l'arrivée hasardeuse d'un chasse-neige. Pourquoi avançait-il encore ? Où pouvait-il aller ? Il arrivait à peine à tirer de la neige ses pieds devenus des glaçons dans ses minces tennis et il lui fallait déployer des efforts surhumains pour lutter pas à pas contre cet enfer blanc. Une fois de plus il trébucha et tomba à quatre pattes. Des larmes qui coulaient sur son visage se changeaient en glace. Tobias se laissa tomber en avant et resta étendu là. Chaque fibre de son corps lui faisait mal, son bras gauche qu'avait frappé le tisonnier était entièrement inerte. Elle s'était jetée sur lui comme une folle, l'avait battu, piétiné, lui avait craché dessus, ivre de colère et de haine. Puis elle avait quitté le chalet en courant et l'avait abandonné au milieu de nulle part dans les Alpes suisses. Pendant des heures, il était resté nu sur le sol, incapable de bouger, comme sous le choc. Il espérait et craignait en même temps qu'elle revienne. Mais elle n'était pas revenue.

Comment cela était-il arrivé ? Ils avaient passé une journée merveilleuse dans la neige, sous un ciel bleu acier, fait la cuisine, mangé puis ils avaient fait l'amour passionnément. Et soudain elle avait pété les plombs. Mais pourquoi ? Elle était pourtant son amie, sa plus vieille, plus intime et meilleure amie, celle qui ne l'avait jamais laissé tomber. Soudain la mémoire lui revint comme un éclair. Amelie, murmura-t-il avec des lèvres insensibles. Il avait mentionné le nom d'Amelie parce qu'il se faisait du souci pour elle et Nadja avait explosé. Tobias pressa ses poings contre ses oreilles et se força à se souvenir. Peu à peu dans son cerveau nébuleux apparurent les connexions qu'il n'avait pas voulu voir jusqu'ici. Nadja était depuis le début amoureuse de lui, mais il ne l'avait jamais compris. Comme elle avait dû souffrir quand il lui racontait en détail ses innombrables aventures ! Mais elle ne l'avait jamais laissé voir, lui donnant même des tuyaux et des conseils, comme le fait un bon copain. Tobias leva la tête, étourdi. La tempête avait faibli. Il résista à l'envie de rester simplement allongé dans la neige et se redressa, haletant, sur ses genoux raidis. Il se frotta les yeux. Effectivement ! En bas, dans la vallée il pouvait apercevoir des lumières ! Il se força à repartir. Nadja avait été jalouse de ses amies, même de Laura et de Stefanie. Et quand elle lui avait demandé dans le Waldrand si Amelie lui plaisait, il avait répondu candidement : oui. Mais comment aurait-il pu penser que Nadja, la célèbre actrice, soit jalouse d'une gamine de dix-sept ans ? Nadja avait-elle fait du mal à Amelie ? Mon Dieu ! Le désespoir lui redonna des jambes et le poussa en avant. Nadja avait une avance d'une nuit et d'un jour. S'il arrivait quelque chose à Amelie, ce serait sa faute car il avait parlé à Nadja des tableaux de Thies et lui avait dit qu'Amelie voulait l'aider. Il s'arrêta et ouvrit la bouche pour laisser passer un sauvage cri de colère qui fut répercuté par les montagnes. Il cria jusqu'à ce que ses cordes vocales lui fassent mal et que sa voix flanche.

Le Dr Daniela Lauterbach semblait s'être volatilisé. À son cabinet, on la croyait à un congrès à Munich, mais les recherches révélèrent qu'elle n'y était jamais arrivée. Son mobile était fermé. Sa voiture introuvable. C'était à devenir fou. En psychiatrie, on pensait possible qu'elle soit venue chercher Thies. Elle était médecin soignant de la clinique et personne ne faisait attention si elle pénétrait dans un service. Ce samedi-là, elle n'avait eu aucune urgence. Elle avait fait semblant d'avoir un appel et s'était mise à l'affût devant le *Cheval Noir*. Amelie la connaissait et était certainement montée dans sa voiture sans se méfier. Pour diriger les soupçons sur Tobias, elle avait glissé le mobile d'Amelie dans la poche de son pantalon quand elle l'avait ramené chez lui. C'était parfaitement agencé d'autant que le hasard lui était venu en aide. La perspective de retrouver Amelie et Thies vivants était pratiquement nulle.

À 22 heures, Bodenstein et Pia étaient encore dans la salle de réunion. Ils regardaient les informations de la télévision de la Hesse où passait l'avis de recherche de Daniela Lauterbach et où l'on annonçait l'arrestation de Nadja von Bredow. Des reporters et des caméramans attendaient encore devant le commissariat, avides de nouvelles sur Nadja von Bredow.

— Je crois que je vais rentrer, dit Pia en bâillant et en s'étirant. Tu veux que je te dépose quelque part ?

— Non, non, vas-y, dit Bodenstein. Je prendrai une voiture de service.

— Ça va aller ?

— Oui, dit Bodenstein en haussant les épaules. Ça ira. D'une façon ou d'une autre.

Elle lui jeta un regard pas vraiment convaincu puis elle attrapa sa veste et son sac et sortit. Bodenstein se leva pour éteindre la télévision. Toute la journée, il avait réussi, grâce à une activité fébrile, à écarter de son esprit la fâcheuse rencontre avec Cosima, mais à présent le souvenir revenait comme une vague mauvaise et amère. Comment avait-il pu perdre à ce point son sang-froid ? Il éteignit la lumière et suivit le couloir jusqu'à son bureau. Il avait aussi peu envie de se retrouver dans la chambre d'amis de ses parents que dans un bistrot. Il préférait passer la nuit assis à son bureau. Il ferma la porte derrière lui et, un instant, se tint, incertain, au milieu de la pièce seulement éclairée par la faible lueur de la rue. Il était un raté, comme homme et comme policier. Cosima lui préférait un homme de trente-cinq ans et Amelie et Tobias étaient probablement morts depuis longtemps, parce qu'il n'avait pas su les trouver à temps. Son passé n'était plus que ruines et le futur ne paraissait pas beaucoup plus rose.

Quand elle se penchait et tendait le bras, elle pouvait toucher la surface de l'eau avec la pointe des doigts. L'eau montait beaucoup plus vite qu'Amelie n'avait cru. Visiblement il n'y avait aucune évacuation. Il ne faudrait plus beaucoup de temps avant qu'ils soient dans l'eau. Et s'ils n'étaient pas noyés parce que l'eau s'écoulerait par le vasistas, ils mourraient de froid. Il faisait en effet un froid de gueux. L'état de Thies avait dramatiquement empiré. Il tremblait et transpirait. Il était brûlant. La plupart du temps il paraissait dormir, le bras posé autour d'elle mais quand il se réveillait il se mettait à parler. Et ce qu'il disait était si affreux et si effrayant qu'Amelie avait envie de pleurer.

Comme si on avait ouvert un rideau noir dans la tête d'Amelie, le souvenir des événements qui les avaient conduits dans cette cave lui était entièrement revenu. La Lauterbach avait dû mettre une drogue dans son verre et dans les biscuits et c'est pour ça qu'elle s'endormait chaque fois après avoir bu ou mangé. Mais à présent elle savait tout. Elle l'avait appelée et elle l'attendait sur le parking, amicale et préoccupée, en lui demandant de venir chez elle car Thies allait mal. Amelie était montée sans hésiter – et elle s'était réveillée dans la cave. Elle croyait avoir vu dans les squats, les foyers de sans-abri et les rues de Berlin, tout le mal de ce monde, mais ce n'était qu'un pâle reflet de ce que pouvait être la cruauté des hommes. À Altenhain, ce village idyllique où elle n'avait vu que monotonie et ennui, vivaient des gens brutaux et sans pitié sous le masque d'inoffensifs petits-bourgeois. Si elle sortait de cette cave, elle ne ferait plus jamais confiance à quelqu'un. Comment un homme pouvait-il traiter son prochain de façon si cruelle ? Comment les parents de Thies avaient-ils pu ne pas comprendre ce que faisait subir à leur fils la voisine si gentille ? Comment un village tout entier pouvait-il garder le silence en voyant un jeune homme innocent condamné à dix ans de prison alors que les vrais coupables n'étaient pas inquiétés ? Pendant ces longues heures passées dans l'obscurité, Thies lui avait raconté tout ce qu'il savait sur les événements abominables d'Altenhain et il en savait beaucoup. Pas étonnant que le Dr Lauterbach ait préféré le tuer. En même temps, quand elle y réfléchissait, Amelie était accablée par la certitude que c'était exactement ce qui allait se produire. La Lauterbach n'était pas idiote. Elle s'était certainement débrouillée pour que personne ne les trouve. Ou bien lorsqu'il serait trop tard.

Bodenstein, le menton dans la main, observait son verre de cognac vide. Comment avait-il pu se tromper à ce point sur Daniela Lauterbach ? Son mari avait tué Stefanie sans préméditation mais elle avait froidement couvert ce meurtre et écarté la menace que représentait Thies Terlinden en l'effrayant et en l'abrutissant de médicaments. Elle avait laissé Tobias aller en prison et la vie de ses parents devenir un enfer. Bodenstein attrapa la bouteille de Rémy Martin, offerte voilà des années, et qui était restée depuis intacte dans son placard. Il détestait ce truc mais il était d'humeur à s'alcooliser. Il n'avait rien mangé de la journée, en revanche il avait bu d'innombrables cafés. Il vida d'un trait le troisième verre en un quart d'heure et fit la grimace. Le cognac alluma un petit feu bienfaisant dans son estomac et, en se répandant dans ses artères, le détendit. Son regard effleura la photo encadrée de Cosima près du téléphone. Elle lui souriait comme elle le faisait depuis des années. Il l'avait mal pris ce matin qu'elle le guette et le pousse à dire et à faire des horreurs. Il regrettait d'avoir perdu son sang-froid. Et ça le rendait presque aussi furieux que d'avoir eu la présomption de croire que leur couple était parfait. Cosima le trompait avec un homme jeune parce que son mari ne lui suffisait plus. Elle s'ennuyait avec lui et en avait cherché un autre, un aventurier comme elle. Cette pensée contrariait plus son amour-propre qu'il ne l'aurait cru possible. On frappa à la porte alors qu'il était en train d'avaler son quatrième cognac.

— Oui ?

Nicole Engel passa la tête par la porte.

— Je te dérange ?

— Non, entre.

Il se frotta les ailes du nez entre le pouce et l'index. Elle entra en fermant la porte derrière elle.

— Ils ont levé l'immunité de Lauterbach, je viens de recevoir l'information. Le tribunal a établi un mandat d'arrêt pour lui et pour Mme von Bredow. Elle se planta devant son bureau et le regarda. Seigneur, tu as vu ta tête ! L'enquête t'épuise à ce point ?

Que devait-il répondre ? Il était trop fatigué pour trouver une réponse intelligente. Le lui demandait-elle par un réel intérêt humain ou bien voulait-elle profiter de ses erreurs et ses défaillances pour lui enlever la direction de la K11 ?

— Tous ces faits concomitants m'épuisent, finit-il par dire. Behnke, Hasse. Ces racontars idiots sur Pia et moi.

— Et ils sont pas vrais ?

— Tu parles !

Il se renversa sur sa chaise. Sa nuque lui faisait mal. Il fit une grimace. Le regard d'Engel tomba sur le cognac.

— Tu as un autre verre ?

— Dans le placard. À gauche.

Elle sortit un verre du placard et s'assit devant son bureau. Il lui versa un large doigt de cognac et remplit presque à ras bord son propre verre. Nicole Engel fronça les sourcils mais ne dit rien. Il trinqua et but d'un trait.

— Qu'est-ce que tu as vraiment ? demanda-t-elle.

C'était une fine observatrice et elle le connaissait. Et depuis longtemps. Avant qu'il rencontre Cosima et l'épouse dans la foulée, ils avaient vécu ensemble pendant deux ans. Pourquoi s'illusionner ? De toute façon, bientôt tout le monde le saurait, au plus tard quand il donnerait une nouvelle adresse.

— Cosima en a un autre, dit-il en essayant de prendre un ton aussi indifférent que possible. J'avais des soupçons depuis quelque temps. Il y a quelques jours, elle a avoué.

— Ah !

Le ton n'indiquait aucune joie maligne. Mais elle n'allait pas jusqu'au : *Je suis désolée.* Cela lui était égal. Il saisit la bouteille de cognac et remplit à nouveau son verre. Nicole le regarda sans rien dire. Il but. Sentit l'effet de l'alcool sur son estomac vide et comprit comment on pouvait devenir un ivrogne dans certaines circonstances. Cosima disparaissait très loin de sa conscience et, avec elle, s'évaporait la pensée d'Amelie, de Thies et de Daniela Lauterbach.

— Je ne suis pas un bon policier, dit-il. Et pas un bon chef non plus. Tu dois chercher quelqu'un d'autre pour faire mon job.

— En aucun cas, dit-elle d'une voix décidée. Quand je suis arrivée c'était mon intention. Mais j'ai eu le temps en un an de voir comment tu travaillais et comment tu dirigeais ton équipe. Il m'en faudrait plusieurs autres comme toi ici.

Il ne répondit pas, voulut se verser un autre cognac mais la bouteille était vide. Il la jeta dans la corbeille à papier et la photo de Cosima suivit. Quand il releva la tête, il rencontra le regard interrogateur de Nicole.

— Tu ferais mieux d'arrêter pour aujourd'hui, dit-elle en regardant sa montre. Il est presque minuit. Viens, je te ramène chez toi.

— Je n'ai plus de chez moi, se souvint-il. J'habite chez mes parents. Marrant, non ?

— C'est mieux qu'à l'hôtel. Allez, viens. Lève-toi.

Bodenstein ne bougea pas. Il ne la quittait pas des yeux. Soudain il se souvint de leur rencontre, il y avait plus de vingt-sept ans, à une soirée chez un collègue. Il était resté avec quelques jeunes toute la soirée dans la minuscule cuisine à boire de la bière. Les filles, il ne les avait même pas vues car sa rupture avec Inka, son amour de jeunesse, était encore trop fraîche pour qu'il puisse penser à une nouvelle liaison. Il avait rencontré Nicole devant la porte des toilettes. Elle l'avait toisé des pieds à la tête et, avec sa façon directe inimitable, elle lui avait proposé de quitter la soirée avec elle sans même saluer leur hôte. À cette époque comme aujourd'hui il était ivre et comme aujourd'hui il avait le cœur blessé. Une vague de chaleur le parcourut et gagna son sexe comme une lave brûlante.

— Tu me plais. Il répéta les mots d'autrefois d'une voix rauque. Tu as envie de faire l'amour ?

Nicole le regarda, étonnée, puis un sourire glissa au coin de ses lèvres.

— Pourquoi pas ? Elle non plus n'avait pas oublié leur dialogue. Mais je dois d'abord aller aux toilettes.

LUNDI 24 NOVEMBRE 2008

— Tu portais déjà cette chemise et cette cravate hier, remarqua Pia avec un regard critique lorsque Bodenstein entra dans la salle de réunion encore vide. Et tu n'es pas rasé.

— Ton don d'observation est vraiment phénoménal, répondit-il sèchement en se dirigeant vers la machine à café. Dans mon départ précipité, je n'ai malheureusement pas pu emporter toute ma garde-robe.

— D'accord, d'accord, dit Pia. Je t'ai toujours pris pour quelqu'un qui, même dans les tranchées, aurait changé de costume chaque jour. Ou peut-être que tu as suivi mes conseils ?

— S'il te plaît, pas de conclusions hâtives, dit Bodenstein avec un air impénétrable avant de verser un filet de lait dans son café.

Pia allait répliquer quand Ostermann apparut à la porte.

— Quelle mauvaise nouvelle tu nous apportes, monsieur l'inspecteur principal ? demanda Bodenstein. Ostermann jeta d'abord à son chef puis à Pia un regard irrité. Ils se contentèrent de hausser les épaules.

— Tobias Sartorius a téléphoné à son père la nuit dernière. Il est dans une clinique en Suisse. Pour Amelie, Thies ou Mme Lauterbach, toujours rien de nouveau.

Derrière lui entra Kathrin Fachinger suivie par Nicole Engel et Sven Jansen.

— Bonjour, dit la conseillère judiciaire, j'amène le renfort promis. Jansen fera désormais partir de la K11, Bodenstein. Si vous êtes d'accord.

— Oui, bien sûr, dit Bodenstein en faisant un signe de tête à son collègue de la sécurité qui hier avait accompagné Pia chez Terlinden, et qui prit place autour de la table.

Les autres suivirent son exemple. Seule Nicole Engel s'excusa et gagna la porte. Avant de sortir elle dit à Bodenstein :

— Je peux vous parler en privé ?

Bodenstein se leva, la suivit dans le couloir et ferma la porte derrière lui.

— Behnke a déposé un référé contre sa suspension et s'est fait porter malade, dit Nicole Engel à voix basse. Son assistant juridique est un avocat du cabinet du Dr Anders. Comment peut-il se le payer ?

— Anders fait ce genre de choses gratuitement, dit Bodenstein. Pour lui ce sont les manchettes des journaux qui comptent.

— Bon, attendons de voir ce qui va se passer, dit Nicole Engel en dévisageant Bodenstein. J'ai appris autre chose. J'aurais préféré choisir un meilleur moment pour te le dire mais avant que tu ne l'apprennes par quelqu'un d'autre…

Il la regarda avec attention. À présent tout pouvait suivre, aussi bien sa suspension que l'annonce qu'elle prenait la direction de l'équipe. C'était un trait typique du caractère de Nicole de ne jamais jouer cartes sur table.

— Félicitations pour la promotion, dit-elle à son étonnement, commissaire principal Oliver von Bodenstein.

Avec à la clé une augmentation de salaire. Qu'est-ce que tu dis de ça?

— Ça me fait l'effet d'une promotion canapé, répondit-il.

La conseillère judiciaire sourit puis redevint sérieuse.

— Tu regrettes la nuit dernière?

Bodenstein pencha la tête de côté.

— On ne peut pas dire ça. Et toi?

— Moi non plus.

Il sourit et se retourna pour partir.

— Ah, madame la conseillère judiciaire...

Elle s'arrêta.

— Peut-être... que nous pourrions nous revoir à l'occasion.

Elle sourit à son tour.

— Je vais y réfléchir, monsieur le commissaire principal. À plus tard!

Il la suivit des yeux jusqu'à ce qu'elle ait disparu, puis il posa la main sur la poignée de porte. Brusquement un sentiment de bonheur presque douloureux l'envahit. Pas parce qu'il s'était vengé en trompant Cosima – et en plus avec son chef, que Cosima détestait de tout son cœur – non, mais parce qu'à cette minute il se sentait libre comme il ne l'avait jamais été de sa vie. La nuit dernière, s'étaient ouvertes devant lui des possibilités insoupçonnées après ces jours d'errance et de larmes. Non qu'il se soit senti prisonnier aux côtés de Cosima, mais il comprenait à présent que, malgré la faillite de leur couple, tout n'était pas fichu. Au contraire. Il n'était pas donné à tous les hommes d'avoir à cinquante ans une deuxième chance.

Les jambes d'Amelie étaient froides comme la glace et pourtant elle était trempée de sueur. De toutes ses forces, elle essayait de tenir la tête de Thies hors de l'eau. Seule la poussée de l'eau qui dépassait maintenant la dernière étagère de plus de quarante centimètres lui avait permis de faire prendre à son corps la position assise. Par chance l'étagère était solidement vissée au mur, sinon elle se serait déjà détachée. Amelie reprit sa respiration et tenta de bouger ses muscles tétanisés. De la main droite, elle soutenait Thies et avec la gauche elle essayait de toucher le plafond. Il restait cinquante centimètres d'air, pas plus.

— Thies ! murmura-t-elle en le secouant doucement. Réveille-toi, Thies !

Il ne réagit pas. Il lui était impossible de le lever plus haut, c'était au-dessus de ses forces. Et dans quelques heures sa tête serait sous l'eau. Amelie était sur le point d'abandonner. Il faisait trop froid ! Et elle avait une peur panique d'être noyée. Sans cesse les images du *Titanic* lui venaient à l'esprit. Elle avait bien dû voir le film une douzaine de fois, et chaque fois elle sanglotait lorsque Leonardo DiCaprio glissait de la planche et était englouti dans les profondeurs de la mer. L'océan Atlantique ne devait pas être plus froid que cette lavasse de merde !

Avec des lèvres tremblantes elle parlait inlassablement à Thies, le secouait, lui pinçait le bras. Il fallait qu'il se réveille !

— Je ne veux pas mourir, sanglotait-elle en appuyant la tête contre le mur d'épuisement. Je ne veux pas mourir, bon Dieu !

Le froid paralysait ses mouvements et ses pensées. Au prix de gros efforts, elle remuait ses jambes dans l'eau mais bientôt elle n'y arriverait plus. Il ne fallait pas qu'elle s'endorme ! Si elle lâchait Thies, il se noierait et elle avec lui.

Claudius Terlinden regardait avec indignation les papiers posés devant lui sur son bureau, lorsque Bodenstein et Pia entrèrent.

— Vous avez trouvé mon fils ? dit-il sans se lever de sa chaise et sans se donner la peine de dissimuler son hostilité.

Pia remarqua que les événements des derniers jours n'avaient pas été sans laisser des traces sur lui, même s'il restait extérieurement impassible. Il était pâle et avait des cernes sous les yeux. Se réfugiait-il dans la routine du quotidien pour oublier ses soucis ?

— Non, dit Bodenstein. Malheureusement pas. Mais nous savons qui l'a kidnappé à la clinique psychiatrique.

Claudius lui jeta un regard interrogatif.

— Gregor Lauterbach a avoué le meurtre de Stefanie, continua Bodenstein. Sa femme l'a dissimulé pour le protéger lui et sa carrière. Elle savait que Thies avait été témoin du crime. Elle a menacé votre fils et, pendant des années, elle lui a administré des psychotropes qui n'étaient absolument pas indiqués. Comme elle avait peur qu'Amelie Fröhlich et votre fils ne mettent son mari en danger, elle est de nouveau entrée en action. Nous avons peur qu'elle ne les ait tués tous les deux.

Terlinden le regardait fixement, comme pétrifié.

— Vous pensiez que c'était qui, l'assassin de Stefanie ? demanda Pia.

Claudius Terlinden enleva ses lunettes et se frotta le visage. Il respira profondément.

— Je croyais que c'était Tobias, lâcha-t-il après un moment. J'ai supposé qu'il avait surpris Gregor avec la jeune fille et qu'il avait perdu la tête. Il était clair pour moi que Thies avait dû observer la scène mais comme il n'en a pas parlé, je n'ai jamais su ce qu'il avait vu. Maintenant tout s'explique. C'est pour cela que Daniela s'est tellement occupée de lui. Et c'est pour cela que Thies avait si peur d'elle.

— Elle le menaçait de le faire enfermer dans un asile s'il disait un mot, expliqua Pia. Mais elle ne savait pas que Thies avait caché le cadavre de Stefanie dans la cave de l'orangerie. Elle a dû l'apprendre par Amelie. C'est pour cela qu'elle a mis le feu à l'orangerie. Ce n'était pas les tableaux qu'elle voulait détruire mais la momie.

— Seigneur !

Terlinden se leva de sa chaise, s'approcha de la baie et regarda dehors. Sentait-il combien était mince la glace sur laquelle il se mouvait ? Bodenstein et Pia échangèrent un regard derrière son dos. On lui demanderait des comptes pour ses innombrables délits sans parler des affaires de corruption que Gregor Lauterbach avait dévoilées dans l'espoir de se dédouaner lui-même. Cela, Claudius ne le savait pas encore mais il était certainement conscient que sa politique de silence et de dissimulation avait été une énorme erreur.

— Lutz Richter a tenté hier de se suicider lorsque nos collègues ont arrêté son fils, fit Bodenstein en rompant le silence. Il a créé il y a onze ans une sorte de milice pour dissimuler les vrais événements. Laura Wagner vivait encore quand le fils de Richter et ses amis l'ont jetée dans la cuve vide de l'aéroport d'Eschborn. Richter l'a su et a camouflé la cuve.

— Et quand Tobias est sorti de prison, Richter a pris à nouveau les affaires en main et a organisé les attaques contre lui, renchérit Pia. Est-ce vous qui le lui avez ordonné ?

Terlinden se retourna.

— Non. Je le lui ai même expressément interdit, dit-il d'une voix enrouée.

— Manfred Wagner a poussé la mère de Tobias par-dessus le pont, poursuivit Pia. Si autrefois vous n'aviez pas obligé votre fils Lars à taire la vérité, rien de tout cela ne se serait produit. Votre fils vivrait sans doute encore, la famille Sartorius ne serait pas ruinée, les Wagner auraient pu faire leur deuil. Ne voyez-vous pas que vous portez l'entière responsabilité des souffrances que ces familles ont subies ? Sans compter votre propre famille qui, à cause de votre lâcheté, a vécu un enfer !

— Pourquoi moi ? dit Terlinden en secouant la tête. J'ai seulement essayé de limiter les dégâts !

Pia ne parvenait pas à comprendre cela. Apparemment Claudius Terlinden trouvait une justification à ses actions et à ses omissions et il se mentait à lui-même depuis des années.

— Les dégâts pouvaient être pires ? demanda-t-elle sur un ton sarcastique.

— La communauté villageoise menaçait d'éclater, répondit Terlinden. Ma famille porte depuis des décennies, si ce n'est depuis des siècles, une grande responsabilité dans ce village. Je devais l'assumer ! Les jeunes avaient fait une bêtise, ils étaient ivres, la fille les avait provoqués. Il avait commencé d'une voix incertaine mais il parlait à présent d'un ton convaincu. Je croyais que Tobias avait tué Stefanie. Il serait donc allé de toute façon en prison. Qu'importait qu'il soit condamné pour un ou deux meurtres, dès lors que ça mettait hors de cause ses quatre amis. J'ai soutenu sa famille, je m'en suis toujours occupé…

— Ça suffit, dit Sartorius en lui coupant la parole. Vous vouliez uniquement que votre fils reste en dehors de tout ça ! Il en allait de votre réputation, la presse ne serait pas restée muette si Lars avait été mêlé à une affaire de meurtres. Vous vous moquiez bien des jeunes et du village. Et *idem* pour la famille Sartorius. La preuve, c'est que vous avez ouvert le *Cheval Noir* qui faisait concurrence au *Coq d'Or* et avez engagé le cuisinier de Sartorius comme gérant.

— Vous avez froidement profité des circonstances, renchérit Pia. Albert Schneeberger ne vous aurait jamais vendu sa firme mais, alors qu'il était désespéré, vous avez exercé sur lui une telle pression qu'il a accepté. Puis, contrairement à vos engagements, vous avez renvoyé les ouvriers et démantelé l'entreprise. Vous êtes le seul à avoir profité de tous ces malheurs – à tous égards.

Claudius Terlinden avança la lèvre et jeta à Pia un regard hostile.

— Mais rien ne s'est passé comme vous l'aviez prévu, continua Pia sans se laisser intimider. Les gens d'Altenhain n'ont pas attendu vos ordres, ils ont agi par eux-mêmes. Puis Amelie est arrivée et elle a entrepris de son propre chef des recherches mettant involontairement la moitié du village au pied du mur. Et ils n'avaient plus la force depuis longtemps de retenir l'avalanche que le retour de Tobias avait déclenchée.

Le visage de Terlinden s'assombrit. Pia croisa les bras et soutint son regard assassin sans ciller. Elle avait parfaitement identifié son point faible.

— Si Amelie et Thies meurent, dit-elle avec des intonations menaçantes, vous en porterez intégralement la responsabilité !

— Où pourraient-ils se trouver ? demanda Bodenstein. Où est Mme Lauterbach ?

— Je ne sais pas, dit Claudius Terlinden en serrant les dents. Encore une fois je n'en sais foutre rien !

Les nuages bas et gris sombre au-dessus du Taunus promettaient de la neige. Dans les dernières vingt-quatre heures, la température avait presque chuté de dix degrés. Cette fois, la neige tiendrait. Pia roulait dans la zone piétonne de Königstein sans s'occuper des regards désapprobateurs des passants. Elle se gara devant la bijouterie au-dessus de laquelle se trouvait le cabinet du Dr Daniela Lauterbach. Une assistante d'un certain âge essayait courageusement de faire face, en répondant patiemment aux coups de fil incessants et en tenant tête aux patients furieux qui avaient un rendez-vous ce jour-là.

— Le Dr Lauterbach n'est pas là, dit-elle à Bodenstein. Je n'arrive pas à la joindre au téléphone.

— Elle n'est pas non plus au congrès de Munich.

— Non, il n'avait lieu que pendant le week-end, dit la femme en tendant une main lasse vers le téléphone qui sonnait à nouveau. De toute façon elle devait être là aujourd'hui. Vous voyez ce qu'il en est !

— Nous pensons qu'elle est en fuite, dit Bodenstein. Elle est vraisemblablement responsable de la disparition de deux personnes et elle sait que nous sommes à ses trousses.

L'assistante secoua la tête en ouvrant de grands yeux.

— Mais c'est impossible ! Je travaille depuis douze ans pour elle. Elle ne ferait jamais de mal à quelqu'un. Je veux dire, je… la connais bien.

— Quand avez-vous vu ou entendu Mme Lauterbach pour la dernière fois ? Durant ces derniers jours, s'est-elle comportée autrement que d'habitude, était-elle souvent absente ? Bodenstein jeta un coup d'œil sur le nom épinglé sur la poche gauche de la blouse blanche. Madame Wiesmeier, je vous en prie, réfléchissez ! Votre patronne a pu faire une erreur, même en pensant bien faire. Vous pouvez l'aider avant que quelque chose de pire n'arrive.

L'évocation de son nom et le ton insistant dans la voix de Bodenstein produisirent leur effet. Waltraud Wiesmeier se mit à réfléchir si intensément que son front se plissa.

— La semaine dernière, j'ai été étonnée qu'elle annule toutes les visites de la villa de Mme Schreithauer, finit-elle par dire. Elle s'était investie pendant des mois pour trouver un acheteur pour la vieille bâtisse et elle en avait enfin trouvé un qui devait venir jeudi de Düsseldorf. Mais j'ai dû lui téléphoner de même qu'à deux agents immobiliers pour annuler son rendez-vous. C'était bizarre.

— Où est cette maison ?

— Une vieille villa dans le Grünen Weg avec vue sur le Woogtal. Mme Schreithauer était une patiente de longue date. Elle n'avait pas d'héritiers et elle est morte en avril, en laissant sa fortune à une fondation et la villa à Mme Lauterbach. Je crois, dit-elle avec un sourire mêlé de confusion, qu'elle aurait préféré le contraire.

Un porte-parole du ministère de l'Éducation a déclaré ce matin durant une conférence de presse que la démission soudaine du ministre Gregor Lauterbach résultait de raisons personnelles... dit la voix du commentateur sortant de l'autoradio pendant que Pia et Bodenstein tournaient dans le Grünen Weg. Ils passèrent lentement devant de nouvelles constructions et tournèrent dans une impasse qui finissait devant une grande grille rouillée.

Aucune déclaration officielle n'est venue jusqu'à ce jour de la chancellerie. Le porte-parole...

— Ça doit être ici !

Bodenstein défit la ceinture de sécurité et descendit avant même que Pia ait stoppé. Si Daniela Lauterbach était dans la villa, on pouvait prévoir qu'elle ne se laisserait pas arrêter sans se défendre. Pia suivit le mur de la vaste propriété, mais ne découvrit qu'un portillon fermé envahi par la broussaille. Un serrurier arriva quelques minutes plus tard. Puis deux voitures de patrouille du district de Königstein s'arrêtèrent plus haut dans la rue. Les policiers en uniforme les rejoignirent à pied.

— La villa est vide depuis des années, leur apprit un agent. La vieille femme vivait dans une maison de retraite à Kronberg. Elle n'avait pas loin de quatre-vingt-dix ans quand elle est morte en avril.

— Et elle a légué toute la propriété à sa doctoresse ! dit Pia. Pourquoi y a-t-il des gens qui ont tant de chance ?

Le serrurier avait fini son travail et allait s'en aller quand Bodenstein le pria d'attendre un peu. Les premiers flocons minuscules se mirent à tomber pendant qu'ils suivaient l'allée caillouteuse. La Burgruine en face disparaissait dans les nuages, c'était comme si le monde alentour avait cessé d'exister. Une autre voiture de patrouille les dépassa en roulant au pas et s'arrêta devant le perron. La porte de la maison était fermée à clé, le serrurier se remit au travail.

— Vous entendez, dit Pia, les yeux et les oreilles aux aguets.

Bodenstein tendit l'oreille mais il ne perçut que le bruit du vent dans les grands sapins du parc. Il secoua la tête. La porte s'ouvrit et ils pénétrèrent dans un grand hall lugubre qui sentait le moisi et l'abandon.

— Il n'y a personne ici, constata-t-il déçu.

Pia passa devant lui et alluma la lumière. Il y eut un claquement, des étincelles jaillirent du commutateur et les deux collègues saisirent leur arme. Le cœur de Bodenstein s'accéléra.

— Ce n'est qu'un court-circuit, dit Pia. Pardon.

Ils visitèrent chaque pièce. Les meubles étaient couverts de draps blancs, les volets roulants des grandes fenêtres, fermés. Bodenstein traversa le grand salon qui se trouvait à gauche du hall. Il tira les lourds rideaux de satin mangés par les mites mais il fit à peine plus clair.

— Tu n'entends rien ? dit Pia. Chut !

Les deux agents se turent. Et en effet Bodenstein entendit maintenant lui aussi. De l'eau coulait en dessous dans la cave. Il recula et suivit Pia jusqu'à une porte en bas d'un escalier branlant.

— Vous n'auriez pas une lampe de poche par hasard ? demanda-t-elle.

Elle voulut ouvrir la porte mais celle-ci ne bougea pas d'un millimètre. Un des policiers tendit une lampe de poche à Pia.

— Elle n'est pas fermée et pourtant elle ne s'ouvre pas. Pia se pencha et regarda le sol. Regardez. On a scellé le tour de la porte avec de la silicone. Pourquoi ?

Le collègue de Königstein se mit à genoux et gratta la silicone avec un couteau de poche. Pia secoua la porte jusqu'à ce qu'elle s'ouvre. Le bruit devint plus fort. Cinq ou six ombres furtives passèrent devant elle et disparurent dans les profondeurs de la maison.

— Des rats !

Bodenstein fit un bond en arrière et percuta si violemment le policier que celui-ci tomba presque par terre.

— Ce n'est pas une raison pour me mettre KO, plaisanta ce dernier. Si vous aviez l'amabilité d'enlever votre pied du mien.

Pia ne l'écoutait pas. Ses pensées étaient ailleurs.

— Pourquoi la porte de la cave était-elle scellée avec de la silicone ? demanda-t-elle à haute voix en descendant l'escalier tout en l'éclairant avec la lampe. Au bout de dix marches, elle s'arrêta net. Merde ! souffla-t-elle. Elle était dans l'eau jusqu'aux chevilles. Une fuite d'eau, c'est pour ça qu'il y a eu un court-circuit. Le boîtier électrique doit être ici.

— J'appelle la régie des eaux, dit un des policiers. Il faut qu'ils coupent l'arrivée d'eau.

— Et vous feriez mieux de prévenir aussi les pompiers, dit Bodenstein en guettant d'un air soupçonneux d'autres rats. La Lauterbach n'est pas ici.

Pia ne l'écoutait pas. Dans son esprit, toutes les alarmes hurlaient. La maison était vide, elle appartenait à Daniela et celle-ci avait brusquement annulé toutes les visites d'acheteurs éventuels. Et pas parce qu'elle voulait se cacher dans la maison ! Ses souliers et son pantalon étaient déjà trempés mais Pia continua à descendre l'escalier. L'eau glougloutait, le froid la frappa comme un coup de poing.

— Qu'est-ce que tu fais ? lui cria Bodenstein. Sors de là !

Pia se pencha et éclaira les coins dans l'obscurité. L'eau arrivait à vingt-cinq centimètres du plafond de la cave. Elle descendit encore une marche, s'accrochant d'une main à la rampe de fer. Maintenant elle avait de l'eau jusqu'aux hanches.

— Amelie ! cria-t-elle en claquant des dents. Amelie !

Elle retint son souffle guettant le moindre son. Le froid lui tirait des larmes. Soudain elle se figea. Une poussée d'adrénaline la fit tressaillir comme si elle avait pris le courant.

— À l'aide ! Le cri s'éleva au-dessus du glouglou régulier de l'eau. À l'aide. On est ici.

Pia arpentait d'un pas impatient le hall tout en fumant. Elle ne sentait ni ses vêtements ni ses souliers trempés tellement elle était excitée. Bodenstein était sorti devant la maison, dans la neige, pour attendre que la cave soit vidée. L'idée d'être sous le même toit qu'une armada de rats le mettait mal à l'aise. La conduite d'eau principale avait été fermée et les pompiers de Königstein pompaient l'eau de la cave, en l'évacuant dans le parc. Grâce à une batterie de secours il y avait de l'électricité. Trois ambulances étaient arrivées, la police avait bouclé le terrain.

— Tous les commutateurs que l'eau aurait pu atteindre sont bouchés et étanchéifiés avec de la silicone, dit un des pompiers. Incroyable.

Mais vrai. Bodenstein et Pia n'avaient aucun doute sur l'identité de la personne qui avait fait cela.

— Nous pouvons entrer, annonça un des pompiers qui portait comme ses collègues un pantalon étanche.

— Je viens avec vous ! dit Pia en jetant sa cigarette sur le parquet avant de l'écraser.

— Non, reste ici ! cria Bodenstein de la porte. Tu vas attraper la mort !

— Mettez au moins des bottes en caoutchouc, dit celui qui dirigeait l'équipe. Attendez, je vais vous en chercher.

Cinq minutes plus tard, Pia suivait les trois pompiers dans l'eau qui arrivait encore aux genoux. À la lumière d'un projecteur portatif, ils ouvrirent une porte après l'autre, jusqu'à ce qu'ils aient enfin trouvé la bonne. Pia tourna la clé dans la serrure et pressa contre la porte qui s'ouvrit avec un grincement perçant. Son cœur battait à se rompre et elle se sentit vaciller de soulagement quand le faisceau de lumière éclaira un visage de jeune fille pâle et sale. Amelie Fröhlich clignait des yeux, aveuglée. Pia descendit les trois marches qui conduisaient à la pièce, et prit dans ses bras la jeune fille qui sanglotait hystériquement.

— Calme-toi, lui murmura-t-elle en caressant ses cheveux emmêlés. Tout ira bien maintenant. Tu ne dois plus avoir peur.

— Mais… Thies, parvint à dire Amelie. Je crois… je crois qu'il est mort !

Le soulagement de tous les collaborateurs de la police criminelle du land était immense. Amelie Fröhlich avait survécu à dix jours passés dans la cave de la vieille villa de Königstein sans dommages importants. Elle était épuisée, déshydratée et amaigrie, mais ces événements effroyables n'auraient pas de conséquences graves sur son organisme. On l'avait conduite avec Thies à l'hôpital. Pour le fils de Terlinden le pronostic n'était pas bon. Il était en très mauvaise condition physique et avait souffert d'un sevrage trop sévère.

Bodenstein et Pia se rendirent après la réunion à la K11 à l'hôpital de Bad Soden et, à leur étonnement, ils rencontrèrent dans le hall d'entrée Hartmut Sartorius et son fils Tobias.

— Mon ex-femme est sortie du coma, expliqua Sartorius. Nous avons pu lui parler. Elle va bien, étant donné les circonstances.

— Oh, mais c'est merveilleux, dit Pia en souriant.

Son regard tomba sur Tobias qui semblait avoir vieilli de dix ans. Il avait l'air malade, de grands cernes s'étendaient sous ses yeux.

— Où étiez-vous ? lui demanda Bodenstein. Nous nous sommes fait beaucoup de souci pour vous.

— Nadja l'a abandonné dans un chalet en Suisse, expliqua Hartmut Sartorius. Mon fils a dû gagner le village le plus proche à pied dans la neige. Il posa la main sur le bras de Tobias. Je ne peux toujours pas comprendre comment j'ai pu me tromper à ce point sur Nadja.

— Nous avons arrêté Mme von Bredow, dit Bodenstein. Et Gregor Lauterbach a avoué qu'il avait tué Stefanie. Nous allons demander dans quelques jours une réouverture de votre procès. Vous serez réhabilité.

Tobias Sartorius haussa les épaules. Cela lui était visiblement indifférent. Aucun acquittement rétrospectif ne compenserait ces dix années perdues et la ruine de sa famille.

— Laura vivait encore quand les trois garçons l'ont jetée dans la cuve de l'aéroport, continua Bodenstein. Quand ils ont eu des remords et ont voulu aller chercher la fille, Lutz Richter le leur a interdit, il s'est rendu à l'aéroport et a recouvert la cuve de terre. C'est lui aussi qui a créé la milice à Altenhain et a veillé à ce que tout le monde tienne sa langue.

Tobias ne réagit pas mais son père devint livide.

— Lutz ?

— Oui. Richter a organisé l'agression de votre fils dans la grange et c'est sa femme qui était derrière les inscriptions injurieuses et les lettres anonymes. Ils voulaient empêcher par tous les moyens que la vérité ne voie le jour. Quand nous avons arrêté son fils, Richter s'est tiré une balle dans la tête. Il est dans le coma mais il survivra et ensuite il devra rendre des comptes.

— Et Nadja ? souffla Hartmut Sartorius. Elle savait tout ça ?

— Bien entendu, dit Bodenstein. Elle a été témoin du meurtre de Stefanie par Lauterbach. Et c'est elle qui a ordonné à ses amis de jeter Laura dans la cuve. Elle aurait pu empêcher la condamnation de Tobias mais elle s'est tue. Pendant onze ans. Quand il est sorti de prison, elle a tout fait pour qu'il ne revienne pas à Altenhain.

— Mais pourquoi ? La voix de Tobias était rauque. Je ne comprends pas. Elle… elle m'a toujours écrit, elle m'attendait et…

Il se tut et secoua la tête.

— Nadja était amoureuse de vous, répondit Pia. Mais vous l'avez toujours repoussée. La disparition de Laura et Stefanie est venue à point. Sans doute, elle ne pensait pas que vous seriez condamné. Quand ça s'est passé, elle a décidé de vous attendre et de vous conquérir de cette façon. Puis Amelie est arrivée. Pour Nadja c'était une rivale, mais surtout elle représentait un véritable danger car Amelie avait apparemment découvert quelque chose. Elle s'est déguisée en policière pour aller chercher les tableaux chez les Fröhlich.

— Oui, je sais. Mais elle ne les a pas trouvés, dit Tobias.

— Mais si, elle les a trouvés, répondit Bodenstein. Elle les a détruits, car vous auriez vu immédiatement que Nadja vous avait menti.

Tobias regarda Bodenstein, décontenancé. Il déglutit péniblement en comprenant à quel point Nadja l'avait trompé. Supporter cela excédait presque ses forces.

— Tout le monde à Altenhain savait la vérité, continua Pia. Claudius Terlinden s'est tu pour protéger son fils et sa réputation. Et, comme il avait mauvaise conscience, il vous a soutenu financièrement vous et vos parents…

— Ce n'était pas la seule raison, l'interrompit Tobias. Dans les traits figés de son visage la vie revenait peu à peu. Il jeta un regard à son père. Maintenant je commence à comprendre. Pour lui, il ne s'agissait pas seulement de pouvoir et de…

— De quoi ?

Tobias secoua la tête.

Hartmut Sartorius chancelait. La vérité sur ses voisins et ses anciens amis le bouleversait. Tout le village s'était tu et avait menti, en contemplant, impassible, et pour des raisons entièrement égoïstes, l'effondrement de son existence, de son couple, de sa réputation et même, oui, de sa vie. Il se laissa tomber sur une chaise en plastique et mit son visage dans ses mains. Tobias s'assit à côté de son père et posa le bras sur ses épaules.

— Mais nous avons aussi de bonnes nouvelles, dit Bodenstein en se rappelant pour quelle raison Pia et lui étaient ici. Nous sommes venus voir Amelie et Thies Terlinden. Nous les avons découverts aujourd'hui dans la cave d'une villa de Königstein. Le Dr Lauterbach les a enlevés et séquestrés là-bas.

— Amelie est vivante ? dit Tobias en se redressant, comme électrisé. Elle va bien ?

— Oui. Venez avec nous. Elle sera contente de vous voir.

Tobias hésita un instant puis il se leva.

Son père le regarda avec un sourire hésitant. Mais une seconde plus tard, son sourire disparut et son visage se convulsa de haine et de colère. Il sauta sur ses jambes et se précipita, avec une célérité qui surprit Pia, sur un homme qui pénétrait dans le hall de l'hôpital.

— Non, papa ! Non !

Ce n'est qu'en entendant le cri de Tobias qu'elle reconnut Claudius Terlinden accompagné de sa femme et du couple Fröhlich. Ils venaient sans doute voir leurs enfants. Hartmut Sartorius empoigna Terlinden par le cou et se mit à l'étrangler. Christine Terlinden, Arne et Barbara Fröhlich s'immobilisèrent, comme paralysés.

— Espèce de salaud ! hurla Sartorius, ivre de haine. Espèce de faux cul. Tu as ma famille sur la conscience !

Claudius Terlinden commençait à virer à l'écarlate et se débattait désespérément pour repousser son assaillant. Bodenstein comprit la situation et se mit en mouvement. Pia aussi voulut s'interposer, mais Tobias la repoussa violemment. Elle fut projetée sur Barbara Fröhlich, perdit l'équilibre et tomba. Les gens regardaient la scène, médusés. Tobias arriva sur son père et voulut lui attraper le bras mais à ce moment Claudius parvint à se libérer. La peur de mourir lui avait donné des forces surhumaines. Il repoussa Sartorius. Pia se remit sur ses pieds et vit comme au ralenti Hartmut Sartorius reculer sous la violence du coup et tomber en arrière sur une porte coupe-feu ouverte. Tobias se jeta sur son père en criant. Soudain il y eut du sang partout. Pia se réveilla de sa sidération. Elle arracha l'écharpe de Barbara Fröhlich et, sans faire attention à la mare de sang, qui devenait rapidement une mer de sang, s'agenouilla à côté de Sartorius et, dans une tentative désespérée d'arrêter hémorragie, pressa l'écharpe en pashmina bleu pâle contre la blessure ouverte dans le crâne de Sartorius. Les jambes de l'homme tressautaient spasmodiquement, tandis qu'un râle s'échappait de ses lèvres.

— Un médecin, vite ! cria Bodenstein. Bon Dieu, il doit bien y avoir un médecin ici.

Claudius, toussant et s'étranglant, rampa sur le côté en se frottant le cou. Les yeux lui sortaient de la tête.

— Je ne l'ai pas fait exprès, ne cessait-il de répéter. Je… ne l'ai pas fait exprès. C'était… c'était un accident…

Pia entendit des pas et des cris comme de loin. Son jean, ses mains, sa veste étaient couverts de sang. Des chaussures blanches et des jambes de pantalon surgirent dans son champ de vision.

— Écartez-vous ! cria quelqu'un.

Elle se poussa un peu, leva les yeux et rencontra le regard de Bodenstein. Il était trop tard. Hartmut Sartorius était mort.

— Je n'ai pu rien faire, dit Pia, sous le choc, en secouant la tête. Tout est allé trop vite.

Elle tremblait de tout son corps et pouvait à peine tenir le Coca-Cola que Bodenstein lui avait mis entre ses mains couvertes de sang.

— Tu n'as pas de reproches à te faire, répondit Bodenstein.

— Mais je me les fais, bon Dieu. Où est Tobias ?

— Il était encore là à l'instant, dit Bodenstein en regardant autour de lui.

Le hall avait été bouclé et pourtant il grouillait de monde : des policiers, des médecins, l'air choqué et tendu, enfin les urgentistes en combinaison blanche qui étaient en train de placer le cadavre de Hartmut Sartorius dans un cercueil de zinc. Leur aide était venue trop tard pour le père de Tobias. Après avoir été violemment repoussé par Claudius Terlinden, il était si malencontreusement tombé sur la porte en verre qu'il s'était ouvert le crâne. Personne n'avait rien pu pour lui.

— Reste ici, dit Bodenstein à Pia en lui posant la main sur l'épaule. Je m'occupe de Tobias.

Pia acquiesça en regardant fixement le sang séché et collant sur ses mains. Elle se redressa et respira profondément. Peu à peu les battements de son cœur se calmaient et elle pouvait à nouveau penser. Son regard tomba sur Claudius Terlinden qui était assis sur une chaise, replié sur lui-même, les yeux dans le vide. Devant lui, une policière essayait apparemment d'établir le procès-verbal de ce qui s'était passé. La mort de Hartmut Sartorius était un accident, il n'y avait aucun doute là-dessus. Terlinden avait agi en état de légitime défense et sans intention de tuer, cependant il paraissait peu à peu comprendre la culpabilité qui pesait sur lui. Une jeune médecin s'accroupit devant Pia.

— Voulez-vous que je vous donne un calmant ? demanda-t-elle.

— Non ça ira, répondit Pia. Mais j'aimerais me laver les mains.

— Bien sûr. Venez.

Pia la suivit, les genoux tremblants. Elle chercha Tobias Sartorius des yeux mais ne le vit nulle part. Où était-il ? Comment avait-il pu supporter cet horrible événement, la vision de son père mourant ? Pia savait affronter les situations de crise en gardant ses distances et la tête froide, mais le destin de Tobias la touchait profondément. Progressivement, il avait perdu tout ce qu'un homme peut perdre.

— Tobi !

Amelie se redressa sur son lit et sourit, incrédule. Elle avait pensé à lui jour et nuit durant cette épreuve effroyable, elle lui avait parlé en pensée, s'était imaginé comment se passeraient leurs retrouvailles. Le souvenir de la chaleur de ses yeux bleu mer l'avait empêchée de devenir folle et voilà qu'il était devant elle en chair et en os. Son cœur bondit de bonheur.

— Oh, je suis si contente que tu sois venu me voir ! J'ai tellement…

Son sourire s'éteignit quand elle vit dans le demi-jour l'expression du visage de Tobias. Il ferma la porte derrière lui, s'approcha d'un pas chancelant et s'arrêta au pied du lit. Il était livide, les yeux injectés de sang. Amelie comprit que quelque chose d'affreux avait dû se produire.

— Qu'est-ce qui s'est passé ? demanda-t-elle doucement.

— Mon père est mort, dit-il dans un souffle. Ça vient de se passer… en bas… dans le hall. Terlinden est arrivé… et mon père… et il…

Il s'arrêta. Oppressé, il mit un poing contre sa bouche et essaya en vain de garder son sang-froid.

— Mon Dieu, dit Amelie horrifiée. Mais comment… je veux dire, pourquoi…

Le visage de Tobias se contracta, il se replia sur lui-même, ses lèvres se mirent à trembler.

— Papa s'est jeté sur ce… salaud, dit-il d'une voix atone. Et il l'a poussé… contre la porte vitrée…

Il s'interrompit. Les larmes inondèrent son visage. Amelie rejeta le drap de lit et ouvrit les bras. Tobias s'affaissa sur le bord du lit et laissa Amelie l'attirer contre elle. Il pressa son visage dans son cou, le corps secoué de sanglots désespérés. Amelie referma les bras sur lui. Elle eut la gorge serrée quand elle comprit que Tobias n'avait plus qu'elle au monde. Qu'elle était la seule avec qui il pouvait partager son chagrin sans limites.

Tobias Sartorius avait disparu de l'hôpital sans laisser de traces. Bodenstein avait envoyé une voiture de patrouille chez son père mais il n'y était pas. Claudius Terlinden était rentré chez lui avec sa femme. Il n'avait aucune responsabilité directe dans la mort de Sartorius, c'était un accident, un malheureux accident avec une fin tragique. Bodenstein regarda sa montre. On était lundi, Cosima devait être chez sa mère. Les soirées de bridge dans la maison de la Rothkirch étaient, depuis des décennies, un rituel immuable et il était sûr de ne pas tomber sur elle en allant chercher des vêtements propres, avant de retourner au commissariat. Sale et sentant la sueur, il avait envie d'une bonne douche.

À son soulagement la maison était plongée dans le noir. Seule la petite lampe de l'entrée était allumée. Le chien l'accueillit avec des démonstrations de joie. Bodenstein le caressa et regarda autour de lui. Tout paraissait normal et douloureusement familier, mais il savait qu'il n'était plus chez lui ici. Avant de sombrer dans le sentimentalisme, il monta d'un pas décidé à la chambre. Il alluma et eut un geste de recul en voyant

Cosima assise dans un fauteuil près de la fenêtre. Son cœur se mit à battre.

— Pourquoi tu restes là dans l'obscurité ? demanda-t-il, ne trouvant rien de mieux à dire.

— Je voulais réfléchir en paix.

En clignant des yeux sous la lumière, elle se leva et se mit derrière le fauteuil comme pour chercher une protection.

— Excuse-moi d'avoir perdu la tête ce matin, dit Bodenstein après un moment d'hésitation. C'était… un peu trop pour moi.

— C'est bon. Je suis moi-même coupable, répondit Cosima.

Ils se regardèrent, muets, jusqu'à ce que le silence devienne gênant.

— Je suis venu chercher des vêtements, dit Bodenstein et il quitta la chambre.

Comment était-il possible de ne plus rien ressentir pour une femme qui avait eu pendant des années toute votre affection ? Se trompait-il lui-même, était-ce un mécanisme de défense ? Ou bien était-ce purement et simplement la preuve que ses sentiments pour Cosima n'étaient plus depuis des années qu'une simple habitude ? Toutes leurs chamailleries depuis des mois et des semaines avaient-elles emporté chaque fois un morceau d'affection ? Bodenstein était étonné d'analyser la situation avec une telle objectivité. Il ouvrit la penderie du couloir et regarda pensivement les valises qui s'y trouvaient. Il ne voulait prendre aucune de celles que Cosima avait traînées autour du monde. Aussi se décida-t-il pour deux valises rigides et poussiéreuses que sa femme trouvait trop encombrantes. En passant devant la porte de la chambre de Sophia, il s'arrêta. Il avait assez de temps pour jeter un coup d'œil sur la petite. Il posa les valises et entra dans la chambre éclairée par une lampe de chevet. Sophia dormait paisiblement, son pouce dans la bouche, entourée par ses peluches. Bodenstein observa sa fille cadette et soupira. Il se pencha sur le lit et caressa légèrement le visage tiède de sommeil de l'enfant.

— Pardon, ma douce, chuchota-t-il. Mais même pour toi, je ne peux pas faire comme si rien ne s'était passé.

La façon dont cette policière s'était agenouillée dans l'immense flaque de sang, Tobias ne l'oublierait jamais. Il avait senti que son père était mort avant que les paroles définitives ne soient prononcées. Lui était resté comme pétrifié, interdit, insensible avant de se faire repousser par les médecins, les urgentistes et les policiers. Après cette annonce terrible, il n'y avait plus en lui de place pour aucun sentiment. Comme pour un bateau qui prend l'eau, les dernières cloisons étanches s'étaient refermées pour l'empêcher de sombrer.

Tobias avait quitté l'hôpital et il était parti. Personne n'avait essayé de le retenir. Il avait marché dans la Richwald sombre et le froid avait peu à peu clarifié les pensées qui tournaient dans sa tête. Nadja, Jörg, Felix, papa. Tous l'avaient abandonné, trahi ou déçu, il n'y avait plus personne sur qui il pouvait compter. À la rigide grisaille de sa détresse se mêlaient les flammes rouges de la colère. À chaque pas qu'il faisait, la rancœur contre ceux qui avaient détruit sa vie le suffoquait et le laissait pantelant. Son cœur criait vengeance pour tout ce qu'on lui avait fait, à lui et à ses parents. Il n'avait plus rien à perdre. Son esprit devenait toujours plus lucide. Tout soudain avait un sens.

Il était conscient qu'après la mort de son père il était le seul à connaître le secret de Claudius Terlinden et de Daniela Lauterbach. Tobias serra les poings en se rappelant l'événement survenu vingt ans plus tôt quand son père les avait aidés tous les deux dans leur arnaque.

Il avait sept à huit ans et, le soir, il se tenait souvent dans une pièce à côté de la grande salle de la brasserie. Sa mère était absente et personne n'avait pensé à l'envoyer au lit. Quand il s'était réveillé sur le canapé, ce devait être le milieu de la nuit. Il s'était levé pour se glisser près de la porte et il avait entendu une conversation qu'il ne pouvait comprendre. Au comptoir, il n'y avait plus que Claudius Terlinden et maître Fuchsberger, le vieux notaire, qui dînait presque tous les soirs au *Coq d'Or*. Tobias l'avait vu saoul assez souvent pour savoir que le respectable notaire Herbert Fuchsberger était ivre mort.

— Qu'est-ce que ça peut faire ? disait Claudius Terlinden en faisant signe à son père de remplir à nouveau le verre du notaire. Mon frère s'en fiche puisqu'il est mort.

— Je serais en mauvaise posture, avait bredouillé Fuchsberger, si cela sortait !

— Comment ça pourrait sortir ? Puisque personne ne sait que Willi a changé son testament.

— Non, non, non ! Je ne peux pas faire ça, avait gémi le notaire.

— J'augmente votre part, avait répliqué Terlinden. Non, je la double. Cent mille. Ce n'est pas à dédaigner !

Tobias avait vu Terlinden faire un clin d'œil à son père. Il avait fallu encore un moment jusqu'à ce que le vieil homme capitule.

— Bon, avait-il dit. Mais toi tu restes ici, quelqu'un pourrait te voir dans mon étude.

Après quoi le père de Tobias avait disparu, remorquant derrière lui maître Fuchsberger. Claudius Terlinden avait gardé le bar à sa place. Tobias n'aurait jamais su ce qui s'était passé ce soir-là si, quelques années plus tard, en fouillant dans le bureau de son père à la recherche d'un contrat d'assurance, il n'avait trouvé un testament dans le coffre. Il s'était demandé pourquoi le testament de Wilhelm Terlinden était dans le coffre de son père, mais l'immatriculation de sa première voiture avait été beaucoup plus importante. Pendant toutes ces années, Tobias n'y avait plus pensé, il l'avait refoulé et finalement oublié, mais le choc provoqué par la mort de son père avait rouvert une chambre secrète dans son cerveau et tout lui était revenu.

— Où on va ?

La voix d'Amelie déchira le sombre souvenir. Il la regarda, posa la main sur la sienne et cela lui fit chaud au cœur. Ses yeux sombres étaient pleins de sollicitude. Sans les piercings et sa coiffure démente, elle était jolie. Beaucoup plus jolie que Stefanie. Amelie n'avait pas hésité une seconde à quitter secrètement l'hôpital avec lui, quand il lui avait dit qu'il avait encore un compte à régler. Sa grossièreté et son agressivité n'étaient qu'une façade, il l'avait compris la première fois qu'ils s'étaient rencontrés devant l'église. Après avoir été si souvent trompé et trahi, Tobias était toujours étonné de l'honnêteté désintéressée d'Amelie et de son absence de calcul.

— Nous allons d'abord chez moi et ensuite nous irons parler à Claudius Terlinden, dit-il. Mais tu resteras dans la voiture. Je ne veux pas qu'il t'arrive quelque chose.

— Je ne te laisserai pas seul avec ce salaud, répondit-elle. Si nous sommes ensemble, il n'osera rien te faire.

Tobias ne put s'empêcher de sourire. Et, en prime, elle était courageuse. Un minuscule espoir clignotait à l'intérieur de lui, comme une bougie dont la lumière se fraierait un chemin dans la brume et l'obscurité. Peut-être y aurait-il un avenir pour lui, quand ça serait fini.

Cosima n'avait pas bougé de sa place. Assise dans son fauteuil, elle regardait Bodenstein ouvrir les valises et les remplir avec le contenu de son armoire.

— C'est ta maison, dit-elle enfin. Tu n'as pas besoin de déménager.

— C'est pourtant ce que je vais faire, dit-il sans la regarder. C'était *notre* maison. Je n'ai plus envie d'habiter ici. Je peux prendre l'appartement dans l'ancienne maison du cocher de la propriété. Il est vide depuis un certain temps. C'est la meilleure solution. Quand tu seras partie, mes parents ou Quentin ou Marie-Louise pourront s'occuper de Sophia.

— Ce n'est pas un peu précipité ? dit Cosima piquée. Tu as déjà tiré un trait.

Bodenstein soupira.

— Pas moi. Toi. J'ai respecté ta décision comme je l'ai toujours fait et j'essaie de m'arranger de la nouvelle situation. Tu t'es décidée pour un autre homme, je ne peux rien contre cela. Mais pour ma part, j'ai bien l'intention de continuer à vivre.

Pendant une seconde, il se demanda s'il devait raconter à Cosima la nuit d'amour avec Nicole. Il se souvenait en effet de ses remarques acérées, lorsqu'elle avait appris qu'il allait travailler avec son ex. Non, ce serait petit et vulgaire.

— Je travaille avec Alexandre, dit Cosima, je ne me suis pas… décidée pour lui.

Bodenstein continua à ranger ses chemises dans la valise.

— Mais il te convient peut-être mieux que moi, dit-il en levant les yeux. Pourquoi, Cosima ? Les aventures t'ont tellement manqué dans la vie.

— Non, il ne s'agit pas de ça, dit Cosima en haussant les épaules. Il n'y a aucune explication raisonnable. Et même aucune excuse. Alex s'est trouvé sur ma route au mauvais moment, c'est tout. J'étais furieuse contre toi depuis Majorque.

— Et tu as immédiatement sauté dans son lit. Parce que tu étais furieuse contre moi, dit Bodenstein en secouant la tête, puis il ferma une des valises et se redressa. C'est super.

— Oliver, je t'en prie, ne fiche pas tout en l'air. Le ton de Cosima était amer. J'ai fait une erreur et je le sais. Je suis vraiment navrée. Mais il y a tant de choses qui nous rapprochent.

— Et plus encore qui nous séparent, répliqua-t-il. Je ne pourrai plus jamais te faire confiance. Et sans confiance, je ne peux ni ne veux vivre.

Bodenstein la laissa et gagna la salle de bains. Il ferma la porte derrière lui, se déshabilla et se mit sous la douche. L'eau chaude fit du bien à ses muscles contractés, la tension cédait peu à peu. Il pensa à la nuit dernière et à toutes ces autres nuits qui l'attendaient. Il ne resterait plus éveillé à se torturer, en se demandant ce que Cosima était en train de faire de l'autre côté du globe. Si elle allait bien ou pas, si elle n'était pas en danger, si elle n'avait pas eu un accident, et si elle n'avait pas un autre type dans son lit. Il s'étonna de n'éprouver aucune colère en repensant à cela mais plutôt du soulagement. Il n'aurait plus à vivre selon les règles de Cosima. Et il savait, il en prenait la résolution, que plus jamais il ne vivrait selon des règles qui ne seraient pas les siennes.

Tobias espérait qu'ils n'arriveraient pas trop tard, mais ils n'eurent qu'un quart d'heure à attendre dans la voiture avant que la Mercedes noire n'apparaisse et ne s'arrête un court instant devant le portail de l'entreprise Terlinden. Comme poussé par une main fantomatique, le portail glissa. Les feux de freinage de la Mercedes s'allumèrent, elle entra et disparut.

— Vite ! dit Tobias.

Ils sautèrent de la voiture, coururent au portail et arrivèrent à le franchir avant qu'il ne se referme. La maison du gardien était vide. La nuit, seules des caméras surveillaient les lieux, il n'y avait plus de service de sécurité depuis longtemps, Tobias l'avait appris d'un copain qui travaillait chez Terlinden. Avait travaillé, rectifia-t-il en pensée. À présent Michael était en prison exactement comme Jörg, Felix et Nadja. Une légère neige était tombée. En silence, ils suivirent les traces de pneus qu'avait laissées la Mercedes. Tobias ralentit un peu le pas, la main d'Amelie était plus froide dans la sienne. Elle avait beaucoup maigri pendant son enlèvement et elle était beaucoup trop faible pour une expédition comme celle-ci. Mais elle avait insisté pour l'accompagner. Ils passèrent sans dire un mot devant les grands ateliers. Quand ils tournèrent le coin, ils virent qu'une lumière se déplaçait au dernier étage du bâtiment administratif. Devant la porte d'entrée, la lourde Mercedes baignait dans la lumière orangée de l'éclairage nocturne. Tobias et Amelie traversèrent en courant le parking obscur et arrivèrent devant l'entrée.

— La porte est ouverte, dit Amelie.

— Je préférerais que tu m'attendes ici, dit Tobias en se tournant vers elle.

Ses yeux paraissaient immenses dans son visage amaigri et pâle. Elle secoua la tête :

— Pas question. Je viens avec toi.

— Comme tu veux, dit-il en respirant profondément et en la serrant dans ses bras rapidement mais très fort. Merci Amelie. Merci pour tout.

— Ne sois pas idiot, répondit-elle rudement. Allons-y.

Un sourire flotta sur son visage et il acquiesça. Ils traversèrent le grand hall, passèrent devant l'ascenseur et gagnèrent la cage d'escalier qui elle non plus n'était pas fermée. Claudius Terlinden ne craignait aucun malfaiteur. Au quatrième étage, Amelie, hors d'haleine, dut s'appuyer un instant sur la rampe pour retrouver son souffle. La lourde porte de verre claqua lorsque Tobias l'ouvrit. Il s'immobilisa dans le couloir obscur, qui n'était éclairé que par de petits plots au sol, et tendit l'oreille. Ils s'y engagèrent main dans la main. Tobias sentait son cœur frapper contre ses côtes comme un marteau. Il s'arrêta quand, par la porte entrouverte au bout du couloir, s'éleva la voix de Claudius Terlinden.

— Dépêche-toi. S'il neige trop, l'appareil ne pourra pas décoller.

Tobias et Amelie échangèrent un regard. Ils étaient visiblement arrivés à temps. Il paraissait vouloir s'enfuir en avion. Ils continuèrent. Soudain une nouvelle voix s'éleva. Amelie sursauta d'effroi en l'entendant et agrippa la main de Tobias.

— Qu'est-ce que tu as ? demanda Daniela Lauterbach. Pourquoi tu restes planté là.

La porte s'ouvrit, une vive lueur éclaira le couloir. Tobias eut juste le temps d'ouvrir la porte d'un bureau. Il attira Amelie dans le noir et resta à côté d'elle, le cœur battant plus fort.

— Merde, qu'est-ce qu'elle fait ici ? chuchota Amelie décontenancée. Elle voulait nous tuer Thies et moi ! Et Terlinden le sait !

Tobias acquiesça, tendu. Il se demandait fiévreusement comment les retarder. Il fallait les empêcher de fuir et de disparaître pour toujours. S'il avait été seul, cela lui aurait été plus facile de leur parler. Mais il ne voulait à aucun prix faire courir un danger à Amelie ! Son regard tomba sur le bureau.

— Cache-toi là-dessous, dit-il à voix basse.

Amelie voulut protester mais Tobias fut inflexible. Il attendit qu'elle soit accroupie sous le bureau puis il prit le téléphone. À la faible lueur de l'éclairage du couloir, il pouvait à peine distinguer l'appareil. Il pressa un bouton en espérant que c'était branché. Et en effet ! L'indicatif retentit. Avec des doigts tremblants, il fit le 110.

Il se tenait devant le coffre ouvert, massant d'une main distraite son cou douloureux et regardant droit devant lui. Depuis ce malheur arrrivé à l'hôpital, il était en plein désarroi. Il avait sans arrêt l'impression que son cœur allait trébucher et, après quelques coups, s'arrêter. Était-ce parce qu'il avait un court instant manqué d'oxygène ? Sartorius s'était jeté sur lui comme un sauvage et l'avait étranglé avec tant de force qu'il avait eu des points lumineux devant les yeux. Pendant quelques secondes, il avait cru que sa dernière heure était venue. Pour la première fois, il avait compris l'expression "angoisse mortelle". Maintenant il savait ce que regarder la mort en face voulait dire. Il ne se rappelait plus comment il avait réussi à se libérer des griffes de ce fou, sinon que soudain Sartorius gisait par terre dans une tache de sang. Simplement horrible, absolument horrible ! Claudius Terlinden était conscient qu'il était encore sous le choc. Son regard tomba sur Daniela qui, à genoux sous le bureau, dévissait le boîtier de l'ordinateur. Le disque dur qu'elle avait échangé contre un autre était déjà dans sa valise. Daniela avait insisté alors que ce n'était pas nécessaire. Il n'y avait rien sur son ordinateur qui pût intéresser la police. Rien ne s'était passé comme il l'avait prévu. *A posteriori*, il devait reconnaître que maquiller l'implication de Lars dans le meurtre de Laura Wagner avait été une très mauvaise idée. Il n'avait pas assez réfléchi aux conséquences, en mettant le garçon à l'abri. Cette décision insignifiante en avait entraîné des douzaines d'autres. Le nœud de mensonges était devenu si dense et si impossible à dénouer, qu'il en avait résulté des dommages collatéraux regrettables mais inévitables. Si cet abruti de paysan l'avait écouté au lieu de n'en faire qu'à sa tête ! Rien ne serait arrivé ! Mais ce qui n'était qu'une brèche étroite, ouverte par le retour de Tobias, était devenu un gigantesque trou noir, un abîme béant. Et sa vie tout entière, ses règles, les rituels quotidiens qui lui donnaient un sentiment de sécurité – tout cela avait été détruit par ces tourbillons infernaux d'événements.

— Qu'est-ce que tu as ? Pourquoi tu restes planté comme ça ?

La voix de Daniela le tira de ses pensées. En gémissant, elle se remit sur pied et le regarda d'un air méprisant. Claudius Terlinden s'aperçut alors qu'il se tenait toujours la gorge et la lâcha. Elle avait dû prévoir de longue date que tout pouvait foirer. Son plan de fuite était parfait, mitonné dans le moindre détail. Lui, en revanche, ça l'avait pris à froid. La Nouvelle-Zélande ! Qu'est-ce qu'il irait faire là-bas ! C'est ici qu'était sa vie, dans ce village, dans ce bâtiment, dans cette pièce ! Il ne voulait pas quitter l'Allemagne, même si cela signifiait quelques années de prison. La pensée de vivre dans un pays étranger, sous une fausse identité lui était désagréable, oui, cette pensée l'angoissait. Ici il était quelqu'un, il était connu et respecté, et tout finirait bien par se calmer. En Nouvelle-Zélande il ne serait rien, qu'un fugitif sans nom, pour toujours.

Son regard parcourut la grande pièce. Est-ce qu'il la voyait vraiment pour la dernière fois ? Ne plus jamais entrer dans sa maison, ne plus visiter la tombe de ses parents et de ses grands-parents, ne plus contempler le panorama familier du Taunus ? Cette idée lui était insupportable et il en eut les larmes aux yeux. Il s'était tellement battu pour accroître l'héritage de ses ancêtres et à présent il faudrait tout abandonner ?

— Allons, Claudius, remue-toi ! La voix de Daniela était coupante. Il neige de plus en plus fort ! Nous devons partir !

Il remit les papiers qui devaient rester ici dans le coffre. Sa main effleura le coffret où il gardait son pistolet.

Je ne veux pas partir, pensa-t-il. Je préfère me tuer.

Il se figea. Comment cette pensée lui était-elle venue ? Il n'avait jamais compris comment quelqu'un pouvait être lâche au point de considérer le suicide comme l'unique porte de sortie. Mais tout avait changé depuis qu'il avait vu la mort en face.

— Il y a encore quelqu'un dans l'immeuble à part nous ?

— Non, croassa Terlinden en sortant le coffret contenant l'arme.

— Pourtant la ligne extérieure est occupée. Elle se pencha sur l'installation téléphonique qui était au milieu de la table. Le poste 23.

— C'est la comptabilité. Il n'y a plus personne.

— Tu as fermé derrière toi quand tu es arrivé ?

— Non.

Il se réveilla de sa sidération, ouvrit le coffret et regarda le Beretta.

Le restaurant au-dessus de l'Opel-Zoo était plein. Il était aussi sombre, chaud et bruyant que Pia s'y attendait. Christoph et elle étaient assis à une table près de la baie, mais Pia n'écoutait que d'une oreille inattentive ce que l'employé du service d'urbanisme avait déclaré aujourd'hui. Elle n'avait pas un regard pour le Kronberg illuminé et les étincelants gratte-ciel de Francfort dans le lointain. Le tournedos posé devant elle était appétissant et cuit à point, mais elle avait l'estomac noué.

De l'hôpital, elle était rentrée directement chez elle, avait fourré ses vêtements dans la machine à laver et était restée sous la douche jusqu'à ce que l'eau chaude soit épuisée. Malgré cela, elle se sentait toujours sale et ensanglantée. Pia était habituée aux cadavres mais pas à ce qu'un homme meure entre ses bras. Surtout un homme qu'elle connaissait, à qui elle avait parlé une minute avant, et pour qui elle éprouvait une profonde pitié. Elle frissonna.

— Tu veux qu'on rentre ? demanda Christoph.

La préoccupation dans ses yeux sombres redonna à Pia un peu de sang-froid. Elle refoula ses larmes. Où était Tobias ? Il fallait espérer qu'il ne faisait pas de bêtises !

— Non, ça va. Elle se força à sourire bien que la vue de son steak baignant dans son jus lui donnât la nausée. Elle repoussa son assiette. Excuse-moi, je ne suis pas une compagne très amusante ce soir. Je me fais tellement de reproches.

— Je comprends. Mais qu'aurais-tu pu faire ? Christoph se pencha, tendit la main et lui caressa la joue. Tu as dit toi-même que tout était allé trop vite.

— Oui, bien sûr. C'est idiot. Je ne pouvais rien faire, rien. Mais malgré tout… Elle poussa un profond soupir. Dans des moments comme celui-là, je déteste ce métier de tout mon cœur.

— Viens, trésor. Nous allons rentrer, ouvrir une bouteille de vin rouge mais…

La sonnerie du téléphone de Pia l'interrompit. Elle était de garde.

— … ce qui m'intéresse le plus, c'est ce que nous ferons après.

Pia sourit et Christoph leva un sourcil éloquent. Pia sortit le mobile et prit la communication.

— Un certain Tobias Sartorius a lancé il y a sept minutes un appel à l'aide, dit le poste du commissariat central. Il est dans l'immeuble de l'entreprise Terlinden à Altenhain, et il a dit qu'une Mme Lauterbach était là-bas. J'ai déjà envoyé une voiture de patrouille.

— Merde, dit Pia en coupant son collègue.

Ses pensées se bousculaient dans sa tête. Que faisait Daniela Lauterbach chez Terlinden ? Pourquoi Tobias était-il là-bas ? Voulait-il se venger ? Il était évident que Tobias, après tout ce qui s'était passé, devait être une bombe prête à exploser. Elle sauta sur ses pieds.

— Téléphonez immédiatement aux hommes. Pour l'amour de Dieu qu'ils évitent de mettre les gyrophares et les sirènes. Et surtout qu'ils nous attendent, Bodenstein et moi.

— Qu'est-ce qui se passe ? demanda Christoph.

Pia le lui expliqua en quelques mots tout en composant le numéro du mobile de Bodenstein. À son soulagement, elle eut son chef quelques secondes plus tard. Christoph signala au propriétaire du restaurant, qui le connaissait bien, qu'il repasserait plus tard pour régler l'addition.

— Je t'y conduis, dit-il à Pia. Trois secondes. Je vais chercher nos manteaux.

Elle acquiesça et l'attendit impatiemment devant la porte du restaurant au milieu d'un tourbillon de neige. Pourquoi Tobias avait-il appelé au secours ? Lui était-il arrivé quelque chose ? Il fallait espérer qu'ils n'arriveraient pas trop tard.

— Bon Dieu, dit Tobias dans un accès de colère impuissante.

Claudius Terlinden et Daniela Lauterbach avaient quitté le bureau et se dirigeaient, chargés de valises et d'attachés-cases, vers l'ascenseur. Comment les arrêter ? Combien de temps allaient mettre les flics avant d'être là ?

— Bon Dieu de merde !

Il se tourna vers Amelie qui le regardait de dessous la table.

— Toi, tu restes ici, dit-il d'une voix que la tension rendait rauque.

— Où tu vas ?

— Je dois les retenir en leur parlant jusqu'à ce que la police arrive.

— Non, s'il te plaît, ne fais pas ça, Tobi ! dit Amelie en sortant de sa cachette. Dans la lumière blafarde venant du couloir, ses yeux paraissaient trop grands. Je t'en prie, Tobi, laisse-les partir. J'ai peur !

— Je ne peux pas les laisser se tirer après tout ce qu'ils ont fait ! Comprends-le ! répliqua-t-il avec violence. Reste ici, Amelie ! Promets-le-moi !

Elle avala sa salive, serra les bras autour d'elle et acquiesça de la tête. Il prit une profonde inspiration et posa la main sur la poignée.

— Tobi ?

— Oui ?

Elle alla vers lui et lui caressa la joue.

— Fais attention à toi, murmura-t-elle.

Une larme jaillit de ses yeux. Tobias la regarda. L'espace d'une seconde, il eut envie de la prendre dans ses bras, de l'embrasser et de rester simplement avec elle. Mais le furieux désir de vengeance qui l'avait conduit ici l'emporta. Il ne fallait pas que Terlinden et la Lauterbach s'échappent. En aucun cas !

— Je reviens tout de suite ! murmura-t-il.

Sans plus réfléchir, il sortit dans le couloir et courut vers l'ascenseur. Celui-ci était presque arrivé en bas. Il ouvrit la porte coupe-feu et se précipita dans l'escalier en sautant deux ou trois marches à la fois. Il atteignit le hall au moment où les deux autres sortaient de l'ascenseur.

— Arrêtez ! cria-t-il et sa voix résonna.

Comme électrisés, ils regardèrent autour d'eux puis le fixèrent, décontenancés. Terlinden laissa tomber les valises. Tobias vit qu'il tremblait de tout son corps.

Malgré son envie de se jeter sur lui et de le frapper, il se domina et garda son calme.

— Tobias ! Terlinden s'était repris le premier. Je… je… je regrette tellement ce qui s'est passé. Vraiment, tu dois me croire, je ne voulais pas…

— Arrêtez ! cria Tobias en exécutant un demi-cercle autour d'eux sans les quitter des yeux. Je ne veux plus entendre vos mensonges ! Tout est de votre faute et de… de cette sorcière ! Et il pointa un doigt accusateur sur Daniela Lauterbach. Vous vous êtes toujours montrée si compatissante, alors que vous avez toujours su la vérité ! Vous avez accepté qu'on m'envoie en prison ! Et à présent vous alliez décamper, n'est-ce pas ? Après moi le déluge ! Mais il n'en est pas question. J'ai appelé la police, elle va arriver.

Il ne perçut pas le coup d'œil que Terlinden et la Lauterbach échangèrent.

— Je vais vous raconter tout ce que je sais. Et j'en sais long ! Mon père est mort et il ne peut plus parler mais, moi aussi, je sais ce que vous avez fait !

— Calme-toi, dit Daniela Lauterbach avec ce sourire amical qui trompait tout le monde. De quoi tu parles ?

— Je parle de votre premier mari.

Tobias s'approcha et se planta devant elle. Les froids yeux marron plongèrent dans les siens.

— De Wilhelm, d'oncle Willi, le frère aîné de Claudius et de son testament !

— Haa ! La femme continua à sourire. Et pourquoi tu crois que la police pourrait s'y intéresser ?

— Parce que ce n'était pas le vrai testament, dit Tobias. Celui-là, maître Fuchsberger l'a remis à mon père. Pour ça, Claudius l'avait saoulé et lui avait promis cent mille marks.

Le sourire sur le visage de Daniela Lauterbach se figea.

— Votre premier mari était mourant et il n'appréciait pas que vous le trompiez avec son frère. C'est pourquoi, deux semaines avant sa mort, il a changé son testament et vous a déshérités tous les deux. Il a désigné la fille de son chauffeur comme unique héritière parce qu'il avait appris, peu avant de mourir, que Claudius l'avait mise enceinte en mai 1967 et qu'elle avait dû avorter selon sa volonté.

— C'est ton père qui t'a raconté cette fable ? intervint Terlinden.

— Non, dit Tobias en continuant à regarder Daniela dans les yeux. Il n'en avait pas besoin. Maître Fuchsberger lui a remis le testament, il devait le détruire, mais il ne l'a pas fait. Il l'a conservé jusqu'à aujourd'hui. Il tourna les yeux vers Terlinden. C'est pour ça que vous vous êtes débrouillé pour qu'il reste à Altenhain, n'est-ce pas ? Parce qu'il savait tout. En réalité, l'entreprise ne vous appartient pas et la maison non plus. Et le Dr Lauterbach n'aurait pas eu tout cet argent ni sa maison, si son premier mari n'était pas mort. D'après le testament, tout ça appartient à la fille de l'ancien chauffeur de Wilhelm Terlinden, Kurt Cramer… Tobias respira bruyamment. Dommage que mon père n'ait jamais eu le cran d'utiliser le testament…

— Oui, c'est vraiment dommage, dit Daniela Lauterbach. Mais ça me rappelle quelque chose.

Terlinden et le Dr Lauterbach tournaient le dos à l'escalier et ne pouvaient pas voir arriver Amelie, mais ils virent que l'attention de Tobias était distraite un instant. Daniela Lauterbach attrapa le coffret que Terlinden avait sous le bras et Tobias se trouva soudain en face d'un pistolet.

— J'avais presque oublié ce soir atroce, mais tu m'en as fait souvenir. Tu te rappelles, Claudius, quand Wilhelm a surgi à la porte de la chambre en pointant sur nous ce pistolet justement… Elle sourit à Tobias. Merci de m'avoir donné cette idée, espèce de petit imbécile.

Sans hésiter une seconde, Daniela tira. Une détonation assourdissante déchira le silence. Tobias sentit un coup terrible et il eut l'impression que sa poitrine avait explosé. Avec des yeux incrédules, il regarda la doctoresse qui déjà se détournait. Il entendit Amelie crier désespérément son nom, voulut dire quelque chose mais l'air lui manqua. Ses jambes se dérobèrent sous lui. Quand il atterrit sur le sol de granit, Tobias Sartorius ne sentait plus rien. Autour de lui tout n'était plus que noirceur et silence.

Ils étaient en train de se demander comment ouvrit le lourd portail qui fermait hermétiquement l'entreprise Terlinden, quand de l'autre côté s'approchèrent à grande vitesse des phares aveuglants et une berline noire. Le portail glissa sans bruit sur le côté.

— C'est lui, cria Pia en faisant signe à ses collègues.

Claudius Terlinden, qui était au volant de la Mercedes, fut obligé de freiner en catastrophe car deux voitures de patrouille lui barraient le chemin.

— Il est seul, constata Bodenstein.

Pia s'approcha du côté conducteur et, menaçant Terlinden de son arme, elle lui fit signe de baisser la vitre. Deux autres policiers appuyèrent l'ordre de Pia et mirent le véhicule en joue.

— Qu'est-ce que vous me voulez ? demanda Terlinden.

Il était assis raide comme un piquet, les mains crispées sur le volant. Malgré la température, la sueur brillait sur son front.

— Descendez, ouvrez toutes les portières et le coffre, commanda Bodenstein. Où est Tobias Sartorius ?

— Comment je le saurais ?

— Et où est Mme Lauterbach ? Maintenant, descendez.

Terlinden ne bougea pas. Dans ses yeux fixes se lisait la panique.

— Il ne descendra pas, dit une voix à l'intérieur de la voiture, qui était caché par les vitres fumées.

Bodenstein se pencha dans la voiture et il reconnut sur le siège arrière Daniela Lauterbach. Elle pointait un pistolet sur le crâne de Terlinden.

— Libérez immédiatement la route ou je le tue, menaça-t-elle.

Bodenstein se mit lui aussi à transpirer. Il ne doutait pas un instant de la résolution de la femme. Elle avait une arme dans la main et plus rien à perdre – une combinaison très dangereuse. Sur les Mercedes, les portes se ferment automatiquement après quelques mètres et ni Bodenstein, penché à la portière, ni les policiers à l'extérieur n'eurent la possibilité d'ouvrir les portes et de s'emparer de la doctoresse.

— Je crois qu'elle parle sérieusement, murmura Terlinden à voix basse.

Ses lèvres tremblaient et il semblait sous le choc. Bodenstein réfléchissait fiévreusement. Ils auraient de la peine à s'enfuir. Avec ce temps-là, une Mercedes même de Classe S et avec des pneus d'hiver pourrait faire au plus du cent vingt kilomètres à l'heure.

— Je vous laisse partir, dit-il finalement. Mais dites-moi d'abord où est Tobias.

— Vraisemblablement avec son papa, au ciel, répondit Daniela Lauterbach avec un rire froid, à la place de Terlinden.

Bodenstein et une voiture de patrouille suivirent la Mercedes noire qui franchit le portail et s'engagea sur la B8, pensant que Pia demandait du renfort par radio et commandait une ambulance. Terlinden tourna à droite sur la route à quatre voies en direction de l'autoroute. Dès Bad Soden, deux autres voitures de patrouille se joignirent à eux et quelques kilomètres après, trois autres. Par chance le trafic du dimanche soir s'était calmé. Dans un embouteillage, les choses auraient facilement pu dégénérer, si Daniela Lauterbach avait tiré sur son chauffeur pendant qu'ils roulaient. Bodenstein regarda dans le rétroviseur. Au moins une douzaine de voitures avec gyrophares allumés les suivaient et bloquaient toutes les sorties à l'avant.

— Ils vont en ville, dit Pia quand la Mercedes tourna à droite au carrefour d'Eschborn. Elle alluma une cigarette malgré l'interdiction de fumer dans les voitures de service. De la radio sortaient des voix excitées. Les collègues de Francfort étaient informés et ils essayaient de libérer les rues. Terlinden se dirigeait vers la ville.

— Ils vont peut-être à l'aéroport, dit Bodenstein en réfléchissant à haute voix.

— Espérons que non, dit Pia qui attendait des nouvelles de Tobias Sartorius.

Bodenstein jeta un rapide coup d'œil sur le visage pâle de sa collègue. Quelle journée ! La pression pour découvrir Amelie et Thies, la semaine dernière, ne s'était pas dissipée que déjà les événements se précipitaient. Était-ce vraiment ce matin qu'il s'était réveillé dans le lit de Nicole Engel ?

— Ils arrivent en ville ! criait à cet instant Pia dans la radio. En effet Terlinden avait continué tout droit au rond-point au lieu de s'engager sur l'A5. Qu'est-ce qu'ils comptent faire ?

— Nous distancer en ville, supposa Bodenstein.

Les essuie-glaces raclaient le pare-brise de plus en plus vite. La neige s'était transformée en une forte pluie et Terlinden conduisait beaucoup trop vite. C'est à peine s'il s'arrêtait aux feux rouges, et la dernière chose dont ils avaient besoin, c'était de renverser quelqu'un en train de traverser.

— Il est près de la Messe, il tourne en direction de la Friedrich-Ebert-Anlage, indiqua Pia. Il fait au moins du quatre-vingts à l'heure, libérez les rues.

Bodenstein devait se concentrer. La chaussée mouillée reflétait les feux arrière des autos garées et les lumières bleues des gyrophares qui bloquaient les rues adjacentes.

— Je crois que j'aurais bientôt besoin de lunettes, murmura-t-il en appuyant sur l'accélérateur pour ne pas perdre Terlinden qui avait presque passé le troisième feu rouge. Que projetait la Lauterbach ? Où voulait-elle aller ?

— Tu ne t'es pas dit que peut-être elle… commença Pia puis elle cria : Braque ! À droite. Il tourne !

Soudain, sans ralentir ni mettre le clignotant, Terlinden tourna dans la Mainzer Landstrasse. Les dents serrées, Bodenstein tourna si brutalement le volant à droite que l'Opel dérapa et fut à deux doigts d'emboutir un tramway.

— Bon Dieu, il s'en est fallu de peu, jura-t-il. Où il est ? Je ne le vois plus.

— À gauche ! À gauche ! Le nom de la rue échappait à Pia bien qu'elle fût en face du vieux commissariat de police où elle avait travaillé pendant des années. Elle agita le doigt sous le nez de Bodenstein : Là ! Là !

Une voix surgit de la radio.

— Où ? Où êtes-vous ?

— Dans l'Ottostrasse, répondit Bodenstein. Je les vois, non, mais non, bon Dieu !

— Les autres doivent aller directement à la gare ! cria Pia dans la radio. Il cherche peut-être à nous distancer !

Elle se pencha en avant.

— À droite ou à gauche ? cria Bodenstein quand ils eurent atteint le nord de la gare.

Il dut freiner sec car une auto arrivait sur sa droite. En jurant comme un charretier, il remit les gaz et décida intuitivement de tourner à gauche.

— Eh bien, dit Pia, je n'aurais jamais cru que tu connaissais tant de gros mots !

— J'ai des enfants, répondit Bodenstein en ralentissant un peu. Tu vois une voiture quelque part ?

— Il y en a des centaines, gémit Pia.

Elle avait baissé sa vitre et scrutait l'obscurité. Loin devant se trouvaient les voitures de patrouille avec leur gyrophare et les passants, malgré la pluie battante, s'arrêtaient et regardaient avec curiosité.

— Là ! cria Pia si soudainement que Bodenstein sursauta. Ils sont là ! Ils sortent du parking !

En effet ! Quelques secondes après, la Mercedes noire fonçait dans la Baseler Strasse à une telle allure que Bodenstein eut de la peine à ne pas se laisser semer. Elle traversa la Baseler Platz puis le Main sur le

Friedensbrücke et Bodenstein adressa une prière muette au ciel. Pia donna leur position. À cent vingt kilomètres à l'heure, la Mercedes s'élança dans la Kennedyallee, suivie par une colonne de voitures de patrouille. Certains collègues précédaient la Mercedes mais ils n'essayèrent pas de l'arrêter.

— Ils veulent aller à l'aéroport, dit Pia.

Elle avait à peine parlé que Terlinden tourna sur la route à trois voies, éraflant une borne de sécurité et dérapant brièvement sur le rail du tramway. Pia parlait moins vite que Terlinden ne changeait de direction. Les voitures de patrouille devant lui étaient déjà engagées sur la Flughafenstrasse et ne pouvaient plus tourner, mais Bodenstein réussit à rester derrière lui quand, dans une manœuvre risquée, il fit demi-tour dans l'Isenburger Schneise. Sur la route toute droite, Terlinden accéléra sans complexe. Bodenstein, suant sang et eau, était bien obligé de suivre. Mais soudain les feux rouges s'éclairèrent, la Mercedes dérapa et atterrit sur la voie opposée. Bodenstein freina si fort qu'il fit un tête-à-queue. La Lauterbach avait-elle tué son otage d'une balle dans la tête ?

— Le pneu arrière est à plat ! cria Pia qui avait immédiatement saisi la situation. Ils ne pourront plus continuer.

Et en effet, après cette folle équipée, Terlinden mit sagement son clignotant et tourna dans l'Oberschweinstiege. Il roula dans le bois à quarante à l'heure, traversa la voie de chemin de fer et, quelques mètres après, il s'arrêta enfin sur le parking du bois. Bodenstein stoppa également. Pia sauta de la voiture, fit signe aux collègues d'encercler la Mercedes puis remonta. Par radio, Bodenstein donna ordre aux collègues de rester dans les voitures. Daniela Lauterbach était encore armée. Il ne voulait pas prendre de risques inutiles et mettre en jeu la vie de ses collègues, avant l'arrivée imminente du commando d'intervention. Mais soudain la portière de la Mercedes s'ouvrit. Bodenstein retint son souffle et se redressa. Terlinden descendit. Un peu vacillant, il s'arrêta devant la portière ouverte et regarda autour de lui. Puis il leva les mains et resta là sans bouger dans la lumière des phares.

— Qu'est-ce qui se passe ? entendit-on confusément dans la radio.

— Il s'est arrêté et il est descendu de voiture, dit Bodenstein. Maintenant on y va.

Il fit signe à Pia puis ils sortirent et s'approchèrent de Terlinden. Pia, son arme pointée sur la Mercedes, était prête à tirer au moindre mouvement.

— Ne tirez pas, dit Terlinden en baissant les bras.

Les nerfs de Pia étaient tendus au maximum quand elle ouvrit, arme au poing la portière arrière de la Mercedes. Puis sa tension retomba et se transforma en une infinie déception. Le siège arrière était vide.

— Elle est arrivée dans mon bureau en me menaçant avec un pistolet, dit Claudius d'une voix bégayante.

Il était assis à l'étroite table d'un fourgon de police, pâle et replié sur lui-même. Visiblement il était sous le choc.

— Continuez, ordonna Bodenstein.

Terlinden voulut se passer la main sur le visage, mais il se rappela alors qu'il était menotté. Malgré son allergie au nickel, pensa Pia avec cynisme et en l'observant sans la moindre compassion.

— Elle… elle m'a forcé à ouvrir le coffre, continua Terlinden d'une voix tremblante. Je n'arrive plus à me rappeler ce qui s'est passé. En bas, dans le hall, Tobias a surgi. Avec une fille. Il…

— Avec quelle fille ? demanda Pia.

— Avec cette… cette, je ne me souviens pas de son nom.

— Amelie ?

— Oui. Oui, c'est ça.

— Bon, continuez.

— Daniela a tiré sur Tobias sans hésiter. Puis elle m'a obligé à monter dans la voiture.

— Et qu'est-il arrivé à Amelie ?

— Je ne sais pas, dit Terlinden en haussant les épaules. Je ne sais plus. J'ai conduit, c'est tout. Sans m'arrêter.

— Et elle est descendue à la gare, dit Bodenstein.

— Oui. Elle m'a crié : à droite ! Puis : à gauche. J'ai fait juste ce qu'elle m'a dit.

— Je comprends, dit Bodenstein, puis il se pencha en avant et sa voix se fit plus incisive. Ce que je ne comprends pas, en revanche, c'est pourquoi vous n'êtes pas descendu à la gare ! Pourquoi cette course-poursuite ? Vous avez idée de l'accident que vous auriez pu provoquer ?

Pia se mordait les lèvres sans quitter Terlinden des yeux. Juste au moment où Bodenstein se tourna vers elle, Terlinden fit une faute. Il fit quelque chose que jamais quelqu'un en état de choc ne ferait : il regarda sa montre.

— Vous mentez comme vous respirez ! lui cria-t-elle en colère. Tout ça était combiné d'avance ! Vous essayez de gagner du temps ! Où est la Lauterbach ?

Terlinden tenta de jouer son petit jeu encore un peu mais Pia ne le laissa pas faire.

— Vous avez raison, finit-il par avouer. Nous voulions disparaître ensemble. L'avion part à 23 h 45. En vous dépêchant, vous pourrez peut-être l'épingler.

— Pour où ? Pour où vous deviez prendre l'avion ?

Pia devait se dominer pour ne pas prendre le type aux épaules et le secouer.

— À présent vous tenez votre langue ! Cette femme a tué un homme ! Ça s'appelle un meurtre. Et si vous ne nous dites pas la vérité, vous serez complice, je peux vous l'assurer ! Parlez ! Quel vol a pris Daniela Lauterbach ? Et sous quel nom ?

— Celui de São Paulo, murmura Terlinden en fermant les yeux. Sous le nom de Consuela la Roca.

— Je vais à l'aéroport, dit Bodenstein en quittant le fourgon. Tu continues avec Terlinden.

Pia acquiesça. Elle était inquiète de n'avoir pas de nouvelles des collègues d'Altenhain. Qu'était-il arrivé à Amelie ? Daniela Lauterbach avait-elle tiré sur elle ? Elle demanda à un policier en uniforme de se renseigner sur Amelie et retourna dans le fourgon.

— Comment pouvez-vous vous conduire ainsi ? demanda Pia. Il s'en est fallu d'un cheveu que Daniela Lauterbach ne tue votre fils Thies, après l'avoir drogué à mort pendant des années !

Terlinden ferma les yeux un moment.

— Vous ne pouvez pas comprendre, répondit-il d'une voix lasse, sans la regarder.

— Alors expliquez-moi, demanda Pia. Expliquez-moi pourquoi Daniela Lauterbach a fait du mal à Thies et a incendié l'orangerie.

Claudius Terlinden ouvrit les yeux et fixa Pia. Une minute passa puis une seconde.

— Je suis tombé amoureux de Daniela la première fois que mon frère l'a amenée à la maison, dit-il brusquement. C'était un dimanche. Le 14 juin 1976. Ce fut le coup de foudre. Malgré cela, elle a épousé mon frère un an plus tard, alors qu'ils n'étaient pas faits l'un pour l'autre. Ils ont été malheureux comme les pierres. Daniela avait beaucoup de succès dans sa profession, mon frère vivait dans son ombre. Elle le traitait mal, même devant le personnel. Durant l'été 1977, elle a fait une fausse couche, un an plus tard, une deuxième puis une troisième. Mon frère voulait un héritier et la tenait pour responsable. Lorsque ma femme a eu des jumeaux, ça a été le comble.

Pia écoutait en se gardant bien de l'interrompre.

— Peut-être que Daniela aurait divorcé, mais un an plus tard on a découvert un cancer chez mon frère. Incurable. Elle n'a pas voulu le quitter dans cet état. Il est mort en mai 1985.

— C'était bien commode pour vous deux, remarqua Pia sur un ton sarcastique. Mais ça n'explique pas pourquoi vous l'avez aidée à fuir alors qu'elle avait enlevé Thies et Amelie et les avait enfermés dans une cave. Nous les avons retrouvés par hasard, sinon ils seraient morts noyés car Mme Lauterbach avait inondé la cave.

— Qu'est-ce que vous dites ?

Claudius Terlinden la regarda d'un air irrité.

Soudain Pia comprit que Terlinden ne savait pas ce que Daniela Lauterbach avait fait. Il était venu voir son fils à l'hôpital mais il ne l'avait pas rencontré à cause du tragique accident. De toute façon, Thies aurait été incapable de parler à son père. Pia raconta donc à Claudius Terlinden la tentative de meurtre de Daniela Lauterbach à l'encontre de Thies et d'Amelie.

— Ce n'est pas vrai, murmura-t-il d'un air stupéfait.

— Daniela Lauterbach a voulu tuer Thies parce qu'il avait été témoin du meurtre de Stefanie par son mari. Et Amelie devait mourir parce qu'elle avait appris ce secret par Thies.

— Seigneur ! dit Terlinden en se cachant le visage dans les mains.

— J'ai l'impression que vous ne connaissiez pas tout à fait votre grand amour quand vous vouliez vous enfuir avec elle.

Terlinden regardait fixement devant lui.

— Quel idiot je suis. Tout ça est ma faute ! C'est moi qui autrefois ai offert la maison à Albert Schneeberger.

— Que vient faire Albert Schneeberger là-dedans ?

— Cette Stefanie avait complètement tourné la tête à Thies. Il était fou amoureux d'elle et quand il a vu qu'elle avait avec Gregor… bon, vous savez quoi, il a eu un accès de colère. Il s'est jeté sur Gregor avec une telle violence que nous avons dû le conduire en psychiatrie. Une semaine avant que le malheur n'arrive, il est revenu à la maison. Les médicaments avaient fait un miracle. Et ensuite Thies a vu Gregor abattre Stefanie.

Pia retint son souffle, c'est tout juste si elle ne restait pas la bouche ouverte.

— Gregor a voulu s'enfuir, mais Thies s'est dressé devant lui. Il se tenait simplement là en le regardant, sans dire un mot, comme il fait souvent. Paniqué, Gregor est rentré chez lui et s'est mis à sangloter comme un enfant. La voix de Terlinden était pleine de mépris. Daniela m'a appelé pour que je vienne dans la grange de Sartorius. Thies était assis à côté de la fille morte. Sur le moment, j'ai pensé que le mieux était de cacher le cadavre et je n'ai trouvé que la cave sous l'orangerie. Mais il était impossible d'éloigner Thies. Il serrait de toutes ses forces la main de Stefanie. Alors Daniela a eu l'idée de lui dire qu'il devait veiller sur elle. Ce n'était pas sans danger mais ça a marché. Pendant onze ans. Jusqu'à ce que cette Amelie débarque. Cette sale petite fouine a tout fait capoter.

Daniela et lui savaient donc la vérité sur Laura et Stefanie depuis toutes ces années et ils s'étaient tus. Comment pouvait-on vivre avec un si horrible secret ?

— Et vous pensiez que c'était qui, qui avait enlevé la fille et votre fils ?

— Nadja, répondit Terlinden d'une voix étouffée. Je l'ai vue dans la grange le soir où Gregor a tué Stefanie, mais je ne l'ai dit à personne. Il poussa un profond soupir. Plus tard j'en ai parlé avec elle, continua-t-il. Elle s'est montrée très raisonnable et, quand je l'ai présentée à un vieil ami qui avait des relations à la télévision, elle m'a promis qu'elle n'en parlerait jamais. Elle a quitté Altenhain et a fait une grande carrière. La paix était revenue. Tout était en ordre. Il se frotta les yeux. Il ne serait rien arrivé si chacun avait respecté les règles du jeu.

— Les hommes ne sont pas des pièces d'échecs, répondit Pia sèchement.

— Si. La plupart des hommes sont heureux et satisfaits quand quelqu'un assume la responsabilité de leur minable existence et prend à leur place les décisions qu'ils ne sont pas capables de prendre. Quelqu'un doit avoir une vue d'ensemble et tirer les ficelles quand c'est nécessaire. Et ce quelqu'un, c'était moi.

Un sourire apparut sur son visage non sans une pointe de fierté.

— Faux, répliqua Pia sobrement, qui comprenait tout à présent. Ce n'était pas vous, c'était Daniela Lauterbach. Vous n'étiez qu'un pion dans son jeu, un pion qu'elle déplaçait à son gré.

Le sourire de Terlinden disparut.

— Vous feriez bien de prier pour que mon chef la cueille à l'aéroport. Sinon vous serez seul à faire les gros titres et vous passerez le reste de votre vie en prison.

— C'est incroyable. Ostermann secoua la tête en regardant Pia. Si je comprends bien, la moitié d'Altenhain appartient selon la loi à la mère de Tobias.

— Exact, acquiesça Pia.

Devant elle, étaient posées les trois pages libellées devant notaire le 25 avril 1985, qui contenaient les dernières volontés de Wilhelm Julius Terlinden, dans lesquelles il déshéritait sa femme Daniela Lauterbach, née Kroner, et son frère Claudius Terlinden. Amelie avait remis le document dans une épaisse enveloppe à un collègue, avant de monter dans l'ambulance qui conduisait Tobias Sartorius à l'hôpital. Le jeune homme avait eu de la chance dans son malheur car l'arme dont s'était servie Daniela Lauterbach, à cause de sa faible force de frappe, n'avait pas occasionné un coup mortel. Cependant Tobias avait perdu beaucoup de sang et, après son opération, sa vie était encore en danger.

— Je ne comprends pas pourquoi le testament de Wilhelm Terlinden était en possession de Hartmut Sartorius, dit Pia. Il n'a été rédigé que quelques semaines avant sa mort.

— Ce n'est sans doute qu'à ce moment-là qu'il a appris que les deux autres le trompaient depuis des années.

— Hum ! dit Pia en réprimant un bâillement avec peine.

Elle avait perdu la perception du temps, elle était épuisée et en même temps d'excellente humeur. Tobias et sa famille avaient été victimes des sombres intrigues de la soif d'argent et de pouvoir mais, grâce au testament de Wilhelm Terlinden que Hartmut Sartorius avait conservé, une conclusion heureuse, au moins sur le plan pécuniaire, se dessinait pour Tobias et sa mère.

— Allez, barre-toi, dit Ostermann à Pia. La paperasse attendra bien jusqu'à demain.

— Mais pourquoi Sartorius n'a-t-il jamais fait jouer ce testament ? demanda Pia.

— Il avait sans doute peur des conséquences, ou alors il avait lui-même trempé dans l'affaire. Ce testament était bien arrivé de quelque part et certainement pas par des voies légales. Et puis dans le village régnaient d'autres lois. Je connais ça.

— D'où ?

Ostermann ricana et se leva.

— Tu ne crois tout de même pas que je vais te raconter ma vie à 4 heures du matin, non ?

— 4 heures ? Mon Dieu… Pia bâilla et s'étira. Tu savais que la femme de Frank l'avait quitté ? Et que Hasse était copain avec le ministre de l'Éducation.

— À la première question oui, à la seconde non, répondit Ostermann en éteignant son ordinateur. Pourquoi tu me demandes ça ?

— Je ne sais pas, dit Pia en haussant pensivement les épaules. On passe plus de temps avec ses collègues qu'avec son conjoint, et pourtant on ne sait rien sur eux. Pourquoi ?

Son mobile fit entendre le son spécial réservé à Christoph. Il l'attendait en bas sur le parking. Pia se leva avec un gémissement et repêcha son sac.

— Honnêtement, ça m'embête.

— Bon, ce n'est pas l'heure de philosopher. Demain, je te dirai tout ce que tu veux savoir.

Pia eut un sourire las.
— Vraiment tout ?
— Bien sûr, dit Ostermann en éteignant la lumière. Je n'ai rien à cacher.

Durant le bref trajet de Hofheim à Unterliederbach, les paupières de Pia se fermèrent d'épuisement. Elle ne s'aperçut même pas que Christoph descendait de voiture pour ouvrir le portail. Quand il la secoua doucement en l'embrassant sur la joue, elle ouvrit des yeux effarés.

— Veux-tu que je te porte jusqu'à la maison ? proposa-t-il.

— Je préfère pas, dit Pia en bâillant et en souriant en même temps. J'ai pas envie de me coltiner les sacs de fourrage toute la semaine parce que tu te seras fait une hernie.

Elle descendit et tituba jusqu'à la porte. Les chiens la saluèrent avec des aboiements joyeux et exigèrent quelques caresses. Ce n'est qu'après avoir ôté sa veste et ses bottes que Pia repensa au service d'urbanisme.

— Alors, comment ça s'est passé ? demanda-t-elle.

Christoph alluma la lampe de la cuisine.

— Pas bien malheureusement, répondit-il d'un air grave. Il n'existe de permis de construire ni pour la maison ni pour l'écurie. Il était quasiment impossible d'en obtenir un à cause des lignes à haute tension.

— Mais ce n'est pas possible ! Pia eut l'impression que le sol se dérobait sous ses pieds. C'est notre maison, notre foyer ! Et où on va aller avec toutes ces bêtes ? dit-elle en regardant Christoph d'un air désespéré. Et maintenant ? Qu'est-ce qui va se passer ?

Il vint vers elle et la prit dans ses bras.

— L'ordonnance de démolition est toujours valable. On pourra la retarder en faisant un recours, mais pas éternellement. Et puis il y a un autre problème.

— Oh non, je t'en prie, murmura Pia au bord des larmes. Quoi encore ?

— Eh bien, le land de Hesse a un droit de préemption sur le terrain car on doit construire ici une autoroute.

— Formidable. Je serai donc expropriée !

Pia se détacha de Christoph et s'assit à la table de la cuisine. Un des chiens appuya son museau sur elle et elle le caressa l'esprit absent.

— Tout cet argent de fichu !

— Non, non, non, écoute-moi, dit Christoph en s'asseyant en face d'elle et en lui prenant la main. Il y a quand même une bonne nouvelle. Tu as payé le mètre carré trois euros et le land en offre cinq.

Pia le regarda d'un air incrédule.

— Comment tu sais ça ?

— Je connais beaucoup de monde. Et j'ai beaucoup téléphoné aujourd'hui, dit Christoph en souriant. J'ai ainsi appris quelque chose d'intéressant.

Pia ne put s'empêcher de sourire.

— Comme je te connais, tu as déjà trouvé une autre ferme.

— Tu me connais bien, répondit Christoph en plaisantant. Puis il redevint sérieux. Le vétérinaire qui s'occupait, dans le temps, de notre zoo, veut vendre son ancienne clinique pour chevaux. J'étais allé voir la ferme quand nous cherchions quelque chose pour placer les animaux nouvellement arrivés en quarantaine. La ferme ne convenait pas pour ça mais… mais pour toi et moi et nos bêtes ce serait le rêve. Je suis allé chercher les clés. Si tu veux nous pourrons aller la voir demain ?

Pia plongea son regard dans les yeux sombres de Christoph. Alors monta en elle un sentiment de bonheur chaud et profond. Peu importe ce qui arriverait – même si la maison était rasée et s'ils devaient abandonner le Birkenhof. Elle ne serait pas seule. Christoph était avec elle comme Henning ne l'avait jamais été. Jamais il ne la laisserait tomber.

— Merci, dit-elle à voix basse en tendant une main vers lui. Merci, mon trésor. Tu es simplement incroyable.

Il prit sa main et la posa sur sa joue râpeuse.

— Je fais tout ça uniquement pour pouvoir emménager chez toi, se moqua-t-il en souriant. Tu ne pourras plus te débarrasser de moi aussi facilement.

Pia répondit la gorge serrée.

— Jamais, espérons-le, souffla-t-elle et elle sourit à son tour.

MARDI 25 NOVEMBRE 2008

Il était presque 5 heures du matin lorsque Bodenstein quitta l'hôpital. La vue d'Amelie patiemment assise au pied du lit de Tobias, attendant qu'il sorte de l'anesthésie, l'avait bouleversé. Il remonta le col de son manteau et regagna sa voiture de service. Ils avaient pu arrêter Daniela Lauterbach *in extremis*. Elle n'était pas dans l'avion pour l'Amérique du Sud mais dans l'avion pour l'Australie. Perdu dans ses pensées, Bodenstein contourna le bâtiment de l'hôpital. La neige fraîche crissait sous ses pas. Il lui semblait que des mois s'étaient passés depuis le jour où le squelette de Laura Wagner avait été retrouvé dans la cuve de l'aéroport. Alors que dans les enquêtes précédentes il avait gardé la neutralité de l'observateur extérieur, cette fois il avait l'impression d'avoir été personnellement impliqué dans les événements. Quelque chose dans son attitude avait changé, et il savait qu'il ne serait plus jamais comme avant. Il s'arrêta devant la voiture. C'était comme si, dans le fleuve tranquille et ennuyeux de sa vie, avait brusquement surgi un rapide et qu'il lui fallait à présent naviguer dans une tout autre direction, sur des eaux tumultueuses. Cette idée était angoissante et exaltante en même temps.

Bodenstein monta dans la voiture, fit tourner le moteur et attendit que les essuie-glaces aient balayé la neige. Hier, il avait promis à Cosima de venir prendre le petit-déjeuner avec elle pour parler calmement de tout ça. Si son travail le permettait. Il s'apercevait avec étonnement qu'il n'avait plus de rancune contre elle et qu'il était capable d'envisager la situation avec objectivité. Il avait démarré et prenait la direction de Kelkheim quand son mobile, qui ne captait aucun signal autour de l'hôpital, émit un piaulement. Il le tira de sa poche et consulta les messages. Un appel à 3 h 21 venant d'un numéro qu'il ne connaissait pas. Il appuya aussitôt dessus.

— Oui, dit une voix de femme inconnue et endormie.

— Bodenstein, dit-il. Pardon de vous déranger, mais j'ai reçu votre message sur mon mobile et j'ai pensé que c'était urgent.

— Ah, oui, répondit la femme. J'étais avec ma sœur à l'hôpital auprès de Thies et je viens juste de rentrer. Mais je voulais vous remercier.

Bodenstein comprit alors qui était à l'autre bout du fil et son cœur fit un bond.

— Me remercier pour quoi ?

— Vous avez sauvé la vie de Thies, dit Heidi Brückner. Et celle de ma sœur aussi sans doute. Nous avons vu à la télévision que vous avez arrêté mon beau-frère et Daniela Lauterbach.

— Hum, oui.

— Bon. Elle parut soudain embarrassée. C'était tout ce que j'avais à vous dire. Vous… vous avez eu une journée éprouvante, vous devez être fatigué…

— Non, non, dit Bodenstein rapidement. Je suis tout à fait réveillé. Mais je n'ai rien mangé depuis une éternité et je pensais aller déjeuner quelque part.

Il y eut un silence et il eut peur qu'elle ne raccroche.

— J'aimerais bien déjeuner moi aussi, dit-elle alors.

Bodenstein crut la voir sourire et il sourit à son tour.

— Vous ne voulez pas que nous prenions un café quelque part ? proposa-t-il en espérant que son ton paraisse désinvolte.

Mais au fond de lui il était tout sauf désinvolte, il avait l'impression que son cœur lui battait jusqu'au bout des doigts. Comme s'il faisait quelque chose d'interdit. Depuis combien de temps n'avait-il pas donné rendez-vous à une femme séduisante ?

— Ce serait super, répondit Heidi Brückner à son soulagement. Mais je suis déjà rentrée chez moi. À Schotten.

— C'est mieux qu'à Hambourg, plaisanta Bodenstein qui avait attendu sa réaction avec anxiété. Bien que je sois tout à fait capable d'aller jusqu'à Hambourg pour boire un café.

— Alors vous devrez obligatoirement passer par Vogelsberg, répondit-elle.

Bodenstein ralentit car il avait un chasse-neige devant lui. Dans un kilomètre il devait prendre la B8 vers Kelkheim. Vers Cosima.

— C'est un peu vague, dit-il bien qu'il eût son adresse sur sa carte de visite. Je ne peux pas vous chercher dans tout Vogelsberg.

— C'est vrai, ce serait une perte de temps. Elle rit. Schlossgasse 19. Dans la vieille ville.

— OK. Je trouverai, répondit-il.

— Super, à tout à l'heure. Et soyez prudent.

— Je le serai. À tout de suite.

Bodenstein raccrocha et poussa un soupir. Est-ce que c'était une bonne idée ? Au bureau l'attendait une masse de paperasse, et chez lui, Cosima. Le chasse-neige se traînait toujours devant lui. À droite on allait vers Kehlheim.

Le travail attendrait. Et la conversation de fond avec Cosima aussi. Bodenstein respira un bon coup et mit le clignotant. À gauche. Direction l'autoroute.

REMERCIEMENTS

De la première idée au livre fini, le chemin est toujours long et cependant excitant. Je remercie Harald, mon mari, pour sa compréhension, mes sœurs Claudine Cohen et Camilla Altvater, ma nièce Caroline Cohen, Simone Schreiber, Anne Pfenninger, Vanessa Müller-Raidt et Susanne Hecker pour les relectures et les remarques judicieuses aux différents stades de l'avancement du livre. Je remercie Christa Thabor et Iska Peller pour un magnifique travail d'équipe.

Mes remerciements vont au Pr Hansjürgen Bratze, qui dirige le Centre de médecine légale à l'université de Francfort, pour ses conseils et son assistance dans le domaine de la médecine légale.

J'aimerais aussi remercier l'équipe de la K11 de l'Inspection criminelle régionale à Hofheim qui cède toujours aimablement leur poste de travail à Bodenstein, à Pia et aux autres. Sans les conseils de Peter Öhm, de Bernd Beer, de Jochen Adler et d'Andrea Schulze, je ne pourrais pas décrire avec autant de réalisme le travail de la police criminelle.

Merci aussi à tous les habitants d'Altenhain qui n'ont pas mal pris que je fasse de leur village le lieu du crime. Je peux assurer que tous les personnages et tous les événements sont uniquement issus de mon imagination.

Je remercie de tout cœur mes directrices de collection, Marion Vasquez et Kristine Kresse. Marion parce qu'elle m'a encouragée à écrire ce livre et a accompagné mon travail et Kristine parce qu'elle lui a donné son poli définitif.

En conclusion, j'aimerais remercier tous mes merveilleux lecteurs et lectrices et les libraires qui ont aimé mon livre et m'ont donné un motif supplémentaire pour continuer à écrire.

Retrouvez les enquêtes de Pia Kirchhoff et Oliver von Bodenstein dans les collections Actes noirs et Babel noir.

FLÉTRISSURE

traduit de l'allemand par Jacqueline Chambon

David Goldberg, un vieil homme respecté et influent, est assassiné dans sa riche demeure francfortoise. Fait troublant : l'autopsie révèle que Goldberg, un rescapé de la Shoah, présentait sur le bras des traces du Blutgruppentätowierung, le tatouage du groupe sanguin que portaient les membres de la Waffen-ss... Bientôt les meurtres se succèdent. Le très distingué commissaire Oliver von Bodenstein et la très prosaïque Pia Kirchhoff sont chargés de l'enquête. Un polar qui regarde l'Histoire en face.

VENT DE SANG

traduit de l'allemand par Jacqueline Chambon

Le premier mort s'appelle Grosmann. L'affaire serait banale si l'homme n'était pas le veilleur de nuit de la société qui va construire sur le Taunus un parc d'éoliennes, un projet combattu par une association de riverains. Meurtres en cascade rivalités locales, corruption globale : un polar haletant au climat déréglé.

BABEL NOIR

Extrait du catalogue

89. COLIN NIEL
Les Hamacs de carton

90. LOUISE PENNY
Sous la glace

91. DMITRI STAKHOV
Le Retoucheur

92. CAMILLA LÄCKBERG
Le Tailleur de pierre

93. JULIA LATYNINA
Caucase Circus

94. KJELL ERIKSSON
Le Cri de l'engoulevent

95. JEAN-FRANÇOIS VILAR
Bastille Tango

96. JAN COSTIN WAGNER
Le Silence

97. KEIGO HIGASHINO
Un café maison

98. LOTTE ET SØREN HAMMER
Le Prix à payer

COÉDITION ACTES SUD – LEMÉAC

OUVRAGE RÉALISÉ
PAR L'ATELIER GRAPHIQUE ACTES SUD
REPRODUIT ET ACHEVÉ D'IMPRIMER
EN OCTOBRE 2013
PAR NORMANDIE ROTO IMPRESSION s.a.s.
À LONRAI
POUR LE COMPTE DES ÉDITIONS
ACTES SUD
LE MÉJAN
PLACE NINA-BERBEROVA
13200 ARLES

DÉPÔT LÉGAL
1re ÉDITION : NOVEMBRE 2013
N° impr. : 133883
(Imprimé en France)